HEYNE
JUBILÄUMS
REIHE

In derselben Reihe
erschienen außerdem als Heyne-Taschenbücher:

*Thriller* · Band 50/6
*Klinik* · Band 50/19
*Horror* · Band 50/21
*Das endgültige Buch der Sprüche und Graffiti* · Band 50/26
*Sinnlichkeit* · Band 50/31
*Noch mehr Witze* · Band 50/34
*Das Buch der Sprüche und Graffiti* · Band 50/39
*Lust* · Band 50/40
*Beschwingt & heiter* · Band 50/47
*Sex* · Band 50/50
*Deutsche Erzähler des 19. Jahrhunderts* · Band 50/52
*Sehnsucht* · Band 50/53
*Körner, Sprossen, Keime* · Band 50/57
*Glück muß man haben* · Band 50/59
*Männerwitze* · Band 50/62
*Zauber der Leidenschaft* · Band 50/65
*Super-Sex* · Band 50/67
*Ärzte* · Band 50/68
*Immer fröhlich, immer heiter* · Band 50/69
*Alptraum* · Band 50/71
*Bürosprüche* · Band 50/72
*Lateinamerikanische Erzähler* · Band 50/73
*Louisiana* · Band 50/74
*Samurai* · Band 50/76
*Obsession* · Band 50/77
*Ratgeber Bauen und Wohnen* · Band 50/79
*Viel Vergnügen* · Band 50/80
*Ekstase* · Band 50/81
*Österreichische Erzähler* · Band 50/82
*Ratgeber Versicherung* · Band 50/83
*Grauen Pur* · Band 50/84
*Fröhlich und beschwingt* · Band 50/85
*Arztpraxis* · Band 50/86
*Bombenstimmung* · Band 50/87
*Starke Frauen* · Band 50/88
*Heiter und so weiter* · Band 50/89
*Frauenkrimis* · Band 50/90
*Lachsalven* · Band 50/91
*Romantische Liebe* · Band 50/92
*Geheimnisvolles Erbe* · Band 50/93
*Hinter dem Schleier* · Band 50/94
*1000 neue Witze zum Totlachen* · Band 50/95
*Herr Doktor* · Band 50/96
*Leidenschaftliche Liebe* · Band 50/97
*Glücklich und zufrieden* · Band 50/98
*Crime Ladies* · Band 50/99
*Die große Liebe* · Band 50/100
*Psycho* · Band 50/101
*Tatmotiv: Liebe* · Band 50/102
*Vergnügliches* · Band 50/103
*Halbgott in Weiß* · Band 50/104
*Stürme des Herzens* · Band 50/105
*König Artus* · Band 50/106
*Lachen ist ansteckend* · Band 50/107
*Die Patientin* · Band 50/108
*Shadorun* · Band 50/109
*Liebesglück* · Band 50/110
*Verborgene Zuflucht* · Band 50/111
*Im Reich der Fantasy* · Band 50/112

HEYNE
JUBILÄUMS
REIHE

# Bitte lächeln!

Drei heitere Romane
mit Schwung und Elan – ungekürzt

WILHELM HEYNE VERLAG
MÜNCHEN

# HEYNE JUBILÄUMSBÄNDE
Nr. 50/113

QUELLENHINWEIS

Evelyn Sanders, WERDEN SIE DENN NIE ERWACHSEN?
Copyright © 1992 by Hestia Verlag KG, Rastatt
(Der Titel erschien bereits in der Allgemeinen Reihe
mit der Band-Nr. 01/8898)

Dorothy Gilman, MRS. POLLIFAX AUF SAFARI/ Mrs. Pollifax on Safari
Copyright © 1977 by Dorothy Gilman Butters
Copyright © der deutschen Ausgabe 1974
by Wilhelm Heyne Verlag GmbH & Co. KG, München
Aus dem Amerikanischen von Annemarie Weber
(Der Titel erschien bereits in der Allgemeinen Reihe
mit der Band-Nr. 01/6154)

Richard Gordon, DOKTOR IM GLÜCK/Doctor in Clover
Copyright © 1960 by Richard Gordon
Copyright © der deutschsprachigen Ausgabe 1961
by Paul Zsolnay Verlag Gesellschaft m.b.H., Wien
Aus dem Englischen von Luise Wasserthal-Zuccari

*Umwelthinweis:*
Dieses Buch wurde auf chlor- und säurefreiem Papier gedruckt.

3. Auflage

Printed in Germany 1997
Umschlagillustration: Sibylle Hammer, München
Umschlaggestaltung: Atelier Ingrid Schütz, München
Gesamtherstellung: Elsnerdruck, Berlin

ISBN 3-453-09855-2

# Inhalt

# EVELYN SANDERS

# Werden sie denn nie erwachsen?

# 1

»Du brauchst ein Schwiegermutterkleid«, sagte Nicole, nachdem sie meinen Schrank inspiziert und nichts gefunden hatte, was ihrer Ansicht nach dem feierlichen Anlaß entsprechen würde. »Und einen Hut!« ergänzte Katja. »Lieschen Windsor hat auch immer einen auf.«

»Ich bin nicht die Queen, einen Hut habe ich noch nie getragen, werde es also auch jetzt nicht tun, und wenn das Sascha nicht paßt, soll er ohne mich heiraten!«

Ich war wütend! Sogar mehr als das, denn seit Tagen drehte sich alles nur noch um diese vermaledeite Hochzeit, an die noch immer keiner so recht glauben wollte. Ausgerechnet Sascha, unseren Miniatur-Casanova, der erstens nie und zweitens auf keinen Fall vor seinem dreißigsten Geburtstag heiraten wollte, hatte es als ersten erwischt. Mit siebenundzwanzig. Und was hatte er sich geangelt? Eine Engländerin! Folglich hatte die Hochzeit in England stattzufinden, und folglich hatte ich nach Ansicht meiner achtzehnjährigen Zwillingstöchter irgendwas in grauer Seide zu tragen, weil doch »alle Engländer so schrecklich konservativ« seien.

»Du kannst nicht im Hosenanzug in die Kirche gehen«, blockte Nicki meinen dezenten Hinweis auf den reichhaltigen Bestand meiner Lieblingskleidung ab, »da biste doch gleich unten durch. Und Sascha auch. Immerhin repräsentieren wir als einzige den deutschen Anhang dieser Mischehe, und wenn ich mir vorstelle, wie Victorias ellenlange Verwandtschaft uns unter die Lupe nehmen wird, würde ich am liebsten gar nicht mitkommen. Englische Hochzeit! Da gibt's ja nicht mal was Vernünftiges zu essen.« Sie schüttelte sich. »Die können doch alle nicht kochen. Oder weshalb sonst stammen die meisten Gewürzsoßen aus England?«

Unter diesem Aspekt hatte ich die bevorstehenden Feierlichkeiten noch nicht betrachtet. »Wir fahren nicht nach England, um unsere Mägen zu strapazieren, sondern um eurem Bruder auf seinem schweren Gang seelischen Beistand zu leisten.«

»Den braucht er nicht, schließlich heiratet er ja freiwillig«, sagte Katja lakonisch. »Ich wünsche ihm bloß, daß seine Ehe länger hält als sämtliche Küchenmaschinen, die sie zur Hochzeit kriegen werden.« Dabei fiel ihr etwas ein. »Was schenkt ihr eigentlich?«

»Das Honorar für den Scheidungsanwalt«, sagte ich patzig.

Nein, so ganz hatte ich mich noch immer nicht mit dem Gedanken abgefunden, daß Sascha tatsächlich heiraten wollte. Seine Verlobung, die er uns morgens um fünf Uhr telefonisch mitgeteilt hatte, als er sich irgendwo zwischen Hongkong und Singapur befand, hatten wir natürlich nicht ernst genommen, obwohl sein Vater gemeint hatte, gegen ein hübsches Thai-Mädchen in der Familie hätte er gar nichts einzuwenden. Doch verlobt sei noch nicht verheiratet, und überhaupt könne das alles auch nur ein Hörfehler gewesen sein, immerhin sei die Verbindung miserabel gewesen, wahrscheinlich hätte ich statt verliebt eben verlobt verstanden.

»Wenn er jedesmal anrufen würde, sobald er sich verliebt hat, dann würden die Telefonrechnungn sein Einkommen um ein Mehrfaches übersteigen«, erwiderte ich. »Aber du hast ja recht. Noch ist er nicht verheiratet, und Felix hat sowieso prophezeit, daß er sich mindestens dreimal verloben würde, bevor er zum erstenmal Ernst macht.«

Felix ist langjähriger Freund unserer Familie, Patenonkel und mit Sicherheit Geheimnisträger, was Saschas vergangenes Liebesleben betrifft.

Ernsthaft beunruhigt war ich erst nach dem zweiten Anruf. Der kam aus Durban, diesmal via Satellit, wodurch die Verständigung erheblich verbessert wurde und keinerlei Zweifel an den konkreten Anweisungen meines Sohnes mehr zuließ. »Kannst du bitte umgehend meine Geburtsurkunde nach England schicken?« Es folgten ein Mädchenname sowie eine äußerst komplizierte Anschrift, die mir Sascha sicherheitshalber einzeln durchbuchstabierte.

»Wozu brauchst du …«

Meine Frage wurde elegant mit dem Hinweis abgeblockt, jede Minute Satellitentelefon koste ungefähr sieben Dollar, und er habe bereits an die vierzig in den Himmel geschickt. »Ich schreibe dir ganz ausführlich, sobald ich ein bißchen Zeit habe.«

Die schien er in den letzten Wochen jedoch nie gehabt zu haben. Ein paar Ansichtskarten waren gekommen, darunter eine mit einem kurzbehosten Nikolaus, der Badelatschen trug und Glitzerketten an eine Palme hängte. Der Text lautete: »Wir liegen hier am Strand, trinken Pina Colada und singen Weihnachtslieder. Herzliche Grüße.« Abgestempelt war sie in Barbados. Das nächste Lebenszeichen kam vom Panamakanal, aus Tahiti folgte auch noch eines, und danach hörte ich überhaupt nichts mehr vom ihm. Bis die Anrufe kamen. Zwischendurch hatten wir uns zwar kurz gesehen, doch zu diesem Zeitpunkt war von einer Verlobung nicht mal andeutungsweise die Rede gewesen.

Aber vielleicht sollte ich lieber ganz von vorne anfangen.

Im zarten Alter von siebzehn Jahren war Sascha zu der Erkenntnis gelangt, sein derzeitiger Bildungsstand genüge vollkommen, ein Abitur brauche er nicht, er habe das Leben als Taschengeldempfänger satt und wolle endlich selber Geld verdienen. Sein um ein Jahr älterer Bruder Sven war der gleichen Ansicht – wer seinerzeit wen überredet hatte, haben wir niemals mit letzter Sicherheit herausbekommen –, und so herrschte eine Zeitlang innerhalb der Familie ein ausgesprochen frostiges Klima. Der väterlichen Weigerung, die Knaben von der Schule zu nehmen, setzten sie passive Resistenz entgegen, die blauen Briefe sowie das folgende Donnerwetter quittierten sie mit einem Achselzucken, und acht Wochen später blieben sie sitzen. Beide!

Das Familienoberhaupt kapitulierte zähneknirschend. Sohn eins durfte seine Lehre als Landschaftsgärtner beginnen, Sohn zwei wurde nach Bad Harzburg in Marsch gesetzt, um dort unter der Ägide von Rolfs Schulfreund eine Ausbildung als Restaurantfachmann zu absolvieren. Nach vier Monaten flog er wieder raus. Wegen angeblicher Renitenz. Die Hoffnungen seines Vaters, Sascha würde nun doch den relativ bequemen Schulalltag dem Erwerbsleben vorziehen, erfüllten sich trotzdem nicht. »Der Job macht mir Spaß, aber nicht unbedingt unter Aufsicht eines Sklaventreibers! Oder findest du es normal, in einem Müllcontainer herumzukriechen und nach irgendwelchen verlorengegangenen Rechnungen zu suchen?«

Rolf fand das auch nicht normal, vermittelte seinem Sohn eine weitere Ausbildungsstätte, diesmal in einem Nobelrestaurant, wo Sascha noch vor Ablauf der regulären Lehrzeit eine glänzende Prüfung hinlegte.

»Jetzt geht's ans Verdienen«, verkündete er strahlend, »mit *dem* Zeugnis komme ich in jedem Haus unter! Ich suche mir natürlich nur die besten aus.« Sprach's, verschickte Bewerbungen und bekam als erste Zuschrift einen Brief vom Wehrbereichskommando, das ihn als Vaterlandsverteidiger beanspruchte.

»Ich verweigere!« erklärte Sascha sofort. »Ich laß mir doch nicht eine Knarre in die Hand drücken!«

Allerdings war ihm das damals noch übliche Verfahren zu langwierig, sein Ausgang zu ungewiß, und die Möglichkeit, als Zivi in einem Krankenhaus Bettpfannen leeren zu müssen, erschien ihm auch nicht gerade verlockend.

»Ich weiß gar nicht, weshalb du dich so sträubst«, sagte Sven, »nach der Grundausbildung kommst du sowieso ins Offizierskasino. Oder glaubst du, die haben da diplomierte Essenträger zu Dutzenden herumlaufen?«

Sascha sah das ein und fügte sich ins Unvermeidliche. Das Unvermeidliche nannte sich Grundausbildung und vermittelte mir einen umfassenden Einblick in die bundeswehreigene Garderobe. An jedem Wochenende röhrte die Waschmaschine, und wenn ich hinterher fluchend am Bügelbrett stand, weil das Verteidigungsministerium offenbar auch Mütter zwangsverpflichtete und zu Sonntagsarbeit verdammte, erklärte Rekrut Sascha mit schöner Regelmäßigkeit: »Ich könnte die Klamotten ja in der Kaserne waschen lassen, aber hinterher sind immer die Knöpfe kaputt, und dann müßte ich jedesmal neue drannähen.«

Nach drei Monaten konnte ich meine Wäscherei schließen. Sascha bekam als Kasino-Ordonnanz weiße Jacken mit ein bißchen Gold obendran und festvernieteten Knöpfen, die auch dem stabilsten Bügelautomaten widerstanden. Morgens durfte er ausschlafen, weil die Herren Offiziere das auch taten, dafür kam er abends spät ins Bett, doch daran war er ja gewöhnt. Nun empfand er seine Zwangsrekrutierung auch nicht mehr unbedingt als Hemmschuh auf seinem Weg zum Hotelmanager, denn er mußte die Konfirmationsfeier vom Majorstöchterlein organisieren und wenig später die Verlobungsparty eines Oberleutnants. Angst vor der Arbeit hatte er nicht, er wehrte sich nur sehr tapfer dagegen, genoß seine unbestrittenen Privilegien und ließ vorzugsweise die Hilfskräfte schaffen. Er war allgemein beliebt und bis auf die Bezahlung sogar zufrieden.

Alles ging so lange gut, bis sich ein frustrierter Hauptmann im Kasino vollaufen ließ, zu mitternächtlicher Stunde Sascha das Du anbot und seinem Bruder im Geist Bundeswehr-Interna erzählte, wobei es sich keineswegs um militärische Geheimnisse handelte, die Sascha ohnehin nicht interessierten, sondern um pikante Einzelheiten aus dem Privatleben höherer Chargen. Und die wiederum interessierten ihn brennend.

Es kam, wie es kommen mußte. Der wieder nüchtern gewordene Hauptmann entsann sich des peinlichen Plauderstündchens und strebte die möglichst umgehende Entfernung seines neuen Duzbruders an. Ihm fehlte nur noch ein plausibler Grund, und den fand er nicht. Also wurde Sascha zunächst einmal beurlaubt, denn er hatte ja diverse, bei der Bundeswehr nicht vorgesehene Überstunden abzubummeln.

Die beste Methode, eine unbequem gewordene Person loszuwerden, besteht darin, sie wegzuloben. Folglich erklärte der Herr Hauptmann dem Herrn Oberst, daß der Gefreite Sanders aufgrund seiner beruflichen Qualifikationen in dieser kleinen Garnison am völlig falschen Platz sei, er gehöre vielmehr an einen namhaften Truppenstandort, wo man seine Fähigkeiten sicher mehr zu schätzen wisse.

Dem Herrn Oberst war das egal. Er ließ sich ohnehin nur sehr selten im Kasino blicken, denn es gab zu Hause eine Frau Oberst sowie zwei überreife Tochter, die der Papa zu den gesellschaftlich höherstehenden Veranstaltungen begleiten mußte, damit sie vielleicht doch noch passende Ehemänner finden würden. Und damit war, nach Ansicht der Frau Oberst jedenfalls, im unmittelbaren Kasernenbereich wohl kaum zu rechnen.

Als sich Sascha nach einer zehntägigen Ruhepause wieder zum Dienstantritt meldete, wurde ihm ein Marschbefehl ausgehändigt. Ihm blieb gerade noch Zeit genug, sich von einigen Kameraden zu verabschieden, insbesondere jedoch von jenem Schreibstubengefreiten, der ihm unter dem Siegel der Verschwiegenheit alle Einzelheiten mitteilte, die zu der plötzlichen Versetzung geführt hatten, einschließlich der Lobeshymne, die jener vertrauensselige Hauptmann gesungen hatte.

Etliche Stunden später stand Sascha in einer anderen Schreibstube, wo man auf sein Kommen zwar vorbereitet war, aber nicht wußte, was man mit ihm anfangen sollte. Man brauchte keine Kasino-Ordonnanz, weil das Offizierskasino wegen mangelnder Inanspruchnahme schon vor längerer Zeit aufgelöst worden war; die nahe gelegenen Bars und Kneipen boten mehr Unterhaltung. Was man brauchte, waren Leute, die etwas von Panzern verstanden, doch genaugenommen brauchte man die auch nicht mehr, man hatte schon übergenug.

»Dann kann ich ja nach Hause gehen«, sagte Sascha.

»Könntste, aber kannste nich.« Der Schreibstubenmensch blätterte in den Papieren. »Wie lange haste noch? Elf Monate? Bißchen zu lange für 'ne Zwischenlösung. Was haste denn gelernt?«

»Restaurantfachmann. «

»Restaurants ha'm wir nich, und in der Kantine ist Selbstbedienung. Ich will ja auch bloß wissen, als was du ausgebildet bist.«

»Hab' ich doch schon gesagt, als Restaurantfachmann.«

»Beim Bund, du Pfeife!!!«

»Ach so«, sagte Sascha gedehnt, während er krampfhaft überlegte, was er außer Strammstehen, Scheibenschießen und Gepäckmärschen gelernt hatte. »Ein paarmal bin ich mit einem Motorrad durch die Botanik gefräst.«

»Also Kradmelder«, meinte sein Gegenüber befriedigt. Dann kratzte er sich am Kopf. »Die ha'm wir hier aber gar nicht. Möchte wissen, welcher Trottel dich hierhergeschickt hat.«

Das hätte ihm Sascha ganz genau sagen können, aber diesmal hielt er doch lieber den Mund.

»Geh erst mal in deine Stube und richte dich häuslich ein. Nachher kommste wieder, vielleicht ist mir bis dahin etwas eingefallen.«

Wenn Einfalt und Pedanterie zusammentreffen, entsteht Verwaltung. In den folgenden Wochen wurde Sascha regelrecht verwaltet, was in der Praxis bedeutete, daß er hin und her geschoben wurde. Ein paar Tage lang putzte er Antennen, und als sie glänzten, kamen sie wieder ins Materiallager, wo sie erneut vor sich hin rosteten. Dann hatte man ein Motorrad aufgetrieben, und statt Antennen wienerte Sascha Kolbenringe und Auspuffanlage. Fahren durfte er aber nicht, weil dieses Motorrad offiziell gar nicht existierte und niemand wußte, wie der Spritverbrauch hätte verbucht werden sollen.

Auch im Manöver wußte man mit Sascha nichts Rechtes anzufangen. Es fand irgendwo an der Küste statt, doch weil er weder ein Geschütz bedienen konnte noch jemals einen Panzer von innen gesehen hatte, wurde er zum Wacheschieben abkommandiert. Man setzte ihn in eine Holzhütte Marke Bauarbeiter-Klosett mitten auf den Strand, drückte ihm ein Nachtglas in die Hand und ließ ihn das Meer absuchen, denn es könnte sich vielleicht doch mal ein Fischerboot in das Sperrgebiet verirren. Da dieser Küstenteil aber schon seit Jahren als Truppenübungsplatz requiriert und zur Bannmeile für jeden Zivilverkehr erklärt worden war, hielt Sascha seinen Beobachtungsposten für genauso überflüssig wie überhaupt seine ganze Anwesenheit bei der Bundeswehr. Er las sich im Schein einer Taschenlampe durch zwei Kriminalromane und meldete am nächsten Morgen »Keine besonderen Vorkommnisse«.

Auch die längsten Manöver gehen mal zu Ende. Wieder in der Kaserne, hatte man für den Gefreiten Sanders noch immer keine angemessene Tätigkeit gefunden. Die fand er dann selber. Er hatte entdeckt, daß in der Sporthalle kein intaktes Tischtennisnetz mehr zu finden war, die beiden Fußbälle je ein Loch hatten und von dem angeblich vorhandenen Inventar mindestens die Hälfte fehlte. »Nicht mal ein anständiges Basketballspiel kann man durchziehen, weil der eine Korb wackelt und vom anderen nur noch der Ring da ist. Gibt's denn hier niemanden, der sich mal darum kümmert?«

»Doch«, erklang eine befehlsgewohnte Stimme aus dem hinter der Schreibstube gelegenen Zimmer, »Sie!«

Von da an verbrachte Sascha den größten Teil des Tages an einer zum Schreibtisch umfunktionierten Tischtennisplatte und beschriftete Formulare in fünffacher Ausfertigung. Niemand kümmerte sich um ihn, denn genaugenommen war er ja nur inoffiziell vorhanden, beim nächsten Manöver vergaß man ihn regelrecht, und hätte er nicht zwei Wochen vor Ablauf seiner Dienstzeit schriftlich auf diese Tatsache hingewiesen, dann säße er womöglich noch heute in seiner Sporthalle und würde Trillerpfeifen sortieren.

Dem staatlichen Zugriff endlich entronnen und mit einem mittelgroßen Schuldenberg im Rücken – sein Antrag auf Erstattung des Benzingeldes für die Heimfahrt war schon bei der ersten Instanz im Papierkorb gelandet –, sah sich Sascha vor die Notwendigkeit gestellt, nunmehr Geld zu verdienen. »Dabei weiß ich gar nicht, ob ich das noch kann. Richtig arbeiten, meine ich«, seufzte er, lustlos die Hotel- und Gaststättenzeitung durchblätternd, »die suchen überall junge, dynamische Kräfte, die an selbständiges Arbeiten gewöhnt sind. Dazu müßte man ja denken können, aber was ist, wenn man sein Hirn vor anderthalb Jahren in der Kleiderkammer abgeliefert hat?«

»Ich hoffe doch stark, man hat es dir wieder ausgehändigt?«

»Da bin ich mir nicht so sicher«, antwortete mein Sohn. »Übrigens, wie schreibt man Commis de rang? Mit zwei m?«

Freiheit ist der Zwang, sich zu entscheiden. Sascha entschied sich für ein Hotel der gehobenen Preisklasse, nicht allzuweit weg vom Heimathafen, denn so ganz hatte er sich wohl doch noch nicht abgenabelt, aber weit genug weg, um vor gelegentlichen Überfällen seiner Familie halbwegs sicher zu sein. »Wehe, wenn ihr jemals dort aufkreuzt und erwartet, daß ich euch Sauerampfersuppe oder Wachtelbrüstchen an den Tisch trage.«

Das erwarteten wir auch gar nicht, weil ein Mittagessen in dieser Umgebung unseren Etat bei weitem überschritten hätte und nicht mal steuerlich absetzbar gewesen wäre. Im allgemeinen ließ

Rolf sich von seinen Kunden einladen, und wenn er doch mal Gastgeber spielen mußte, dann sorgte er dafür, daß die Gäste zu uns nach Hause kamen, weil es sich in privater Atmosphäre doch viel besser verhandeln lasse. Kochen durfte *ich*, und statt eines anständigen Trinkgeldes bekam ich bestenfalls ein Kompliment und zum Abschied einen Handkuß.

Trotz Saschas Warnung rückten wir aber doch einmal geschlossen an, allerdings nur zum Kaffeetrinken, und mußten uns sagen lassen, daß Herr Sanders niemals zum Nachmittagsservice eingeteilt werde, denn der sei überwiegend den Auszubildenden vorbehalten. Dank unserer verwandtschaftlichen Beziehungen fielen die Eisbecher für die Zwillinge jedoch besonders groß aus, und die zum Kaffee servierten Pralinen hatten wir auch nicht bestellt.

Nach einem knappen Jahr Waldeinsamkeit hatte Sascha genug von Vogelgezwitscher und winterlichem Schneeschippen, und außerdem »schwebt man in ständiger Lebensgefahr, seitdem der Golfplatz eröffnet worden ist. Fragt nicht, wie oft mir auf dem Weg zum Personalhaus schon ein Ball um die Ohren geflogen ist. Die lernen doch alle noch.«

Es folgte ein kurzes Zwischenspiel in Heilbronn, und dann endlich betrat Sascha den blankgewienerten Parkettboden jenes Luxusschuppens, der zwar nicht die große Welt bedeutete, in dem sie jedoch verkehrte. Zu Hause sahen wir ihn kaum noch, was nicht so sehr an der Entfernung lag, sondern an seiner neuen Liebe Sabine, aber wenn er tatsächlich mal aufkreuzte, dann warf er mit illustren Namen aus Politik und Wirtschaft um sich und fragte uns ganz unschuldig, ob er nicht vielleicht doch den ihm angebotenen Job als Butler beim Fürsten Sowieso annehmen solle.

»Ein Butler muß mehr können als Ente tranchieren«, warf ich ein, »und soviel ich weiß, hast du noch nie ein Plätteisen angefaßt. In höheren Kreisen trägt man keine Jeans, sondern messerscharfe Bügelfalten.«

»Und du hast noch nie mit Fürsten verkehrt«, konterte Sascha, »da gibt es doch genug Arbeitssklaven, die für so was zuständig sind. *Ich* hätte ja nur die Oberaufsicht.«

»Quatsch, du mußt immer in gestreiften Hosen neben der

Haustür stehen mit 'm Silbertablett in der Hand und ›Durchlaucht lassen bitten‹ sagen.« Nicki hatte noch keine Folge der Endlosserie *Das Haus am Eaton Plase* verpaßt.

»Dämliche Gans« war alles, was Sascha dazu einfiel. Möglicherweise hatte ihn die Vorstellung, das abendliche Dinner mit weißen Handschuhen servieren zu müssen, doch etwas abgeschreckt – er zog ja nicht mal bei zehn Grad unter Null welche an –, denn dieses Thema ist nie wieder zur Sprache gekommen.

Wer ihm nun eigentlich den Floh ins Ohr gesetzt hatte, weiß ich bis heute nicht, es mußte wohl eine ganze Menge Frust zusammengekommen sein. Krach mit Sabine, die in London ihre Englischkenntnisse aufbessern wollte, regnerisches Herbstwetter, allgemeine Unzufriedenheit und nicht zuletzt der ewig gleiche Trott. Jedenfalls stand Sascha eines Tages mitten im November vor der Tür, hinter sich sein bis zum Dachgepäckträger vollgepfropftes Auto, und erklärte rundheraus, er werde jetzt eine Weltreise machen.

»Ach ja?«

Einen neuen Koffer nebst dazugehöriger Reisetasche hatte er schon gekauft, und seine ins Hellviolette schimmernde Hose paßte so gar nicht zu dem wolkenverhangenen Himmel. »Und wie gedenkst du dieses Unternehmen zu finanzieren?«

Sicher, er hatte gut verdient, aber das meiste davon auch wieder ausgegeben. Für den englischen Sportwagen zum Beispiel, angeblich billig aus vierter Hand erworben, oder für seine Garderobe, die garantiert nicht aus einem Versandhauskatalog stammte. Rücklagen hatte er bestimmt nicht. Hatte er nicht erst unlängst behauptet, das Leben sei ungerecht, denn andernfalls käme man nämlich alt auf die Welt und könne für die Jugend beizeiten das nötige Geld sparen, um sie richtig zu genießen.

»Überhaupt nicht«, griff Sascha meine Frage auf, »ich kriege sogar Geld dafür!«

Das hatte ich ja geahnt! Früher nannte man ihn Gigolo, wenn eine begüterte Witwe oder zweimal Geschiedene der gehobeneren Altersklasse einen dreißig Jahre jüngeren Mann aushielt; heute heißt er »Ständiger Begleiter«, doch unterm Strich kommt das gleiche dabei heraus: *sie* hat das Geld, *er* hat alles andere, und wenn er das nicht hat, muß er zumindest jung sein. Sascha erfüllte alle Voraussetzungen. Er war gerade vierundzwanzig geworden, war groß, schlank, sah gut aus und verfügte über sehr viel Charme, wovon wir zu Hause allerdings kaum etwas merkten, denn da brauchte er ihn ja nicht. Kein Wunder also, wenn so eine überreife Matrone, die vermutlich eine Luxussuite in dem Nobelschuppen bewohnte und in der Hotelgarage einen Bentley parkte, meinen unerfahrenen Sohn umgarnt und ihm als Gegenleistung für etwas Zuwendung eine Weltreise in Aussicht gestellt hatte. Vielleicht würde sie ihn sogar als Butler ausgeben, auch alleinstehende Frauen haben manchmal einen, ist ja schließlich ein ganz seriöser Beruf ... wahrscheinlich ahnte Sascha gar nicht, worauf er sich da eingelassen hatte ...

»Wer ist die Frau???« fauchte ich ihn an.

»Welche Frau?«

»Na, dieses Weibsstück, das dir die Reise bezahlt.«

Erst sah er mich fassungslos an, doch dann wieherte er plötzlich los. »Määm, ich denke, du liest keine Heftchenromane?« brachte er schließlich, immer wieder von Lachsalven unterbrochen, heraus. »Hast du etwa geglaubt, ich hätte mich von so einer abgetakelten Tante als eine Art Reiseleiter anheuern lassen?« Er suchte nach einem Taschentuch, fand keins, holte ein Blatt Küchenkrepp, schmiß dabei die ganze Rolle herunter und fing wieder an zu lachen.

»Ich weiß gar nicht, was daran so lächerlich ist«, sagte ich pikiert.

»Kannst du dir etwa vorstellen, wie ich mit Kosmetikköfferchen in der einen Hand und Hutschachtel in der anderen, unterm Arm womöglich noch einen hechelnden Yorkshireterrier, hinter einer vollschlanken Mittfünfzigerin die Gangway raufstapfe?«

Vorstellen konnte ich mir das durchaus, und außerdem: »Nicht jede Frau über fünfzig ist dick! *Ich* zum Beispiel habe immer noch Größe vierzig.«

»Du tust ja auch was. Haushalt, Brutpflege und so weiter, aber diese reichen alten Schachteln langweilen sich doch den ganzen Tag, kompensieren ihren Frust mit Gourmet-Menüs und wundern sich, wenn das Chanelkostüm, extra für sie angefertigt und aus Paris eingeflogen, an ihnen aussieht wie von Neckermann.« Verächtlich winkte er ab. »Laß mich mit diesen exaltierten Weibern in Ruhe! Ich bin froh, daß ich sie nicht mehr sehen muß.«

»Ja, aber wenn du nicht ...« Ich habe wohl ein bißchen sehr hilflos ausgeschaut, denn er drückte mir einen flüchtigen Kuß auf die Stirn und stiefelte treppaufwärts. »Einzelheiten erzähle ich nachher, wenn die ganze Sippe da ist«, brüllte er von oben herunter, »sonst muß ich alles dreimal wiederkäuen.« Eine Tür knallte zu, und Sekunden später dröhnte die voll aufgedrehte Stereoanlage durchs Haus. »Take it easy ...« hörte ich noch, bevor ich nach den Wattestöpseln suchte.

Während des Abendessens erfuhr die staunende Familie, daß sich Sascha zusammen mit einem Freund bei verschiedenen Reedereien beworben hatte, aufgrund der offenbar sehr guten Referenzen auch unbesehen angeheuert worden war und sich nunmehr Steward nennen durfte, der Anfang Dezember in Southampton an Bord gehen werde.

»Was ist denn das für 'n Kahn?« wollte Katja wissen.

»Ein großes Passagierschiff. MS LIBERTY heißt es.«

»Noch nie gehört.« Und nach kurzem Überlegen: »Bist du sicher, daß es sich nicht um die Fähre zwischen Dover und Calais handelt?«

Er warf ihr nur einen mitleidigen Blick zu. »Warte ab, bis ich euch die ersten Ansichtskarten schicke, zum Beispiel von Hawaii oder den Bahamas. Aus Hongkong kriegt ihr auch eine und aus Tokio.«

Zwei Wochen lang nervte er uns von morgens bis abends, dann endlich fuhr ich ihn zum Flughafen, wünschte ihm eine gute Reise und Neptuns Wohlwollen. In Wirklichkeit war mir zum Heulen zumute, was ich auf der Heimfahrt auch ausgiebig tat. Natürlich mußte man eines Tages seine Kinder hergeben, sie loslassen und auf ihren eigenen Weg schicken. Aber doch nicht gleich bis nach Australien!

Wenigstens die anderen vier blieben mir noch, obwohl Sven seit längerem in Stuttgart wohnte und Steffi ebenfalls ausgezogen war, doch die zehn Kilometer ließen sich leichter überwinden als zehntausend. Die Zwillinge hatten noch zwei Schuljahre vor sich, danach würden sie wohl auch verschwinden, irgendwo irgendwas studieren. Momentan schwankten die Berufsziele noch zwischen Reiseleiter auf den Malediven und Biochemiker bei BASF, doch das würde sich wohl noch ein paarmal ändern.

Erschreckend deutlich wurde mir klar, daß sich unser Haus immer mehr leerte und der Tag abzusehen war, an dem Rolf und ich allein in unseren vier Wänden sitzen würden und bloß noch Fotoalben begucken konnten.

»Weißt du noch, damals in Monlingen, als Sven den ersoffenen Maulwurf ...«

Energisch rief ich mich zur Ordnung. *Noch* war es ja nicht soweit, noch bevölkerten die Zwillinge beziehungsweise mehr noch deren Freundesscharen das Haus, noch kreuzte Steffi regelmäßig bei uns auf, hauptsächlich dann, wenn sie mal wieder Krach mit Horst Herrmann hatte – erwachsen war sie mit ihren einundzwanzig Jahren auch noch nicht geworden.

Von Sascha trudelten Postkarten ein, schöne bunte mit schönen bunten Marken drauf, und alle zeigten sie Palmen, mal mit, mal ohne Strand, aber immer mit Meer im Hintergrund. Ich fand, daß der Pazifische Ozean genauso aussah wie der Indische und beide sich nicht vom Atlantischen unterschieden. Auf Teneriffa wachsen auch Palmen.

Irgendwann im Mai stellte Sascha seine baldige Heimkehr in Aussicht – die Karte war fast einen Monat unterwegs gewesen –, und drei Tage nach ihrer Ankunft klingelte das Telefon. »Hallo, Määm, ich bin in Reykjavik, fliege gleich nach Brüssel und bin um sieben in Frankfurt. Kannst du mich abholen? Aber nicht am Flughafen sondern am Busbahnhof.« Es knackte in der Leitung und das Gespräch war weg.

»Das ist Sascha gewesen«, erklärte ich meinem zeitungslesenden Ehemann, »er ist in Island.«

»Was macht er denn da? Ich denke, er schippert durch die Südsee?«

Das allerdings fragte ich mich auch. »Hat er nicht gesagt. Ich soll ihn heute abend in Frankfurt abholen. Vorher muß er aber noch nach Brüssel.«

Nachdenklich faltete Rolf die Zeitung zusammen. »Eine merkwürdige Reiseroute. Bist du sicher, daß du dich nicht geirrt hast?«

So sicher war ich mir keineswegs mehr. Andererseits hatte ich mich bisher noch immer auf mein Gehör verlassen können, und das hatte eindeutig »Frankfurt, Busbahnhof, sieben Uhr« verstanden. »Wie spät ist es?«

»Kurz nach eins. Warum?«

»Na prima! Wir haben Pfingstsamstag, zwei Feiertage vor uns, die Geschäfte sind zu, und Sascha war nicht eingeplant.« In Gedanken überflog ich meine Vorräte in der Kühltruhe, mußte jedoch einsehen, daß ich weder mit vier verschiedenen Eissorten noch mit eingefrorenen Maultaschen oder einem halben Dutzend Gläsern Bienenhonig das Feiertagsmenü würde verlängern können. Seitdem kürzlich das Kühlaggregat ausgefallen war und ich diese Panne erst bemerkt hatte, als sich auf dem Kellerboden Erdbeersaft mit Bratensoße und Schokoladeneis zu einer klebrigen Masse vermischt hatte, war ich vorsichtiger geworden und stopfte die Truhe nicht mehr mit preiswerten Sonderangeboten voll. Die zwölf aufgetauten Schnitzel waren zusammen mit den Rouladen in der Mülltonne gelandet und hatten noch Tage später mein Gewissen strapaziert.

»Jetzt habe ich nicht genug zum Essen im Haus«, lamentierte ich von neuem, »die Lammkoteletts sind genau abgezählt.«

»Ich verzichte auf meins«, brüllte Sven von oben, »wie ich dich kenne, hast du dir ja doch wieder Hammel andrehen lassen.« Noch im Schlafanzug, schlurfte er die Treppe herunter, schlappte weiter in die Küche, holte zwei Gläser aus dem Schrank, goß in das eine Orangensaft und hielt das zweite unter die Wasserleitung. »Is' Aspirin im Haus, Määm?«

»Ja, oben im Bad.«

Er stöhnte mitleiderregend. »Hättste das nicht früher sagen können? Da komme ich doch gerade her.«

»Davon sieht man aber nichts, du machst im Gegenteil einen reichlich zerknitterten Eindruck.«

Müde winkte er ab. »Wer morgens zerknittert aufwacht, hat

den ganzen Tag viele Entfaltungsmöglichkeiten. Ich glaube, ich gehe noch mal schlafen.«

Getreu der Devise, wonach hohe Feiertage am billigsten im Kreise der Familie verbracht werden können, war Sven gestern nachmittag eingetrudelt, hatte sich gegen Abend »nur auf ein kleines Bier« abgeseilt und war vermutlich irgendwann zwischen Mitternacht und Morgen ins Bett gefallen. »Wann bist du eigentlich nach Hause gekommen?« fragte ich beiläufig. »Ich habe dich gar nicht mehr gehört.«

»Spät. Oder früh, ganz wie du willst. Hab' ein paar alte Klassenkameraden getroffen, und da haben wir uns natürlich festgelabert. Als der Pfalzgraf zugemacht hat, haben wir noch bei Erwin weitergebechert. Mens sana in Campari Soda.« Er stöhnte noch ein bißchen lauter. »Am besten lege ich mich noch 'ne Stunde aufs Ohr, mir geht's nämlich gar nicht gut.«

Auffallend langsam, als ob er Widerspruch erwartete, schlich er die Treppe hinauf. Sollte er nur, ich wußte genau, wie ich ihn munter kriegen würde. »Dein Bruder kommt heute abend.«

»Na und?« murmelte er, schien dann aber doch zu begreifen, was ich eben gesagt hatte. »Sascha? Was will der denn hier?«

»Ostereier suchen«, sagte ich pampig. »Er hat vorhin angerufen und gebeten, daß ihn jemand nachher in Frankfurt abholt.«

Ungläubig schüttelte Sven den Kopf. »Ich denke, der Kahn ist ein Kreuzfahrtschiff. Wie kommt denn das nach Frankfurt? Der Main hat doch gar nicht genug Tiefgang für so 'n Riesenpott.«

Da gab ich es auf. »Jetzt steck erst mal dein Haupt unter kaltes Wasser, zieh dich an, und dann reden wir weiter.«

Doch er ließ nicht locker. »Nu mal im Ernst, Määm, wie kommt Sascha so plötzlich nach Deutschland? Ich denke, der gurkt durch die Karibik?«

»Dein Vater sucht ihn in der Südsee, du in der Karibik – meine Güte, habt ihr denn noch nie was von Flugzeugen gehört?«

Ein verstehendes Lächeln zog über Svens Gesicht. »Sind das nicht diese modernen Geräte, mit denen man bei schlechtem Wetter schneller als je zuvor dreihundert Kilometer weit von der Stelle entfernt landet, an die man eigentlich wollte?« Ihm mußte wohl noch der Rückflug aus seinem letztjährigen Urlaub in den Knochen stecken, als der Stuttgarter Flughafen wegen Nebel geschlossen worden war.

»Das kann heute nicht passieren, die Sonne scheint ja.« Dann fiel mir noch etwas ein. »Übrigens sollen wir ihn vom Busbahnhof abholen.«

Stille. Plötzlich schallendes Gelächter. »Heiliger Himmel, muß der Junge pleite sein!«

Fünf Minuten vor sieben hatten wir nicht nur den Busbahnhof, sondern gleich daneben einen Parkplatz gefunden, und zehn Minuten nach sieben waren wir überzeugt, daß wir uns geirrt hatten. Weit und breit war kein Mensch zu sehen, keine Reisenden mit Koffer, keine Abholer mit Blümchen, nicht mal irgend etwas Uniformiertes, das man um eine Auskunft hätte bitten können.

Nach einer weiteren Viertelstunde hatte Sven genug. »Hier stimmt doch was nicht. Ich gehe mal rüber zum Hauptbahnhof, vielleicht kriege ich da etwas raus.«

»Und ich muß zu Hause anrufen«, sagte ich sofort, froh, diese öde Gegend, in der es nur Baustellen mit herrenlosen Kränen gab, wenigstens vorübergehend verlassen zu können. »Dein Vater glaubt sonst, ich hätte seinen Wagen an einen Brückenpfeiler gesetzt.«

»Du mußt hierbleiben. Es könnte ja sein, daß der Bus in der Zwischenzeit doch noch auftaucht.«

Dabei bezweifelte ich schon, daß hier jemals einer vorbeigefahren war. »Beeil dich bitte, ich komme mir im wahrsten Sinne des Wortes wie bestellt und nicht abgeholt vor.«

Sven hatte sich wirklich beeilt. Atemlos kam er zurückgespurtet und nickte schon von weitem mit dem Kopf. »Wir stehen richtig, aber wann der Bus eintrudelt, konnte mir die Tante bei der Auskunft auch nicht sagen. Er hätte schon längst dasein müssen.«

Das allerdings war mir schon vorher bekannt gewesen. »Na schön, warten wir eben weiter. Jetzt hältst du die Stellung, und ich gehe telefonieren.«

Rolf wunderte sich überhaupt nicht. »Hast du denn geglaubt, so ein Überlandbus ist pünktlich? Wir haben Pfingsten, die Autobahnen sind überfüllt.«

»Da, wo wir stehen, müssen aber alle Leute schon angekommen sein. Kein Mensch ist mehr auf der Straße.«

Als ich zur Haltestelle zurückkam, hatte Sven Gesellschaft gekriegt. Ein älteres Ehepaar trippelte ungeduldig von einem Fuß auf den anderen, zwei Teenager unbestimmbaren Geschlechts kickten eine leere Coladose durch die Gegend, ein etwa fünfjähriges Mädchen hockte halb schlafend auf einer riesigen Kühltasche, und Opa war auch noch da mit Trachtenjoppe und Gamsbarthut. Wenn die alle zusammengehörten, mußten sie in einem Kleintransporter angereist sein.

»Die warten auch auf den Bus«, erläuterte Sven überflüssigerweise.

»Das habe ich mir beinahe gedacht.«

Im Laufe der nächsten halben Stunde erfuhr ich, daß die so zahlreich versammelte Familie zum Empfang des heimkehrenden Sohnes angetreten sei. »Der fährt nämlich zur See und hat jetzt Urlaub. Die ganze Welt hat er schon gesehen, und dabei ist er erst sechsundzwanzig Jahre alt.«

»Meiner auch«, sagte ich erfreut, obwohl das nicht so ganz stimmte, denn bisher hatte Sascha erst bestenfalls die halbe umrundet. »Wie heißt denn das Schiff?«

»LIBERTY«, antwortete Papa stolz. »Das ist ein ganz großes Passagierschiff.«

»Weiß ich, mein Ableger ist nämlich auch drauf.« Nachdem ich noch kurz das Mißverständnis korrigiert und den als meinen Ableger bezeichneten Sascha der Gattung homo sapiens zugeordnet hatte, wurde ich darüber aufgeklärt, daß der andere Sohn Stefan heiße, als »Stuart« im großen Speisesaal tätig sei, weil er doch bei seinem Onkel im Allgäu richtig Kellner gelernt habe, »und nun wird er wohl viel zu erzählen haben. Morgen haben wir ein großes Fest, da kommen alle Verwandten, sogar der Vetter vom Stefan aus Bremen und seine Patin aus dem Westerwald. Seine drei Nichten haben wir gleich mitgebracht, denn ihre Mutter, also dem Stefan seine Schwester, steht zu Hause und kocht.«

Die Aufzählung weiterer Onkel und Tanten blieb uns erspart, denn endlich bog ein verstaubter Bus um die Ecke. »Da kommt er!« schrie der eine Teenager, während der andere der Coladose einen letzten Tritt versetzte und sich dann mit ausgebreiteten Armen mitten auf die Fahrbahn stellte.

»Na-di-ne, komm sofort zurück!« kreischte Mama, »hilf dem Großi bei der Fahne!«

Papa hatte sich der beiden langen Stangen bemächtigt, die seitwärts an einem Bauzaun lehnten, umhüllt von einem weißen Tuch. Als es zu voller Bettlakengröße auseinandergerollt war, konnte ich auch die mit Wasserfarben gepinselten Buchstaben entziffern: Willkommen zu Hause, Stefan.

Mama hatte das schlafende Mädchen an Uropa weitergereicht und die Kühltasche geöffnet. Zum Vorschein kamen zwei Flaschen Sekt nebst einer noch zugeschweißten Packung Plastikbecher. »Wir müssen doch die gesunde Heimkehr begießen«, sagte Mama, mit dem ersten Korken kämpfend. »Sie kriegen auch ein Gläsle ab.«

Der Bus hielt, zischend öffnete sich die Tür, und dann standen sie vor uns, die beiden braungebrannten Burschen, und wirkten zwischen uns Bleichgesichtern reichlich exotisch.

»Hi!« grüßte Sascha, etwas herablassend das Empfangskomitee musternd, während Stefan erst gar nicht zu Wort kam. Die gesamte Sippe war auf ihn zugestürzt, Mama, mit der noch immer ungeöffneten Flasche in der Hand, umhalste ihn und ließ ihm nicht mal Zeit, seine Tasche abzustellen.

»Bloß weg hier!« zischelte uns Sascha zu. »Der Kerl geht mir allmählich auf den Senkel.«

Doch dazu kamen wir noch nicht. Erst mußte Sascha schnell ein Glas Sekt trinken, weil »der Freund von unserem Stefan wird doch sicher mit uns anstoßen wollen«, was er denn auch notgedrungen tat. Anschließend mußte er noch Papa die Hand geben und Opa, mußte Papas Visitenkarte einstecken, damit er den Stefan bald mal besuchen könne (»Das erste Dorf hinter Kempten, wo Edeka draußen dransteht, das sind wir!«), und dann endlich durften wir uns verabschieden.

»Genau so habe ich mir seinen Verein vorgestellt«, schimpfte Sascha, »die letzten zwei Stunden hat er von nichts anderem erzählt. Von wegen Freund« – er schüttelte sich, als wollte er ein lästiges Insekt abstreifen –, »ich hab' den vorher ja kaum gekannt. So 'ne Flasche hätte überhaupt nicht in unsere Crew gepaßt. Wir hatten nur zufällig denselben Weg.«

Als wir im Auto saßen, den Kofferraumdeckel mit Strippe fixiert, weil er nicht mehr zugegangen war, machte Sven zum erstenmal wieder den Mund auf. »Wie kommst du von da unten« – auf nähere Bezeichnungen wollte er sich wegen mangelnder geographischer Kenntnisse wohl nicht einlassen – »nach Island, von da nach Brüssel und dann mit 'nem popligen Bus nach hier?«

»Weil's der schnellste Weg war.«

»Ach? – Na ja, wenn ich nach Stuttgart will, fahre ich auch immer über München.«

»Und billiger war's außerdem«, ergänzte Sascha, bevor er sich zu einer näheren Erklärung herabließ. Demnach wäre ein Direktflug Miami – New York – Frankfurt ein paar hundert Dollar teurer gewesen als der Umweg über Island, nur gab es von dort keine Verbindung nach Frankfurt, so war als letzte Möglichkeit Brüssel geblieben. Und von dort wiederum wäre erst am nächsten Tag wieder eine Maschine in die Mainmetropole gegangen. »Ich wußte gar nicht, daß Busfahren so teuer ist«, beendete er seinen Bericht, »ein Flugticket hätte auch nicht viel mehr gekostet.«

»Und nun erzähl mal, wie das so ist auf 'm Kahn«, forderte Sven ihn auf. »Ich hatte eigentlich damit gerechnet, daß du mit einem Millionärstöchterlein aufkreuzt oder wenigstens mit was Exotischem, Typ Bali oder Java.«

»Quatsch«, murmelte Sascha nur, und dann sagte er gar nichts mehr. Er war nämlich eingeschlafen.

Wenn ich mir nun eingebildet hatte, er würde seinen Seesack an den Nagel hängen und wieder seßhaft werden, so wurde ich sehr schnell eines Besseren belehrt. »In sechzehn Tagen muß ich wieder in Southampton sein. Hab' ich euch eigentlich schon gesagt, daß ich auf der Kju-Iii-Tu angeheuert habe?«

Nein, hatte er nicht. Er hatte überhaupt recht wenig erzählt, und wenn er nach so kurzer Zeit schon wieder den Kahn wechseln wollte, mußten wohl schwerwiegende Gründe vorliegen. Oder war er am Ende gar nicht freiwillig gegangen? Was war das überhaupt für ein Name? Kju-Iii-Tu, so heißt doch kein anständiges Schiff? »Warum bleibst du denn nicht auf der LIBERTY?«

»Würdest du nicht zugreifen, Määm, wenn du dich verbessern könntest?«

»Natürlich! Nur kann ich nicht verstehen, weshalb du dir dazu ausgerechnet ein chinesisches Schiff ausgesucht hast. Kju-Iii-Tu, was heißt denn das auf deutsch?«

Er grinste nur. »QUEEN ELIZABETH ZWO. Vielleicht hast du schon mal was davon gehört.«

Jetzt ging mir endlich ein Licht auf. Einige Fachausdrücke hatte ich inzwischen gelernt, wußte, daß man unter »Crossing« die Atlantik-Route England – New York zu verstehen hatte und »Overnight« bedeutete, daß das Schiff auch nachts im Hafen blieb und nicht, wie bei Kreuzfahrten üblich, auf hoher See dem nächsten Ziel entgegenfuhr, doch daß man hinter diesem vermeintlich chinesischen Namen das Kürzel QE II zu suchen hatte, konnte ich nun wirklich nicht ahnen. »Ist das nicht überhaupt das größte Passagierschiff der Welt?«

»Nee, die NORWAY ist einen Meter länger und noch ein bißchen breiter, deshalb geht sie auch nicht durch den Panamakanal, die muß immer unten rum.«

Keine Ahnung, was unten rum bedeutete, war mir auch egal. Die QUEEN ELIZABETH kannte jeder, zumindest dem Namen nach, die LIBERTY hatte niemand gekannt, und das hatte mich immer gewurmt. Ich wurde oft gefragt, was denn aus Sascha geworden sei, man sähe ihn ja gar nicht mehr, und wenn ich dann erzählte, er sei als Steward mit der LIBERTY gerade auf Weltreise, hatte ich schon häufig genug zu hören bekommen: »So? Des Schiff kenn i net. Onsers hat LEXORNO g'hoißa, wo mer die Kreizfahrt mit gemächt haba im Middelmeer.« Jetzt konnte ich wenigstens auftrumpfen!

Doch vorher mußte Sascha noch mal schnell nach England. Wegen Sabine. »Ich glaube, die hat sich umorientiert«, vermutete er, »ihre Briefe wurden immer kürzer und sachlicher.«

»Wenn du dich bei ihr genauso häufig gemeldet hast wie bei uns, kann ich das verstehen. Schon so manche Liebe ist an der Geographie zugrunde gegangen.«

Also flog Sascha nach London und war schon zwei Tage später wieder zurück. »Sie hat 'n andern«, freute er sich, »einen Piloten von den British Airways. Jetzt überlegt sie, ob sie nicht auf Stewardeß umsatteln soll. Englisch hat sie inzwischen prima gelernt, aber mit Technik hat sie doch noch nie was am Hut gehabt. Sie müßte ja schon froh sein, wenn sie sich bei der Vorführung der Sauerstoffmasken nicht erwürgt.«

Anscheinend machte ihm die geplatzte Beziehung überhaupt nichts aus, und das wunderte mich ein bißchen. Immerhin hatten die beiden fast zwei Jahre zusammengelebt. »Hast du dich etwa auch – äh, umorientiert?«

»Auf die Frage habe ich schon lange gewartet«, meinte er grinsend, »aber du brauchst keine Angst zu haben, Schwiegermutter wirst du vorläufig bestimmt nicht.«

Das zumindest war beruhigend, doch: »Gibt es denn keine hübschen Mädchen an Bord?« Ich dachte an die *Traumschiff*-Serie im Fernsehen und an Steward Viktor, der seine Freizeit häufig mit attraktiven weiblichen Passagieren verbracht hatte – in allen Ehren natürlich, bestenfalls händchenhaltend, weil diese Seifenoper ja im Vorabendprogramm ausgestrahlt wurde. Nach dem dritten hingehauchten Kuß auf die Stirn hatte ich jedesmal den Eindruck bekommen, daß dieser schöne Steward ein geschlechtsloses Wesen sein mußte.

Sascha war garantiert keins. Bevor er mit Sabine seßhaft wurde, hatte er uns beinahe alle drei Monate eine neue Freundin vorgestellt, bis Rolf ein rigoroses Bräutemitbringeverbot erteilt hatte. Deshalb konnte ich mir auch nicht vorstellen, daß mein Sohn plötzlich der gesamten Weiblichkeit abgeschworen haben sollte.

Hatte er auch nicht. »Natürlich gibt es mal einen Flirt«, gestand er bereitwillig, »aber was Ernstes ist nie draus geworden. Du kannst doch in einem Heringsfaß keine Forelle angeln.«

Womit das Thema erst einmal abgeschlossen war.

Die restlichen Tage bis zu seiner Abreise verbrachte er überwiegend schlafend, und wenn er gerade mal wach war, nervte er. An fangfrische Langusten und gerade vom Baum geholte tropische Früchte gewöhnt, bezeichnete er meine tiefgefrorenen Kabeljaufilets als Fischfutter und die Dosenpfirsiche als Glibber. »Hast du schon mal eine frisch geerntete Ananas gegessen?«

»Selbstverständlich. Ich lasse sie mir ja täglich von Südafrika einfliegen!« Dieser bornierte Jüngling hatte offenbar sämtliche Maßstäbe verloren und keine Ahnung mehr, wie es in einem deutschen Normalhaushalt zuging. Er schwärmte von der chinesischen Küche, die man natürlich nur in Hongkong richtig genießen kann, zählte in allen Einzelheiten auf, was zu einer indonesischen Reistafel gehört, und hatte noch nie ein so exzellentes Steak gegessen wie in Buenos Aires. Wenn man ihm glauben wollte, hatte er sich auf dem Schiff vorwiegend von Kaviar und Hummermayonnaise ernährt (»Auf dem Mitternachtsbüfett steht das Zeug kiloweise herum«), und hätte er uns nicht Fotos gezeigt, auf denen er in Affenjäckchen mit Silbertablett in der Hand zu sehen war, dann wäre mein damals geäußerter Verdacht vielleicht doch wieder aufgeflammt. Schließlich sehnte ich den Tag seiner Abreise regelrecht herbei, und als es endlich soweit war, ließen wir ihn ohne großes Bedauern ziehen.

Katja war es, die uns allen aus der Seele sprach: »Ich liebe meinen Bruder wirklich, aber am meisten liebe ich ihn, wenn er mindestens hundert Kilometer weit weg ist.«

## 2

Was schenkt man seinen Kindern zum Abitur? Um die Jahrhundertwende ist wohl spätestens zu diesem Zeitpunkt die goldene Uhr fällig gewesen, sofern der Primaner sie nicht schon zur Konfirmation bekommen hatte. Heute besitzt jeder Abiturient mindestens drei Armbanduhren mit zum jeweiligen Outfit passendem Ziffernblatt. Gold ist spießig, Plastik ist in.

Ganz begüterte Väter pflegten seinerzeit ihren gerade der Schule entronnenen Nachkommen einen Scheck zu überreichen und sie auf Reisen zu schicken, damit sie sich von den Strapazen des Lernens erholen sowie ihren Horizont erweitern könnten. Als Begleitperson wurde etwas Zuverlässiges aus dem Bekanntenkreis erwählt, meist ein sogenannter väterlicher Freund oder – wenn die zu begleitende Person weiblichen Geschlechts war – die ältliche und selbstverständlich unverheiratete Kusine zweiten Grades, der man auf diese Weise auch mal etwas Gutes tun konnte. Erkorenes Ziel war meistens Italien, erstens wegen des Wetters und zweitens wegen der Bildung.

Die heutigen Abiturienten buddelten allerdings schon im Windelalter Löcher in den Strand von Rimini, wußten bereits als Grundschüler, an welcher Imbißbude in Marbella die Fritten am billigsten sind, und wenige Jahre später, als sie sich noch mit den ersten französischen Vokabeln herumschlugen, beherrschten sie den tiefschürfenden Satz »Wo kommst du her?« schon in vier verschiedenen Sprachen. Nein, mit Auslandsreisen kann man den jetzt Neunzehnjährigen nicht mehr imponieren. In Österreich sind sie im Landschulheim gewesen, in Frankreich als Austauschschüler, die Klassenfahrt war ins Elsaß gegangen, und Holland hatte man mit dem Schachclub besucht. Studienreisen? Aber selbstverständlich, hatten wir doch auch schon. Eine Woche Berlin zum Beispiel, vom Kultusministerium bezuschußt zwecks Besichtigung der Mauer, die man jetzt allerdings nur noch in Form von kleinen bunten Bröckchen käuflich erwerben kann. Dann mußte man noch den Reichstag durchwandern und auf dem Alexanderplatz seinen Zwangsumtausch in Schallplatten oder Bücher einwechseln, womit der Kultur meist Genüge getan war und man sich dem Studium von Schaufensterauslagen und Diskotheken widmen konnte.

Eine Reise als Belohnung fürs bestandene Abitur fiel also aus. Was dann? Ein eignes Auto? In unserem Fall hätten es normalerweise gleich zwei sein müssen, Zwillinge kriegen ja grundsätzlich alles doppelt, und außerdem ... sie hatten schon eins! Größenwahn war es nicht gewesen, dem die Mädchen ihre schon etwas bejahrte Ente zu verdanken hatten, auch nicht die mehr oder weniger regelmäßigen, mit anklagendem Unterton vorgebrachten Bemerkungen wie: »Uwe hat den alten Wagen von seinem Vater gekriegt, der hat sich nämlich einen neuen gekauft!« oder: »Daniela darf das Auto von ihrer Mutter benutzen, wann sie will.« Abgesehen davon, daß die ach so beneidenswerten Freunde samt und sonders älter und schon im Besitz der begehrten Führerscheine waren, hielt ich es aus rein pädagogischen Gründen für übertrieben, gerade erst achtzehn gewordenen Teenagern ein eigenes Auto vor die Tür zu stellen. An diesem Vorsatz hielt ich fest, bis das vorletzte Schuljahr begann.

Ländliche Gymnasien haben große Vorteile. Die Kriminalität beschränkt sich auf das nächtliche Besprühen der Schulhauswände mit gerade gängigen Parolen (We don't need no education) oder die mutwillige Zerstörung eines Fensterrollos, was eine extra gebildete Untersuchungskommission zur Folge gehabt hatte (die wie die meisten Untersuchungskommissionen zu keinem Ergebnis gekommen war!), aber es hatte weder Schlägereien gegeben noch Drogenprobleme. Sogar die beiden sehr alternativ eingestellten neuen Lehrer war man wieder losgeworden. Ihre eigenwilligen Unterrichtsmethoden, nämlich mit gekreuzten Beinen auf den Tischen zu sitzen und Atemübungen zu praktizieren, hatten zwar den Schülern recht gut gefallen, nicht aber den Eltern. Yoga statt Geographie? Die Kinder sollten doch erst einmal lernen, wo Indien überhaupt liegt! Es dauerte auch nicht lange, da waren die beiden Selbstbesinnungs-Fetischisten an eine andere Schule versetzt worden, und daß die Erdkundestunden mangels kompetenter Lehrkräfte bis zum Schuljahresende größtenteils ausfielen, wurde hingenommen.

Eine ländliche Schule, die ihre Schüler aus den mehr oder weniger weit entfernten Ortschaften bezieht – deshalb heißt es ja auch Einzugs-Gymnasium –, muß für Transportmöglichkeiten sorgen. Sie heißen Schulbusse und fahren zweimal täglich, nämlich morgens vor Schulbeginn und mittags nach Schulschluß. Da sie in der Regel mindestens ein halbes Dutzend Dörfer abklappern, sind diejenigen Schüler am schlechtesten dran, die als erste eingebaggert werden. Die Zwillinge gehörten dazu und mußten früh um sieben an der Haltestelle sein. Folglich waren sie umgekehrt auch die letzten, die wieder ausgeladen wurden. Mittagessen gab es bei uns nie vor zwei Uhr, oft genug später, weil es unterwegs eine ampelgeregelte Baustelle gegeben hatte, die morgens noch nicht dagewesen war, oder weil plötzlich ein Reifen platt gewesen war oder der Fahrer auf dem Abstellplatz die Zeit verpennt hatte. Wie oft es statt der zerkochten Salzkartoffeln schließlich Kartoffelbrei gegeben hat, weiß ich nicht mehr. Nudeln warf ich grundsätzlich erst in den Topf, wenn die Mädchen vor der Tür standen. Dann gab es bei uns eben Mittagessen, wenn andere Leute schon die Kaffeetassen auf den Tisch stellten.

Doch daran kann man sich gewöhnen. Problematisch wurde die ganze Sache allerdings, als mit der »erweiterten Oberstufe« die Kurse begannen. Da hatte Nicki in der dritten und vierten Stunde Chemie, danach nichts mehr und erst am Nachmittag wieder Computer-AG und Musik. Katja dagegen, die von Naturwissenschaften nichts hielt und alles, was abwählbar gewesen war, auch prompt abgewählt hatte, mußte morgens zur ersten Stunde antreten, weil da der Deutsch-LK begann. Im Anschluß daran kam Geschichte, ein Fach, auf das Nicki verzichtet hatte, und danach war sie fertig. Dafür hatte sie am nächsten Tag acht Stunden und Nicole bloß fünf.

Nun waren die Zwillinge zum erstenmal getrennte Wege gegangen, und schon wuchs sich dieser Entschluß zur Katastrophe aus. Ich verbrachte einen Teil des Tages auf der Landstraße, fuhr die eine Tochter um zehn zur Schule, holte die andere um halb drei ab, nahm die erste gleich mit, obwohl sie noch eine Stunde Zeit gehabt hätte, holte sie um fünf wieder ab ... versuchte, Fahrgemeinschaften zu organisieren, kapitulierte, weil tatsächlich alle sieben Schüler aus unserem Ort sieben verschiedene Stundenpläne hatten, schimpfte, fluchte, kannte inzwischen jeden Kilometerstein auf der Strecke und hatte schließlich die Nase voll. Sechs Wochen später hatten die Mädchen ihre Führerscheine und eine Woche darauf die Ente.

Fortan holte ich Nudeln und Waschpulver wieder mit dem Fahrrad. Ich hatte nämlich nicht berücksichtigt, daß diese hübschen rosa Scheine nicht nur zum Fahren der Ente berechtigten, sondern quasi ein Freibrief für das Requirieren jedes familieneigenen Fahrzeugs waren. Und davon gab es mehrere. Das väterliche Auto stand allerdings erst abends zur Verfügung, doch immer noch früh genug, um damit in die Disko, ins Kino oder auch nur fünf Straßen weiter zur Freundin zu fahren. Wenn Steffi mal wieder Krach mit Horst Herrmann gehabt hatte und samt Übernachtungsköfferchen bei uns vor der Tür stand, wurde sofort ihr Polo beschlagnahmt, denn mit der Ente war gerade Katja unterwegs, und Nicki mußte dringend zwecks Klärung der Schallschwingungen zu Mark, weil der in Physik viel besser war als sie. Die Fahrräder rosteten in der Garage still vor sich hin, als Führerscheinbesitzer ist man über diese Drahtesel erhaben, die Gesundheitswelle hatte gerade erst das Stadium des Joggens erreicht, Radeln war noch nicht wieder in.

Im Notfall war ja immer noch mein Auto da. Und Notfälle gab es beinahe täglich. Sie wurden regelmäßig beim Abendessen diskutiert.

»Ich fahre doch morgen nicht mit Nicki zur ersten Stunde hin, wenn ich erst zur vierten dasein muß«, moserte Katja.

»Dann nimmt Nicki den Bus, du die Ente, und mittags kommt ihr zusammen zurück. Wo liegt da das Problem?«

»In den Sternen. Ich habe nachmittags noch Astronomie.«

Kleine Denkpause, dann hatte ich die Lösung. »Ihr kommt beide zum Essen nach Hause, und später fährt Nicki wieder rüber.«

»Und wie komme ich nach Sinsheim? Wir haben doch morgen das Volleyball-Turnier«, protestierte Katja.

Jetzt meldete sich das Familienoberhaupt zu Wort: »Wenn ich euch so höre, frage ich mich wirklich, wie ich die Schulzeit überlebt habe. *Ich* mußte jeden Tag mit dem Fahrrad fahren, neun Kilometer hin und wieder zurück. Bei Wind und Wetter. Und mir hat das auch nicht geschadet.«

Katja nickte nur. »Weißt du, Paps, je älter du wirst, desto weiter wird dein Schulweg. Im vorigen Jahr sind es noch sieben Kilometer gewesen.«

»Na ja, im Winter mußte ich immer einen Umweg fahren, weil

der Feldweg zugeschneit war«, verteidigte sich Rolf, »und wenn man die zusätzlichen Kilometer mit dem Jahresdurchschnitt ...«

»Ich glaub's dir ja, Papi, aber hier gibt es bloß Landstraße, und da landest du als Radfahrer irgendwann als Kühlerfigur auf 'nem Daimler. Bernd ist erst neulich zehn Meter durch ein Maisfeld gefräst, weil ihn sonst so ein Midlife-crisis-Geschoß aufgespießt hätte.« Und als sie seine fragende Miene sah, ergänzte sie: »'n Porsche.«

Jedenfalls endete auch diese Debatte wieder mit einem Kompromiß. Katja würde die Ente nehmen und Nicki meinen Wagen, damit ihre Schwester am Nachmittag Ball spielen konnte.

»Und was wird aus meinem Friseurtermin?« fragte ich zaghaft.

»Na, die paar hundert Meter kannste doch zu Fuß gehen.«

Als ich später den Tisch abräumte – die Zwillinge hatten sich wie üblich mit unaufschiebbaren Verpflichtungen entschuldigt –, sagte ich resignierend zu meinem zeitungslesenden Ehemann: »War das noch eine schöne Zeit, als die beiden im richtigen Alter waren.«

»Wann soll denn das gewesen sein?«

»Vor ein paar Monaten. Zu alt, um nachts zu schreien, aber zu jung, um sich meine Autoschlüssel zu krallen.«

Wir hatten den Zwillingen ein Benzinkontingent ausgesetzt, das großzügig bemessen war und ihnen neben dem Schulweg noch kleinere Extratouren gestattete. Trotzdem reichte es nie. Taschengeld und gelegentliche Nebenverdienste wurden größtenteils in Treibstoff umgesetzt, damit sie in die Disko oder ins Kino fahren konnten. Vorher mußten sie aber noch Ulf und Mark und Svenja aufsammeln, die ihnen dafür den Eintritt bezahlten. Den wiederum hätten sie mühelos selbst aufbringen können, hätten sie nicht das Benzin gebraucht, um Ulf und Mark und Svenja abzuholen.

Den ersten Strafzettel konnte Nicole noch abfangen bevor er Rolf in die Hände fiel. Da die Ente auf seinen Namen lief, waren alle amtlichen Bescheide – Reparaturrechnungen inbegriffen – an ihn adressiert. Der nächste landete denn auch auf seinem Schreibtisch.

»Wer hat am Siebzehnten das Auto auf einem Behindertenparkplatz abgestellt?«

»Das war ich«, gab Katja sofort zu, »aber nur für fünf Minuten, weil ich ...«

»Bist du behindert?« donnerte ihr Vater.

»Ja, geistig«, kommentierte Nicki halblaut.

»Bist du behindert?« wiederholte Rolf.

»Ich war behindert«, behauptete Katja prompt, »da hatte ich noch die beiden Finger in Gips.«

»Dann hättest du sowieso nicht fahren dürfen«, tobte Rolf. »Hätte man dich erwischt, wäre nämlich *ich* drangewesen.«

»Stimmt gar nicht, ich bin achtzehn und strafmündig.«

»Schön, daß du das einsiehst. Dann bezahle gefälligst auch den Strafzettel.«

»Mach ich ja. Gleich am nächsten Ersten.« Und dann ziemlich kleinlaut: »Oder würdest du vielleicht ... Du kannst es mir ja wieder vom Taschengeld abziehen. Danke.« Weg war sie, steckte aber noch einmal den Kopf durch die Tür. »Du mußt die Sache mal andersherum sehen, Paps. Wer sein Vaterland liebt, freut sich über ein Knöllchen. Es beweist doch, daß die öffentliche Verwaltung funktioniert.«

Weihnachten kam und ging, und wir hatten noch immer nichts gefunden, womit wir unsere Töchter für das demnächst fällige und natürlich glänzende Abitur belohnen konnten. Rolf war ohnehin dagegen. »Wieso die? Du hättest eine Anerkennung verdient für dreizehn Jahre Nachhilfeunterricht, für Frustabbau, Seelentrost, für Chauffeurdienste, für ... ach, das weißt du doch viel besser als ich.«

»Großartige Idee«, sagte ich sofort, »und womit gedenkst du mich zu belohnen?«

So genau festlegen wollte er sich nun auch wieder nicht. »Mal sehen, vielleicht ein paar Tage Berlin? Natürlich erst, wenn der ganze Rummel hier vorbei ist.«

So allmählich warf »der Rummel« seine Schatten voraus. Vorzugsweise in Gestalt eines lang aufgeschossenen, bebrillten Jünglings namens Heiko, der jeden Nachmittag auftauchte und sofort mit Nicki in den oberen Gemächern verschwand.

»Was treiben die da eigentlich?« erkundigte ich mich schließlich bei Katja, die den Knaben nur mit einem kurzen »Hi!« zu begrüßen pflegte, um sich dann wieder ihrer jeweiligen Beschäftigung zu widmen. »Die machen Mathe. Am Vierzehnten sind wir mit der Abi-Klausur dran.«

»So bald schon?« fragte ich erschrocken.

»Wieso bald? Sechs Tage sind doch eine lange Zeit!«

Nun war mir hinlänglich bekannt, daß Katja mein mangelndes Begriffsvermögen für alles, was mit Zahlen zu tun hat, geerbt hatte. Über den Lehrsatz des Pythagoras war ich eigentlich nie hinausgekommen, und Katja hatte nicht einmal den kapiert. Auf meine Frage, ob sie es nicht für opportun halte, an den offenbar kostenlosen Nachhilfestunden teilzunehmen, schüttelte sie nur den Kopf. »Vergeudete Zeit. Was ich in neun Jahren nicht verstanden habe, werde ich in der letzten Woche auch nicht mehr begreifen. Mathe habe ich sowieso abgehakt. Wenn ich drei Punkte kriegen würde, wäre ich schon happy.«

(Sie bekam *einen* und ging damit in die Annalen des Gymnasiums ein als die Schülerin mit dem miesesten Mathe-Abitur, das jemals abgeliefert worden war.)

Überhaupt hatte ich den Eindruck, daß sie die bevorstehende Bewährungsprobe ein bißchen zu sehr auf die leichte Schulter nahm. Nicki paukte in jeder freien Minute, hatte bei den Mahlzeiten neben dem Teller Block und Bleistift liegen, seitdem ihr einmal beim Zerteilen ihres Schnitzels die Lösung für ein geometrisches Problem eingefallen war, und wenn man sie irgend etwas Belangloses fragte, bekam man als Antwort ein Genuschel, das ungefähr klang wie »die Koordinationsbindung gleich koordinative, dative oder semipolare Bindung ...«

»Weißt du eigentlich, wovon du da redest?« wollte Rolf einmal wissen.

»Nee, deshalb lerne ich es ja auch auswendig«, gab Nicki zurück, »... steht der Atombindung nahe ...«

»Was man sowieso nicht begreift, kann man wenigstens auch nicht vergessen«, sagte Katja, fuhr übers Wochenende zum Skilaufen, versäumte auch nicht die Geburtstagsparty ihrer zweitbesten

Freundin, und wenn sie mal wirklich etwas las, dann waren es der Sportmoden-Katalog oder das Rezept für Chopsuey. »Ich kloppe mir doch nicht von morgens bis abends die Birne voll mit Dingen, die ich später ohnehin nie brauche. Wer will schon von einer Reiseleiterin Genaueres über den Westfälischen Frieden wissen?« Sprach's, klapperte mit den Autoschlüsseln und verschwand.

Stimmt ja, ihr gegenwärtiges Berufsbild bestand aus einem palmengesäumten Strand irgendwo in fernen Ländern, an dem sie den größten Teil des Tags verbringen und nebenher einige Touristen betreuen würde, die sich eine solche Reise leisten konnten. Seit neuestem war der Bereich Touristik sogar zum Studienfach erhoben worden, was Katja außerordentlich begrüßte. Studieren wollte sie auf jeden Fall, nur hatte sie bisher noch nichts Passendes finden können. Noch vor einem Jahr hatte sie auf Fragen besorgter Verwandter, womit sie denn in näherer Zukunft ihren Lebensunterhalt zu bestreiten gedächte, geantwortet: »Weiß ich noch nicht. Vielleicht haben sie meinen Beruf ja noch gar nicht erfunden.«

Dann begannen die schriftlichen Arbeiten. Ich entfernte mich nie weiter als fünf Meter vom Telefon, wartete auf den erlösenden Anruf, der natürlich nie kam, weil sämtliche Prüfungskandidaten entweder die richtig beantworteten Fragen feiern oder die vermasselte Klausur in Tränen und/oder Alkohol ertränken mußten. Beides spielte sich in der schulnahen Pizzeria ab, konnte dreißig Minuten dauern oder dreihundert, und wenn dann wirklich das Telefon klingelte, hörte ich eine etwas kleinlaute Stimme: »Könntest du uns bitte abholen? Es ist besser, wenn wir uns jetzt nicht hinters Steuer klemmen.«

Am 22. Januar war der Streß vorbei, Ende Januar bekam Rolf die Nachricht, daß seine vor Monaten beantragte Kur bewilligt und bereits in zwei Wochen anzutreten sei. Sofort klickerte es bei mir. »Hattest du nicht *mir* eine Reise versprochen?«

»Du kannst ja mitkommen«, sagte er lauwarm, denn die wenigsten Ehemänner legen bei derartigen Unternehmungen Wert auf die Begleitung ihres Weibes, weil das die Freizeitgestaltung erheblich beeinträchtigt. Nicht umsonst wohnen wir in einem Kurort, ich weiß also Bescheid!

»Was soll ich denn mitten im Winter im Schwarzwald? Zugucken, wie du Sauerbrunnen trinkst und mit hochgezogenen Hosenbeinen Wasser trittst? Nein, danke, ich würde eine wärmere Gegend vorziehen. Andererseits habe ich mir wirklich einen Urlaub verdient. Und die Mädchen auch«, fügte ich sofort hinzu. Allein verreisen macht keinen Spaß. »Wir sind ihnen sowieso noch eine kleine Anerkennung schuldig. Im Gegensatz zu dir haben sie ihr Abi schon beim ersten Anlauf geschafft!«

Mit dieser Überlegung ließ ich ihn erst einmal allein. Ein Freund spontaner Entschlüsse ist Rolf noch nie gewesen.

Am nächsten Vormittag führte mich mein Weg – rein zufällig natürlich – am Reisebüro vorbei. Fragen kostet bekanntlich nichts.

»Wo ist es um diese Jahreszeit warm genug zum Baden?« erkundigte ich mich bei Frau Erlemann, die mir zwar schon des öfteren Flugtickets nach Berlin besorgt, aber noch niemals eine Urlaubsreise vermittelt hatte. Ich wußte also nicht, inwieweit sie als kompetent anzusehen war. Immerhin handelte es sich nur um ein sehr kleines Reisebüro, das in erster Linie Pauschalfahrten zu den Götz-Festspielen anbot und Omnibustouren in die nähere oder auch mal weitere Umgebung. Drei Tage Südtirol mit Unterkunft und Halbpension.

»In Auschtralien«, lautete denn auch die prompte Antwort, »da ischäs fei jetzt Sommer.«

»Ganz so weit muß es nun nicht gerade sein«, gab ich zurück. »Ich hatte eigentlich mehr an Südeuropa gedacht.«

»No fahret Se doch auf Mallorca. Die Frau Hämmerle isch grad z'rückkomma ond war ganz begeischtert. Fei richtig warm isch's g'wesa ond an Haufa nette Leit. In der Hauptsach Deitsche, sogar welle aus Heilbronn.«

Da Frau Erlemann offenbar voraussetzte, daß ich Frau Hämmerle kannte – wenn man seit zwanzig Jahren im selben Ort wohnt, hat man auch seine sechtausendundetwas Einwohner zu kennen –, erkundigte ich mich vorsichtig: »Welche Frau Hämmerle meinen Sie denn? Die alte oder die junge?«

Das war zwar ein Schuß ins Blaue gewesen, doch er hatte getroffen. Ein so typisch schwäbischer Name mußte ganz einfach mehrmals vertreten sein.

»Ha, die Alt natürlich. Mit dere schöne Pension von der Poscht ko ses sich doch leischte, zwoi Monat auf Mallorca zum fahre. Die Jung hot doch die zwoi Kinder, und's dritte isch unterwegs. Bei dene langt's net für en Urlaub.«

Ich hatte also richtig gelegen. Es gab mindestens zwei mir unbekannte Frau Hämmerle.

Frau Erlemann hatte aus den Tiefen ihres Schreibtisches einen schon reichlich mitgenommen aussehenden Katalog geholt und blätterte eifrig. »I woiß nemme, wie des Hotel g'heiße hot, aba wenn i des Foto seh, tät ich's wiederkenna.«

Nun gehörte Mallorca keineswegs zu meinen Traumzielen, und so fragte ich vorsichtshalber, wie alt denn die Frau Hämmerle jetzt sei.

»I glaub, im Herbscht isch se zweiunachtzig g'worda. Oder sind's doch scho dreiunachtzig?« Nachdenklich schob Frau Erlemann ihre Brille auf die Nasenspitze und sah mich an. »Noi, des ko net sei, na wär's ja so alt wie mei Schwiagamutter, und die isch älter. Aba über achtzig isch se g'wiß.« Die Brille wurde wieder auf ihren angestammten Platz gerückt, weil Frau Erlemann weiterblätterte. »Mei Neffe isch fei im Posaunenchor, ond da hat er damals mitgeblase beim Geburtstagsschdändle für die Frau Hämmerle. Do hot's sogar an Sekt gegäbe hinterher. – Do, jetzt hab' ich's g'funda.«

Sie schob den aufgeschlagenen Katalog über den Tisch und deutete auf die Abbildung eines Hauses mit Blumenrabatten davor und einem Kellner im Hintergrund, der freundlich in die Kamera lächelte. »Des sieht doch so richtig g'miatlich aus, gell? Ond älle Zimmer hin dr Blick zum Meer.«

Sie verstand gar nicht, weshalb ich plötzlich laut zu lachen anfing. »Ich stelle mir gerade meine beiden Töchter vor, wie sie sich am Strand von zwei betagten Herren über die verschiedenen Behandlungsmethoden von Arthritis oder Alterszucker aufklären lassen.«

Erst stutzte sie einen Augenblick, dann nickte sie verstehend. »Ja so, die beide Mädle kommet au mit? Hen die jetzt koi Schul'?«

»Sie haben gerade ihr Abitur gemacht«, sagte ich stolz.

Frau Erlemann staunte. »Sind sie au scho so weit?« Dann nickte sie nachdrücklich mit dem Kopf. »Des sieht mer ja bei Ihne, gell? Sie werde au net jünger.«

»Zum Überwintern auf Mallorca fühle ich mich trotzdem noch nicht alt genug!« Meine Empörung mußte sie mir wohl angemerkt haben, denn sie winkte sofort ab. »So hab i des net g'moint. I wollt bloß sage, daß i die Zwilling scho kennt hab', wie se no mit ihr'm Dreirädle romg'fahre sind. Mit dene zwoi müsset Se im Sommer auf Mallorca fahre, wenn do ebbes los isch. Jetzt täten se sich ja zom Tod langweila.«

»Eben. Und baden kann man auch noch nicht. Also streichen wir die Balearen. Wie warm ist es denn jetzt in Griechenland?«

»So g'nau woiß i des au net, i bin vor fünf Johr im Sommer dog'wesa, do war's arg heiß. Was tät Se denn interessiera? Vielleicht Kreta? Do gibt's an Haufa Kultur zum Sehe, kaputte Tempel und so.« Sie wälzte einen anderen Katalog. »Oder Rhodos? Do isch's g'wieß warm, sonscht hätt sich doch die Kaiserin Sissi net scho vor hundert Johr ihre Tuberkolos do unta ausheila kenne.«

Das allerdings war ein Argument. Nur wußte ich nicht genau, zu welcher Jahreszeit Ihre Kaiserliche Hoheit den (K)Urlaub genommen hatte, Tb hatten wir auch nicht, was also sollten wir mitten im Winter auf Rhodos? Mir schwebte plötzlich etwas ganz anderes vor. »Afrika! Haben Sie nicht Prospekte von Afrika?«

Frau Erlemann hatte. Sogar eine ganze Menge. Sie fielen in die Kategorie Fernreisen und zeigten Bilder von hübschen Balineserinnen, von fast weißen Stränden mit der so beliebten, beinahe ins Meer hängenden Palme im Vordergrund, von traumhaften Inselchen mit glasklarem Wasser, von kleinen, fröhlich winkenden Mohrenkindern – nur die Preise neben den Fotos gefielen mir ganz und gar nicht. Viel zu teuer. Das sagte ich auch Frau Erlemann, als ich ihr nach flüchtigem Durchblättern die Kataloge wieder zurückgab. »Dann bleiben wir eben hier und schippen weiter Schnee.«

Doch so leicht gab sie sich nicht geschlagen. »Sie müsset sich des in Ruh ogucka. No findet Se b'schtimmt ebbes, wo net so viel koscht.«

Mit anderthalb Pfund Urlaubsträumen auf Hochglanzpapier zog ich nach Hause, wo ich sie erst einmal versteckte.

Beim einsamen Frühstück am nächsten Morgen holte ich sie wieder hervor. Zwischen leergegessenen Müslischalen, verkleckertem Eigelb und halbvollen Kaffeetassen war ich für die Fotos von blumengeschmückten Büfetts und makellos aufgeräumten Zimmern besonders empfänglich. Warum, zum Donnerwetter, sollte ich mir nicht endlich mal einen richtigen Urlaub gönnen und nicht bloß drei Tage Niederbayern, weil Rolf dort an einer Tagung teilnehmen mußte und jemanden brauchte, bei dem er jeden Abend seinen Frust loswerden konnte. Oder neulich die Woche in Hamburg! Vier Tage Kongreß mit Damenprogramm, bestehend aus der obligatorischen Hafenrundfahrt, bei der mir schlecht geworden war, Besichtigung des Zoologischen Gartens bei Nieselregen, abends *Die lustige Witwe,* und das immer in Gesellschaft von Seidenkleidern und raschelndem Taft. Auch das anschließende Wochenende in einer von Hamburgs Nobelherbergen hatte mich nicht versöhnen können. Nach dreißig Jahren Ehe verliert selbst das schönste Hotelzimmer, von dem aus man früher mit wohligem Schauer in den Schnürlregen gestarrt hätte, seinen Reiz.

Nein, ich wollte jetzt mal einen Urlaub nach meinem Geschmack haben, wollte ans Meer (und nicht in die Berge), wollte faulenzen (und nicht in einem dieser entzückenden kleinen Ferienhäuschen im Schweizer Stil Kartoffeln schälen und Zwiebeln hakken), wollte barfuß laufen und nicht in klobigen Bergstiefeln drei Stunden lang aufwärts steigen, damit ich von oben auf das entzückende kleine Ferienhäuschen runtergucken konnte.

Zugegeben, Afrika war teurer als Kärnten und auch ein bißchen weiter weg, aber unerschwinglich war's nicht. Außerdem haben Autoren das Recht, Eindrücke zu sammeln, um Inspirationen für neue Bücher zu bekommen. In den Alpen hatte ich jedenfalls keine gekriegt. Ob nun ausgerechnet die kenianische Küste das geeignete Terrain sein würde, blieb dahingestellt, jedenfalls redete ich es mir ein, und damit war mein Entschluß gefaßt: Während Rolf im Schwarzwald heilsame Wannenbäder nahm, würde ich zwar weniger gesunde, aber dafür wesentlich vergnüglichere Bäder im Indischen Ozean nehmen. Und die Zwillinge auch. Basta!

Frau Erlemann lächelte erfreut und machte sich an die Arbeit. Es dauerte auch nur eine halbe Stunde, dann hatte sie die richtige Telefonverbindung, und nach weiteren zehn Minuten, während derer sie mich über ihre Ansichten zur Apartheidpolitik aufklärte (»mich tätet ja koine zehn Gäul nach Afrika zu de Neger bringa!«), die Buchungsbestätigung. Am 17. Februar, also einen Tag nach Rolfs Abreise, würden wir ebenfalls türmen. Er wußte es bloß noch nicht.

Nachdem sich bei den Zwillingen die Aufregung und die stürmischen Dankesbezeugungen etwas gelegt hatten, hielten wir Kriegsrat. Und kamen zu keinem Ergebnis.

»Muß er das denn überhaupt erfahren?« meinte Katja treuherzig. »Wie fliegen doch nach ihm weg und sind vor ihm wieder da. Du schreibst einfach ein paar Briefe auf Vorrat, und Bettina steckt sie ein. Das kriege ich schon auf die Reihe.«

»Aber was ist, wenn er anruft?« gab Nicole zu bedenken.

»Dann war eben mal wieder die Leitung kaputt, wäre ja nicht zum erstenmal. Als die im Herbst die Röhren für das Erdgas gelegt haben, hatten sie ja auch die Telefonstrippe durchgehackt. Und wir haben es erst gar nicht gemerkt.«

»Das war aber bloß drei Tage lang und nicht drei Wochen.«

Denkpause.

»Dann hat uns eben die Post den Hahn zugedreht, weil du die letzte Rechnung nicht bezahlt hast«, schlug Nicki vor.

»Geht nicht, die wird abgebucht.«

Schließlich wurde es Katja zu dumm. »Ich weiß gar nicht, weshalb du solch ein Theater machst. Du verdienst doch dein eigenes Geld, also kannst du es auch ausgeben, wie du willst.«

»Darüber reden wir später noch mal, wenn du selber Familie hast. Und merke dir gleich eins für die Zukunft: Stecke nie Geld in etwas, das ißt oder gestrichen werden muß!«

Trotzdem hatten mir die Kinder Mut gemacht. Natürlich würde

ich auch ohne Rolfs Segen in Urlaub fahren, doch mit wäre mir lieber. Ich mußte nur auf eine passende Gelegenheit zur Beichte warten.

Leider ergab sich keine. Wenn ich abends stöhnte, daß ich bereits dreimal Schnee geschippt und mir ganz bestimmt einen Schnupfen eingehandelt hätte, erklärte Rolf – gerade dem angenehm durchwärmten Auto entstiegen –, ein bißchen Arbeit in frischer Luft sei gesund, und ich hätte sowieso viel zuwenig Bewegung.

Austoben könnte ich mich auch in Äquatornähe. Da käme die Luft sogar an meinen ganzen Körper, erwiderte ich patzig.

Auch mein Interesse für Badeanzüge hatte nicht die erwünschte Resonanz. Als ich ihn zum Ankauf eines Jogginganzugs begleiten mußte, der nach seiner Ansicht zum Outfit eines jeden Kurgastes gehörte, inspizierte ich den Ständer für Badebekleidung.

»Meinst du nicht, daß du das angemessene Alter für Bikinis etwas überschritten hast?« sagte mein Mann mitleidlos, während er sich in einer violetten Stretchhose mit grünen Applikationen vor dem Spiegel drehte.

»Zieh sofort den Strampelanzug aus! Dafür bist du zwanzig Jahre zu alt!« konterte ich, worauf Rolf beleidigt in die Kabine ging und ich mir am liebsten auf die Zunge gebissen hätte. Die Möglichkeit, so ganz nebenbei über meine Urlaubspläne zu sprechen, hatte ich mal wieder gründlich verpatzt. Und nur noch eine knappe Woche Zeit!

Die Bombe platzte ohne mein Zutun. Der Briefträger brachte sie in Form von drei Flugtickets ausgerechnet in dem Augenblick, als ich im Keller die Waschmaschine fütterte. Einschreiben muß man quittieren.

»Ond? Wohin goht's denn?« fragte Herr Künzel neugierig, denn er trägt seit Jahrzehnten in unserem Viertel die Post aus, kennt alles und jeden und kondoliert bereits wortreich, noch ehe er einem den Umschlag mit dem schwarzen Rand aushändigt. Folglich war ihm auch der Absender dieses eingeschriebenen Briefes nicht entgangen. »Ganget Se ins Schifahre?«

»Ach wo, das sind nur Prospekte«, keuchte ich atemlos, denn

ich war die zwölf Stufen im Eiltempo hinaufgestürmt, nahm den Brief und wollte verschwinden, doch Rolf hielt mich zurück. »Das müssen aber teure Prospekte sein.«

»Sind es auch. Sie haben einige tausend Mark gekostet!« Jetzt war mir alles egal, irgendwann mußte ich ja mit der Sprache heraus. Der enttäuschte Herr Künzel wurde verabschiedet, und dann stand ich wie eine Schülerin, die beim Abschreiben erwischt worden war, vor meinem Herrn und Gebieter.

»Raus damit! Was ist jetzt wirklich in dem Kuvert?«

»Mach's doch auf, dann siehst du es ja.«

»Ich öffne keine fremden Briefe.«

Also schlitzte ich den Umschlag auf und schüttelte seinen Inhalt auf den Tisch. Außer den Tickets fanden sich noch Hinweise über Zollvorschriften und Gesundheitsvorsorge sowie ein kleines Büchlein, das Wissenswertes über Kenia versprach. Danach griff Rolf zuerst.

»Oben ohne ist verboten«, sagte er nach kurzem Blättern, »und auf intimere Bekanntschaften solltest du ebenfalls verzichten, weil die Aidserkrankungen, prozentual gesehen, gerade in Kenia am weitesten verbreitet sind.«

»Ist das alles?« stotterte ich verblüfft. »Kein Wutanfall, kein ›Warum hast du mich nicht erst mal gefragt‹, keine Vorwürfe?«

»Weshalb sollte ich? Du bist doch emanzipiert genug, auch mal allein zu verreisen.« Er lächelte süffisant. »Nur manchmal habe ich bezweifelt, ob du überhaupt jemals mit euren Reiseplänen herausrückst.«

»Woher weißt du denn ...?«

Er schmunzelte nur. »Ich wollte mir im Reisebüro einen Prospekt vom Schwarzwald holen, schließlich muß ich doch wissen, welche eventuellen Freizeitgestaltungen mein Gesundheitsghetto zu bieten hat.«

Alles klar! Frau Erlemann hatte ihren Mund nicht halten können, und ich hatte versäumt, sie zum Schweigen zu verdonnern. Wahrscheinlich vermutete sie schon eine bevorstehende Trennung, denn im allgemeinen pflegen Ehepaare gemeinsam ihre Ferien zu verbringen, und wenn dann noch Herr Konzel seine eben erst gewonnenen Erkenntnisse beisteuern würde … Vor unserer Abreise mußte ich unbedingt noch einmal ins Reisebüro!

Die Zwillinge waren selig, daß sie endlich von der Schweigepflicht entbunden waren und ihre Vorfreude offen zeigen durften. Sie holten die Koffer aus dem Keller, packten ein, packten um, packten wieder aus, wollten wissen, ob es in Kenia auch frische Milch gäbe und ob man bei eingeschalteter Klimaanlage überhaupt schlafen könne, welchen Lichtschutzfaktor das Sonnenöl haben müsse und ob es wahr sei, daß »da unten« geröstete Schlangen als Delikatesse gelten. Bettina habe das mal gelesen.

Dabei hatte ich doch selbst keine Ahnung, was uns in dem schwarzen Erdteil erwartete. Im übrigen war mir das auch ziemlich egal. Bei der Hitze hatte man sowieso keinen großen Appetit, das Essen interessierte mich also herzlich wenig, ich wollte Sonne haben und Meer, wollte faulenzen oder nur das tun, wozu ich gerade Lust hatte. Für den Bücherstapel, den ich schon parat gelegt hatte, würden drei Wochen Urlaub allerdings kaum reichen. Endlich waren auch die letzten Tage herum. Rolf verstaute sein Gepäck im Auto und fuhr, wohlversehen mit guten Ratschlägen und der Telefonnummer unseres Hotels, in sein Sanatorium.

»Was glaubst du, Mami, ob er sich einen Kurschatten zulegt? Zutrauen würde ich es ihm«, sagte Katja nachdenklich, als der Wagen hinter der Ecke verschwunden war.

»Blödsinn, dazu ist er doch schon zu alt«, widersprach Nicki, die alle Leute ab dreißig als UHUs bezeichnete – also Unter Hundert –, »und außerdem müßte er dann immer seinen Bauch einziehen. Das hält doch keiner lange durch.«

»Nun mach dir mal keine Sorgen, Määm«, versuchte Katja ihren voreilig geäußerten Verdacht etwas abzuschwächen. »Paps behauptet doch immer, er könne keiner Fliege was zuleide tun. Und weißt du, warum? Er ist ja gar nicht mehr imstande, eine zu fangen.«

Es dauerte eine Weile, bis ich den vermutlich tieferen Sinn dieser Feststellung verstanden hatte.

# 3

Reisen bildet, wird behauptet, und wenn man schon in einem fremden Erdteil Urlaub macht, hat man sich gefälligst auch zu bilden. Fanden zumindest die Zwillinge, weil sie sich gleich am zweiten Tag einen Sonnenbrand geholt hatten und für die nächste Zeit zu einem Schattendasein verdonnert waren. Also fuhren wir nach Mombasa, um dort Kultur zu besichtigen. Zwischen den Häusern war es aber noch heißer als auf dem Hotelgelände, wo vom Meer immer eine kühle Brise herüberkam, und so hatten die Mädchen von ihrem Bildungstrip ziemlich schnell genug.

»Können wir nicht mal 'ne Pause machen«, stöhnte Nicki, nachdem wir die Elfenbeinzähne beguckt und auch noch einen Blick in den angeblich entzückenden kleinen Park gleich nebenan geworfen hatten, in dem das einzig Sehenswerte die Abfallhaufen gewesen waren, »mir ist so warm.«

»*Ihr* wolltet doch hierher, also jammert nicht«, sagte ich wütend, denn ich hätte auch viel lieber unter meiner schattenspendenden Palme gelegen, statt durch staubige Straßen zu laufen und die auf der Karte angekreuzten Sehenswürdigkeiten zu suchen. »Auf zum Fort Jesus! Die zwei Kilometer schaffen wir spielend in einer halben Stunde.«

»Müssen wir denn unbedingt dorthin?« An ein Stück Mauer gelehnt, wischte sich Katja den Schweiß von der Stirn. »Sooo doll soll das gar nicht sein, habe ich gehört, weil bloß noch die Außenmauern stehen.«

»Und die berühmten Kanonen.«

»Na und? Die werden auch nicht anders aussehen als die verrotteten Dinger auf dem Heidelberger Schloß. Können wir nicht lieber in die Moschee gehen? Da ist es wenigstens kühl.«

Also besichtigten wir die Moschee, die stand auch viel näher und war wirklich sehenswert. Leider konnte Nicki hinterher ihre Schuhe nicht wiederfinden, die wir seitlich der Tür zurückgelassen hatten, und nachdem wir zwanzig Minuten lang von Wildlederpumps bis zu Plastikpantoffeln alles durchgesucht hatten, mußten wir einsehen, daß die frommen Moslems auch nicht alle den Koran beherzigten, sondern ungeniert Touristen beklauten.

»Um die alten Treter tut es mir ja nicht leid, die hätte ich sowieso dem Roomboy geschenkt, aber ich kann doch nicht den ganzen Tag auf Socken herumlaufen.«

Das war einzusehen. »An der vorvorletzten Ecke war ein Schuhgeschäft«, erinnerte sich Katja, »da kriegen wir bestimmt ein Paar einfache Latschen.«

Der angepeilte Laden hatte die Größe eines Wohnzimmers und überwiegend Kunststoffsandalen mit Golddruck zu bieten, die als Hochzeitsschuhe angepriesen wurden.

»Gibt's denn hier keine Espandrilles?« Nicki zog ein Paar Leinenschuhe aus dem Regal, die durchaus ihren Bedürfnissen genügt hätten, jedoch nur in Größe sechsundvierzig vorrätig waren.

Der Verkäufer, ein freundlich lächelnder Inder, bedauerte. Espandrilles habe er nicht, aber wie es denn mit entzückenden weißen Sandaletten wäre? Er verschwand durch eine Klapptür in irgendwelchen Kellergewölben und kam mit wirklich hübschen Schuhen zurück, die zu einer Gartenparty gepaßt hätten oder zu einer Freilicht-Aufführung, wo man sitzen kann, doch bestimmt nicht zu einem Marsch durch Mombasas teilweise ungepflasterte Straßen.

Wir bedankten uns höflich und suchten das nächste Schuhgeschäft. Im dritten Laden wurden wir fündig. Zu Hause hätte meine Tochter diese Jesuslatschen keines Blickes gewürdigt, zumal sie nur aus einer Ledersohle mit langen Riemchen bestanden, die man kreuzweise um die Waden zu wickeln hatte, aber die Socken hatten inzwischen große Löcher. »Ich komme mir vor, als ob ich über glühende Kohlen laufe«, seufzte sie. »Fakir habe ich nicht gelernt.«

Frisch beschuht, sammelte sie wieder so viel Energien, daß es bis zum nächsten Whimpy's reichte. Direkt vor der Tür versagten dann auch Katjas Kräfte. »Wenn ich nicht bald was zu essen und vor allem zu trinken kriege, falle ich um.«

Nun habe ich um Restaurationen dieses Genres schon immer einen großen Bogen gemacht und nie die Überzeugung aller Teenager teilen können, in einem Pappbrötchen mit einem Klops in der

Mitte das Nonplusultra der Gastronomie zu sehen. Bewundert habe ich lediglich ihre Fähigkeit, auch in völlig unbekannten Städten zielsicher den richtigen Weg einzuschlagen, an dessen Ende der ersehnte Gourmettempel liegt.

Von Whimpys hatte ich noch nie etwas gehört, was Katja als absolute Bildungslücke bezeichnete, doch innen sah es genauso aus wie in den mir – nur vom Sehen her! – bekannten Imbißstätten. »Da kriegen mich keine zehn Pferde rein!« sagte ich denn auch sofort.

»Mußte ja nicht, du kannst ruhig draußen warten. Es dauert nicht lange«, gestattete Katja gnädig, bevor sie hinter ihrer Schwester durch die Tür schritt.

»Mache ich auch!«

Draußen war es warm, um nicht zu sagen brüllendheiß. Da drinnen war es bestimmt kühl. Dann sah ich die Colaflaschen, die man den Mädchen gerade auf den Tisch stellte, sah die herablaufenden Wassertropfen und merkte erst jetzt, wie durstig ich war. Ach was, zum Kuckuck mit den Prinzipien, man kann sowieso nicht etwas verurteilen, was man genaugenommen gar nicht kennt.

Die Zwillinge grinsten sich nur vielsagend an, als ich mich auf den freien Stuhl setzte, doch ich hatte schon eine Entschuldigung parat. »Ihr habt ja gar kein Geld dabei.« Dann bat ich um Menüvorschläge. »Was ißt man denn hier so?«

»Steht alles da oben dran.« Nicki deutete auf die großen Schilder direkt über der Theke, nur konnte ich mit den diversen »Burgers« nichts anfangen, und was um mich herum von den überwiegend jugendlichen Touristen gemampft wurde, ließ mich zweifeln, ob ich überhaupt Hunger hatte.

»Am besten nimmst du eine Portion Pommes, da kann nichts schieflaufen. Ich weiß ja auch nicht, was die hier in ihre Buletten reinmachen, vielleicht Antilopen oder Nashörner. Wenn ich an die unterernährten Kühe denke, die wir vorhin gesehen haben, kann ich mir nicht vorstellen, daß da zwischen den Knochen noch Fleisch sitzt.«

Am Ende begnügte ich mich aber doch nur mit Mineralwasser,

kaufte später im Supermarkt eine Packung Kekse deutscher Herkunft und mußte hinterher feststellen, daß das aufgedruckte Verfallsdatum um knappe vier Monate überschritten war. Nun hatte ich auch genug von Mombasa.

»Von dem, was wir nicht besichtigt haben, kaufen wir einfach Ansichtskarten«, schlug die manchmal doch recht praktisch veranlagte Katja vor, und so beguckten wir uns während der Rückfahrt doch noch den Dhauhafen, den Gemüsemarkt, das Fort Jesus und sogar die Hauptpost, auf die die Stadtväter offenbar besonders stolz sind, obwohl sie kaum anders aussieht als die Hauptpostämter in der ganzen Welt.

Sogar unser Roomboy profitierte von dem Mombasa-Trip, denn er bekam noch am selben Tag ein Paar fast neuer Ledersandalen geschenkt. Nicki wartete tagelang, daß sich das aparte Streifenmuster auf ihren Waden wieder halbwegs der übrigen bronzebraunen Hautfärbung anpassen würde.

Mein kulturelles Soll hatte ich erfüllt, jetzt konnte ich endlich richtig Urlaub machen! Die Mädchen hatten sich einer Gruppe Gleichaltriger angeschlossen, ich sah sie nur noch zu den Mahlzeiten und um siebzehn Uhr beim täglichen Volleyballspiel. Obwohl die Mannschaften jedesmal neu zusammengestellt wurden, gehörten die Zwillinge grundsätzlich zu den Verlierern und forderten deshalb meine Anwesenheit zwecks psychologischer Unterstützung, in erster Linie jedoch zum Heranschaffen kalter Getränke.

Mit der Clique fuhren sie auch zur Schlangenfarm, ein Ziel, das mich ohnehin nicht gereizt hatte, beteiligten sich an der von einem Einheimischen angeführten Radtour »Quer durch den Busch« mit nachfolgendem tagelangen Muskelkater, segelten, schnorchelten und waren überhaupt entnervend aktiv.

»Du könntest auch ruhig mal ein paar hundert Meter am Strand entlangjoggen, statt ewig auf deiner Liege zu grillen«, sagte Katja vorwurfsvoll, als sie an mir vorbei Richtung Meer trabte, »du glaubst gar nicht, wie herrlich hinterher das Schwimmen ist. Sei doch nicht so entsetzlich indolent.«

»Wo hast du denn dieses Wort her?« staunte ich. »Und sogar

richtig angewandt. Übrigens gefällt es mir, es wertet meine Faulheit auf.« Das fehlte gerade noch, bei fast senkrecht stehender Sonne im Dauerlauf durch den glühendheißen Sand zu spurten. »Wenn ich mal jemanden beim Joggen lächeln sehe, probiere ich es auch«, versprach ich.

Dabei hatte ich nicht das geringste Bedürfnis, mich sportlich zu betätigen, und als ich es dann doch tat, geschah es unfreiwillig. Von der zweiten Woche an befand ich mich nämlich ständig auf der Flucht.

Schon bei unserer Ankunft war uns die ätherisch wirkende Dame um die Vierzig aufgefallen, die, angetan mit einem bodenlangen Wallegewand und einem überdimensionalen Sonnenhut, in der Halle saß und an einem Filetdeckchen häkelte. Außer ihrem Gesicht war kein Körperteil unbedeckt geblieben. Sogar die Hände steckten in dünnen weißen Handschuhen.

»Vielleicht hat sie eine Sonnen-Allergie«, hatte Nicki vermutet, »aber hier drinnen könnte sie doch ihren Deckel absetzen.«

»Glaube ich nicht«, hatte Katja widersprochen. »Wer die Sonne nicht verträgt, fährt nicht an den Äquator. Die hat ganz einfach 'n Sparren locker.«

In den folgenden Tagen verstärkte sich dieser Eindruck. Niemals haben wir diese Dame woanders gesichtet als in den überdachten Gebäuden, und niemals beschäftigte sie sich mit etwas anderem als ihrem Häkeldeckchen. daß es nicht größer wurde, wunderte uns nun auch nicht mehr. Von den nachthemdähnlichen Gewändern mußte sie einen ganzen Koffer voll mitgebracht haben, lediglich der Hut blieb immer derselbe. Sie trug ihn sogar während der Mahlzeiten.

Eines Morgens, als ich an der Rezeption Briefmarken holte, sprach sie mich an. »Sind Sie allein hier?«

»Keineswegs. Ich habe meine beiden Jüngsten mitgebracht.«

»Ach«, sagte sie und häkelte im Stehen weiter. Höflich wartete ich auf die nächste Frage. Es kam keine mehr. Also murmelte ich etwas von »Schönen Tag noch« oder so ähnlich und ging.

Beim Five o'clock tea, der merkwürdigerweise immer um vier Uhr serviert wurde und den ich meistens mit den unerläßlichen

Schreibarbeiten verband (wer hat eigentlich die Pflichtübung des Ansichtskartenverschickens erfunden???), tauchte jene Dame an meinem Tisch auf und setzte sich. »Wo sind Ihre Kinder?«

Ich schraubte den Füller zu und sah mich um. »Wahrscheinlich drüben am Pool bei dem anderen Jungvolk. Sie werden wohl gerade beratschlagen, was sie heute abend wieder anstellen können.«

Am Morgen hatte es nämlich einen kleinen Aufstand gegeben, weil die überlebensgroßen, aus Holz geschnitzten Massai-Figuren, Zierde der auf einheimische Folklore getrimmten Buschbar, ihrer farbenprächtigen Kostüme beraubt worden waren und sich in schamloser Nacktheit präsentiert hatten. Die Kleider entdeckte man später in den Ästen des großen Affenbrotbaums. Natürlich wurden die Übeltäter nicht gefunden, doch die Zwillinge schienen ganz genau zu wissen, wer dahintersteckte. Mit Sicherheit waren sie sogar daran beteiligt gewesen.

Die Dame, diesmal ganz in Kaffeebraun gehüllt, schwieg beharrlich, machte jedoch keine Anstalten, wieder zu gehen. Weiterschreiben wollte ich aber auch nicht, man weiß ja, was sich gehört. So suchte ich krampfhaft nach einem Anknüpfungspunkt. »Sind Sie schon lange hier?«

»Zu lange«, sagte die Dame.

Aha. »Dann ist Ihr Urlaub wohl bald zu Ende?«

»Das weiß ich nicht.«

Merkwürdig. Wohl alle Gäste wußten, wie lange sie diese unbeschwerte Zeit genießen konnten, wir zählten ja auch schon rückwärts, weil die Halbzeit bereits hinter uns lag, und dieses eigenartige Wesen wollte keine Ahnung haben, wann es wieder nach Hause ging? »Ja, haben Sie denn kein Rückflugticket?«

Sie sah mich an, oder besser, sah durch mich hindurch, stand auf und ging.

»Was wollte denn das Gespenst von dir?« Von weitem hatte Nicki abgewartet, bis die braune Dame entschwunden war.

»Das hat es nicht gesagt.«

»Komische Heilige. – Kann ich deinen Tee austrinken? Danke. Angeblich hat die mit noch keinem Menschen hier gesprochen, und jetzt soll ich dich fragen, wieso sie ausgerechnet mit dir redet.«

»Sie hat überhaupt nicht geredet, sie hat lediglich einige Wörter von sich gegeben, und die waren auch nicht sehr ergiebig. – Hier, schreib mal 'n Gruß an Sven drunter.« Ich schob ihr die Karte hinüber.

»Das hat doch noch Zeit bis nachher.« Weg war sie.

Von diesem Nachmittag an fühlte ich mich regelrecht verfolgt. Sobald ich einen der Aufenthaltsräume betrat, sei es nun den Speisesaal, die Lounge oder auch nur den Waschraum, tauchte wie ein Schatten diese Dame auf. Manchmal drückte sie mir eine wohl gerade abgepflückte Blume in die Hand, ein anderes Mal war es eine Muschel, doch meistens sah sie mich bloß fragend an. »Sind Sie allein?« Nur wenn ich in Begleitung eines oder beider Mädchen war, ließ sie sich nicht sehen oder verschwand gleich wieder.

»Die hat doch echt einen an der Waffel«, stellte Katja mitleidlos fest, »weshalb beschwerst du dich nicht?«

»Bei wem denn? Und warum? Sie tut mir doch nichts, sie ist einfach bloß da. Das ist nicht gerade angenehm, aber kein Grund zum Meckern.«

Trotzdem erkundigte ich mich bei der Reiseleitung, die in Gestalt einer etwas unbedarften, gerade dem Teenageralter entwachsenen Blondine täglich von zehn bis elf Uhr hinter ihrem Schreibtisch Hof hielt, nach diesem eigenartigen Hotelgast.

»Ich kenne sie auch nur vom Sehen, zu uns gehört sie nicht. Sie wird wohl privat hier sein«, lautete die erschöpfende Auskunft.

Wenigstens entwickelte ich jetzt sportlichen Eifer. Sobald ich das sichere Freigelände verließ, joggte ich in zügigem Tempo durch alle Räumlichkeiten bis zu meinem Ziel, nahm auch Umwege in Kauf, wenn ich irgendwo die hagere Gestalt erblickte, und zum Geldwechseln, einem etwas zeitraubenden Unternehmen, wagte ich mich nur noch in Begleitung der Mädchen. Sogar zum Teetrinken setzte ich mich künftig an den Pool, der lag in der Sonne und war gespensterfrei.

Wir haben nie herausgebracht, was es mit dieser merkwürdigen Dame auf sich hatte. Wahrscheinlich lag Katja mit ihrer Vermutung halbwegs richtig. »Das ist bestimmt eine Verwandte vom Hotelmanager, Schwester, Tante oder so was in der Richtung. Hier unten ist man doch humaner als bei uns, wo leicht Umnachtete einfach in die Psychiatrie gesteckt werden.«

## 4

»Übermorgen müssen wir noch mal nach Mombasa!« rief mir Nicki entgegen, als ich bepackt wie ein Lastesel den Bungalow betrat.

»Könnt ihr eure Klamotten nicht mal selber zurücktragen? Ich bin doch nicht eure Kammerzofe!« Jeden Abend sammelte ich die zurückgelassenen Sachen von den Liegen, jeden Abend gelobten die Mädchen Besserung, und am nächsten Tag begann das gleiche Spiel von vorn. Unser Zimmer sah auch schon wieder aus wie ein Wühltisch bei Woolworth. »Räumt endlich diesen Saustall auf! Eigentlich dürfte man diesen Raum gar nicht betreten, ohne sich vorher eine Tetanusspritze geben zu lassen! Wo kommt denn der ganze Sand her?« Ich warf Badelaken, Bücher und Bikinis auf den einzigen noch freien Stuhl. »Jetzt hängt wenigstens die nassen Badeanzüge auf den Balkon!«

»Soll ich vielleicht so rausgehen?«

Nein, das war wohl schlecht möglich. Nur mit einem knappen Slip bekleidet, stand Nicki vor dem Spiegel und fönte ihre Haare. »Weshalb dieser Aufwand? Bei der Hitze trocknen die doch von allein.«

»Und hinterher sehe ich aus wie eine Drahtbürste.« Sie schaltete den Fön aus und begutachtete ihr Werk. »Na ja, geht gerade noch. Zu Hause muß ich aber dringend zum Friseur. – Was ich noch fragen wollte, Mami, kannst du mir deinen hellblauen Schal borgen?«

»Wozu denn?«

»Sie will den Tanz der sieben Schleier tanzen, und eins fehlt ihr noch.« Triefend kam Katja aus der Dusche und warf sich aufs Bett.

»Heute abend ist Disko, und da muß sich Mademoiselle doch stylen. Sie hat nämlich den verpickelten Franzosen an der Angel.«

»Quatsch!« Eine leichte Röte zog über Nickis Gesicht. »Darum geht es ja gar nicht. Wenn du gestern nicht meine weiße Bluse geklaut und voll Erdbeereis gekleckert hättest, müßte ich jetzt nicht improvisieren.«

»Reg dich ab, morgen hast du sie wieder. Ich habe sie gleich heute früh zum Waschen gegeben.« Katja wälzte sich vom Rücken in die Bauchlage. »Vorne bin ich schon trocken. – Iihhh, was klebt denn hier?« Unter ihren Beinen zog sie eine leicht durchfeuchtete Zeitung hervor und warf sie auf den Boden. »Hoffentlich war es nicht die BILD, die färbt immer so ab.«

»Ach, *da* ist sie, ich habe sie schon überall gesucht.« Nicki hob die Zeitung auf, und während sie darin herumblätterte, meinte Katja geringschätzig: »Liest du die etwa? Wen interessiert es denn schon, ob Fräulein Heidi Klawutke aus Wuppertal Miß Kokosnuß geworden ist?«

Bei der beanstandeten Zeitung handelte es sich um die *Coast News*, die jede Woche erschien, gratis verteilt wurde und in vier Sprachen überwiegend Reklame und zwischendurch auch ein paar Neuigkeiten enthielt, die Touristen interessieren könnten. Es gab ja immer welche, die sofort eine gerade eröffnete, zwanzig Kilometer entfernte Boutique stürmten, obwohl es da bestimmt nichts anderes zu kaufen gab als in den zig übrigen Boutiquen auch. Und ein Fußballspiel, bei dem Gäste gegen Einheimische antraten, fand alle Naselang irgendwo statt.

»Manchmal steht aber auch etwas Interessantes drin. Hier zum Beispiel!« Sie deutete auf eine kleine Notiz auf der letzten Seite. »Am 2. März gegen 22 Uhr wird die QUEEN ELIZABETH II in Mombasa erwartet und zwei Tage lang am Kai im Neuen Hafen vor Anker liegen.«

»Waas???« Ich riß ihr die Zeitung aus der Hand. Tatsächlich, da stand es schwarz auf weiß. »Welchen haben wir heute?«

»Den Ersten.«

»Dann kommt sie ja schon morgen?«

»Eben! Deshalb müssen wir übermorgen nach Mombasa. Habe

ich doch vorhin schon gesagt. Ich bin ja bloß auf das dußlige Gesicht von Sascha gespannt, wenn wir plötzlich unten an der Treppe stehen.«

»Auf einem Schiff heißt das Gangway«, verbesserte Katja. »Müssen wir denn unbedingt hin?«

»Na, hör mal!« Es gab Momente, da verstand ich meine Tochter wirklich nicht mehr. »Du hast deinen Bruder immerhin ein Jahr lang nicht gesehen.«

»Ich habe ihn auch gar nicht vermißt. Am Ende bildet er sich noch ein, wir seien ihm hinterhergefahren.«

»Dann bleib doch hier, es zwingt dich ja niemand.«

»Natürlich komme ich mit«, sie rappelte sich vom Bett hoch, »ich habe nämlich noch nie einen Luxusliner gesehen.«

Gleich nach dem Frühstück machten wir uns auf den Weg. Wir hatten ausgerechnet, daß wir gegen zehn Uhr in Mombasa sein würden, vorausgesetzt, die Fähre war nicht wieder mal kaputt, und der Hafen würde sich dann wohl auch noch finden lassen. Der Busfahrer beschrieb uns den Weg denn auch so ausführlich, daß wir schon an der nächsten Straßenecke nicht mehr weiter wußten.

»Warum nehmen wir kein Taxi? Ein Vermögen wird das schon nicht kosten, und die paar Mark sollte dir dein lieber Sohn eigentlich wert sein.«

Na gut, warum nicht? Der Taxifahrer wußte schon Bescheid, kaum daß ich ihm das Fahrtziel genannt hatte. »Oh, you will see the ship!« Wir einigten uns auf den Preis von achtzig Shilling, also ungefähr sieben Mark, dann durften wir einsteigen und uns die Stellen auf der Rückbank suchen, aus denen noch keine Sprungfeder herausragte; kenianische Taxis zeichnen sich selten durch ein intaktes Innenleben aus.

Entgegen unserer Annahme fuhren wir keineswegs zum Meer hinunter, wo man logischerweise einen Hafen zu suchen hat, sondern in die entgegengesetzte Richtung, holperten über schlaglochgespickte Sandpisten, durchquerten ein kleines Wäldchen und waren nach zehn Minuten der festen Überzeugung, daß es zwischen dem Fahrer und mir irgendwelche Mißverständnisse gegeben haben mußte. »Wäre ja auch kein Wunder, bei deinem Englisch zieht's mir immer die Schuhe aus.« Energisch tippte Katja dem Fahrer auf die Schulter. »Are you sure this is the right way to the port?«

Er nickte. »Only two minutes.«

Aus den zwei Minuten wurden dann ein paar mehr, aber schließlich kamen wir wieder auf eine geteerte Straße und stoppten vor einem endlos langen Schuppen. Irgendwo dahinter vermuteten wir das Meer, sehen konnten wir es nicht. Näher heranfahren dürfe er nicht, sagte der Fahrer, kassierte seinen Lohn, wendete und brauste unter Hinterlassung einer Staubwolke ab.

Erst husteten wir ein bißchen, danach wischten wir uns den Sand aus dem Gesicht, und dann sagte Nicki das, was wir alle dachten: »Keine Ahnung, wo wir sind, aber ganz bestimmt nicht da, wo wir hinwollten. Die QU II ist doch kein Ausflugsdampfer, die müßte man doch sehen können!«

»Jetzt gehen wir erst mal bis zum Ende dieser Baracke, vielleicht sind wir dann klüger. Rechts oder links?« Wir standen genau in der Mitte.

»Links«, entschied Katja und lag ausnahmsweise mal richtig. Als wir nämlich um die Ecke bogen, blieben wir wie angewurzelt stehen. Direkt vor uns, nur getrennt durch eine Art Kanal, lag ein Riesenschiff, mindestens zehn Stockwerke hoch und ein paar hundert Meter lang. Ein Schornstein von der Größe eines Einfamilienhauses ragte in den blauen Himmel.

»Menschenskind, ist das ein Pott!« flüsterte Nicki ehrfurchtsvoll. »So groß habe ich mir den Kahn wirklich nicht vorgestellt.«

Ich auch nicht, und deshalb ahnte ich bereits gewisse Schwierigkeiten, Sascha in dieser schwimmenden Kleinstadt überhaupt ausfindig zu machen.

Mehrere transportable Brücken führten über den Kanal. Wir wählten die erste und standen nun direkt neben dem Bug des Schiffes. Das Heck konnten wir schon gar nicht mehr ausmachen.

»Wie geht's denn jetzt weiter?« Fragend sah mich Katja an.

Das wußte ich auch nicht. »Irgendwo wird es ja einen Einstieg geben. Vermutlich da hinten bei dem größten Gewimmel.«

Auf dem Kai herrschte ein unbeschreibliches Durcheinander. Ungefähr ein Dutzend Safariwagen standen hintereinander aufgereiht, daneben, davor und dazwischen Lastwagen, vollgepackt mit Obst und Gemüse, Kühltransporter schoben sich zentimeterweise vorwärts, und zwischen all den quietschenden und hupenden Autos wuselten Fußgänger: Passagiere, Händler, Behördenmenschen mit Schlips und Aktenköfferchen, Bettler, Crewmitglieder, Schaulustige – alles vermischte sich zu Geschrei, Gezeter und einem babylonischen Sprachgewirr.

»Glaubst du im Ernst, daß wir in diesem Durcheinander Sascha finden?«

»Über'n Weg laufen wird er uns bestimmt nicht, Nicki, da müssen wir schon Eigeninitiative entwickeln.« In unmittelbarer Nähe der Gangway hatte ich mehrere Offiziere entdeckt – zumindest hoffte ich, daß es welche waren. Sie trugen zwar nur weiße Hosen und Hemden, wie viele andere auch, aber als einzige hatten sie weiße Mützen auf dem Kopf und Walkie-talkies am Ohr. An einen dieser Herren pirschte ich mich heran. »Entschuldigen Sie bitte, wäre es wohl möglich …«

»Pardon?«

Himmel ja, das war ein englisches Schiff, und da alle Engländer davon überzeugt sind, ihre Muttersprache sei die einzig richtige, das Erlernen einer weiteren also überflüssig, kam ich mit meiner höflichen Einleitung nicht weiter. Auf englisch kann ich aber nicht so höflich sein, weil mir die Vokabeln fehlen. Also noch mal von vorne: »Is it possible to see my son? He works on this ship as a waiter, I think in the Queens Grill.«

Er hatte verstanden. Jedenfalls nickte er freundlich, wollte den Namen des Sohnes wissen, und als ich ihn nannte, wurde er noch freundlicher. »Oh, you mean Sascha? I know him. He's a really nice guy.« Er quasselte etwas in sein Walkie-talkie, nickte ein paarmal zustimmend und wandte sich wieder zu uns. »They have called him out over the loudspeakers, but I'm afraid you'll have to wait a while.«

Wir bereiteten uns also auf eine längere Wartezeit vor, auf dem schattenlosen Kai kein reines Vergnügen. Andererseits hatten wir jetzt genug Muße, die vielen Passagiere zu bestaunen, die in hellen Scharen aus dem Bauch des Schiffs quollen. Es schienen größtenteils Amerikaner zu sein, von denen die meisten das Rentenalter bereits überschritten hatten. Auffallend viele trugen maßgeschneiderte Safarianzüge mit farblich passenden Tropenhelmen.

»Nu sieh dir *die* an«, flüsterte Katja, auf eine aber schon sehr bejahrte Greisin deutend, die von zwei Stewards die Gangway herabgeführt und zu dem am nächsten stehenden Safariwagen geleitet wurde, »kann keinen Schritt mehr alleine gehen, muß aber alles mitmachen.«

»Ja, es ist schon schlimm, wenn die Knochen älter sind als das Gesicht«, bestätigte Nicki, während sie die dürre Gestalt musterte, die sich mühsam die Gangway heruntertastete. Sie steckte in grellrosa Shorts sowie einem grünen Top, trug an den Füßen Glitzersandalen und auf dem Kopf einen blumengeschmückten Strohhut, allerdings nur in Form einer Krempe, aus deren Mitte spärliche weißblond gefärbte Haare ragten. »Hinten Lyzeum und vorne Museum«, konstatierte Nicki mitleidlos. »Wie kann man sich nur so zum Gespött der Leute machen?«

»Oh, Jonathan, look at this elephant! Isn't it marvellous?« Eine ebenfalls auf Teenager getrimmte Sechzigerin schoß auf unseren netten Offizier zu. Unter den Arm hatte sie einen riesigen Elefanten geklemmt, den sie jetzt stolz präsentierte. »I only paid five hundred dollars, that's really cheap, isn't it?«

»Hab' ich das richtig verstanden?« wisperte Katja. »Hat die wirklich fünfhundert Dollar für das Vieh gelöhnt?«

Mir erschien das auch ein bißchen happig, denn in unserer hoteleigenen Boutique war eine ähnlich große Schnitzerei mit zweitausendfünfhundert Shilling ausgezeichnet, was einem Gegenwert von etwa dreihundertzwanzig Mark oder maximal zweihundert Dollar entsprach. Sogar der Offizier wiegte zweifelnd seinen Kopf. »Oh dear, it's ebony«, zwitscherte die Dame, bevor sie im Schiff verschwand, um ihren soeben erworbenen Schatz in Sicherheit zu bringen.

»Jetzt hat sie sich das Viech auch noch als Ebenholz andrehen lassen«, feixte Katja. »Der Bursche, dem das gelungen ist, hat das Geschäft seines Lebens gemacht.«

Mit einer Umsatzsteigerung rechneten offenbar sämtliche Souvenirhändler Mombasas. Jenseits des kleinen Kanals hatten sie improvisierte Stände aufgebaut, mit einem reichhaltigen Angebot von Kitsch und Krempel bestückt, Preisabsprachen getroffen, und nun warteten sie auf Kundschaft. Lange würden sie bestimmt nicht warten müssen. Speziell Amerikaner haben eine mir unbegreifliche Vorliebe für als Souvenirs deklarierte Geschmacklosigkeiten.

In Jonathans Walkie-talkie piepste es, dann quäkte eine Stimme Unverständliches. Jonathan musterte uns drei von oben bis unten, lachte und gab eine genaue Personenbeschreibung von uns durch. »Sascha is coming«, sagte er, den Rest verstand ich nicht.

Nie wieder habe ich ein so ungläubiges, verdattertes und – pardon! – dämliches Gesicht gesehen wie das meines Sohnes, als er die Gangway herunterlief. »Wie kommt *ihr* denn hierher?«

»Mit 'm Taxi«, sagte Katja lakonisch.

»Dumme Schnepfe! Ich meine doch, wie kommt ihr nach Mombasa?«

»Mit 'm Bus.«

Die beiden standen sich schon wieder wie Kampfhähne gegenüber. »Wir machen Urlaub«, erklärte ich, »und ...«

»Deinetwegen sind wir jedenfalls nicht nach Kenia geflogen«, unterbrach mich Katja, »reiner Zufall, daß euer Schiffchen gerade hier ist. Kann man da mal rauf?«

»Das wird schwierig.« Fragend sah Sascha zu Jonathan hinüber, der unser Wiedersehen mit großem Interesse verfolgte. »Is there a possibility for my family to look around the ship?«

Dafür war Jonathan nicht zuständig, Sascha solle sich an den Sicherheitsoffizier wenden.

»So was Ähnliches habe ich schon erwartet, und ich fürchte, der sagt nein. Erstens kann er mich nicht leiden, und zweitens müssen sich Besucher mindestens zwei Tage vorher anmelden, damit man sie überprüfen kann.«

»So ein Blödsinn«, schimpfte Nicki enttäuscht, »wie soll denn das überhaupt gehen?«

»Keine Ahnung, ist aber Vorschrift.« Einen Moment überlegte er, dann war ihm etwas eingefallen. »Vorschriften sind bekanntlich dazu da, umgangen zu werden. Ich hole Vicky.« Im Weggehen ermahnte er uns noch: »Rührt euch nicht von der Stelle, ich bin gleich wieder da.«

»Wer ist Vicky?« fragte Katja verblüfft.

»Das wird sich ja bald herausstellen.«

»Habt ihr gesehen, wie braun Sascha ist? Richtig neidisch könnte man werden«, seufzte Nicole, die noch immer nicht die ersehnte Prestigebräune erreicht hatte. »Ich finde, er sieht überhaupt unverschämt gut aus. Wäre er nicht gerade mein Bruder, könnte ich mich direkt in ihn verlieben.«

»Du hast schon immer einen seltsamen Geschmack gehabt«, meinte Katja nur.

Es dauerte wirklich nicht lange, bis Sascha zurückkam. »Ich hab' sie aus dem Bett geholt, sie muß sich erst anziehen.«

»Um diese Zeit? Es ist gleich elf.«

»Ja und? Wer gerade keinen Dienst hat, versucht immer, ein bißchen Schlaf nachzuholen. Außerdem hat sie irgendeine blöde Zahngeschichte.«

Das allerdings war nicht zu übersehen. Eine geschwollene Backe verunzierte das bedauernswerte Geschöpf, das sich jetzt zögernd zu uns gesellte. Es war ein außergewöhnlich hübsches Mädchen. Groß, sehr schlank, ein ebenmäßiges Gesicht mit ausdrucksvollen dunklen Augen, umrahmt von einer raffiniert geschnittenen Kurzhaarfrisur. Das Ganze steckte in einem pinkfarbenen Jogginganzug. Ich streckte ihr die Hand entgegen. »Es tut mir so leid, daß Sascha Sie hochgescheucht hat, aber ...«

»Stopp, stopp!« unterbrach er mich. »Sie versteht dich nicht. Ich hätte vielleicht sagen müssen, daß sie Engländerin ist.«

O Gott, nicht schon wieder! »Dann übersetz ihr wenigstens meine Beileidsbezeugungen.«

Sascha schwafelte drauflos, Vicky lächelte schüchtern, nickte schließlich, sah sich suchend um und ging zu einem etwas klein geratenen Uniformierten hinüber, der gerade zwei eingeborene Händler von der Gangway scheuchte.

»Wenn sie's nicht schafft, schafft's keiner, aber sie schafft's garantiert.« Optimismus war schon immer Saschas Stärke gewesen.

»Wer ist das überhaupt?« forschte Katja.

»Vicky? Sie ist Tänzerin und gehört zur Showtruppe. Weil sie sehr beliebt ist und von der halben Crew umbalzt wird, kann sie hoffentlich den Sicherheitsmenschen weichkochen, damit er euch reinläßt.«

»Wovor hat der eigentlich Angst? Daß wir eine Bombe aufs Schiff schmuggeln?« Zum Beweis des Gegenteils stülpte Nicki die Taschen ihrer Bermudashorts nach außen.

»Das wohl weniger, aber nicht jeder Passagier schließt seine Kabine ab, und was da manchmal an Klunkern herumliegt, könnte auch einen moralisch sehr gefestigten Menschen in Versuchung führen.«

»Ach, und du bist noch nie erwischt worden?« fragte Katja interessiert.

Er warf ihr einen drohenden Blick zu. »Halt endlich die Klappe, sonst kannst du hier draußen bleiben.« Er drehte sich zu mir um. »Als die mich vorhin ausgerufen und gesagt haben, daß meine Familie auf dem Kai wartet, habe ich natürlich geglaubt, jemand will mich verarschen. Deshalb habe ich mir eine Beschreibung durchgeben lassen. Doch als ich hörte, eine meiner angeblichen Schwestern sei klein, dick und habe eine große Nase, da wußte ich ...«

Mit beiden Fäusten ging Katja auf ihn los. »Von wegen große Nase! Sieh dir doch deine eigene an! Gegen die hatte Cyrano de Bergerac ein geradezu klassisches Profil! Und dick??? Bei Konfektionsgröße sechsunddreißig? Glaubst du denn, ich will so ein Gerippe sein wie deine Hupfdohle?«

»Sagtest du Hupfdohle? Du, Vicky hat zehn Jahre Ballettunterricht gehabt. Die hat echt schon spitze getanzt, als du noch nicht mal Dreirad fahren konntest.«

»Ich habe mir schon gedacht, daß sie bald Rente kriegt.« – Himmel noch eins, wurden sie denn nie erwachsen??? Schon als Kinder waren sie bei jeder Gelegenheit aufeinander losgegangen, hatten sich auch später ständig in den Haaren gelegen, und nun, da sie sich als erwachsen bezeichneten, führten sie sich immer noch auf wie im Grundschulalter! »Ab wann wird man mit euch beiden zusammen in der Öffentlichkeit erscheinen können, ohne sich jedesmal zu blamieren?«

Eine Antwort bekam ich nicht mehr. Schon von weitem signalisierte Vicky, daß wir die Genehmigung zum Betreten des Schiffes erhalten hatten. »Na, dann kommt mal mit!« Sascha setzte sich in Marsch, und wir trotteten gehorsam hinter ihm her. »Bleibt immer zusammen, damit ihr euch nicht verliert. Und verlauft euch nicht. Ich habe zwei Wochen gebraucht, ehe ich mich auf dem Kahn halbwegs zurechtgefunden habe.«

»Wo seid ihr in vierzehn Tagen?« erkundigte sich Nicki.

»Weiß ich nicht genau, irgendwo in Südostasien.«

»In Ordnung, da wollte ich schon immer mal hin.«

Unter den skeptischen Blicken des Sicherheitsoffiziers betraten wir das Schiff. Erst marschierten wir einen Gang entlang, dann noch einen, dann stiegen wir eine Treppe hinauf, und dann wurde es vornehm. Honigfarbene Veloursböden, teppichbelegte breite Treppen mit auf Hochglanz polierten Messinggeländern, Sitzgruppen, dekoratives Grünzeug in allen Ecken, ein Lift und noch einer, Türen, die zu den einzelnen Kabinen führten, goldgerahmte Spiegel, dann wieder Freiräume mit großen Fenstern, wieder eine Treppe hinauf, eine Bar, ein Spielsalon, das Bordkino, ein in einen riesigen, rundherum verglasten Wintergarten integrierter Swimmingpool, noch eine Bar, noch ein Clubraum – Luxus ohne Ende.

Sascha benahm sich wie ein Fremdenführer, der ein dutzendmal täglich Touristen durch die Sixtinische Kapelle schleift. »Die QE II ist zweihundertachtundneunzig Meter lang und elf Stockwerke hoch. Der Schornstein allein wiegt …«

»Wen interessiert denn das?« fiel ihm Nicki ins Wort. »Ich würde viel lieber wissen, wie so eine Kabine von innen aussieht.«

»Weiter oben finden wir sicher eine, in der gerade saubergemacht wird. Die gehobenere Preisklasse schläft nämlich länger.«

Die Orientierung hatte ich längst verloren, wußte nicht, in welchem Stockwerk – Verzeihung, auf welchem Deck wir uns befanden, staunte nur über den ungeheuren Luxus, der sich uns darbot.

Als wir einen Raum durchquerten, der wie eine Hotelrezeption ausgestattet war, fragte ich nach dem Zweck dieser Einrichtung.

»Das ist unsere Meckerecke«, sagte Sascha gleichmütig. »Hier können die Passagiere Geld tauschen, Briefmarken holen und ihre Sorgen loswerden, angefangen von ›meine Nachttischlampe ist kaputt‹ bis zu ›wo kann ich meinen Mann begraben?‹«

»Wie bitte?« Ich hatte wohl nicht recht verstanden.

»Na ja, in so einem schwimmenden Altersheim segnet schon mal jemand das Zeitliche.«

»Und was passiert mit dem?«

»Na, was wohl? Er kommt zu Langnese.«

???

»In einen der Kühlräume«, erläuterte Sascha gelangweilt, »natürlich nur bis zum nächsten Hafen.«

»Ist ja reizend«, murmelte Nicole. »Genaugenommen kann man also damit rechnen, daß einem beim Öffnen des Fahrstuhls ein Toter entgegenfällt?«

»Ist sogar schon passiert«, sagte Sascha grinsend.

Wie zum Beweis ging direkt neben uns eine Lifttür auf, und heraus kam – nein, keine Leiche, aber ein alter Mann, der eine gewisse Ähnlichkeit mit einer solchen hatte. Mit zittrigen Beinen trat er aus der Kabine und sah sich suchend um.

»Das ist Mr. Goldstone, der weiß wieder nicht, wo er ist«, sagte Sascha halblaut, bevor er sich dem Greis zuwandte. »Can I help you, Sir?« Die gemurmelte Antwort verstand ich nicht, doch Sascha griff ihm kräftig unter die Arme und geleitete ihn den Gang hinunter. »Jetzt fährt der schon seit zwei Monaten mit uns herum, aber seine Kabine findet er bis heute nicht«, keuchte er, nachdem er seinen Schützling abgeliefert hatte. »Neulich hat ihn einer von den Filipinos vor der Wäscherei aufgesammelt, und die liegt ganz unten.«

Die Besichtigung ging weiter: Bibliothek, kleiner Ballsaal – »den großen zeige ich euch später!« –, Cafeteria, Kindergarten, erster Speisesaal, zweiter Speisesaal, wieder eine Bar, Billardzimmer – offenbar gab es nichts, was es hier nicht gab. Sascha bestätigte das denn auch. »Du kannst praktisch alles machen beziehungsweise alles lernen, was du willst. Das beginnt beim Golfspielen über

Bridge und Computertechnik bis hin zu Ikebana und Kochen. Ich bezweifle allerdings, daß dieser Kursus jemals stattgefunden hat. Die Passagiere auf diesem Schiff kochen auch zu Hause nicht selber, die lassen kochen.« Er sah auf seine Uhr, ein noch sehr neu aussehendes Exemplar einer Nobelmarke. Katja hatte sie auch sofort bemerkt. »Wem hast du die denn geklaut? Oder ist Reichtum ansteckend?«

»Weder noch. Die habe ich in Hongkong gekauft, da kostet sie ein Drittel von dem, was man bei uns bezahlen muß.«

»Ein Snob bist du ja immer schon gewesen.«

Klugerweise überhörte er die Bemerkung, außerdem hatte er es eilig. »Ich liefere euch jetzt bei Vicky ab, weil ich gleich zum Lifeboattraining muß.«

»Zu was?«

»Ret-tungs-boot-übung. Wird in so ziemlich jedem Hafen durchgezogen, allerdings nur für die Crew.«

»Gehört deine Vicky denn nicht dazu?«

»Nee, die Showgirls haben einen Sonderstatus, die sind privilegiert. Nun kommt schon, ich müßte eigentlich längst oben sein!«

Wieder marschierten wir durch irgendwelche Gänge bis zu einer großen Doppeltür. »Der Ballsaal!« Einladend hielt Sascha einen Flügel auf und ließ uns eintreten.

»Wwhouw!« machte Katja. »Ist ja Wahnsinn!«

In der Mitte befand sich die Bühne, die offenbar auch als Tanzfläche diente, dahinter sah man die Empore für das Orchester und drumherum gruppierten sich auf zwei Ebenen unzählige Rauchglastische, umgeben von dunkelroten Polstersesseln. In einem davon saß Vicky.

»Ich lasse euch jetzt hier, bis der ganze Lifeboatrummel vorbei ist. Vielleicht kann sie euch was zu trinken besorgen. Um diese Zeit ist das schwierig, weil die Bars noch geschlossen haben. Die meisten Passagiere sind ja on the road. Aber sie wird schon was deichseln. Seht zu, wie ihr klarkommt. Pidgin-Englisch versteht sie prima, immerhin besteht die halbe Crew aus Filipinos, und die kauderwelschen genauso herum wie ihr.« Mit dieser aufmunternden Feststellung ließ er uns allein.

Da saßen wir nun, lächelten uns verlegen an, malten Kringel auf den Glastisch und wußten nichts miteinander anzufangen. Ob wir etwas zu trinken haben möchten, fragte Vicky. O ja, sehr gern, am liebsten einen richtig starken Kaffee. Erst hinterher fiel mir ein, daß Engländer zwar hervorragenden Tee machen, vom Kaffeekochen aber keine Ahnung haben. Vicky verschwand hinter einer Seitentür, und Katja atmete hörbar auf. »Sehr gesprächig ist sie nicht gerade.«

»Du kannst ja auch mal was sagen«, ermunterte ich sie.

»Was denn? Soll ich sie vielleicht fragen, ob sie mit meinem Bruder was hat?«

»Natürlich hat sie was mit ihm«, behauptete Nicole sofort, »habt ihr nicht gesehen, wie sie ihn anhimmelt?«

Vicky kam zurück, stellte Tassen, Zucker und Milchkännchen auf den Tisch, fragte höflich, ob die Mädchen lieber etwas Kaltes hätten. »Cola or Lemonjuice?«

Sie entschieden sich für Zitronensaft. Dann faßte sich Katja ein Herz. Die ganze Zeit schon hatte sie neugierig die Galerie gemustert, die sich oberhalb des Ballsaals entlangzog. »What is there?«

»Oh, you mean the shops? Why don't you go upstairs and have a look at there?«

Das ließ sie sich nicht zweimal sagen. Sie sprang auf und lief die seitlich emporführende Treppe hinauf. Nicole hinterher. »Was darf doch nicht wahr sein!« hörte ich sie gleich darauf rufen. »Zweihundertachtundsechzig Dollar für dieses alberne Hemd mit nichts dran. Und guck mal da, die Krawatte, hundertzehn Dollar! Määm, komm mal rauf, das mußt du dir ansehen!«

Sehenswert war es wirklich. Nur das Feinste vom Feinen hatten die kleinen Geschäfte zu bieten, und in den Allerfeinsten waren die Preise so dezent angebracht, daß man sie beim besten Willen nicht entziffern konnte. Da gab es eine Minifiliale von Tiffany, eine von Hermes, Louis Vuitton war ebenso vertreten wie Yves Saint-Laurent und Dior – alles Namen, die ich schon oft gehört, deren Erzeugnisse ich bisher jedoch nur in Zeitschriften bewundert hatte. Oder auch nur belächelt. Abendkleider mit Löchern in der Bauchnabelgegend sind nicht unbedingt mein Geschmack.

Katja liebäugelte mit einer Armbanduhr in der Preisklasse von zwanzigtausend Mark, Nicole hatte es eine Tasche angetan, auch nicht viel billiger, und mir gefiel ein Seidentuch, das nur zweihundertsiebzig Dollar kostete, folglich als ausgesprochen preiswert zu bezeichnen war.

»Ein Glück, daß die Geschäfte erst nachmittags öffnen«, sagte Katja, »da werde ich wenigstens nicht in Versuchung geführt.«

Unten warteten schon Vicky und der Kaffee. Leider habe es so lange gedauert, doch es sei schwierig gewesen, um diese Zeit jemanden vom Personal zu finden, der Kaffee kochen könne. Er war ausgezeichnet. Später erfuhr ich von Sascha, daß fast alle Köche auf dem Schiff Deutsche, Schweizer oder Franzosen waren.

Wir lächelten, schwiegen uns weiterhin an und begrüßten jede Unterbrechung, die in Gestalt einer schwimmwestenbehängten Person den Saal durchquerte. Ab und zu glitt an einem der Fenster ein Rettungsboot vorbei, wurde heruntergelassen, wieder hochgezogen, doch das ganze Manöver verlief völlig undramatisch. Kein Boot kippte um, keins blieb stecken, dann endlich ertönte eine Sirene, die dem ganzen Auftrieb ein Ende bereitete. Kurz danach war Sascha wieder bei uns. »Na, habt ihr euch gut unterhalten?«

»Und wie!« antwortete Katja prompt. »Wir haben schon die Handelsbilanz der EG erörtert, den Verfall des Dollars analysiert und gerade angefangen, über die Wirtschaftskrise in Rußland zu debattieren.« Sie schüttelte den Kopf. »Wie konntest du uns bloß mit diesem stummen Fisch hier zurücklassen?«

»Ich hab's doch nur gut gemeint«, entschuldigte er sich, »allein hättet ihr euch auf dem Kahn hoffnungslos verlaufen.«

»Na schön, sehe ich ein, aber jetzt schick deine Vicky wieder in die Heia, am besten mit einem Eisbeutel. Sie sieht wirklich etwas deformiert aus.« Wenigstens brachte Katja noch so viel Höflichkeit auf, sich in holprigem Englisch für die Betreuung zu bedanken und gute Besserung zu wünschen. Auch ich gab einige Artigkeiten von mir, und sogar Nicole raffte sich zu einem »Thank you, you were very kind« auf. Im Gegensatz zu ihrer Schwester, die, sofern sie Lust hat, ungeniert in einer fremden Sprache drauflosquasselt ohne Rücksicht auf Grammatik oder Satzbau, überlegt sich Nicole jedes Wort sorgfältig, reiht in Gedanken Silbe für Silbe aneinander bis zum kompletten Satz, und wenn sie ihn endlich fertig hat, sind ihre Gesprächspartner längst bei einem anderen Thema.

Vicky wünschte uns allen noch einen schönen Tag und zog sich zurück. Achselzuckend sah ihr Katja hinterher. »Was hast du bloß an der gefressen, Sascha?«

»Wie meinst du das? Ich kenne sie eben, genauso wie ich die anderen Tänzerinnen auch kenne.«

»Wird das auf die Dauer nicht ein bißchen zu anstrengend?«

Nun wurde er wirklich ärgerlich. »Ich will dir mal was sagen, du dummes kleines Gör, wenn du nicht endlich mit diesen albernen Anspielungen aufhörst, fliegst du vom Schiff und kannst auf dem Kai warten, bis du schwarz wirst, kapiert?«

»Aye aye, Sir, habe verstanden! Dein Liebesleben fällt in die Kategorie top secret.« Sie konnte es einfach nicht lassen.

»So, jetzt kommt mal mit, damit ich euch meine Spielwiese zeigen kann.« Wieder ging es Treppen hinauf, wir durften einen Blick in den verschwenderisch ausgestatteten Schönheitssalon werfen und in den Gymnastikraum, und dann stießen wir auf eine durchgehende Fensterfront, die einen phantastischen Blick über den ganzen Kai bot. Vor einem der Fenster stand ein Tisch von der Größe einer Pingpong-Platte. Vier Männer im Gesamtalter von etwa dreihundert Jahren bewegten sich im Schneckentempo an der Tischkante entlang, zwei mit Lupen vor den Augen, und starrten auf die Platte. Erst beim Näherkommen sahen wir, daß sie gemeinsam ein Puzzle zusammenbauten.

»Gibt's denn das?« Entgeistert beobachtete Nicki die Altherrenriege. »Die sind auf einer Weltreise, liegen in einem exotischen Hafen, haben ein tolles Panorama vor sich und nichts Gescheiteres zu tun, als mit bunten Bildchen zu spielen.«

Sascha fand das völlig normal. »Du kannst sie ja fragen, wie oft sie schon um den Globus geschippert sind. Wahrscheinlich ein dutzendmal oder mehr. Für diese reichen Knöppe ist so eine worldcruise ungefähr das gleiche wie für euch ein Wochenende am Bodensee. Geld haben sie wie Heu, Langeweile auch, andererseits kennen sie schon alles, sind überall gewesen und freuen sich diebisch, weil sie diesmal wieder Jim aus Texas und Jack aus Florida getroffen haben, die auch schon auf der vorletzten Kreuzfahrt mit von der Partie gewesen sind.«

Ein paar Schritte weiter saß ein älteres Ehepaar auf einem der vielen Sofas, Kopfhörer auf den Ohren, und hüpfte im Takt der Musik vergnügt auf den Polstern hin und her. »Die hatte ich schon auf der Liberty« – artig grüßte Sascha hinüber –, »denen gehören in Detroit zwei kleinere Bürohäuser, ungefähr dreißig Stockwerke hoch, also nicht zu vergleichen mit Mrs. X, die in London den halben Piccadilly Circus besitzt, oder genauer gesagt, die Grundstücke. Sie bucht immer gleich drei Kabinen. Eine für sich, die zweite für ihre Garderobe und die andere für ihre Gäste. Da kommen mal welche in Singapur an Bord und fahren bis Nagasaki mit, in Kapstadt baggert sie neue ein, die gehen in Rio wieder runter oder in Antigua – Zeit und Geld spielen doch keine Rolle.«

»Eigentlich wollte ich immer einen Millionär heiraten«, sagte Katja nachdenklich, »aber wenn ich das hier so sehe, finde ich die Idee gar nicht mehr so gut. Was will man denn noch vom Leben erwarten, wenn man schon alles hat, sich jeden Wunsch erfüllen kann und nichts mehr zum Wünschen übrigbleibt? Gibt es überhaupt noch etwas, worüber die sich freuen können?«

»Ja«, antwortete Sascha sofort, »wenn sie in der Boutique ihrer zweitliebsten Feindin den Seidenfummel vor der Nase wegschnappen und abends damit herumstolzieren können. – So, und das hier ist mein Tummelplatz.«

Es war ein relativ kleiner Speisesaal, den wir betraten, aber er war ja auch nur den Passagieren der First Class vorbehalten, und davon gab es wohl doch nicht so viele. Die Tische waren bereits gedeckt, und ich fragte mich im stillen, wo denn, um alles in der Welt, zwischen dem ganzen Silber und Kristall noch Platz für Teller und Schüsseln sein sollte.

»Wenn ihr wollt, kann ich euch hier abfüttern«, bot Sascha an, »ich fürchte nur, ihr würdet euch unter diesem arroganten Volk nicht sonderlich wohl fühlen.«

»Bloß nicht«, lehnte Katja gleich ab, »die kreuzen doch sicher in Taft und Seide auf, und wir hocken dazwischen wie die armen Verwandten.«

Ganz so schlimm sahen wir nun doch nicht aus, aber ich hatte auch keine Lust, auf dem Präsentierteller zu sitzen und als Gesprächsthema zu dienen. daß wir nicht zu diesem elitären Klüngel gehörten, wäre nur zu offensichtlich gewesen.

»Wißt ihr was? Ihr geht jetzt aufs Sonnendeck«, schlug Sascha vor, »da gibt es eine Snackbar, und dort könnt ihr euch holen, was ihr wollt.«

»Geht denn das so einfach? Wir sind doch keine Passagiere.«

»Meine Güte, wir haben über tausend Gäste an Bord, da fällt doch der einzelne gar nicht auf. außerdem steht da oben hinter dem Tresen ein Volltrottel, der würde nicht mal merken, wenn ein Schwarzer von ihm einen Hot dog haben will. Also macht euch deshalb keine Sorgen.«

Ich machte mir aber welche. »Womit soll ich denn bezahlen? Ich habe nur kenianische Shillinge und D-Mark. Dollars habe ich bisher nicht gebraucht.«

Sascha lachte. »Määm, du bist auf einem Schiff! Da zahlt man nicht, da ißt man bloß!«

Immer deutlicher wurde mir klar, daß es mir im Umgang mit dem Geldadel und dessen Ambiente an den fundamentalsten Kenntnissen fehlte.

Nicole hatte andere Probleme. »Du, Sascha, wo kann man denn hier, wenn man mal muß?«

»Na komm, ich zeig's dir, allein findest du es doch nicht.« Hätte sie auch nicht. An der Tapetentür wären wir glatt vorbeiglaufen. Auch der Waschraum war mit Veloursboden ausgelegt und – ich traute meinen Augen nicht – sogar die Kabinen mit den zum Teppich farblich abgestimmten Toiletten. Die Schmeichelspiegel, die einem immer eine so dekorative Bräune vortäuschen, wurden von rosa Lämpchen angestrahlt.

»Da könnt ihr mal wieder sehen, daß Schönheit nur eine Frage der richtigen Beleuchtung ist«, stellte Katja fest, nachdem sie sich von den reichhaltig herumstehenden Kosmetika bedient und dann im Spiegel gemustert hatte. »Fragt sich bloß, wie der Lippenstift bei Tageslicht aussieht.«

Er sah scheußlich aus!

Draußen vor der Tür trampelte Sascha ungeduldig von einem Fuß auf den anderen. »Wo bleibt ihr denn so lange? Ich dachte schon, ihr wollt da drin übernachten.«

»Ich habe schon an weniger komfortablen Plätzen gepennt«, erwiderte Nicole. »Sag mal, klaut denn niemand was von dem ganzen Zeug? Da stehen mindestens zwanzig verschiedene Lippenstifte, haufenweise Nagellack, Eau de toilette en masse, und alles bekannte Marken. Am liebsten hätte ich mir was mitgenommen.«

»Und warum haste nicht? Was fehlt, wird wieder ergänzt. No problem.«

Auf den für sanitäre Anlagen etwas unpraktischen Bodenbelag angesprochen, grinste Sascha nur. »Was glaubt ihr, wie die Waschräume aussehen, wenn wir hohen Seegang haben?«

Das wollte ich mir lieber nicht vorstellen.

Er verabschiedete uns. In zwanzig Minuten habe er Dienstbeginn, und umziehen müsse er sich auch noch. »Kannst du denn nicht mal zwei oder drei Stunden von Bord?« Ich war enttäuscht. Irgendwie hatte ich mir unser Wiedersehen etwas anders vorgestellt, ein bißchen familiärer und in einer weniger feudalen Umgebung.

»Zwischen Lunch und Dinner«, sagte Sascha lakonisch.

»Was heißt das?«

»Ungefähr um zwei bin ich fertig und kann bis sechs runter vom Kahn. Wollen wir uns irgendwo treffen?«

Wir verabredeten uns für drei Uhr im Castle-Hotel, dem einzigen Ort in Mombasa, den wir mit Sicherheit finden würden. Es gibt niemanden in der Stadt, der dieses Überbleibsel aus der Kolonialzeit nicht kennt und einem im Bedarfsfall den Weg zeigen kann. Sascha brachte uns noch zur Treppe nach oben, dann trabte er im Dauerlauf davon.

Das Sonnendeck war die letzte Etage dieser schwimmenden Herberge, darüber gab es nur noch den Schornstein und die Rettungsboote. In der Mitte befand sich ein Pool, drumherum waren weißlackierte Liegen gruppiert, teils mit, teils ohne grillende Sonnenanbeter, und neben der Reling standen kleine, sonnenbeschirmte Tische mit jeweils drei Stühlen. Wir suchten uns den letzten aus, weil er uns einen ungehinderten Blick über das ganze Deck gestattete.

»Wo ist denn jetzt der Futtertrog?« Suchend schaute sich Katja um. »Ich sehe keine Frittenbude.«

»Ob das dieser Fahrkartenschalter da hinten ist?« Nicole zeigte auf ein Glasfenster gleich neben der Treppe, hinter dem mit gelangweilter Miene ein weißgekleideter Jüngling Zeitung las.

»Sieh doch einfach mal nach!«

»Ich trau' mich nicht.«

»Feigling!« Aber so ganz wohl war mir auch nicht in meiner Haut, als ich aufstand und scheinbar uninteressiert hinüberschlenderte. Der Jüngling sah nur kurz hoch, musterte mich oberflächlich und kam zu dem Schluß, daß ich nichts von ihm wollte. Im Augenblick fand ich die beiden Getränkeautomaten neben seinem Würstchenstand auch viel verlockender. »Icetea« stand auf dem einen, der andere enthielt Eiswasser. Mit einem großen Pappbecher voll Tee bummelte ich zurück zum Tisch.

»Gibt's das umsonst?« Mit Argusaugen hatten mich die Zwillinge verfolgt. »Ich könnte einen ganzen Eimer voll austrinken«, sagte Katja und stiefelte los. Nicki ebenfalls. Sie pirschten sich betont gleichmütig an den Imbißstand heran und – gingen daran vorbei zu den Getränkeautomaten.

»Mir ist ja das Wasser im Mund zusammengelaufen«, seufzte Katja und setzte sich wieder, »aber ich habe einfach nicht die Courage, da hinzugehen und was zu holen. Wir haben doch gar nicht das Recht dazu.«

»Ihr seid albern!« Hatte ich mich nicht genauso albern benommen? »Wenn's Ärger gibt, kann uns immer noch Sascha rauspauken.« Meine Zuversicht war allerdings nur gespielt. Wo, um alles in der Welt, sollte ich meinen Bürgen finden? Ich wußte ja nicht mal, wie wir überhaupt von diesem Kahn wieder runterkommen würden. Trotzdem gab ich mir einen Ruck und steuerte geradewegs das Glasfenster an. »One Hamburger, please«, verlangte ich forsch, das einzige an Fast food, was ich dem Namen nach kannte. Die diversen Salate, appetitlich in großen Schüsseln angerichtet, hätten mich zwar auch gereizt, doch ich wußte weder, was Mais auf englisch heißt, noch fiel mir die Vokabel für Gurken ein. Also nahm ich mein Pappbrötchen mit der dazwischenliegnden Bulette in Empfang, griff nach einer Papierserviette und zog wieder ab.

Auf dem Weg zurück zum Tisch kamen mir die Mädchen schon entgegen. »Scheint ja zu klappen.« Bei ihnen dauerte es wesentlich länger, und als Nicole ihr Tablett abstellte, wurde mir klar, warum. Lauter Pappschälchen mit Salaten hatte sie mitgebracht, Minituben mit allen möglichen Soßen, dazu zwei Hamburger, die mindestens doppelt so groß wie meine waren.

»Ich weiß nicht, was ihr daran findet.« Ich würgte an diesem trockenen Zeug herum und bekam es nur runter, wenn ich nach jedem Bissen einen Schluck Eistee trank. »Das schmeckt doch so was von langweilig ...«

Da prustete Katja los. »Man merkt, daß du noch nie bei McDonald's warst. Du kannst einen Hamburger doch nicht solo essen!« Sie klappte ihr Brötchen auseinander, und dann wußte ich, weshalb sie bei jedem Happen Maulsperre bekam. Salatblätter, Zwiebeln, Gurken, zwei Käsescheiben und ich weiß nicht recht was sie noch unter und über ihre Frikadelle gepackt hatte, jedenfalls sah dieser Aufbau sehr abenteuerlich aus.

»Mir hat der Knabe aber bloß dieses Wabbelbrötchen mit dem Klops in der Mitte gegeben«, beschwerte ich mich. »Wahrscheinlich ist er bei jungen Mädchen großzügiger.«

»Quatsch, den Rest nimmt man sich selber. Der Boy da hinten paßt doch bloß auf, daß ihm die Buletten nicht anbrennen.«

Außer uns, die wir schon von einigen der sonnenbadenden Passagiere mißbilligend beobachtet wurden, schien niemand Hunger zu haben. Der Fast-food-Verwalter hatte sich wieder in seine Zeitung vertieft und sah nicht mal mehr auf, als Katja zum drittenmal ihren Becher mit Eistee füllte. Er war wohl an komische Vögel gewöhnt.

Die gab es um uns herum in ausreichender Menge. Sie steckten in grellfarbenen Badehosen, über denen ein mehr oder minder ausladendes Wohlstandsbäuchlein hing, während die dazugehörigen weiblichen Partner das Gegenteil präsentierten und damit wohl dem in ihren Kreisen geltenden Schönheitsideal entsprachen:

schlank und gebräunt. Gerechterweise mußte man diese Definition allerdings mit ›dürr‹ und ›verbrannt‹ übersetzen. Darüber täuschten auch die auf jugendlich geschminkten Gesichter nicht hinweg und erst recht nicht die schweren Goldarmbänder und Brillantringe, mit denen die ohnehin schon teuren Badeanzüge noch aufgewertet wurden.

»Wehe, Määm, wann du später mal so rumläufst«, warnte Katja, während Nicki nur leise murmelte: »Wer nicht an Gespenster glaubt, war noch nie auf einem Luxusdampfer. – Können wir jetzt gehen? Ich hab' genug von dem ganzen Zirkus hier, und Sascha beneide ich überhaupt nicht mehr. Es stimmt zwar, daß er von der Welt eine Menge zu sehen kriegt, aber wenn ich mir dann wieder vorstelle, ich müßte Tag für Tag diese ganzen bornierten, übersättigten Figuren bedienen und um sie herumscharwenzeln ... nee, danke.« Sie stand auf, nahm ihr Tablett, suchte einen Abfallbehälter, fand keinen, stellte alles wieder zurück auf den Tisch. »Wahrscheinlich gibt es auch dafür einen extra Müllmann.«

Sascha hatte uns gesagt, daß wir einen Lift nehmen und auf den Knopf 3 drücken müßten, danach brauchten wir nur noch den Pfeilen zu folgen und kämen zur Gangway. Den Lift fanden wir auf Anhieb, auch den richtigen Knopf, sogar die Pfeile sahen wir, nur gab es rote, die nach rechts zeigten, darunter waren grüne, während die blauen in die entgegengesetzte Richtung wiesen.

»Hat er auch die Farbe gesagt?« wollte Nicki wissen.

Katja entschied sich für Grün. »Rot ist bestimmt der Notausgang, Grün die Hoffnung.« Diesmal erwies sie sich als trügerisch, wir hätten Blau nehmen müssen, wie uns ein staubsaugnder Filipino mitteilte, nachdem wir zum drittenmal an ihm vorbeigelaufen waren.

Endlich standen wir wieder auf dem Kai und kämpften uns durch das immer noch anhaltende Gewimmel zur nächsten Brükke. Der Gegenverkehr hatte zugenommen. Bepackt mit Holzfiguren jeglicher Größe, unter den Arm noch einige T-Shirts geklemmt, stolperten die überwiegend weiblichen Passagiere zurück zum Schiff. »Darling, look at this lovely giraffe, I bought it for my grandson.« Das niedliche Tierchen war einschließlich Hals ungefähr anderthalb Meter hoch und mußte ein Vermögen gekostet haben. Darling schleppte ein ähnlich voluminöses Vieh mit sich herum und erklärte seiner Begleiterin, er gedenke das Nashorn zu Hause in Miami neben seinen Pool zu stellen. Nun suche er noch ein Pendant für die gegenüberliegende Seite, habe nur noch nichts Passendes gefunden.

Im Vorbeigehen warfen wir einen Blick auf die Souvenirstände. Normalerweise gibt es keine festen Preise, es wird gehandelt, eine sehr zeitraubende Prozedur, und am längsten dauert sie, wenn man um die letzten zehn Shillinge feilscht. Jetzt allerdings war jedes einzelne Stück mit einem Preisschild versehen, und zwar ausschließlich in amerikanischer Währung. Am erstaunlichsten fand ich die Tatsache, daß diese Phantasiepreise von den Käufern anstandslos bezahlt wurden.

Überhaupt schien während der letzten Stunden in ganz Mombasa eine Inflation ausgebrochen zu sein. Als wir eins der am Ende des Kais aufgereihten Taxis besteigen wollten, verlangte der Fahrer zwanzig Dollar. Pro Person.

»Junge, du hast ja 'n Rad ab!« schrie Katja empört. »We are no passengers, we only visited the ship.«

Es war ihm egal, ob wir Passagiere oder nur Besucher waren, er hatte uns vom Schiff kommen sehen, also gehörten wir irgendwie dazu und hatten die Taschen voller Geld. Mein Argument, wir hätten am Vormittag für die gleiche Strecke lediglich achtzig Shillinge bezahlt, akzeptierte er nicht. »You are rich people, I'm a poor man, because I have six children.«

»So siehste auch gerade aus! Du bist doch höchstens zweiundzwanzig! Erzähl deine Märchen der Parkuhr! Wütend knallte Katja die Wagentür zu. »Komm, Määm, wir versuchen es bei einem anderen.«

Der wollte nur fünfzig Dollar haben. Der dritte verlangte siebzig, ging auf fünfundsechzig herunter, und als wir bei sechzig angekommen waren, bezeichnete er uns als Halsabschneider und kurbelte die Fensterscheibe wieder hoch.

»Ich fürchte, wir werden laufen müssen.« Ein Geizhals bin ich wirklich nicht, doch diese Mondpreise gingen mir denn doch über die Hutschnur. Wenn die Amis sie bezahlten, war das ihre Sache, bei mir jedenfalls waren diese schwarzen Geier an der falschen Adresse.

»Bis drei Uhr werden wir es zum Castle-Hotel gerade schaffen können«, stöhnte Nicki eingedenk der Strecke, die uns am Morgen schon endlos vorgekommen war. Weißt du wenigstens, wo es langgeht?«

Darüber brauchten wir uns nicht den Kopf zu zerbrechen. Kaum ein paar hundert Meter hatten wir zurückgelegt, als neben uns ein Taxi hielt. Heraus guckte der immer noch mürrisch vor sich hin brummende Fahrer mit den angeblich sechs Kindern. »Twohundred shillings?«

»Onehundred and no shilling more!« sagte Katja sofort. Erst zögerte er noch, dann war er einverstanden.

»Siehste, du mußt bloß konsequent sein.« Erleichtert kletterte sie in den Wagen. »Dem ist der deutsche Spatz in der Hand auch lieber als die Dollartaube auf dem Dach.«

Ausnahmsweise war Sascha pünktlich, ein bei ihm äußerst seltenes Phänomen. Dabei hatten wir uns schon auf eine längere Wartezeit eingerichtet und nuckelten betont langsam an unserer Cola (Gläser hatten wir nicht, die gibt es nur auf Verlangen, aber wenigstens Strohhalme bekommt man), denn sogar in den Restaurants hatten sich die Preise inzwischen verdoppelt. Kurz nach drei hielt ein Taxi neben dem Eingang, und heraus quollen fünf junge Männer, einer länger als der andere.

Nicole staunte. »Die müssen quer gelegen haben.«

Als letzter krabbelte Sascha aus dem Wagen, warf dem Fahrer lässig einen Geldschein durchs Fenster, verabschiedete seine Kumpane und kam fröhlich winkend heran. »Da, Määm, ich habe dir etwas mitgebracht.« Unter seinem T-Shirt zog er eine Stange amerikanischer Zigaretten hervor. »Ich kenne doch das Kraut hier. Keine Ahnung, was die in ihre Zigaretten stopfen, Tabak ist es jedenfalls nicht.«

Den Verdacht hatte ich allerdings auch. Mein Vorrat aus dem Duty-free-Shop war schon vor Tagen zu Ende gegangen, und so hatte ich auf die kenianischen Erzeugnisse umsteigen müssen. Die

Zwillinge hatten mir im Zimmer bereits Rauchverbot erteilt, weil »das Zeug wie verkohlte Matratze stinkt«, im übrigen auch so ähnlich schmeckt, doch ausländische Marken waren unverschämt teuer. Ich war schon auf dem besten Wege gewesen, mir die Qualmerei ganz abzugewöhnen. Genaugenommen ist es Saschas Schuld, wenn ich dieses Laster noch immer nicht losgeworden bin.

»Kommt, laßt uns ein bißchen bummeln«, meinte er nach einem Rundblick über die Terrasse, »hier sitzt die halbe Crew, und der Rest sind Passagiere. Ich bin froh, wenn ich die mal eine Weile nicht sehe.«

Ohnehin schien seine Begeisterung für die christliche Seefahrt erheblich nachgelassen zu haben. »Wenn ich noch lange auf dem Kahn bleibe, werde ich entweder zum Alkoholiker oder rauschgiftsüchtig. Es wird Zeit, daß ich wieder Umgang mit normalen Menschen kriege.«

Bisher sah er ja noch ganz gesund aus, ein bißchen übermüdet vielleicht und ein bißchen *zu* schlank, aber suchtkrank wirkte er eigentlich nicht.

»Warum hast du Vicky nicht mitgebracht?« stichelte Katja.

»Erstens hat sie noch immer eine dicke Backe, und zweitens – warum sollte ich?« Eine Kleinigkeit wollte er ihr jedoch mitbringen, quasi als Dank für die Betreuung während seiner Lifeboatübung.

»Na, so fürchterlich abgestrampelt hat sie sich nun auch wieder nicht«, bemerkte Katja halblaut, machte unter Saschas drohendem Blick aber schnell wieder den Mund zu.

Wir klapperten mehrere Geschäfte ab, deren Personalbestand in Erwartung des Käuferansturms aufgestockt worden war, sahen aber nichts, was Saschas Vorstellungen entsprochen hätte. »Ich brauche was in Pink.«

»Darf's etwas Teureres sein?« Der hinterhältige Ton in Nickis Stimme war nicht zu überhören. »Nimm doch den Opalring, der ist rosa.«

Aus erzieherischen Gründen verkneife ich mir Saschas Kommentar, er mußte das Vokabular in einer Hafenspelunke aufgeschnappt haben. Wir fanden aber doch noch ein pinkfarbenes T-

Shirt mit einer Elefantenparade vorne drauf, Sascha wollte bezahlen, griff in die Gesäßtasche seiner Jeans und – zog die Hand leer wieder heraus.

Diesmal fluchte er vorsichtshalber auf englisch.

Wann und wo man ihn bestohlen hatte, war nicht mehr festzustellen. »Im Castle jedenfalls nicht, da hatte ich das Geld noch in der Hand, weil ich das Taxi gelohnt hatte. Muß jetzt unterwegs passiert sein.«

»War es denn viel?«

»Ungefähr fünfzig Dollar. Die kann ich verschmerzen, mich ärgert bloß, daß es mir jemand so einfach aus der Tasche ziehen konnte. Nicht mal in Rio ist mir das passiert, und da klauen sie einem die Schnürsenkel aus den Schuhen, wenn man nicht aufpaßt. Kannst du mir ein paar Shillinge pumpen, Määm?«

Nach beendetem Rundgang durch die vier Hauptstraßen Mombasas landeten wir wieder im Castle-Hotel. Man kommt einfach nicht daran vorbei. Außerdem ist es der einzige Ort, an dem man draußen und trotzdem im Schatten sitzen kann. Sofern man einen Platz findet. Trotz Saschas Protest steuerte ich einen Tisch an, der bereits zur Hälfte von Amerikanern besetzt war, ausnahmslos weiblichen Geschlechts.

»Die sind auch vom Schiff«, stöhnte er, »ich hab' dir doch gesagt, daß sie wie die Heuschrecken über die Stadt hergefallen sind.«

»Wenigstens haben sie sie nicht kahlgefressen, sondern nur leergekauft«, sagte Nicki, auf den Berg von Tüten deutend, mit denen die noch freien Stühle belegt waren. »Frag mal, ob sie die nicht freundlicherweise wegnehmen können.«

»Oh, Sascha, it's good that I met you. Can you please help me carry my shopping back to the ship?«

Er schenkte der kanariengelben Dame mit dem lila Sonnenhut ein zähneknirschendes Lächeln und nickte zustimmend. »Jetzt haben wir den Salat«, flüsterte er mir zu, »die werde ich nicht mehr los, und nachher darf ich ihr den ganzen Kram auch noch zurück auf den Kahn schleppen.«

»Sag doch einfach, du hast heute frei.«

»Denkste. Die sitzt doch bei mir im Queens Grill. Stinkreiche Witwe, hat die Penthouse-Suite gebucht. Wenn ich die jetzt kalt abfahren lasse, kriege ich spätestens morgen vom Head-Steward eins aufs Dach. Scheiß Job!«

»Would you like something to drink, Sascha?« Wir anderen wurden von dem weiblichen Triumvirat gar nicht zur Kenntnis genommen.

»Lemonjuice, please«, sagte mein Sohn, bevor er sich einen Ruck gab und uns der Reihe nach ansah. »Ich glaube, wir verabschieden uns lieber. Reden können wir doch nicht mehr.«

Irrte ich mich, oder sah er wirklich ein bißchen traurig aus? Mir steckte ja auch ein Kloß im Hals, der einfach nicht runterrutschen wollte, obwohl ich die Gleichmütige zu spielen versuchte. Ich wußte ja, daß Sascha nichts mehr verabscheut als Erbsensuppe und Abschiedsszenen, deshalb kam seine liebevolle Umarmung auch völlig überraschend. »Mach's gut, Määm, es war schön, daß ihr gekommen seid. Grüß die anderen zu Hause, und sag ihnen, ich komme auch bald zurück.« Nicole bekam einen Kuß auf die Wange, und sogar Katja kriegte einen zärtlichen Nasenstüber.

Im Weggehen hörten wir Kanariengelb erstaunt fragen: »Who were those people?«

Als wir am nächsten Abend unseren Verdauungsspaziergang am Strand entlang unternahmen, sahen wir in der Ferne ein hellerleuchtetes Schiff hinter dem Horizont verschwinden. »Gute Fahrt, Sascha«, sagte ich ganz leise, doch Katja hatte es trotzdem gehört.

»Nu werd bloß nicht tränenklüterig, Mami, der geht schon nicht unter. Ein richtiger Mann wächst mit den Gefahren, die er hinter sich hat.«

## 5

Urlaub im Februar ist herrlich, solange man weg ist. Kommt man aus tropischen Gefilden zurück in den europäischen Winter und sieht schon am Flugplatz außer einer milchigen Sonne nur kahle

Bäume und Schneematsch auf den Straßen, sinkt die Stimmung auf den Nullpunkt. Man kann ja nicht mal mit seiner Prestigebräune renommieren, weil sie niemand sieht. Wintersportler sind nämlich auch braungebrannt, nur hört bei ihnen der begehrte Farbton am zweiten Halswirbel auf. Bei uns fing er da aber erst richtig an.

»Morgen gehe ich im T-Shirt zur Schule«, hatte Nicki gesagt und war mittags bibbernd wieder nach Hause gekommen.

»Heute abend sollten wir mal ins Hallenbad gehen«, hatte Katja vorgeschlagen. »Hast du die Bikinis schon gewaschen, Määm?«

Das Hallenbad war wegen Umbauarbeiten geschlossen. »Schwimmen ist von halbem Wert, hat man das Becken ausgeleert«, kalauerte sie. »Wo kann ich denn jetzt noch meinen sportlich gestählten, makellos gebräunten Körper vorführen?«

»Im Sportunterricht«, sagte Nicki.

Trotzdem gewöhnten sich die Zwillinge viel schneller an den Alltagstrott als ich. Sie mußten ja auch nicht drei Koffer voll Sommergarderobe waschen und bügeln, und als ich endlich damit fertig war, kam der vierte hinzu, denn Rolfs Kuraufenthalt war ebenfalls zu Ende. Er sah besser erholt aus als ich.

»Komisch, daß man die Leute, die gerade aus dem Urlaub kommen, immer gleich erkennt. Du siehst aus, als hättest du dringend einen nötig«, stellte er kopfschüttelnd fest, bevor er mit dem Vierwochenstapel Post in Richtung Arbeitszimmer verschwand. »Ach ja, wenn eine Frau Schwarzenbach anruft, denk dir nichts dabei. Ich soll ihr lediglich einen Prospekt für ihr Antiquitätengeschäft machen.«

Ich dachte mir aber doch etwas. »Wo wohnt die Dame? Im Schwarzwald?«

»Nein, in Dortmund.«

»Ach. Da wirst du ja dann sicherlich hinfahren müssen?«

»Natürlich muß ich hinfahren. Wie soll ich denn einen Prospekt entwerfen, wenn ich den Laden nicht gesehen habe?« sagte mein Ehemann, der vor dem Standesbeamten ewige Treue und noch einiges gelobt hatte. Manches hatte er sowieso schon vergessen, denn hat man erst einmal die Silberhochzeit hinter sich, entwickelt das Feuer der Liebe in der Regel mehr Rauch als Hitze. Momentan schien es gewaltig zu qualmen. Ehe es sich jedoch zu einem möglichen Flächenbrand auswuchs, überstürzten sich die Ereignisse.

Sie begannen mit Saschas erstem Anruf, als er mir seine Verlobung mitteilte.

»Wahrscheinlich hat er Vicky doch einen Ring gekauft, die sollen ja in Hongkong so billig sein«, vermutete Katja, »und nun bildet sie sich ein, es sei einer für die Ewigkeit.«

Ähnlicher Ansicht war Nicole. »Ich hab' Sascha immer für halbwegs intelligent gehalten, deshalb glaube ich auch nicht, daß er sich ausgerechnet von so einer Tanzmieze einfangen läßt. Dazu ist er doch viel zu clever.«

»Habt ihr schon mal daran gedacht, daß es ja auch eine ganz andere sein könnte?« gab Katja zu bedenken. »Obwohl ... also rein optisch betrachtet, würde Vicky ja gut zu ihm passen. Neben der sehen wir alle aus wie graue Mäuse.«

Trotzdem einigten wir uns darauf, daß die ganze Angelegenheit wohl nur auf einem Mißverständnis meinerseits beruhen müsse. Außerdem hatten die Zwillinge andere Sorgen. Das mündliche Abitur stand bevor, eine Tatsache, die sie nach den schriftlichen Arbeiten völlig verdrängt hatten. »Da fällt nie einer durch«, hatte Katja gesagt und erst auf väterliches Drängen ein paar Schulbücher mit in den Urlaubskoffer gepackt. Den *Faust* hatte sie sogar täglich mit an den Strand genommen, allerdings nie hineingesehen, nachdem Nicole ihr davon abgeraten hatte. »Die reden da drin wie aus der Dose.«

Und so etwas sollte nun zur Reifeprüfung antreten!

Zwei Tage lang zitterte ich wieder mehr als die Mädchen, dann war auch das überstanden. Am Rückfenster der Ente prangte unübersehbar das Schild »Abi 88«, und in der Abiturzeitung konnte ich später nachlesen, mit welch phänomenalen Kenntnissen meine Töchter in die Zoologie-Prüfung gegangen waren.

Katja auf die Frage, was Frösche im Winter machen: »Na, sie frieren!«

Nicole, mit dem Thema Säugetier konfrontiert und aufgefordert, den Begriff erst einmal zu definieren: »Sie haben ein festes Skelett ... äh, sind meistens haarig ... äh ... und geben Milch.«

Antwort das Prüfers: »Nach Ihren Kriterien könnte es sich auch um eine Kokosnuß handeln!«

Schulbildung ist eben nicht nur kostenlos, sondern oft auch umsonst! Trotzdem hatten sich die Zwillinge entschlossen, Grundschullehrerinnen zu werden.

Für mich kam das völlig überraschend. »Ich denke, Katja, du willst Touristik studieren?«

Verächtlich winkte sie ab. »Kannste total abhaken! Dazu braucht man einen Abi-Durchschnitt von 1,4.«

»Dabei hat sie sogar das Doppelte geschafft«, spottete ihre Schwester.

»Was Besseres als Lehrerin gibt es doch gar nicht. Du hast einen gutbezahlten Halbtagsjob, jede Menge Ferien und brauchst dich nicht mal um deine Altersversorgung zu kümmern. Der einzige Nachteil ist, daß man schon so früh morgens in Hochform sein muß.«

»Bei den Kleinen kann man ja auch noch etwas bewirken«, zählte Nicki weitere Vorteile auf, »die lassen sich nämlich noch motivieren. Wenn sie erst mal aufs Gymnasium kommen, sind sie schon versaut. Wir waren ja selber lange genug bei dem Verein, da kriegste als Lehrer mit Vierzig entweder den ersten Herzinfarkt oder landest für ein paar Monate in der Psychiatrie. Nee, wenn schon Pauker, dann nur Grundschule.«

Überzeugt war ich noch immer nicht. »Schon mal was von Lehrerschwemme gehört?«

»Ist kein Thema mehr«, beharrte Katja. »Bis wir in vier Jahren fertig sind, zieht die pädagogische Nachkriegsgeneration aufs Altenteil, das ist statistisch erwiesen. Und dann denk mal an die vielen Auswanderer, Asylanten und Flüchtlinge, die haben oder kriegen auch alle Kinder. Ich weiß bloß noch nicht, ob ich nun einen Türkischkurs belegen oder besser Arabisch lernen soll. Russisch wäre vielleicht auch nicht schlecht.«

Mir kamen diese ganzen Zukunftspläne noch reichlich unausgegoren vor. »Ihr habt doch überhaupt keine Erfahrungen mit Kindern. Woher wollt ihr also wissen, ob ihr pädagogische Fähigkeiten besitzt?«

»Das werden wir in den Ferien ausprobieren. Wir haben uns nämlich als Betreuer in einem Sommercamp am Bodensee gemeldet.«

Davon wußte ich auch noch nichts. Etwas verblüfft stellte ich fest, daß meine Nesthäkchen flügge wurden und weiterreichende Entscheidungen nun selber trafen.

»Sollten wir mit den Kids nicht klarkommen, müssen wir uns ein anderes Studienfach suchen. Doch ich glaub' schon, daß es hinhaut«, meinte Katja optimistisch, »schließlich habe ich oft genug Babysitter bei Vandammes gespielt.«

»Mit drei Vorschulbalgen fertig zu werden, ist etwas anderes, als zwei Dutzend Sechsjährigen Lesen und Schreiben beizubringen«, warf Rolf ein, der die Debatte bisher schweigend verfolgt hatte.

»Stimmt, aber dafür brauchst du denen keine Pampers mehr zu wechseln oder Grießbrei aus dem Ärmel zu holen. Und aufs Klo gehen sie auch schon alleine. Ich möchte überhaupt mal wissen, weshalb es *Babysitting* heißt, wenn man dabei doch ständig auf Trab ist.«

Nicki fiel auch noch ein Argument ein. »Frau Dr. Müller hat gesagt, der Lehrerberuf sei einer der wenigen, bei denen man nicht in der Routine erstickt.«

»Da könnte sie recht haben«, bestätigte Rolf, »der Einfallsreichtum von Kindern ist unerschöpflich. Wer ist Frau Dr. Müller? Auch eine Lehrerin?«

»Nee, die Tante von der Studienberatung.«

»Also schön, macht, was ihr wollt«, beendete er die Diskussion, »heutzutage hilft Gott denen, die sich selber helfen, und die Regierung den anderen. Von mir aus könnt ihr ruhig Beamte werden.«

Nachdem die fernere Zukunft der Zwillinge geklärt war, wurde ich mit der unmittelbaren meines Zweitgeborenen konfrontiert. Er wünschte, daß ich seine Geburtsurkunde nach England schicke.

»Der will doch nicht etwa *heiraten*?« Mit spitzen Fingern faltete Nicole den Zettel auseinander, auf dem ich die telefonisch durchgegebene Adresse notiert hatte. »Da steht ja gar nicht Vicky drauf, sondern Janet«, staunte sie, »also hat er doch eine andere! Und die heiratet er gleich?«

»Vielleicht *muß* er«, sagte Katja lakonisch. »Es soll Leute geben, die noch nie was von der Pille gehört haben.«

»Dann würden wir ja Tanten werden …« Eine Vorstellung, die Nicki gar nicht zu behagen schien, denn sie erklärte kategorisch: »*Ich* fahre das Gör bestimmt nicht spazieren, sonst denkt alle Welt noch, es sei meins!«

»Und du wirst Oma!« jubelte Katja.

Mit dieser Aussicht würde ich mich erst einmal anfreunden müssen. Andererseits … »Dann brauche ich wenigstens nicht mehr auf meine Figur zu achten! Wen stört es schon, wenn Großmütter rundlich werden?«

Aus dem Hintergrund kam Protest: »Großväter!« Mit dem Telefonbuch unterm Arm kam Rolf aus dem Wohnzimmer, legte es auf den Küchentisch und begann zu blättern.

»Mußt du das ausgerechnet hier machen?« Ich räumte die Eierschalen zur Seite, zog das Brotmesser weg und die Marmeladendose und schob die Kaffeemaschine nach hinten. »Was suchst du überhaupt?«

»Namen für seinen Enkel«, feixte Katja.

»Quatsch! Die Nummer von der Druckerei. Im Wohnzimmer ist es einfach zu dunkel. Wir müssen wirklich mal die Birken ein bißchen kappen.«

Das hatte ich schon seit drei Jahren vor. Immerhin haben wir fünf ausgewachsene Prachtexemplare im Garten stehen. Botaniker behaupten, ein so großer Baum habe rund eine halbe Million Blätter, doch die müssen sich irren. Ich jedenfalls harke in jedem Herbst schätzungsweise 9,7 Millionen zusammen.

Rolf stand neben dem Fenster, hielt das Telefonbuch mit ausgestreckten Armen von sich, dann dicht vor die Nase, dann wieder weit weg, bis Katja es ihm aus der Hand nahm. »Gib mal her, Paps, du liest, als würdest du Posaune spielen. Wie heißt denn die Druckerei?«

Eine Zeitlang hörten wir nichts von Sascha, dann klingelte abends das Telefon, und eine sehr muntere Stimme teilte mir mit, daß mal wieder ein Flughafentransfer erwünscht sei. »Kann mich jemand übermorgen um zehn abholen?«

»Morgens oder abends?«

»Morgens natürlich. Ich brauche ja nur eine Stunde.«

»Nanu? Wo steckst du denn?«

»In Portsmouth.«

Soviel ich wußte, liegt das in England. Aber die Geburtsurkunde hatte ich doch an einen ganz anderen Ort schicken müssen? »Was machst du in Portsmouth?«

»Meine künftige Verwandtschaft kennenlernen.«

*»Wie bitte?«*

Er wurde ungeduldig. »Nun tu doch nicht so überrascht. Wir wollen am 4. Juni heiraten, da ist es doch wohl logisch, daß ich mich mal der neuen Sippe präsentiere. Janet ist übrigens ein Pfundskerl.«

»Janet???«

»Meine Schwiegermutter.«

Jetzt mußte ich mich doch erst einmal hinsetzen. Janet war also nicht die Auserwählte, sondern deren Mutter. Und die lebte offenbar in Portsmouth. Aber wer, zum Kuckuck, wohnte dann in Southsea? Noch eine Janet?

»Bist du noch dran, Määm?«

»Ja. Wen heiratest du überhaupt?«

»Dämliche Frage. Vicky natürlich. Ihr habt sie ja auf dem Schiff kennengelernt.«

Also doch! »Wie entgegenkommend, daß du mir diese Neuigkeit schon so früh mitteilst. Da haben wir doch tatsächlich noch drei Wochen Zeit für die Vorbereitungen. Wie stellst du dir das eigentlich vor? Ich kann doch nicht bis dahin eine Hochzeit organisieren.«

»Wieso du?« kam es erstaunt zurück, »Wir heiraten natürlich hier. Das einzige, was ihr braucht, sind Flugtickets. – Also dann, tschüß, bis übermorgen ...

»Ja, Wiedersehen«, sagte ich verdattert, doch er hatte schon aufgelegt. Jetzt benötigte ich dringend etwas Hochprozentiges. Unter den mißtrauischen Blicken der Zwillinge goß ich mir einen doppelten Whisky ein.« Das war Sascha. Am 4. Juni heiratet er Vicky. Wir sind alle herzlich eingeladen.«

Schweigen. Dann platzte Katja heraus: »Dieser Trottel! Da sieht man's mal wieder, Liebe ist der Triumph der Phantasie über den Verstand. Der wird sich noch umgucken!«

»Wie soll denn eigentlich die ganze Sache ablaufen?« fragte ich meinen Sohn, nachdem wir drei Dutzend Fotos von Vicky bewundert hatten, die er in Ermangelung der echten Braut mitgebracht hatte. Die eine Hälfte unserer Familie hatte sie ja noch gar nicht zu Gesicht bekommen.

»Hat sie außer ihrem fotogenen Äußeren denn noch andere Qualitäten? Kann sie kochen?« wollte Steffi wissen, eingedenk ihrer noch immer unzulänglichen Versuche, etwas Genießbares auf den Tisch zu bringen.

»Ausgerechnet du mußt danach fragen«, konterte der Bräutigam sofort, »du läßt ja sogar noch das Kochbuch anbrennen. Oder weshalb sonst hat dein Horst dich noch nicht geheiratet?«

Steffis Frage war damit beantwortet. Vicky konnte nicht kochen. »Hat sie überhaupt eine Ahnung vom Haushalt?« forschte ich vorsichtig. Sascha hatte beiläufig erwähnt, daß seine zukünftige Frau nach Absolvierung des Tanz-Colleges bereits ihr erstes Engagement bekommen und seitdem schon überall auf der Welt gearbeitet habe.

»Weiß ich nicht. Zu Hause ist sie immer nur ein paar Tage lang gewesen.«

Auch die zweite Frage war geklärt. Vicky konnte zwar die Rolle rückwärts, würde aber schon Probleme beim Aufziehen einer Klopapierrolle bekommen, einer Tätigkeit, zu der aus unerfindlichen Gründen kein Mann in der Lage ist. Oder weshalb sonst muß ich die neu angebrochenen, meist schon leicht durchfeuchteten Rollen immer wieder aus dem Waschbecken fischen und aufhängen, nachdem ich die leere Pappröhre erst mal vom Fußboden aufgesammelt habe?

Jetzt meldete sich Sven zu Wort. »Ihr müßt das nicht so eng sehen. Sascha ist doch der perfekte Hausmann! Bettenmachen und Putzen hat er beim Bund gelernt, Kochen ist sein Hobby, zum Wäschewaschen gibt's 'ne Maschine, und seine Autofenster hat er auch immer selber gewienert. Was Besseres kann sich seine Vicky doch gar nicht wünschen.«

»Idiot!« knurrte Sascha.

»Lassen wir dieses Thema erst mal beiseite«, sagte Rolf, der immer noch mit gespitzten Lippen die Fotos betrachtete. Seine Schwiegertochter gefiel ihm ausnehmend gut. »Wo wollt ihr überhaupt wohnen? In England?«

»Hier natürlich. Drüben verdiene ich nicht genug. In England ist Restaurantfachmann kein anerkannter Beruf, sondern ein Gelegenheitsjob. Weshalb sonst reißen die sich auf der QE II um deutsche Stewards?«

»Und ich dachte, ihr geht wieder zurück aufs Schiff.« Allmählich kam mir die ganze Sache reichlich suspekt vor. Offenbar wollte das junge Paar richtig seßhaft werden, hatte jedoch keine Wohnung, ganz zu schweigen von einer neuen Stellung, die Sascha ja wohl brauchte, um nicht nur sich, sondern von nun an auch seine Frau zu ernähren. »Weshalb, um alles in der Welt, mußt du denn gleich heiraten? Ihr könnt doch erst mal nur zusammenziehen.«

»Was heißt gleich?« brauste er auf. »Wir kennen uns seit anderthalb Jahren, das dürfte doch wohl genügen. Schließlich wollen wir auch mal Kinder haben.«

Na also, ich hatte es doch geahnt! »Etwa noch in diesem Jahr?«

Besonders taktvoll muß meine Frage nicht gerade gewesen sein, denn er raffte wütend seine Fotokollektion zusammen und stand auf. »Ich heirate nicht, weil ich muß, sondern weil ich will. Und wenn euch das nicht paßt, kann ich es auch nicht ändern!« Rrrums.

»Die Tür ist zu!« Steffi rückte das Aquarell wieder zurecht, das bei Saschas nachhaltigem Abgang etwas in Schieflage gekommen war, und meinte beruhigend: »Leute, keep cool and get lässig. Nicht jedes Luftschloß ist auf Sand gebaut. Sascha weiß zwar noch nicht, wo es langgeht – das aber ganz genau.«

Seine Euphorie bekam den ersten Dämpfer, als er sich mit mehreren Maklern in Verbindung setzte. In welchem Jahrzehnt er denn lebe, wurde er gefragt, für maximal sechshundert Mark Miete könne er bestenfalls ein Einzimmerapartment erwarten, und für achtzig Quadratmeter müsse er mindestens das Doppelte hinblättern.

»Dafür kriege ich in Kapstadt ein ganzes Haus, sogar mit Swimmingpool«, sagte er verblüfft.

»Dann ziehen Sie doch nach Kapstadt«, empfahl der Makler, versprach jedoch, sich umzuhören, und meldete sich nie wieder. Auch von den anderen Herren hörten wir nichts mehr, nachdem sie hatten einsehen müssen, daß Sascha weder an einem Penthouse (1800 DM) noch an einer Maisonette (1600 DM) interessiert war. Um seinen Frust abzubauen, flog er ein paar Tage nach England in der Hoffnung, zwischenzeitlich würde ein Wunder geschehen. Es geschah natürlich keins, obwohl ich alle mir bekannten einflußreichen Personen einschließlich des Herrn vom städtischen Bauhof und der größten Klatschbase des Ortes um Hilfe gebeten hatte.

Dabei lief bereits der Countdown. Noch zehn Tage bis zur Hochzeit!

Sven hatte sich schon ausgeklinkt. »Am Samstag geht mein Flieger. Das Hotel auf Kreta ist seit März gebucht, der Urlaub eingereicht – soll ich den vielleicht wegen der blöden Heirat sausenlassen? Kommt nicht in Frage. Das wird bestimmt nicht die letzte Hochzeit in dieser Familie sein. Ich werde also noch öfter das zweifelhafte Vergnügen haben, heulenden Müttern mein Taschentuch zu reichen. Außerdem besitze ich gar keinen dunklen Anzug.«

Womit er ein Thema angeschnitten hatte, dem die Zwillinge bereits mehrere schlaflose Nächte zu verdanken hatten.

»Wenn Vicky glaubt, daß ich mich in so einen pfirsichfarbenen Brautjungfernfummel wickle, hat sie sich aber geschnitten«, erklärte Katja rundheraus, »die Farbe steht mir nämlich nicht.«

»Wir sind nicht bei Königs«, hatte Sascha ihre Befürchtungen zerstreut, »Brautjungfern brauchen wir nicht. Vickys Patenkind streut Blumen, das genügt.«

»Also können wir anziehen, was wir wollen?«

»Ja, sofern es nicht gerade dein Biene-Maja-Aufzug ist.«

Zu irgendeinem Schulfest hatte sich Katja eine Kombination zugelegt, die aus einer schwarzen wadenlangen Hose bestanden hatte sowie einem quergestreiften gelbschwarzen Oberteil. Es hatte grauenvoll ausgesehen, und meines Wissens hat sie es nach jenem Abend auch nie wieder getragen.

Einen erfolglosen Streifzug durch Heilbronns einschlägige Geschäfte hatten wir schon hinter uns, die nächste Station hieß Mannheim. Ich hasse es, gezielt etwas kaufen zu müssen, weil ich dann grundsätzlich nichts Vernünftiges finde. Vor vier Jahren nun war Großgeblümtes en vogue, und so wurde ich in alle möglichen Farbschattierungen gesteckt, angefangen bei violetten Orchideen mit altrosa Schleierkraut bis zu – der Clou der botanischen Kreationen! – weißen Seerosen auf hellgrünem Untergrund. Irgendwie erinnerten mich diese ganzen Kleider an die Sofakissen meiner Großmutter. »Ihr müßt doch zugeben, daß ich in diesen Gewändern ausgesprochen lächerlich aussehe«, wandte ich mich an die verstohlen kichernden Zwillinge, »ich kann so was einfach nicht tragen!«

»Aber Mami«, versicherte Nicole mit mühsam unterdrücktem Lachen, »weißt du denn nicht, daß lächerlich aussehen in diesem Jahr Mode ist?«

Mehr durch Zufall als durch gezieltes Suchen fand ich ein Jackenkleid, das sogar im Preis heruntergesetzt war, weil es sich um ein Vorjahresmodell handelte.

»Aber gnädige Frau«, sagte die Verkäuferin erschrocken, »zu einer Hochzeit sollten Sie wirklich etwas tragen, das dem jetzigen Modetrend entspricht.«

»Na schön, dann zeigen Sie mir noch eine Blümchenbluse.«

Bei den Mädchen war die Sache wesentlich einfacher.

Nicole entschied sich für etwas beinahe Schulterfreies mit Bolerojäckchen (»aber bloß in der Kirche!«), und Katja verliebte sich in ein hochgeschlossenes weißes Kleid mit dezentem Rückenausschnitt. Zu Hause machte uns Sascha darauf aufmerksam, daß jungfräuliches Weiß eigentlich nur der Braut zustehe. »Das könnte eventuell zu Verwechslungen führen.«

»Jungfräuliches Weiß! Du gestattest doch, daß ich mal kurz lache. Wie lange, sagtest du, hast du mit Vicky eine Kabine geteilt?«

Doch sie erklärte sich bereit, die beanstandete Kreation durch einen roten Gürtel, rote Ohrringe und ein entsprechend farbiges Band im Pferdeschwanz zu neutralisieren.

Noch eine Woche bis zur Hochzeit!

Telefonisch orderte Sascha einen Kleintransporter. Zusammen mit Steffi, die davon noch gar nichts ahnte, wollte er auf dem Landweg nach England fahren, um Vickys Habseligkeiten und nicht zuletzt die zu erwartenden Hochzeitsgeschenke abtransportieren zu können. »Wenn wir zu zweit sind und uns am Steuer ablösen, schaffen wir das in gut einem Tag.«

»Und zurück?«

»Kein Problem. Vicky fliegt mit euch, und wir fahren wieder Route nationale.«

Nicht nur die Zwillinge hatten darauf bestanden, daß unser Aufenthalt in merry old England ein paar Tage länger dauern sollte, als man gemeinhin für eine Hochzeit veranschlagt. Sie wollten London sehen (ich auch), wollten in einem richtigen Pub ein richtiges Glas Ale trinken (ich auch), wollten zum Buckingham-Palast (ich nicht) und in Soho chinesisch essen (ich auch). Sogar Sascha hatte gemeint, daß wir ruhig drei oder vier Tage dranhängen sollten. »Ich kenne London jetzt schon wie meine Westentasche, ihr könnt euch also getrost mir anvertrauen.«

Nächtigen würden wir in einem Bed-and-Breakfast-House, also einer dieser Familienpensionen, die es nach seiner Behauptung an so ziemlich jeder Straßenecke geben sollte. »Vicky hat die am nächsten gelegene ausgesucht, keine fünf Minuten von Janets Haus entfernt. Ihr könnt bequem zu Fuß gehen.«

»Apropos gehen. Wer holt uns eigentlich vom Flugplatz ab? Oder müssen wir von da auch laufen?«

»Ja, weißt du«, begann mein Sohn etwas zögernd, »das ist noch nicht ganz geklärt. Leigh und Grant arbeiten ja noch, und Gaynor hat genug mit den letzten Vorbereitungen zu tun. Janet fällt sowieso aus, die hat keinen Führerschein.«

Zwangsläufig hatte ich mich ein bißchen mit den Familienverhältnissen meiner künftigen Schwiegertochter vertraut machen müssen, wußte also, daß Grant der ältere Bruder von Vicky war und Gaynor ihre Schwester, verheiratet mit einem Leigh. Einen Vater gab es nicht mehr.

»Irgendwie kriegen wir das schon auf die Reihe«, beruhigte mich Sascha, »abgeholt werdet ihr auf jeden Fall.«

Noch fünf Tage bis zur Hochzeit!

»Am 10. Juni müssen wir unbedingt zurück sein«, informierte mich Katja, »da haben wir nämlich Abi-Feier.«

»Bis dahin werden wir vom englischen Essen sowieso die Nase voll haben und froh sein, wenn Mami wieder kocht«, prophezeite Nicole. »Was meint ihr, müssen wir Vicky zur Abschlußfeier mitnehmen?«

»Selbstverständlich. Dann ist sie vollwertiges Familienmitglied, also nicht nur berechtigt, sondern sogar verpflichtet, an offiziellen Veranstaltungen teilzunehmen«, sagte ich salbungsvoll.

»Na ja, vielleicht hat Sascha gar keine Lust dazu, der hat sich doch um so was immer rumgedrückt.« Klang Katjas Stimme nicht ein bißchen zu hoffnungsvoll?

Noch vier Tage bis zur Hochzeit!

Ein Anruf vom Krankenhaus. Ich könne meinen Mann abholen, es sei nichts Ernstes, man habe den Fuß vorsichtshalber in Gips gelegt. Der Knöchel sei etwas angesplittert, also erst mal nicht auftreten. In zwei Wochen sähe man weiter, und ob wir Gehstöcke hätten. Wenn nicht, bekäme er welche mit.

»Wie hat er denn das bloß geschafft?« seufzte Sascha, als er ins Auto stieg. »Er wollte doch nur einen Kasten Bier holen.«

Und genau der war ihm auf den Fuß gefallen. Wie, konnte der Patient nicht mehr rekonstruieren, eine Bananenschale sei schuld gewesen und die hohe Ladekante vom Wagen; ich sah aber nur das bis zum Knie aufgeschnittene Hosenbein, und das weckte bei mir sofort Assoziationen. Mit *dem* Klumpfuß würde Rolf in keinen Anzug passen. Und im Flugzeug würde er eine ganze Sitzreihe brauchen. Wir hatten jedoch nur *einen* Platz für ihn gebucht.

Die ganze Situation erinnerte mich an einen Tag vor ungefähr fünfzehn Jahren, als ich zum Klassentreffen nach Berlin fahren wollte. Der Koffer war schon gepackt, ich wartete nur noch auf

Steffis Rückkehr von der Schule. Statt ihrer stand plötzlich ihre Freundin vor der Tür, drückte mir Stefanies Mappe in die Hand und erklärte lakonisch: »Jetzt müßte sie eigentlich fertig sein, Armeingipsen dauert ja nicht so lange.«

Ich kann mir nicht helfen, aber irgendwer muß etwas gegen meine gelegentlichen Kurzreisen haben!

»Nun wirst du wohl ohne elterlichen Beistand heiraten müssen.« Ich beobachtete meinen Sohn, der den Hocker hin und her schob, Kissen holte, vorsichtshalber auch gleich die Kognakflasche mitbrachte und sich redliche Mühe gab, die mitleidheischende Miene seines Vaters zu übersehen. Endlich lag das Bein bequem.

»Also schön«, räumte Sascha ein, »Paps kann nicht mit, aber weshalb solltest *du* hierbleiben? Es ist doch nicht deine Schuld, wenn er nicht mal Bier holen kann, ohne sich dabei halb umzubringen.«

Ich hatte schon tief Luft geholt, um das, was ich zu sagen hatte, in einem Atemzug vorbringen zu können – und das würde eine ganze Menge sein! –, als Sascha abwinkte. »Ja, ich weiß, allein kann er natürlich nicht bleiben, doch da finden wir schon eine Lösung. Ich hole erst mal seine Karre vom Supermarkt zurück, die haben ihn ja gleich mit dem Notarztwagen abtransportiert, und unterwegs wird mir schon was einfallen.«

Merkwürdigerweise hatte sich der Patient, um dessen Wohlergehen es letztendlich ging, noch gar nicht geäußert. Nach einem Blick auf die zusammengesunkene Gestalt im Sessel wußte ich auch, warum. Er schlief. Auch gut, viel schlafen soll ja die Genesung fördern.

Es dauerte lange, bis Sascha zurückkam, dafür hatte er das, was ihm unterwegs eingefallen war, gleich mitgebracht, nämlich Frau Keks.

Hier ist wahrscheinlich eine kurze Erklärung nötig: Frau Keks heißt eigentlich Lebküchner und ist jahrelang unsere Nachbarin gewesen. Ihren Namen verdankt sie Sascha, der Lebküchner gleich nach dem ersten Kennenlernen in eine ihm genehmere Form gekürzt hatte, und im Laufe der Zeit hatten auch wir ihn übernommen. Nach dem Tod ihres Mannes hatte Frau Keks ihr Haus verkauft und war in eine Eigentumswohnung gezogen. Finanziell unabhängig, betätigte sie sich ehrenamtlich bei allen möglichen sozialen Institutionen und hatte auch schon die erkrankte oder gelegentlich urlaubende Gemeindeschwester vertreten. Darüber hinaus ist sie dreifache Großmutter, also im Umgang mit nörgelnden Kleinkindern hinreichend trainiert.

»Selbstverständlich fahren Sie zur Hochzeit«, erklärte sie sofort, kaum daß sie mich begrüßt und kurz zu dem friedlich vor sich hin schnarchenden Invaliden hineingeschaut hatte. »Ich kümmere mich schon um Ihren Mann. Kann er denn laufen?«

»Der Arzt sagt, ja, mit Krücken, aber probiert hat er's noch nicht.«

»Kein Problem. Wenn er nicht will, sage ich ihm einfach, bei seiner Weigerung handle es sich um Altersstarrsinn. Was glauben Sie, wie schnell er dann auf seinen Krücken steht.«

Bei einer Tasse Kaffee besprachen wir die Einzelheiten. Frau Keks würde im Gästezimmer schlafen, um dem Patienten beim An- und Auskleiden helfen zu können, würde kochen, was sie schon immer leidenschaftlich gern getan hatte, Blümchen gießen, falls notwendig den Rasen bewässern und im Bedarfsfall mit Rolf Schach spielen. »Ich bin ein miserabler Spieler, da gewinnt er sowieso jedesmal, und das wiederum hebt sein Selbstbewußtsein.«

Als sie sich nach einer Stunde verabschiedete, hatte sich Rolf noch immer nicht gerührt. »Er schläft wie ein Säugling.«

»Wer das behauptet, hat noch nie einen gehabt«, sagte sie trokken. »Wann wollen Sie übrigens weg?«

»In drei Tagen. Der Flieger geht um zwei.«

»Also müssen Sie spätestens um halb zwölf fahren«, überlegte sie laut. »In Ordnung, ich bin um elf Uhr hier.«

»Na, wie habe ich das gemacht?« frohlockte Sascha, nachdem er Frau Keks heimgebracht hatte. »Auf diese glorreiche Idee wärst du natürlich nie gekommen.«

»Ja, ich weiß, du bist klug, schön und gebildet, aber was ich am meisten an dir bewundere, ist deine grenzenlose Bescheidenheit.«

Wider Erwarten hatte Rolf nichts gegen meine Vertretung einzuwenden, er hielt es nur für überflüssig, daß sie im Haus übernachten sollte. »Ich bin ja nicht bettlägerig«, meckerte er, »und meine Jogginghosen werde ich mir wohl noch allein anziehen können. Es reicht wirklich, wenn sie erst gegen zehn kommt.« Er grinste hinterhältig. »Außerdem zeigt sich bei einer Frau ihr wahres Alter vor dem Frühstück.«

»Ja, und bei euch Männern nach dem Abendessen«, sagte ich wütend. »Krankenschwestern sehen nur in Fernsehfilmen wie Pin-up-Girls aus. Als ich im Krankenhaus lag, hatte meine einen Damenbart.«

»Das war ja auch auf der Frauenstation!«

Die Zwillinge nahmen den Unfall ihres Vaters mit Gleichmut auf. »Da hat bestimmt sein Unterbewußtsein mitgespielt«, vermutete Nicole, »er ist doch sowieso nicht begeistert gewesen, daß er ausgerechnet nach England fahren soll. Er kann doch die Engländer nicht leiden.«

»Verstehe ich nicht, er kennt ja gar keinen. Und jetzt glaubst du, er hat sich die Bierflaschen absichtlich auf den Fuß geschmissen?« Mit einer unmißverständlichen Handbewegung Richtung Stirn deutete Katja an, was sie von den Überlegungen ihrer Schwester hielt.

»Nicht so direkt, mehr unbewußt. Er hat einfach nach einem Grund gesucht, sich vor der Reise drücken zu können.«

»Na, ich weiß nicht. Das hätte er doch wesentlich einfacher haben können. Bei einer getürkten Sehnenscheidenentzündung hätte eine Elastikbinde am Bein genügt, und die kann man sich selber drumwickeln.«

»Bist du denn sicher, daß sein Gips echt ist?«

Er war echt, denn Sascha mußte seinen Vater am nächsten Morgen zur Kontrolluntersuchung bringen.

Noch drei Tage bis zur Hochzeit!

Abends kam Steffi, um ihren Vater zu bedauern und ihr Hochzeitskleid vorzuführen.

»Wenn du eventuell noch eine Blümchenbluse dazu trägst, ziehe ich *doch* meinen Hosenanzug an«, sagte ich beim Anblick des sandfarbenen Jackenkleids. »Nebeneinander sehen wir ja aus wie im Katalog, Sparte ›Modelle auch in Übergrößen lieferbar‹.«

Nein, sie hatte keine Bluse gekauft, sondern ein Top, das ich fälschlicherweise als Oberteil eines Unterrocks angesehen hatte und auch dann keinen sonderlichen Unterschied bemerkte, nachdem ich über meinen Irrtum aufgeklärt worden war.

Mit ihrem Engagement als Chauffeur war sie einverstanden gewesen. »Ich habe zwar noch nie einen Transporter gefahren, doch ich hab' 'ne gute Haftpflichtversicherung, und im Rechtsschutz bin ich auch. Wie ist das eigentlich, fährt man in England nicht links?«

»Da übernehme ich das Steuer«, sagte Sascha sofort, »Linksfahren bin ich gewöhnt. In Australien hatten wir uns einen Tag lang einen Ranch-Rover gemietet.«

»Das nennst du Erfahrung?« höhnte sie. »In dieser Einöde sind dir doch höchstens ein paar Känguruhs begegnet.«

Sascha äußerte sich nicht näher, vielmehr holte er die Karten und erklärte seiner Schwester anhand der bereits mit Blaustift markierten Strecke, wie er zu fahren gedächte. »Wir rauschen morgen nachmittag gegen fünf ab, gehen gleich auf die Autobahn, sind spätestens um acht in Luxemburg, und dann nehmen wir die Route nationale direkt nach Calais. Das müßten wir bis zur ersten Fähre schaffen. Von Dover sind es dann noch mal drei Stunden bis Southsea.«

»Ich denke, wir müssen nach Portsmouth?«

»O heilige Einfalt«, stöhnte Sascha, »Southsea ist ein Vorort von Portsmouth. Ein Seebad!«

»Woher soll ich das denn wissen?« Sie beugte sich wieder über die Karte. »Und wenn wir nun über Aachen fahren und dann links rüber ...«

Ich ließ die beiden allein und ging nach oben. Mir war nämlich etwas eingefallen. Ich nahm das Schwiegermutterkleid aus dem Schrank, entfernte die Schutzhülle vom Wintermantel und stülpte sie über das Kleid. Zumindest auf der Hinfahrt war der Transporter leer, also würden das sandfarbene Vorjahresmodell nebst Blümchenbluse die Reise nach England faltenlos überstehen.

Noch zwei Tage bis zur Hochzeit!

Begleitet von vielen guten Wünschen, zwei Thermoskannen Kaffee und einem Freßkorb mittlerer Größe schaukelte der LT 28 los. In letzter Minute hatte Steffi noch um Überlassung von Nicoles Kassettenrecorder gebeten. Mit Kopfhörern. »Dann kann ich mir wenigstens die Stöpsel aufs Ohr drücken, wenn Sascha mich wieder vollabert.«

Hinten im Laderaum wippten an einem von Wand zu Wand gespannten Draht vier mit Wäscheklammem fixierte Kleider, und darunter stapelten sich ebenso viele Koffer. Wir würden – Traum aller Flugreisenden – nur mit einer Handtasche in die Maschine steigen und keine Sorgen haben müssen, ob das Gepäck nicht doch versehentlich auf dem Weg nach San Francisco war. Oder noch weiter weg. Nach neuesten Erkenntnissen sollen ja die Saturnringe aus verlorengegangenem Fluggepäck bestehen.

Noch zwei Tage bis zur Hochzeit!

## 6

Es gibt Tage, da reicht die Zeit nicht mal für einen Nervenzusammenbruch! Als ich kurz vor sieben in die Küche kam, wischte Katja gerade den Boden auf. »Leg dir endlich eine neue Kaffeemaschine zu, das Ding hier hat doch noch James Watt selber gebaut!«

»Was ist denn passiert?«

»Weiß ich nicht. Plötzlich schwamm die Brühe überall, bloß nicht in der Kanne.«

Über unseren Köpfen bumste es. »Aha, Papi ist aufgestanden. So ein Gipsbein hat auch Vorteile. Man wird wenigstens vorher gewarnt.«

Für acht Uhr hatte ich einen Friseurtermin. Der dauerte bis zehn, weil ich mir ausnahmsweise eine professionelle Maniküre geleistet hatte. Bei der späteren Begutachtung im Spiegel hatte ich zum erstenmal den unangenehmen Verdacht, daß meine Haare doch nicht vorzeitig grau geworden waren. Die zugegebenermaßen sehr schicke Frisur ließ nämlich meine Falten deutlich zur Geltung kommen. Ach was, tröstete ich mich selber, ich habe eben eine sehr detailreiche Gesichtshaut. Schwiegermüttern steht sie zu.

»Whouw!« sagte Nicki. »Schade, daß du das nie wieder so hinkriegst.«

Sogar Rolf musterte mich anerkennend, meinte jedoch: »Jetzt wißt ihr wenigstens, weshalb die Friseure neuerdings alle Coiffeure heißen. Das ist französisch und bedeutet: Von nun an müssen Sie jede Woche wiederkommen, weil Sie es allein ja doch nicht können.«

»Ja, ich weiß, Altwerden mit Anstand ist eine verdammt mühsame und teure Angelegenheit.«

»Nimm dir ein Beispiel an mir«, erwiderte er lachend, »ich mach's wie die Filmindustrie und nenne die mittleren Jahre ›Jugend – zweiter Teil‹.«

»Du hast nur vergessen, daß Fortsetzungen selten an den Originalfilm heranreichen, es bleibt immer bloß bei einem mißglückten Versuch.« Das gelbe Hemd mit dem wilden Dschungelmuster war so einer.

»Mami, hast du meinen Paß gesehen?« Oben wurden Schubkästen aufgezogen und wieder zugeschoben, Schranktüren knallten, irgendwas fiel runter, dazwischen gedämpftes Fluchen und die laut jammernd geäußerte Erkenntnis: »Als du hier noch saubergemacht hast, war immer alles da.«

»Der Personalausweis genügt«, brüllte Nicki hinauf.

»Den finde ich ja auch nicht.«

Wir suchten zu dritt, stellten das halbe Zimmer auf den Kopf, durchwühlten sogar den Bücherschrank – nichts. Langsam wurde die Zeit knapp.

Ein plötzliches Leuchten zog über Katjas Gesicht, sie holte die Schulmappe aus der hintersten Ecke ihres Kleiderschranks hervor und kippte sie aus. Und was kam zum Vorschein?

»Für die Abi-Zeitung brauchten wir doch ein Foto von mir. Ich hatte aber keins, und da haben wir einfach das Bild aus dem Paß kopiert«, lautete die lapidare Erklärung.

Punkt elf stand Frau Keks auf der Matte, unter dem Arm einen Kochtopf. »Ich hab' schon mal ein bißchen vorgekocht.« Sie lüftete den Deckel. »Mag Ihr Mann Sauerbraten?«

»Und wie!« Sofort kam Rolf aus dem Zimmer gehumpelt. »Ich bekomme bloß nie welchen, weil meine Frau den nicht richtig hinkriegt.«

Stimmt, aber mußte er das gleich petzen?

Ich zeigte Frau Keks noch, wo sie alles Notwendige finden würde, gab ihr einen Hausschlüssel und verbot ihr strikt, ihre hausfraulichen Ambitionen auch bei uns auszutoben. »Ich weiß ja, daß die Fenster dreckig sind, aber das können sie ruhig noch eine Woche länger bleiben. Und staubwischen müssen Sie auch nicht.«

»Tu ich auch nicht. Dreck, den man nicht sieht, ist sauber.«

So hatte ich das eigentlich noch nie betrachtet, doch diese Einstellung hatte etwas für sich. Mir war bisher immer nur aufgefallen, daß es zwei Arten von Staub gibt: den dunklen, der sich auf helle Möbel legt, und den hellen, den man auf dunklen Gegenständen findet. Allerdings hatte ich schon seit langem den Kampf gegen beide aufgegeben.

»Nun machen Sie aber endlich, daß Sie wegkommen, sonst findet die Hochzeit doch noch ohne Sie statt.« Energisch schob sie uns zur Tür.

»Die ist ja erst morgen.« In diesem Moment fiel mir ein, daß sich Sascha noch nicht gemeldet hatte. Er hatte sofort anrufen wollen, sobald er angekommen war, und das hätte nach seiner Berechnung allerspätestens um zehn Uhr sein sollen.

»Vielleicht hat er ja doch noch in letzter Minute einen Bammel gekriegt und ist wieder auf der Rückfahrt«, unkte Katja.

Daran glaubte ich nun nicht mehr, und mich beunruhigte zunehmend die Frage, wer uns denn am Flugplatz abholen würde und wie wir den Betreffenden finden sollten. Ich konnte mir ja schlecht ein Namensschild umhängen wie weiland auf der Fahrt in die Kinderlandverschickung.

»Nehmen Sie Schirme mit!« rief uns Frau Keks hinterher, als wir schon auf dem Weg zur Garage waren.

»Wozu denn? Wir haben doch herrliches Wetter.«

»Aber Sie fahren nach England!«

Nun hatten wir doch noch Handgepäck. Drei Regenschirme!

Wir hätten uns ruhig mehr Zeit lassen können, denn der Abflug war um eine Stunde nach hinten verschoben worden. Ich ging Kaffee trinken, die Zwillinge wollten lieber auf die Aussichtsplattform. Sehr schnell waren sie wieder da. »Da oben zieht's!« Kaffee wollten sie aber auch nicht. »Wir gehen Schaufenster gucken.«

Also guckten sie Schaufenster, und prompt trat das ein, was ich befürchtet hatte. Katja hatte eine »ganz entzückende weiße Umhängetasche« entdeckt, die »haargenau zum Kleid passen« würde, und weil sie doch sowieso nicht wisse, wo sie Taschentuch (hatte sie ohnedies nie dabei, sie verließ sich immer auf mütterliche Vorsorge), Lippenstift und Sonstiges unterbringen solle, sei der Erwerb dieser Tasche sozusagen zwingende Notwendigkeit. Ich sah das ein, gab ihr Geld, hatte es jedoch nicht passend, und so legte sie dieses Manko als vermeintliche Großzügigkeit aus und kaufte gleich noch ein kleines Portemonnaie. »Wie sieht denn das aus, wenn ich aus einer weißen Tasche einen dunkelroten Geldbeutel ziehe?«

»Brauchst du ja gar nicht, du hast doch ohnehin nie welches drin«, bemerkte Nicole.

Katja nickte bekümmert. »Ich hab's schon mit Selbsthypnose und mit Meditation versucht, aber was mir wirklich fehlt, ist mehr Taschengeld.«

Mit einer Stunde und siebzehn Minuten Verspätung hob der Vogel endlich ab, und mit einer Stunde und zweiunddreißig Minuten Verspätung landeten wir in Heathrow. »Ab jetzt müssen wir Englisch reden«, erinnerte ich die Mädchen, bekam jedoch nur ein mißmutiges Grunzen zur Antwort.

»Wie denn?« moserte Nicki schließlich. »Hätte ich geahnt, daß uns Sascha eine englische Schwägerin anschleppt, dann hätte ich nicht in der elften Klasse Englisch abgewählt. Statt dessen haben wir den Leistungskurs Französisch gemacht. Das hätte er eben berücksichtigen müssen.«

»Franzosen sind auch viel charmanter«, behauptete Katja eingedenk ihrer ersten Liebe Pascal, den sie als Austauschschülerin in Frankreich kennengelernt hatte.

»Na und? Deshalb heiratet Sascha bestimmt keine Französin.«

In Ermangelung verständlicher Hinweisschilder folgten wir der Phalanx unserer Mitreisenden; die würden schon wissen, wo der Ausgang war.

»Falls jetzt irgendwas schiefläuft ... hast du wenigstens Vickys Telefonnummer dabei?«

Nein, hatte ich nicht, ich wußte nicht mal mehr, wie sie mit Nachnamen hieß. Ich schüttelte den Kopf.

»Aber die Adresse kennst du doch?« hakte Nicki nach.

»Irgendwas mit Gardens hintendran, den Rest habe ich vergessen«, gestand ich kleinlaut.

»Ist ja großartig! Und was machen wir, wenn wir unseren Abholer nicht finden?«

Wir fanden ihn, denn er war nicht zu übersehen. Gleich hinter der Paßkontrolle, wo der Menschenstrom durch Leitplanken kanalisiert wurde, wedelte ein Mann mit einem großen Pappdeckel herum. »Family Sanders« stand drauf. Er trug ein kariertes Holzfällerhemd, ausgebeulte Hosen und Schuhe, die vielleicht mal vor etlichen Jahren diese Bezeichnung verdient hatten. Im rechten Mundwinkel steckte ein ausgelutschter Zigarrenstummel.

»O Gott!« war alles, was Nicki herausbrachte, und Katja murmelte nicht weniger entsetzt: »Ist das nun Grant oder Leigh?«

Es war keiner von beiden, sondern ein Taxifahrer. Von seiner ausführlichen Erklärung verstand ich nur »order« und »bed and breakfast«, beruhigte mich jedoch angesichts der Tatsache, daß er unseren Namen kannte und demnach auch wußte, was er mit uns anfangen sollte. Gehorsam folgten wir ihm durch ein Gewirr von planenverhängten Gängen, stiegen auf provisorischen Treppen in die Unterwelt, kamen irgendwann wieder ans Tageslicht und standen endlich vor einem der typisch englischen Taxis. Erst später erfuhren wir, daß der Flughafen gerade ausgebaut wurde und die Hoffnung bestehe, daß die Arbeiten trotz der englischen Gewerkschaften noch in diesem Jahrhundert beendet sein würden.

Da ich das Mitteilungsbedürfnis von Taxifahrern hinreichend kenne, stieg ich sofort hinten in den Wagen. Nicole schob sich neben mich, und so war Katja die Leidtragende. Anfangs bemühte sie sich noch, den im breitesten Hampshire-Dialekt vorgetragenen

Erläuterungen unseres Chauffeurs zu folgen, dann gab sie es auf und warf lediglich ab und zu mal ein »Oh, really?« ein, was soviel wie »Ach ja, wirklich?« bedeutete und unseren Cicerone von der ungeteilten Aufmerksamkeit seiner Zuhörerin überzeugte.

Anderthalb Stunden würde die Fahrt vom Flugplatz nach Southsea dauern, hatte Sascha mal erwähnt. Wir brauchten die doppelte Zeit. Straßenbaukolonnen hatten zum Teil kilometerlang den Asphalt aufgerissen – irgendein Unternehmer mußte wohl gute Beziehungen zum Rathaus haben –, und mehrmals waren in beinahe sadistischer Wilkür Umleitungsschilder aufgestellt. Wenigstens bekamen wir auf diese Weise etwas von der englischen Landschaft zu sehen. Sie bestand überwiegend aus hübschen kleinen Häuschen, die alle mindestens ein Erkerfenster hatten, dahinter Wiesen mit allem Getier drauf, das Gras frißt, und zwischendurch immer wieder Golfplätze, auf denen Männer in karierten Hosen ihre Keulen schwangen.

»Bei uns hat jedes Kaff seinen Fußballplatz, hier spielt man statt dessen Golf«, wunderte sich Nicole. »Und ich dachte immer, das ist ein ganz elitärer Sport.«

»Jeder Engländer fühlt sich als etwas Besonderes«, sagte Katja überzeugt, »sonst würde er nicht als einziger in Europa immer noch auf der linken Straßenseite fahren.«

Ich hatte schon die Hoffnung aufgegeben, jemals unser Ziel zu erreichen, als ein Schild am Straßenrand das Gegenteil versprach. »Portsmouth 7 km« las ich erleichtert. Wir bogen aber schon vorher ab, schlängelten uns zum Ichweißnichtwievieltenmal durch einen Roundabout (in England herrscht an jeder Kreuzung, auf die mehr als zwei Straßen münden, Kreisverkehr, und da haben – vermutlich auch wieder aus elitären Gründen – die einfahrenden Autos Priorität) und kamen vor einem mehrstöckigen weißen Haus zum Stehen. Vor seiner Berufung zu gastronomischen Zwecken schien das Gebäude eine Art Zweitwohnsitz irgendeines betuchten Lords oder Earls gewesen zu sein, dessen Nachkommen im Zeitalter moderner Verkehrsmittel kein Sommerhaus mehr brauchten, weil sie ihre Ferien weit weg von ihrer Insel verbrachten. Da war es sicher auch wärmer.

Der Taxifahrer lud unsere Regenschirme aus dem Kofferraum, dann verlangte er fünfzig Pfund. Genau diesen Betrag hatte ich noch schnell im Frankfurter Flughafen eingewechselt, obwohl Sascha mir empfohlen hatte, das lieber in England zu tun, da sei der Kurs günstiger. »Am ersten Tag brauchst du sowieso kein Geld, und die Banken haben auch samstags auf.«

Die Mädchen waren schon die breite Treppe hinaufgestiegen und suchten nach einem Klingelknopf. Ich fand auch keinen. Statt dessen gab es einen blankpolierten Messingknüppel, mit dem ich mehrmals gegen die Tür hämmerte. »Hoffentlich haben sie drinnen wenigstens Strom!«

Eine zierliche schwarzhaarige Frau öffnete. Sie habe uns bereits vor drei Stunden erwartet, Miss Rashbum habe schon ein paarmal angerufen, aber jetzt sollten wir doch erst einmal hereinkommen, wo denn unsere Koffer seien, ob wir einen guten Flug gehabt hätten. da hinten den Gang entlang gehe es zum Frühstückszimmer, links daneben sei der Fernsehraum, und übrigens heiße sie Mrs. Hamilton. Die berühmte Lady sei eine direkte Vorfahrin ihres Mannes, eine Behauptung, deren Wahrheitsgehalt ich stark anzweifelte. Doch ich kam sowieso nicht zu Wort, denn Mrs. Hamilton redete ohne Punkt und Komma, während sie uns eine schmale Treppe in den zweiten Stock hinaufführte, auf halbem Weg eine Tür öffnete, weil sich dort das Bad befand, und schließlich vor einer geschwungenen Flügeltür haltmachte. Sie zog einen goldenen (jawohl!) Schlüssel mit kunstvoll verziertem Oberteil hervor und schloß auf.

»Uuiiihh!« rief Nicki. »Das ist ja der totale Wahnsinn!«

Das Zimmer war ungefähr fünfzig Quadratmeter groß. Es enthielt ein Doppelbett und drei einzeln stehende Betten, Tisch, Stühle, einen voluminösen Kleiderschrank, ein Waschbecken und neben dem unerläßlichen Erkerfenster ein antikes Möbel mit einem Spiegel in der Mitte sowie unzähligen kleinen Schubfächern. Vielleicht hatte Lady Hamilton selig in einem davon ihre Schönheitspflästerchen aufbewahrt. In einer Ecke stand ein Fernsehapparat, und direkt neben der Tür waren auf einem Tischchen die Utensilien für den Morgentee aufgebaut. In Ermangelung eines Kammerdieners, ohne den Lords und Earls ja nie zu reisen pflegten, würden wir den Tee allerdings selber zubereiten müssen. Zu diesem Zweck gab es einen »Kettle« genannten elektrischen Heißwasserkocher, Teebeutel der verschiedensten Geschmacksrichtungen, Würfelzucker und Büchsenmilch. Da es manche Gäste unbegreiflicherweise vorzogen, morgens lieber Kaffee statt Tee zu trinken, wurde das Stilleben durch ein Glas Pulverkaffee vervollständigt. Statt der stilgerechten Wedgewood-Tassen (das kann man in jedem klassischen englischen Roman nachlesen!) mußten wir jedoch simple Keramikbecher benutzen, und die Silberlöffel waren aus zeitgemäßem Plastik. Trotzdem fand ich diese Miniküche großartig.

»Mach mal Tee!« sagte ich zu Nicole, nachdem Mrs. Hamilton endlich gegangen war, um Vicky von unserer Ankunft zu verständigen.

Schon nach zwei Minuten brodelte das Wasser. »So lange braucht ja unser Herd, bis erst mal die Schnellkochplatte heiß wird«, wunderte sich Katja. »Du, Määm, so 'n Teil nehmen wir mit nach Hause.«

Inzwischen gibt es diese Elektrotöpfe mit der dicken Heizspirale am Boden auch bei uns zu kaufen, aber seinerzeit waren sie hier noch völlig unbekannt.

»Willst du Earl Grey, Darjeeling oder ...«

»Mir egal, Hauptsache heiß.« Ich fror nämlich. Wir waren alle ziemlich luftig gekleidet, doch die sommerlichen Temperaturen hatten England entweder noch nicht erreicht oder waren schon wieder verschwunden. Der Himmel sah auch gar nicht nach Sommer aus. Die Straßen waren zwar trocken, doch einen vertrauenerweckenden Eindruck machten die dicken Wolkenberge nicht gerade.

Katja spielte am Fernseher herum. »Mach das Ding aus, du verstehst ja doch nichts!«

»Ich will mich auch nur an den Tonfall gewöhnen.« Sie drückte ein Knöpfchen nach dem anderen und hatte endlich das ihr genehme Programm gefunden: Ein klampfender Jüngling mit Gleichgewichtsstörungen hüpfte auf einer Bühne herum und schrie. Ich schrie so lange mit, bis sie den Kasten wieder ausschaltete. Diese Methode hatte ich schon früher – und immer mit Erfolg! – angewandt.

Vor der Konfrontation mit der neuen Verwandtschaft hätten wir uns ganz gern umgezogen, aber das war nicht möglich. Bisher hatte es noch niemand für nötig befunden, unser Gepäck herüberzubringen, und als Vicky eine Viertelstunde später an die Tür klopfte, stand sie auch mit leeren Händen da. Nicht mal Seife zum Händewaschen hatten wir.

Wahrscheinlich hätte ich meine ab morgen amtlich sanktionierte Schwiegertochter jetzt in den Arm nehmen und viele nette Worte sagen müssen, doch ich brachte es einfach nicht fertig. Sie war mir zu fremd, die Sprachbarriere schuf ein zusätzliches Hindernis, und so war ich froh, daß die Zwillinge mit der zwischen jungen Leuten üblichen Formlosigkeit die etwas ungemütliche Situation entschärften.

»Hi«, sagte Katja und musterte ihre künftige Schwägerin kritisch, um dann festzustellen, daß sie ohne dicke Backe erheblich besser aussähe. Ich fand das stark untertrieben. Vicky war ein bildhübsches Mädchen, und allmählich konnte ich Sascha verstehen. Sein Gesichtssinn ist schon immer ausgeprägter gewesen als sein Verstand.

Am besten kämen wir jetzt erst einmal mit, sagte Vicky, die anderen seien schon alle da, Thomas und Jill müßten ebenfalls bald kommen, Mel sei bereits heute früh eingetroffen …

»Ob die auch noch alle zum Clan gehören?« wisperte Nicole, als wir hinter Vicky die Treppe hinabstiegen.

»Wer soll sich denn die ganzen Namen merken?«

»Wer Thomas ist, weiß ich, den hat sich doch Sascha als *best man* ausgesucht.« Im Gegensatz zu dem bei uns üblichen Hochzeitszeremoniell schreitet das Brautpaar in England nicht Arm in Arm zum Altar, sondern der Bräutigam hat bereits vorher dort zu sein und darauf zu warten, bis seine Zukünftige in Begleitung ihres Vaters als letzte die Kirche betritt. Diese Minuten können sich endlos in die Länge ziehen, und deshalb bekommt der ohnehin schon nervöse Bräutigam als moralische Unterstützung einen nicht weniger nervösen Freund zur Seite gestellt. Sascha hatte Thomas um diesen Dienst gebeten, einen Österreicher, mit dem er lange auf dem Schiff zusammengearbeitet hatte. Genau wie Sascha hatte er nach der letzten Weltreise der christlichen Seefahrt Servus gesagt und – vielleicht war so was ja ansteckend – Vickys Kollegin Jill gleich mitgenommen. Die nächste Hochzeit war also schon vorprogrammiert.

Vickys Elternhaus lag in einer ruhigen Sackgasse. Ein frischgestrichener Holzzaun grenzte den in voller Rosenblüte stehenden Vorgarten zur Straße hin ab. Dahinter erhob sich ein wunderhübsches weißes Häuschen mit einem verschnörkelten Giebel und vielen in Vierecke unterteilten Fenstern. Der Erker fehlte natürlich auch nicht. Hinter der Scheibe, die Gardine wie einen Brautschleier über seinen Wuschelkopf gehängt, saß ein Rauhhaardackel. Kaum hatte er uns gesehen, räumte er laut kläffend seinen Platz und hing Sekunden später an meinem Bein. Es war eine sehr stürmische Begrüßung, die sich fortsetzte, als Janet aus der Tür trat.

Sascha hatte mich darauf vorbereitet, daß seine Schwiegermutter »ein bißchen rundlich« sei, doch das war milde ausgedrückt. Janet war dick. Sehr dick sogar. Darüber täuschten weder das geschmackvolle Kleid noch das dezente Make-up hinweg, aber die überströmende Herzlichkeit, mit der sie uns willkommen hieß, ließ alles andere nebensächlich erscheinen.

Im typisch englisch eingerichteten Wohnzimmer hing Sascha in einem Sessel, Beine auf einen Hocker gelegt, und schlief. Daneben hockte Stefanie, Teetasse auf den Knien, und starrte gelangweilt in den Fernseher. Sie sah müde aus. »Ich dachte schon, ihr kommt überhaupt nicht mehr. Sascha pennt seit Stunden, und ich langweile mich zu Tode. Die sind hier zwar alle ganz reizend, ich verstehe sie bloß so schlecht. Janet fragt dauernd, ob ich was haben will oder ob sie etwas für mich tun kann – ihr zuliebe trinke ich schon den vierten Topp Tee, Kekse kann ich nicht mehr sehen –, aber nun will ich endlich unter die Dusche und was anderes anziehen.«

»Wo sind denn unsere Koffer?«

»Noch im Wagen.«

»Wo steht der denn? Ich habe ihn nirgends gesehen.«

»Um die Ecke. Vorhin war hier alles vollgeparkt.«

Katja verpaßte dem Hocker einen Tritt, Saschas Beine fielen unsanft auf den Boden, er schreckte hoch, sah uns und murmelte: »Ach, ihr seid's bloß?« Dann klappten seine Augenlider wieder zu.

»Jetzt reicht's!« sagte ich wütend. »Steh gefälligst auf. Schlafen kannst du heute nacht.«

»Eben nicht«, erwiderte er gähnend, »ich muß mit den Jungs in den Pub und mich besaufen. Angeblich feiert man hier auf diese Weise Abschied vom Junggesellenleben.« Er rappelte sich aber doch auf und verschwand Richtung Küche. »Janet, can I have a coffee, please?«

Vicky kam mit einem Teetablett, gefolgt von einem ebenfalls blendend aussehenden jungen Mädchen, das uns als ihre beste Freundin Mel vorgestellt wurde. Wir tauschten die uns mittlerweile schon recht geläufigen Höflichkeitsfloskeln aus, dann ließen uns die beiden allein.

»Wie war denn die Fahrt?« fragte ich Steffi. »Hast du unterwegs ein bißchen schlafen können?«

»Ja, leider. Sonst wäre der Unfall bestimmt nicht passiert.«

»Wieso? Habt ihr 'n Crash gebaut?« Bisher hatte Nicole gelangweilt in ihrer Tasse gerührt, jetzt wurde sie hellhörig. »Wen habt ihr denn ins Jenseits befördert?«

»Niemanden. Schlimm war's sowieso nicht, wir sind bloß mit einem französischen Milchauto kollidiert. Bei uns ist die Stoßstange hin und der rechte Scheinwerfer, dem anderen hat es den Kotflügel eingedellt. Normalerweise hätten wir die Adressen ausgetauscht, und den Rest hätten die Versicherungen erledigt. Aber der Kerl hat uns nicht verstanden und wir ihn nicht. Also hat er nach der Polizei gebrüllt und nicht eher Ruhe gegeben, bis wir hinter ihm hergefahren sind. In irgendeinem obskuren Kaff hat er den Bullen erst aus dem Bett klingeln müssen, dann wurde ein Protokoll aufgenommen, Sascha hat unterschrieben, obwohl er gar nicht wußte, was drinsteht, aber bis wir einen Dolmetscher aufgetrieben hätten, wären Stunden vergangen, und wir hätten überhaups keine Fähre mehr gekriegt. Die erste war natürlich weg, und die zweite ausgebucht. Die dritte ging erst um elf.«

»Wann ist denn das gewesen?«

»Der Unfall? So gegen fünf Uhr morgens. Frag mich nicht, wo, es war ja stockduster. Sascha hatte mich eine halbe Stunde vorher abgelöst, und ich bin erst aufgewacht, als es schon gescheppert hatte.«

»Wer war denn schuld?« forschte Katja.

»Sascha natürlich. Er behauptet zwar, er habe Vorfahrt gehabt, aber ich bin extra ein Stück zurückgelaufen und habe nirgends ein Schild gesehen. Der andere kam von rechts, also ist die Sache sonnenklar.«

»Das wird eine teure Geschichte.«

Steffi kicherte. »Das hat er nun von seiner Sparsamkeit! Ich durfte nie schneller als neunzig fahren, weil das angeblich die optimale Geschwindigkeit sei, um den geringsten Spritverbrauch zu erzielen. Hätte ich aufs Gas treten dürfen, wären wir mindestens eine Stunde früher an der bewußten Kreuzung gewesen. Da hat der Milchmann bestimmt noch gepennt. Ich bin ja bloß froh, daß *ich* nicht am Steuer gesessen habe, als es bumste«, schloß sie aufatmend.

Mein Sohn sah die Angelegenheit völlig anders. Selbstverständlich sei er absolut schuldlos, der andere hätte aufpassen müssen, aber da bei Sascha immer nur zwei Meinungen existierten, nämlich seine und die falsche, gab ich nicht viel auf seine Unschuldsbeteuerungen. Dann wollte er von mir wissen, ob ich eine Rechtsschutzversicherung hätte.

»*Ich* ja, die nützt dir bloß nichts.«

»Hat Steffi nicht auch ...«

»So siehst du aus«, fauchte sie los, »du baust den Crash, und ich soll dafür geradestehen! Außerdem hast du ja selbst bei der Polizei den Wisch unterschrieben, also laß mich gefälligst aus der Sache heraus.«

»Habt ihr eine Kopie von dem Protokoll?« fragte Nicki.

Aus der Hemdentasche zog Sascha ein zerknittertes Stück Papier. »Meinst du das hier?«

Die Zwillinge beugten sich über den Zettel und buchstabierten an dem Text herum. »Eine Schrift hat der Kerl ... ist das hier ein n oder ein u?«

»Ich glaube, das soll ein n sein, dann heißt das nämlich Je conviens de ...«

»Und was bedeutet das?« forschte Sascha mißtrauisch weiter.

»Daß du zugibst, den Milchwagen nicht gesehen zu haben«, triumphierte Katja, während Nicole zögernd weiterübersetzte: »... und daß du für den entstandenen Schaden aufkommst. Datum. Unterschrift.«

»Wetten, daß der Bulle ein Kegelbruder von dem Milchmann ist?« giftete Sascha.

»Bestimmt nicht«, widersprach Katja trocken, »in Frankreich spielt man Boule.«

Eine Stunde später saßen wir – immer noch ungewaschen – zu viert zusammengedrängt auf dem Sofa unterm Erkerfenster und kamen uns sehr überflüssig vor. Unentwegt wuselten irgendwelche Leute durch das nebenan liegende große Eßzimmer, schoben Tische hin und her, gruppierten Stühle, debattierten die Großwetterlage, von der die zusätzliche Möblierung des Gartens abhängig gemacht wurde, und immer wieder steckte jemand seinen Kopf durch die Schiebetür, um einen Blick auf die deutschen Gäste zu werfen. Sascha war mit Vicky zum Bahnhof gefahren, um Thomas abzuholen, es gab also niemanden, dem wir klipp und klar sagen konnten, was wir wollten: Nichts wie weg! Wir standen, beziehungsweise saßen allen im Weg, obwohl Janet permanent das Gegenteil behauptete, die angebotene Hilfe ablehnte und meinte, wir sollten uns lieber ausruhen. Ausruhen wovon? Nicht mal Sir Henry hatte ein Einsehen. Die ganze Zeit hatte er auf Katjas Schoß gesessen, doch als sie sich von Janet die Hundeleine geben ließ, um mit ihm spazierenzugehen und auf diese Weise der entnervenden Betriebsamkeit zu entkommen, kroch er unters Sofa.

Endlich fiel mir eine glaubhafte Ausrede ein: Die Koffer! Sie befanden sich samt unseren Hochzeitskleidern noch im Wagen, mußten also in Mrs. Hamiltons Herberge transportiert werden. Wieso nicht jetzt und gleich?

»Sascha hat den Autoschlüssel in der Tasche«, war alles, was Steffi dazu zu sagen hatte.

Also wieder nichts! Wir tranken weiter Tee und guckten aus dem Fenster, obwohl es gar nichts zu sehen gab.

Ein Wagen hielt. Ihm entstiegen außer Sascha und Vicky ein junger Mann mit dunklem Kraushaar über der schon etwas gelichteten Stirn sowie ein junges Mädchen mit unzähligen Sommersprossen im Gesicht. »Endlich mal eine, die nicht ganz so hübsch ist«, stellte Nicole befriedigt fest, vorsichtig die Gardine wieder zusammenschiebend, »mit der können wir gerade noch Schritt halten.«

Erneute Begrüßungsarie, frischer Tee, lebhafte Unterhaltung natürlich in Englisch –, und dann endlich schien sich Sascha zu erinnern, daß wir ja auch noch da waren. »Was mache ich denn jetzt mit euch?«

»Überhaupt nichts«, sagte ich kurz. »Du gibst Steffi die Autoschlüssel, damit wir endlich mal an unser Gepäck kommen, und dann verschwinden wir.«

»Wollt ihr nicht erst noch was essen? Leigh ist gerade beim Chinesen.«

Doch, Hunger hatten wir, der Plastiklunch im Flugzeug hatte genauso geschmeckt, wie er ausgesehen hatte, nämlich nach gar nichts, deshalb hatten wir ihn auch kaum angerührt, aber wie, um alles in der Welt, sollte inmitten der ganzen Hochzeitsvorbereitungen ein Essen stattfinden?

Es fand statt! Der ganze Küchentisch stand voller Pappschachteln, angefüllt mit allen erdenklichen chinesischen Gerichten, daneben Teller und Besteck. Im Gänsemarsch zogen wir an dem improvisierten Büfett vorbei.

»Hat das etwa alles Janet gekocht?« Katja schaufelte sich Nudeln auf die Bambussprossen, goß rote Soße darüber und krönte das Ganze mit Entenbrust und Sojabohnenkeimlingen. »Ich weiß ja nicht, wie sie englisch kocht, aber chinesisch kann sie!«

Weshalb Sascha grinste und Thomas verstohlen lächelte, bekam ich erst später heraus. Wer in England nicht kochen will oder kann, geht zum nächsten Takeaway und holt sich das, was er braucht. Das Angebot reicht von den berühmten Fish-and-Chips bis zu einem Komplettmenü mit fünf Gängen – alles ofenheiß in Warmhaltepackungen verstaut. Warum gibt es so was nicht bei uns?

Ich glaube, nicht nur wir waren erleichtert, als wir uns endlich mit Anstand verabschieden konnten. Sascha brachte uns noch zum Wagen und versprach, uns am nächsten Morgen so gegen halb zehn abzuholen. Janet habe ohnedies angedroht, ihn rauszuschmeißen, also würde er lieber freiwillig gehen und uns ein bißchen die Stadt zeigen.

»Vor allen Dingen eine Bank«, verlangte ich, »ohne Geld in der Tasche fühle ich mich nur als halber Mensch. Das Taxi hat mich meine ganzen Devisen gekostet.«

»Waaas??? Das war doch schon bezahlt. Wieviel hast du denn noch gelöhnt?«

»Genau fünfzig Pfund!«

Er sah mich ungläubig an. »Das darf doch nicht wahr sein! Eine Fahrt vom Flugplatz hierher kostet nicht mehr als die Hälfte, das ist Festpreis. Na, laß mal, das Geld kriegste wieder, Vicky soll morgen bei dem Verein anrufen und die Sache klarstellen.«

Natürlich hatte Vicky am nächsten Tag andere Dinge im Kopf, und natürlich hatte Sascha keine Ahnung, mit wem Vicky den Transfer ausgehandelt hatte, und ebenso natürlich geriet die ganze Sache in Vergessenheit. Die Taxiquittung bekam der Steuerberater, der sie unter »steuermindemde Abzugsposten« verbuchte.

Es war noch gar nicht richtig dunkel, als wir endlich unsere Koffer ausgepackt und uns häuslich eingerichtet hatten. »Wir können doch jetzt noch nicht ins Bett gehen, wer kann denn um neun Uhr schlafen?« jammerte Katja. »Laßt uns lieber noch ein bißchen bummeln.«

»Ohne Geld?« gab ich zu bedenken.

»Will jemand Tee?« fragte Nicole.

»Nein!!!« brüllten wir einstimmig.

»Schade, mir macht der Kocher so viel Spaß.«

Bevor wir uns darüber einigen konnten, was wir mit dem Rest des Abends anfangen sollten, war es tatsächlich dunkel geworden, und damit erlahmte auch Katjas Untemehmungsgeist. »Na schön, geh'n wir pennen!« Sie schaltete den Fernseher ein. »Is' eigentlich wie zu Hause: essen, fernsehen, schlafen gehen. Warum sind wir überhaupt hergekommen?«

Noch siebzehn Stunden bis zur Hochzeit!

## 7

Gleich nach unserer Ankunft hatte uns Mrs. Hamilton gefragt, was wir denn zum Frühstück haben möchten. Nun hatte mir ein vielgereister Freund erzählt, daß man in England nur dann halbwegs gut essen könne, wenn man dreimal täglich frühstücke. Gedünstete Nierchen und gebackene Forellen sind allerdings nicht das, was mir um halb neun Uhr morgens vorschwebt, doch derartig Handfestes bekommt man sowieso nur im Dorchester-Hotel oder als Gast beim Landadel. Mehr aus Neugier denn aus Überzeugung hatten Steffi und ich »a typical English breakfast« bestellt. Die Zwillinge hatten sich für Toast und Marmelade entschieden, für Experimente am frühen Morgen sind sie nicht zu haben.

Der Frühstücksraum mußte wohl mal eine Art Gartenpavillon gewesen sein, jetzt führte ein mit gelbem Wellblech gedeckter Gang dorthin und täuschte strahlenden Sonnenschein vor. Dabei waren die Wolken über Nacht noch ein bißchen grauer und bedrohlicher geworden. Hochzeitswetter war das jedenfalls nicht. Es war im Gegenteil lausig kalt.

Das Frühstück kam. Es bestand aus zwei Scheiben kroßgebratenem Speck, der großartig schmeckte, zwei gummiartigen Spiegeleiern Typ Mikrowelle sowie drei fingerlangen, ins Hellgraue schimmernden Würstchen.

»Na, ich weiß nicht, sehr vertrauenerweckend sieht das aber nicht aus.« Vorsichtig schnitt Steffi einen Zentimeter Wurst ab und schob ihn sich in den Mund. »Das läßt sich gar nicht kauen, und schmecken tut's nach lauwarmem Kartoffelbrei. Wenn du willst, Määm, kannst du meine auch noch haben.«

Ich wollte aber nicht. Um unsere Wirtin nicht restlos zu beleidigen, würgten wir uns die Eier hinein – zusammen mit dem Speck rutschten sie ganz gut – und schielten neidisch zu den Zwillingen, die genußvoll Orangenmarmelade auf ihren Toast löffelten.

Als Mrs. Hamilton die angeknabberten Würstchen abräumte, meinte sie kopfschüttelnd, sie verstünde gar nicht, weshalb ihre deutschen Gäste immer die sausages zurückgehen ließen. Ich hätte es ihr sagen können, aber ich bin ein höflicher Mensch. Für den nächsten Tag orderten wir vorsichtshalber Toast. Wegen der hervorragenden Konfitüre. Mrs. Hamilton war wieder versöhnt, sie hatte die Marmelade nämlich selbst gekocht.

Sascha erwischte uns noch im Frühstückszimmer. So viel Pünktlichkeit war ich von ihm nicht gewöhnt. Bei Janet gehe alles drunter und drüber, sagte er, um sieben habe sie ihn schon aus dem Bett geworfen, dabei sei er erst um eins reingekommen, und wo denn Thomas und Jill seien.

»Woher sollen wir das wissen?«

»Die wohnen doch auch hier.«

Gesehen hatten wir sie allerdings noch nicht.

Auf der Suche nach einer geöffneten Bank – die ersten zwei hatten geschlossen – bummelten wir durch die Straßen von Southsea. Sascha informierte uns über den Tagesablauf. Die Trauung sollte um zwei Uhr stattfinden und etwa eine halbe Stunde dauern. Danach begann der Empfang in Janets Haus, und nach dem Abgang des letzten Gastes würde auch das Brautpaar verschwinden, um die Hochzeitssuite im Holiday-Inn zu beziehen, ein Geschenk von Vickys Bruder Grant.

»Und wann geht ihr zum Standesamt?«

»Überhaupt nicht, da kommt einer in die Kirche.« Woraus ich schloß, daß englische Behördenangestellte keinen Beamtenstatus haben, denn von den hiesigen Staatsdienern würde man wohl keinen am geheiligten Samstagnachmittag zu einer Amtshandlung bewegen können. Nicht mal für einen Überstundenzuschlag. Bankleute bestimmt auch nicht. In England arbeiten sie. Jedenfalls einige. Ich bekam mein Geld getauscht, und kaum hatte ich es verstaut, da hatte Nicole schon einen Elektroladen ausfindig gemacht. »Jetzt kaufst du gleich einen Kettle.«

»Das hat noch Zeit«, sagte Sascha. »Ihr bleibt doch bis Mittwoch. Das Ding könnt ihr auch in London holen, da ist es sogar billiger.«

»Das hat *keine* Zeit«, widersprach Nicole. »Wer weiß, ob Määm bis dahin nicht schon alles ausgegeben hat.«

Also kauften wir für umgerechnet dreiundsechzig Mark einen Kettle und bekamen als Bonus einen kleinen Reisefön dazu. »Das ist hier so üblich«, sagte Sascha. »Als Vicky unseren Mikrowellenherd gekauft hat, kriegte sie die Kaffeemaschine gratis.«

Es gibt in England durchaus Sitten und Gebräuche, die man sofort nach Deutschland exportieren sollte.

Gegen elf wurde Sascha unruhig. »Ich glaube, wir sollten allmählich zurückgehen. Ihr müßt euch noch umziehen, und ich brauche auch 'ne Weile, bis ich mich in Schale geschmissen habe.«

»Wie gedenkst du vor den Altar zu treten? Im Cut?« spöttelte Katja. »So richtig mit steifem Kragen und Seidenplastron?«

»Quatsch! Ich habe mir in Hongkong einen Anzug machen lassen.«

»Aha, Billiglohnland. Hoffentlich sieht man's nicht allzusehr.«

Man sah es nicht! Als wir eine Stunde später das Brauthaus (sagt man so?) betraten – auf dem Weg dorthin war uns so manch verwunderter Blick gefolgt, denn die normalerweise beturnschuhten Mädchen hatten gewisse Schwierigkeiten mit ihren halbhohen Absätzen –, kam uns Sascha schon entgegen. »Ich brauche eine Mutter! Irgendeine, welche, ist mir egal. Der Knopf ist abgerissen.« Gleichzeitig betrachtete er uns von oben bis unten, um dann befriedigt festzustellen: »Na ja, man kann sich mit euch zeigen.«

»Mit dir aber auch.« sagte Katja zur allgemeinen Verblüffung, schwächte ihr Kompliment jedoch sofort wieder ab: »Vielleicht liegt das auch nur daran, weil ich dich noch nie in einem Anzug gesehen habe. Wozu hast du dir das hier umgewürgt?« Sie deutete auf den seidenen Kummerbund. »Damit du den Bauch nicht dauernd einziehen mußt?«

Sascha ging gar nicht darauf ein. Er drückte mir das Jackett in die Hand und schob mich ins Wohnzimmer. »Hier ist der Knopf, und irgendwo hinterm Fernseher steht der Nähkasten. Aber auf Stiel nähen oder wie das heißt, sonst kriege ich ihn nicht zu.«

Janet und ihre Hilfstruppen mußten am vergangenen Abend noch Schwerarbeit geleistet haben. Das Zimmer war völlig umgekrempelt worden, alles, was nicht zu Sitzgelegenheiten umfunktioniert werden konnte, war, der Himmel weiß wohin, abtransportiert und durch Sessel und Stühle ersetzt worden, dazwischen standen kleine Beistelltische. Im Nebenraum wartete das kalte Büfett, gekrönt von einer dreistöckigen Hochzeitstorte.

»Sogar frische Erdbeeren gibt es, Krabbensalat und Hummermayonnaise, und alles ganz toll dekoriert«, hatte Nicole nach einer flüchtigen Inspektion herausgefunden. »Das mußt du dir unbedingt ansehen. Wann bist du denn mit dem dämlichen Knopf fertig?«

Das wollte auch Sascha wissen. Ungeduldig trabte er auf und ab, zupfte an seiner Smokingschleife (»Sitzt sie immer noch gerade?«), zerrte an den Manschettenknöpfen und benahm sich genau so, wie sich ein Bräutigam kurz vor dem entscheidenden Moment zu benehmen hatte.

»Such mal eine Schere! Wenn ich den Faden abbeiße, hast du Lippenstift am Jackett.« Ein Paradebeispiel meiner Nähkünste war diese Arbeit nicht, aber sie würde den Tag mit Sicherheit überdauern. Vorsichtshalber hatte ich die Nähseide vierfach genommen.

»Eine Schere finde ich nicht, tut's auch ein Küchenmesser?« Ich half ihm noch in die Jacke, dann endlich konnte ich meinen Sohn in voller Montur bewundern. Doch, er sah fabelhaft aus! Der dunkelgraue Seidenanzug mit den mattglänzenden schwarzen Revers saß wie eine Eins. Was hast du dafür bezahlt?«

»Weiß ich nicht mehr genau. Inklusive Bauchbinde und maßgefertigtem Hemd so um die vierhundert Dollar, Fliege inbegriffen.«

»Ich glaube, nach Hongkong muß ich auch mal.«

Immer mehr würdig gekleidete Herren und in Raschelkleider gehüllte Damen füllten das Haus. Die meisten kannte ich bereits und kannte sie doch nicht wieder. Thomas zum Beispiel, der gestern noch in Jeans und schlampigem Pullover aufgekreuzt war und jetzt dunkelblau gewandet durch den Garten tigerte, halblaut seine Rede memorierend. Er war noch nervöser als Sascha. Zu den Aufgaben eines *best man* gehört nämlich außer der seelischen Unterstützung des Bräutigams noch die Aufbewahrung der Trauringe, später das laute Verlesen der Glückwunschtelegramme und vor dem Beginn der allgemeinen Freßorgie eine Ansprache, die erstens nicht zu lang und zweitens möglichst launig zu sein hat. Und das alles in englisch. Angeblich hatte Thomas schon in Salzburg an dem Konzept der Rede gebastelt, sie gestern noch mit Saschas Hilfe ausgefeilt, und nun lernte er sie auswendig. Die meisten Gänseblümchen hatte er schon plattgetrampelt.

Von der Braut war nichts zu sehen. Ab und zu hörte man von oben Gekicher, doch niemand hätte gewagt, auch nur die unterste Treppenstufe zu betreten. Janet offerierte Tee, den niemand wollte, bot Gehaltvolleres an, das ich ganz gern gewollt hätte, mich aber nicht traute, um nicht als Säuferin abgestempelt zu werden, und dann fuhr Leighs Auto vor, gefolgt von Grants BMW. »Die Mütter zuerst«, hieß es. Janet, deren blaues Kleid recht geschickt ihre problematische Figur kaschierte, steckte mir noch schnell rosa Blümchen ans Revers, dann saßen wir auch schon im Wagen. Genaugenommen hätten wir die paar hundert Meter zur Kirche recht gut zu Fuß gehen können, doch das wäre wohl nicht stilvoll genug gewesen. Als wir ausstiegen, begann es leicht zu tröpfeln. Wir flüchteten unter das Dach, denn rein konnten wir nicht, da war noch eine andere Hochzeit im Gange.

Grants Auto spuckte drei würdige Matronen aus, zwei ehemalige Tanzlehrerinnen von Vicky und ihre Patentante. Alle drei fühlten sich bemüßigt, die Bräutigamsmutter zu unterhalten. Die verstand aber nur einen Bruchteil von dem, was sie heraussprudelten, lächelte verbindlich und betete im stillen, daß endlich jemand käme, der sie von diesem Triumvirat erlösen würde. Nicht mal Janet konnte mir helfen, sie mußte die sich so nach und nach einfindenden Gäste begrüßen.

Leigh baggerte die nächste Fuhre aus. Zum Glück war Thomas dabei. Endlich jemand, mit dem ich reden konnte. Wir stellten uns ein bißchen abseits und beobachteten den Aufmarsch von Taft und Seide. Kräuselkrepp war auch darunter. Immer wieder klopfte Thomas verstohlen auf die Anzugtasche.

»Piekt da irgendwas?«

»Na, gar nix. I hob nur a Ongst, doß i die Ring verliar.«

Der nächste Transport lieferte Sascha und seine drei Schwestern ab. Sofort wurde der Bräutigam umlagert. Mit auf dem Rücken verschränkten Händen plauderte er bereitwillig mit diesem und jenem – an wen erinnerte mich diese verbindlichlässige Haltung bloß? Richtig, an Prinz Philipp, der steht auch immer so da! – und schaffte es schließlich, sich zu uns vorzuarbeiten.

»Sag mal, kennst du die alle?« fragte Steffi.

»Ach was, nicht einen einzigen. Soviel ich weiß, sind ein paar Onkels von Vicky dabei, irgendwelche Kusinen und Freundinnen von Janet, der Rest ist Fußvolk, Nachbarn, Geschäftsleute und weiß der Geier, wer noch. Janet wohnt seit dreißig Jahren hier, die gehört zum Stadtbild.«

»Du, Sascha, kann ich das Gemüse hier nicht abmachen?« Mißmutig zupfte Katja an ihrem Blumengesteck herum. »Nichts gegen Rosa, aber das beißt sich nun wirklich mit dem roten Gürtel und den Ohrringen.«

Erst jetzt fiel mir auf, daß wir alle diese kleinen Ansteckblümchen trugen. Ob das eine Art Erkennungszeichen war?

»Laß sie wenigstens noch bis zu Hause dran«, bat Sascha, »sie sind nämlich ein Zeichen, daß ihr zur Familie gehört.«

Das schien sowieso schon jeder zu wissen. Nur sind Engländer bekanntlich taktvolle und disziplinierte Menschen, also starrten sie uns nicht direkt an, doch ich spürte ihre verstohlenen Blicke ganz genau. Besonders im Rücken.

Die Tür öffnete sich, ein Brautpaar trat heraus, ein Pfarrer, dann die Hochzeitsgesellschaft. Einen Augenblick lang ließ sich nicht feststellen, welche Gäste zu welchem Paar gehörten, aber das Durcheinander löste sich schnell auf. Die bereits Abgefertigten drifteten nach links in den Kirchgarten, wo schon der Fotograf wartete, wir anderen schritten gemessen durch das Portal. Offenbar zu früh, denn zwei Frauen waren damit beschäftigt, in Windeseile den gelben Blumenschmuck gegen rosa Blüten auszuwechseln.

»Warum denn das?« fragte ich Sascha leise. »Die Blumen sind doch noch ganz frisch.«

»Ist egal, die Dekoration muß man so oder so bezahlen. Vicky wollte Rosa, also kriegt sie Rosa.«

»Finde ich sehr unökonomisch. Was geschieht denn mit den ausrangierten Blumen?«

»Keine Ahnung, Friedhof, Altenheim – irgendwo werden sie schon landen.«

»Mich würde es nicht wundern, wenn du sie morgen an einer Straßenecke im Wassereimer wiederfindest, pro Strauß ein Pfund«, lästerte Katja. »Für 'n Friedhof sind sie viel zu schade, und die Toten haben sowieso nichts mehr davon.«

Als das letzte rosa Sträußchen an der letzten Kirchenbank hing, durften wir uns hinsetzen. »Natürlich mitten auf'm Präsentierteller«, meckerte Nicole, nachdem uns der Kirchendiener in die erste Reihe gewinkt hatte. Da saßen wir nun wie die Orgelpfeifen, erst Janet, dann ich, nebendran die Mädchen.

»Sascha ist viel schlimmer dran.« Verstohlen deutete Stefanie auf die gegenüberliegende, nur durch den Mittelgang getrennte Bank. Da hockte mein Sohn und starrte angestrengt auf seine blankpolierten Schuhspitzen. Thomas, neben ihm, half dabei.

Wenn man ganz vorne sitzt, kann man nicht nach hinten gucken, das gehört sich nicht. So wußte ich noch immer nicht, für welches der drei mitgebrachten Kleider sich Mel entschieden hatte, vermutlich für das pfirsichfarbene, es hatte ihr am besten gestanden. Einen passenden Hut hatte sie ebenfalls dabeigehabt. Sogar Tönungscreme für die Beine, weil die noch nicht braun genug waren. Vickys Freundin Mel war die einzige gewesen, mit der ich mich gestern längere Zeit unterhalten hatte. Sie hatte keinerlei Dialekteinschlag und darüber hinaus schnell mitbekommen, daß ich sie recht gut verstand, wenn sie langsam sprach. Das allerdings war diesem Temperamentsbündel schwergefallen.

Ein Mann in schwarzem Anzug schritt gemächlich durch den Mittelgang. Der Pfarrer? Nein, nur der Organist. Er nahm am Harmonium Platz und begann zu präludieren. Zehn Minuten später präludierte er immer noch. Leichte Unruhe machte sich breit. Wo blieb die Braut?

Thomas eilte zur Tür, guckte hinaus, kam schulterzuckend zurück. Nichts zu sehen. Der Pfarrer war auch noch nicht da. Leigh, gestern abend noch im Umgang mit Saschas Videokamera unterwiesen, hatte bereits die einzelnen Bankreihen rauf- und runtergefilmt und war jetzt bei den Kirchenfenstern angekommen. Den Altar hatte er auch schon von allen Seiten drauf.

Endlich Geräusche vor der Tür. Der Organist brach sein einlullendes Spiel ab und begann mit Lohengrin. Wir standen alle auf … und setzten uns wieder. Es war nur der Kirchendiener. Ohne Braut. Er tuschelte mit dem Organisten, der nickte, und dann warteten wir weiter.

Plötzlich wurde das Portal weit geöffnet, der Pfarrer schritt hindurch, dann Gaynor mit dem Blumenmädchen an der Hand, und unter den Klängen von Wagners Hochzeitsmarsch erschien nun tatsächlich die Braut. Am Arm ihres Bruders, der eine ausgesprochen verbiesterte Miene zur Schau trug, schritt sie langsam zum Altar vor, und ich mußte mich schon sehr täuschen, wenn es um ihre Mundwinkel nicht verräterisch zuckte. Vor Lachen. Was war da draußen bloß passiert?

Vicky sah zauberhaft aus. Heimlich beobachtete ich Sascha. Anfangs hatte er stur geradeaus gesehen, wie es wohl vorgeschrieben war, aber dann siegte die Neugier. Er drehte sich um und bekam ganz große Augen. Offenbar hatte er eine so traumhaft schöne Braut nicht erwartet.

Da stand er nun, der siebenundzwanzig Jahre lang mein Sohn gewesen war, und gehörte ab jetzt einer anderen. Ein eigenartiges Gefühl ist das schon, aber wahrscheinlich würde es noch schlimmer sein, eines der Mädchen weggeben zu müssen, denn Sascha war in den letzten Jahren ohnehin nur noch zu Stippvisiten nach Hause gekommen.

Eine Trauung in angelsächsischen Ländern verläuft etwas anders als hier bei uns, wo das Brautpaar auf die entscheidende Frage nur mit Ja zu antworten hat. In England muß man einen ganzen Sermon herunterspulen. »Ich nehme dich, Mary Smith …« und so weiter. Sascha hatte seine Lektion gut gelernt, nur beim Namen kam er ins Schwimmen. »I, Sascha Sanders, take you, Victoria Laura, Lou-l-l-Louise Rashburn ...«

Vielleicht hätte er doch nicht die drei Sherry vorher trinken sollen, raunte Janet mir zu, aber er sei doch so schrecklich nervös gewesen.

Als der Pfarrer, von der Nickelbrille bis zum Wohlstandsbäuchlein eine getreue Kopie von Nobby Blüm, die beiden zu Mann und Frau erklärte, erklang draußen ein mächtiger Donnerschlag, der einzige, den wir an diesem Tag hörten.

Nun waren Sascha und Vicky rechtmäßig verheiratet. Sie hatten die Ringe gewechselt, den Segensspruch empfangen und standen vor dem Altar, ohne recht zu wissen, was sie jetzt tun sollten. Schmunzelnd meinte der Pfarrer, er hielte es für eine gute Idee, wenn der Bräutigam die Braut jetzt küssen würde.

Da konnte ich einfach nicht mehr! Verzweifelt suchte ich nach einem Taschentuch, um es mir auf den Mund zu pressen, links neben mir gluckste Steffi, rechts wischte sich Janet die Lachtränen aus den Augen – es war so umwerfend komisch, wie Sascha seine Frau erleichtert umarmte und ihr einen vorsichtigen Kuß gab, damit um Himmels willen der Lippenstift nicht abfärbte.

Sodann schritt die gesamte Familie unter den Klängen, nein, keines Chorals, sondern einer Musical-Melodie, in die Sakristei, wo wir uns vor dem blumengeschmückten Tisch gruppierten und zuguckten, wie das frischgebackene Ehepaar Urkunden unterzeichnete. Erst mit einem simplen Kugelschreiber, dann – für den Fotografen – mit einem hellblauen Gänsekiel. Als auch das überstanden war, formierten wir uns aufs neue, und dann durften wir, das Brautpaar vorneweg, die Kirche verlassen.

Draußen wartete schon die nächste Hochzeitsgesellschaft einschließlich frierender Braut, der irgend jemand ein schwarzes Jakkett über die Schultern gehängt hatte. Wir hatten den Zeitplan völlig durcheinandergebracht.

»Das geht ja hier wie am Fließband.« Katja zitterte wie Espenlaub. Zwölf Grad plus und Sommerkleid vertragen sich eben nicht. »Hoffentlich kommen wir mit einem der ersten Wagen weg.«

Doch erst mußten auch wir noch in den Kirchgarten zum Fototermin. Brautpaar allein, Brautpaar mit den Müttern, Brautpaar mit den Schwestern, Brautpaar mit kompletter Familie, Brautpaar mit Blumenmädchen ... Es nahm und nahm kein Ende. Als der Fotograf endlich seine Kamera verstaute, ging alles noch mal von vorne los, nur jetzt mit etwas action bitte. Für einen Videofilm braucht man Bewegung. Also drapierten wir Vickys Schleppe, spielten Bäumchen-wechsle-dich, damit jeder mal an einem anderen Platz stand, und bemühten uns nicht sehr erfolgreich, das Zähneklappern zu unterdrücken.

Noch immer hatte ich keine Gelegenheit gehabt, dem frischgebackenen Ehepaar zu gratulieren, und als ich es endlich tun wollte, zischelte Sascha: »Nicht jetzt, erst zu Hause.«

Na schön, wenn das hier so üblich war, bitte sehr. Mein Getreide wurde ich auch nicht los. Beim letzten Einkauf im Supermarkt hatte ich eine Tüte Milchreis mitgenommen, der war am billigsten gewesen, doch kaum hatte ich eine Handvoll aus der Tasche geholt, stürzte Janet auf mich zu. Bloß keinen Reis, der würde in den Haaren und vor allem an Vickys Kleid hängenbleiben und noch Stunden später überall herausrieseln. Das war einzusehen, aber ich mußte wieder einmal feststellen, daß der Wahrheitsgehalt angelsächsischer Filme in wesentlichen Punkten anzuzweifeln ist.

Im ersten Wagen, der zwar auf Hochglanz poliert, aber ohne jeglichen Blumenschmuck auf das Brautpaar wartete – derartige Dekorationen sind in England ebenfalls nicht üblich, man gibt sich dezent –, fuhren die Jungvermählten ab. Und als so nach und nach die übrige Gesellschaft eintrudelte, standen sie mitten im Wohnzimmer und nahmen die Glückwünsche entgegen. Und die Geschenke, soweit sie nicht schon vorher abgeliefert worden waren.

»Wie lange halten Hochzeitsgeschenke eigentlich?« wollte Nicki von mir wissen, eine kristallene Blumenvase begutachtend.

»Das kommt vermutlich auf die Intensität des jeweiligen Ehekrachs an«, sagte Katja. »Jedenfalls würde *ich* diese Vase als erstes an die Wand schmeißen.«

In Gedanken ließ ich meine damaligen Hochzeitsgeschenke Revue passieren, konnte mich jedoch nicht erinnern, noch ein einziges Teil davon zu besitzen. Vor einigen Jahren war als letztes das Schlafzimmer hinausgeflogen, Präsent der Schwiegereltern, aber zwanzig Jahre Birke geflammt war nun wirklich genug gewesen. »Ich glaube, das einzige, was ich von meiner Hochzeit noch habe, ist euer Vater«, mußte ich zugeben, womit Nicoles Frage wohl hinreichend beantwortet worden war.

Mit einem Glas Champagner in der Hand verkrümelten wir uns wieder in unsere Sofaecke, hoffend, der allgemeinen Aufmerksamkeit etwas entgehen zu können. Doch das war ein Irrtum. Jeder, der an dem Brautpaar vorbeidefiliert war, hatte das Bedürfnis, nunmehr die deutsche Verwandtschaft kennenzulernen. Zurückhaltung war nicht mehr nötig, jetzt war man ja unter sich.

Nun kann ich mich in englisch zwar ganz gut verständigen, bin in der Lage, über das Wetter zu plaudern und, wenn's denn sein muß, sogar über das Essen (es empfiehlt sich allerdings, bei diesem Thema seine ehrliche Meinung nicht kundzutun!), aber längere Unterhaltungen scheitern immer wieder an meinem zu geringen Wortschatz. Zum Glück beschränkte sich die Neugier der uns inspizierenden Gäste auf immer die gleichen fünf Fragen.

Erstens: Ob wir zum erstenmal in England seien? Das ließ sich mit einem einfachen Ja beantworten.

Zweitens: Wie uns England gefiele. Hier war natürlich Begeisterung angebracht. Die entsprechenden Adjektive wie beautiful, enchanting oder exceedingly nice kannte ich noch von der Schulzeit her.

Drittens: Ob wir schon in London gewesen seien. Nein, natürlich nicht, wir seien ja gestern erst angekommen.

Viertens: Ob wir London noch besuchen würden? Selbstverständlich, was wäre ein Englandaufenthalt ohne eine excursion (das heißt »Abstecher«, das Wort hatte ich mir von Thomas sagen lassen) in die berühmte Metropole.

Fünftens: Wie lange wir denn bleiben würden. Bis Mittwoch, dann müßten wir – leider, leider – wieder nach Hause.

Damit war die Konversation in der Regel beendet. Mit einem »So I hope you will have a nice time« verabschiedete sich der jeweilige Interviewer, um dem nächsten Platz zu machen. Nach geraumer Zeit gingen uns die Antworten richtig flüssig von den Lippen, gelegentlich variierten wir sie sogar und heimsten eine zusätzliche Frage ein: Wo wir so gut Englisch gelernt hätten.

Das Glas, mit dem Thomas um Ruhe bat, hielt dem Messergriff nicht stand und zerbrach, aber es hatte seinen Zweck erfüllt. Alles starrte den Übeltäter an. Er räusperte sich und begann mit seiner Rede. Da sie weder vom Wetter noch vom Essen handelte, bekam ich nicht allzuviel mit, doch sie muß wohl recht amüsant gewesen sein, denn häufig wurde gelacht, und der Beifall am Schluß war nicht höflich, sondern enthusiastisch. Glückwunschtelegramme waren noch nicht eingegangen, und so durfte Thomas schließlich den Sturm aufs Büfett freigeben.

Mit dem Kampf um Truthahn in Aspik und Waldorfsalat hinreichend beschäftigt, hatte sich das Gros der Gäste im Nebenzimmer zusammengedrängt. Sascha öffnete verstohlen den obersten Hemdenknopf, während Vicky in den nächsterreichbaren Sessel sank und erleichtert ihre Schuhe abstreifte. »Only for five minutes.« Doch so viel Zeit blieb ihr gar nicht. Die ersten Gratulanten, gesättigt und abgefüllt, gingen bereits, dafür kamen neue. Und wieder fing es von vorne an: »Oh, Mrs. Sanders, have you already been in London?«

Irgendwann hatte ich genug. Ich schnappte mir Sir Henrys Leine, der sich gleich uns auf dem Sofa verkrochen hatte, und entschwand durch die Hintertür. Steffi hinterher. »Ich komme mit, Knobby muß bestimmt auch mal raus.«

Bei Knobby handelte es sich um eine Art vierbeinigen Berberteppich. Er gehörte Vickys Schwester Gaynor und hatte sich im Gegensatz zu Sir Henry als so kommunikationsfreudig gezeigt, daß er kurzerhand im Bad eingesperrt worden war. Zwei Laufmaschen und fünf Zentimeter abgerissene Spitze gingen bereits auf sein Konto.

Mit unseren Alibi-Wauwaus machten wir einen ausgedehnten Spaziergang. »Ach, tut das gut!« Steffi atmete ein paarmal tief durch. »Du glaubst gar nicht, wie mir das Geschwafel da drin auf den Wecker geht. Eins weiß ich jedenfalls heute schon: Wenn ich mal heirate, dann nur im engsten Familienkreis in irgendeiner kleinen Kirche im Bayerischen Wald.«

Es war fast dunkel, als wir zurückkamen, und beinahe wäre ich die drei Treppenstufen vor dem Haus hinaufgefallen. Ein kräftiger Arm hielt mich im letzten Augenblick fest. Der war aber auch das einzig Kräftige an der ganzen Gestalt, die zusammengesunken auf der untersten Stufe hockte, neben sich eine umgekippte Champagnerflasche, Grund meines Ausrutschers. »I'm so sorry, Madam, so sorry«, lallte die Gestalt, vergeblich bemüht, sich hochzurappeln. »You are such a nice lady, I'm so sorry ...«

»Trottel!« schimpfte Steffi und konnte gerade noch verhindern, daß Knobby Trottels Hosenbein bewässerte.

Im Flur lief uns Thomas über den Weg. »Da draußen sitzt einer, voll wie zehntausend Mann, wer is'n das?«

»Der sitzt do scho lang, ober i woaß a net, wer dös iiiß.«

»Sollten wir nicht lieber Leigh oder Grant Bescheid sagen?«

»Ja, dös sollt ma vielleicht tun«, sagte Thomas und begab sich auf die Suche. Sie mußte wohl ergebnislos verlaufen sein, denn zwei Stunden später war die Gestalt immer noch da, nur lag sie jetzt zwischen den Rosen.

Drinnen war es leerer geworden. Auch das Büfett, wie Steffi sofort bemerkte. »Siehste, warum hast du mich vorhin nicht rangelassen? Jetzt ist kaum noch was da.« Sie hatte ja recht, doch als sie sich in das größte Getümmel hatte stürzen wollen, hatte ich sie zurückgehalten. »Wir sind Familie, also warte gefälligst!«

»Warum? Darf die Familie keinen Hunger haben?«

Wenigstens war noch genügend Hochzeitstorte da. Das feierliche Anschneiden hatten wir verpaßt, doch es war ja der Nachwelt auf Video erhalten geblieben. Ich habe es mir später noch oft genug ansehen müssen, und zwar immer dann, wenn wir Besuch bekamen.

Wir kauten noch auf dem zuckersüßen Zeug herum, als Katja mit allen Anzeichen des Entsetzens auf mich zukam. »Jetzt hol uns bloß von diesem gräßlichen Weib weg! Sag einfach, dir sei schlecht geworden und wir müßten dich nach Hause bringen, oder laß dir was anderes einfallen. Hauptsache, du kannst uns loseisen.«

»Von wem denn?«

»Ach, Sascha hat sie uns angeschleppt, weil sie Französisch spricht. Sie war mal Lehrerin in Oxford, wahrscheinlich schon zu Queen Marys Zeiten, und jetzt kriegen wir ihre ganze Lebensgeschichte zu hören. Im Augenblick ist sie mitten im Zweiten Weltkrieg, wir haben also noch fünfundvierzig Jahre vor uns. Komm bloß schnell!«

»Mach ich.« Doch zuerst suchte ich Sascha und fand ihn in der Küche. »Wen hast du den Zwillingen aufgehalst?«

Erst wußte er gar nicht, von wem ich sprach, dann schien er sich zu erinnern. »Meinst du die Professorin?«

»Keine Ahnung, ich kenne sie nicht. Aber wer immer das auch ist, die Mädchen werden sie nicht wieder los.«

»Ich habe ihnen doch nur einen Gefallen tun wollen. Mit ihrem Englisch ist es ja nicht so weit her, und da dachte ich, sie würden sich lieber auf französisch unterhalten. Mrs. Ichweißnichtmehrwiesieheißt ist ja auch ganz angetan von den beiden.«

»Möglich, aber jetzt sieh zu, daß du sie anderweitig beschäftigst, sonst rastet Katja noch völlig aus.«

»Something wrong?« Janet hatte zwar nichts verstanden, aber bemerkt, daß irgend etwas nicht in Ordnung war. »Can I help you?«

Mit dem Problem vertraut gemacht, schritt sie sofort zur Tat. »Excuse me, Dorothy.« Sie zog die vor den Zwillingen kniende, schon recht betagte Lady vom Fußboden hoch und brachte sie zu einer Gruppe ähnlich bejahrter Matronen.

»Länger hätte ich das auch nicht ausgehalten«, stöhnte Nicki, »ich muß so dringend auf die Toilette.«

»Warum biste nicht gegangen? Vielleicht wäre sie dann auch abgezittert.«

»Ich wollte dich mit dieser Nervensäge nicht allein lassen.«

Irgend etwas war mir an diesem Stilleben unangenehm aufgefallen, und jetzt wußte ich auch wieder, was. Wie konnten es zwei halbwüchsige Gören zulassen, daß eine um mindestens sechzig

Jahre ältere Frau vor ihnen kniet? »Ist eigentlich keine von euch auf den Gedanken gekommen, aufzustehen und der Dame den Stuhl anzubieten?«

»Natürlich!« Richtig empört war Katja. »Glaubst du denn, uns ist diese Herumrutscherei auf dem Boden nicht peinlich gewesen? Aber sie wollte ja nicht. Da kannste mal wieder sehen, die Engländer haben wirklich alle einen Spleen.«

»Nicht alle.«

»Aber die meisten!«

Davon konnte ich mich wenig später selbst überzeugen. Ich hatte mich gerade wieder in meiner Sofaecke niedergelassen, als die beiden Tanzlehrerinnen auf mich zukamen. Sie gehörten auch zu denen, die mich im Laufe des Nachmittags schon interviewt hatten. Jetzt wollten sie sich verabschieden. Ich versuchte aufzustehen, da versanken beide vor mir in einen tiefen Knicks. Du liebe Zeit, wer war ich denn? Die Queen? Ich war entsetzlich verlegen, wußte nicht, wie ich mich verhalten sollte, doch da hatten die beiden sich schon wieder erhoben, murmelten noch einige Höflichkeiten und gingen.

»Was war denn *das*? Sehe ich tatsächlich schon so alt aus?« Hilfesuchend wandte ich mich an Katja. »Die waren doch bestimmt schon über siebzig, weshalb also dieser Kotau?«

»Na, eine hatte eine ziemlich dicke Brille auf, und die Beleuchtung hier hinten ist nicht so besonders«, meinte Katja tröstend, »bei Tageslicht wäre das bestimmt nicht passiert.«

Ich war so lange empört, bis mich Vicky beruhigte. Der Knicks sei nichts anderes gewesen als eine Reverenz vor der Mutter des Bräutigams. Na, wennschon, ich fand es ausgesprochen albern.

Gegen neun Uhr, als schon seit einer halben Stunde kein weiterer Gratulant mehr erschienen und die meisten anderen gegangen waren, erklärte Sascha den offiziellen Teil der Hochzeitsfeierlichkeiten für beendet, hängte sein Jackett über eine Stuhllehne, die Halsbinde daneben, und zog mit sichtbarem Behagen die Schuhe aus. Allgemeines Aufatmen seitens der anderen Männer, gefolgt von einem ähnlich dezenten Striptease. Vicky verschwand sogar nach oben und war fünf Minuten später im Jogginganzug wieder da.

»Was du kannst, kann ich auch«, sagte Sascha. Bei ihm ging es sogar noch schneller. In Jeans und Sweatshirt sah er gar nicht mehr bräutigamsmäßig aus.

Ob jemand Tee wolle, fragte Janet. Niemand wollte welchen, ein Magen ist schließlich kein Schwamm, und Getränke jeglicher Art hatte es genug gegeben. Auch gut, dann könne sie ja jetzt ihr Dinner zu sich nehmen. Mit einem Glas milchweißer Flüssigkeit und einem hundekuchenähnlichen Keks kam sie aus der Küche zurück.

»This is really your dinner? Milk and a cracker?«

Das sei keine Milch, sondern ein Spezialgetränk, davon lebe sie schon seit Wochen, sagte sie lachend, und allmählich habe sie sich daran gewöhnt. Sie sei ja noch viel dicker gewesen, nehme aber dank der Cambridge-Diät kontinuierlich ab und hoffe, so um Weihnachten herum endlich mal wieder ein fertiges Kleid kaufen zu können. Ihre Schneiderin hoffe allerdings das Gegenteil. Nein, das Übergewicht sei nicht krankheitsbedingt, es sei schlicht und einfach angefressen. Nachdenklich rührte sie in ihrem Vitamingebräu. Ob man im Zeitalter das Schlankheitswahns nicht vielleicht noch die Worte »Durch dick und dünn« ins Ehegelübde aufnehmen sollte? Dabei sah sie durchdringend ihre Tochter an.

»Why?« fragte die.

Eines Tages werde sie auch mal fünfundfünfzig sein, prophezeite Janet, worauf Sascha versprach, an Vickys vierzigstem Geburtstag werde er den Griff der Kühlschranktür fünf Zentimeter über dem Boden anbringen.

Das würde ich ihm glatt zutrauen!

Lange blieben wir nicht mehr. Das Brautpaar machte sich auf den Weg zur Hochzeitssuite und löste damit den allgemeinen Aufbruch aus. Kaum hatte sich die Tür hinter uns geschlossen, da jammerte Katja: »Können wir nicht irgendwo noch was essen gehen? Ich habe einen Mordshunger.«

Den hatte ich auch. Vor lauter Höflichkeit waren wir alle irgendwie zu kurz gekommen. Zwei kleine Schnittchen, zwei Löffelchen Salat, eine Ecke Hochzeitskuchen – genaugenommen hatten wir seit unserem frugalen Frühstück nichts Vernünftiges in den Magen gekriegt. »Also schön, probieren wir mal die berüchtigte englische Restaurantküche aus.«

Auf der Suche nach einer solchen kamen wir an einem hellerleuchteten Supermarkt vorbei. »Guckt mal, der hat ja noch auf! Warum holen wir uns nicht hier was zu essen?«

Stefanie protestierte. »Nee, nicht schon wieder kalte Küche. Was haltet ihr von Take-away? Da drüben ist einer.«

Take-away, das magische Wort! Mit je einem halben Hähnchen und einer großen Packung Pommes frites kehrten wir in unsere Herberge zurück. Katja schaltete den Fernseher ein, Nicole kochte Tee, und dann saßen wir rund um den Tisch, guckten in die Röhre und kauten Huhn aus Pappschachteln. »Wie zu Hause«, konstatierte Katja zum zweitenmal, »essen, fernsehen, Bett.«

»Nicht ganz«, widersprach Nicki, »zu Hause haben wir Teller.«

# 8

Wenn ich mal sonntags keine Lust zum Kochen oder festgestellt habe, daß die letzten tiefgefrorenen Putenschnitzel dem Raubzug der Zwillinge zum Opfer gefallen sind (auswärts lebende Studenten lernen als erstes, wie man mütterliche Kühlschränke plündert), dann gehen wir essen. Das tut man in England auch, nur heißt es dort »Sunday-lunch«.

Vicky und Sascha hatten zu einem solchen geladen. Als wir uns gegen elf Uhr versammelten, waren wir genau dreizehn Personen, eine Zahl, die auch in England nicht gerade als glückbringend gilt. Trotzdem war Janet nicht zum Mitkommen zu bewegen. Sie hatte Angst, wieder rückfällig zu werden. Notgedrungen ließen wir sie mit den zwei Hunden und ihrem bereits angerührten Vitamincocktail allein. Sie sündigte sowieso schon. In der Küche stand ein Schüsselchen Salat, den sie gerade mit Zitrone beträufelte. »It's *my* Sunday-lunch«, sagte sie und schob uns zur Tür hinaus.

Das Speisehaus oder wie immer man diese an eine Bahnhofswirtschaft erinnernde Lokalität bezeichnen will, war bis zum letzten Platz besetzt, und zwar überwiegend von Männern, je nach Familienstand mit Sohn oder Zeitung neben sich, häufig sogar mit beidem.

»Ich dachte, die Frauenbewegung ist mal von England ausgegangen, aber kurz danach muß sie wohl wieder stehengeblieben sein.« Schon immer hatte sich Katja für die Suffragetten interessiert, allerdings nur so lange, wie sie vereinzelt aufgetreten waren. »Wieso hocken hier bloß die Herren der Schöpfung und mampfen? Oder sind alle Engländerinnen auf Diät?«

Es sei hier üblich, die Hauptmahlzeit erst am Abend einzunehmen und mittags nur eine Kleinigkeit zu essen. In der Regel gingen die Männer sonntags zum Frühschoppen in den Pub, und oft blieben sie dann gleich zum Lunch, erläuterte Sascha.

Katja nickte verstehend. »Jetzt ist mir wenigstens klar, weshalb Vicky mit dir in Deutschland leben will. Wahrscheinlich hättest du sonst in zwei Jahren genauso einen Mollenfriedhof wie Grant.«

Vickys Bruder hatte wirklich das, was man früher zurückhaltend-vornehm Embonpoint nannte, heute jedoch von Schlankheitsaposteln weniger vornehm als Wampe bezeichnet wird. Vielleicht hatte ihn deshalb der Pfarrer gestern als ihren Vater angesehen und entsprechend begrüßt, was bei Grant begreiflicherweise helles Entsetzen ausgelöst hatte und bei Vicky einen Lachanfall, von dem sie sich noch immer nicht erholt hatte, als sie schon vor dem Altar stand. Oder weshalb sonst hatte während der ganzen Zeremonie die Schleife hinten auf dem Kleid so gewackelt?

Es dauerte eine Weile, bis wir uns zu dem reservierten Tisch durchgeschlängelt und Platz genommen hatten. Wie die Heringe saßen wir zusammengedrängt, was ja angeblich die Gemütlichkeit fördern soll, die Bewegungsfreiheit jedoch ziemlich einschränkt. Viel brauchten wir ohnedies nicht. Das Essen wurde fix und fertig auf dem Teller serviert und war bei allen das gleiche: Roastbeef mit Röstkartoffeln, verschiedenen Gemüsen und Yorkshirepudding.

Seitdem ich in einem Kochbuch mal das Rezept für den berühmten Plumpudding gefunden habe, weiß ich, daß Pudding nicht gleich Pudding ist; ich jedenfalls habe für meine Schokoladencreme noch niemals Nierenfett gebraucht. Mit den Ingredienzen des nicht minder bekannten Yorkshirepuddings hatte ich mich vorsichtshalber erst gar nicht befaßt, deshalb konnte ich auch nicht enttäuscht werden.

»*Das* soll Pudding sein?« Mit der Gabel stach Nicole in das pastetenartige Gebilde, worauf der aufgeblasene Brandteig mit nichts als Luft in der Mitte zusammenschrumpfte. »Wie ißt man denn das?«

»Mit Messer und Gabel«, knurrte Sascha.

»Himmel ja, das weiß ich auch. Ich meine, ist das eine Beilage oder so was?«

Bekanntlich schreibt die englische Küche vor, daß man Gemüse in Salzwasser zu kochen hat und darin so lange schwimmen läßt, bis man es essen will. Genauso schmeckt es dann auch. Für Leute mit weniger abgestumpften Geschmacksnerven gibt es Gewürze, nämlich Salz und Pfeffer. Und Soßen. Zwei standen auf dem Tisch. Worcestersauce und Ketchup.

»Attention, it's sugar!« rief Mel warnend.

»I know it.« Ungerührt streute Stefanie einige Zuckerkrümel über ihre Karotten, probierte und nickte befriedigt. »Jetzt sind sie wenigstens genießbarer.«

Sieht man davon ab, daß Katja beim Kampf mit ihrem etwas zähen Yorkshirepudding das Gewicht zu sehr auf den Tellerrand verlagerte, woraufhin der Pudding, garniert mit grünen Erbsen, teils auf ihrem Schoß und teils auf dem Boden landete, verlief das Essen ohne Zwischenfälle. Der Waschraum befand sich übrigens, nur über eine hühnerleiterartige Stiege zu erreichen, ein Stockwerk höher, hatte kein Fenster, aber dafür eine kaputte Lampe.

»Was machen wir jetzt?« fragte Steffi, als wir die gastliche Stätte verlassen hatten. »Was tut man denn hier sonntags?«

»Dös siagst doch, ma schlooft!« Grinsend deutete Thomas auf die umliegenden Häuser, vor deren Fenstern zum großen Teil die Rolläden herabgelassen waren.

»Warum gehen wir nicht mal an den Strand?« schlug ich vor. »Angeblich ist das hier ein Seebad, bloß vom Meer habe ich noch nichts gesehen.«

»Richtig, das gibt's ja auch noch«, erinnerte sich Nicole. »Nichts wie hin! Ich bin noch nie an der Nordsee gewesen.«

»Du bist hier nicht an der Nordsee, sondern am Ärmelkanal«, korrigierte ihr Bruder.

»Meer ist Meer! Wo geht's denn lang?«

Eine knappe Viertelstunde brauchten wir, dann hatten wir die niedrigen Klippen erreicht und liefen zum Wasser. Was heißt überhaupt laufen? Wir balancierten über die mehr oder weniger großen Steine, die den halben Strand bedeckten und erst weiter unten in grobkörnigen Sand übergingen. »Iihhh, ist das kalt!« Nicki hatte einen Schuh ausgezogen und die Zehenspitzen ins Wasser gestreckt. »Die Steine pieken auch. Nee, da hat es mir in Kenia besser gefallen. Hier kriegste ja Frostbeulen!«

»Dabei hat die Saison bereits angefangen.« Steffi deutete auf die gar nicht so wenigen Badegäste, die zum Teil schon im Bikini am Strand lagen, aber sofort nach einem Handtuch griffen, sobald die milchige Sonne hinter einer Wolke verschwand. »Die müssen Eskimos unter ihren Vorfahren haben.«

»Hatten sie ja auch«, bestätigte Katja. »Soviel ich weiß, waren hier doch mal die Wikinger zugange, Erich der Rote, Hägar der Schreckliche ...«

»... verheiratet mit Katja der Dußligen!« ergänzte Sascha. »Bist du jetzt fertig? Dann könnten wir nämlich auf die Suche nach einer Teestube gehen, mir ist kalt.«

So weit kamen wir gar nicht. Auf halbem Weg befand sich ein großer Vergnügungspark, und damit war der Nachmittag gelaufen. Plötzlich befand ich mich in Begleitung einer Horde quiekender und kreischender Kinder, die mit Hallo das Kettenkarussell stürmten, das Gesicht mit Zuckerwatte beschmierten, Papierhütchen aufsetzten und paarweise einen Wettbewerb im Schiffschaukeln austrugen. Die Sieger durften umsonst aufs Riesenrad. Nichts ließen sie aus, weder den Gespensterzug noch die Wahrsagerin, die Vicky prophezeite, sie werde im nächsten Jahr den Mann ihres Lebens kennenlernen. Sogar Grant quetschte sein – hm, sagen wir Bäuchlein – in die Achterbahn, obwohl er doch immer gleich seekrank wird und es auch prompt wurde. Thomas schoß seiner Jill einen Teddybären, Sascha schaffte nicht mal eine Papierblume.

»Der Himmel gebe, daß uns der Weltfrieden erhalten bleibt«, meinte Nicole, »wenn die Bundeswehr lauter solche Blindgänger produziert, sehe ich schwarz.«

Als sie schließlich vereint das Kinderkarussell mit seinen wunderschön lackierten Holzpferdchen enterten und der Antriebsmechanismus daraufhin seinen Geist aufgab, komplimentierte man uns höflich, aber bestimmt vom Platz. Es war sowieso beinahe dunkel. Kichernd und gackernd, behängt mit allem möglichen Krimskrams, zogen wir nach Hause. Es gab auch keine Sprachprobleme mehr, Nicole unterhielt sich angeregt mit Jill, Steffi hatte Leigh untergehakt und redete lebhaft auf ihn ein, Katja kabbelte sich mit Gaynor, und ich fand mich neben meiner Schwiegertochter wieder, die mir laufend versicherte, wie froh sie sei, in such a splendid family geheiratet zu haben.

Um diesen Eindruck aufrechtzuerhalten, würden wir unser künftiges Leben wohl auf einem Rummelplatz verbringen müssen.

*Nach* London fährt man mit dem Zug. In London fährt man Taxi. Oder U-Bahn, das ist billiger. Auf keinen Fall jedoch fährt man mit dem eigenen Wagen, weil es keine Parkplätze gibt. Wo es welche geben könnte, darf man nicht, und wo man darf, parken die Anwohner. Deshalb werden die Londoner Straßen auch überwiegend von jenen schwarzen Autos bevölkert, die alle ein bißchen so aussehen, als seien sie zwischen zwei Möbelwagen geraten. Dafür kann man aber problemlos mit Hut einsteigen.

Sascha und Vicky hatten sich bereit erklärt, uns durch London zu führen. Wir kämen ja vom Lande, seien außerdem der Sprache nur unzureichend mächtig und folglich potentielle Irrläufer. Nie würden wir dorthin kommen, wohin wir wollten. Meinen Einwand, ich sei immerhin in Berlin aufgewachsen, ließ Sascha nicht gelten. Das sei vierzig Jahre her, und Berlin ließe sich mit London ohnehin nicht vergleichen.

So zuckelten wir denn am vierten Tag unseres England-Aufenthalts mit einem ganz gewöhnlichen Bimmelbähnchen nach London, hielten an jeder Station – es gab sehr viele! – mit teilweise recht merkwürdigen Namen, aber eine davon hieß Wimbledon. Genau weiß ich nicht, was ich eigentlich erwartet hatte, vielleicht Tennisnetze statt Bahnsteigsperren oder eine als Racket getarnte Uhr, doch nichts deutete darauf hin, daß hier jedes Jahr zwei Wochen lang der Welt größter Tenniszirkus stattfindet. Englisches Understatement.

An welchem der zahlreichen Londoner Bahnhöfe wir ankamen, weiß ich nicht mehr. Wir stiegen sowieso gleich in die Unterwelt in irgendeine U-Bahn-Linie, kamen nach ein paar Stationen und einem halben Dutzend Rolltreppen wieder ans Tageslicht und standen vor Herrn Nelson. Genauer gesagt, vor einer Säule, die oben mit einem Gerüst zugebaut war. Der Admiral wurde gerade von Taubendreck gereinigt.

»Am besten fangen wir mit einer Stadtrundfahrt an«, bestimmte Sascha, »da kriegt ihr alles Wichtige zu sehen, und das andere machen wir dann zu Fuß.«

Wir enterten eines der als Sightseeing-Bus ausgeschilderten zweistöckigen Fahrzeuge, und weil die Mädchen unbedingt fotografieren wollten, mußten wir nach oben. Oben gab es jedoch kein Dach über dem Kopf, was einerseits logisch ist, sonst hat man ja immer irgendwelche Streben vor dem Objektiv, andererseits kriegt man aber den Wind aus erster Hand und – ebenso logisch – den Regen. Noch schien die Sonne, doch sie verkroch sich immer wieder hinter Wolken. Sofort wurde es ekelhaft kalt.

Neben jedem Sitz hingen Kopfhörer, und wenn man an dem in der Armlehne verborgenen Rädchen drehte und im richtigen Augenblick den richtigen Knopf drückte, konnte man den Ausführungen des Fremdenführers sogar in seiner Muttersprache folgen. Da ich zuerst den japanischen Sender und dann den italienischen erwischt hatte, sind mir nähere Angaben über die Fleet Street entgangen. Daß man dort Zeitungen macht, hatte ich ohnehin schon gewußt.

Ich habe nicht gezählt, über wie viele Brücken wir gefahren sind, wahrscheinlich mehrmals über jede, denn den Tower haben wir von allen Seiten gesehen, an Big Ben sind wir zigmal vorbeigekommen, sogar das neue Fernheizwerk ist in das Programm der Stadtbesichtigung aufgenommen worden, obwohl es nun wirklich nicht sehenswert ist, aber jedesmal, wenn der Fahrer wieder die Richtung zum Fluß einschlug, fing das große Zähneklappern an. Ungebremst durch Häuser, fegte ein eiskalter Wind über die Themse, wir krochen immer tiefer in unsere Jacken, die wir sowieso schon bis zum Hals zugeknöpft hatten, und vermutlich lag es an den blaugefrorenen Händen, daß die spätere Fotoausbeute einmal Tower, sechsmal Parlament und fünfmal Big Ben enthielt, jedoch keine einzige Themsebrücke.

Kurz vor dem Gefrierstadium kamen wir wieder bei Lord Nelson an. »Ich b-b-brauche jetzt w-w-was W-war-mes zum Auf-t-tauen«, sagte Katja bibbernd und sprach uns allen aus der Seele. »Gibt's hier irgend-w-wo T-t-tee?«

Inzwischen hatten wir herausgefunden, daß der Tee in England zwar unterschiedlich gut, jedoch immer trinkbar ist, was man vom Kaffee nicht so ohne weiteres behaupten kann. Zwangsläufig waren wir zu Teetrinkern geworden. Sascha kannte eine Teestube »ganz in der Nähe«, die er schon früher mal frequentiert hatte, doch wo genau sie zu finden war, wußte er auch nicht mehr. »Ich glaube, wir müssen dort lang.« Er zeigte vage in eine Straße mit Bäumen rechts und links, die sich in der Ferne verlor. Sie führte dann auch genau zu einem Seiteneingang vom Buckinghampalast.

»Glaubst du wirklich, daß uns Lieschen König zum Tee einlädt?« stichelte Stefanie. »Du und deine Ortskenntnis! Lieber kaufe ich mir einen Stadtplan, der redet wenigstens nicht so viel.«

Die Teestube fanden wir natürlich nicht, statt dessen landeten wir in einem Pub. Der war auch viel interessanter. In einem langen, schmalen Raum mit einer Theke am entgegengesetzten Ende standen beziehungsweise drängten sich fast ausschließlich Männer zusammen, tranken schweigend ihr Bier, kauten ebenso schweigend ihr Sandwich, und manche schafften es sogar, dabei auch noch eine zusammengefaltete Zeitung zu lesen.

»Lunchtime«, stellte Sascha nach einem kurzen Rundblick fest. »Wollt ihr wirklich hier rein?«

Und ob wir wollten! Hier war es wenigstens warm. Und Hunger hatten wir auch. Gleich neben dem Eingang befand sich eine kleine Nische mit zwei Tischchen und jeweils drei Stühlen. Ein Tisch war noch frei. »Wenn wir immer nur eine Pobacke benutzen, haben wir sogar alle Platz«, sagte Katja.

Schlecht gesessen ist besser als gut gestanden. Wir quetschten uns zusammen, und plötzlich erinnerte mich die ganze Atmosphäre an eine Düsseldorfer Altstadtkneipe, wo – o selige Jugendzeit! – so manche in der Redaktion begonnene Geburtstagsfeier ihre Fortsetzung gefunden hatte.

»Was kann man denn hier essen?« forschte Katja. »Bloß diese mit dem aufgeweichten Salatblatt garnierten Stullen?«

»Sieh doch selber nach«, empfahl Sascha, »hinter der Theke ist alles aufgebaut.«

Das wollte sie nun doch nicht. »Erstens wüßte ich nicht, wie das ganze Zeug heißt, und zweitens bin ich nicht im Nahkampf ausgebildet. Die stehen da vorne doch in Dreierreihen vor dem Tresen. Meinst du, da läßt mich jemand durch?«

Sie kannte die englische Mentalität noch nicht. Kaum hatte sie im Windschatten ihres Bruders die Menschentraube erreicht, als sich sofort eine schmale Gasse öffnete und den Durchgang zu dem kulinarischen Angebot freigab.

»Gereizt hat mich ja nichts davon, aber ich habe auf Saschas Empfehlung Shephard's Pie für uns bestellt.« Sie schob sich wieder auf ihren halben Stuhl. »Es sieht zwar aus wie schon einmal gegessen, doch er sagt, es würde ganz gut schmecken.«

Shephard's Pie besteht aus Kartoffelbrei mit Hackfleischsoße, schön zusammengerührt, in flache Auflaufformen gekippt und dann im Ofen überbacken. Aus Gründen der Schnelligkeit kam das Zeug hier jedoch in die Mikrowelle, wodurch die angeblich so delikate braune Kruste fehlte, aber trotzdem schmeckte die Pampe erstaunlich gut. Und noch besser, wenn man beim Essen die Augen zumachte.

Gesättigt und gut geräuchert – die dichte Qualmwolke unter der niedrigen Decke hatte sogar mir Tränen in die Augen getrieben – waren wir zu weiteren Besichtigungen bereit, nur hatten wir etwas verschiedene Vorstellungen. Was mich interessiert hätte, fand bei den Mädchen wenig Anklang, und mich reizten weder Harrod's noch die Oxford Street. Einkaufsstraßen und Warenhäuser gab es auch zu Hause. Zumindest in einem Punkt waren wir uns einig: Wir wollten nach Soho.

Das berühmte Chinesenviertel erwies sich bei Tageslicht als ähnlich faszinierend wie die Reeperbahn morgens um zehn. Viel gesehen haben wir sowieso nicht, weil wir ständig mit gereckten Hälsen Ausschau nach unserem Ehepaar halten mußten, das zehn Meter vor uns im Eiltempo durch die Straßen raste. Die beiden kannten ja schon alles und verstanden nicht, weshalb wir ehrfurchtsvoll vor Scotland Yard stehenblieben (man hatte ja seinen Edgar Wallace gelesen) oder einen zweiten Blick auf die Westminster-Kathedrale werfen wollten.

»Können wir uns nicht mal trennen und in einer Stunde oder so wieder treffen?« maulte Nicole, nachdem ihr Bruder sie ungeduldig aus dem Postkartenshop gezerrt hatte. »Geht doch inzwischen turteln, und laßt uns ein bißchen Zeit zum Gucken.«

»Ich denke, ihr wollt in den Tower?«

»Na und? Je länger wir warten, desto älter wird er«, gab Katja zurück. »Große Lust habe ich eh nicht, durch dieses Gemäuer zu latschen und mir den Richtblock anzusehen, auf dem Maria Stuart einen Kopf kürzer gemacht worden ist. Die liegt mir immer noch im Magen.«

»Wieso?«

»Weil ich seinerzeit die Deutscharbeit total vergeigt habe. Im Heft stand so was Ähnliches wie: ›Bei Frage vier müssen dich alle guten Geister verlassen haben. Es gelingt mir beim besten Willen nicht, einen Zusammenhang zwischen deinen Ausführungen und denen Schillers zu entdecken.‹«

Die Besichtigung des Towers wurde also auf einen noch nicht näher bezeichneten Zeitpunkt irgendwann in diesem Jahrhundert verschoben, statt dessen bestiegen wir wieder die U-Bahn, um den wächsernen Damen und Herren in Madame Tussauds Etablissement einen Besuch abzustatten. Gleich am Eingang informierte uns eine Tafel, daß als neuer Gast Boris Becker hinzugekommen sei, zu besichtigen neben der Treppe. Wir besichtigten ihn, fanden ihn hübscher als das Original, und dann mußte ich die Zwillinge knipsen, wie sie rechts und links neben ihm standen und Küßchen auf seine noch glänzende Wange hauchten. Als Gegenleistung erbat ich ein Foto mit Humphrey Bogart, der sich bereitwillig von mir unterhaken ließ. Er konnte sich ja nicht dagegen wehren, der Ärmste.

Bestimmt war ich nicht die erste Besucherin, die über ein Paar Füße stolperte und sich mit rotem Kopf bei der alten Dame entschuldigte, ehe sie bemerkte, daß die müde Lady auf dem abgenutzten Sofa ebenfalls aus Wachs war. Auch diese Begegnung ist dank Katjas schußbereiter Kamera im Fotoalbum verewigt worden.

Sascha drängte zum Aufbruch. Wir müßten den Sechs-Uhr-Zwanzig-Zug erreichen, und jetzt in der Rushhour kämen wir ohnedies nur langsam vorwärts. Das stimmte. Sämtliche Rolltreppen, die uns wieder unter die Straßen Londons baggerten, waren überfüllt, doch niemand drängelte, keiner schubste, alles ging sehr geordnet zu. Mir fiel auf, daß auf jeder Treppenstufe immer nur eine Person stand, und das auch noch völlig unenglisch auf der rechten Seite. Die linke hatte für diejenigen frei zu bleiben, die überholen wollten und es auch zügig taten.

Auf den Bahnsteigen ging es ähnlich gesittet zu. Sobald ein Zug hielt, bildete sich vor jeder Tür eine Schlange, dann stieg man, einer hinter dem anderen, ein. Niemand hätte zu drängeln gewagt, wir natürlich auch nicht, und so kam es, daß die halbe Familie schon im Wagen war und die andere Hälfte noch draußen, als sich die automatischen Türen schlossen.

»Was nu?« Etwas verblüfft sahen Steffi und ich dem abfahrenden Zug hinterher. »Weißt du noch, an welcher Station wir aussteigen müssen?«

»Nee, keine Ahnung«, gab sie achselzuckend zurück. »Ich weiß ja nicht mal, wo wir umsteigen müssen.«

»Das kriegen wir schon raus!« sagte ich zuversichtlich, obwohl mir gar nicht danach zumute war. »Jetzt steigen wir erst mal *ein.*«

Der nächste Zug war schon eingelaufen, und als wir die erste Station erreichten, sah ich meine Sippe, gleichmäßig über den

Bahnsteig verteilt, angestrengt in jeden Wagen linsen. Vicky entdeckte uns zuerst und signalisierte den anderen, daß sie uns gefunden hatte.

»Die sind ja doch weitblickender, als ich gedacht hatte.« Erleichtert ließ Steffi den Haltegriff los, woraufhin der mit Leder bezogene und an einer Art Spirale hängende Holzknauf ihrem Hintermann an die Stirn knallte. »Excuse me, please«, stotterte sie erschrocken. In diesem Moment blieb der Zug mit einem Ruck stehen, sie verlor das Gleichgewicht, und bevor ich sie halten konnte, saß sie schon einem würdig aussehenden Gentleman auf dem Schoß beziehungsweise auf seiner *Times*. Ihr Gesicht nahm eine tomatenrote Färbung an. »I ... I ... l am so sorry, but I ...« Sie sprang auf und hastete aus dem Zug. Ich hinterher. Warum eigentlich? Die beiden attackierten Herren hatten nicht eine Miene verzogen, nur was sie sich gedacht haben, möchte ich lieber nicht wissen.

Vor unserer Rückfahrt nach Southsea kauften wir noch schnell diverse Ansichtskarten, die erst zu Hause in Deutschland wieder zum Vorschein kamen und zur Enttäuschung der Briefmarken sammelnden Empfänger mit heimischen Wertzeichen, aber wenigstens mit englischem Text abgeschickt wurden.

Dank Saschas Sklaventreibermethoden (»Nun beeilt euch doch mal ein bißchen! Könnt ihr nicht etwas schneller laufen? Müßt ihr vor jedem Schaufenster stehenbleiben?« und so weiter ...) hatte ich den Londonbesuch ohne nennenswerte finanzielle Einbußen überstanden. Lediglich für Sven hatte ich ein Mitbringsel gekauft, etwas absolut Schwachsinniges, doch es hatte mir so ausnehmend gut gefallen. Quer über die Vorderseite des weißen T-Shirts war in roter Schrift der Vorwurf zu lesen: My Mom went to London and all I got was this lousy shirt.

Für Leser, deren Englischkenntnisse ähnlich umfassend sind wie meine, hier die Übersetzung: Meine Mutter ist nach London gefahren, und alles, was sie mir mitgebracht hat, war dieses blöde Hemd.

»Bin ich froh, wenn wir wieder zu Hause sind und etwas Vernünftiges zu essen kriegen«, sagte Steffi, mit anklagender Miene an dem trockenen Toast mümmelnd, »hoffentlich kann Janet wenigstens kochen.«

Wir waren nämlich alle zum Essen geladen. Abends. Irgend etwas typisch Englisches sollte es geben, als Dessert Applepie – was immer das auch sein mochte –, angeblich eine Spezialität von Vickys Mutter und nicht mal in einem Nobelrestaurant in so hervorragender Qualität zu bekommen. Aus Zeit- und auch aus Gründen der Sparsamkeit hatten wir es uns verkniffen, in einem solchen zu speisen (ab vier Sternen auf der Speisekarte ißt man nicht, da speist man!), doch nach meinen bisherigen Erfahrungen mit der englischen Küche war mir der Verzicht nicht schwergefallen.

»Müßten wir für Janet nicht ein paar Blümchen mitnehmen?« Katja hatte recht, das müßten wir wohl. Mrs. Hamilton wußte auch, wo wir welche bekommen würden. Gleich rechts die Straße runter, dann bei der Gabelung links und wieder die zweite Seitenstraße rechts. Der Laden war nicht eben groß und hatte außer diversen Topfpflanzen nur drei Wassereimer voll Schnittblumen zu bieten. In einem schwammen Nelken, im zweiten Astern und im dritten Moosröschen, die ihr Haltbarkeitsdatum um mindestens zwei Tage überschritten hatten.

»Ist das alles?« wunderte sich Nicole. »Damit blamieren wir uns ja bis auf die Knochen. Kommt, wir suchen ein anderes Geschäft.«

Zwei fanden wir noch. Das erste hatte Moosröschen, Astern und Nelken zur Auswahl, und das zweite hatte Nelken, Moosröschen und Astern. Zusätzlich allerdings noch ein paar gelbe Freesienblüten. Zusammen mit einigen Röschen könnte das ganz ansprechend aussehen. Die Verkäuferin zupfte die gewünschten Blumen aus dem Eimer und verschwand damit im Hinterzimmer. Als sie zurückkam, traute ich meinen Augen nicht. Sie hatte lediglich die Stengel zusammengebunden, kein bißchen Spargelkraut oder sonstiges dekoratives Grünzeug dazugetan, und als ich sie um Komplettierung dieses armselig aussehenden Straußchens bat, wußte sie gar nicht, was ich eigentlich wollte. Ich hätte mir die Blumen doch selber ausgesucht.

Da gab ich es auf, bezahlte einen unangemessen hohen Preis

und tröstete mich mit der Wahrscheinlichkeit, daß Janet mit den Gepflogenheiten einheimischer Blumenhändler vertraut war. Irgendwann würde sie ja mal nach Deutschland kommen, dann konnte ich ihr zeigen, was man unter einem Blumenstrauß zu verstehen hatte. Mit einem richtigen Bukett würde ich sie begrüßen!

Vor dem Haus herrschte geschäftiges Treiben. Sascha belud den Transporter, oder besser gesagt, er versuchte es. Würde er alles verstauen wollen, was um ihn herum schon aufgebaut war und was Vicky und Gaynor unentwegt heranschleppten, bräuchte er einen Möbelwagen. Große Koffer und mittlere Koffer, Kleidersäcke, unzählige Kisten und Kartons, Federbetten, Stereoanlage, zwei Stehlampen aus getriebenem Messing (Souvenir aus Indien), Elektrogeräte, mindestens dreißig Stofftiere verschiedener Größe, Bilder, nicht gezählt die ganzen Hochzeitsgeschenke, die vom Kühlschrank bis zum Eßservice für sechs Personen reichten.

Mir konnte es ja egal sein, wie sie das ganze Zeug im Wagen unterbringen würden, nicht egal war mir die Frage, wohin sie damit wollten! Eine Wohnung hatten sie noch gar nicht, lediglich eine in Aussicht, aber die war erstens noch nicht ganz fertig und zweitens auch noch nicht vertraglich zugesichert. Das junge Paar würde sich also auf unbestimmte Zeit mit unserem Gästezimmer begnügen müssen, eine Tatsache, die mir überhaupt nicht schmeckte.

»Sind die eigentlich nicht ganz gebacken?« Entgeistert sah sich Katja um. »Wo wollen die denn mit dem Krempel hin? Etwa zu uns? Soviel Platz haben wir doch gar nicht.«

»Bis auf die Kleider, die Betten und das, was man sonst noch so haben muß, kommt erst mal alles in die Keller«, sagte Sascha unbekümmert. »Ihre ganze Abendgarderobe läßt Vicky sowieso noch hier.«

»Die wird sie zum Milchholen ja auch nicht brauchen«, murmelte Nicole, und dann lauter: »Wann warst du zum letztenmal in unserem Keller? Der ist nämlich voll.«

»Blödsinn. Wenn man da mal gründlich aufräumt, gibt es haufenweise Platz.«

»Da wird sich Mami aber freuen. Sie löchert uns schon seit einem Jahr, daß wir da unten mal Klarschiff machen sollen.«

»Ihr glaubt doch nicht etwa, daß ich …«, fauchte Sascha.

»Wer denn sonst? Es sind ja nicht unsere Klamotten, die untergestellt werden müssen.«

Das Ein-, Aus-, Um- und wieder neu Einladen dauerte bis zum Spätnachmittag, dann endlich drückten wir zu dritt die hintere Tür zu und konnten nur hoffen, daß der schon etwas marode aussehende Schließmechanismus halten würde.

»Am besten gehst du jetzt in die Kirche und zündest eine Kerze an«, empfahl Steffi ihrem Bruder.

»Warum denn das?«

»Ich stelle mir gerade vor, was die Zollbeamten zu dieser vollgestopften Karre sagen werden! Was ist, wenn die auf einer Durchsuchung bestehen?«

Das wußte Sascha auch nicht. »Werden sie schon nicht«, beruhigte er sich selbst, »wir kommen ja nachts an die Grenze, und ich habe noch keinen deutschen Beamten erlebt, der zwischen Mitternacht und Morgen mehr tut, als er unbedingt muß. Er hat anwesend zu sein, das genügt. Etwaige Kontrollen stehen in seinem eignen Ermessen, und das läuft nachts auf Sparflamme.«

Sascha sollte recht behalten. Der Zöllner beäugte zwar die beiden übernächtigten Gestalten mißtrauisch, gab sich jedoch mit der beinahe noch druckfrischen Heiratsurkunde und der Versicherung zufrieden, man transportiere lediglich die Aussteuer der Braut zu ihrem zukünftigen Domizil. Daß er Steffi zur Vermählung gratulierte, geschah rein privat und trug ihr ein angeschlagenes Schienbein ein. Sie hatte gerade energisch gegen diese Unterstellung protestieren wollen, als Sascha ihr einen heftigen Tritt versetzte. Völlig perplex nickte sie nur und mußte sich hinterher sagen lassen, daß sie eine dumme Gans sei und beinahe unübersehbare Komplikationen heraufbeschworen hätte. »Ein normaler Ehemann reist vier Tage nach der Hochzeit mit seiner Frau zusammen und nicht mit seiner Schwester.«

»Du sagst es«, konterte Steffi, »ein *normaler* Ehemann.« Während die beiden Chauffeure mit der vorletzten Fähre über den Kanal schwammen, saßen wir in Janets gemütlichem Eßzimmer und futterten. Der Himmel mag wissen, wo sie kochen gelernt hatte, vielleicht war sie auch ein Naturtalent, jedenfalls mundete alles, was sie uns vorsetzte, großartig. Als ich nach der dritten Portion Applepie endgültig streikte, fragte sie besorgt, ob es mir nicht geschmeckt habe, ich hätte nur so wenig gegessen.

Der Abschied war lang und herzlich und endete mit Janets Zusage, das kommende Weihnachtsfest in Deutschland zu verleben. Sie würde auch einen echt englischen Christmascake mitbringen. Vorsichtshalber erkundigte sich Katja, ob sie den selber backen würde. Nein, den kaufe sie immer bei Harrod's, antwortete Janet. Woraufhin Katja sofort abriet, sich mit einem doch sicher zerbrechlichen und vor allem teuren (bei Harrod's ist *nichts* billig!) Kuchen zu belasten, sondern lieber mal deutschen Christstollen zu probieren.

Daß ich den auch immer fertig kaufe, sagte sie allerdings nicht.

Pünktlich um neun Uhr morgens, als ich dem Taxifahrer unser sofortiges Erscheinen signalisieren wollte, knallte ich mir zum letztenmal den Rahmen vom Schiebefenster auf den Ellenbogen. Das ist auch so eine typisch britische Einrichtung, mit der ich mich nicht hatte anfreunden können. An sich gefielen mir diese meist hellgetünchten Häuser mit den oft etwas altmodisch anmutenden Fassaden sehr gut, sie sehen schon von außen so gemütlich aus, doch an den Fensterkonstruktionen bin ich beinahe verzweifelt. Entweder gingen sie erst gar nicht auf, oder sie fielen gleich wieder runter. Und immer genau auf meinen Arm.

Zusammen mit dem Frühstück hatte uns Mrs. Hamilton die Rechnung und das Gästebuch serviert. Erstere war schnell erledigt, über dem zweiten brüteten wir gemeinsam eine geschlagene halbe Stunde, bis wir in hoffentlich wohlgesetzten Worten unsere Zufriedenheit zum Ausdruck gebracht hatten. Das Wörterbuch lag nämlich schon im Koffer, und keinem von uns fielen die Vokabeln für »Betreuung« oder »Aufmerksamkeit« ein.

Vicky wartete bereits, und mit ihr zwei Koffer sowie eine Kosmetikbox. Zusammen mit unserem eigenen Gepäck, das beim besten Willen keinen Platz mehr im Transporter gefunden hatte, war das entschieden zuviel. In den Kofferraum meines Wagens würde nicht mal die Hälfte passen. Englische Taxis scheinen anders konzipiert zu sein, jedenfalls ging alles rein, sogar wir.

Nun ist es ohnehin nicht ganz einfach, sich an ein neues Familienmitglied zu gewöhnen, besonders dann nicht, wenn man es noch kaum kennt. Und wenn dieses neue Familienmitglied obendrein noch schuld ist, daß man beinahe sein Flugzeug verpaßt, stärkt diese Tatsache auch nicht unbedingt das Zusammengehörigkeitsgefühl. Als nämlich Vicky ihr Kosmetikköfferchen durch den Scanner schob, fing der so laut zu piepsen an, daß sich sofort alle Blicke auf uns richteten. Mit dem Corpus delicti wurden wir in einen Nebenraum eskortiert – jawohl, eskortiert! Rechts und links hatten wir je einen Polizisten als Seitendeckung! –, wo man erst unser Handgepäck durchsuchte und dann Vicky aufforderte, ihr Beautycase zu öffnen. Zum Vorschein kamen neben dem üblichen Kosmetikkram unzählige Schachteln und Schächtelchen, in denen noch kleinere Schächtelchen steckten, und überall lag ein Schmuckstück drin. Wunderhübsche Ringe, Kettchen, Broschen, Armbänder ... Sichtlich entzückt, begutachtete die Polizeibeamtin jedes einzelne Stück, ließ sich erzählen, aus welchem Land es stammte (Südafrika und St. Thomas müssen besonders preiswerten Schmuck anbieten), wobei sie immer wieder bedauerte, bei ihrem letzten Urlaub in der Karibik keine Ahnung von den günstigen Einkaufsquellen gehabt zu haben, wo sie doch Smaragde so liebe.

Gleich zu Beginn der Inquisition hatte Vicky eine Kopie ihrer Heiratsurkunde vorgezeigt, womit jeglicher Verdacht auf »heiße Ware« ausgeräumt worden war. Ihr Trauring glänzte ja auch noch ganz neu. Das Interesse an ihren Pretiosen beschränkte sich nur noch auf private weibliche Neugier. Die männliche Leibwache war ohnedies abgezogen, nachdem sie statt des erwarteten Wekkers mit Zeitzünder nur eine Armbanduhr mit kleinen Brillis drumherum gefunden hatte.

In der drittletzten Schachtel lag ein herrlicher Rubinring, doch bevor sich Vicky wunschgemäß über Preis und Herkunft auslassen konnte, ertönte ein unüberhörbares Dingdong, gefolgt von einer Lautsprecherstimme, die die Passagiere Sanders aufforderte, sich unverzüglich zum Flugsteig 6 zu begeben. Dies sei der letzte Aufruf.

Wir haben die Maschine noch bekommen, allerdings mit hängender Zunge und unter Hinterlassung dreier Regenschirme, die wir bei unserem überstürzten Aufbruch vergessen hatten. Wahrscheinlich sind sie einer karitativen Institution zugeführt worden oder ruhen noch heute zwischen Schildpattkämmen und elfenbeinenem Spazierstöcken in der Asservatenkammer des Flughafens Heathrow.

Es war reiner Zufall, daß die Gattin unseres Heizöllieferanten in derselben Maschine saß. Der dazugehörige Ehemann stand mit Blümchen in der Empfangshalle und bekam Kulleraugen, als er neben mir Vicky entdeckte. »So, hen Se sich a B'süchle mitbrocht?«

»Das ist kein Besuch, sondern meine Schwiegertochter«, klärte ich ihn auf.

»Ha no, weller von dene Kerle hat denn g'heiert?«

»Sascha.«

»Ond von derer Sach hat mer nix im Blättle g'lese?«

Ach ja, das Blättle, wöchentlich erscheinende Nachrichtenbörse für sämtliche Schulen, Vereine und sonstige Institutionen, nicht zu vergessen seine Funktion als »Schwarzes Brett«, wo vom Abstellplatz für einen Wohnwagen bis zum Verkauf von Junghennen alles angeboten beziehungsweise gesucht wird. Am interessantesten sind aber die Familienanzeigen. Wer hat wen geheiratet, wer hat ein Kind gekriegt (»Das ist schon das sechste, ja, haben die denn keinen Fernseher?«), wer hat sich verlobt, und wer hat seine Gesellen-, Meister- oder sonstige Prüfung bestanden? Ich nahm mir vor, gleich morgen eine Vermählungsanzeige zu entwerfen, auf daß die gesamte Einwohnerschaft von Bad Randersau über unsere veränderten Familienverhältnisse informiert werde. Das mußte sein, sonst sprach sich die Neuigkeit viel zu langsam herum, und ich würde bei jedem gemeinsamen Auftreten in der Öffentlichkeit – einkaufen gehört auch dazu – langwierige Erklärungen abgeben müssen.

Inzwischen war auch Herrn Schlemps Gattin erschienen, leicht echauffiert, weil ausgerechnet sie ihren Koffer hatte öffnen müssen (»wo ich doch no net mol en Tee mitbrocht hab, was mer jo derf«), und nun mußte ich noch einmal nähere Erläuterungen herunterbeten. Frau Schlemp begutachtete Vicky von Kopf bis Fuß, um dann gönnerhaft festzustellen: »A hibsches Mädle hot er sich do ausguckt. Wo kommet Se denn her?«

Hilflos sah mich Vicky an. Sie hatte natürlich kein Wort verstanden. »Meine Schwiegertochter ist Engländerin und spricht noch kein Deutsch.«

»Ha, so ebbes aber au. Wie tun Se no mit ihra schwätze?«

»Englisch, wie denn sonst?« sagte Katja patzig, ungeduldig von einem Fuß auf den anderen trippelnd. »Könnt ihr euch nicht ein anderes Mal unterhalten?«

»Recht hosch, Mädle«, bestätigte Herr Schlemp erleichtert. »Machet mer, daß mer hoimkomma.«

Da fiel mir etwas ein. »Haben Sie in Ihrem Wagen vielleicht noch Platz für zwei Koffer?« Ich deutete auf unseren überladenen Gepäckkarren. »In mein Auto kriege ich das alles nicht rein.«

»Aber freilich«, sagte Herr Schlemp sofort, »welle soll ich denn nemma?«

»Die beiden größten. Wir holen sie nachher gleich ab.«

»Das braucht's net, die bring ich Ihna scho vorbei. Dem Sascha muß ich doch au no gratuliere.« So, wie er Vicky ansah, hatte ich allerdings den Eindruck, daß ihm Sascha ziemlich egal und die nähere Bekanntschaft mit dessen Frau viel wünschenswerter war. Das vermutete wohl auch Frau Schlemp, denn sie erinnerte ihren Kurti recht nachdrücklich an seine häuslichen Pflichten, die in erster Linie aus der Kompostierung des doch hoffentlich inzwischen gemähten Rasens bestand sowie aus der Notwendigkeit, die Ligusterhecke zu schneiden. »Die Hase hosch g'wiaß au no net g'mischtet.«

Um weiteren Vorhaltungen zu entgehen, setzte er sein Gepäckwägelchen in Bewegung und marschierte los. Wir warteten noch einige Minuten, ehe auch wir die Rolltreppe zur Tiefgarage ansteuerten. Auf ein nochmaliges Zusammentreffen legte ich im Augenblick keinen Wert.

Der erstaunlich schnell regenerierte Rolf erwartete uns schon sehnsüchtig. Immer noch in Gips, doch entgegen ärztlicher Anweisung ohne Stock, kam er angehumpelt, sobald er den Wagen gehört hatte. Ich bekam einen flüchtigen Kuß, die Mädchen einen Nasenstüber, Vicky eine herzliche, ganz und gar nicht väterliche Umarmung. Weitere Kommunikationsversuche scheiterten an Sprachschwierigkeiten. Rolf ist Lateiner und beherrscht lediglich die englische Terminologie der Werbebranche. Französisch kann er auch, Englisch nicht.

Katja war sofort in die Küche gestürmt und dort an den Kühlschrank. »Wurst, Käse, Fleischsalat, Tomaten – alles da!« stellte sie befriedigt fest.

»Frau Keks hat sogar Mittagessen für alle gekocht«, sagte Rolf. »Gemüseeintopf, weil man den schnell aufwärmen kann. Steht alles im Mikrowellenherd.«

»Weshalb hast du denn noch nichts gegessen?« Mir war nach einem kurzen Blick in die große Keramikschüssel aufgefallen, daß ihr Inhalt unberührt geblieben war.

»Ich konnte nicht.«

?????

»Bei dem alten wußte ich ja Bescheid, aber bei dem neuen hier habe ich keine Ahnung, wie man die Tür aufkriegt.«

# 9

Von nun an herrschte bei uns das absolute Chaos. Obwohl Stefanie einen Teil der Hochzeitsgeschenke in ihrem eigenen Keller untergebracht hatte, war immer noch genug übriggeblieben, um unser Haus in ein Flüchtlingslager zu verwandeln. Oben bei den Zwillingen standen zwei Plastiksäcke voller Plüschtiere, und der kleine Flur vor ihrer Zimmertür war vollgepackt mit Koffern, Kleidersäcken und zerbrechlichen Dingen, von denen wir hofften, daß sie abseits der Hauptverkehrswege einigermaßen sicher waren. In die Keller kamen wir schon gar nicht mehr rein. Einmal pro Tag kämpfte sich jemand mit schriftlich fixierten Angaben zum Vorratsschrank durch, um den jeweiligen Tagesbedarf an Lebensmitteln zu holen. Die Tiefkühltruhe war restlos blockiert, und als mir auf der Kellertreppe eine Tüte platzte und sämtliche Kartoffeln zwischen Federbetten und übereinandergeschichteten Kartons verschwanden, bekam ich einen Schreikrampf. So ging das einfach nicht weiter!

Das fand auch Sven, als er gut erholt und braungebrannt von Kreta zurückkam. Ein paar Tage lang sah er sich das Durcheinander an, dann hatte er eine Idee. »Weißt du was, Määm? Bis die in ihre Wohnung ziehen, stelle ich ihnen meine Bude zur Verfügung. Da haben sie wenigstens anderthalb Zimmer, 'ne Küche, ein eigenes Bad und ungestörte Zweisamkeit. Den größten Teil von ihrem Kram können sie auf dem Dachboden stapeln, der ist fast leer. Dann gehe *ich* eben solange ins Gästezimmer. Ich sitze dir auch nicht ständig auf der Pelle, ich bin ja höchstens mal abends da.«

Seine überraschende Bereitwilligkeit war vermutlich dem Umstand zu verdanken, daß seine derzeitige Freundin ebenfalls über eine eigene Wohnung verfügte und seinem geregelten Liebesleben somit auch weiterhin nichts im Wege stand. Darüber hinaus waren die nunmehr zu erwartenden Dienstleistungen wie zum Beispiel warme Mahlzeiten, schrankfertige Wäsche und kostenlose Telefonbenutzung nicht zu verachten. Trotzdem versprach ich ihm aus lauter Dankbarkeit eine neue Autobatterie.

Die Aussicht, nicht mehr ständig über Kartons steigen zu müssen, wenn ich frische Handtücher holen wollte, und endlich wieder die Flaschen- und Döschenparade im Badezimmer loszuwerden, setzte ungeahnte Kräfte in mir frei. Schon am nächsten Morgen fuhr ich die erste Ladung Koffer in Svens Wohnung, nahm auf dem Rückweg einen Teil seiner Sachen mit, und als mir unterwegs die Zwillinge begegneten, aus deren Ente oben der immer noch in Knisterfolie verpackte und mit rosa Schleifchen geschmückte Gummibaum herausragte, wurde mir erst richtig klar, daß wir bald wieder ein normales Leben führen würden. Wir könnten uns wieder auf deutsch unterhalten, brauchten nicht mehr ständig an Zimmertüren zu klopfen und würden uns wieder normal ernähren. Katja hatte schon überlegt, ob sie als demnächst milchproduzierendes Rindvieh nicht sogar subventionsberechtigt sei.

Daß Vicky Vegetarierin war, hatten wir in England gar nicht mitbekommen. Aufgefallen war es mir zum erstenmal während der Abiturfeier, als sie sich bei der anschließenden Freßorgie nur einige Salatblättchen vom reichbestückten kalten Büfett nahm und behauptete, keinen Hunger zu haben.

»Dabei gehört das Grünzeug doch bloß zur Dekoration«, flüsterte mir Nicole zu. »Warum ißt sie nichts Vernünftiges? Hast du übrigens mal den mexikanischen Salat von Frau Bettin probiert? Einsame Spitze, sag ich dir.«

Ein letztes Mal waren wir Eltern aufgefordert worden, zum Gelingen des Festes beizutragen. Hinlänglich trainiert, hatten wir wieder Salate zusammengerührt, Aufschnittplatten komponiert, dutzendweise Isolierkannen mit Kaffee und Tee angeschleppt, während die Väter angehalten worden waren, für das geistige Wohl der Festgäste zu sorgen. Ganz Spendable hatten sogar Champagner herausgerückt. Vielleicht waren es auch nur die besonders Dankbaren gewesen, deren Sprößlinge trotz gegenteiliger Befürchtungen das Abitur doch noch geschafft hatten.

Diese Abschlußfeier war Vickys erstes öffentliches Auftreten im Familienverband. Nachdem Rolf sich geweigert hatte, im Jogginganzug zu erscheinen – das Gipsbein hinderte ihn noch immer an einer standesgemäßeren Bekleidung – und Sven sich unter dem Vorwand, seinem Vater Gesellschaft leisten zu müssen, gedrückt hatte, blieb es an Sascha hängen, die männliche Komponente des Clans zu vertreten, wozu er sich nur widerwillig bereitfand. Nicht mal die Aussicht, mit einer nunmehr amtlich sanktionierten und darüber hinaus sehr dekorativen weiblichen Seitendeckung erscheinen zu können, stimmte ihn milder.

»Was soll ich denn da? Mich mit irgendwelchen Müttern, die ich nicht kenne, über ihre Balgen, die ich auch nicht kenne, unterhalten? Und ob es nicht ungerecht ist, daß der Paul oder Emil eine Vier in Latein gekriegt hat, obwohl doch Opa immer regelmäßig die Vokabeln abgehört hat?«

»Du bist ein Idiot!« fertigte ihn Katja ab. »Was glaubst du denn, wo du hingehst? In die Grundschule?«

Daran erinnerte die festlich geschmückte Aula nun wirklich nicht, schon eher an Kirche, was vor allem der weihevollen Stille zuzuschreiben war. Auch die von Lorbeerbaumtöpfen umrahmte Bühne mit dem Rednerpult in der Mitte wirkte ein bißchen sakral. Nur die dahinter aufgereihte Big Band der Schule paßte nicht so ganz ins Bild, obwohl Schlagzeuger und Blechbläser ihre Instrumente noch zugedeckt hatten und nur die Streicher das gedämpfte Stimmengemurmel mit Klassischem untermalten.

Wir waren ziemlich spät dran, denn Vicky hatte sich nicht entscheiden können, welches Teil ihrer Garderobe dem feierlichen Anlaß entsprechen würde, und als sie endlich ihre Wahl getroffen hatte, mußten wir erst den richtigen Kleidersack finden. Jedenfalls sah sie in dem weinroten Kostüm richtig brav aus, also genau so, wie nach ihrer Vorstellung eine Ehefrau in einer deutschen Kleinstadt auszusehen hat. Ich hatte noch einmal mein Schwiegermutterkleid hervorgeholt, bevor es endgültig in der hintersten Ecke des Schrankes verschwinden würde. Was es auch tat, bis ich es drei Jahre später der Rotkreuz-Kleiderstube vermachte.

Als wir die Aula betraten, kam uns Katja schon ungeduldig entgegen. »Wo bleibt ihr denn? Nicki sitzt da drüben in der dritten Reihe und verteidigt mit Zähnen und Klauen eure Plätze.«

»Ich denke, die sind reserviert?«

»Doch nur für die Eltern und nicht für die ganze Sippe. Steffi ist nämlich auch noch nicht da.«

Wenig später kam sie. »'Tschuldigung, aber erst habe ich dieses blöde Kaff nicht gefunden, dann habe ich zehn Minuten lang die Schule gesucht, und als ich die endlich hatte, gab's nirgendwo mehr einen Parkplatz. Jetzt stehe ich irgendwo neben einem Rübenfeld. Keine Ahnung, ob ich den jemals wiederfinde, hier gibt es ja nur Rübenfelder.«

In kluger Voraussicht hatte Katja ihre Schwägerin neben Dr. Greininger geparkt, seines Zeichens Englischlehrer und als solcher befähigt, seiner Nachbarn die wesentlichen Aussagen der nun folgenden Ansprachen zu übersetzen. Er tat es mit einer unerwarteten Bereitwilligkeit und so gründlich, daß Vicky mich später fragte, ob die Reden wirklich so entsetzlich langweilig gewesen seien.

Zuerst sprach der Direx. Der hatte so etwas schon oft getan und faßte sich kurz. Dann kam der stellvertretende Direktor, der mit Beginn des neuen Schuljahres das Amt seines Vorgängers übernehmen würde und noch nicht so geübt war. Seine Ansprache dauerte einundzwanzig Minuten. Danach folgte die Elternbeiratsvorsitzende. Da ihre Tochter auch zu den Schulabgängern gehörte, verabschiedete sie sich nur kurz und übergab ihre Aufgaben mit einigen netten Worten der bereits gewählten Nachfolgerin. Die wiederum brauchte achtzehn Minuten, um sich einzuführen, was ohnehin niemanden interessierte, denn mit ihr würden wir ja nichts mehr zu tun haben. Dann kamen noch der Schulsprecher und zum Schluß die Rede des Einser-Abiturienten.

Es ist mir schon immer ein Rätsel gewesen, weshalb ausgerechnet der Jahrgangsbeste dazu verdonnert wird, die unerläßliche Eloge auf Schule und Lehrerkollegium zu halten. Eine Einskommaund in Mathe und Physik ist doch nicht gleichbedeutend mit Rhetorik, und eine sonst mittelmäßige Schülerin vielleicht viel eher befähigt, eine spritzige, amüsante Rede aufzusetzen. Aber nein, die Tradition will es anders.

Da stand er nun, der arme Kerl, kaum wiederzuerkennen im dunklen Anzug mit Kulturstrick um den Hals – ich hatte ihn immer nur in Jeans gesehen –, blätterte fahrig im mitgebrachten Manuskript, räusperte sich und legte los. Was er sagte, weiß ich nicht mehr, ich hatte Mühe, die Augen aufzuhalten. Opa vor mir war bereits selig entschlummert, und zwei Reihen hinter mir schnarchte es auch schon. Sogar der Direx ganz vorne gähnte alle zwei Minuten verstohlen in sein Programmheft hinein. Wen wundert's? Die musikalischen Einlagen mitgerechnet, hockten wir seit anderthalb Stunden auf unseren Holzstühlen und ließen uns vollblubbern.

Endlich brandete Beifall auf. Es mußten doch noch einige wach geblieben sein. Ob Niels wohl ahnte, daß achtzig Prozent des anhaltenden Klatschens Ausdruck der Erleichterung war?

Nun folgte noch die Zeugnisausgabe, also das von den Zwillingen befürchtete Spießrutenlaufen, wenn die Schüler einzeln nach vorne kommen und sich so dem gesamten Auditorium präsentieren mußten, begleitet von halblaut gemurmelten Kommentaren. »Des Kleid von der Saschkia isch aber scho a bißle arg g'wagt, findsch net au, Albert? Wundre tut's mi gar net, die isch jo scho als Vierzehnjährig mit so em schulterfreie Hemdle rumg'laufe.« – »Wie ka mer bei so aner Figur so an Rock ozieha? Gugg mal g'scheit na, Willi, wenn ich's net besser wüßt, tät ich sage, dä Angelika isch schwanger.« – »Dem Thomas sei Eltern hätte dem Bua amol an richtige Ozug kaufe könne anstatt dem Jäckle, mit dem er scho beim Tanzschtundeball rumglaufe isch. Des Geld dazu hend se doch.« – »Ebe net, Herta, die neue Scheuer isch viel teurer, wie se 'dacht hend.«

Hier kannte eben jeder jeden, ganz besonders dann, wenn man im selben Dorf wohnte. Der liebe Gott weiß alles, aber die Nachbarn wissen mehr!

Dann war auch das überstanden. Kaum hatte Ziegler, Anita, als letzte ihr Zeugnis in Empfang genommen, da setzte ein Run auf die Toiletten ein. Die mit einer weniger sensiblen Blase ausgestatteten Eltern drifteten in die entgegengesetzte Richtung, wo in mehreren Klassenräumen lange Tische aufgebaut waren. Seinen Stuhl hatte bitte sehr jeder selbst aus der Aula mitzubringen. Das kalte Büfett hatte man in den Handarbeitssaal verlegt, da waren die Tische breiter. Mit Vergnügen stellte ich fest, daß die beiden Schüsseln mit meinem Kartoffelsalat schon fast leer waren, obwohl er so gar keine Ähnlichkeit hat mit der hiesigen Variante. Schwäbischer Kartoffelsalat besteht nämlich aus Zwiebeln, Pfeffer, Salz und lauwarmem Wasser. Nimmt man statt dessen Fleischbrühe, schmeckt er ein bißchen besser, aber nicht viel.

Nachdem Vicky ihr Karnickelfutter verdrückt und nichts Eßbares mehr gefunden hatte, das weder Fleisch, Wurst noch Eier enthielt, drängte sie ihren Mann zum Aufbruch. Der hatte jedoch gar keine Lust dazu. Erstens war er noch gar nicht richtig satt, und zweitens hatte er ein paar frühere Klassenkameraden entdeckt. Die Zwillinge hatten sich auf den Schulhof verkrümelt, wo die feierliche Bücherverbrennung stattfinden sollte. Steffi konnte ich auch nirgends finden.

Wieder einmal verwünschte ich Saschas kosmopolitische Anwandlungen. Hätte er nicht etwas Deutschsprachiges heiraten können? Meinetwegen eine Schweizerin, sofern sie nicht gerade aus Bern stammte, oder jemanden aus dem Elsaß? Sogar eine Österreicherin hätte ich in Kauf genommen, obwohl meine eigenen Erfahrungen mit dieser Spezies nur auf dem Logierbesuch von Tante Elfi beruhten, jener nach Amerika ausgewanderten Freundin meiner Mutter, die uns eine Woche lang heimgesucht und sich ausschließlich von Steaks und Whisky ernährt hatte. Abgesehen von den sonstigen Folgen war das eine kostspielige Angelegenheit gewesen. Doch außer Champagner, den wir sowieso nie im Haus hatten, trank Vicky keinen Alkohol, also hätte sie meinethalben ruhig Österreicherin sein können. Aber sie war nun mal Engländerin, sprach außer einigen Höflichkeitsfloskeln noch immer kein Wort Deutsch, und so blieb es wieder einmal an mir hängen, meine Schwiegertochter zu unterhalten. Zum Glück befanden wir uns in einer Schule, und die dazugehörigen Vokabeln lernt man bereits in der ersten Englischstunde. So beschloß ich, ihr das ganze Gebäude zu zeigen. Schon im Physiksaal wurde es schwierig. Was, bitte sehr, heißt Bunsenbrenner auf englisch?

Ohnehin schien Vicky herzlich wenig Wert zu legen auf meine unqualifizierten Erläuterungen, und so war ich heilfroh, als Dr. Greininger unseren Weg kreuzte. »Sie können das doch viel besser!« sagte ich sofort. »Wollen Sie meiner Schwiegertochter nicht mal zeigen, wie eine deutsche Schule von innen aussieht?«

»Auf jeden Fall unmoderner als eine englische«, erwiderte er prompt. »Die sind da drüben viel besser ausgestattet als wir, zumindest auf technischem Gebiet. Fast überall haben sie schon richtige Sprachlabors.«

Dann war Vicky auf die falsche gegangen, sonst hätte sie wenigstens ein *bißchen* Deutsch können müssen. Umgekehrt war ich immerhin in der Lage, mich halbwegs geläufig über das Wetter und neuerdings sogar über die Londoner Sehenswürdigkeiten zu unterhalten.

Ich begab mich auf die Suche nach den Meinen. Sascha laberte noch immer mit seinen Freunden, die Zwillinge vermutete ich in der Aula, wo die Big Band endlich Beat statt Beethoven spielen durfte, was sie im übrigen auch viel besser konnte, und Steffi war nirgends zu finden. Also gesellte ich mich dorthin, wo ich den ungeschriebenen Regeln zufolge hingehörte: zu den Müttern. Nach neun Schuljahren und mindestens drei Dutzend Elternabenden kennt man sie alle. Offenbar hatte man schon auf mich gewartet, denn ich wurde sofort mit Fragen überschüttet. Welche Zukunftspläne denn die Zwillinge hätten und ob es stimme, daß sie als Entwicklungshelferinnen nach Afrika gehen würden.

»Wer hat denn diesen Unsinn aufgebracht?«

Das wußte niemand so ganz genau, aber die Katja habe dem Ritchie erzählt, daß es ihr in Kenia so gut gefallen habe, sie aber nicht einem einzigen Entwicklungshelfer begegnet sei, obwohl die immer noch dringend nötig seien, und überhaupt sollte man viel mehr für die Länder der Dritten Welt tun.

So also entstehen Gerüchte!

Ich beeilte mich, meine Zuhörer über die Berufspläne meiner Töchter aufzuklären. So so, also Lehrerinnen wollten sie werden? Na ja, bei dem nicht gerade überwältigenden Notendurchschnitt der beiden waren die Studienmöglichkeiten natürlich eingeschränkt, und die vielen Aussiedler würden ja auch alle Kinder mitbringen, da brauche man Lehrer. Holger dagegen würde selbstverständlich die juristische Laufbahn einschlagen und später die Kanzlei seines Vaters übernehmen. (Und vermutlich genauso ein Ekel werden wie der Papa, der sich beim letzten Elternabend eine halbe Stunde lang über die fehlenden Parkplätze ausgelassen hatte. Der neue Golf seines Sohnes weise bereits zwei unübersehbare Schrammen auf, lediglich auf das unzumutbare Rangieren zwischen den engen Abstellplätzen zurückzuführen.)

Niels würde natürlich Medizin studieren, Kristina wollte Dolmetscherin werden und Daniel Pilot. Wegen der Stewardessen, hatte Nicki vermutet, denn er galt schon seit etlichen Jahren als Klassen-Casanova. Zwei Anwärterinnen für den Nobelpreis gab es auch schon; Sandra und Anne wollten sich auf die Biochemie und dort wiederum auf die Genforschung werfen, während Heiko das väterliche Gut bewirtschaften würde, wozu er allerdings erst ein Studium der Agrartechnik benötigte. Anscheinend war er nicht auf den Anbau von Zuckerrüben erpicht.

Dagegen konnte ich mit meinen Lehrerinnen in spe natürlich nicht ankommen. So überließ ich die künftigen Akademikermütter den Erörterungen über spätere Verdienstmöglichkeiten ihrer Sprößlinge und verabschiedete mich. Voraussichtlich würde ich sie nie wiedersehen.

In der Aula wackelten die Wände. Die von ihren Lehrern mit so beredten Worten in den Ernst des Lebens entlassenen Abiturienten tobten wie Halbwüchsige durch die Halle, und wer nicht gerade auf der Tanzfläche Freiübungen machte, war anderweitig beschäftigt. Zum Beispiel mit dem Aufblasen von Luftballons, die später in das Büro vom Direx gestopft werden sollten, nach Möglichkeit bis unter die Decke. Andere wieder füllten Pappbecher mit Wasser und bauten sie, immer weiter rückwärts kriechend, dicht an dicht auf dem Fußboden des Lehrerzimmers auf. Langsam bezweifelte ich, daß diese herumalbernden, in ihrem so ungewohnt feierlichen Outfit verkleidet wirkenden Teenies jemals erwachsen werden würden.

Vicky stand unter der Dusche, als ich nach Hause kam, und Sascha in der Küche. »Hast du denn immer noch Hunger?«

»Ich nicht, aber Vicky.«

Auf dem Herd brodelte eine weiße Flüssigkeit. Sascha warf geraspelten Käse hinein, rührte um, fügte Kräutlein hinzu und Gewürze, rührte um, probierte, hobelte noch mehr Käse ab, probierte wieder, goß in diesen zähen Kleister etwas Ketchup hinein, rührte weiter ...

»Was soll das eigentlich werden?«

»Abendessen für Vicky.«

»Ißt man das später mit dem Löffel oder mit der Gabel?«

Ein vernichtender Blick traf mich. »Das wird eine Käse-Sahne-Soße für die Bohnen.« Richtig, da stand ja noch eine Konservendose auf dem Tisch. »Baked beans« las ich. »Stammt nicht von mir. Hast du die etwa gekauft?«

»Vorsichtshalber habe ich einige Büchsen aus England mitgebracht, aber inzwischen habe ich gesehen, daß es die hier auch gibt. Gott sei Dank, denn wir Deutschen sind ja ein Volk von Fleischfressern.«

»Das hat dich bisher nie gestört.«

»Tut's auch jetzt noch nicht, aber du weißt doch, daß Vicky Vegetarierin ist, das schränkt den Radius abwechslungsreicher Kost erheblich ein.«

»Schick sie doch mal in den Garten. Seitdem Sven im vergangenen Jahr den Rasen neu eingesät und dazu die als besonders robust bezeichnete Wiesenmischung verwendet hat, haben wir eine reichhaltige Auswahl an Gewächsen, die mit Rasen nicht die geringste Ähnlichkeit haben. Einige davon sind bestimmt eßbar.«

Unter den bitterbösen Blicken das Küchenchefs verschwand ich lieber. Etwas später wollte ich mir eine Tasse Tee machen und fand Sascha immer noch vor dem Herd stehend. »Warum brauchst du denn so lange für das bißchen Soße? Oder rührst du einen Impfstoff an?«

Er schaute mich gar nicht an, servierte seiner Gattin das Dinner in den oberen Gemächern und ward an diesem Abend nicht mehr gesehen.

Die Zwillinge auch nicht. Lange nach Mitternacht hörte ich sie glucksend und kichernd die Treppe hinaufstolpern. Genau vor meiner Tür machten sie halt. »Ich finde es eine gute Idee, daß wir schon jetzt das nächste Klassentreffen vereinbart haben«, sagte Katja. »Ob man schon Kalender für 1993 kriegt? Irgendwo müssen wir den Termin doch notieren, in fünf Jahren haben wir den sonst längst vergessen.«

»Ich bin neugierig, ob wir uns dann überhaupt noch wiedererkennen werden. Stell dir bloß mal vor, Katja, die Jungs alle ohne Bärte!«

Ich lächelte leise vor mich hin. Wer weiß, was in fünf Jahren sein würde.

Es wurde ruhig im Haus. Das junge Paar hatte unter Hinterlassung der Plüschtiere sowie der Wintergarderobe Svens Behausung bezogen und widmete sich nun intensiv der Wohnungssuche.

Zwar war die fest zugesicherte Neubauwohnung inzwischen tatsächlich fertig geworden, nur hatte der Eigentümer dann doch lieber dem Rentnerpaar mit Cockerspaniel den Vorzug gegeben. Bei Jungverheirateten weiß man nie, ob Nachwuchs kommt, eine Gefahr, die man bei den schon recht betagten Rentnern ausschließen konnte, und der Hund war auch nicht mehr der jüngste. Im Gegensatz zu ihm, dem man notfalls die Schnauze zuhalten konnte, pflegen sich Säuglinge selten an die amtlich verordneten Ruhezeiten zu halten, und sobald aus ihnen Kinder geworden sind, machen sie sowieso immer bloß Krach. Darüber hinaus blieb auch noch dahingestellt, ob eine Engländerin den Anforderungen der schwäbischen Kehrwoche gewachsen sein würde. Sascha konzentrierte seine Suche jetzt mehr auf ein Haus.

Die Zwillinge hatten ihren Babysitterdienst im Zeltlager angetreten. Der anfängliche Enthusiasmus, mit dem sie sich in die völlig ungewohnte Aufgabe gestürzt hatten, war bald verflogen. »Weißt du, was das größte Hindernis ist für ein gutes Verhältnis zwischen Betreuern und Kindern?« fragte mich Nicki am Telefon. Die Antwort gab sie gleich selber: »Kinder!«

»Wie alt sind denn deine Schutzbefohlenen?«

»Zwischen sechs und neun, also genau die Altersgruppe, die ich mir später mal aufhalsen will. Ob ich nicht doch lieber Archäologie wählen soll? Da sind die Studienobjekte nicht so entsetzlich lebendig.« Ein tiefer Seufzer kam durch den Hörer. »Na ja, vielleicht muß man berücksichtigen, daß die Kids jetzt Ferien haben. Im Klassenzimmer kann ich sie wenigstens zusammenstauchen. – Ach ja, Määm, was ich noch fragen wollte: Was macht man, wenn sich so ein Gör drei Hände voll Seesand in den Mund stopft? Ich hab' ihm erst mal einen halben Liter Wasser verordnet. War das richtig?«

»Keine Ahnung, aber paß auf, daß es jetzt nicht noch Zement frißt!«

Katja hatte andere Probleme. »Also eins weiß ich mit Sicherheit«, sagte sie überzeugt, »Religionsunterricht gebe ich nie! Wir hatten heute früh einen ökumenischen Gottesdienst, echt locker aufgezogen das Ganze, sogar den drei Moslems hat es gefallen.

Als ich hinterher unser verzogenes Architektensöhnchen gefragt habe, ob es eigentlich weiß, was ›Preiset den Herrn‹ bedeutet, da sagt dieser Knabe doch prompt: ›Bezahlt den Mann!‹ – Mir ist glatt die Kinnlade runtergeklappt. Was soll ich denn machen, wenn ich später mal so einen Typ in meiner Klasse habe?«

»Hoffen, daß er katholisch ist.«

An sich hätte ich jetzt genug Zeit gehabt, mich an die Schreibmaschine zu setzen und an meinem seit Monaten ruhenden Manuskript zu arbeiten. Ich versuchte es sogar, doch es kam nichts dabei heraus. Die ungewohnte Stille im Haus war mir unheimlich. Hatte ich früher leise geflucht, wenn alle zehn Minuten jemand in mein Zimmer getrampelt war und meine geistigen Höhenflüge unterbrochen hatte, so fehlten mir jetzt diese ewigen Störungen. Ich wurde ja überhaupt nicht mehr gebraucht! Wie sollte das erst werden, wenn die Mädchen ihr Studium aufgenommen hätten? Dann würden sie bestenfalls nur noch zum Wochenende zu Hause sein. Zwar näherte ich mich in beängstigendem Tempo dem Rentenalter, doch so ein beschauliches Ruhestandsdasein war das Letzte, was ich mir vorstellen konnte. Keine Jugend mehr im Haus, dafür doppelt soviel Ehemann und halb soviel Geld.

Und dann war endlich wieder alles beim alten. Die Zwillinge kamen zurück. Außer zwei Koffern voll Dreckwäsche hatten sie eine herrenlose Wüstenspringmaus mitgebracht, die der eigentliche Besitzer im Trubel der Abreise wohl vergessen hatte, und als ich mich über Lebens- und Ernährungsgewohnheiten dieses Winzlings kundig gemacht hatte, benutzte er seine abendliche Freilaufstunde zur Flucht in den Garten, wo wir ihn natürlich niemals wiederfanden. Den verwaisten Käfig bezog ein Streifenhamster namens Elvira, der wenig später aus biologischen Gründen in Elvirus umgetauft wurde. Zur Zeit haben wir Elvirus den Vierten.

Mitte September begaben wir uns auf »Budensuche«, und bereits im Oktober hätte ich ohne weiteres in Heidelberg Taxifahrer werden können. Zuerst versuchten wir es über Makler. Die meisten winkten gleich ab, weil sie entweder erst gar keine Studenten vermittelten (»Was können denn diese jungen Leute schon zahlen?«) oder nichts Geeignetes im Angebot hatten und mit Sicherheit auch nicht bekämen. Das waren die mit den futuristischen Büros in der Innenstadt und bebildertem Katalog, in dem die Mieten bei zweieinhalbtausend Mark anfingen. Nur einer zeigte sich interessiert. Er wollte wissen, wieviel wir denn auszugeben bereit wären, und als ich ihm die Summe nannte, meinte er, man könne auch über einen geringeren Betrag reden, sofern die Mädchen an seinen monatlich stattfindenden Herrenabenden teilnähmen. Da sich dieser Dialog am Telefon abspielte, ist diesem Prachtexemplar seiner Zunft die wohlverdiente Ohrfeige erspart geblieben.

Als nächstes probierten wir es mit Anzeigen. Erst waren sie sachlich, dann betont originell im Stil von »Suche Badezimmer mit kleiner Wohnung drumherum«, aber das nützte auch nichts. Angebote hatten wir bekommen, doch was für welche?

Da war zum Beispiel die gemütliche Dachgeschoßwohnung in einem romantischen Bauernhaus, etwas außerhalb gelegen. Kein Problem, die Zwillinge waren ja motorisiert. Das Haus war wirklich hübsch, nur lag die angepriesene Wohnung über dem ehemaligen Kuhstall und war vermutlich der Heuboden gewesen. Die Pumpe im Hof funktionierte noch, doch es war ohnehin eine Wasserleitung nach oben geplant. Sollten wir uns zur Anmietung der zwei Zimmer nebst Kochgelegenheit im Flur entschließen können, würde man die Sache sofort in Angriff nehmen. Wir verzichteten dankend.

Danach besichtigten wir die Zweizimmerwohnung mit offenem Kamin, allerdings im Souterrain gelegen, dafür aber mit Blick in den Garten. Auch gut, Grün soll bekanntlich für ein ausgeglichenes Gemüt sorgen, was sich dann hoffentlich auch auf den Lerneifer der Mädchen auswirken würde.

Hinter dem mit einem großen Schlüsselbund bewaffneten Hauseigentümer stiegen wir in die Tiefen des Sechsfamilienhauses hinab. »Hier ist das eine Zimmer«, sagte er, eine stählerne Tür öffnend.

»Ach ja?« Mehr brachte ich nicht heraus. Lediglich das Metallgitter war von dem ganz normalen Kellerfenster entfernt worden, und die nackten Wände hatte man mit einer himbeerfarbenen Kalkschicht übertüncht. Trotzdem blieb dieser Raum, was er nun einmal war: ein Keller, wenn auch mit Zentralheizung. »Das sieht gleich ganz anders aus, sobald da erst mal ein Teppichboden liegt und Möbel drinstehen«, versicherte uns dieser Gemütsmensch, knipste die 25-Watt-Funzel aus und schloß die Tür. »Das Kaminzimmer liegt schräg gegenüber.«

Es unterschied sich von dem anderen nur durch den an der rechten Seite liegenden Kaminschacht. Dort, wo vermutlich das kleine Türchen für den Schornsteinfeger hingehört hatte, gähnte eine Öffnung. »Können Sie sich vorstellen, wie gemütlich es ist, wenn dort ein munteres Feuerchen prasselt?«

Nun habe ich von Schornsteinen herzlich wenig Ahnung, aber als sich unser Nachbar nachträglich einen Kamin ins Wohnzimmer bauen ließ, mußte das halbe Haus auseinandergenommen und ein zusätzliches kupfernes Ungetüm aufs Dach gesetzt werden. Bei dem Versuch, in diesem Loch hier ein Feuer zu entzünden, würde vermutlich die ganze Bude in die Luft fliegen.

»Und wo ist die Küche?« wollte Nicki wissen. Immerhin war die ja als besonders großzügig und sogar als Wohnküche geeignet angepriesen worden.

»KüBa bitte«, verbesserte Herr Weber, »die ist am Ende vom Gang.«

Bevor wir fragen konnten, was unter einer KüBa zu verstehen sei, wußten wir es. Die ehemalige Waschküche, dank eigener Waschmaschinen von den Mietern nicht mehr benutzt, verfügte über die notwendigen Installationen, um dieses Gemäuer als Küche auszuweisen. Ein ausrangierter Elektroherd aus den frühen sechziger Jahren sollte wohl beweisen, daß man hier schon lange keine Wäsche mehr kochte. »Der Herd ist übrigens im Mietpreis inbegriffen, genau wie die ganz neu installierte Dusche.«

Die hatte ich noch gar nicht gesehen. Sie war hinter einer geriffelten Plastikwand verborgen, bestehend aus jenem Material, mit dem man einen Geräteschuppen abzudecken pflegt. Hinter dieser Wand verbargen sich ein Gestänge vom Typ Freibad (»Vor Benutzung des Beckens bitte gründlich abduschen!«) und zwei Meter daneben eine Toilette. An einem zehn Zentimeter langen Nagel hing eine Klopapierrolle. Das also war das Bad. Und das Ganze nannte sich Küche-Bad, also KüBa. Logisch.

»Schön groß sind die Räume ja wirklich«, sagte Katja mit todernster Miene, obwohl sie sich kaum noch das Lachen verkneifen konnte, »aber mich würde jetzt noch interessieren, wohin eigentlich die ganzen anderen Türen führen.« Sie deutete auf den Gang.

»Das sind die Keller der Mieter.«

»Wohnen die auch da drin?«

»Natürlich nicht, doch zu jeder Wohnung gehört selbstverständlich ein Abstellraum.«

»Aha. Wenn ich also von meinem Kaminzimmer die sechs oder acht Meter ins Bad will, muß ich ständig damit rechnen, daß mir jemand begegnet, der sein Eingemachtes holen will oder sein Rad in den Keller bringt.«

»Keine Sorge, Fräulein, das kommt bestimmt nicht oft vor. Ich treffe hier unten ganz selten mal jemanden.«

»Uns auch nicht!«

Auf die Besichtigung des Gartens, von dem wir durch die Fensterluke ein paar Grashalme gesehen hatten, verzichteten wir. Ebenso auf die Erkundung jener Dachgeschoßwohnung in unverbaubarer Hanglage mit Blick über die Stadt. Als Nicki die zirka neunzig Stufen bis zum tiefergelegenen Parkplatz sah, war sie bedient. »Stellt euch das bloß mal im Winter bei Schnee und Glatteis vor.«

»Da gibt es bestimmt noch einen anderen Zugang«, vermutete ich. Den gab es tatsächlich. Er führte um den Berg herum, war schätzungsweise einen Kilometer lang und nur zu Fuß begehbar. Kein Wunder, daß dieses hoch oben thronende Häuschen keine Nachbarn hatte.

Das Semester hatte längst begonnen, und noch immer fuhren die Mädchen jeden Tag die siebzig Kilometer nach Heidelberg. Und wieder zurück. An manchen Tagen hatten sie nur eine Vorlesung, an anderen wieder saßen sie acht Stunden im Hörsaal. Oft gab es lange Pausen zwischen zwei Seminaren, dann hockten sie in irgendeinem Café oder bummelten durch die Fußgängerzone, was auf die Dauer etwas kostspielig wurde. Nicht wegen der zwei Tassen Cappuccino, sondern wegen der Schaufensterauslagen.

»Das ganze Studentenleben schwappt an uns vorbei«, beschwerte sich Katja. »Heute ist Medizinerball, und wir konnten nicht hin. Entweder hätten wir mitten in der Nacht Auto fahren müssen, dürften also nichts trinken, oder wir müßten im Schlafsack in der Mensa pennen. Dabei herrscht bei den Medizinern akuter Frauenmangel. Im Gegensatz zu uns, da kloppen sich zweihundertdreißig weibliche Erstsemester um siebenundzwanzig Männer. Und die kannste bis auf zwei Ausnahmen alle in der Pfeife rauchen.«

Jeden Mittwoch und jeden Samstag stürzten wir uns gemeinsam auf die Wohnungsanzeigen – ich hatte sämtliche im Kreis Heidelberg erscheinenden Zeitungen abonniert –, telefonierten eine Gebühreneinheit nach der anderen herunter, schrieben individuell abgefaßte Bewerbungen und bekamen entweder gar keine oder negative Antworten. Zum erstenmal versuchte ich sogar, mit meinem »Künstlernamen« zu hausieren, aber das brachte auch nichts. Die meisten hatten noch nie etwas von Evelyn Sanders gehört (solche Vermieter waren eben nicht belesen genug, wären also ohnehin nicht in Betracht gekommen, man weiß ja, was man sich schuldig ist!!!), und die zwei anderen (Frauen, was denn sonst?) hatten zumindest schon mal eines meiner Bücher gelesen und hätten auch »Liebend gern« die entzückenden Zwillinge aufgenommen, nur hatten sie leider Luxuswohnungen der oberen Preisklasse zu bieten. »Es dürfte Ihnen doch nicht schwerfallen, die Miete aufzubringen. Bei Ihrem Einkommen ...«

Haha! Die eine kam aus der Fleischbranche, die andere war Gattin eines Installateurs. Mit Verlegern hatten beide noch nie etwas zu tun gehabt. Deshalb!

Schließlich versuchten wir es mit Angeboten, in denen die offerierte Wohnung mit zusätzlichen Bedingungen verknüpft war. Die »Leichte Gartenarbeit« entpuppte sich als Pflege eines halben Hektar großen Erdbeerfeldes, und die zweimal wöchentlich vorzunehmende Reinigung des Treppenhauses mit vierzehn Wohneinheiten schloß auch winterliches Schneeschippen ein. Da es sich um ein Eckhaus mit Hinterhof handelte, wäre das ein tagesfüllendes Programm gewesen. Auch die »stundenweise Betreuung einer älteren Dame« war nicht das, was sich die Zwillinge vorgestellt hatten.

»Mal einkaufen gehen oder Geschirr spülen werden wir schon hinkriegen«, meinte Katja zuversichtlich. »Kamillentee kann ich auch kochen. Und Nicki kann ihr immer die Bildzeitung vorlesen.« Entsprechend optimistisch waren sie zwecks Besichtigung von Wohnung und Dame losgezogen. Mit langen Gesichtern kamen sie zurück.

»Die Wohnung hätten wir sofort genommen, aber die kriegt man nur mit Anhang«, erzählte Nicki. »Frag bloß nicht, mit was für einem.«

»Von wegen ältere Dame«, fuhr Katja fort, »die hat uns nämlich die Tür aufgemacht, und da habe ich mich schon gewundert, weshalb sie betreut werden sollte. Schick angezogen und noch ganz flott auf den Beinen.«

»Wie alt?«

Fragend sah sie ihre Schwester an. »Was meinst du?«

»Irgendwo zwischen fünfundfünfzig und sechzig, würde ich sagen.«

»Danke!!!«

Erschrocken wandte sich Katja zu mir. »Ich glaube, da hat sich Nicki verschätzt. Die war bestimmt schon dicke über sechzig.«

»Jedenfalls zeigte sie uns erst die Wohnung, damit wir auf den Geschmack kommen«, nahm Nicki den Faden wieder auf, »und dann folgte das Aber.«

»Die zu betreuende ältere Dame ist mindestens neunzig, bettlägerig und hat einen an der Waffel. Als sie uns sah, fing sie an zu kreischen, wir wollten sie bestehlen und anschließend vergiften, oder umgekehrt, weiß ich nicht mehr, jedenfalls ist sie total gaga. Unterm Bett stand so 'ne Schüssel, wie man sie in Krankenhäusern kriegt, wenn man nicht aufstehen darf, auf 'm Tisch lag ein Paket Pampers, und mit der Flaschenbatterie drumherum kannste 'ne ganze Apotheke bestücken. Die braucht 'ne ausgebildete Krankenschwester und keinen, der ihr erbauliche Bücher vorliest!« schloß Katja erbost.

»Habt ihr denn das nicht gesagt?«

»Haben wir, doch die Tochter meinte, es käme ja täglich zweimal jemand vom sozialen Hilfsdienst oder so ähnlich, aber sie selbst arbeite halbtags, und dann müsse einer in der Wohnung sein. Für alle Fälle.«

Nun waren wir zwar um eine Erfahrung reicher geworden, doch eine Bleibe für die inzwischen restlos frustrierten Mädchen hatten wir noch immer nicht. Über das Studentenhilfswerk hatte Rolf versucht, zwei Zimmer in einem der städtischen Wohnheime zu bekommen. »Erstens sind die alle belegt, und zweitens sind wir nicht berechtigt«, teilte er uns nach dem ich weiß nicht wievielten Telefonat mit. »Studentenwohnheime stehen nur minderbemittelten Anwärtern zu.«

»Wenn wir die in Heidelberg üblichen Mietpreise zahlen müssen, sind wir in einem halben Jahr auch minderbemittelt«, sagte ich erbittert. »Wieso sind wir denn nicht berechtigt?«

»Wir zahlen keine Lohn-, sondern Einkommensteuer. Folglich sind wir nach Ansicht dieser Bürohengste begütert und somit in der Lage, tausend Mark Miete monatlich hinzublättern.«

»Bleibt also bloß noch WG.« Ich hatte mich zwar davon überzeugen lassen, daß Wohngemeinschaften heutzutage anders aussahen als noch vor zwanzig Jahren, wo sie samt barbusiger Uschi Obermeier als Ausdruck moralischer Verkommenheit durch einschlägige Illustrierte gegeistert waren, aber daß ich meine Töchter gern in so einer Sammelunterkunft gesehen hätte, kann ich nicht behaupten.

Katja wiegelte auch sofort ab. »Kommt nicht in Frage! Da weißte nie, von wem der Dreckrand in der Badewanne stammt.« Trotzdem streckte sie ihre Fühler in dieser Richtung aus, zog sie aber bald wieder ein, weil keine WG auch nur ein Zimmer, geschweige denn zwei anzubieten hatte. Trennen wollten sich die beiden jedoch auf keinen Fall.

Mittlerweile war es Winter geworden mit Morgennebel und Abendnebel, mit erstem Glatteis auf den Straßen und gelegentlichem Schneegestöber. Und immer noch fuhren die Mädchen tagtäglich nach Heidelberg und wieder zurück. Von morgens bis abends lief das Radio, damit ich ja auch keine Verkehrsdurchsage verpaßte und bei Verspätungen die Zwillinge lediglich im Stau und nicht im Unfallwagen vermuten mußte.

»Wenn wir mal überhaupt nicht kommen, dann ist die Ente endgültig verreckt, und wir sitzen am Straßenrand«, bereitete mich Katja auf die demnächst eintretende Wahrscheinlichkeit vor. »An das undichte Dach haben wir uns gewöhnt, aber wenn in Kürze der Boden restlos durchgerostet ist, könnte die Sache unangenehm werden.«

Statt in Maklergebühren und Mietkaution investierten wir die dafür vorgesehenen Gelder notgedrungen in einen Gebrauchtwagen. Es war nur ein ganz kleiner, aber er war wasserdicht und erst fünf Jahre alt. Nach Ansicht des Händlers würde er die Gesamtstudienzeit der Zwillinge auch noch überdauern.

In unserer Nachbarschaft wurde eine Doppelhaushälfte frei. Die jetzigen Mieter, Freunde von uns und nunmehr Besitzer eines dreiviertelfertigen Eigenheims, planten bereits den Umzug. »Spätestens Anfang Februar sind wir draußen«, prophezeite Klaus optimistisch, »es fehlen nur noch ein paar Kleinigkeiten wie Badewanne, Wasserhähne, Heizöltanks und die Treppe zur Haustür. Teppichböden sind auch noch nicht drin, und in die Garage läuft Wasser rein. Aber das kriegen wir auch noch hin.«

»Habt ihr schon Nachmieter?«

»Ach was, das hat noch Zeit. Unser Hauswirt weiß noch nicht mal, wann wir ausziehen. Der kriegt den Schuppen doch sofort los. Sobald bekannt ist, daß hier was frei wird, stehen die Bewerber Schlange.«

»Eben! Gib mir mal die Adresse!«

Ich weiß heute noch nicht, wie Sascha es geschafft hat, seine insgesamt siebenunddreißig Konkurrenten auszubooten, doch er bekam den Zuschlag. »Ich glaube, das habe ich *Frau* Gerold zu verdanken. Als die nämlich hörte, daß ich im Schloßhotel arbeite, war sie hin und weg. Da hat sie doch vor einem halben Jahrhundert ihre Hochzeit gefeiert, und weil das so arg schön gewesen ist und die Ober alle so nett waren, glaubt sie wahrscheinlich, daran habe sich bis heute nichts geändert. Und als der Alte dann auch noch Vicky sah, war sowieso alles gelaufen. Die hat ihn glatt um den Finger gewickelt. Er hat sie zwar nicht verstanden, aber das hat ihn nicht gestört. Er habe auch noch nie einen so hervorragenden

Tee getrunken, hat er gesagt, da merke man doch gleich, daß das echt englischer sei.« Sascha grinste. »Da kannste mal sehen, wie sich die Leute beeinflussen lassen. Das war nämlich Tütentee von Aldi. Bloß das Service war englisch.«

»Ist der euch etwa auf die Bude gerückt?«

»Na klar. Als echter Schwabe wollte er sich vergewissern, daß wir nicht zwischen Kellerregalen und Obstkisten hausen. Daß die Möbel alle Sven gehören, habe ich natürlich nicht gesagt.«

Als Anfang März das erste Semester zu Ende war, hatten Vicky und Sascha ihr neues Heim bezogen, Sven war wieder in sein Apartment zurückgekehrt, nur die Zwillinge fuhren weiter Autobahn.

»Vielleicht klappt es ja jetzt zum Frühjahr«, tröstete ich Katja, die mal wieder einen Tiefpunkt erreicht hatte und heulend in ihrem Zimmer saß. »Nach den Staatsexamen werden doch bestimmt haufenweise Zimmer oder sogar Wohnungen frei.«

»Ach, die sind doch längst schon wieder unter der Hand vergeben. Wir haben ja kaum Kontakt zu anderen Studenten, höchstens mal in der Mensa, aber bei Hackbraten mit gemischtem Salat kannste keine Beziehungen aufbauen. Und ohne Beziehungen läuft in Heidelberg gar nichts«, schniefte sie. »Ist ja lieb, daß du mich trösten willst, aber Trost wohnt im Himmel. Und wir sind leider bloß auf der Erde.«

## 10

»Ich hab' mal den SPERRMÜLL mitgebracht, vielleicht steht da was drin.« Nicki legte eine Zeitung auf den Tisch, von der ich noch nie etwas gehört hatte.

»Komischer Name!«

»Ist ja auch 'ne komische Zeitung. Nur Anzeigen.«

Und was für welche! Da suchte jemand einen Originalauspuff für ein Käfermodell aus dem Jahre 1972, ein anderer offerierte zwei gebrauchte Karnickelställe, eine noch bis zum Jahresende gültige Plakette für die Schweizer Autobahnen wurde angeboten und gleich daneben zwei Eintrittskarten für *Cats*. Einen Wohnungsmarkt gab es allerdings nicht, die jeweiligen Objekte fanden sich unter der Rubrik Vermietungen und umfaßten die ganze Palette von »Vier-Zimmer-Luxuswohnung, Einbauküche und Gardinen müssen übernommen werden« bis zu »Schlafstelle für Wochenendheimfahrer«. Einige normal klingende Angebote waren auch darunter. Leider alle mit Chiffre-Angaben.

»Kein Mensch inseriert mehr mit seiner Telefonnummer«, erläuterte Nicki, »weil der Apparat von morgens um sechs bis Mitternacht bimmeln würde.«

Einen ganzen Tag lang brüteten die Zwillinge über einem Standardbrief (nie ist der Mensch so vollkommen wie in seinem Bewerbungsschreiben!), dann hatten sie endlich den vermeintlich richtigen Text. Danach waren sie zwei strebsame und ruhige Studentinnen (anscheinend hatten sie noch nie etwas von Fernseher oder Stereoanlage gehört), Nichtraucher (was ausnahmsweise stimmte), ohne Anhang (zumindest ohne festen), tagsüber selten und am Wochenende nie zu Hause. Genaugenommen bewarben sich da zwei Mädchen um eine Wohnung, die sie eigentlich gar nicht brauchten, weil sie ohnehin nicht da waren.

Und dann warteten wir mal wieder auf Antwort, doch an den künftigen Lehrerinnen schien kein Vermieter interessiert zu sein. Bis auf einen. Der rief abends gegen sechs Uhr an, als Nicki Telefonwache schob. »Wie bitte? Ja, warum denn? weiß ich nicht so genau, ich gebe Ihnen mal meine Mutter.« Sie hielt den Hörer zu. »Du, ich glaube, das ist ein Spinner. Oder ein Obszöner. Der will wissen, wie groß wir sind. Kannst du mal mit ihm reden?«

»Und ob!« Die männliche Stimme am anderen Ende klang recht sympathisch. »Wundern Sie sich bitte nicht über meine Frage, aber jeder, der über einsachtzig ist, kommt nicht in Betracht.«

»Weshalb nicht? Haben Sie etwas gegen große Menschen?« Wahrscheinlich war das ein zu kurz Gekommener, der es haßte, zu seinen Mietern aufsehen zu müssen.

»Nein, gar nicht«, antwortete er, »ich bin ja selber nicht gerade klein. Aber die Wohnung, um die es sich handelt, hat nur eine lichte Höhe von zwei Metern. Und schräge Wände. Entsprechend niedrig sind die Türen. Verstehen Sie jetzt, was ich meine?«

O ja. Leute mit Gardemaß würden nach kurzer Zeit an Gehirnerweichung leiden oder infolge ständigen Gebücktgehens Bandscheibenprobleme bekommen. »Wäre einsvierundsiebzig noch zulässig?«

Das ginge gerade noch, bestätigte mein Gesprächspartner, vorausgesetzt, die Bewohner würden auf Hängelampen verzichten. Das war einzusehen.

Wo sich denn die Wohnung befinde, wollte ich wissen. In Dossenheim, von Heidelberg gesehen gleich am Ortsanfang, keine zehn Minuten von der Uni entfernt. »Ihre Töchter können sogar mit dem Rad fahren, da gibt es eine Abkürzung durch die Schrebergärten.«

Der Mann wurde mir immer sympathischer. »Ab wann wäre denn die Wohnung frei?«

»Das ist sie schon. Es gibt nur einen kleinen Haken bei der Sache.«

Aha, jetzt kam der Pferdefuß. »Und welchen?«

»Es müßte ein bißchen renoviert werden.«

Na, wenn's weiter nichts war. Im Renovieren waren wir inzwischen Experten. Steffi konnte bereits tapezieren wie ein Maler-Azubi im zweiten Lehrjahr, Sven hatte die Erfahrung gemacht, daß das Verlegen von Steinplatten, was auch zu seiner Ausbildung gehört hatte, wesentlich komplizierter war als das Kleben von Teppichböden, und mit Pinsel und Farbe konnte sogar *ich* schon umgehen. »Kein Problem«, sagte ich denn auch zuversichtlich. »Wann können wir uns die Wohnung ansehen?«

»Wann Sie wollen.«

»Schon morgen?«

»Aber sicher. Paßt Ihnen fünfzehn Uhr?«

Natürlich paßte es uns, wir wären auch mitten in der Nacht gekommen. »In Ordnung, dann warte ich vor dem Haus auf Sie. Schillerstraße 42.«

Auf dem Weg nach Dossenheim stellten wir Vermutungen an. »Eins ist mal sicher, die Wohnung liegt unterm Dach, sonst hätte sie keine schiefen Wände«, folgerte Katja.

»Schräge Wände«, verbesserte Nicki. »Ob sie auch schief sind, stellt sich spätestens dann heraus, wenn die Tassen im Schrank immer nach einer Seite rutschen.«

»Hat der Herr – wie heißt der eigentlich? Propkowicz? Wer soll sich denn das merken? – also hat der nicht was von verkehrsgünstiger Lage gesagt? Paß auf, Nicki, da geht unten entweder die Autobahn lang, oder wir haben den Bahnhof vor der Nase.«

»Nun wartet doch erst mal ab!«

Das Haus Schillerstraße 42 erwies sich als vierstöckiger Kasten aus der zweiten Adenauer-Ära, direkt an der vierspurigen Durchgangsstraße nach Heidelberg gelegen. Ich sah an der dunkelgrünen Fassade empor. »Ganz oben hört man bestimmt nicht mehr soviel von dem Krach. Und wenn euer Auto mal wieder nicht anspringt, könnt ihr wenigstens die Straßenbahn benutzen.« Die fuhr nämlich auch noch vorbei.

Herr Propkowicz erwartete uns schon. »Na, dann wollen wir mal«, sagte er nach der Begrüßung und schloß die Haustür auf. »Hoffentlich sind Ihre Töchter gut zu Fuß, einen Fahrstuhl gibt es leider nicht.«

Nach sechsundachtzig Stufen waren wir oben angekommen. »Uff«, stöhnte Nicki, »und das mit 'm vollen Einkaufskorb und drei Aktenordnern unterm Arm. Oder mit 'ner Sprudelkiste.«

»Ach was«, winkte Katja ab, »du mußt mal die positive Seite sehen! Was meinste, wie viele Kalorien wir dabei loswerden.«

Im Gegensatz zum Treppenhaus, das frisch gestrichen worden war und einen gepflegten Eindruck machte, schien die Wohnung zum letztenmal während der Regierungszeit von Kanzler Kiesinger renoviert worden zu sein. Das konnte man an den Tapetenresten erkennen. Damals hatten wir auch solche großgemusterten Scheußlichkeiten an den Wänden kleben. Die Linoleumböden waren auch nicht viel jünger.

»Ich hatte Sie ja vorgewarnt.« Klang Herrn Propkowicz' Stimme nicht etwas kleinlaut? Kopfschüttelnd öffnete er nacheinander die Zimmertüren. »So schlimm hatte ich das gar nicht mehr in Erinnerung.« Zwei Pärchen hätten bis vor kurzem hier gewohnt, Musiker oder Schauspieler, so genau wüßte er das nicht mehr, doch da sie bei ihrem Einzug die Wohnung im damaligen Zustand übernommen hatten, durften sie sie auch ohne Renovierung wieder verlassen. »Allerdings hat sie vor zwei Jahren noch etwas anders ausgesehen.« Mit spitzen Fingern zog er ein Stück Sonnenblume von der Wand. »Ursprünglich ist die Tapete mal gelb gewesen.«

Während ich noch fassungslos in der Diele stand, hatten die Mädchen schon die drei Zimmer besichtigt. »Komm mal her, Mäām, von hier hat man einen phantastischen Blick.«

»Wenn ich mein Bett direkt unter das Fenster stelle, kann ich nachts immer in die Sterne gucken«, sagte Nicki träumerisch.

»Sofern welche da sind. Aber wenn du es aufläßt und es fängt zu regnen an, kannste dir morgens das Duschen sparen.«

Anscheinend störte der ramponierte Zustand dieser Kleinstwohnung die beiden überhaupt nicht. Insgeheim betete ich, sie mögen einen Rückzieher machen, doch sie richteten sich bereits in Gedanken ein. »Wer das größere Zimmer kriegt, müssen wir noch ausknobeln, aber aus dem anderen kann man auch was machen. Und das hier vorne nehmen wir als Gemeinschaftsraum mit Eßecke«, bestimmte Katja.

Herr Propkowicz schmunzelte. »Ich habe fast den Eindruck, Ihnen gefällt die Wohnung?«

»Na klar«, kam es unisono zurück. »Die machen wir uns schon zurecht. Würden Sie uns denn als Mieter akzeptieren?«

»*Ich* schon, doch das Haus gehört meiner Schwiegermutter, die hat das letzte Wort.« Er musterte die Mädchen von den Jeans bis zu den etwas wilden Mähnen. »Aber ich glaube nicht, daß sie etwas gegen Sie einzuwenden hat. Hier im Haus wohnen noch mehr Studenten.«

»Wann könnten wir denn einziehen? Vorausgesetzt, Ihre Schwiegermutter ist einverstanden.«

Herr Propkowicz überlegte. »Heute haben wir den Zweiundzwanzigsten. Ich würde sagen, wir datieren den Mietvertrag auf den fünfzehnten April, aber die Schlüssel bekommen Sie schon, sobald meine Schwiegermutter ja gesagt hat. Ein paar Wochen werden Sie ja doch brauchen, um diesen Saustall bewohnbar zu machen. Vorher schicke ich noch einen Elektriker her, damit er die

Leitungen überprüft.« Gleich nachher würde er mit seiner Schwiegermutter einen Termin ausmachen, zu dem sich die Zwillinge vorstellen könnten, und dann würde er uns Bescheid geben. »Eigentlich ist das nur eine Formsache, aber die alte Dame legt nun mal Wert darauf. Sonst kümmert sie sich nie um das Haus, den Ärger damit überläßt sie mir.«

Schon zwei Tage später waren die Zwillinge erneut auf dem Weg nach Dossenheim, diesmal in sonst nur feierlichen Gelegenheiten vorbehaltenen Röcken und braven Hemdblusen. Katja hatte ihre Tolle in einem sittsamen französischen Zopf gebändigt, Nicki trug Pferdeschwanz. Sie sahen nicht nur entsetzlich bieder, sie sahen regelrecht verkleidet aus.

»Fürchterlich«, sagte Katja nach einem letzten prüfenden Blick in den Spiegel, »aber was tut man nicht alles für eine Wohnung. Alte Frauen haben nun mal was gegen modisches Outfit.«

Das war auf mich gemünzt! Hatte ich doch kürzlich gewagt, Katjas senfgelben Blazer mit dem großen Überkaro als »reichlich geschmacklos« zu bezeichnen und farbliche Parallelen zu jener Zeit zu ziehen, als ich im BDM-Look herumlaufen und dieses mostrichfarbene, Kletterweste genannte Affenjäckchen tragen mußte.

»Es hat geklappt!« jubelte Nicki ins Telefon. »Wir haben die Schlüssel! Jetzt gehen wir erst mal in die Wohnung zum Ausmessen, und dann besorgen wir gleich Farbe. Wenn die Zeit reicht, suchen wir auch noch Tapeten aus. Ich habe übrigens gewonnen!«

»Gewonnen? Was denn?«

»Das größere Zimmer.«

Die Zeit reichte natürlich nicht. Den ganzen Nachmittag lang waren die Mädchen damit beschäftigt, Länge mal Breite mal Höhe abzüglich Dachschräge im Winkel von soundsoviel Grad zu ermitteln und maßstabgerecht auf Millimeterpapier zu übertragen. Daß ihre Berechnungen vorne und hinten nicht stimmten, stellte sich erst heraus, als sie die Möbel plazieren wollten. »Es kann ja vorkommen, daß man sich mal um ein paar Zentimeter irrt, aber doch nicht um ganze anderthalb Meter!« schimpfte Katja. »Soll Nicki doch sehen, wie sie den Unterschrank wieder los wird, der geht nicht mehr in die Küche rein. Ich hab' ja gleich gesagt, daß da was nicht stimmen kann, aber sie hat behauptet, sie habe dreimal nachgemessen.«

Doch so weit waren wir noch lange nicht. Nachdem der Streit geschlichtet war, ob die Küche hellblau oder hellgrün gestrichen werden solle – den Ausschlag gab schließlich die Tatsache, daß die grünen Folien, mit denen die unansehnlichen Kacheln überklebt werden sollten, »einfach ätzend« aussahen und nur die blauen in Betracht kamen –, rückte die Malerbrigade an, bestehend aus Stefanie, die ein paar Urlaubstage opferte, und Sven, der schon lange nicht mehr krank gewesen war und fand, er müßte endlich mal die ihm zustehende Grippe nehmen.

Währenddessen räumten die Zwillinge ihre Sparkonten ab und gingen auf Möbelsuche. Als beratende und, wie sie insgeheim hofften, auch mal zahlende Institution durfte ich mitkommen. Zuerst ins Teppichgeschäft. Dort wurden wir gleich in die Resteabteilung verwiesen. »Ich weiß ja nicht, wofür Sie eigentlich die Teppichböden brauchen, denn die Maße sind etwas ungewöhnlich. Sind sie für eine Gartenlaube oder ähnliches gedacht?«

Nach kurzer Inspektion entschied sich Nicki für grauen Velours. »Sonderposten stand auf der Rolle. »Der ist zwar nicht breit genug, aber billig. Wird eben gestückelt. Rechts soll sowieso der Kleiderschrank hin, da sieht man das gar nicht.«

Katja suchte etwas in Lila. »Die hat doch 'ne Meise, nicht wahr, Määm? Jetzt hat sie schon so einen winzigen Raum, und dann verkleinert sie ihn auch noch optisch.«

»Ich will eine fliederfarbene Tapete, also brauche ich einen passenden Teppichboden. Ist ja mein Bier, oder?«

Für den Wohn-, Eß-, Fernseh- und Aufenthaltsraum fanden wir etwas Preiswertes, das ein bißchen nach Heidschnuckenfell aussah, aber auch noch für die Diele reichte, und in die Küche sollte ein auf Parkett getrimmter Kunststoffboden kommen. Die sechs Quadratmeter Frotteebelag für das Bad stiftete Sascha.

»Mein Einzugsgeschenk und gleichzeitig Äquivalent für nicht geleistete Hilfe. Ich hab' einfach keine Zeit. In den kommenden zwei Wochen haben wir zwei Hochzeiten, vier Konfirmationen und einmal Omas Fünfundsiebzigsten. Gar nicht zu reden von den Rotariern, die drei Tage lang ihre Vereinskasse verfressen wollen. Auf mich müßt ihr also verzichten. Aber zur Einweihungsparty komme ich bestimmt.«

Die Malerarbeiten schritten zügig voran. Aus verschiedenen Farbresten, die von früheren Renovierungsarbeiten übriggeblieben waren, hatte Steffi eine Soße zusammengerührt, von der sie behauptete, in trockenem Zustand würde sie den gewünschten mattvioletten Ton bekommen. Frisch aufgetragen sah sie aus wie Hustenbonbon.

»Was hast du denn da alles reingekippt?« Zweifelnd betrachtete Katja die frischgetünchte Decke. »Wenn jetzt noch die lila Tapete rankommt, sieht's ja aus wie ein Mausoleum.«

»Ich hab' erst mal Weiß genommen und Schwarz, Rot natürlich und etwas Blau, ein ganz klein wenig Grün ...«

»Klingt toll! Ich könnte jetzt auch einen vertragen. Wie heißt der Cocktail?« Sven wischte seine Hände an einer alten Unterhose ab und begutachtete Steffis Werk. Erst sagte er gar nichts, suchte vielmehr krampfhaft nach einem Grund, Lobendes auszusprechen, und meinte schließlich gönnerhaft: »Schön gleichmäßig hast du gestrichen, richtig professionell.«

Als die Farbe endgültig trocken war, wurde sie tatsächlich um einiges heller, doch die drei verschiedenfarbigen Lämpchen direkt über Katjas Schreibtisch hängen bestimmt nicht nur aus Dekorationsgründen dort. Glücklicherweise hatte sie keine lila Auslegeware gefunden, die hellgraue paßte später auch viel besser. Doch die Tapeten waren schon da. Violette. Selbstklebend. Angeblich nur durchs Wasser zu ziehen und an die Wand zu klatschen. Das ging schnell. Nach zwei Stunden waren wir fertig. Kaum klebte die letzte Bahn, da fiel die erste wieder runter. Steffi holte Wassereimer und Schwamm, feuchtete die Tapete nochmals an, klebte sie fest. Die dritte Bahn löste sich, und die unterm Fenster rührte sich auch schon.

»Irgendwas müssen wir falsch gemacht haben«, seufzte Katja, als der nächste Streifen herunterfiel.

»Erfahrung ist, was man gewinnt, wenn man die Gebrauchsanleitung erst hinterher liest.« Grinsend hielt uns Sven einen bedruckten Zettel unter die Nase. »Hier steht's doch! Ihr müßt die Tapeten zwei Minuten lang einweichen, damit sich der Kleister lösen und mit dem Wasser verbinden kann.«

Das taten wir denn auch, und als wir genauso naß waren wie die Tapeten, hatten wir es geschafft. Alles saß bombenfest, nirgends ging auch nur ein Zipfelchen ab – bis auf den Teppichboden war Katjas Zimmer fertig. Im Bewußtsein vorbildlicher Arbeit legten wir uns provisorisch trocken, knipsten die nackte Glühbirne aus und fuhren nach Hause.

Am nächsten Tag sammelten wir die Tapeten alle wieder vom Fußboden auf. »Jetzt langt's mir aber!« Wutschnaubend klemmte sich Steffi die noch verbliebene Rolle »Clarissa violett« unter den Arm, nahm vorsichtshalber auch noch ein Stück der schon zweimal eingeweicht gewesenen Tapete mit und fuhr zusammen mit Katja in das Heimwerkergeschäft. »Jetzt sollen die uns mal zeigen, mit welchen Tricks sie ›Clarissa‹ an die Wand kriegen. Vielleicht muß man sie nageln.«

Zurück kamen sie mit einem Eimer Kleister (»Haben wir gratis gekriegt!«) und der ernüchternden Auskunft, daß es sich just bei dieser Tapete um ein relativ schweres Papier handele, bei dem der schon serienmäßig aufgetragene Klebstoff offensichtlich nicht ausreiche. »Während Steffi mit dem Geschäftsführer noch palaverte, habe ich mir die aufgezogenen Muster mal genauer angesehen«, sagte Katja. »Hinter allen pappte eine dicke Schicht Pattex.«

Wir fingen wieder von vorne an. Statt eines nicht vorhandenen Tisches benutzten wir die ausgehängte Küchentür, einen Pinsel in Handfegergröße hatte Steffi schon mitgebracht, und nun sitzt »Clarissa violett« so fest, daß ein Nachmieter Schwierigkeiten haben wird, sie jemals wieder von der Wand zu kratzen.

Auch die aufwendigsten Malerarbeiten sind mal zu Ende, wir konnten an die Innenausstattung gehen. Hin und wieder, wenn wir die Nase voll hatten von Farbtöpfen und Wurzelbürsten, oder wenn Sven uns kurzerhand vor die Tür setzte, weil wir ihm im Weg waren, hatten wir Möbelgeschäfte abgeklappert. Schon im dritten hatte Nicki resigniert. »Was mir gefällt, ist entweder zu teuer oder paßt nicht rein. Und was reinpassen würde, gefällt mir nicht. Jetzt weiß ich auch, weshalb ich allein in meinem Zimmer vierundneunzig Dübellöcher zukitten mußte. Mein Vorgänger hat zwischen Regalen gelebt und auf dem Fußboden geschlafen. Was anderes bleibt mir wohl auch nicht übrig.«

Dabei hatte sie schon ein wunderhübsches Bett gefunden, das auch tatsächlich unter dem großen Dachfenster Platz hatte. Der Blick zu den Sternen war also gesichert. Anfangs hatte sie es gar nicht nehmen wollen. »Wie breit ist das Ding? Einen Meter bloß? Dann darf ich mich ja überhaupt nicht darin bewegen, ich habe doch schon neunundachtzig Zentimeter Hüftweite.«

Nach und nach fanden wir mal hier ein Kommödchen und dort ein Schränkchen, Regale wurden kurzerhand abgesägt und so der jeweiligen Dachschräge angepaßt, und wo wirklich mal ein bißchen Wand von oben bis unten gleich hoch war, kamen die wuchtigeren Möbelstücke hin. Deren Zusammenbau vertagten wir auf einen späteren Zeitpunkt, denn würden sie erst einmal stehen, wäre die Bewegungsfreiheit doch erheblich eingeschränkt gewesen.

»Ein bißchen sehr eng ist es ja«, sagte Steffi, als sie auf der Suche nach einem heruntergefallenen Nagel mit dem Kopf ans Bücherregal und mit dem Hinterteil an den Schreibtisch geknallt war. »Ihr solltet immer eine Tube Mobilat im Haus haben. Das Zeug ist gut gegen stumpfe Verletzungen.«

»Hilft es auch bei Elefanten?« Manchmal kann Katja sehr direkt sein. »Und überhaupt ist die Wohnung nicht eng, sondern kompakt.«

Der Tag des endgültigen Einzugs und der damit fälligen ersten Mietzahlung rückte immer näher, und hatte Rolf noch schweigend das Formular für den Dauerauftrag bei der Bank ausgefüllt, so schwieg er nicht mehr, als die Zwillinge einen weiteren Vorstoß auf seine Brieftasche versuchten.

»Weißt du, Paps, das Nötigste haben wir ja jetzt zusammen ...« begann Katja, worauf Nicki sofort unterbrach: »Ja, und alles selber bezahlt, bis zur letzten Glühbirne!«

»Aber die Küche ist noch so leer«, fuhr Katja fort. »Wir können uns nicht mal was kochen, weil wir keinen Herd haben.«

»Ich denke, ihr eßt in der Mensa?«

»Tun wir ja auch, aber doch nicht dreimal täglich.«

»Na schön, eine Kochplatte für den Frühstückskakao bewillige ich euch«, sagte Rolf und kam sich sehr spendabel vor.

»Aber wenn wir nun mal vormittags keine Vorlesung haben ...«

»... oder erst ein Seminar am Spätnachmittag«, fiel Nicki ein,

»... dann wäre es doch Blödsinn, extra zum Essen in die Mensa zu fahren. Denk bloß mal an die Benzinpreise. Wenn wir uns selber was machen, wird das viel billiger.«

»Also schön, zwei Kochplatten«, gestattete er gnädig, »für Spaghetti mit Tomatensoße reicht das, was anderes eßt ihr ja ohnehin nicht.«

»Doch, Pizza«, sagte Katja, »und für die braucht man einen Backofen.«

»Schon mal was von Warmhaltepackungen gehört? Ja? Na also. Zwei Kochplatten sind genug.«

Die erste Runde ging an ihn.

Die zweite wurde bei mir in der Küche eingeläutet. »Sag mal, Määm, wann willst du dir endlich einen Herd mit diesem tollen Ceramisfeld zulegen? Dein jetziger ist ja wirklich schon reif für das Museum vaterländischer Altertümer.« Vorsichtig öffnete Katja die Backofentür. »Die klemmt schon seit zwei Jahren, und quietschen tut sie auch.«

»Ja, und nicht mal Umluft hat dieses alte Ding«, bemängelte Nicole, »da kommst du doch mit keinem Fertiggericht klar. Die Garzeiten sind nämlich alle für Umluftherde angegeben.«

»Na und? Die stecke ich doch sowieso in die Mikrowelle.«

Kurzes Schweigen, dann war Katja wieder etwas eingefallen. »Was ist mit Kuchen? Du schimpfst doch selber immer, weil der hinten anbrennt und vorne noch roh ist. Das kann dir mit einem modernen Herd nicht passieren.«

Das passierte mir auch jetzt nicht mehr, seitdem ich mich daran gewöhnt hatte, die Kuchenform nach der halben Backzeit umzudrehen. Allerdings liebäugelte ich schon lange mit einem dieser so eleganten Herde, bei denen man die übergekochte Milch nicht mehr mit diversen Emulsionen begießen und dann mühsam runterscheuern muß, sondern mit einem Schwammtuch einfach abwischen kann. So machte es jedenfalls die Dame im Fernsehen immer, wenn sie im schicken Cocktailkleid nach Hause kam und entdecken mußte, daß ihre halbwüchsigen Kinder drei Sorten Pudding gekocht hatten. Ich an ihrer Stelle wäre ausgeflippt, aber sie hatte ja eine Ceramisplatte.

Nach zwei Tagen hatten mich die Zwillinge weichgekocht. Ich würde mir einen neuen Herd kaufen und den alten, der plötzlich gar nicht mehr so alt war, ihnen überlassen.

»Danke, Mami!« Es folgte eine doppelte Umarmung. »Das hat uns nämlich schwer im Magen gelegen.«

Die nächste Attacke galt meiner Waschmaschine. Sie war nicht mehr das neueste Modell, hatte auch schon einige Reparaturen hinter sich und schien demnächst ihren Geist endgültig aufgeben zu wollen. Im Schleudergang produzierte sie neuerdings ein merkwürdiges Nebengeräusch. Vorsichtshalber hatte ich Rolf schon darauf hingewiesen, daß wohl bald eine neue fällig sein würde. Er hatte die alte Rechnung herausgekramt, in Relation zu den diversen Reparaturkosten gesetzt und festgestellt, daß sich beides ungefähr die Waage hielt. »Na schön, wenn sie wieder streikt, kriegst du eine neue.«

Für irreparable Haushaltsgegenstände ist Rolf zuständig, beziehungsweise *sein* Bankkonto. Handelt es sich jedoch um Luxusartikel, deren Arbeit man auch mit der Hand erledigen könnte, dann muß ich sie mir selber kaufen. »Meine Mutter hat ihren Braten auch immer mit einem extra scharf geschliffenen Messer geschnitten und nicht mit so einer elektrischen Säge.« Oder: »Wozu braucht man einen Zwiebelhacker? Meine Mutter hat auch immer ...« Nicht mal mein Hinweis, Lieschen Sanders habe zwar jahrzehntelang ihre Wäsche auf dem Waschbrett gerubbelt, sei aber eine der ersten gewesen, die sich eine der damals noch sündhaft teuren Waschautomaten zugelegt hatte, konnte Rolf von seinem Glauben abbringen, elektrische Küchengeräte seien überflüssig und nur vorteilhaft für die Hersteller, denn die bekämen einen Haufen Geld dafür.

Nun ging die Waschmaschine aber doch nicht so schnell kaputt, sie bewältigte vielmehr anstandslos zwei Ladungen Kochwäsche und sogar eine Trommel voll Turnschuhen.

»Paps hat doch sowieso keine Ahnung von Technik. Wir drehen einfach die Sicherung raus, dann schleppst du ihn in den Keller, er wird irgendwo mit dem Schraubenzieher herumfummeln und nach fünf Minuten feststellen, daß da nichts mehr zu machen ist. Danach rufst du beim Braun an, er soll die Waschmaschine bringen, die wir vorgestern ausgesucht haben. Ende der Vorstellung.«

Katjas Vorschlag klang gut, doch: »Was wollt ihr mit einer Maschine, die nach deiner Ansicht aufs Altenteil gehört?«

»Ich habe schon mit Michael gesprochen, der checkt sie durch.« Michael gehört zur Clique und hat irgendwas gelernt, das ihn befähigt, jeden Gegenstand zu reparieren, an dem ein Kabel hängt. Er war auch schon für die beim Einzug fälligen Elektroarbeiten vorgesehen. Die Waschmaschine hat er übrigens wieder tadellos hingekriegt. Er brauchte nur die verklemmte Kugelschreibermine zu entfernen.

»Ich habe noch mal nachgemessen«, berichtete Nicole, als die Zwillinge spätabends von den Aufbauarbeiten in Dossenheim zurückkamen ,»ein Kühlschrank geht in die Küche noch rein.«

»Hab' ich doch gleich gesagt«, erwiderte ich erfreut, »der ist sowieso viel wichtiger als eine Waschmaschine.«

»Eben. Und weil du doch schon immer gejammert hast, deiner sei viel zu klein, da dachten wir …«

»… daß ich mir einen größeren anschaffe? Keine Chance! Wenn endlich euer Sortiment an Joghurtbechern, Quarkspeisen und Fithaltesäftchen verschwindet, werde ich mehr Platz haben als jemals zuvor.«

Jetzt wurde die Mitleidswalze aufgelegt. »Na ja, sehe ich ein. Dann müssen wir uns eben nur von Nudeln, Konserven und H-Milch ernähren, bis wir einen Nebenjob gefunden haben. Vielleicht können wir uns dann zum Herbst einen Kühlschrank leisten.«

Am nächsten Tag ertappte ich mich dabei, wie ich – rein zufällig natürlich – durch die große Schaufensterscheibe in den Elektroladen linste, wo hinten die neuesten Kühlschrankmodelle aufgereiht standen. Schön sahen sie ja aus, hatten kein Eisfach mehr, in dem man immer mit einem Brotmesser die festgefrorene Petersilienpackung losstemmen muß, hatten viel mehr Platz in den Türen – in meine kriegte ich nicht mal eine große Colaflasche –, waren pflegeleicht und hatten vor allem oben drauf keinen Brandfleck. Wer die heiße Bratpfanne dort mal abgestellt hatte, habe ich nie herausbekommen. Den Fleck auch nicht.

Überflüssig zu erwähnen, daß *mein* Kühlschrank jetzt keinen Brandfleck mehr hat, die Zwillinge haben ihn bei sich mit *meiner* alten Kaffeemaschine abgedeckt.

Den Umzug hatten die Mädchen auf einen Samstag gelegt, weil die angeheuerten Hilfskräfte nur dann Zeit hatten. Noch am Vorabend hatte ich bezweifelt, daß die ausnahmslos zu den Wochenendlangschläfern gehörenden Knaben tatsächlich um acht Uhr auf der Matte stehen würden, aber sie standen! Bernd mit Papas Lieferwagen, Michael mit Bereitschaftsköfferchen, in dem vom Phasenprüfer bis zu verschiedenfarbigem Isolierband alles enthalten war, was ein Elektriker so braucht, Angela mit zwei Schüsseln schwäbischem Kartoffelsalat und Mark mit Radiorecorder. »Ohne Musik läuft nichts. Bis Micha die Anlage angeschlossen hat, ist nämlich Abend.«

»Der muß sich erst um den Herd kümmern«, brüllte Katja von oben. »Kann mal jemand raufkommen und mit anfassen?«

»Wir brauchen Bindfaden«, tönte es aus dem Keller, »oder besser Draht, sonst fällt hier alles auseinander.«

»Alles« waren die beiden Geschirrkisten, gefüllt mit Beständen, die ich erstens »sowieso mindestens dreifach« hatte und zweitens gar nicht mehr brauchte, da ja nunmehr zwei Personen weniger am Tisch sitzen würden. Daß sie bei ihren Wochenendbesuchen nicht aus Plastikschüsseln würden essen wollen, mußten die Zwillinge bei ihren Raubzügen glatt übersehen haben.

Der Konvoi fuhr ab. Ich hatte gerade die Fußspuren von der letzten Treppenstufe gewischt, da klingelte das Telefon. »Schreib mal auf«, sagte Nicki, »99 27 19.«

»Was ist das?«

»Unsere Telefonnummer. Gestern muß noch einer dagewesen sein und hat den Kasten angeschlossen. Die Möbel sind schon fast alle oben, und wenn du in einer halben Stunde abfährst, kommst du genau richtig.«

»Richtig wozu?«

»Zum erstenmal abwaschen. Die saufen hier wie die Weltmeister. Der eine Sprudelkasten ist schon fast leer. Ach ja, noch was: Würdest du den Kettle mitbringen? Nur leihweise natürlich, aber dann könnten wir wenigstens mal was Warmes trinken. Der Herd funktioniert nämlich noch nicht, die Strippen sind zu kurz. Michael holt gerade neue.«

Da die meisten Teenager eine Abneigung gegen jede Art von Hülsenfrüchten haben, obwohl die doch kalorienarm und ballaststoffreich sind (oder weshalb sonst bestehen ihre Zwischenmahlzeiten neben Gummibärchen überwiegend aus Vollkornknäcke?), hatte ich schon gestern einen großen Topf Gulaschsuppe gekocht. Etwas Warmes braucht der Mensch! Bei unseren früheren Umzügen hatten wir die Möbelpacker immer mit kalten Rippchen abgefüttert, offenbar genauso Tradition wie die Batterie Bierflaschen, doch die Zwillinge hatten davon nichts wissen wollen. »Da bleiben so viele Knochen übrig, und wir haben noch keinen Mülleimer.«

Die Klingel war anscheinend kaputt, und mein Klopfen hörte niemand, weil drinnen gehämmert und gebohrt wurde. Schließlich donnerte ich mit dem Fuß gegen die Tür. Sie öffnete sich einen Spaltbreit. »Moment, ich muß erst den Herd zur Seite rücken«, sagte Michael, tat ein solches und ließ mich durchschlüpfen. »Geben Sie lieber mal den Topf her, den stelle ich gleich in die Badewanne, da ist er sicher.«

»O Gott, noch einer mehr!« kam es aus der Küche, wo ein bärtiger Zweimetermann mit eingezogenem Kopf Löcher in die frischgestrichenen Wände bohrte. Den kannte ich nicht. »Wer ist denn das?«

»Patrick«, stellte Katja vor. »Der wohnt unter uns und hat 'ne Schlagbohrmaschine. Die haben wir nämlich vergessen mitzunehmen. Und das ist meine Mutter.«

»Hat sie was zu essen mitgebracht?«

Wie ich später erfuhr, kam Patrick aus Norddeutschland und hatte auch nichts übrig für schwäbischen Kartoffelsalat. Dafür besaß er einen intakten Herd und jede Menge Müslischüsseln. Die Geschirrkisten standen nämlich noch zugebunden auf dem Klodeckel.

Es war gar nicht leicht, die gesättigten, müde vor sich hindösenden Knaben wieder an die Arbeit zu treiben. Wenn sich dieses Chaos bis zum Abend so weit lichten sollte, daß sich die Mädchen zu ihren Betten durchkämpfen konnten, war ein bißchen mehr Tempo angebracht.

»Was sind das eigentlich für Bretter hier draußen im Treppenhaus?«

»Der Allzweckschrank«, sagte Nicole. »Der soll in den Gemeinschaftsraum gleich hinter die Tür. Da sieht man ihn nicht. In die Küche geht er nicht mehr rein.«

»Dann baut ihn doch endlich zusammen.«

»Nur keine Hektik, erst kommen die Hängeschränke dran, damit die Küche frei wird und Michael mit seinem Herd von der Diele verschwindet. Danach nehmen wir uns das große Teil vor«, meinte Bernd zuversichtlich. »Keine Angst, wir haben alles im Griff. Ist noch Cola da?«

Drei Stunden später war ich wieder auf Nahrungssuche. Die Kaffeezeit war herangerückt, nur hatten die Zwillinge weder an Kaffee gedacht noch an das, was ihnen viel wichtiger erschien: Kuchen. Kartoffelsalat wollte niemand.

»Irgendwo wird's ja wohl ein Café geben, frag einfach mal!« Katja drückte mir eine Kehrschaufel voll Abfall in die Hand. »Kannste das mal auskippen?«

»Wo denn?«

»Weiß ich nicht.«

Ich gab die Schaufel an Mark weiter und suchte Patrick. »Kennen Sie hier in der Nähe eine Futterquelle für Kuchen?«

Er empfahl mir den Bäcker gleich um die Ecke.

»Hat der am Samstagnachmittag auf?«

Wahrscheinlich nicht, räumte Patrick ein. Er kenne jedoch nur

Cafés in der Heidelberger Fußgängerzone, und die seien wohl ein bißchen zu weit entfernt. Parkplätze gäbe es auch nicht.

»Erkundige dich einfach gegenüber bei der Tankstelle«, riet Nicki, »die wissen bestimmt Bescheid.«

Der Tankwart war Student und kam aus Mannheim. »Ich jobbe hier bloß am Wochenende.« Er könne mir aber Kekse verkaufen, sogar Pulverkaffee und Büchsenmilch. So viel Gebäck, wie die hungrige Meute da oben verdrücken würde, hatte er gar nicht vorrätig. »Vielen Dank, vielleicht finde ich doch noch ein Café.«

Zum Glück kannte Oma mit Hund eins. Ich traf sie, als ich in eine Sackgasse geraten war und zwischen abgestellten Autos herumrangierte, um wieder herauszukommen. Ganz einfach sei das zu finden, nur drei Ecken weiter. »Da ist ein Café, Blum heißt es.«

Es entpuppte sich als Bäckerei mit Tchibo-Filiale, wo man sich an drei kleinen Stehtischen eine Tasse Kaffee genehmigen konnte, und zwar wochentags von neun bis achtzehn und sonnabends von acht bis dreizehn Uhr.

Also doch die Tankstellenkekse! Es war reiner Zufall daß ich auf dem Rückweg das Café entdeckte, keine dreihundert Meter vom Haus der Zwillinge entfernt. Allerdings im ersten Stock, und wer guckt schon nach oben, wenn er Schwarzwälder Kirschtorte sucht? Da findet man doch höchstens Chinarestaurants.

Es sah schon viel aufgeräumter aus, als ich, in jeder Hand ein Kuchenpaket, nach sechsundachtzig Stufen keuchend durch die angelehnte Wohnungstür trat. Die Stille war verdächtig.

»So«, hörte ich Michaels Stimme, »daß mir jetzt keiner einen Lichtschalter oder was anderes Elektrisches anfaßt. Ich weiß nicht, ob's hinhaut. Entweder brennt der Herd gleich, oder es macht peng.« Gebannt starrten wir alle auf die Schnellkochplatte. Michael trat einen Schritt zurück, drehte mit ausgestrecktem Arm den Einschaltknopf und – »Es funktioniert!« jubelte er. »Rein theoretisch konnte auch gar nichts schiefgehen«, meinte er dann, ganz cool die Glückwünsche der anderen entgegennehmend, »aber so hundertprozentig sicher war ich mir doch nicht. Einen Herd habe ich nämlich noch nie angeschlossen.«

»Na siehste, nu kannste auch das«, lobte Katja. »Theorie ist, wenn man alles weiß und nichts geht, und Praxis ist, wenn alles klappt, und keiner weiß, warum.«

»Kaffeepause!« kommandierte Nicole. »Aber erst mal muß einer Tassen spülen.«

Ich wusch nicht nur Tassen ab, sondern den gesamten Inhalt der beiden Geschirrkisten, und als ich alles in die neuen Hängeschränke geräumt hatte, war die Stereoanlage installiert, und das Gerippe vom Allzweckschrank stand auch schon auf der Diele. Bernd paßte die Schiebetüren ein. »Na also!« Befriedigt betrachtete er sein Werk. »Die Bretter legen wir rein, wenn das Ding an seinem Platz steht. Los, alle Mann anfassen!«

Egal, wie sie den Schrank auch drehten und kippten, er ließ sich nicht aufstellen. Durch die Tür ging er spielend, doch dann war immer ein Stück Dachschräge da, die ein völliges Aufrichten des sperrigen Möbels verhinderte. Nach dem letzten Versuch, bei dem sie den Schrank ein paar Zentimeter durchs Fenster schoben und trotzdem nichts erreichten, gaben sie auf.

»Ich hab's kommen sehen!« Die heimliche Schadenfreude in Katjas Stimme war nicht zu überhören. »Aber ihr wolltet das Teil ja unbedingt in der Diele zusammenkloppen. Warum habt ihr es nicht gleich im Zimmer aufgebaut?«

»Weil hier draußen mehr Platz war«, blaffte Mark zurück. »Du hättest ja mal eher was sagen können!«

»Na ja, so ganz sicher war ich mir nicht. Die Berechnung von schiefen Winkeln ist nie mein Fall gewesen«, gab sie zu, »und ehe ich mich vor einem Mathe-Zweier blamiere, habe ich lieber den Mund gehalten.«

Den hielt Mark jetzt auch. Wütend begann er den Schrank wieder auseinanderzunehmen.

Michael feixte sich eins. »Beim zweitenmal kriegt ihr ihn bestimmt viel schneller zusammen. Wer aus seinen Fehlern nichts gelernt hat, hat bisher einfach zuwenig falsch gemacht.«

»Halt doch die Klappe, du Angeber! Du hast mit dem dämlichen Herd ganz einfach Glück gehabt. Genausogut hätte dir der ganze Krempel um die Ohren fliegen können! Das maximale Volumen subterraler Agrarproduktivität steht im reziproken Verhältnis zu der spirituellen Kapazität ihrer Erzeuger!«

»Was ist los?« Michael hatte nichts verstanden. Ich auch nicht.

»Der dümmste Bauer erntet die dicksten Kartoffeln«, sagte Mark lakonisch. »Also los, Bernd« – er bewegte eine imaginäre Klappe, wie sie vor Filmaufnahmen üblich ist – »Besenschrank zweitürig, Kiefer furniert, Standort Wohnzimmer, zum zweitenmal.«

Es war schon dunkel, als ich die letzten Papierfetzen und Bindfadenreste in einen der vielen Kartons stopfte. Die Hilfstruppen waren schon lange abgezogen und hatten neben zwei leeren Sprudelkisten auch noch viele Fußabdrücke verschiedener Größe auf den schönen neuen Teppichböden hinterlassen.

»Halb so schlimm«, sagte Nicki müde abwinkend, »wir haben ja deinen Staubsauger noch hier, damit orgeln wir morgen mal kurz durch die Bude, dann ist alles weg. Du hast doch von Frau Keks gelernt, daß Dreck, den man nicht sieht, sauber ist.«

»Den sieht man aber. Soll ich nicht schnell …«

»Untersteh dich! Für heute habe ich die Schnauze voll – äh, ich meine, für heute ist mein Bedarf an manueller Tätigkeit gedeckt.« Sie gähnte ausgiebig.

»Na gut, dann kann ich mich wohl auch verabschieden.« Siedendheiß war mir eingefallen, daß ich an meinen verwaisten Ehemann nur selten und an den morgigen Sonntag überhaupt nicht gedacht hatte, sprich: Es war mal wieder nichts zu essen im Haus. Auch gut, dann gehen wir eben essen. Jetzt kostete es ja nur halb soviel wie sonst immer.

»Weißt du was, Määm«, begann Katja zögernd, »wenn ich dieses Durcheinander hier sehe und den ganzen Mist, der noch herumliegt« – sie ließ ihren Blick über die Bücherstapel auf dem Fußboden, über die an der Wand lehnenden Bilder und Regalbretter, über die hunderttausend Kleinigkeiten, die noch auf das Einräumen warteten, schweifen – »dann hätte ich größte Lust, noch mal mit nach Hause zu fahren. Morgen beim Aufstehen als erstes über 'n Hammer zu stolpern und dann sämtliche Kartons nach Zahnpasta zu durchforsten, ist nicht gerade das, was ich mir unter einem Sonntagmorgen vorstelle. Was meinst du, Nicki, vertagen wir die erste Nacht im eigenen Heim auf Montag?«

»Müssen wir sowieso«, kam es aus der Küche zurück, »oder weißt du vielleicht, was wir morgen essen sollen?«

## 11

Nun waren sie also weg. Der Zeitpunkt, zu dem die Zwillinge flügge werden und das Elternhaus verlassen würden, war viel zu schnell herangekommen. Zwanzig Jahre alt waren sie gerade, und nun sollten sie plötzlich auf eigenen Füßen stehen, ihr Geld statt für modisches Outfit jetzt für Bandnudeln und Waschpulver ausgeben und sich um den täglichen Kleinkram kümmern müssen, den ich bisher für sie erledigt hatte. Sie hatten auch ihre Schwierigkeiten damit. Wenn das Telefon klingelte, griff ich als erstes nach Block und Bleistift.

»Hallo, Määm, wir kommen mit der polizeilichen Anmeldung nicht ganz klar. Wo ist denn nun unser Zweitwohnsitz? Kannst du gleich mal zurückrufen?« Aufgelegt.

Diese Methode hatte sich eingebürgert, nachdem die Mädchen ihre erste Telefonrechnung bekommen hatten. »Telefonieren können wir uns nicht leisten«, hatte Katja sofort erklärt, »höchstens mal einen Anruf in die Pizzeria oder beim Notarzt, mehr ist nicht drin. Wenn es in Zukunft zweimal bei dir klingelt, dann aufhört und gleich danach noch zweimal, rufst du *uns* an, ja?«

Meistens klappte dieses Verfahren, aber manchmal nahm ich gleich nach dem ersten Läuten versehentlich den Hörer ab und mußte mir vorwurfsvoll sagen lassen, daß ich mal wieder völlig umsonst der Bundespost den Gegenwert von einem Brötchen in den Rachen geschmissen hätte. »Wir rechnen nämlich nicht in Gesprächseinheiten, sondern in Naturalien.«

Eine Zeitlang machte ich dieses Spiel mit, dann taten sie mir leid. Den Kontakt zu ihren Freunden sollten sie nicht verlieren, aber ich weiß nur zu gut, wie schnell man sich am Telefon festquasselt. Rolf hat bis heute keine Ahnung, daß die Dossenheimer Telefonrechnung von meinem Konto abgebucht wird. (Da er meine Bücher aus Prinzip nicht liest, wird er es wohl auch nie erfahren!)

Um den monatlichen Unterhalt, den er seinen Töchtern zubilligte, hatte es ohnehin erbitterte Auseinandersetzungen gegeben. »Fünfhundert Mark pro Kopf sollten ja wohl reichen«, hatte er gesagt und nachgerechnet, wieviel ihn das am Ende der vierjährigen Studienzeit gekostet haben würde.

»Bärbel kriegt siebenhundert«, hatte Nicki protestiert.

»Die ist auch allein. Zu zweit lebt man billiger«, hatte das Gegenargument gelautet.

»Wann bist du zum letztenmal einkaufen gegangen?«

»Vorgestern.«

»Und wieviel hast du ausgegeben?«

»Sechs Mark neunzig. Für eine Taschenlampe.«

Wir einigten uns darauf, daß die Mädchen zwei Monate lang ein Haushaltsbuch führen und wir danach eine endgültige Entscheidung treffen würden. Damit war Rolf einverstanden. Seine Mutter habe so was auch gehabt und nur die besten Erfahrungen damit gemacht. Am Monatsende habe sie sogar immer noch Geld übrigbehalten. »Weiß ich, sie hat mir ihre Buchführung mal gezeigt«, sagte ich. »Die höchsten Beträge waren immer unter der Rubrik ›Sonstiges‹ vermerkt.«

»Sonstiges gibt es nicht«, belehrte uns der Haushaltsvorstand, »für alles findet man einen Oberbegriff.«

»Aha. Worunter würdest du zum Beispiel eine Taschenlampe aufführen«, wollte Katja wissen.

»Ihr könnt meine alte haben«, erwiderte ihr Vater.

Fünf Tage lang war es jetzt immer recht still im Haus, ein Zustand, an den ich mich nur schwer gewöhnen konnte. Manchmal sehnte ich den Freitagabend regelrecht herbei. Im Gegensatz zu Rolf, der mittags auf die Uhr guckte und dann seufzend fragte: »Wen schleppen sie denn diesmal an? Kennen wir den wenigstens schon?«

»Sie bringen Ulli mit, haben sie gesagt, aber der war noch nie hier.«

Seitdem die Mädchen auch an dem außerplanmäßigen Hochschulleben teilnehmen konnten, hatten sie schnell Anschluß gefunden, und den brachten sie etappenweise mit nach Hause. Überwiegend handelte es sich um Studenten, deren Heimathafen zu weit entfernt war, um ihn übers Wochenende anzulaufen, und da sie alle immer hungrig und meistens pleite waren, nahmen sie die Einladung, von der ich oft erst in letzter Minute erfuhr, nur zu gern an.

»Es macht dir doch nichts aus, wenn ich Thorsten mitbringe, nicht wahr, Mami?« schmeichelte Nicki ins Telefon. »Der arme Kerl hockt im Studentenwohnheim mit so einem gräßlichen Strebertyp zusammen, der das ganze Wochenende büffelt. Nicht mal das Radio darf er anstellen.«

Natürlich machte es mir nichts aus. »Was ißt er denn?«

»Alles.«

»So viel habe ich nicht im Haus.«

Bei dem avisierten Ulli handelte es sich ausnahmsweise mal um ein Mädchen, das Ulrike hieß und ein Allroundgenie war. Sie konnte Haare schneiden, was von den Zwillingen im Hinblick auf die ständig steigenden Friseurkosten sehr begrüßt wurde, konnte Maschine nähen, was sie schon bei Nickis Gardinen bewiesen hatte, konnte – zumindest nach Ansicht meiner Töchter, die ich aber als nicht unbedingt kompetent bezeichnen würde – hervorragend kochen und war außerdem zwei Semester weiter. Ihre Referate hatte sie alle aufgehoben und somit den Zwillingen manche Eigenleistung erspart.

»Fällt denn das nicht auf?« fragte ich besorgt.

»Wie denn bei dreihundert Studenten pro Seminar? Oder glauben Sie im Ernst, der Dozent liest den ganzen Kram? Der notiert doch bloß, ob auch jeder seine Arbeit abgegeben hat.«

Mein Weltbild vom strebsamen Studenten und den nicht minder bemühten Professoren geriet immer mehr ins Wanken. Zu viel hatten die Mädchen schon von dem Massenbetrieb erzählt, von überfüllten Hörsälen und praxisfernen Seminaren. »Zum Beispiel

Philosophie! Kannste total abhaken. Brauchen wir später nie, aber den Schein müssen wir haben«, schimpfte Katja. »Also sitzen wir unsere Stunden ab und können nicht mal schwänzen, weil der Dozent eine Anwesenheitsliste führt. Na ja, wer nicht stricken kann, muß sich eben anderweitig beschäftigen. Ich nehme mir immer was zu lesen mit.«

»Heute waren wir zum erstenmal auf 'ner Demo«, hieß es ein andermal, »die halbe Uni war auf den Beinen.«

»Wogegen oder wofür habt ihr denn demonstriert?«

»Weiß ich nicht mehr, ich glaube, für mehr Bafög«, sagte Nicki, »aber wir haben ein paar riesig nette Mediziner kennengelernt, mit denen wir später in einer urigen Kneipe gelandet sind.«

Es dauerte gar nicht so lange, dann wurden die regelmäßigen Wochenendbesuche unregelmäßiger. Die Mädchen hatten keine Zeit mehr. Sie jobbten. »Wenn man sich außer Brot und Lätta auch mal was zum Anziehen kaufen will, bleibt einem ja gar nichts anderes übrig«, hatte Nicki gesagt und sich um die Abendschicht bei einer Milchverwertungszentrale beworben. Nach zwei Wochen hatte sie im wahrsten Sinne des Wortes die Nase voll gehabt. »Wenn ich Joghurt nur rieche, wird mir schlecht.«

Katja hatte es bei einem Presseunternehmen versucht, das Kataloge und andere Druckerzeugnisse für Großkunden verschickte. Sie streikte schon nach zehn Tagen. »Erstens ist das Knochenarbeit, und zweitens habe ich mich dabei ertappt, wie ich mich mit dem Fließband unterhalten habe. Bevor das noch schlimmer wird, höre ich lieber auf.«

Kellnern wollten beide nicht, obwohl diese Arbeit nicht nur gut bezahlt, sondern speziell für die Abendstunden und die Wochenenden angeboten wird. »Kommt nicht in Frage. Sollen wir uns vielleicht für sechzig Pfennig Trinkgeld von so 'nem alten Knacker betatschen lassen?«

Nach diesem kurzen Gastspiel im Berufsleben beschlossen sie, den Gelderwerb bis zu den Semesterferien zu vertagen. »Dann schauen wir, daß wir einen Bürojob bekommen. Während der Urlaubszeit werden immer Aushilfen gesucht.«

Das stimmte, nur wollte man lieber Studenten der Betriebswirtschaft haben beziehungsweise solche, die schon mal in einem Büro gearbeitet hatten. Ein Rechtsanwalt gab Katja trotzdem eine Chance, oder genauer gesagt, dessen Sohn, ein Kandidat der Jurisprudenz und offensichtlich daran gewöhnt, jedes Mädchen in seine sturmfreie Bude zu kriegen. Als er Katja seine Plattensammlung zeigen wollte, biß er auf Granit. Woraufhin der Herr Papa am übernächsten Tag meinte, es täte ihm ja sehr leid, aber er brauche eine Aushilfe, die wenigstens Maschine schreiben könne.

»Vielleicht hätte ich ihn doch nehmen sollen«, meinte sie hinterher, »schlecht hat der Junior ja nicht ausgesehen.«

»Ich denke, er hatte so feuchte Hände?« erinnerte Nicki.

»Das schon, aber auch einen tollen Sportwagen.«

»Na bitte!«

»Nicht na bitte. Du mußt mal an später denken! Einen Sportwagen kannste doch nicht mit ins Bett nehmen, die Hände sind aber immer dabei.«

Ein kurzes Zwischenspiel als Zimmermädchen in einem Vororthotel rief in Katja wieder die Erinnerung wach an jenen Sommer, als sie noch eine Karriere als Hotelkauffrau angestrebt und unter der Ägide ihres Bruders ein »Schnupper-Praktikum« gemacht hatte. Knapp sechzehn war sie damals gewesen und zum erstenmal weg von Mutters Schürzenzipfel.

»Wenn Sascha Frühdienst hatte, hat er mich um sechs aus dem Bett geschmissen und eine Stunde später mit dem Aufschnittwagen durchs Restaurant tigern lassen. Dabei habe ich die kaum verstanden. Lauter Japaner und Amis. Einer wollte mal ash-tray haben, und weil ich nicht wußte, welche Wurst das ist, habe ich gesagt, er soll mal draufzeigen. Hat er aber nicht, sondern bloß gelacht und immer wieder ash-tray verlangt. Schließlich bin ich ins Office gerast und habe gefragt. Woher sollte ich denn wissen, daß der Kerl bloß 'n Aschenbecher haben wollte?«

Und das peinliche Versehen, mit einem telefonisch georderten Kamillentee in das falsche Zimmer gegangen zu sein, wo statt des magenkranken Staatssekretärs ein kerngesunder Franzose im Bett gelegen hatte, und das nicht mal allein, hatte Katja restlos die Lust auf eine Zukunft im Hotelgewerbe genommen.

Auch jetzt fand sie die Tätigkeit eines Zimmermädchens wenig befriedigend, zumal dieser Job miserabel bezahlt wurde. »In Heidelberg hat das keinen Zweck, da übersteigt das Angebot die Nachfrage«, meinte sie, als man ihr wahlweise den freien Posten einer Toilettenfrau oder diverse Putzstellen in Großraumbüros angeboten hatte. »Wir versuchen es jetzt mal in Heilbronn.«

Da suchte ein großes Einkaufszentrum Kassiererinnen für den Supermarkt. »Warum nicht?« sagte Nicki. »Dabei kann man wenigstens sitzen. Mal sehen, was die zahlen.«

Offenbar war die Auskunft zufriedenstellend. Die Mädchen ließen sich anheuern, wurden drei Tage lang im Umgang mit Registrierkasse und Scanner unterwiesen und dann auf die Menschheit losgelassen. Und jeden Abend begannen sie das gleiche Spiel:

»Blumenkohl?« – »615.«

»Richtig. Fleischtomaten?« – »637.«

»Falsch, 635. 637 ist Sellerie.«

Bis es Rolf zu dumm wurde. »Was soll der Quatsch?«

»Das sind die Registriernummern für Obst und Gemüse, die müssen extra eingetippt werden. Bloß die für Knoblauch kann ich mir nie merken.«

»644«, sagte Nicki. Ob ihre Behauptung, sie habe nachts im Schlaf ihr Kopfkissen über einen imaginären Scanner gezogen, stimmte, weiß ich nicht, aber möglich wäre es schon. Jedenfalls hielten die Mädchen diesmal durch. Sie waren nur nicht begeistert, wenn plötzlich jemand Bekanntes oder gar die Mutter eines ehemaligen Klassenkameraden neben der Kasse stand und etwas herablassend fragte: »So so, hier schafft ihr jetzt? Hot's fürs Schtudium net g'langt? Oder habt ihr net g'wellt? Lieber schnell schaffe ond's Geld verdiena für die Ausschteuer, gell?«

Sechs Wochen lang saßen sie eisern ihre acht Stunden täglich ab (oder auch mehr, denn der Dienstleistungsabend war schon erfunden), dann kauften sie für das Selbstverdiente neue Badeanzüge, ein Zweimannzelt sowie einen halben Zentner Konserven und fuhren an die französische Atlantikküste, Urlaub machen.

»Wer kümmert sich denn inzwischen um euer Grünzeug?« Bisher war wenigstens einmal in der Woche eine der beiden abends in die gemeinsame Wohnung gefahren, hatte gelüftet und die Blumen gegossen (Nickis Zimmer sah ohnehin schon aus wie ein Botanischer Garten), aber mir schwante, daß dieser Liebesdienst jetzt an mir hängenbleiben würde.

»Ist schon geregelt«, beruhigte mich Katja, »ich habe Volker gebeten, die Pflanzen zu gießen.«

»Volker?« sagte Nicki gedehnt. »Der ist doch viel zu unzuverlässig. Dann gieße ich sie lieber selber nicht.«

Sven war es, der mir die Ausflüge nach Dossenheim ersparte. Zusammen mit einem Sack voll Seramis setzte er sich in Marsch, topfte das ganze Grünzeug um und installierte eine komplizierte Anlage, mit deren Hilfe das Gemüse bewässert wurde. Es hat auch ausnahmslos überlebt.

Allmählich hörte der Zulauf akademisch gebildeter Hausgäste auf. Der letzte war Markus, ein schon älteres Semester sowohl an Jahren als auch an Studienzeit, der sich in verschiedenen Sparten versucht hatte und bei keiner richtig hängengeblieben war. Soweit ich mich erinnere, hatte er mit Biologie begonnen, war dann zu Germanistik übergewechselt mit ein bißchen Geschichte nebenbei, hatte zwei Semester Physik belegt und war jetzt bei Mathematik angekommen. »Zur Zeit kriegt er noch Bafög, doch womit er mal seine eigenen Brötchen verdienen will, weiß ich nicht«, hatte Katja gesagt. »Eins hat er uns aber allen voraus: In ›Trivial Pursuit‹ ist er nicht zu schlagen.«

Diese Feststellung nötigte mir denn auch die erwartete Hochachtung ab. *Ich* schaue bei dem vertrackten Frage-und-Antwort-Spiel nämlich nie besonders gut aus!

Markus war ein Typ, der selbst im ausgeleierten Sweatshirt so aussah, als habe er eine Krawatte um, und vermutlich würde er selbst in einer Hängematte steif wie ein Brett liegen. Er war höflich (ich auch), hilfsbereit (ich auch, denn ich sorgte für regelmäßigen Nachschub an Kaffee und nähte ihm zwei abgerissene Knöpfe an), doch als er nach vier Tagen noch immer nicht verschwunden war, wurde ich unhöflich und schmiß ihn raus. Zu Weihnachten bekam ich eine Grußkarte von ihm mit Dank für erwiesene Gastfreundschaft.

Und dann kam der Tag, an dem mir die Mädchen eröffneten, sie würden jetzt nicht mehr so oft nach Hause kommen, da sie »anderweitig engagiert« seien. Die Töpfchen hatten ihre Deckelchen gefunden! Wie es sich gehört, fast zum gleichen Zeitpunkt, und – wie bei Zwillingen nicht erstaunlich – heißen beide Knaben Thomas. Einer studiert was Technisches, der andere ist Tauchlehrer mit eigenem Sportartikelgeschäft. Katja hatte seinerzeit in Kenia mit dem Tauchen angefangen und später weitergemacht, obwohl deutsche Baggerseen für Exkursionen in die Tiefe nicht gerade verlockend sind. Statt Korallenriffen und Feuerfischen sieht man entweder gar nichts oder bestenfalls Zivilisationsmüll, doch wer im nächsten Urlaub die Unterwasserwelt in der Karibik erforschen will, muß erst mal durch heimische Tümpel, sonst darf er nämlich nicht.

Zusammen mit dem noch druckfrischen Befähigungs-Zertifikat präsentierte Katja uns ihren Tom. Eigentlich entsprach er rein äußerlich so gar nicht ihrem Traummann. Er war zwar groß (»Er hat sich gerade die Haare ganz kurz schneiden lassen, damit er bei uns nicht immer die Zimmerdecke fegt«) und dunkelhaarig, trug jedoch einen kurzen Vollbart und war Raucher. Ob auch er so wie ich bei meinen gelegentlichen Besuchen in der Küche zum Dachfenster hinausqualmen muß, weiß ich nicht, nehme es jedoch an. Im übrigen pflegen Verliebte negative Angewohnheiten, die sie bei anderen Menschen kritisieren, bei ihren Angebeteten zu tolerieren.

Meine anfängliche Befürchtung, Tauchlehrer seien so etwas Ähnliches wie Tennistrainer und Skilehrer, die sich in jedem Kurs etwas Passendes für die Freizeitgestaltung suchen, hat sich bis jetzt nicht bewahrheitet. Tauchlehrer sind im Gegenteil sehr solide, sehr fleißig und nie langweilig. Allerdings kenne ich nur den einen.

Nickis Thomas ist ein Einzelkind, ein bißchen verwöhnt, ein bißchen unselbständig, ein bißchen konservativ mit unauffälliger Brille und unauffälligem Auto, der jünger aussieht als er ist, und sich manchmal auch so benimmt. Offenbar erweckt er in meiner Tochter mütterliche Instinkte. Aber er spielt Wasserball, womit zumindest auf *einem* Gebiet gewisse Parallelen bei den Zwillingen wieder hergestellt sind. Wasser ist Wasser, ob einer oben schwimmt oder unten drunter, spielt letztendlich keine Rolle.

Das ganze Ausmaß dieser nunmehr festen Bindungen wurde mir zum erstenmal Anfang Dezember bewußt, als auch bei mir die Weihnachtsvorbereitungen anliefen. Seitdem man hierzulande schon im August Lebkuchen, Ende September Schokoladen-Nikoläuse und im Oktober Adventskalender kaufen kann, komme ich mit dem Jahresablauf immer ein bißchen durcheinander. Ehe ich mich versehe, ist tatsächlich erster Advent, und dann kann es schon mal passieren, daß ich in letzter Minute einen Kranz kaufe und erst zu Hause feststelle, daß er nicht grün ist, sondern grau und eigentlich als Grabschmuck gedacht war.

Traditionsgemäß ist Weihnachten ein Fest der Familie. Da die beiden Thomasse ebenfalls Familie haben, feierten sie Heiligabend zu Hause. Der eine mit Großeltern, Eltern und Geschwistern, der andere mit Mama, Papa, zweimal Oma und Opa sowie diversen Tanten, die der Ansicht sind, daß Weihnachten nur dort schön ist, wo es auch Kinder gibt. Das nunmehr fünfundzwanzigjährige Kind langweilte sich entsetzlich und tauchte zu späterer Stunde doch noch bei uns auf.

Anders die nachfolgenden Feiertage, die ja in erster Linie der kalorienreichen Nahrungsaufnahme dienen. Wir hatten uns darauf geeinigt, daß am ersten Feiertag bei uns gegessen wird, während am zweiten die Thomasse nebst Freundinnen zu ihren Familien fahren würden. Besonders die Tanten legten großen Wert darauf, sie hatten Nicki noch nicht kennengelernt. Zu Weihnachten gibt es Gans. Auch das ist Tradition, an der sogar die Zwillinge festhalten, obwohl sie sonst alle Dickmacher kategorisch ablehnen.

Wer Kinder in die Welt setzt und gelegentlich über die Pamperszeit hinaus an später denkt, hat allenfalls die berufliche Karriere seiner Sprößlinge im Sinn. Kaum jemand macht sich darüber Gedanken, daß sich diese vergnügt krähenden Winzlinge eines Tages verdoppeln werden. Bei einem oder zwei Nachkommen läßt sich das noch in den Griff kriegen, bei fünf ist die Katastrophe förmlich programmiert.

»Wieviel werden wir eigentlich sein?« fragte ich so ganz nebenbei, als wir um unseren Beerdigungskranz saßen, der durch die eine brennende Kerze auch nicht viel weihnachtlicher aussah, vor mir eine Liste mit Dingen, die ich demnächst erledigen mußte. Darunter auch eine genaue Aufstellung aller Vorlieben und Abneigungen, was die Zusammenstellung der bunten Weihnachtsteller betraf. Katja ißt kein Marzipan, liebt aber Nougat, Sven futtert alles außer Blätterkrokant, Steffi bevorzugt Rumkugeln und Walnußpralinen, Vicky mag nichts mit Alkohol, Sascha liebt alles mit Alkohol, Horst Herrmann will keine Milchschokolade, Nicole alles mit lila Papier drum, Rolf ißt gerne Knickebein ... ohne Gedächtnisprothese ist man da aufgeschmissen.

»Was mögen denn die Thomasse und was nicht?«

»Thomas ißt alles und am liebsten Geleebananen«, sagte Nicki. Nun ja, mal was Neues, Geleebananen hatte ich noch nie auf meiner Wunschliste.

»Tom mag keine Süßigkeiten«, gab Katja zu Protokoll. »Einmal hat er bei uns tatsächlich zwei Stück Kuchen gegessen und hinterher gesagt, damit sei sein Jahresbedarf an Süßem gedeckt. Geschmeckt hat es ihm sowieso nicht, er wollte bloß höflich sein. Das war noch ganz am Anfang, weißt du.«

Das war eine völlig neue Situation. Ein männliches Wesen, gleich welchen Alters, das sich nicht auf jedes Stück Schokolade stürzt, war mir noch nicht untergekommen. »Ich kann dem armen Kerl doch nicht zwei Tüten Kartoffelchips auf seinen bunten Teller kippen.«

»Könntest du«, sagte Katja, »mußt du aber nicht. Es gibt ja inzwischen diese niedlichen Pizza-Kekse oder bei Hussel das asiatische Knabberzeug. Käsegebäck ißt er auch gerne, da finden wir schon was.«

Ich schrieb auf meine Liste: Tom = Salziges. »So, und jetzt will ich endlich wissen, wer sich am ersten Feiertag um meinen Freßnapf schart.«

»Ist doch ganz einfach.« Nicki zählte auf: »Erst mal der Familienstamm, das sind immer sieben gewesen und sind es heute noch, dann Vicky, Horst Herrmann, Thomas und Tom. Daß Svens

Tussie kommt, glaube ich nicht, soviel ich weiß, fliegt die mit ihren Eltern über Weihnachten nach Gran Canaria. Die haben doch Kohle ohne Ende.«

»Also sind wir elf«, rekapitulierte Katja, »wo liegt das Problem?«

»In der Gans! Eine ist zuwenig, und zwei kriege ich nicht in den Ofen.«

»Das ist ein Argument«, gab sie zu, »da müssen wir uns wirklich was einfallen lassen.« Ihr fiel auch tatsächlich etwas ein. »Den zweiten Vogel schieben wir drüben bei Sascha in die Röhre.«

»Und ich renne alle halbe Stunde fünfzig Meter weit, um das Vieh zu begießen, oder wie stellst du dir das vor?«

»Dabei wechseln wir uns eben der Reihe nach ab.«

Na gut, das wäre eine Möglichkeit, doch: »Wie soll ich elf Leute um den Tisch kriegen?«

»Das könnte in der Tat etwas eng werden«, räumte sie ein. »Vielleicht ginge es, wenn wir den kleinen Eßtisch von Sascha dazustellen?«

»Aber wohin mit den Stühlen? Soviel Platz haben wir doch gar nicht«, warf Nicki ein.

»So viele Stühle auch nicht. Ich bekomme maximal zehn zusammen einschließlich des Hockers aus dem Bad.«

»Sascha hat doch auch welche.«

»Der wird sich schön bedanken, wenn wir ihm ausgerechnet zu Weihnachten die halbe Bude ausräumen«, erwiderte ich.

»Ach was, dafür kriegt er ja ein kostenloses Mittagessen.«

Er erhob auch keinen Protest, sondern stellte im Gegenteil vom Salzstreuer bis zur Aufschnittgabel alles zur Verfügung, was mir vielleicht noch fehlen würde. Sogar seine handgeschliffenen Gläser, Hochzeitsgeschenk einer begüterten englischen Tante, die er nie gesehen hatte.

Die Gläser brauchte ich nicht, sie waren das einzige, wovon ich selber genug hatte. Alte Römer mit dicken geriffelten Stielen, ererbt von meinem Großvater. Da wir sie nie benutzten, waren sie sogar noch vollständig. Anderthalb Dutzend.

Im Gegensatz zu meinem Geschirr, das nur noch aus Fragmenten bestand. Wie in jeder deutschen Familie üblich, hatten wir mal zwei verschiedene Ausführungen besessen, eine für täglich, die andere für »gut« wobei unsere Meinungen, wann denn nun das gute aufzulegen sei, schon immer auseinandergegangen waren. Ich hätte es am liebsten nie auf den Tisch gestellt, weil es ein so herziges Streublümchenmuster hatte, das allenfalls für Kaffeetassen akzeptabel gewesen wäre. Doch meine Großmutter, Malchen Jäger, hatte schon immer ein Faible für Blumen gehabt; das hatte bei Maiglöckchenparfüm angefangen und bei sonnenblumenbestickten Sofakissen noch lange nicht aufgehört. Dieses als gut deklarierte Geschirr stammte auch von ihr und war uns zum zehnten Hochzeitstag überreicht worden. Weil wir damals erst drei Kinder hatten und der Wunsch nach weiterem Nachwuchs noch nicht geäußert worden war, hielt Omi die Ausführung für sechs Personen als ausreichend. Ein paar Jahre später saßen jedoch sieben Leute am Tisch, was die Aufstockung der Blümchenteller notwendig gemacht hatte. Allerdings konnte man das Dekor nicht mehr nachkaufen, es hatte sich schon damals um ein Auslaufmodell gehandelt. Komplett war es ohnedies nicht mehr, denn die zum Küchendienst verpflichteten Helfer hatten im Laufe der Jahre für erhebliche Dezimierung gesorgt.

Genaugenommen hatte mich mein unzulänglicher Geschirrbestand nie gestört. Unsere Freunde auch nicht. Für den Kaffee – wenn sie denn welchen tranken – benutzten sie lieber die Keramikbecher, da ging mehr rein, Gläser hatten wir genug, Suppentassen auch, und zum Abendessen stellte ich rustikale Holzbretter hin. Mittags hatten wir selten Gäste, abgesehen von der zeitweiligen Studenteninvasion, doch die war mehr an dem interessiert, was drauflag, als an den sowieso nicht vorhandenen Markenzeichen der Teller.

Jetzt sah die Sache allerdings anders aus. *Mir* hätte es ja nichts ausgemacht, meine Gänsekeule von einer blauweiß gemusterten Aufschnittplatte auf meinen Streublümchenteller zu legen, aber ich wollte die Zwillinge nicht blamieren. Zu genau konnte ich mir ausmalen, wie die Tanten am Abend über Thomas herfallen und ihn ausfragen würden, und wenn ich ihm auch keine umfassenden Kenntnisse in puncto Tischkultur zutraue, so würde er trotzdem mein Sammelsurium an Einzelstücken ziemlich genau beschreiben können.

Bei Tom hätte ich weniger Bedenken gehabt. Der war schon ein ganzes Stück in der Welt herumgekommen und hatte sogar einmal geröstete Maden auf Baumrinde essen müssen. Wo das gewesen ist, weiß ich nicht mehr, doch es muß eine sehr unzivilisierte Gegend gewesen sein.

Es half nichts, ich mußte wohl oder übel zum Ankauf eines neuen Services schreiten. Für zwölf Personen. Und mit mindestens zehn Jahren Garantie für Nachlieferung. Eventuelle spätere Verlobungs- beziehungsweise Hochzeitsfeierlichkeiten waren ja auch einzukalkulieren, denn nicht jeder meiner Nachkommen würde im Ausland heiraten, was ich im nachhinein übrigens als äußerst bequem empfunden hatte.

Die Zwillinge beorderten mich für Dienstag nach Heidelberg. Da hätten sie morgens nur zwei Stunden Vorlesung und anschließend genügend Zeit, mir beim Geschirrkauf beratend zur Seite zu stehen. »Letztendlich müssen wir ja auch davon essen.«

»Begonnen haben wir bei den diversen Kaufhäusern. Außer schlichtem Weiß mit erhabenem Teppichfransenmuster fanden wir nichts, das in Frage gekommen wäre. Präzise ausgedrückt: *Ich* fand nichts, die Zwillinge schon. Katja verliebte sich sofort in ein schwarzgrün gestreiftes Service mit eckigen Tellern und konisch verformten Schüsseln. »Sieht das nicht stark aus?«

»Zumindest originell«, gestand ich ihr zu, doch ich suchte nichts Originelles, sondern etwas Modernes, das trotzdem solide aussehen sollte.

»Was schwebt dir denn so vor?« hakte Nicki nach.

»Weiß ich doch nicht.«

»Und mit solch präzisen Angaben soll man nun einkaufen gehen.«

Die Geschirrabteilungen der Kaufhäuser hatten wir bald durch, jetzt kamen die Spezialgeschäfte dran. Sie zeichneten sich durch beflissene Verkäuferinnen aus, aber das, was ich suchte, hatten sie auch nicht. Ich wollte keine Teller mit Goldrand, und die mit dem dezenten hellgrünen Streublümchendekor (es scheint nie auszusterben!) schon gar nicht.

Als um halb sieben die Läden schlossen, hatte ich einen Christstollen gekauft, drei Packungen Weihnachtsservietten und eine Seifenschale für die Küche.

»Ich versuche es mal in Heilbronn«, sagte ich, nachdem ich die Mädchen vor ihrer Haustür abgesetzt hatte, »vielleicht finde ich dort etwas. Die Schwaben sind solide Leute, die kaufen keine eckigen Teller.«

Diesmal nahm ich Vicky mit. Sie hatte inzwischen recht gut Deutsch gelernt und stand (steht!) nur noch mit dem Sie, das es im Englischen ja nicht gibt, auf Kriegsfuß, doch das scheint niemanden zu stören. Jeder Verkäufer überschlägt sich vor Eifer, wenn sie mit ihrem unnachahmlichen Lächeln fragt: »Kannst du mir das rote Topf da oben einmal zeigen, bitte?«

Um die Kaufhäuser machten wir gleich einen Bogen, sie würden auch nichts anderes zu bieten haben als ihre Heidelberger Filialen, aber »Glas und Porzellan« galt als Fachgeschäft. Es war auch eines, hauptsächlich für Glas, und ein Eßservice aus Acryl wollte ich nun doch nicht haben, es erinnerte mich zu sehr an Campinggeschirr.

Die Abteilung Porzellan bot Blumenvasen jeglicher Größe an mit viel Gold und Schnörkel, nachgemachtes Meißen (Omi hatte auch mal Zwiebelmuster besessen, bis sie es kurz nach dem Krieg an die Amis verscherbelt hatte, aber das war wenigstens echt gewesen), Kerzenständer und Porzellankörbe mit bunten Engelchen als Griff. Drei Tische waren mit Geschirr dekoriert. Eins zeigte weihnachtliche Motive (wer, um alles in der Welt, kauft sich ein Service für nur drei Tage im Jahr?), das zweite kannte ich schon, es war das mit dem Goldrand, und das dritte war tiefschwarz. Ein etwas zu scharf gebratenes Steak würde man nur mit Mühe darauf finden.

»Ich verstehe nicht, weshalb in Deutschland haben die Leute eine solche schlechte Geschmack«, sagte Vicky, als wir Putten und Engelchen hinter uns gelassen hatten und auf der Suche nach dem nächsten Geschäft waren. »In England es ist sehr leicht zu finden gutes Geschirr.« Für den, der Teetassen mit handgemalten Rosen drauf liebt, sicherlich.

Im letzten Geschäft, das mir meine Putzfrau als »arg gut sortiert« empfohlen hatte, hätte ich beinahe zugegriffen, allerdings mehr aus Verzweiflung. Mindestens acht Läden hatten wir abgeklappert, mindestens achtzig verschiedene Muster begutachtet, teilweise nur im Katalog, aber »des bschtelle mer Ihne gern«, und noch immer nichts gefunden, was meiner Vorstellung nur annähernd entsprochen hätte. Hellgrau mit Rosa war zwar auch nicht das, was ich suchte, aber es sah wenigstens sehr edel aus. »Zusammen mit rosa Servietten und passenden Kerzen müßte es eigentlich wirken«, sagte ich zu Vicky. Wennschon, dennschon!

Sie schüttelte nur den Kopf. »Das du dir siehst bald übrig. Es ist genau wie mit zu moderne ... wie heißt diese Papier an die Wände?«

»Tapeten?«

»Ja, Tapeten. Erst dir gefällt großartig, und nach ein Jahr du kannst nicht mehr sehen.«

Recht hatte sie! Also kein Rosa und Grau, dann schon lieber Steingut, ganz weiß ohne Schnörkel. Gab's billig bei Ikea, Erstausstattung für junge Paare.

Welcher Zufall uns in jene Ecke geführt hatte, an der ich, wenn überhaupt, immer nur achtlos vorbeigelaufen war, kann ich nicht mehr sagen. Wahrscheinlich wäre ich auch diesmal vorübergegangen, hätte Vicky mich nicht zurückgehalten. »Sieh mal, Evelyn, hier ist noch eine kleine Geschäft, aber die Fenster sieht gut aus.«

Kunststück, es war das Rosenthal-Studio! Und klein war es keineswegs, es wirkte nur von außen so winzig. Eine Treppe höher betraten wir ein Paradies, angefüllt mit mattschimmerndem Porzellan und funkelndem Kristall. Und da stand es, mein Service, in der dritten Vitrine links. Ein kleines bißchen asymmetrisch mit einem wie zufällig entstandenen Dekor in zwei verschiedenen Grautönen.

»Das ist es!« sagte ich sofort. Vicky pflichtete mir bei. »Es ist sehr schön und sicher sehr teuer.«

Das stimmte. Als wir die nötigen Zubehörteile wie Schüsseln,

Sauciere, Platten und was sonst noch auf einen festlich gedeckten Tisch gehört, zusammengestellt hatten und die Verkäuferin die einzelnen Beträge in die Kasse tippte, kam eine Summe heraus, für die ich den halben Geschirrbestand von Ikea hätte erwerben können. »Das schenke ich mir eben selbst zu Weihnachten! Im vergangenen Jahr ist es die Perlenkette gewesen, diesmal ist es Porzellan. Beides hat bleibenden Wert.« Ich wandte mich an die Verkäuferin. »Und jetzt hätte ich gern das gleiche nochmals als Kaffeeservice.«

»Du bist verrückt!« sagte Vicky.

»Ich weiß, nur bezeichnet man das in meinem fortgeschrittenen Alter nicht mehr als verrückt, sondern als exzentrisch.«

Zum Einladen der porzellanenen Kostbarkeiten durften wir sogar in die Fußgängerzone fahren, ein Privileg, das ich mir schon immer gewünscht hatte, hauptsächlich dann, wenn so ein Lieferwagen, den ich nicht hatte kommen sehen, genau neben mir durch eine tiefe Regenpfütze gebrettert war.

Unser Einkauf hatte nur einen Haken: Die beiden Services waren nicht vollständig. Als wir endlich nach Hause fuhren, lagen im Kofferraum acht Suppenteller, zehn Eßteller, zwei Schüsseln und die Sauciere. Der Deckel von der Zuckerdose war unauffindbar gewesen. Die Verkäuferin, in der Schlußphase der Verhandlungen durch den Geschäftsführer verstärkt, hatte mich jedoch beruhigt. Selbstverständlich kämen die fehlenden Teile noch vor den Feiertagen, und ebenso selbstverständlich werde man sie mir dann unverzüglich zustellen. Vielen Dank und auf Wiedersehen.

Rolf begutachtete meine Neuerwerbung, fand sie sehr schön, aber viel zu teuer, obwohl ich ihm nur die Hälfte des wirklichen Preises genannt hatte. Hätte ich ihm die Wahrheit gesagt, würde er sich vermutlich geweigert haben, jemals davon zu essen. Regelrecht begeistert war Sascha. »Das sieht wirklich toll aus! Da mache ich was draus. Den Tisch decke *ich*, und keiner redet mir drein, klar?«

Aber bitte, gern. Schließlich hatte er das gelernt.

»Ich brauche nur noch ein paar kleine Accessoires, aber die muß ich selber aussuchen. Am Samstag habe ich Zeit, da fahren wir zusammen los, einverstanden?«

Was blieb mir anderes übrig? Wer A sagt, muß bekanntlich auch B sagen, doch wenn ich gewußt hätte, wie B aussieht, hätte ich wahrscheinlich sogar auf A verzichtet.

»Erst mal müssen wir eine graue Tischdecke haben«, sagte mein Sohn, als er sich hinter das Steuer klemmte, »ungefähr drei Meter lang und einsachtzig breit. So etwas hast du doch nicht, oder?«

Ich hatte überhaupt keine Tischdecken für unseren Eßtisch, weil wir Sets benutzen. Riesentücher schon gar nicht. »Bei Partys mit kaltem Büfett nehme ich immer ein Bettlaken, aber das ist dir wohl zu profan?«

Er antwortete überhaupt nicht. Erst nach einer Weile zählte er weiter auf: »Silbernes Deko-Band, ein bißchen was Weihnachtliches und dann natürlich Kerzenständer.«

»Die habe ich«, bremste ich sofort ab, »und zwar in genügender Menge.«

»Ja, ich weiß, deine Keramikleuchter, aber die passen nun wirklich nicht dazu.«

»Ach nein, und woran hast du gedacht?«

»Weiß ich noch nicht, das muß man sehen. Glas vielleicht, wenn dir Silber zu teuer ist.«

»Das *ist* mir zu teuer, und außerdem muß man es immer putzen. Mir reicht schon die blöde Messinglampe.«

Natürlich gab es in keinem Geschäft eine Tischdecke des von Sascha gewünschten Ausmaßes, und was uns an sogenannten Tafeltüchern vorgelegt wurde, war weiß, rosa und hellblau. Oder mit Blümchen.

»Dann mußt du eben eine nähen lassen!« Er steuerte die Stoffabteilung des Kaufhauses an. Die Länge hätte zwar gestimmt, nur die Breite nicht, das wäre lediglich bei hellgrauer Futterseide der Fall gewesen, und die wiederum wollte Sascha nicht.

»Also doch Bettlaken?«

»So weit sind wir noch lange nicht. Jetzt kaufen wir erst mal Leuchter.«

Die Geschäfte kannte ich alle schon, es waren die mit dem Goldrandporzellan und den Engelkörben. Bereits im dritten fanden wir das nach Saschas Ansicht »genau richtige«. Eine Art überdimensionaler Weingläser, deren lange Stiele hohl waren und mit Wasser gefüllt werden mußten. Wenn später die darin befindlichen Kerzen herunterbrannten, sollte das Wasser entsprechend steigen, so daß zum Schluß die Kerzenstummel immer noch in gleicher Höhe auf der Flüssigkeit schwimmen würden. Den physikalisch bedingten Vorgang habe ich bis heute nicht kapiert, und geklappt hat die ganze Sache sowieso nicht.

Schon mehrmals hatte ich Sascha auf die Rollen mit silbernem Geschenkband aufmerksam gemacht, das er ja auch noch haben wollte, aber er hatte nur verächtlich abgewinkt. »Doch nicht so was, ich suche ganz etwas anderes.« Was genau, konnte er mir aber nicht sagen. Wenigstens durfte ich einige künstliche Tannenzweige kaufen, die später in der Mülltonne landeten, weil sie nach Meinung unseres Serviermeisters zu kitschig ausgesehen hätten.

Eine Tischdecke hatten wir noch immer nicht. Nach kurzem Zögern schlug er den Weg zur Hauptpost ein und verzog sich in die Ecke mit den Telefonbüchern. Im Branchenverzeichnis fand er das, was er suchte. »Ich wußte doch, daß wir hier so was haben.«

»So was« entpuppte sich als Spezialgeschäft für Dekoration und Schaufenstergestaltung, irgendwo außerhalb gelegen, sehr groß und sehr voll. (Weihnachtseinkäufe sind das beste Training für den Winterschlußverkauf!) Wir kämpften uns vorbei an riesigen Christbäumen von Gold bis Lila, Säcken voll versilberter Tannenzapfen, die man selber abwiegen mußte, an kilometerlangen Glitzerketten, alle auf Kabeltrommeln gewickelt (Metermaß daneben) bis hinten zur Stoffabteilung. Und da endlich leuchteten Saschas Augen auf. Er zog einen Ballen Graues aus dem Regal und legte ihn auf den Tisch. »Genau die Farbe, die wir brauchen.«

Als Bezugsstoff für Sitzkissen hätte ich den Stoff akzeptiert, notfalls auch als Übergardine, doch Sascha ließ mich gar nicht erst zu Wort kommen. »Ja, ich weiß, normalerweise hängt das irgendwo im Schaufenster, und davor steht eine Klosettschüssel oder 'ne Puppe im Negligé, aber das ist doch völlig wurscht. Die Farbe paßt, und darauf kommt es an.«

Mir war sowieso schon alles egal, sollte er doch machen, was er wollte. Die Silberfolie fanden wir auch noch. Sie war fünfzehn Zentimeter breit, hatte lauter kleine Löcher und fühlte sich an wie die Rollfilme für Kleinbildkameras.

Der Handhabung einer Nähmaschine unkundig und nicht gewillt, zehn Meter Tischtuch mit Nadel und Faden zu säumen, brachte ich das voluminöse Stück Stoff zu unserem Schneider, der auch immer meine Hosen kürzen muß (meine Körpergröße ist nämlich völlig aus der Mode!). Der betrachtete zweifelnd die Stoffbahn. »Ha no, was gibt denn des? An Theatervorhang?«

»Nein, eine Tischdecke.«

»Ja, wenn Se moine …«

Bei den Architekten der siebziger Jahre waren Wohnküchen verpönt gewesen und Eßzimmer als Relikt der Vorkriegszeit aus den Bauplänen verbannt worden. Statt dessen erfand man Eßdielen, die immer direkt neben der Küche liegen, was für die Hausfrau natürlich vorteilhaft ist. Als weniger vorteilhaft erweist sich die Tatsache, daß von diesen Eßdielen nicht nur die Tür zur Küche abgeht, sondern häufig auch noch die Treppe nach oben beziehungsweise die andere hinunter zum Keller. Bei uns ist das jedenfalls so. Genaugenommen ist dieser Raum nichts anderes als ein quadratischer Flur, in dem gerade so viel Platz ist, daß man Tisch, Stühle und – wenn man Glück hat und etwas schmales Hohes findet – ein vitrinenartiges Möbel aufstellen kann.

Nachdem wir den Eßtisch bis zum allerletzten Zwischenstück verlängert hatten, konnte man elf Gedecke unterbringen, vorausgesetzt, jeweils zwei Personen würden sich einen Stuhl teilen. Mehr paßten nicht hin.

»Versuchen wir es mal halbschräg«, sagte Sascha. Das ging, nur hätten die am Fenster Sitzenden unterm Tisch durchkriechen müssen, um zu ihren Plätzen zu kommen.

»Und wenn wir die Tafel einfach im Wohnzimmer aufbauen?«

»Geht nicht, da ist der Weihnachtsbaum im Weg.« Katja hatte schon die zur Verfügung stehende Fläche ausgemessen. »Es sei denn, wir stellen die Sessel solange auf die Terrasse.«

Damit war nun wieder ich nicht einverstanden. »Möglich, daß euch diese Kleinigkeit entgangen ist, aber draußen regnet es.«

»Also doch schräg«, bestimmte Sascha, »dann müssen eben die mit der leistungsfähigsten Blase an die Fensterseite. Aufstehen während des Essens geht nicht.«

Von weihnachtlichem Frieden oder gar Besinnlichkeit konnte bei uns keine Rede sein, es herrschte nur noch Hektik. Die Gans brutzelte zwar schon leise vor sich hin, aber jedesmal, wenn ich die Küche verlassen wollte, mußte ich mich an den übereinandergestapelten Stühlen vorbeidrücken oder aufpassen, daß ich nicht mit einem anderen Übereifrigen kollidierte. Am Couchtisch im Wohnzimmer schälte Nicki Kartoffeln, Steffi stand im Anorak draußen unterm Balkondach und schnippelte Rotkohl für den Salat, und Sven hockte auf der dritten Treppenstufe und versuchte das Geheimnis der schwimmenden Kerzen zu ergründen. Katja hatte sich zwecks Beaufsichtigung der zweiten Gans in das Haus ihres Bruders begeben. Vicky hatte nämlich keine Ahnung von Gänsen, kannte sie nur aus dem Fernsehen und hatte noch nie eine gegessen. In England gibt es zu Weihnachten Turkey. Von ihren Vegetariermenüs war sie in der Zwischenzeit abgekommen, bei dreimal wöchentlich Brokkoli mit Sahnesoße ja auch kein Wunder. Ihr Zugeständnis an normale Kost beschränkte sich allerdings auf Fisch und weißes Fleisch. Jetzt gab es zum Brokkoli wenigstens noch ein Hühnerbein oder ein bißchen Putenbrust. Da eine Gans im Urzustand auch Federn hat, fiel sie also nicht unter das Tabu.

Suppe gab es nicht. Bis zum verlorengegangenen Zuckerdosendeckel waren die fehlenden Geschirrteile termingerecht angeliefert worden, nur die Suppenteller nicht. Ein bedauerliches Versehen, untröstlich, gar nicht zu verzeihen, doch die Hektik vor den Feiertagen … Ich entschuldigte alles und strich die Suppe.

Als die Kartoffeln schon zum zweitenmal übergekocht waren, dekorierte Sascha immer noch. Die Thomasse waren inzwischen gekommen, hatten artig ihre Blümchen abgeliefert und im Wohnzimmer Platz genommen. Rolf war zum Tanken gefahren und noch nicht zurück. Horst Herrmann hatte sich um den Wein kümmern wollen und saß immer noch im Keller. Mir egal, dann war er wenigstens nicht im Weg.

Das Telefon klingelte. Katja. »Ich glaube, die Gans muß aus dem Ofen, oder ist es normal, wenn sie oben schwarz wird?«

Sascha schrie nach Stecknadeln, mit denen er die Silberfolie am Tischtuch feststecken wollte, sie würde sich immer wieder zusammenrollen. Endlich lag sie flach. »Wo ist das Besteck?«

»Auf dem Tablett unterm Weihnachtsbaum.«

Kurzes Klappern, dann die entsetzte Frage: »Määm, du willst doch wohl nicht im Ernst diese Gartengeräte auf den Tisch legen?«

»Warum nicht, das ist klassisches Tafelsilber.«

»Das sind Mordinstrumente! Damit ißt doch heutzutage kein Mensch mehr.«

Wahrscheinlich hatte er recht. Dieses schwere, unhandliche Besteck hatte ich ebenfalls von meinen väterlichen Großeltern geerbt, aber die hatten auch noch ein richtiges Eßzimmer gehabt mit großem runden Tisch, gradlehnigen Stühlen, zwei Kredenzen und passenden Ölgemälden. Ich habe nie verstanden, weshalb der tote Fasan, in vollem Federkleid dekorativ auf einen Zinnteller gebettet, appetitanregend wirken sollte. Und das an der gegenüberliegenden Wand hängende Bild mit der durchgeschnittenen Melone und den Weintrauben drumherum fand ich auch nicht viel besser.

Ach so, das Besteck. »Von dem anderen kriege ich nicht genug zusammen.«

»Dann müssen wir das goldene nehmen«, bestimmte mein Sohn. »Schick mal jemanden rüber, der unsern Kasten holt.«

Nun hört sich »das goldene Besteck« ziemlich hochtrabend an, und wer sich noch an die Klatschgeschichten über Curd Jürgens erinnert, weiß vielleicht, daß dessen goldenes Tafelgeschirr als Ausdruck höchster Dekadenz oft genug durch die Regenbogenpresse gegeistert ist. Mit unserem Gold hat es eine andere Bewandtnis. Von seiner Weltreise hatte mir Sascha einen Besteckkasten mitgebracht, angeblich recht preiswert in Bangkok gekauft, erfolgreich durch den Zoll geschmuggelt und bestückt mit einem kompletten Satz für sechs Personen. Die Griffe sind aus Rosenholz und die Metallteile aus einer Legierung, die tatsächlich ein bißchen wie Gold aussieht.

Leider sind die meisten Asiaten uns Europäern an Körpergröße unterlegen, und dementsprechend fällt alles aus, was da unten hergestellt wird. Man merkt das ja auch an Textilien. Steht »Made in Hongkong« drauf, muß man sie zwei Nummern größer kaufen. Genauso ist es mit dem Besteck. Es sieht alles so niedlich aus. Die Gabeln sind kaum länger als unsere Kuchengabeln, und mit den Fischmessern kann man bestenfalls einer Sardine zu Leibe rücken. Als ich einmal bei einem Familiengeburtstag den »goldenen« Tortenheber rausgeholt hatte, konnten wir ihn nicht benutzen, weil die Auflagefläche viel zu klein war. Anscheinend ißt man in Thailand nur Petits fours.

Mit Saschas Besteck, der seinen identischen Kasten auch in einem Schrank vergraben hat, bekamen wir elf Gedecke zusammen. So ganz paßten sie nicht zur Silberfolie, aber das störte jetzt nicht mal mehr Saschas ästhetisches Empfinden. Genau wie wir hatte er nur noch Hunger. Schnell band er noch die Hängeleuchte hoch, die sonst irgend jemandem vorm Gesicht gebaumelt hätte, dann betrachtete er befriedigt sein Werk. Wir ebenfalls.

»Sieht sehr schön aus, aber wenn du nicht bald die Gänse tranchierst, sind sie kalt«, erinnerte ich ihn, band ihm eine Schürze um und schickte ihn in die Küche. Sven schoß ein paar Fotos, auf daß das festliche Stilleben auch der Nachwelt erhalten bliebe, aber die sind längst nicht so schön geworden wie die zehn Meter Videofilm, heimlich aufgenommen von Horst Herrmann, als die drei Mädchen unter dem Tisch zu ihren Plätzen krabbelten.

Im übrigen hat der Gänsebraten auch nicht anders geschmeckt als all die Jahre davor, als wir noch kein Rosenthal-Studio-Line »Asymmetrica« besaßen.

## 12

»Wir haben eine Überraschung für dich«, verkündete Nicki, als ich mal wieder mehrere Tage »auf Dichterlesung« war und zwecks Entgegennahme etwaiger Katastrophenmeldungen das spätabendliche Telefonat mit den Daheimgebliebenen führte. Die

Mädchen hatten sich bereit erklärt, eine Woche lang die Uni zu schwänzen sowie auf Liebes- und Großstadtleben zu verzichten, um ihren Vater vor dem Hungertod zu bewahren. Zwar hatte sich auch Vicky als Köchin angeboten, doch Rolf mag keinen Brokkoli mit Sahnesoße.

»Was für eine Überraschung?«

»Sage ich nicht«, kam es kichernd aus dem Hörer, »sonst wäre es ja keine mehr.«

Nun bin ich dank langjähriger Erfahrung jeglichen Überraschungen gegenüber mißtrauisch. Eine Überraschung kann zum Beispiel ein frisch angelegtes Beet im Garten sein, dem mein Haselnußstrauch zum Opfer fallen mußte, und das nur, weil Sven im Sonderangebot für 4,95 Mark fünfzig Dahlienzwiebeln erstanden hatte. Aufgegangen sind dann tatsächlich siebzehn Stück.

Eine Überraschung war auch der neue Küchenboden, praktischerweise in blendendem Weiß, damit man auch jeden Kaffeetropfen darauf sieht. Himbeermarmelade macht sich ebenfalls gut, und ganz besonders wirkungsvoll sind Tomatenflecken. Die kriegt man nur mit Scheuersand weg.

Nun hatte ich also eine neue Überraschung zu erwarten und in meinem ungemütlichen Hotelzimmer Zeit genug, darüber nachzudenken.

Er stand schon in der geöffneten Tür, als ich vor das Haus fuhr, um Koffer, Bücher und Blumenstrauß auszuladen. Aufgeregt trippelte er hin und her und versuchte immer wieder, die erste Treppenstufe hinunterzuspringen, scheute dann aber doch jämmerlich quiekend vor der unüberwindlichen Höhe. Die kleinen Schlappohren wedelten mit dem winzigen Schwänzchen um die Wette.

»Was ist denn *das*?«

»Ein Hund«, sagte Katja.

»Das sehe ich auch, aber was wird das mal für einer, wenn er fertig ist?« Ich stand noch immer neben der offenen Autotür und starrte auf das Fellbündel. Jetzt hatten mir die Gören doch tatsächlich einen Wauwau aufgehalst.

»Das ist ein echt bayrischer Rauhhaardackel.« Katja nahm den

Kleinen auf den Arm und kam die Treppe herunter. »Ist der nicht süß?«

Vorsichtig strich ich über sein Köpfchen, und sofort war eine winzige rosa Zunge da, die hingebungsvoll mein Handgelenk abschleckte.

»Nun nimm ihn doch mal, es ist ja deiner!«

Als Kind hatte ich mir immer einen Hund gewünscht, doch nie einen bekommen, weil nach Omis Ansicht ein Tier nicht in eine Mietwohnung gehörte. Sie duldete nicht mal einen Vogel. Folglich suchte ich mir einen Leihhund in Gestalt eines Foxterriers, der unserer Hauswartsfrau gehörte und von mir zweimal täglich zum Gassigehen abgeholt wurde. Drei Jahrzehnte später wollten meine eigenen Ableger einen Hund, und diesmal streikte *ich.* Wir besaßen bereits eine ständig wechselnde Anzahl von Goldhamstern (sie richtete sich danach, wie schnell Sven den jeweiligen Nachwuchs wieder los wurde, es fanden sich immer seltener Abnehmer), ferner zwei australische Springmäuse, eine heimatlose Katze, einen zugeflogenen Wellensittich, eine Schildkröte und einen Igel, der bei uns im Keller überwintert und sich später in der Hecke häuslich niedergelassen hatte. Einen Hund brauchten wir wirklich nicht mehr. Die Kinder hatten das eingesehen und sich nun ihrerseits Leihhunde geholt, wobei Steffi es nicht unter einer Dogge machte, während sich die Zwillinge mit einem Beagle begnügten, der immer das Katzenfutter auffraß.

»Wie heißt er denn? Oder ist er eine Sie?« Das Hundebaby hatte sich inzwischen bis zu meiner Schulter vorgearbeitet und begann mein Ohr abzulecken.

»Es ist ein Er und heißt Zorro.«

»Blödsinn!«

»Kein Blödsinn. Das steht im Stammbuch.«

»Dann müssen wir ihn eben umtaufen.« Zorro war Tyrene Power, umschwärmter Filmheld der fünfziger Jahre, wie er mit wehendem Umhang und schwarzer Maske auf einem feurigen Rappen über die Leinwand preschte und alle Bösewichter erdolchte, die die armen mexikanischen Bauern drangsalierten. Der Dackelwelpe sah aber gar nicht mutig aus. »Wie alt ist er überhaupt?«

»Drei Monate.

»Ist er wenigstens schon stubenr ...«

Nein, er war es nicht. Als ich die Autotür zuschlug, schreckte er zusammen, und dann lief es auch schon lauwarm über meine Hand. »Iiihhh ...«

»Nun hab dich nicht so!« Katja nahm mir den Hund ab und setzte ihn neben die Birke. »Wir arbeiten ja schon seit zwei Tagen daran.« Offenbar ohne nennenswerten Erfolg, oder wie sonst war der kleine Eimer mit Schwamm und Seifenwasser zu erklären, der direkt neben der Küchentür stand?

»Wie seid ihr bloß auf *die* Idee gekommen?« fragte ich eine halbe Stunde später, nachdem die allgemeine Begrüßung beendet war und ich im Sessel vor einer Tasse Kaffee saß. Auf meinen Knien lag Zorro und schlief.

»Freiwillig gehst du doch nie spazieren«, begann Nicole, »Dabei solltest du dich wirklich ein bißchen mehr bewegen. Immer bloß am Schreibtisch sitzen ist höchst ungesund. Jetzt mußt du laufen! Mindestens dreimal täglich.«

»Außerdem ist nun immer jemand da, der sich freut, wenn du nach Hause kommst«, argumentierte Katja.

»Und überhaupt sieht es neuerdings viel zu aufgeräumt bei dir aus. Seitdem wir weg sind, liegt gar nichts mehr rum.«

»Stimmt!« bestätigte ihr Zwilling. »Hier herrscht eine richtig sterile Atmosphäre.«

»Ihr spinnt doch alle beide! Ich genieße es nämlich, nicht mehr dauernd über abgestellte Schulmappen zu stolpern, nicht dauernd Kassetten, dreckige Socken, Kaugummipapier und angebissene Mohrrüben zusammensammeln zu müssen und endlich ein aufgeräumtes Bad zu haben. – Na ja, Lidschatten, Clearasil und vier Sorten Shampoo wird der Hund wohl nicht brauchen. Was hat übrigens euer Vater zu dem Wollknäuel gesagt?«

»Der hat sich gefreut. Kein Wunder, *er* ist ja mit Hunden aufgewachsen. Aber Gassigehen will er trotzdem nicht mehr, hat er gesagt«, fügte Katja kleinlaut hinzu.

Es klingelte. Sofort wurde Zorro wach, wollte von meinem Schoß herunter, schaffte es nicht, winselte kläglich. Ich setzte ihn auf die Erde. Er wieselte zur Tür, die Nicole schon geöffnet hatte, und als er zurückkam, hatte er sich verdoppelt. Sein Ebenbild kugelte neben ihm her, einträchtig beschnupperten sie meine Schuhe, und einträchtig pinkelten sie dicht daneben auf den Teppichboden. »Sind das etwa zwei?« rief ich entsetzt.

»Ja, aber der andere ist mir.« Vicky stand im Türrahmen und lachte Tränen. »Das sind nämlich halbe Brüder.«

»Halbbrüder«, verbesserte Katja. »Sie haben denselben Vater, aber verschiedene Mütter. Deshalb ist Mäxchen auch drei Tage älter.«

»Wenigstens hat er einen vernünftigen Namen«, sagte ich.

»I wo, eigentlich heißt er Yoschi, aber Sascha hat ihn gleich umgetauft.«

»Und wie nennen wir unseren? Moritz?«

»Klingt gar nicht schlecht«, überlegte Nicole laut, »obwohl ich finde, daß er nicht wie ein Moritz aussieht. Eher wie Willi.«

»Willi geht nicht, so hieß mein Großvater, und der hatte mit Hunden nichts am Hut.«

Nach zwei Tagen hatten wir endlich einen passenden Namen gefunden: Otto. Und nach vier Tagen wußte ich, daß mindestens sechs männliche Bewohner der umliegenden Häuser, den Briefträger eingeschlossen, ebenfalls Otto hießen. Erst guckten sie etwas indigniert, wenn ich lauthals hinter ihnen her brüllte, doch dann entdeckten sie das Hundebaby in meiner Nähe und grinsten. Otto bekam ein grünes Halsband, das er nach erbittertem Widerstand schließlich akzeptierte, und eine dazu passende Leine, die wir gleich wieder in die Flurkommode verbannten. Der erste Versuch, den Hund damit aus dem Haus zu bekommen, hätte beinahe mit seinem Selbstmord durch Erwürgen geendet.

Von nun an bestimmte Otto den Tagesablauf. Die Zwillinge waren unter Hinterlassung eines Dackelaufzuchtbuches wieder nach Dossenheim gefahren, und ich las jetzt morgens beim Frühstück statt der Tageszeitung den Leitfaden zur sachgemäßen Aufzucht von Welpen. Im übrigen war er ähnlich ergiebig wie seinerzeit der dicke Wälzer über Babypflege. Sven hatte nichts von dem getan, was er laut Buch hätte tun müssen, er hatte gebrüllt, wenn er hätte schlafen sollen, hatte geschlafen, wenn Essenszeit war, hatte viel zu spät den ersten Zahn bekommen und viel zu früh mit Laufen angefangen.

Otto verhielt sich ebensowenig kooperativ. Brachte ich ihn stündlich in den Garten, wo er nun wirklich genug Auswahl an Bäumen und Sträuchern hatte, dann wuselte er durch den Rasen, schnüffelte sich via Terrasse zurück ins Haus und suchte sich wenig später unter der Heizung oder vor der Bücherwand einen ihm genehmen Platz, den er befeuchten konnte. Es beeindruckte ihn auch nicht im geringsten, daß er anschließend sofort wieder an die frische Luft gesetzt wurde. Den größten Teil des Tages verbrachte ich auf Knien rutschend mit Schwamm und Trockenschaum. Nach vier Wochen hatte ich ihn so weit, daß er wenigstens jedes zweite Mal den Garten bewässerte, aber richtig stubenrein wurde er erst nach Monaten. Rolf meinte dann, ein neuer Teppichboden sei ohnedies mal wieder nötig gewesen.

Vickys Max dagegen war ein sehr intelligenter Hund. Er hob bereits sein Bein vorschriftsmäßig am Baum, als Otto noch wie ein Hundemädchen sitzend in die Gegend pinkelte. Er marschierte stolz an der Leine, während Otto fiepend unter den Tisch kroch, sobald ich mit dem Ding ankam, und Max konnte auch schon bellen, als Otto immer noch heisere Krächzlaute von sich gab. Irgend etwas mußte bei ihm schiefgelaufen sein.

Sein amtlich beglaubigter Stammbaum war zwar länger als mein eigener, doch nach gründlichem Studium stellte ich fest, daß alle an Ottos Entstehung beteiligten Hunde eng miteinander verwandt gewesen waren – Großväter, Neffen ersten Grades sowie Onkel, Cousins und sogar Brüder, samt und sonders adelig (es sei denn, eine eventuelle Mesalliance ist schamhaft verschwiegen worden). Allem Anschein nach war Otto das dekadente Produkt einer Ahnenreihe, die permanent Inzucht betrieben hatte.

Nachdem ich ihn zweimal aus weiter entfernt liegenden Gärten zurückholen mußte, wo er zum Entsetzen der Eigentümer die Blumenbeete durchgepflügt hatte, zäunten wir unseren Garten ein. Bisher hatte die Hecke genügt, jetzt genügte sie nicht mehr. Kostenpunkt: Mehrere hundert Mark. Kurze Zeit später schlossen wir eine Haftpflichtversicherung ab. Die Hose vom Briefträger war nicht ganz billig gewesen. Dann mußten Rolfs Schonbezüge in die Reinigung; Otto hatte das Autofahren nicht vertragen.

Ich habe zwar nie herausbekommen, welchen Betrag die drei Mädchen für Otto hingeblättert haben, doch die Folgekosten hatten schon nach einem Vierteljahr mindestens die doppelte Höhe erreicht. Otto brauchte ein größeres Körbchen, Otto brauchte eine Wurmkur und Spritzen vom Tierarzt. Otto mußte Steuern zahlen, und vor allen Dingen mußte Otto fressen. Wie bei allen Noch-Teenies gehörte seinerzeit die Fernsehwerbung mit zum Lieblingsprogramm der Zwillinge, nur hatten sie sich bis dato mehr für Mode und Pickelbeseitigungsprodukte interessiert. Jetzt wandten sie ihre Aufmerksamkeit den Erzeugnissen der Hundefutterhersteller zu.

»Hast du ihm schon mal die kleinen Lieblingsknochen gegeben?« wollte Katja wissen, während Nicole darauf bestand, ich müsse beim nächsten Einkauf unbedingt das neue Blechbüchsenfutter mitbringen und dürfe auch nicht vergessen, den Petersilienstengel an den Rand vom Freßnapf zu legen. Bald wußte ich genau, was Kauknochen kosten und Hundeschokolade, hatte aber nur noch eine ungefähre Vorstellung von den Preisen für Makkaroni und Filtertüten. Sogar Rolf beschwerte sich. Der Inhalt von Ottos Fach im Küchenschrank enthalte ein größeres Sortiment als die Süßigkeitenschublade im Wohnzimmer. Als ich mich wieder einmal mit dem Büchsenöffner herumquälte, meinte er nur kopfschüttelnd: »Unsere Dackel haben immer das gekriegt, was vom Mittagessen übriggeblieben war. Mir wäre im Traum nicht eingefallen, daß man mal eine Konservendose aufmachen muß, um einen Hund zu füttern.«

Noch immer war Otto nicht zu bewegen, wie ein ordentlicher Hund an der Leine zu laufen. Zog ich nur das betreffende Schubfach auf, verschwand er unter irgendeinem Möbel, und hatte ich ihn dort endlich hervorgezerrt, ließ er sich auf den Bauch fallen, streckte alle viere von sich und sah mich mit herzerweichendem Blick an.

»Setz ihn doch mal auf unser altes Skateboard und zieh ihn hinterher«, empfahl Katja. »Wenn ihm das zu albern wird, springt er von ganz allein runter.« Vielleicht hätte er das wirklich getan, aber ich kriegte ihn erst gar nicht auf das Ding rauf.

Ich holte Max, der beim Anblick seiner eigenen Leine jedesmal vor Freude wie ein Gummiball auf und ab hüpfte, und hielt ihn meinem Angsthasen als lobendes Beispiel vor Augen. Otto hob nur den Kopf, beäugte seinen Kumpan und legte sich wieder platt.

Vielleicht gefällt ihm die Farbe nicht, dachte ich im stillen, ich mag ja auch kein Grün, kaufte eine leuchtendrote Leine und erntete nur einen verachtungsvollen Blick. Auf Rot stand er also auch nicht. Schließlich rief ich Stefanie an. »Wie hast du deinen Hund an die Leine gekriegt?«

Sie lachte laut los. »Will Otto nicht? Jojo wollte auch nicht, da habe ich ihn mit Wurstscheiben geködert. Alle fünf Meter eine.«

Auf die Idee hätte ich wirklich selbst kommen können! Zuerst versuchte ich es mit Geflügelaufschnitt. Ich hielt ihm ein Stückchen als Anreiz vor die Nase, doch Otto schnupperte nur kurz und drehte den Kopf zur Seite. Verständlich, er brauchte ja noch nicht die Kalorien zu zählen.

Vom nächsten Einkauf brachte ich Rindersalami mit. Damit kriegte ich ihn wenigstens auf die Beine. Unter den Arm geklemmt, die drei Stufen hinuntergetragen, auf den Boden gesetzt, Leine am Halsband befestigt. Sofort lag Otto da wie ein gestrandeter Seehund. Zwei Meter vor seine Nase legte ich eine Scheibe Wurst. Er schnüffelte, stellte sich auf seine Pfoten, spürte die Leine, ließ sich wieder fallen und – robbte bäuchlings vorwärts. Nach der fünften Wurstscheibe gab ich auf. Otto hatte tatsächlich die ganze Strecke kriechend zurückgelegt.

Der Tierarzt schüttelte nur den Kopf, als ich ihm meinen Problemfall auf den Tisch setzte und seine genaue Untersuchung forderte. »Vielleicht hat er Rheuma oder Arthritis oder irgendein seelisches Trauma. Ich kenne mich doch mit Hunden nicht aus, das hier ist mein erster.«

»Der Bursche ist kerngesund, dem fehlt überhaupt nichts«, sagte der Herr Doktor, ließ sich die Leine geben, machte sie fest und spazierte los. Und Otto trabte bereitwillig neben ihm her, dreimal um den Tisch herum, dann durchs Wartezimmer bis hinaus auf die Straße.

»Könnte es sein, daß ihm die männliche Autorität gefehlt hat?« Lachend drückte mir der Arzt die Leine in die Hand und schloß die Tür. Otto drehte sich um, sah niemanden mehr und legte sich prompt wieder auf den Bauch. Es nützte ihm nichts. Erst schrie ich ihn an, was er von mir nicht gewohnt war, dann zog ich ihn ohne Rücksicht auf die vielen Kieselsteinchen hinter mir her. Das kannte er auch noch nicht. Er jaulte, fiepte, stemmte alle vier Pfoten in den Boden, doch schließlich gab er auf und folgte mir ergeben. Ich hatte meinen ersten Sieg davongetragen!

Zu Hause kämpften wir allerdings auch weiterhin um die Vormachtstellung. Otto sollte nicht aufs Sofa, Otto wollte aber. Also schlossen wir einen Kompromiß. Wenn die extra für ihn gekaufte Decke dort lag, durfte er. Die Decke lag ständig da. Otto auch. Neben der Decke.

»Das Gute an dunklen Hosen ist, daß man damit so schön die Hundehaare von den Polstermöbeln wegkriegt«, sagte Rolf und trug zu Hause nur noch helle.

»Du solltest den Hund an sein Körbchen gewöhnen«, empfahl Stefanie. »Er muß wissen, daß das sein ureigener Platz ist.«

Das begriff Otto sehr schnell. Der Korb wurde seine Schatzkammer, in der er alles deponierte, was ihm wertvoll erschien: Strumpfhosen, drei Wochen alte, nach mehrmaligem Umlagern im Garten ausgebuddelte Knochen, die Fernbedienung vom Videorecorder, Katjas pelzgefütterten Hausschuh, abgekaute Gardinenschnüre, Ansichtskarten, eine leere Ölsardinenbüchse und gelegentlich auch mal Reste aus seinem Freßnapf, die er wohl als Mitternachtssnack vorgesehen hatte. Nur selber ging er nie hinein. Vielmehr lag er davor und bewachte eifersüchtig seine gehorteten Schätze.

Es half nicht, daß ich jedesmal das Sammelsurium auf die Terrasse kippte, nachdem ich die noch verwertbaren beziehungsweise unappetitlichen Teile aussortiert hatte, Otto konnte sich von nichts trennen. Er schleppte nach und nach die einzelnen Sachen wieder ins Haus, versteckte sie erst einmal an unzugänglichen Stellen, um sie später nach vorsichtigem Rundumblick erneut in seinen Korb zu tragen. War meine Putzfrau anfangs noch erstaunt gewesen, wenn sie hinter der Übergardine einen Quirl und neben dem Schuhschrank einen zerfetzten Socken gefunden hatte, so fragte sie später nur noch: »Im Blumenwagen liegt eine Serviette. Brauchen Sie die noch, oder gehört sie dem Hund?«

Dabei hatte er genug Spielzeug, um den Neid eines Kleinkindes zu erwecken. Gummibälle, Stofftierchen, einen Beißring, das abgeschnittene Hosenbein von Svens Jeans, das man sich so herrlich um die Ohren hauen konnte, und natürlich Quietschpüppchen in verschiedenen Tonlagen, ausnahmslos Mitbringsel tierliebender Freunde, die selbst keine haben. Diese Sachen liebte Otto sehr. Und ganz besonders liebte er sie, wenn im Fernsehen ein Krimi lief. Zehn Minuten vor Schluß, wenn der Mörder gerade unter der Indizienlast zusammenbricht, pflegte Otto durch das Zimmer zu spazieren, in der Schnauze das am lautesten quiekende Spielzeug, und so lange darauf herumzukauen, bis wir entweder den Kasten auf volle Lautstärke drehten, um wenigstens noch das Ende mitzukriegen, oder dem Störenfried die Geräuschquelle entrissen. Das nützte nur nicht viel, denn er holte sofort die nächste. Wir haben auch versucht, ihn auszusperren, doch dann kratzte er so lange empört an der Tür, bis wir sie entnervt wieder öffneten.

Früher hatte für mich Weihnachten immer erst dann begonnen, wenn die Batterien in den neuen Spielsachen leer waren, jetzt ging es mir so ähnlich. Der häusliche Friede war gesichert, sobald ich den Quietschmechanismus von Ottos Püppchen mit einer Stricknadel entfernt oder durch energisches Bohren wenigstens auf eine erträgliche Lautstärke gebracht hatte. Dann allerdings hatte er jegliches Interesse daran verloren und schmiß die Sachen nur noch in der Gegend herum. Sehr zu Katjas Befriedigung. »Nun sieht das Haus doch wenigstens wieder bewohnt aus!«

Ob sich allerdings unsere Nachbarin dieser Meinung angeschlossen hat, bleibt dahingestellt. Als sie mir einen fehlgeleiteten Brief herüberbrachte, trat sie auf Ottos Gummiknochen, verlor das Gleichgewicht und knallte mit dem Kopf an die Haustür. Otto betrachtete diese Entgleisung als persönlichen Affront und fuhr ihr wütend an die Beine, woraufhin sie sich schreiend aufrappelte und die Flucht ergriff.

Abends war der dazugehörige Gatte da. Seine Frau habe sich noch immer nicht beruhigt, einen regelrechten Schock habe sie erlitten, und überhaupt sei der Hund eine Belästigung, weil er belle. »Erst vorgestern hat er siebenmal gekläfft, genau zwischen sechzehn und achtzehn Uhr. Draußen im Garten.«

»Ja, und?« fragte Rolf verblüfft. »Die Mittagsruhe dauert bis fünfzehn Uhr.«

»Das ist egal. Mein Sohn schläft immer nachmittags, wenn er abends Training hat.«

»Dann ist das sein Problem.«

Gleich darauf hatten wir auch eins. Es war Otto nicht entgangen, daß ihm dieser unfreundliche Herr nicht wohlgesonnen war, und sofort brachte er sein Mißfallen zum Ausdruck, indem er kurzerhand dessen Schuh füllte. Es erwies sich als vorteilhaft, daß er Sandalen trug und alles an den Seiten wieder hinausrinnen konnte, aber trotzdem bestand er auf Schadenersatz. Der Versicherungsvertreter meinte später, einen derartigen Fall habe er noch nicht in seinen Akten. Vorsichtshalber hatte er ein Schild für unsere Haustür mitgebracht, »Warnung vor dem Hund« stand darauf.

»Finden Sie das nicht ein bißchen übertrieben?« fragte ich lachend.

»Nein, gar nicht, sonst tritt doch noch mal jemand auf ihn drauf.«

Inzwischen ist Otto beinahe vier Jahre alt und vollwertiges, von allen heißgeliebtes Familienmitglied. Seine kindlichen Unarten hat er abgelegt, sich mit den Nachbarn arrangiert, und seitdem ich unserem Briefträger empfohlen habe, dem Hund doch mal vom Sonntagsessen einen Knochen mitzubringen, genießt er dessen uneingeschränkte Sympathie. Otto hat seinen Stammbaum im Garten und zirka achtundsiebzig Lieblingsbäume auf den diversen Spazierwegen. Selten läßt er mal einen aus. Sein Verhältnis zu Katzen ist gespalten. Für ihn gibt es zwei Kategorien dieser Spezies: Die eine läuft vor ihm weg, kann also ohne Bedenken gejagt (und nie eingeholt!) werden, die andere bleibt sitzen, wodurch sie als in höchstem Grad gefährlich einzustufen und weitläufig zu umrunden ist. Da ich aus der Ferne nie erkennen kann, ob die hundert Meter vor uns sitzende Katze nun der ersten oder der zweiten Kategorie zuzuordnen ist, muß Otto bei Spaziergängen durch bewohnte Gegenden an die Leine. Steffi hat da liberalere Ansichten, besser gesagt, hatte!

Es war an einem Frühlingssonntag, als sie telefonisch ihren Besuch ankündigte. »Wir wollen zum Kaffee kommen, ist euch das recht? Kuchen bringen wir mit, allerdings nur akademischen.«

»Was ist denn das?«

»Na, dieses Schnellzusammenrührzeug von Dr. Oetker.«

Es dauerte auch nicht lange, dann standen sie vor der Tür: Steffi, Horst Herrmann und Jojo, ein Mischling, dessen Zusammensetzung bis heute noch nicht restlos entschlüsselt ist. In der Tierarztkartei wird er als Dackel geführt, doch von dieser Rasse hat er am wenigsten abgekriegt. Mit Sicherheit steckt ein bißchen Pudel mit drin, die Beine stammen von einem Terrier, die Ohren von einer Fledermaus, und Schwänze dieser Art findet man im allgemeinen nur in Schweineställen. Jedesmal, wenn Jojo aus dem Stand kerzengerade in die Höhe springt, kann ich mich des Eindrucks nicht erwehren, daß zu seinen Vorfahren auch ein Känguruh gehört, und wenn er Männchen macht (seine Rekordzeit liegt bei 3,7 Minuten), erinnert er mich an die Braunbären im Zoo. Offenbar hat er von sämtlichen Ahnen nur die guten Eigenschaften geerbt, denn er ist eine Seele von Hund.

Die Sonne schien, zum Kaffeetrinken war es sowieso noch zu früh, in den Wauwaus waren Frühlingsgefühle erwacht, sie wollten raus, frische Luft ist gesund und Spazierengehen fördert den Appetit. Rolf haßt Spaziergänge, sofern sie nicht an irgendeiner Pilzfundstelle im Wald enden, im März wachsen aber noch keine, also ließen wir ihn zu Hause und machten uns auf den Weg. Im Vorbeigehen sammelten wir noch Mäxchen ein, der grollend im Sessel lag und darauf wartete, daß Sascha und Vicky ihr Mittagsschläfchen beendeten.

»Gehen wir durch den Schloßpark«, schlug Steffi vor. »Mal sehen, ob die Bäume schon Blätter kriegen.«

Im Schloßpark steht ein altes Schloß, deshalb heißt er ja auch so, und um das Schloß herum zieht sich ein als See bezeichneter Tümpel, weshalb das Gemäuer in der Mitte in allen Prospekten unter dem Namen »Wasserschloß« abgebildet ist. Ein Teil des Sees ist durch eine Mauer vom Park abgetrennt, der andere Teil ist offen, damit die Enten auch mal an Land gehen können.

Kaum hatten wir den Park betreten, als Steffi auch schon die Hunde von der Leine ließ. »Die müssen sich mal richtig austoben.«

»Auf deine Verantwortung!« warnte ich, doch da war es schon zu spät. Wir hörten nur noch ein doppeltes Platschen, und dann sahen wir zwei Hundeköpfe, die sich zielstrebig den Enten näherten. Am Ufer trabte ein aufgeregter Jojo entlang, jaulte zum Steinerweichen, doch seine Angst vor dem Wasser war größer als seine Sorge um seine zwei Kumpel. Die hatten inzwischen das Entenrudel erreicht und räumten auf. Laut quakend flatterten die Vögel haarscharf über das Wasser, wohl wissend, daß sie für die Störenfriede unerreichbar waren, aber trotzdem verängstigt auf der Suche nach einem Fluchtpunkt. Wir schrien uns die Kehlen heiser, doch die Hunde hatte der Jagdeifer gepackt. Unermüdlich wechselten sie die Richtung, paddelten immer wieder hinter den Enten her und gaben erst auf, als sie keine Kraft mehr hatten. Erschöpft zogen sie sich an Land und ließen sich ins Gras fallen.

»Jetzt aber nichts wie nach Hause, sonst erkälten sie sich.«

»Eben nicht!« widersprach Steffi. »Die müssen laufen, damit sie wieder warm werden.« Sie rannte los und die erstaunlich schnell regenerierten Hunde hinterher. Und dann sahen sie die Katze! Kurzer Blickkontakt, leichter Schwenk nach links, weg waren sie. Wir hörten sie nur noch quieksen.

»Jetzt haben wir den Salat!«

»Ach was, die kriege ich schon.« Steffi spurtete los, und Horst Herrmann setzte sich ebenfalls in Trab. 8evor Jojo auf den Gedanken kommen würde, sich den Sprintern anzuschließen, nahm ich ihn an die Leine. »Seht zu, wie ihr klarkommt, *ich* gehöre jedenfalls nicht zu euch!« brüllte ich noch, dann schlenderte ich langsam und mit betont desinteressierter Miene den Weg entlang. Mir schwante nämlich Fürchterliches.

Der Schloßpark grenzt an eine neu erbaute kleine Reihenhaussiedlung, deren Gärtchen damals noch mit frisch gepflanzten Hecken oder halbfertigen Zäunen abgeteilt waren, die den vom Jagdeifer gepackten Hunden keinerlei Hindernisse bieten würden. Taten sie auch nicht. Ich hörte Schimpfen, wütendes Klaffen, es klirrte, Sekunden später plätscherte etwas, und dann war ich nahe genug heran, um das Spektakel auch sehen zu können. Vorneweg die Katze mit Zielrichtung Mostapfelbaum, der den Baumaschinen versehentlich entgangen sein mußte. Dahinter die zwei Hunde. Ihnen auf den Fersen eine dicke Frau mit drohend geschwungenem Schrubber, gefolgt von einem Mann, der sich mit einer Harke bewaffnet hatte. Beide kreischten um die Wette. Und ganz hinten, schon ziemlich außer Atem, Steffi und Horst Herrmann.

Inzwischen hatte sich die Katze auf den Baum geflüchtet, umkreist von den wütend bellenden Hunden, die jetzt ihre Aufmerksamkeit zwischen dem fauchenden Zimmertiger und dem heruntersausenden Schrubber teilen mußten. Ich wollte gerade dazwischengehen, als Horst Herrmann der Frau in den Arm fiel. »*So* geht's nun auch nicht!«

Während des folgenden Dialogs vergrößerte sich mein Repertoire an schwäbischen und hessischen Schimpfwörtern (Horst Herrmann stammt aus Darmstadt). Doch endlich ging allen Kontrahenten die Puste aus. Mit der Drohung, das nächstemal »diese verdammten Köter zu ersäufen«, zogen sich die Gartenbesitzer schnaufend zurück.

Jetzt erst fing Steffi an zu lachen. Sie konnte sich überhaupt nicht mehr beruhigen. »Es war zu ko-komisch«, gluckste sie. »Erst ist die Alte zur Salzsäule erstarrt, als Mäxchen plötzlich vor ihren Füßen auftauchte, dann schoß Otto vorbei, und das war wohl zuviel. Zuerst hat sie mit dem Schrubber zuschlagen wollen, natürlich viel zu spät, sie hat bloß die Krokusse geköpft, und als die Hunde quer durch den Goldfischteich gerast sind, ist sie ihnen nach. Auch durchs Wasser. Ich glaube, das hat sie gar nicht gemerkt.«

»Ich habe aber noch ein Klirren gehört.«

»Das war der Mann.« Wieder lachte Steffi los. »Der hat einen Stein nach Otto geworfen und dabei die Scheibe von seinem Frühbeet getroffen.«

Wir sammelten die Hunde ein, die hechelnd im Gras lagen und noch immer sehnsüchtig nach oben zu ihrer entgangenen Beute stierten, dann verließen wir umgehend die Stätte ihres Triumphes.

Otto hat nie mehr ohne Leine den Schloßpark betreten, und um die Siedlung machen wir noch heute einen großen Bogen.

Ob sich mein Gesundheitszustand seit Ottos Anwesenheit verbessert hat, weiß ich nicht, doch zum Entsetzen der Zwillinge bin ich jetzt bestens über den Stadtklatsch informiert und gebe ihn auch bereitwillig weiter. Fährt man nämlich mit dem Auto zum Einkaufen, guckt man bloß auf die Straße und sonst nirgendwohin. Geht man aber zu Fuß zum Supermarkt und muß wegen des Hundes an jedem zweiten Baum anhalten, dann sieht man ständig etwas Interessantes. Die neue und sehr aufwendige Haustür von Müllers in Nummer sechs zum Beispiel oder den Kinderwagen auf der Terrasse von Gerolds, der zu Spekulationen herausfordert. Immerhin haben Gerolds doch nur eine Tochter. Verheiratet ist die bestimmt noch nicht, das hätte sonst im Blättchen gestanden. Frau Niedermeier, die mir gerade mit Pudel Hansi entgegenkommt, weiß sicher Näheres. Während sich die Hunde begrüßen, werde ich darüber informiert, daß Gerolds Tochter in Tübingen studiert und der Kinderwagen zu dem Besuch aus Dresden gehört. Nebenbei erfahre ich noch Einzelheiten über Hansis Kampf mit dem Cocker Chico, der Otto auch schon mal ans Leder wollte. Leute, die ihre Hunde nicht erziehen können, sollten keine haben! Otto weiß das und geht nur dann auf seine Artgenossen los, wenn ich in der Nähe bin und ihm den Rücken stärken kann. Ich sehe aber nicht nur neue Haustüren und unbekannte Kinderwagen, sondern auch die ersten Blüten an den Mandelbäumchen, die Stadtgärtner, wie sie in brütender Hitze Unkraut jäten, und das kleine Aussiedlerkind, das nur Russisch spricht und traurig am Gartenzaun lehnt. Als ich zurückkomme, ist es immer noch da. Den Lutscher will es nicht annehmen. Es wartet wohl darauf, daß jemand mit ihm spielt.

Nur Otto habe ich es zu verdanken, wenn sich mein Blick erweitert hat und ich vieles bemerke, was ich früher gar nicht wahrgenommen habe. Deshalb empfinde ich das Gassigehen auch nicht als lästig, sondern als gesundheitsförderndes Vergnügen. Jedenfalls im Sommer. Wann dieses Vergnügen zur leidigen Notwendigkeit wird, bestimmt Otto selber. Wir brauchen nämlich kein Thermometer mehr.

Öffne ich morgens die Terrassentür, damit er seinen Stammbaum besuchen kann, und er kommt nicht wieder zurück, dann haben wir mindestens fünfzehn Grad. Bleibt er fünf Minuten draußen, ist es immer noch zehn Grad warm. Der kritische Punkt beginnt bei Null, dann nämlich ist Otto nach längstens einer Minute wieder da. Dreißig Sekunden bedeuten Minusgrade, und steckt er bloß die Schnauze aus der Tür, so daß ich mit einem sanften Fußtritt nachhelfen muß, dann wird es Zeit für lange Unterhosen.

So weit war es jedoch noch nicht. Wir hatten Sommer, und zwar seit langem den ersten, der uns tropische Hitzegrade bescherte.

Die Zwillinge hatten Semesterferien, waren aber in Dossenheim geblieben, um Geld für den Urlaub und für »Sonstiges« zu verdienen, worunter die beiden erstmals etwas völlig Verschiedenes verstanden. Nicole sparte für eine komplette Skiausrüstung und Katja für einen Trockentauchanzug, mit dem man auch bei vier Grad minus in einen Baggersee steigen kann, um dann auf dem Grund rostige Blechdosen und alte Autoreifen zu besichtigen. Lediglich die Wochenenden verbrachten sie zu Hause, vorwiegend in der Hängematte oder auf der Gartenliege.

»Du weißt ja gar nicht, wie schön du es hier hast.« Katja wechselte von der Bauch- in die Rückenlage. »Was glaubst du, wie wir in Büchsenbach braten, wenn die Sonne von morgens bis abends aufs Dach knallt! Wir gucken schon gar nicht mehr aufs Thermometer, wir zählen bloß noch die benutzten Gläser in der Spüle.«

»Kochen tun wir auch nicht mehr«, ergänzte Nicki. »Zur Zeit

ernähren wir uns von Salat und Speiseeis.« Was sie allerdings nicht hinderte, beim sonntäglichen Mittagessen kräftig zuzuschlagen. »Guck mal, Katja, richtige Kartoffeln. Wann haben wir die eigentlich zum letztenmal gegessen?«

Rolf erinnerte sich des Lamentos wegen des angeblich unerläßlichen Küchenherds. »Wer von euch beiden – die momentane Hitzewelle mal ausgeklammert – hat eigentlich das Kochen übernommen?«

»Ooch, das ist nicht so genau festgelegt«, antwortete Katja gleichmütig, »da wechseln wir uns ab. Mal schneidet Nicki die Tütensuppen auf und mal ich.«

So etwas Ähnliches hatte ich mir schon gedacht. »Auf die Dauer ist das aber eine sehr einseitige Ernährung, man kann nicht nur von Fertigfutter existieren. Kennt ihr denn überhaupt die Grundarten von Lebensmitteln?«

»Doch ja«, meinte Katja zögernd, »tiefgefroren, in Dosen, in Flaschen und in Beuteln.«

»O Gott«, sagte Rolf nur.

Ich muß allerdings zugeben, daß die Mädchen hervorragende Köchinnen geworden sind, und zwar alle beide. Ich genieße es, wenn sie mich mal vom Herd suspendieren und die Küche zur Bannmeile erklären. Was später auf den Tisch kommt, kenne ich in der Regel nicht, aber es schmeckt immer großartig. Am meisten liebe ich Nicolas Coq au vin, auch wenn sie der Ansicht ist, es sei schade, daß man Hühner nicht mit Tausendfüßlern kreuzen könne, »dann bekäme nämlich jeder ein Bein«.

Im Herbst hatten sie ihr erstes Praktikum und mußten vier Wochen lang täglich jeweils eine Stunde Unterricht geben. Was also lag näher, als die Schule im Nachbarort anzupeilen und vorübergehend mal wieder ins Elternhaus zu ziehen, wo ihnen außer geregelten Mahlzeiten auch schrankfertige Wäsche und seelischer Zuspruch garantiert waren. Den brauchten sie auch.

»Das wichtigste an einem Lehrer ist nicht sein didaktisches Können und so weiter, sondern seine Frustrationstoleranz«, stellte Katja bereits am zweiten Tag fest. »Die Kids von heute sind ja teilweise noch widerlicher, als wir es gewesen sind. Sagt doch so ein

Rotzlöffel zu mir: ›Kein Wunder, daß Sie so gut in Geschichte Bescheid wissen, Sie haben ja das meiste davon noch selbst miterlebt!‹ Dabei ist der Bengel bestenfalls acht Jahre jünger als ich.«

Nicole kämpfte mit anderen Schwierigkeiten. Ihr hatte man eine zweite Grundschulklasse zugeteilt mit der Aufgabe, das menschliche Gebiß durchzunehmen. Nachdem sie einen Nachmittag lang sämtliche Lexika gewälzt und zum Schluß noch das mir von meiner Großmutter vererbte Standardwerk *Die Frau als Hausärztin*, Jahrgang 1907, zu Rate gezogen hatte, meinte sie achselzuckend: »Da steht auch nichts Vernünftiges drin. Na gut, dann kann ich morgen wenigstens mal meine pädagogischen Fähigkeiten voll entfalten, wenn ich etwas erklären muß, wovon ich selber keine Ahnung habe.«

Trotz dieser destruktiven Äußerungen machte ihnen das Praktikum großen Spaß. Als die Zeit herum war, tat es ihnen sogar leid. »In diesen vier Wochen haben wir mehr gelernt als während der vergangenen drei Semester Uni«, sagte Katja überzeugt. »Was da von den Dozenten geboten wird, ist doch bloß Grüne-Tisch-Philosophie, rein theoretischer Kram also, mit dem man in der Praxis nicht das geringste anfangen kann. Das habe ich jetzt mitgekriegt. Ich glaube, wenn nicht Moses, sondern irgend so ein Fachgremium die Kinder Israels geführt hätte, wären sie immer noch in Ägypten.«

»Wie kommst du denn jetzt darauf?« fragte Rolf verblüfft.

»Ich mußte heute Vertretung in Religion machen.«

## 13

Wenn Pfingsten, Geburts- und Muttertag auf ein und dasselbe Datum fallen, hilft nur eins: Flucht! Diese komprimierte Fürsorge, Hilfsbereitschaft und Dankbarkeit ist nur mit sehr starken Nerven zu ertragen, und die habe ich nicht mehr. Früher mußte ich sie haben. Das begann beim Frühstück im Bett mit leicht verbranntem Toast, lauwarmem Kaffee und zum Teil selbstfabrizierten Gedichten und hörte beim eigenhändig gekochten Mittagessen (in der Regel gab es Hackfleischbraten) noch lange nicht auf. Zwischendurch kamen die Präsente, bei denen anfangs die Kindergärtnerinnen Hilfestellung geleistet hatten, später der zuständige Lehrer für den Werkunterricht. Ich besaß Unmengen von bemalten Kleiderbügeln, die alle abfärben, sobald man etwas Feuchtes draufhängte. Das bestickte Nadelkissen liegt immer noch im Nähkasten und ist nur zum Ansehen da; hineingepiekte Nadeln rosten nämlich. Svens Aschenbecher steht nach wie vor auf meinem Schreibtisch, obwohl er wie ein zu klein geratener Blumentopf aussieht und auch sehr unpraktisch ist, und gleich daneben hat Saschas Dafantel seinen Platz, eine Mutation, die man in der freien Natur vergeblich suchen würde: vorne und hinten Elefant, in der Mitte Dackel. Sogar die Beine sind krumm.

Der Zeitpunkt, an dem sich die verschiedenen Ereignisse auf einen Tag konzentrieren, wiederholt sich alle zehn bis zwölf Jahre. So bin ich zwar immer rechtzeitig gewarnt und doch nie richtig vorbereitet. Die Blumenvasen reichen nicht, Kuchen ist immer viel zuviel da, denn jeder bringt noch welchen mit, weil ja Muttertag ist und ich keine Arbeit haben soll. Nach Ansicht meiner Familie habe ich im Sessel zu sitzen und mich bedienen zu lassen. Das ist aber ganz und gar nicht mein Fall. Besonders dann nicht, wenn sich vor der Tür Bruder und Schwester in den Haaren liegen, wie viele Löffel Kaffee in die Maschine müssen, während sich die Zwillinge nicht einigen können, ob die Servietten nun zu Bischofsmützen oder zu Schwänen gefaltet werden sollen. Zu allem Überfluß muß ich auch noch ein Stück von jeder selbstgebackenen Torte probieren, ergibt mindestens vier, hinterher ist mir regelmäßig schlecht, aber das liegt dann nicht am Kuchen, sondern an der Aufregung.

Nun war es mal wieder soweit. Der dreifache Festtag rückte immer näher, und ich hatte schon vorsichtshalber meine Freundin Irene um Asyl gebeten. Berlin ist weit genug weg.

»Den Muttertag wirst du zwangsläufig auch hier ertragen müssen, doch abends seilen wir uns ab. Wir gehen schick essen und dann ins Theater oder in die Oper, ganz wie du willst. Ist mein Geburtstagsgeschenk.«

Das klang verlockend, und dabei wäre es vermutlich auch geblieben, hätte Steffi nicht eine noch viel bessere Idee gehabt. »Was hältst du von einem Urlaub?«

»Urlaub? Um diese Jahreszeit? Wo denn?« Wir hatten Mitte April, meistens nieselte es, und im Thermometer verkroch sich immer noch das Quecksilber. Sogar in Kenia hatte die alljährliche Regenzeit begonnen. »Jetzt kann man keinen Urlaub machen, höchstens in der Karibik oder irgendwo in Südostasien, und daran hattest du wohl nicht gedacht?«

»Natürlich nicht. Viel zu weit und viel zu teuer. Ich kann aber ganz billig ein Wohnmobil kriegen, und damit könnten wir doch losziehen. Südfrankreich zum Beispiel, Camargue, Provence, ein bißchen die Küste lang, und wo es uns gefällt, bleiben wir ein paar Tage. Wir sind autark, auf keinen Campingplatz angewiesen, können stehenbleiben, wo wir wollen ... was hältst du davon?«

»Gar nichts!« sagte ich sofort. »Und du hast dich auch immer über die Wohnwagenurlauber mokiert, die wie Schnecken ihr Haus mit sich herumschleppen.«

»Ich rede doch nicht von einem Wohn*wagen*, sondern von einem Wohn*mobil*. Das ist ein Motor mit Haus drumrum. Hier, guck dir das Ding doch erst mal an!« Sie legte einen bebilderten Prospekt auf den Tisch. Ich bestaunte Wohnmobile von Güterwagengröße, in denen immer eine lächelnde Mami am hinteren Ende vor dem Herd stand, umgeben von zwei bis vier Kindern, am Tisch in der Mitte saß eine kartoffelschälende Oma, und draußen auf einer Blümchenwiese beschäftigte sich der Papi mit dem Gartengrill. Das ganze Freiluftmobiliar entsprach in Anzahl und Größe ungefähr unseren Terrassenmöbeln.

Doch es gab auch kleinere Wohnmobile. Die hatten ein Ziehharmonikazelt auf dem Dach, das man abends aufzuklappen hatte, wenn man schlafen gehen wollte. Da auf allen Fotos die Sonne schien, blieb es der Phantasie des Betrachters überlassen, wie gemütlich diese luftige Bettstatt bei Sturm und Regen sein würde.

»Nee, danke, das ist nichts für mich.« Ich faltete den Prospekt wieder zusammen.

»Du gehst immer gleich ins Extreme. Die mittleren Größen hast du dir überhaupt nicht angesehen.« Steffi blätterte erneut und zeigte auf ein Gefährt, das mit seinen geriffelten Wänden ein bißchen wie Baucontainer aussah. Über der Fahrerkabine befand sich eine Ausbuchtung. »Der da wäre es. Ist für vier Personen konzipiert, also hätten wir zu zweit mehr als genug Platz.«

»Zugegeben, etwas handlicher ist er ja, aber du glaubst doch wohl nicht im Ernst, daß ich mit so einem Möbelwagen über die Landstraßen fahre? Ich würde garantiert jedes zweite Verkehrsschild mitnehmen.«

»Fahren würde *ich* natürlich«, sagte Steffi sofort, »mir macht das nichts aus. Ich bin schon mit größeren Kalibern fertig geworden.«

Das allerdings stimmte. Alles, was einen Motor und vier Räder darunter hat, kann von Steffi vorwärtsbewegt werden. Sie hat es sogar geschafft, mit einem Achttonner fünfundvierzig Kilometer weit über die Autobahn bis zur nächsten Raststätte zu brettern, weil der Fahrer einen Asthmaanfall bekommen hatte. »Ich konnte den armen Kerl mitsamt seinen hunderttausend Adventkerzen doch nicht einfach sitzenlassen.«

Da es sich bei dem armen Kerl um einen gar nicht so armen Kegelbruder mit gutgehender Spedition handelte, haben wir nie mehr Probleme, wenn wir mal einen Lkw brauchen. Doch wann braucht man den schon?

Steffi bohrte weiter: »Im Mai soll es in Südfrankreich am schönsten sein, schon richtig warm, noch nicht so viele Touristen, vielleicht kann man ja sogar baden …«

»Im Mittelmeer? Nein, danke, und wenn, dann nur im Taucheranzug. Das ist schon vor dreißig Jahren eine Kloake gewesen, nur hat man's damals noch nicht so genau gewußt.«

Eben! Und deshalb bin ich auch jeden Tag mehrere Male hineingestiegen, selbst wenn ich hinterher jedesmal zum Bademeister gehen und mir die Öl- und Teerspuren von den Beinen entfernen lassen mußte. Der war jedoch darauf eingerichtet gewesen und hatte immer schon mit diversen Lappen sowie einer großen Flasche Chemie parat gestanden. Trotzdem war es eine schöne Zeit gewesen damals in Loano, diesem entzückenden kleinen Badeort mit dem jahrhundertealten Ortskern, den verwinkelten Gassen und der herrlichen Palmpromenade. Nur wenige Hotels hatte es gegeben, weiter hinten angesiedelt, damit das historische Stadtbild nicht zerstört wurde. Doch auf Hotels war ich gar nicht angewiesen gewesen. Meine Mutter hatte eine Wohnung im obersten Stock eines Neubaus gehabt mit Sonnenterrasse und Blick zum Meer, nur gemietet natürlich, aber dafür ganzjährig. Im Sommer hatte sie das Touristikbüro geführt, im Winter hatte sie ihre Lire als viel frequentierte Dolmetscherin verdient. Und ich hatte immer ein kostenloses Urlaubsdomizil gehabt. Wie es wohl jetzt dort aussehen mochte?

»Könnten wir auf dem Rückweg nicht an der italienischen Küste entlang bis nach Genua fahren und dann durch die Poebene und am Vierwaldstädter See vorbei wieder nach Hause?«

»Klar können wir«, sagte Steffi bereitwillig, »in Italien war ich sowieso noch nie.« Sie holte tief Luft. »Heißt das, du machst mit?«

»Zumindest lehne ich es nicht mehr ganz ab.«

»Also ja!«

»Nein, bis jetzt nur vielleicht. Ich muß erst mal drüber schlafen und dann den Familienrat befragen.«

»Da der nur noch aus Papi und Otto besteht, der erstens kein Stimmrecht hat und zweitens mitkommt, sehe ich keinerlei Probleme.«

»Otto soll mit? Der kann doch gar kein Französisch.«

»Jojo auch nicht.«

Zwei Hunde, zwei Frauen, ein Wohnmobil und ein fremdes Land, in dem man eine Sprache spricht, die ich vor vierzig Jahren zwar mal gelernt, dann aber nie wieder gebraucht habe – konnte das denn gutgehen?

Der große Familienrat, vorsichtshalber doch von Stefanie einberufen, meinte ja. Das sei doch mal etwas anderes als so ein vorgefertigter Urlaub mit Hotelreservierung und drei Mahlzeiten täglich.

»Wieso? Brauchen wir diesmal kein Essen?«

»Nimm nicht alles so wörtlich«, tadelte Sascha, »aber ihr könnt euch doch aussuchen, ob ihr selber kocht oder essen geht. In der

Provence gibt es auch im kleinsten Nest eine hervorragende Küche.«

»Woher weißt du das?«

»Habe ich gelesen.« Später stellte sich heraus, daß Saschas Lektüre der Guide Michelin gewesen war, in dem tatsächlich einige provenzalische Spezialitäten-Restaurants aufgeführt waren, weit abseits unserer Route und so teuer, daß wir unserer Reisekasse hinterher nicht mal mehr eine Tankfüllung Benzin hätten zumuten können.

Nicht mal Rolf hatte etwas gegen unsere Pläne einzuwenden. Wir sollten ruhig fahren, dann hätte er endlich seine Ruhe, mit der Mikrowelle käme er jetzt auch zurecht, und überhaupt könne er ja Freund Felix für ein paar Tage kommen lassen, der sei nämlich auch solo, weil Marianne im Mai zur Kur müsse. Das allein wäre schon Grund genug gewesen, die Reise wieder abzublasen! Sascha versprach, ein wachsames Auge auf die beiden Strohwitwer zu haben. Trotzdem wollte er wissen, ob ich nicht etwa mit den Zahlungen für die Hausratversicherung im Rückstand sei.

Aus nicht erklärbaren Gründen erreichen Sven die familiären Neuigkeiten immer erst dann, wenn sie gar nicht mehr neu sind, und deshalb kreuzte er mit seinen diversen Reiseführern und Sehenswürdigkeiten-Sammlungen (es gibt kein Land der Erde, über das Sven nicht irgend etwas Wissenswertes katalogisiert hat) drei Tage vor unserer Abfahrt auf, als wir die Route schon längst festgelegt hatten. Wir beschäftigten uns bereits mit den handfesteren Vorbereitungen.

»Ihr müßt unbedingt einen Abstecher nach Lyon machen und euch die Aquädukte der gallorömischen …«

»Müssen wir gar nicht, von den Dingern habe ich schon genug gesehen. Steffi, schreib mal Hundefutter auf die Liste.«

»Dann seht euch wenigstens die Kathedrale Saint-Jean an, die stammt aus dem 12. Jahrhundert.«

»Na und? Die in Arles ist noch älter, und da müssen wir sowieso durch. Gehört zum Inventar des Wohnwagens auch ein Schneebesen, oder müssen wir den selber mitnehmen?«

»Erst kommt das Fressen und dann die Kultur«, zitierte Sven

frei nach Bert Brecht, packte seine Kartothek wieder zusammen und widmete sich dem Studium der Landkarte, auf der wir mit einem roten Stift die genaue Route nach Süden und mit blauer Farbe mögliche Nebenstraßen markiert hatten.

»Das sieht aus wie 'n Strickmuster. Was wollt ihr denn in Avignon? Etwa die halbe Brücke besichtigen?«

»Die auch, aber in erster Linie den Papstpalast.«

»In Frankreich? Ich denke, flying Paolo residiert in Rom?«

O heilige Einfalt! Nun sind meine Geschichtskenntnisse zwar etwas umfassender als die von Sven, aber so richtig sattelfest bin ich denn doch nicht, deshalb erschien mir ein genereller Themenwechsel angebracht. »Könntest du mal im Keller nachsehen, ob man unseren Gartengrill zusammenklappen kann? Wenn nicht, müssen wir noch einen besorgen.« Grillfeuer scheinen zum Campingurlaub ebenso zu gehören wie Plastikgeschirr und Propangas. Ohnehin hatte Steffi sich schon alles zusammengeschnorrt, was auf platzsparende Weise transportiert werden konnte, also Klappstühle und Klapptisch, Klappfahrräder, zwei zusammenklappbare Liegen, von denen die eine bei der ersten Belastungsprobe kurz vor Marseille schon zusammenbrach, und nun brauchten wir noch einen Grill, weil der unsere ein etwas zu luxuriöses Modell war, mit dem wir nicht mal durch die Wohnmobiltür gekommen wären. Auf unserer Einkaufstour fanden wir auch einen, der zwölf Mark kostete und genauso lang hielt. Im übrigen lernte ich schon am dritten Tag unserer Reise, daß man am besten nichts Teures mitnimmt. Was nämlich nicht auf dem letzten Lagerplatz vergessen wird, geht kurze Zeit später sowieso kaputt. Campen, ob im Wohnmobil oder nur im Zelt, ist eine verlustreiche Angelegenheit.

Am nächsten Morgen räumte ich meinen Kofferraum leer, bestückte ihn mit Unmengen von leeren Körben und Tüten und fuhr mit Steffi zwanzig Kilometer weit zum Einkaufszentrum. Unterwegs versuchte sie ihr Stenogramm zu entziffern. Als Expertin für Tütensuppen und Fertiggerichte hatte Katja telefonische Ratschläge erpreßt. Das hatte sich ungefähr so angehört: »Wenn ihr Ravioli mitnehmt, dann nur die von Maggi, das sind die besten. Papiersuppen dagegen von Knorr, die machen wenigstens satt, vor allem der deftige Kartoffeltopf. Die Frühlingssuppe ist auch gut. Von Fertigsoßen solltet ihr die mit den Tomaten drin einpacken, mit Oregano aufgepeppt sind sie genießbar. Überhaupt sind Gewürze das wichtigste, sag Mami, sie soll das ganze Regal mitnehmen, oder weiß sie vielleicht, was Salbei und Zwiebelsalz auf französisch heißt? Und denkt an Nudeln, die braucht man nicht zu schälen, frisches Baguette schmeckt aber viel besser, und vergeßt nicht Ottos Futternapf, der frißt doch aus nichts anderem.«

Der ganze Vormittag ging drauf, dann hatten wir genügend Vorräte eingekauft, um einen Tante-Emma-Laden zu bestücken. Sogar an Kaugummi hatte Steffi gedacht und an Tabletten gegen Durchfall. »Du tust gerade so, als gäbe es in Frankreich keine Geschäfte.«

»Frankreich ist teuer!« sagte sie nur, ein Satz, den sie in den kommenden Wochen mindestens zwanzigmal pro Tag von sich gab.

Dann kam das Wohnmobil. Es gehörte dem Bruder vom Schwager einer Freundin (oder so ähnlich), jedenfalls kannte Steffi den Eigentümer gar nicht persönlich, und ich wunderte mich mal wieder, mit welchem Vertrauen wildfremde Menschen meiner Tochter ihr Hab und Gut überließen. Im übrigen war dieses Gefährt außen größer, als ich geglaubt, und innen kleiner, als ich mir ausgemalt hatte. Die Tür befand sich hinten gleich neben dem Ende der Stoßstange, war reichlich schmal und ziemlich hoch über dem Boden. »Wir brauchen eine Fußbank«, sagte ich als erstes, bevor ich den Wagen enterte, »haben wir so etwas?«

Hatten wir nicht. Eine Nachbarin – es hatten sich schon deren mehrere zwecks Besichtigung der mobilen Wohnstatt eingefunden – konnte aushelfen.

Im Heck stand eine Spüle mit Unterschrank, daneben war eine kleine Arbeitsfläche befestigt. »Wo ist denn der Herd?«

Steffi klappte die Platte hoch und deutete auf das zweiflammige Gerät darunter. »Da isser doch.« Jetzt wußte ich wenigstens, warum die Prospekt-Oma die Kartoffeln am Tisch geschält hatte.

Gleich neben der »Küche«, nur durch eine widerborstige Tür getrennt, war das Bad installiert mit Chemietoilette, Waschbecken und einem dreieckigen Hängeschrank. »Wo ist die Dusche? Im Katalog hieß es doch: Bad mit Dusche.«

»Du stehst bereits drin!« sagte Steffi lakonisch. Tatsächlich! Unterhalb der Decke hing ein Schlauch mit Duschkopf. »Bedeutet das etwa, diese gesamte Naßzelle wird bewässert, sobald man das Ding da oben aufdreht?«

Steffi nickte nur. Na ja, täglich duschen soll ohnedies nicht so gesund sein, die Haut verliert ihren Schutzfilm. Irgend etwas in dieser Art hatte ich erst kürzlich gelesen. Ich machte die Tür wieder zu, sie sprang auf, ich zog sie etwas fester zu, sie sprang wieder auf, ich faßte die Klinke mit beiden Händen und – hatte sie in der Hand.

»Da ist sicher nur 'ne Schraube locker gewesen«, vermutete Sven, »das bringe ich noch in Ordnung.« Weil sich die Schraube aber während der Fahrt immer wieder lockerte und wir natürlich keinen Schraubenzieher dabei hatten (die Nagelfeile war gleich beim zweiten Reparaturversuch abgebrochen), begleitete uns das rhythmische Klappern bis an die italienische Grenze, wo sich ein freundlicher Camper der Sache annahm. Von da an hatten wir Schwierigkeiten, die Tür wieder aufzukriegen.

Der Kleiderschrank war fünfzig Zentimeter breit und bot lediglich den Hosen Platz. Wenn wir unsere Blusen alle auf zwei Bügeln übereinanderhängten, würden sie vielleicht auch noch reingehen.

Quer zum linken Fenster gab es einen zusammenklappbaren Tisch, rechts und links je eine Bank, direkt gegenüber noch eine etwas längere, die erstens als Bett und zweitens als Deckel für die darunter befindliche Vorratskiste diente.

Das war's! Abgesehen natürlich von der Hühnerleiter zur Schlafkabine im ersten Stock. Bei Maklern heißt es Maisonette-Wohnung, wenn das Schlafzimmer nur über eine Wendeltreppe zu erreichen ist, hier war diese Bezeichnung fehl am Platz. Lag man völlig platt in dieser Koje, hatte man höchstens zwanzig Zentimeter Kopffreiheit, und bei jeder Körperdrehung würde man unweigerlich gegen eine der drei Wände bolzen. Die offene vierte Seite eignete sich nur zum Runterfallen.

»Gibt es außer dem Bügelbrett da drüben noch eine Möglichkeit zum Schlafen?« Ich zeigte auf die lange Bank.

»Natürlich. Wenn du nicht nach oben in den Taubenschlag willst, kriegst du das Doppelbett.« Steffi machte sich sofort an den Umbau. Der Tisch wurde zusammengeklappt und füllte nun den leeren Raum zwischen den beiden querstehenden Bänken. Kopf und Füße lagen gepolstert, der Rücken ruhte auf blankem Holz. Was ich nicht nur sah, sondern auch aussprach. »Ist aber sehr gesund«, meinte Steffi treuherzig. Nach einer Liegeprobe empfahl sie mir allerdings die Mitnahme einer Luftmatratze.

Nur von außen erreichbar war die Gepäckhalterung auf dem Dach. Man mußte eine Schornsteinfegerstiege hinaufklettern, aufpassen, daß man nicht an den hinten befestigten Fahrrädern hängenblieb, sich mit einer Hand irgendwo anklammern und mit der anderen versuchen, den Deckel von dieser kindersargähnlichen Kunststoffbox aufzustemmen. Es war ja sicher ganz praktisch gedacht, alle sperrigen Teile außerhalb des Wohnmobils verstauen zu können, doch nach der zweiten Klettertour hatten wir die Nase voll und deponierten während der Fahrt Campingmöbel nebst Grill zwischen den Bänken. Bei jedem Halt mußten wir also zuerst unseren Freiluftsitz aufbauen, bevor wir uns in dem Vehikel überhaupt bewegen konnten.

Während wir noch unsere künftige Behausung besichtigten und überlegten, wo, um alles in der Welt, wir die ganzen Habseligkeiten unterbringen sollten – die rundherum in Kopfhöhe angebrachten Klappfächer würden niemals ausreichen –, hatte Sven schon mit dem Heraustragen begonnen. Noch ein Wäschekorb voll Konserven, noch ein Pappkarton mit Wäsche, noch eine Schüssel mit Geschirr ...

»Das kriegen wir nie weg. Dazu ist das Auto viel zu klein.«

»Nicht klein, kompakt!« widersprach Steffi. »Laß mich das mal machen! Da muß man planmäßig vorgehen. Zum Beispiel bei den Nahrungsmitteln. Was wir erst später brauchen, kommt ganz nach unten«, erläuterte sie und fing mit den Hundefutterdosen an.

»Ob unsere Viecher damit einverstanden sind, wenn sie erst ab der zweiten Woche was zu fressen kriegen?«

Steffi sah das ein und holte die Büchsen wieder raus. »Beginnen wir eben mit den Kartoffeln.«

Es dauerte bis zum Dunkelwerden, dann hatten wir endlich alles verstaut. Wozu brauchten wir bloß so viel Gepäck, wenn wir doch eigentlich alles hinter uns lassen wollten?

»Morgen früh räumen wir noch das ein, was man normalerweise nicht mit in den Urlaub nimmt.«

»Und das wäre?«

»Die Betten zum Beispiel«, zählte Steffi auf, »Küchenhandtücher, Klopapier, Dosenöffner, Kerzen, Sekundenkleber, Fahrradflickzeug …«

»Meine Güte, wir fahren doch nicht durch die Sahara! Wenn wir wirklich etwas vergessen haben, können wir es doch unterwegs besorgen.«

»Kauf mal abends um neun irgendwo am Waldrand einen Büchsenöffner!«

Ich gab mich geschlagen und wollte dieses Instrument sofort und eigenfüßig ins Wohnmobil bringen. Ging aber nicht. Wir besitzen nur einen elektrischen, und der hängt an der Wand.

»Ich leihe mir den von Sascha aus«, fiel Steffi ein, »die brauchen ihn sowieso nicht. Brokkoli mit Sahnesoße gibt es tiefgefroren.«

Saschas Büchsenöffner war ein englisches Modell, nicht elektrisch, aber auch fest verankert. Wir fuhren schließlich ohne ab und kauften in Genf einen, der sechs Schweizer Franken kostete und vermutlich noch heute unter dem Mimosenstrauch südlich von Grenoble vor sich hinrostet.

Um sechs hatten wir starten wollen, um sieben suchten wir noch immer den Autoschlüssel. Wie er in den Küchenschrank gekommen ist, wo ihn Sven so gegen halb neun endlich gefunden hatte, blieb auch eines der ungelösten Rätsel. Ich weiß aber ganz genau, daß Stefanie noch die Mondamin-Packung geholt hatte, weil »man das Zeug immer braucht«.

Begleitet von den Segenswünschen der in Bademänteln aufgereihten Familie – bei den Nachbarn bewegten sich lediglich die Gardinen –, lancierte Steffi das unhandliche Gefährt im Rückwärtsgang ganz langsam aus der Einfahrt. »Geschafft!« sagte sie aufatmend (der Weg ist wirklich sehr schmal), und dann rumste es auch schon. »Scheiße! Die Laterne!«

Hier ist vielleicht eine kurze Erklärung notwendig. Wie in jeder anständigen Straße stehen auch in unserer Laternen, sogar ganz moderne, die sich bei beginnender Dunkelheit von selbst einschalten. Wir können das immer bei heftigen Sommergewittern beobachten. Bei der Planung dieser Beleuchtungskörper hatte wohl ein gewissenhafter Architekt die Anzahl der vorgesehenen Laternen durch die Gesamtlänge der Straße geteilt und dann den jeweiligen Standpunkt ermittelt, wegen der Symmetrie und weil es natürlich besser aussieht, wenn alle Lampen gleich weit voneinander entfernt sind. Diesem Umstand ist es zu verdanken, daß der unsere Häuserreihe bescheinende Lichtmast genau dort steht, wo ein zurücksetzendes Auto dagegen fahren muß, sofern es nicht rechtzeitig einen Bogen schlägt. Anwohner sind trainiert genug, dieses Hindernis zu umrunden, Besucher werden vorher gewarnt, Paketzusteller und Bierlieferanten wissen aus Erfahrung Bescheid, sonstige Lkw-Fahrer landen regelmäßig an dem Pfahl. Wir sehen das immer sofort, weil der Mast dann noch ein bißchen schiefer steht als vorher. Früher hatte die Stadtverwaltung jedesmal gleich einen Reparaturtrupp geschickt, jetzt kommt höchstens ein Abgesandter und guckt nach, ob die Lampe noch brennt und auch nichts runterfallen kann. Beurteilt er die Sache positiv, müssen wir mit der schiefen Laterne leben, bis der nächste dagegenfährt und sie endgültig demoliert.

Steffi stieg aus, umrundete den Wagen und kletterte wieder hinter das Steuer. »Nix passiert. An der Stoßstange ist nichts zu sehen, und die Glasschale fliegt frühestens beim nächstenmal runter. Machen wir also, daß wir endlich fortkommen.«

Bis zur Grenze brauchten wir drei Stunden, dann mußten die Hunde einen Baum haben und das Wohnmobil eine Vignette für die Schweizer Autobahnen. Diese Ausgabe hatten wir nicht einkalkuliert, weil vergessen, also strichen wir das geplante Mittagessen mit Bündner Rauchfleisch und kauten statt dessen Butterbrot mit Salami. Die mußte sowieso alle werden, weil sie nicht mehr in den Mini-Kühlschrank paßte und während der Fahrt dreimal vom

Geschirrschrank gerollt war, bis ich sie schließlich in die Spüle gestopft hatte.

Nächster Haltepunkt war Lausanne von oben, näher heran kamen wir nicht, es sei denn, wir hätten die Autobahn verlassen. »Nach dem Wunsch deiner Ungroßmutter hätte ich irgendwo da unten meine letzten zwei Schuljahre verbringen müssen«, erzählte ich Steffi, »und wahrscheinlich hätte sie ihre Drohung sogar wahrgemacht, wäre nicht der Krieg dazwischengekommen. Hinterher konnte sie mit ihren Aktien aber bloß noch die Wände tapezieren. Statt in die Leuna-Werke hätte sie lieber bei Krupp investieren sollen.«

»So 'n Nobelinternat wäre doch gar nicht schlecht gewesen. Vielleicht hättest du da einen Grafensproß kennengelernt, geheiratet, und ich wäre jetzt eine Komtesse mit Stammschloß am Rhein und Feriendomizil in Acapulco.«

»Da kommste aber mit einem Wohnmobil nicht hin! Also sei froh, daß der Graf eine andere geheiratet hat.«

Die Hunde hatten mittlerweile jeden Grashalm neben der kleinen Parkbucht beschnüffelt, fanden nichts Interessantes mehr, wollten zurück in den Wagen. Ich auch. Mir war kalt. Von sonnigem Maiwetter konnte überhaupt keine Rede sein.

Wenigstens in Genf schien die Sonne. Weshalb wir mitten durch die Stadt mußten, obwohl wir auch hätten drumherum fahren können, wurde mir erst klar, als Steffi einen Parkplatz ansteuerte. »Ich will endlich mal die Fontäne in natura sehen. Außerdem muß ich mir die Beine vertreten.«

Das war einsichtig. Die Hunde wollten nicht mit. Großstadtgewühl mit hupenden Autos und unendlich vielen Beinen auf dem Gehsteig waren sie nicht gewöhnt. Es half ihnen nichts, sie brauchten was Grünes, möglichst mit ein paar Büschen drauf. »Vergiß die Tüten nicht!« Die hatte Stefanie jedoch schon eingesteckt. Als pflichtbewußte Hundebesitzer hatten wir noch gestern den Automaten im Schloßpark mit unserem gesamten Kleingeld gefüttert, auf daß er in genügender Anzahl jene kleinen Päckchen spende, mit deren Inhalt man die anrüchigen Hinterlassenschaften der Vierbeiner beseitigen kann.

»Den See hatten wir im Rücken, also müssen wir in *die* Richtung«, kommandierte Steffi und marschierte los.

»Stimmt nicht, wir müssen halblinks gehen.«

Beides war falsch, aber das merkten wir erst nachdem wir eine halbe Stunde lang herumgeirrt und endlich in einem Bistro gelandet waren, wo uns der Patron den rechten Weg wies. Danach brauchten wir nur noch drei Minuten und standen am See. Die Fontäne war abgestellt. Auch sonst gab es nichts Sehenswertes außer unendlich vielen Fahnenmasten, an denen unendlich viele schlaffe Fahnen herabhingen. Außerdem fing es wieder an zu nieseln.

»Den Umweg hätten wir uns wirklich sparen können«, moserte Steffi. »Genf gefällt mir nicht. – Jojo, komm sofort vom Rasen runter, hast du die Schilder nicht gesehen?« Doch der hatte schon ein ihm genehmes Plätzchen gefunden. Wir brauchten zum erstenmal eine Tüte. Otto dagegen hinterließ die Spuren seines Besuchs auf dem Parkplatz. Kaum hatten wir unser Wohnmobil erreicht, da kroch er unter den Wagen und kam wenig später sichtlich erleichtert wieder hervor. »Wo soll er denn auch, hier gibt es ja nicht mal einen vermickerten Löwenzahnstengel, nicht wahr, Otto?« Otto wedelte Zustimmung.

»Wo müssen wir jetzt eigentlich hin?« Die ausgebreitete Karte auf dem Tisch, hockten wir auf den hochkant gestellten Campingliegen, was äußerst unbequem war, und suchten nach dem Weg.

»Ist doch ganz einfach. Immer Richtung Annecy und Aix-les-Bains. Am besten bleiben wir auf der Autobahn.«

»Kommt überhaupt nicht in Frage«, wehrte Steffi ab. »Ich will ein bißchen mehr von Frankreich sehen als Mautstellen und Notruftelefon. Wir fahren die Route nationale.« Sie faltete die Karte zusammen und arbeitete sich zum Führerhaus durch. »Kommst du noch an den Kühlschrank? Ich habe Durst.«

»Wenn du den roten Stuhl etwas nach hinten ziehst und die beiden Liegen festhältst, könnte es eventuell gehen.« Es dauerte eine Weile, dann hatte ich es geschafft und reichte ihr die Coladose rüber.

»Auf die Dauer ist das keine Lösung, da müssen wir uns etwas anderes einfallen lassen«, sagte Steffi, als ich mich zu ihr durchgekämpft hatte. »Der Vorteil eines Wohnmobils besteht ja darin, daß man sich auch während der Fahrt ungehindert im Wohntrakt bewegen kann. Rein theoretisch könntest du ohne weiteres hinten sitzen und lesen, schlafen oder Kreuzworträtsel lösen.«

Die Praxis sah allerdings anders aus. Ich rutschte auf dem Beifahrersitz hin und her, vor mir die Karte, auf der Ablage Brille und Langenscheidts Taschenwörterbuch Französisch-Deutsch (wer lernt schon in der Schule, daß deviation Umleitung heißt) und neben mir eine lauthals schimpfende Stefanie, die alle übrigen Verkehrsteilnehmer abwechselnd verdächtigte, ihre Führerscheine bei der Fernsehlotterie gewonnen, in der Haferflockenpackung gefunden oder bei Neckermann bestellt zu haben.

Endlich hatten wir die Stadt hinter uns gelassen. »In höchstens anderthalb Stunden müßten wir in Annecy sein.« Sie trat abrupt auf die Bremse, weil ein Huhn über die Straße flatterte. »Könntest du eventuell ein ungerupftes Federvieh tafelfertig zubereiten? Dann würde ich das nächste nämlich kaltblütig erlegen.« Zum Glück für das Huhn begegnete uns keins mehr. »In oder neben oder hinter Annecy ist ein See, da werden wir kampieren.«

»Weißt du denn, ob es dort einen Campingplatz gibt?«

»Määm, zum vierundsiebzigstenmal: *Wir brauchen keinen Campingplatz!!!* Ein Wohnmobil ist verkehrstechnisch gesehen ein Personenkraftwagen und darf überall dort stehen, wo auch ein Pkw parken kann.«

Die Franzosen sehen das aber ganz anders. Oder wie sonst ließen sich die vielen Schilder erklären, auf denen ein rot durchgestrichenes Wohnmobil abgebildet war? Wir fanden sie überall, auf ganz normalen Parkplätzen neben den Straßen, vor Raststätten (da mußten wir immer ganz nach hinten zu den Omnibussen), sogar vor Supermärkten und an sämtlichen Aussichtspunkten. Ich sah gewisse Schwierigkeiten auf uns zukommen, und Steffi war auch kleinlauter geworden.

Annecy erreichten wir bei einbrechender Dunkelheit. Im Gegensatz zu deutschen Bundesstraßen sind die Routes nationales keineswegs immer gut ausgebaute Straßen, sondern teilweise

Landstraßen zweiter Ordnung mit Engpässen, unübersichtlichen Kurven und sehr unterschiedlichem Belag. Manchmal ist auch gar keiner drauf, dann muß man ganz schnell die Fenster zumachen, sonst wird man eingepudert. Jedenfalls war Steffis Zeitrechnung mal wieder nicht aufgegangen.

Den See fanden wir auch nicht, statt dessen standen wir plötzlich vor einem kleinen Flugplatz, zu dem wir gar nicht gewollt hatten. In der Ferne schimmerten die Lichter eines Dorfes. »Da tuckern wir jetzt hin und suchen uns irgendwo am Rand einen Schlafplatz. Für heute habe ich die Schnauze voll vom Fahren!«

Auf der einen Seite hatte das Dorf ein Neubaugebiet mit halbfertigen Häusern, viertelfertigen Straßen und herumstehenden Baumaschinen, auf der anderen gab es niedliche kleine Häuschen mit niedlichen kleinen Gärtchen, und dahinter fing gleich wieder das freie Feld an. Links Weizen, rechts Hafer.

»Gibt es denn hier nicht mal einen Feldweg, auf dem wir parken können?« Im Schrittempo kroch der Wagen die Straße entlang, während ich mit einer Taschenlampe aus dem Seitenfenster funzelte. Kein Weg war zu sehen, nicht mal eine Treckerspur.

»Dreh einfach um und stell dich irgendwo in dieses Neubauviertel. Dagegen wird kaum jemand was einwenden können.«

»Und morgen weckt uns in aller Hergottsfrühe die Betonmischmaschine! Ohne mich! Ich brauche meine acht Stunden Schlaf, ganz besonders nach dieser Marathonfahrt.« Trotzdem wendete sie den Wagen, bog jedoch von der Hauptstraße ab und tastete sich am Marktplatz vorbei weiter in die Finsternis. »Ein Dorf hat immer vier Seiten, zwei kennen wir erst.« Noch einmal schwenkte sie nach rechts in einen holprigen Sandweg, dann trat sie erleichtert auf die Bremse. »Hier bleiben wir.«

Doch, das war ein sehr ansprechendes Plätzchen. Als ich die Tür öffnete, hörte ich ein Bächlein plätschern, und als ich ausgestiegen war, merkte ich, daß es gar kein Bächlein war, sondern Regentropfen, die sich in einer alten Zinkwanne sammelten. »Es regnet«, sagte ich überflüssigerweise.

»Hat aber gerade erst angefangen.« Steffi öffnete die hintere Tür, und sofort schossen die Hunde ins Freie. »Wenigstens brauchen sie hier keine Tüte.« Unschlüssig betrachtete sie unsere Klappmöbel. »Wohin mit dem Krempel? Wenn wir das vor die Tür stellen, ist morgen alles klatschnaß.«

»Schieben wir's doch einfach unter den Wagen.«

Das hielt sie für eine hervorragende Idee. Daß sie gar nicht so hervorragend gewesen war, merkten wir erst am nächsten Morgen, als wir die Sachen aus dem aufgeweichten Matsch klauben und zum erstenmal die Dusche benutzen mußten. Nicht für uns, nein, dazu reichte hinterher der Wasservorrat gar nicht mehr, sondern für das Campingmobilar. Wir hatten gerade noch genug zum Zähneputzen.

Das Ritual, ein fahrendes Wohnmobil abends in eine stehende Wohnung zu verwandeln, habe ich nie einwandfrei beherrschen gelernt. Ich habe auch nie begriffen, weshalb man während der Fahrt nicht kochen darf, obwohl das doch sehr praktisch wäre. Glücklicherweise ist Stefanie technisch wesentlich talentierter als ich, denn schon nach vierzig Minuten hatten wir heißen Tee, während auf der zweiten Flamme bereits die deftige Kartoffelsuppe brodelte. Als Dessert gab es Himbeerjoghurt.

»Leben wie Gott in Frankreich! Genauso habe ich mir das immer vorgestellt.«

»Wir üben doch noch«, tröstete mich Steffi. »Morgen klappt alles schon viel besser. Vor allem müssen wir uns künftig bei Tageslicht einen Stellplatz suchen.« Sprach's, warf mein Bettzeug aus dem »Schlafzimmer« und kletterte in ihre Koje. »Ich werde garantiert prächtig schlafen.«

Sie ist auch nur einmal wach geworden, als ich samt Luftmatratze aus meinem sogenannten Doppelbett kippte und auf Jojos Hinterteil landete, der lautstark gegen diesen Überfall protestierte. Völlig ungeübt im Umgang mit Luftmatratzen, hatte ich das Ding bis zum Platzen aufgeblasen. In diesem Zustand eignet es sich allerdings nur als Unterlage, wenn man auf dem sicheren Boden nächtigt.

Als ich gegen sieben Uhr erwachte, hatte ich das Gefühl, beobachtet zu werden, und tatsächlich bewegte sich ein Schatten vor dem

Fenster. Was es war, konnte ich durch die nur auf Spalt stehenden Rolläden nicht erkennen, aber daß da etwas war, spürte ich genau. Was jetzt? Schreien? Hätte sowieso nichts genützt, wer sollte uns hier schon hören? Die Hunde loslassen? Auch sinnlos, wahrscheinlich würden sie sich ganz schnell irgendwo verkriechen und abwarten, wie die Sache weiterging. Weshalb hatten sie eigentlich nicht angeschlagen? Schöne Wächter!!! Man sollte ihnen das Futter streichen!

»Steffi, da draußen ist wer!« flüsterte ich, bekam jedoch nur ein unwilliges Grunzen zur Antwort.

»Wach auf! Wir müssen irgendwas tun!«

»Du kannst ja schon mal Kaffee kochen«, murmelte sie.

Nichts lag mir ferner. Entschlossen schälte ich mich aus meinem Deckbett und suchte nach einem geeigneten Gegenstand, um notfalls Leib und Leben verteidigen zu können. In einer Hand den Pfefferstreuer, in der anderen das Brotmesser, öffnete ich vorsichtig die Tür. Es muß ein fürchterlicher Anblick gewesen sein ... jedenfalls für den Voyeur. Er galoppierte laut muhend davon.

Kurz darauf wollte Steffi wissen, ob ich Kühe melken könne. Sie zeigte auf die sich im Topf zusammenziehende Milch. »Die ist sauer.«

Das war ich auch, aber aus anderen Gründen. Ich hatte gerade unsere Terrasse aufbauen wollen und die lehmverschmierten Möbel entdeckt. Als ich sie endlich notdürftig unter der Dusche abgeschrubbt hatte, war ich genauso naß wie das gesamte Inventar.

»Am besten lassen wir den ganzen Krempel hier im Bad stehen, da stört er am wenigsten«, entschied Steffi, hatte jedoch nicht bedacht, daß uns jetzt der Zugang zur Toilette versperrt war. Zum Glück gab es weiter oben einige Büsche, und statt Klopapier nahmen wir Küchenkrepp. Man muß eben flexibel sein. »So ein Wohnmobil ist doch eine feine Sache«, knurrte ich erbittert, die aufgeweichte Lehmschicht von den Turnschuhen kratzend. »Man ist absolut autark und auf niemanden angewiesen. Wo kriegen wir jetzt Wasser her?«

»Wir müssen sowieso tanken, da fülle ich den Vorrat gleich auf.«

»Welchen Vorrat?« Aus der Leitung tröpfelte es nur noch. Es reichte nicht mal mehr für eine Tasse Pulverkaffee.

Wir beschlossen den sofortigen Aufbruch und hofften auf ein Bistro mit Café au lait und ofenfrischen Croissants. Solche Lokalitäten scheint es jedoch nur in Paris zu geben, wo man – zumindest pflegte Inspektor Maigret das immer zu tun – schon morgens um sechs an jeder Straßenecke ausgiebig frühstücken kann. Sämtliche Kneipen, an denen wir vorbeikamen, hatten aber noch die Jalousien unten.

Während Steffi tankte und dem Besitzer gestenreich klarzumachen versuchte, daß sie auch Wasser brauchte, nein, nicht aus der Blechkanne für den Kühler, sondern sauberes zum Trinken, kaufte ich in der gegenüberliegenden Bäckerei frisches Baguette und für zwei Mark zwanzig einen Liter Plastikmilch. Und dann saßen wir in der Sonne – Steffi auf der Fußbank, ich in der geöffneten Tür – neben der Dieselzapfsäule und frühstückten. Es war urgemütlich, besonders dann, wenn ein Lastwagen vorbeidonnerte und unser frugales Mahl mit Staub panierte.

Schließlich reihten wir uns auch wieder in den Verkehr ein. Aix-les-Bains, Chambery – hier wurde die Straße besser, meine Laune auch –, weiter nach Voiron und dann Richtung Valence. »In der Gegend von Orange sollten wir übernachten«, schlug ich vor, »da sieht es auf der Karte so grün aus. Rein theoretisch müßte das liebliche Landschaft bedeuten.«

Wahrscheinlich hatten wir die falsche Straße erwischt. Die liebliche Landschaft entpuppte sich als sehr waldreiche Gegend mit ein paar Schluchten mittendrin, bestens geeignet als Kulisse für Webers *Freischütz*, keineswegs verlockend als Rastplatz.

»Hier würde ich mich zu Tode graulen«, wehrte Steffi ab, als ich auf eine Waldschneise deutete, die malerisch von vereinzelten Sonnenstrahlen beschienen war.

»Dann eben nicht! Mal werden die Bäume ja aufhören.«

Das taten sie auch, und gleich dahinter führte ein Weg nach rechts. »Campingplatz« stand auf einem Schild. »Den sehen wir uns mal an«, beschloß meine Chauffeuse, »vielleicht bleiben wir da. Um diese Jahreszeit ist der bestimmt noch nicht überfüllt.«

Das war er wirklich nicht, genaugenommen war er noch nicht einmal geöffnet. Das hatte jedoch eine Großfamilie nicht daran gehindert, sich häuslich niederzulassen. Sie mußte schon länger dort leben, denn der Abfallberg hinter dem letzten Zelt hatte eine beachtliche Höhe erreicht.

»Sind das nicht Zigeuner?« Vorsichtshalber stoppte Steffi den Wagen in respektvollem Abstand und ließ sogar den Motor laufen. Die Sippe, zu der auch eine Schar Kinder gehörte, warf nur einen flüchtigen Blick auf uns Eindringlinge, dann interessierten wir sie nicht mehr.

»Nee, hier bleiben wir nicht, die sind mir zu suspekt.«

»Aber in die Camargue zum Sinti-Treff willst du unbedingt hin«, erinnerte ich Steffi. »Wahrscheinlich sind die hier auch auf dem Weg nach Süden, nur sind sie noch ein bißchen zu früh dran. Und dieses Gewäsch von wegen ›alle Zigeuner stehlen‹ ist doch nur ein Vorurteil. Gerade bei den Sinti-Familien herrscht eine beinahe militärische Disziplin, und jedem, der dem Oberhaupt nicht pariert, drohen drakonische Strafen. Das habe ich mal gelesen.«

»Wie viele Zigeuner hast du denn schon persönlich kennengelernt?«

»Keinen«, mußte ich zugeben.

»Papier ist geduldig«, sagte Steffi nur und drehte um. Bevor wir die Landstraße erreicht hätten, zweigte nochmals ein Weg ab, der zu einem Dorf zu führen schien. Auf halber Strecke dorthin gab es einen von Bäumen bestandenen Hügel, und mitten darin war ein uraltes, aus Feldsteinen erbautes Kirchlein.

»Guck mal, Steffi, sieht das nicht aus wie ein Gemälde von Monet?«

»Berge hat der doch nie gemalt, und Kirchen auch nicht. Der hatte es doch immer mehr mit 'm Wasser.«

»Ich meine ja auch nicht unbedingt das Motiv, sondern mehr die Stimmung.«

»Du hast recht, die Sonne steht schon ziemlich tief. Warum bleiben wir nicht einfach hier?«

Ich war einverstanden. Was sollte uns schon im Schatten des

Gotteshauses passieren? Während Steffi unser mobiles Heim wieder auf Wohnbetrieb umstellte, inspizierte ich die nähere Umgebung. Die Bäume waren keine Fichten mehr, sondern Pinien, die Wildblumen kannte ich zum Teil gar nicht, und trotz der abendlichen Stunde war es noch so warm, daß ich nicht mal eine Jacke brauchte. Wir näherten uns ganz offensichtlich wärmeren Zonen.

Das Kirchlein, mindestens einige hundert Jahre alt, war einem Heiligen geweiht. Ich weiß nicht mehr, welchem, aber sein Namenstag wird am 21. September gefeiert, und an diesem Tag sollte ihm zu Ehren hier oben ein Gottesdienst stattfinden. Das zumindest besagte ein schon von der Sonne ausgeblichener Zettel, mit profanen Heftzwecken an der dicken Holztür befestigt.

»Wenn uns heute nacht jemand abmurkst, werden unsere sterblichen Überreste spätestens in viereinhalb Monaten gefunden werden.« Ich erzählte Steffi von meiner Entdeckung.

»Hat denn auch die Jahreszahl danebengestanden?« forschte sie mißtrauisch. »Ach ja, eine Frage noch: Weißt du, wo ich die Grillkohlen verstaut habe?«

»Gegenfrage: Haben wir überhaupt welche gekauft?«

Notgedrungen grillten wir die mitgebrachten Steaks auf Pinienzapfen, die entsetzlich qualmten und dem Essen ein ungewohntes Aroma verliehen, aber es schmeckte trotzdem großartig. Vöglein zwitscherten ihr Abendlied, Eidechsen huschten über die sonnenwarmen Steine und brachten die Hunde zur Verzweiflung, und als der Mond hinten über den Weizenfeldern aufstieg, saßen wir immer noch draußen und schauten in die Sterne. »Hier würde ich es ein paar Tage lang aushalten.«

»Ich nicht«, erwiderte Steffi, »ist mir ein bißchen zu einsam. Mir schwebt etwas ganz anderes vor, was Ausgefallenes abseits der üblichen Ferienorte, wo aber trotzdem was los ist.«

»Dann solltest du auf eine Nordsee-Hallig fahren. Du hast ja keine Ahnung, was da los ist, wenn das wöchentliche Postschiff kommt!«

Nach dem dritten Glas Rosé hatten wir die nötige Bettschwere erreicht und verzogen uns in unser luxuriöses Heim. Mit nur halb aufgepumpter Luftmatratze hätte ich eigentlich herrlich schlafen müssen, doch wer behauptet, man solle sich nicht über Kleinigkeiten ärgern, hat noch nie eine Mücke im Schlafzimmer gehabt.

# 14

»Heute machen wir aber mal in Kultur!« entschied ich, wahrend wir unsere Terrasse abbauten und das Wohnmobil in fahrbereiten Zustand versetzten. »Avignon ist sehr geschichtsträchtig.«

»Muß das sein?« Steffi schob die zusammengeklappten Stühle in den Wagen. »Vergiß nicht wieder, den Krempel im Bad bruchsicher zu verstauen.«

»Habe ich schon.« Nach unserer ersten Übernachtung hatten wir von der Seife bis zum Mückenvertilgungsmittel alles offen stehenlassen und abends ein Chaos vorgefunden. Die ganze Naßzelle roch noch immer intensiv nach Odol, in die hoffentlich letzte Scherbe war ich vorhin erst getreten, und mein Lieblingslippenstift war auch im Eimer. Bei dem Versuch, den kläglichen Rest Shampoo vor dem endgültigen Auslaufen zu retten, hatte Steffi die Hülle einfach plattgetreten. Noch einmal würde so etwas nicht passieren! Im diffusen Mondlicht hatten wir noch gestern abend eine Checkliste aufgestellt und die Verantwortung für die einzelnen Sicherheitsmaßnahmen gewissenhaft geteilt. Künftig war Steffi für den technischen Bereich zuständig, worunter auch die Kontrolle der Wasserbehälter einschließlich Abwassertank und Chemietoilette fiel, während ich die hauswirtschaftlichen Belange zu übernehmen hatte. Würden wir plötzlich ohne Benzin dastehen, wäre das Stefanies Schuld, und wenn wieder einmal das Baguette über den Fußboden kullerte, so war das meiner Nachlässigkeit zuzuschreiben. Vor der Abfahrt hatte es hochkant im Kleiderschrank verstaut zu werden, dem einzigen Platz mit einer Tür davor, wo so ein langes Teil hineinpaßte.

Ohnehin waren wir schon ein recht gut eingespieltes Team. Jeder wußte genau, wann er sich wo hinzusetzen hatte, damit der andere mit einem Tablett in der Hand gefahrlos den Wagen der Länge nach durchqueren konnte. Der Ruf »Vorsicht!« bedeutete, daß man auch seine Beine anziehen mußte, weil die halbe Vorratstruhe ausgeräumt wurde (die zweite Packung Knödel war ganz nach unten gerutscht), und »alle Mann raus!« hieß, es war mal wieder der Schraubverschluß vom Mineralwasser runtergefallen und genau dorthin gerollt, wo man ihn nur mit Hilfe von Handfeger oder Kleiderbügel hervorbekam, artistische Verrenkungen inbegriffen.

Auf dem Weg nach Avignon erteilte ich Steffi Geschichtsunterricht. Sehr viel war auch bei mir nicht hängengeblieben, doch wozu gibt es Lexika? Einige Stichworte hatte ich mir notiert. »Von 1309 bis 1377 regierten in Avignon insgesamt sieben Päpste.«

»Neun«, korrigierte Steffi.

»Wirklich? Dann muß es Doppelbesetzungen gegeben haben. Jedenfalls endete mit der Französischen Revolution der Kirchenstaat Avignon und ...«

»... seitdem ist auch die Brücke kaputt.«

»Nein, die wurde schon 1669 zerstört.«

»Wodurch?«

»Keine Ahnung. Vielleicht durch Hochwasser.«

»Oder durch Touristen, sofern es damals schon welche gegeben hat. Den schiefen Turm von Pisa haben sie ja auch kleingekriegt.«

»Du redest komprimierten Schwachsinn! Der Turm sackt von allein ab, weil der Untergrund nachgibt.«

»Weiß ich auch. Aber vielleicht würde er nicht so schnell rutschen, wenn nicht seit Jahrzehnten Touristen raufsteigen und sich genau dort hinstellen würden, wo die schiefe Seite ist.«

»Quatsch! Außerdem haben Touristen mit der kaputten Brücke von Avignon gar nichts zu tun. Die ist ja erst zur Attraktion geworden, *weil* sie kaputt ist.«

»Genau wie die in Heidelberg. Kein Mensch hat sich für den Neubau interessiert, und erst, als er wieder zusammengekracht ist, sind alle hingepilgert und haben sich die architektonische Pleite angeguckt.«

Da gab ich es auf, faltete meine Gedächtnisprothese zusammen und warf sie in die Mülltüte. Die war auch schon wieder voll. Da die Abfallbeseitigung in den hauswirtschaftlichen Bereich fiel, hoffte ich, irgendwo einen Rastplatz zu finden und dort eine noch nicht überquellende Mülltonne. Ich entdeckte weder das eine noch das andere, obwohl wir uns nur noch im Schneckentempo vorwärtsbewegten. Schließlich trat Steffi auf die Bremse und schaltete den Motor aus. »Nichts geht mehr.«

»Stimmt. Alles fährt.«

Gute zehn Minuten hingen wir im Stau, dann konnten wir weiterrollen. Endlich tauchten auf der linken Seite die ersten Mauern der gewaltigen Residenz auf. »Jetzt sollten wir irgendwo anhalten und aussteigen.«

»Haha«, machte Steffi nur, auf die unzähligen Verkehrsschilder deutend, die außer Geradeausfahren so ziemlich alles verboten. Verständlich, denn halb Europa schien sich hier versammelt zu haben. Autos mit Nummernschildern von Finnland bis Portugal krochen vor, hinter und neben uns die Straße entlang, holländische Wagen mit schaukelnden Anhängern, auf dem Dach drei Fahrräder und hinten drin Oma, Opa nebst Enkelkind oder auch mal vier übereinandergestapelte Koffer, die durch ihr Gewicht die Hinterachse fast auf den Boden drückten. Dazwischen eine Selbstmordkandidatin auf dem Fahrrad mit drei Weißbroten unterm Arm.

»Versuch's mal mit Beten«, schlug Steffi vor, »an dieser weihevollen Stätte liegt ein Wunder zumindest im Bereich des Möglichen.«

»Was soll ich?«

»Um einen Parkplatz beten.«

Obwohl ich dieses blasphemische Ansinnen weit von mir wies, geschah das Wunder. Auf der schmalen Grasnarbe, die den Fußweg von der Straße trennt, setzte sich ein Wohnwagen in Bewegung, und sofort steuerte Steffi den freiwerdenden Platz an. Die einbetonierten Parkverbotsschilder übersah sie genauso großzügig wie alle anderen Verkehrsteilnehmer, die dort ihre Autos abgestellt hatten. »Sollen sie uns doch ruhig ein Knöllchen verpassen. Nachher sind wir sowieso wieder weg, und Interpol wird wegen einer simplen Ordnungsstrafe bestimmt nicht bemüht.«

»Was ist, wenn sie gleich Bares kassieren?«

»Dann hast du eben Pech gehabt.«

Vor der Kultur gönnten wir uns und den Hunden einen Spaziergang entlang der Rhône. Obwohl immer ein halbgefüllter Trinknapf im Wohnmobil stand, der trotzdem bei jedem Bremsmanöver überschwappte, stürzte Otto sofort ans Wasser und vor lauter Eifer auch gleich hinein.»Otto, du bist ein Hund, kein Seehund!« brüllte Steffi hinterher. »Wenn der erst mal das Meer sieht, dreht er völlig durch. Laß ihn da bloß nie unbeaufsichtigt, Määm, der schwimmt sonst glatt bis Korsika.«

Jojo dagegen, der Wasser nur als Durstlöscher akzeptiert, obwohl ihm Bier wesentlich lieber wäre, stand einen halben Meter vom Ufer entfernt und jaulte seinem abtrünnigen Freund hinterher. Die ersten Passanten wurden aufmerksam und erwogen bereits Rettungsmaßnahmen, als Otto triefend an Land kletterte und der netten Dame, die ihm einen Keks entgegenhielt, vor lauter Freude an den hellblauen Rock sprang. Danach war sie gar nicht mehr so nett. Von ihrer Schimpfkanonade verstand ich kaum etwas, meine gestammelte Entschuldigung wollte sie nicht hören, und was Fleckenwasser auf französisch heißt, wußte ich sowieso nicht.

»Am besten bringen wir die Hunde zurück in den Wagen, sonst werden sie noch totgetreten.« Sie hatten auch gar nichts dagegen. Als Landhunde benehmen sie sich im Stadtverkehr ähnlich idiotisch wie Urwaldbewohner, die zum erstenmal in ihre Metropole kommen und der Meinung sind, Verkehrsampeln seien eine Art Zauber gegen die bösen Geister und Zebrastreifen eine städtische Variante der heimischen Höhlenmalerei. Jojo wollte sich in selbstmörderischer Absicht vor einen Lkw stürzen, während Otto unter das erste geparkte Auto kroch und nur mit Gewalt wieder hervorgezerrt werden konnte. Im Wohnmobil verzogen sie sich sofort auf ihre Lieblingsplätze, nämlich vorne ins Führerhaus, und dort auf die Fußmatten. Steffi holte noch schnell meine Brille aus der »Küche«, und bevor sie die Tür schloß, ermahnte sie unsere beiden Vierbeiner: »Schön dableiben!«

Darauf neben mir eine Stimme: »Ick würde det aba lieba mit de Handbremse vasuchen.«

Die Hunde waren dem guten Mann entgangen, nicht jedoch Steffis Abschiedsworte zu dem scheinbar leeren Wagen. Über seinen Irrtum aufgeklärt, wurde er zutraulich. »Warten Sie etwa ooch uff wen, der da drin bei die toten Päpste rumlooft?« Mit einer Kopfbewegung deutete er zum Eingang des Palastes, vor dem sich die Menschenmenge in dicken Trauben zusammenballte. »Erst wollte ick ja ooch mit rin, aba erstens is mir det zu voll, und zweetens is die nächste Führung in Deutsch erst wieda in zwee Stunden. Japanisch kann ick aba nich und Spanisch ooch nich. Außerdem war ick schon mal in Rom, det hat ma für mein kirchlichet Bedürfnis jereicht. Da jibt et wenigstens noch 'n lebendijen Papst. Bloß dajewesen isser nich.«

Es stellte sich heraus, daß Herr Malwitzki aus Berlin stammte, was ich schon nach den ersten Worten nicht bezweifelt hatte, und seit einer Woche mit Gattin und Wohnwagen auf dem Weg nach Port Grimaud war, wo er auf dem dortigen Campingplatz seinen alljährlich für Mai und Juni reservierten Stellplatz beziehen wollte. »Da isset noch nich so voll, aba schon scheen warm, und essen müssen wa zu Hause ooch.«

»Kann man um diese Zeit im Mittelmeer schon baden?« wollte Steffi wissen.

»Können kann man, bloß Spaß macht's noch keenen. Fahr'n Se etwa ooch an die Küste?«

»Ja, aber in die Camargue.«

»Kenn ick. Is hübsch da, hat ooch 'n paar jute Campingplätze, bloß verdammt teuer.«

»Wie ist es, Määm, willst du jetzt tatsächlich in dieses Gemäuer rein und dich durchschieben lassen, oder wollen wir nicht doch lieber weiterfahren? Ich finde, von außen sieht es auch ganz beeindruckend aus.«

Eingedenk meiner Erfahrungen mit den vatikanischen Museen in Rom, durch die man ebenfalls im Eiltempo geschleust wird und eigentlich nur das richtig sehen kann, was an die Decken gemalt worden ist, verzichtete ich auf die Besichtigung des Papstpalastes und damit auch auf eine Bereicherung meiner Geschichtskenntnisse. Und auf die Brücke. Wir sahen sie von weitem, doch als

Steffi sie durch das Fernrohr beäugte, meinte sie nur: »Die ist auch voller Touristen.«

Versehen mit guten Ratschlägen, von denen sich später nicht einer als brauchbar erwies, ließen wir Herrn Malwitzki weiter auf seine Frau warten und reihten uns wieder in den Verkehr ein. Er war wesentlich flüssiger geworden. Mittagszeit. Die Franzosen waren zwecks Einhaltung der geheiligten Siesta von den Straßen verschwunden, die Touristen saßen auf Klappstühlen, Mauervorsprünben oder auf der blanken Erde, um sich herum ein Stilleben aus Thermoskannen, Kühltaschen, Babyfläschchen und belegten Broten.

»Das müssen alles Schwaben sein«, vermutete Steffi, »von zwölf bis eins wird gegessen.«

»Ich könnte jetzt aber auch was vertragen. Soll ich uns schnell eine Tütensuppe kochen?«

»Määm, wie oft soll ich dir noch sagen, daß der Herd während der Fahrt nicht benutzt werden darf. Und nicht kann, weil die Gaszufuhr geschlossen ist.«

»Nicht mal für ein ganz kleines Töpfchen Wasser?« versuchte ich es erneut. »Ich hätte jetzt so gern einen Kaffee.«

»An der nächsten Bar halte ich an.«

»Brauchst du nicht, ich kann Café au lait nicht mehr sehen!«

Wenig später stoppte sie neben einer Imbißbude, vor der lauter Skandinavier saßen und Hochprozentiges in sich hineinkippten. Sie wollte Milch, die es nicht gab, dann Kakao, den es auch nicht gab, ich wollte Kaffee ohne Milch und kriegte Espresso, Würstchen waren aus, und nach Crepes stand uns nicht der Sinn. Hungrig fuhren wir weiter.

»Wir müssen ja bald in Arles sein, da lade ich dich zum Essen ein.« Nicht Großmut war es, die mich zu dieser Zusage veranlaßte, sondern reiner Selbsterhaltungstrieb. Wenn Stefanie nicht regelmäßig gefüttert wird, bekommt sie schlechte Laune, und wenn sie schlechte Laune hat, wird sie kratzbürstig. Das hat zur Folge, daß ich ebenfalls pampig werde, und das Ende ist dann ein zu intensiver Kontakt mit der Böschung oder einem Kilometerstein. Beides hatten wir schon mal gehabt. Das ist zwar lange her, doch die Voraussetzungen dafür waren immer die gleichen gewesen: Hunger.

»Gibt es in Arles nicht auch eine Brücke?«

Himmel, fing sie denn schon wieder an? »Höchstwahrscheinlich«, sagte ich patzig. »Zumindest glaube ich nicht, daß seine Bewohner die Rhône schwimmend überqueren.«

Sie kicherte. »Ich meine doch die berühmte Brücke von van Gogh.«

Ach so, mein Fehler. Aber so ist das nun mal mit der Bildung. Sie ist das, was übrigbleibt, wenn man alles vergessen hat. »Kaum anzunehmen, daß diese Brücke noch besichtigt werden kann. Immerhin ist van Gogh seit hundert Jahren tot. Vermutlich ist der Bach inzwischen kanalisiert, oder es steht schon längst eine Reihenhaussiedlung drauf. Aber ein van-Gogh-Museum gibt es, vielleicht sollten wir da mal rein.«

»Vorausgesetzt, wir finden es. Sag mir lieber, ob ich jetzt rechts oder links abbiegen soll?«

Wir hatten die Ausläufer von Arles erreicht. »Rechts!« sagte ich zuversichtlich, denn ich hatte ein Schild mit der Aufschrift »Centre« gesehen und es logischerweise mit Zentrum, also Stadtmitte, übersetzt. Wenig später standen wir auf einem riesigen Einkaufsareal, und bis wir uns dort wieder rausgewurstelt hatten, war Kaffeezeit.

»Gleich fange ich an zu schreien!« knirschte Steffi mit zusammengebissenen Zähnen, als wir uns einem größeren Platz näherten, auf den ein halbes Dutzend Straßen mündeten. »Wo, um alles in der Welt, geht's denn jetzt weiter?«

Das wußte ich auch nicht. »Fahr einfach dem Hauptverkehrsstrom hinterher.«

Der schob sich durch eine breite Geschäftsstraße, die weiter hinten vor einem Bauzaun endete. Ein Umleitungsschild deutete nach rechts in eine schmale Einbahnstraße. »Wenn das nur geht«, zweifelte Steffi, als sie das unhandliche Wohnmobil vorsichtig um die Ecke bugsierte. Es ging gut, doch nur dreihundert Meter weit, dann war endgültig Feierabend. Die Umleitung mündete rechtwinklig in eine genauso enge Straße, und da kamen wir nicht mehr herum. Ja, wenn dort keine Häuser gestanden hätten oder wenn es wenigstens einen vernünftigen Gehsteig gegeben hätte statt dieses handtuchschmalen Weges ... So aber saßen wir fest. Und das im wahrsten Sinne des Wortes. Die Fahrräder hatten sich an einem Fensterladen verhakt, und unser linkes Vorderrad klemmte zwischen einer Treppenstufe und einem verwitterten Grenzstein.

»Das war's dann wohl.« Steffi stellte den Motor ab und forderte mich zum Aussteigen auf. »Ich kann nicht. Auf meiner Seite geht die Tür nicht mehr auf.«

Hinter uns begann ein ohrenbetäubendes Hupkonzert, untermalt von wenig freundlichen Kommentaren, die aber schnell verstummten, als die ersten zwanzig Autofahrer ausgestiegen waren und sich um das Hindernis versammelt hatten.

»Jetzt bist du dran«, sagte Steffi lakonisch. »Ich kann kein Französisch.«

Daß ich es auch nicht konnte, wurde den Umstehenden schnell klar, nachdem ich den auf mich einprasselnden Wortschwall immer nur mit einem hilflosen Achselzucken quittiert hatte. Ich weiß nicht, *was* diese liebenswürdigen, hilfsbereiten Menschen sprachen, es mußte wohl ein fast ausgestorbener provenzalischer Dialekt gewesen sein, jedenfalls verstand ich kaum ein Wort. Der erste Flic tauchte auf, kurz darauf waren es schon drei, die aber gleich wieder verschwanden, um das hinter uns entstandene Verkehrschaos zu entwirren. Ihre schrillen Pfeifen hörten wir noch lange.

»Steffi, paß auf, da klaut einer unsere Räder!«

Doch der junge Mann löste nur die Fahrräder aus ihrer Verankerung und schuf auf diese Weise einen halben Meter Freiraum nach hinten. Zwei andere, einer davon in hellgrauen Flanellhosen, versuchten, das Fahrzeug vorne aus seiner Umklammerung zu befreien, schafften es jedoch nicht. »Point!« schrie einer, wobei er immer wieder zum Führerhaus deutete.

»Was will er?«

»Ich weiß es doch nicht«, jammerte ich entnervt. »Wer hatte denn Anfang der fünfziger Jahre schon ein Auto? Technische Vokabeln haben wir in der Schule nie gelernt.«

Schließlich verlor die Flanellhose die Geduld. Sie enterte das Wohnmobil und legte den Leerlauf ein. Nun wußte ich, was »point« bedeutete. Daß wir inzwischen als hoffnungslose Idioten abgestempelt waren, nahm ich hin, doch wir waren ja auch zwei Frauen, und diese Tatsache mußte wohl in den ausnahmslos männlichen Franzosen edelmütige Instinkte geweckt haben. Jedenfalls nahm ein bulliger Typ mit Vollbart und Zigarettenkippe im Mundwinkel den Platz der Flanellhose ein, ließ den Motor an, legte den Rückwärtsgang ein und schaffte es nach mehrmaligen Versuchen tatsächlich, das eingeklemmte Vorderrad freizubekommen. Danach begann die Feinarbeit. Ich weiß nicht mehr, wie oft er den Wagen vor- und zurücksetzte, durch Zurufe von außen dirigiert, das Steuer neu einschlug, wieder ein bißchen Spielraum gewann, wieder in den Rückwärtsgang schaltete ...

Wer sich von Franzosen gesteuerte Autos einmal genauer ansieht, wird feststellen, daß es kaum einen Wagen ohne Schrammen und Beulen gibt. Für unsere Nachbarn ist ein Auto nichts anderes als ein Gebrauchsgegenstand und eine Delle in der Stoßstange nur ein Beweis dafür, daß sie ihren Zweck erfüllt hat. Ein eingebuffter Scheinwerfer? Kein Problem, Hauptsache, das Licht brennt noch. Kratzer im Kotflügel? Macht nichts, er wird nicht der einzige bleiben. Außenspiegel zersplittert? Na, wennschon, innen ist ja noch einer, und bei Gelegenheit wird man schon mal einen neuen besorgen.

Kein Wunder also, daß ich pausenlos Stoßgebete gen Himmel schickte, während unser Helfer das Wohnmobil zentimeterweise um die Ecke lavierte. In Gedanken überschlug ich den Inhalt der Reisekasse, in der aufwendige Reparaturen nicht vorgesehen waren, hatte auch keine Ahnung, was eine neue Tür oder gar eine Rundumlackierung kosten würde, verwünschte Steffi, die uns diese ganze blöde Fahrt eingebrockt hatte – und kam erst wieder zu mir, als Beifall aufbrandete. Unser hilfsbereiter Mitmensch hatte es tatsächlich geschafft, das Wohnmobil ohne die kleinste Schramme um die Ecke zu setzen. Ein paar Schweißtropfen standen zwar auf seiner Stirn, doch er winkte nur ab, als ich ihm stotternd zu danken versuchte. »Mais où voulez-vous donc partir?«

»Dans la Camargue«, antwortete ich zögernd.

Er grinste nur. »Bon voyage. Mais là-bas au moins les rues sont plus larges.«

Den letzten Satz hatte ich mal wieder nur akustisch verstanden. Seinen Sinn suchte ich mir im Wörterbuch zusammen, während wir noch den Gehsteig blockierten und darauf warteten, daß sich die hinter uns aufgestauten Wagen am Wohnmobil vorbeiquetschten. »Sehr überzeugt scheint unser Retter von deinen Fahrkünsten nicht zu sein.« Ich deponierte das Buch vor der Frontscheibe. Wir würden es wohl noch öfter brauchen. »Er hat uns gute Reise gewünscht und versichert, daß die Straßen in der Camargue viel breiter seien als hier.«

»Hoffentlich«, sagte Steffi, »aber deinen Bildungsfimmel kannst du dir jetzt abschminken. Mich kriegst du jedenfalls mit dieser Karre in keine Stadt mehr rein!«

Zunächst mal mußten wir aus eben dieser raus. Nur wie? »Ich kaufe jetzt einen Stadtplan«, entschied Steffi, als sie einen Parkplatz entdeckte, der ausnahmsweise mal nicht für Wohnmobile verboten war. Sie trabte ab, war jedoch gleich wieder da. »Gib mal das Wörterbuch! Oder weißt du, was Papiergeschäft heißt?«

»Warte, ich komme mit. Die Hunde brauchen sowieso einen Auslauf.«

»Und ich was zu essen.«

Die Möglichkeiten, nachmittags um fünf eine warme Mahlzeit zu bekommen, sind für Ortsfremde begrenzt, und mit zwei Hunden an der Leine nahezu aussichtslos. Lediglich ein Pizzabäcker gewährte uns Zutritt zu seinem Kunststoffmobiliar. Weil er sogar Spaghetti bolognese anzubieten hatte, wurde Steffi zusehends friedlicher. Nach zwei Portionen erwachte sogar ihr Unternehmungsgeist. »Jetzt bummeln wir noch ein bißchen durch die Stadt.«

»Also doch van-Gogh-Museum?«

»Wenn's denn sein muß ...«

Ihre Toleranz wurde belohnt. Das Museum hatte geschlossen. Aber die Kathedrale St. Trophime konnten wir besichtigen, Krönungsort irgendeines mittelalterlichen deutschen Kaisers, doch welcher das gewesen war, konnte ich Steffi auch nicht sagen. Wir hatten einfach zu viele davon gehabt.

Wenige Meter weiter der phantastische Kreuzgang des Klosters. Sogar Stefanie war beeindruckt. »Was ist das für ein Baustil?«

»Romanisch«, sagte ich prompt. Vielleicht hat es ja gestimmt, doch ich bin nun mal kein Experte für römische Kapitelle und romanische Säulen, und bevor mich meine Tochter noch mehr in Verlegenheit bringen würde, schlug ich einen Standortwechsel vor. »Das Amphitheater müssen wir uns noch angucken.« Da konnte nicht viel passieren. Erbaut hatten es die Römer, und auf die genaue Jahreszahl würde sie bestimmt keinen Wert legen.

Zunächst umrundeten wir das Bauwerk von außen, dann wollten wir hinein. »Meinst du, daß sich die acht Mark Eintritt pro Person lohnen?« Mäßig interessiert lugte sie durch das Gitter (es stammte mit Sicherheit nicht aus der Römerzeit!). »Oben sehe ich Stufen und unten gar nichts. Glaubst du nicht, daß wir das Geld da drüben viel besser anlegen könnten?«

»Da drüben« bedeutete die vielen bunten Tische und Stühle vor den beiden Straßencafés mit Sonnenschirmtupfern dazwischen und bevölkert von sommerlich gekleideten Passanten. Doch, ich konnte jetzt ebenfalls eine Pause vertragen, Kulturdenkmäler gehen in die Füße, besonders, wenn sie weit auseinanderliegen (nicht die Füße!). Die Hunde hatten auch keine Lust mehr zum Laufen, vor allem Otto nicht. Seine Mißachtung antiker Bauwerke hatte er sehr deutlich zum Ausdruck gebracht, indem er mitten auf die große Treppe gepinkelt hatte. Bevor wir nach einem freien Tisch suchten, studierte ich die Getränkekarte. An jedem Sonnenschirm hing ein Exemplar, entgegenkommenderweise gleich in vier verschiedenen Sprachen. Deutsch war auch dabei. Café mit Eis sollte vermutlich Eiskaffee heißen, und wenn die Franzosen darunter das gleiche verstanden wie wir, sollte es mir recht sein. Ob es stimmte, haben wir nicht feststellen können. Wir hatten nämlich auf zwei blauen Stühlen Platz genommen, die zu einem anderen Café gehörten als die roten, und hier gab es nur Bier und Brause. Wenigstens war sie kalt. Und weil der Ober ein Herz für Tiere hatte, stellte er den Hunden sogar unaufgefordert eine

Schüssel mit Wasser hin. Der späteren Rechnung nach hätte es allerdings Champagner sein müssen.

Mit einem frischen Baguette (unser Vorrat war auf maximal zwölf Zentimeter Länge geschrumpft), Milch und einem Körbchen Erdbeeren machten wir uns auf den Rückweg. Besser gesagt, wir hatten es vor!

»Weißt du, wo es langgeht?«

Überflüssige Frage, natürlich wußte ich es nicht. Kreuz und quer waren wir durch kleine Gassen spaziert, hatten malerische alte Häuser bewundert, hatten an einem Brunnen die Hunde getränkt, waren links abgebogen und wieder rechts und hatten keinen Moment lang auf den Weg geachtet.

»Jetzt weiß ich, weshalb Theseus mit 'm Stück Strippe ins Labyrinth gezogen ist«, seufzte Steffi, als sie das Haus mit dem ulkigen Giebel wiedererkannt hatte, bei dem wir vorhin stehengeblieben waren, und das dann doch ein anderes war und bloß so ähnlich aussah. »Die Karre finden wir nie wieder! Ich weiß ja nicht mal die Richtung.

»Kannst du dich an den Straßennamen erinnern?«

»Nee. Oder doch. Ich glaube, es hieß Place de …« Sie stockte.

»Und weiter?«

»Weiß ich nicht mehr. Irgendwas langes.«

»Vielleicht Place de la République?« Den gibt es in fast jeder französischen Stadt.

»Bestimmt nicht, den Namen hätte ich ja übersetzen können. Der andere war viel länger.«

Das half uns auch nicht weiter. Wer weiß, wie viele Plätze es in Arles gab, und alle hatten einen Namen. Plötzlich fiel mir etwas ein: »Der Fluß! Wir haben doch oberhalb vom Fluß geparkt. Jetzt müssen wir bloß noch die Rhône finden.«

Die erste französisch aussehende Dame sprach Englisch und war nicht von hier. Der Herr mit typisch französischer Baskenmütze begriff nicht, was ich von ihm wollte, doch das junge Pärchen konnte uns helfen. Es kam aus Deutschland, wandelte schon seit einigen Tagen auf den Spuren van Goghs und hatte sogar das Irrenhaus besichtigt. Nur von außen natürlich, es sei ja ein Kloster und leider immer noch sehr weltabgewandt, Besuchern nicht zugänglich, aber trotzdem sollte man …

»Das wollen wir ja auch, wir müssen nur erst unser Auto finden. Wo, bitte, geht's zum Fluß?« fragte Steffi ungeduldig.

Es war gar nicht weit, doch daß wir mindestens einen Kilometer zu weit nördlich das Ufer erreichten, verlängerte unseren Spaziergang um eine weitere Viertelstunde. Und danach dauerte es noch mal eine kleine Ewigkeit, bis wir endlich die Stadt hinter uns gelassen hatten.

»Ich kann mir nicht helfen, Steffi, aber einen Urlaub habe ich mir etwas anders vorgestellt. Mir schwebte eine Blümchenwiese vor, ein murmelndes Bächlein, dolce far niente auf der Liege – und was haben wir? Großstadtstraßen zur Rush-hour.«

»Meinste, *ich* hab' nicht die Nase voll? Du warst es doch, die unbedingt nach Arles wollte! Ist doch hirnrissig, vor dem Gedränge in der Großstadt zu fliehen, um sich in jeder fremden Großstadt gleich wieder ins Gedränge zu stürzen! Wir suchen uns jetzt einen Stellplatz, und morgen fahren wir ohne Aufenthalt durch bis Saintes-Maries-de-la-Mer.«

Diesmal weckte uns keine Kuh, sondern ein Trecker. In seliger Unkenntnis der Tatsache, daß in Frankreich Feldwege nicht wie bei uns vor einem Wäldchen enden oder sich durch Äcker schlängeln, sondern ausnahmslos zu einem Weingut oder auch mal zu einem abseits gelegenen Bauernhof führen, hatten wir neben einem Rapsfeld geparkt. Von dem Geschimpfe des Bauern verstand ich nur chemin prive, doch ich begriff sofort, daß wir schleunigst von seinem Privatweg verschwinden sollten. Was auch verständlich war, denn wir versperrten ihm die Zufahrt. Die Teekanne konnte ich gerade noch retten, als sich Steffi im Nachthemd hinter das Steuer setzte und den Holperweg bis zur Straße entlangschaukelte, aber die Milchflasche kippte aus dem noch nicht arretierten Kühlschrank, gefolgt von Butterdose und Käseaufschnitt. Im Bad klapperte es auch verdächtig. Zum Glück war außer dem arbeitswütigen Landmann noch kein Mensch unterwegs, wir konnten uns also in Ruhe anziehen und das mobile Heim vom Schlafwagen in den Wohnwagen verwandeln. Sogar der morgendliche Freiheitsdrang unserer Vierbeiner hielt sich in Grenzen. Sie hatten vom Fußboden Milch und Käse gefrühstückt, die Butter allerdings liegenlassen, und waren friedlich.

»Heute müssen wir auf einen Campingplatz«, sagte Steffi nach erfolgtem Check-up, »das Klo ist voll. Wasser brauchen wir auch.«

Die Benutzung unserer Chemietoilette hatten wir auf ein Mindestmaß beschränkt, nachdem uns klargeworden war, daß man den Inhalt nicht einfach in einen Gulli kippen kann. Er muß fachgerecht »entsorgt« werden, und dafür sind nur Campingplätze eingerichtet.

»Davon hast du aber vorher nichts gesagt! Ich glaubte, wir seien von den Segnungen der Zivilisation unabhängig?«

»Man kann ja nicht an alles denken«, knurrte sie. »Abgesehen davon würde ich ganz gern mal wieder richtig duschen.«

Das wollte ich auch. »Also schön, zweimal pro Woche Campingplatzgebühren können wir uns noch leisten.«

Saintes-Maries-de-la-Mer liegt am äußersten Zipfel der Camargue und wäre ein entzückendes kleines Städtchen, würde es nicht den Anspruch erheben, ein Touristenzentrum zu sein. Entlang der Uferpromenade löst eine Bar die andere ab, dazwischen Imbißhallen, Andenkenläden, auf der gegenüberliegenden Seite ein Rummelplatz en miniature, in den Seitenstraßen reihenweise Boutiquen, deren Warenangebot größtenteils aus Strohhüten, Porzellan-Flamingos und ähnlich nützlichen Dingen besteht. Nur das Meer konnte noch nicht verschandelt werden. Hinter einem Wall tonnenschwerer Steine liegt ein herrlicher breiter Sandstrand. Trotz der frühen Jahreszeit war er schon recht bevölkert.

Otto mußte das Wasser gerochen haben. Wie ein Besessener kratzte er an den Wänden, jaulte, quiekte, ließ sich kaum anleinen und schoß los, sobald ich die Tür einen Spaltbreit geöffnet hatte. Ich hatte nur nicht bedacht, daß unsere Fußbank noch nicht draußen stand, flog die letzte Stufe runter und landete bäuchlings im Dreck. Die Leine hatte ich losgelassen, und kaum hatte Otto das spitzgekriegt, als er auch schon davonraste. Zielrichtung Meer. Steffi hinterher. Vorsichtig rappelte ich mich auf, stellte erleichtert fest, daß alle Knochen noch dort waren, wo sie hingehörten (seit meinem Schenkelhalsbruch vor einigen Jahren steige ich nicht mal mehr auf eine Trittleiter), nahm Jojo an die Leine und wollte gerade den beiden anderen folgen, als Steffi schon wieder zurückkam, den sich heftig sträubenden Otto hinterherzerrend. »Erst hat er versucht, die Schaumkronen zu fangen, dann hat er das Salzwasser wieder ausgekotzt, und danach wollte er mit dem gleichen Spiel von vorn anfangen. Määm, du hast einen selten dämlichen Hund!« Sie sah mich von oben bis unten an. »Du solltest mal in den Spiegel gucken und dir bei dieser Gelegenheit gleich eine andere Hose anziehen!«

Vorher war ich noch niemals in einen Pferdeapfel gefallen. Es ist mir auch später nicht mehr passiert, doch in der Camargue steigt man ständig über qualmende Haufen, die mitten auf den Wegen liegen und einen unverwechselbaren Duft nach gesunder Landluft verströmen. Zum touristischen Muß gehört nämlich der Ritt auf einem der berühmten weißen Pferde, entweder in der Gruppe schön hintereinander im Zuckeltrab oder – für Fortgeschrittene – in gestrecktem Galopp den Strand entlang, ganz dicht am Wasser, damit es auch ordentlich spritzt. Weiter hinten an den Klippen steht die Wellblechhütte vom Fotografen. Die Bilder bekommt man schon am nächsten Tag.

Wir beköstigten uns an einer Frittenbude, doch wenn wir erst einmal den Campingplatz gefunden und uns etabliert hatten, wollten wir ein üppiges Grillfest veranstalten mit richtigen Kohlen und richtigen Kartoffeln. Nichts gegen Maggi, aber ich wollte mal wieder mit Messer und Gabel essen.

Der Campingplatz liegt am Ende der Uferstraße schon fast außerhalb des Ortes. Als erstes fiel uns die Verbotstafel ins Auge. Hunde waren nicht gestattet, grillen nicht erlaubt, ab zweiundzwanzig Uhr hatte Ruhe zu herrschen, und der kleine Supermarkt durfte nicht in Badekleidung betreten werden.

»Es muß doch eine Möglichkeit geben, hier rein- und wieder rauszukommen, ohne zu übernachten«, grübelte Steffi. »Ja, wenn ich nicht dringend unseren Lokus entsorgen müßte …« Und dann hatte sie eine Idee. Undurchführbar, wie meistens, aber sie wollte es probieren. Während sie mit den Hunden vor der Umzäunung wartete, erkundigte ich mich beim »Empfang« nach freien Stellplätzen. Doch, es seien noch welche da. Danke schön und auf Wiedersehen bis nachher.

»Der mit den blonden Haaren spricht Deutsch«, teilte ich Steffi mit.

»In Ordnung, dann versuche ich mal mein Glück.« Sie holte den hinten auf der Straße abgestellten Wagen und fuhr ihn auf das Campingareal. Ich blieb mit den lauthals protestierenden Vierbeinern außer Sichtweite. Es dauerte gar nicht lang, dann kam Steffi aus der Empfangsbude heraus, setzte sich hinter das Steuer und schaukelte davon. Zwanzig Minuten später stand sie wieder am Tor und verschwand erneut in der Holzhütte. Die Tür hatte sie offengelassen. »Entweder sind sie noch nicht da, oder ich habe den Campingplatz verwechselt. Wo gibt es denn noch einen?« hörte ich sie fragen. »Zehn Kilometer? Na, das ist ja noch zu schaffen. Jedenfalls herzlichen Dank und auf Wiedersehen.«

»Was hast du dem denn bloß erzählt?« wollte ich wissen, nachdem sie uns wieder eingesammelt hatte.

»Daß ich hier mit Freunden verabredet sei, aber nicht wüßte, ob sie schon da wären, und ob ich mal nachschauen dürfe. Wie du siehst, durfte ich. Jetzt haben wir wieder ein leeres Klo und einen vollen Wassertank.«

»Aber noch immer kein Standquartier.«

Das fanden wir schnell. Gleich hinter dem Campingplatz, nur durch den mannshohen Zaun und dichtes Gebüsch getrennt, befand sich ein großer Parkplatz, auf dem schon mehrere Wohnmobile standen. Und das nicht erst seit kurzem. Da waren Freiluftherde aufgebaut mit Gasflasche daneben, Sonnenschirme steckten im Sandboden, überall standen Tische und Stühle herum – Camping in Reinkultur.

»Hier bleiben wir!« entschied Steffi sofort. »Das sind alles erfahrene Camper, von denen können wir bestimmt noch was lernen.«

Nur eine Nacht hatten wir bleiben wollen, und dann wurden es doch drei. Tagsüber strampelten wir mit den Rädern durch die Umgebung – es fand sich immer jemand zum Hundesitting –, abends glühten die Grillfeuer und lockten die Ghettobewohner vom Campingplatz an, die mit ihren rohen Steaks erschienen und als Äquivalent für die großmütig überlassenen Kohlen flaschenweise Landwein anschleppten. Sie zeigten uns auch das kleine Hintertürchen, das vom Campingplatz direkt zum Strand führte und tagsüber offenstand. Schamlos benutzten wir sämtliche sanitären Einrichtungen zum Nulltarif, und Steffi hatte sogar die Courage gehabt, in den kleinen Pool zu springen, obwohl der immer von einem bärbeißigen Platzwart bewacht wurde.

Der Abschied fiel uns richtig schwer, als wir uns nach einigen Tagen wieder auf den Weg machten, doch wir wollten noch ein bißchen mehr von der Camargue kennenlernen. Am meisten trauerte Otto. Er hatte die morgendlichen Spaziergänge am Strand entlang geliebt – er im Wasser, Jojo in gebührender Entfernung davon –, und lange noch jaulte er den Pferdeäpfeln nach, die er so gerne gefrühstückt hätte. Am ersten Tag war ihm das noch geglückt, von da an paßten wir auf.

Genaugenommen gibt es in der Camargue nur eine Straße, die von Nord nach Süd führt und in Saintes-Maries-de-la-Mer endet. Davon zweigt eine kleinere schräg nach links ab, Generalrichtung Nimes. Und das war's auch schon. Alles andere sind mehr oder weniger breite Wege, die in andere Wege münden und immer genau dort einen Bogen machen, wo man eigentlich geradeaus weiterfahren wollte. Das geht aber nicht, denn da ist ein Tümpel. Oder eine sumpfige Wiese. Oder ein Zaun, hinter dem – sehr friedlich und sehr domestiziert – die berühmten wilden Pferde grasen. Von den nicht weniger berühmten schwarzen Stieren haben wir keinen einzigen gesehen, doch Flamingoherden gibt es wirklich noch. Den ersten Exemplaren waren wir auf einer Radtour begegnet. »Guck mal, Steffi, da drüben! Weißt du, was das sind?«

»Ja, Hühner!« erklang es von dem hinter uns radelnden Landsmann, der grinsend sein Leinenhütchen lüftete und in zügigem Tempo überholte, »das sieht man doch.« Später fanden wir diese rosafarbenen Vögel noch oft, wie sie Nahrung suchend durch das Sumpfgelände staksten.

Kreuz und quer fuhren wir durch diese brettebene, rundherum grüne Landschaft mit ihren unzähligen Wasserarmen, entdeckten Wildblumen, die es bei uns gar nicht mehr gibt, kletterten über Zäune, weil ich Steffi unbedingt neben einer friedlich vor sich hin mümmelnden Kuh knipsen sollte, und dann fanden wir sogar meine Blümchenwiese. Nur ein schmaler Weg trennte sie von einem Seitenarm der Rhône; außer einigen Anglern war kein Mensch zu sehen und außer Bienengesumm und Vogelgezwitscher kein Laut zu hören. Eine Idylle. Allerdings nur bis zum Sonnenuntergang.

Stundenlang hatten wir in der Sonne gebrutzelt und uns erst bei Dämmerungsbeginn zu einem Spaziergang mit den Hunden aufgerafft. Wir waren schon auf dem Rückweg, als sie scharenweise über uns herfielen. Wer? Die Mücken!!! Stefanies gelbe Bluse hatte es ihnen angetan. Das behauptete sie jedenfalls, obwohl ich eher auf ihr Haarspray tippte, das jeden mit einem normalen Geruchssinn ausgestatteten Menschen in die Flucht treibt, aber vielleicht bei Mücken das Gegenteil bewirkt. Im Dauerlauf legten wir die restliche Strecke zurück, stürzten ins Wohnmobil und schlugen sofort die Tür hinter uns zu. Ein paar von den Viechern hatten es aber trotzdem geschafft. Steffi benutzte den Schneebesen, ich das Wörterbuch (Mücke = moustique), aber wir haben sie alle erwischt. Wichtigste Regel für die nächsten Tage: Vor dem Öffnen der Tür Licht aus, mit einem Handtuch die sirrenden Vorposten wegwedeln und hinter sich die Tür sofort wieder schließen. Alternative: Ab Einbruch der Dämmerung gar nicht mehr rausgehen.

Doch sobald morgens die Sonne durch die Jalousien blinzelte und beim Frühstück mitten auf der Wiese die erste Biene ins Marmeladenglas fiel, hatten wir alles wieder vergessen. Es war so friedlich hier, so ruhig, kein Mensch störte uns, und wenn gelegentlich auf dem Fluß ein Hausboot vorübertuckerte, brauchten wir nicht einmal die griffbereit liegenden T-Shirts über unsere Badeanzüge zu werfen; die auf dem Kahn hatten meistens noch weniger an.

Am vorletzten Tag hatte Steffi sogar eine mückensichere Ausgehkleidung kreiert: Jogginganzug, Hände in den Hosentaschen vergraben, auf dem Kopf ein Salatsieb und darüber, arretiert mit Wäscheklammern, eine von den Tüllgardinen, die normalerweise die schmalen Fenster zierten. Die flatternden Enden wurden oben in die Jacke gesteckt, Reißverschluß zu, fertig. Wahrscheinlich haben sich die Mücken totgelacht, jedenfalls hat uns keine mehr belästigt.

Wassermangel und das vermaledeite Chemieklo zwangen uns in die Zivilisation zurück. Darüber hinaus brauchten wir mal wieder Frischfutter. Das Bargeld ging auch zur Neige.

»Also«, sagte Steffi, die schon reichlich mitgenommen aussehende Karte ausbreitend, »wir fahren jetzt nach Aigues-Mortes, von da weiter zur Autobahn, und die hat irgendwo hinter Marseille eine Abzweigung zur Küste runter. Da finden wir bestimmt einen Campingplatz.«

Das klang einleuchtend, nur: »Wie kommen wir nach Aigues-Mortes? Oder weißt du genau, wo wir hier eigentlich sind?«

»Nein. Aber wir müssen nach Norden, die Sonne steht jetzt im Südosten, also fahren wir *da* lang.« Sie deutete in die Richtung eines kleinen Hügels mit vereinzelten Bäumen drauf.

»Da sehe ich bloß keine Straße.«

»Die werden wir schon finden.«

Eine ganze Weile hielt ihr Optimismus an, dann wurde ihre Stimme immer kläglicher. »Ich glaube, dieser Weg hier endet im Nichts.«

»Na und? Ist doch herrliches Wetter für eine Erdumkreisung.«

Ihre verbiesterte Miene wich einem schadenfrohen Grinsen, als sie auf die Bremse trat. »Da drüben geht jemand. Steig mal aus, und erkundige dich, wie wir zu diesem verdammten Aigues Sowieso kommen.«

»Bist du verrückt? Gesetzt den Fall, der versteht *mich*, dann heißt das noch lange nicht, daß ich *ihn* verstehe.«

»Sei nicht so feige, versuch es wenigstens.«

Das Wörterbuch nahm ich vorsichtshalber gleich mit. »Bonjour, Monsieur« – das zumindest war mit Sicherheit richtig –, »excusez-moi, où est la route à Aigues-Mortes?«

Das Bäuerlein kratzte sich am Kopf, dann nickte es zustimmend. Es hatte mich tatsächlich verstanden! Die Schwierigkeiten begannen auch erst, als es mir den Weg zu erklären versuchte. Erst weiter geradeaus, das begriff ich noch, dann sollten wir nach gauche abbiegen (war das nun links oder rechts? Keine Ahnung mehr, mußte ich gleich nachschlagen), nach cinq kilomètres käme un petit amo, und da gehe die Straße nach Aigues-Mortes devant. »Vous ne pouvez pas la manquer.«

Ich bedankte mich höflich, ging zum Wagen zurück und suchte im Wörterbuch das zusammen, was ich nur unzulänglich hatte übersetzen können. »Also: Zuerst fährst du geradeaus, bei der nächsten Abzweigung nach links, dann kommt nach fünf Kilometern ein amo, und da führt die Straße nach Aigues-Mortes vorbei.«

»Was ist ein amo?«

»Weiß ich nicht. Ich hab' keine Ahnung, wie sich das schreibt, sonst hätte ich es ja längst gefunden. Wahrscheinlich ist es ein auffallendes Gebäude oder etwas in dieser Art, wir müssen eben aufpassen. Der Bauer hat jedenfalls gesagt, wir könnten die Straße gar nicht verfehlen.«

Seufzend ließ Steffi den Motor wieder an. »Was *wir* nicht verfehlen können, das gibt es überhaupt nicht.«

Diesmal hatte sie sich geirrt. Gleich hinter einem Minidörfchen, das aus vier Häusern und einer Kneipe bestand, stießen wir auf die Hauptstraße, obwohl wir doch das wegweisende petit amo nirgends gesehen hatten. Erst zu Hause klärte mich Nicki auf. »Ein amo ist ein kleines Dorf, mehr so 'n Weiler, irgendwo mitten in der Pampa. Kaum biste drin, biste auch schon wieder draußen.«

»Aha. Wie schreibt sich das eigentlich?«

»H-a-m-e-a-u.«

Wer sollte denn das ahnen?

Auf einen Abstecher nach Aigues-Mortes ließ sich Steffi nicht ein. Sie hatte das erste Autobahnschild entdeckt. »Wir fahren jetzt bis zur Küste durch! Aigues-Mortes. Komischer Name. Was heißt das überhaupt?«

»Tote Wasser.«

»Na also. Was sollen wir denn da? Verdreckte Tümpel haben wir in Deutschland zur Genüge.«

Ist man tagelang über kurvenreiche Landstraßen gekrochen, dann hat eine Autobahn doch gewisse Reize. Man kommt schneller vorwärts. Zwar trauerte ich immer noch dem herben Charme der Camargue nach, als die ersten Betonwohnklötze der Marseiller Vorstadt auftauchten, doch die verschwanden bald wieder, allerdings nur um den nächsten Platz zu machen.

»Fürchterlich!« sagte Steffi. »Die reinsten Arbeiterschließfächer. Und das soll die berühmte Riviera sein?«

»Quatsch, die fängt erst weiter oben an, etwa bei St. Tropez.«

»St. Tropez? Kommen wir da durch?«

»Wir können, müssen aber nicht.«

»Natürlich müssen wir! Diesen Tummelplatz der High-Society lasse ich mir doch nicht entgehen.«

»Na, ich weiß nicht. Seitdem Brigitte Bardot sich weniger um Männer und mehr um herrenlose Viecher kümmert, ist St. Tropez ein bißchen in Vergessenheit geraten«, gab ich zu bedenken. »Das einzige, was von dem verblaßten Ruhm geblieben ist, werden vermutlich die Preise sein.«

»Macht nichts. Einmal wenigstens will ich mitten zwischen den Berühmten dieser Welt am Jachthafen sitzen und lässig einen Cocktail schlürfen.«

»Darf's auch ein Eis sein? Alkohol am Steuer ...«

»... schwappt so schnell über, ich weiß. Also gut, ein Eis und ein Erinnerungsfoto.«

Die Berühmtheiten oder auch nur die Reichen haben wir nicht gesehen. Bloß ihre schwimmenden Herbergen, eine größer und luxuriöser als die andere. »Viel Geld müßte man haben«, sagte Steffi, ihr Eis löffelnd und dabei sehnsüchtig zu der schwarzen Jacht hinüberschielend, auf deren Sonnendeck ein Steward die Bordbar auffüllte. »Mit Geld hat man einfach alles.«

»Nicht alles. Zum Beispiel keine unbezahlten Rechnungen.«

Sie lachte.»Sei doch nicht immer so destruktiv.«

Dazu hatte ich allen Grund. Diese beiden Eisportionen waren die teuersten meines Lebens. Für drei kleine Kugeln mit ein bißchen Sahne drauf bezahlte ich vierzehn Mark pro Person, nicht inbegriffen den geklauten Fotoapparat und den Strafzettel wegen überschrittener Parkzeit. Kassiert wurde an Ort und Stelle.

»Du hattest recht, Määm«, seufzte Steffi, als wir endlich wieder im Wagen saßen, »St. Tropez ist wirklich zu teuer für uns. Am meisten ärgert mich aber, daß jetzt die ganzen Fotos weg sind.«

»Bloß die Fotos? Und was ist mit der Kamera?«

»Das war ja deine. Selber schuld, wie kannste die auch an der Stuhllehne hängenlassen? Alter nützt eben bei Torheit nichts.«

# 15

Campingplätze haben hundert verschiedene Gesichter. Da gibt es die mit einer simplen Holzbude am Eingang und dem Schild davor »Komme gleich wieder«, und wenn man eine halbe Stunde lang gewartet hat, taucht der Besitzer auf und sagt einem, daß zwar noch Plätze frei seien, aber von den drei Toiletten sei eine kaputt, und warmes Wasser gäbe es nur abends. Dann gibt es das andere Extrem, nämlich jene Campingplätze, auf denen alles vorhanden ist, von der Waschmaschine über den Bügelautomaten bis zum Supermarkt mit Champagner, frischen Langusten und viersprachigen Ansichtskarten. Das einzige, was man zu diesen Etablissements mitbringen muß, ist das eigene Zimmer samt Einrichtung. Die Übernachtung auf einem dieser Super-Komfort-Grand-Hotel-Camps ist allerdings nicht viel billiger als ein Bett im Hotel.

»Achte mal ein bißchen auf die Autokennzeichen«, empfahl Steffi, als wir die dritte Anlage besichtigten. »Wenn viele Deutsche da sind, ist der Platz okay.«

»Genau da will ich aber nicht hin!«

»Ist ja nur für zwei Nächte. Hauptsache, die Toiletten sind sauber und die Duschen funktionieren.«

Demnach mußten wir den richtigen Platz erwischt haben. Vom Mercedes aus Stuttgart bis zum Motorroller mit Hamburger Nummer waren so ziemlich alle deutschen Bundesländer vertreten, aber auch ohne diese unübersehbaren Hinweise hätte ich sofort gewußt, daß wir uns in einer deutschen Kolonie befanden. Da gab es Wohnwagen, die inmitten eines transportablen Gartenzauns standen, bei anderen steckte ein schwarz-rot-goldenes Fähnchen in der Zeltstange, und wer besonders originell sein wollte, hatte seinem Heim sogar einen Namen gegeben. »Sans-souci« hieß das feuerrote Zelt mit transparentem Wintergarten davor und »Heinis Klause« der Wohnwagen mit Fernsehantenne obendrauf. Vor dem »Fidelen Duo«, einem besonders luxuriösen Wohnmobil mit drei Meter Kunstrasen neben dem Ausstieg, bewässerte eine gar nicht so fidel aussehende dürre Frau zwei mitgebrachte Geranientöpfe, während an »Krügers Tusculum, bitte zweimal klingeln« ein handgemaltes Schild hing: Sind nicht zu Hause.

»Willst du hier wirklich bleiben? Mich erinnert die ganze Anlage ein bißchen zu sehr an Schrebergartensiedlung. Es fehlen bloß noch die Lampions.«

»Abwarten! Es ist ja noch nicht dunkel«, sagte Steffi.

Dabei gefiel mir der Platz als solcher. Die eine Hälfte lag auf der Meeresseite und erstreckte sich bis zum Strand, die andere befand sich jenseits der Straße in einem weitläufigen Kiefernwald, gefahrlos durch einen Fußgängertunnel zu erreichen. »Na schön, schlagen wir unser Lager im Wald auf«, stimmte ich schließlich zu.

Steffi warf einen flüchtigen Blick auf die vier vereinzelt stehenden Zelte. »Nee, lieber drüben am Meer, da sieht man wenigstens was.«

»Na, was denn wohl, deutsches Familienleben? Dazu brauche ich nicht nach Frankreich zu fahren, das habe ich zu Hause billiger.«

»Du warst eben noch nie auf einem richtigen Campingplatz!«

Die Formalitäten waren schnell erledigt. Wie zu erwarten, sprach man an der Rezeption auch Deutsch. Nein, Strom und Wasseranschluß brauchten wir nicht, aber wir hätten zwei Hunde ... so, das gehe in Ordnung? Wunderbar. Fünfzehn Francs pro Tag? Bißchen teuer, nicht wahr? Aha, vielerorts seien Hunde verboten, na ja, dann ... Und den Stellplatz dürften wir uns selber aussuchen? Ja, natürlich sagen wir gleich Bescheid, welche Nummer das Areal hat, und die Pässe bringen wir dann ebenfalls mit. Grillen nicht gestattet? Schade, doch durchaus verständlich bei den vielen Bäumen rundherum und der Trockenheit. Ach, seit Februar kein Tropfen Regen? In Deutschland gab es mehr als genug, vielleicht sollte man mal tauschen, hahaha …

Wir einigten uns auf einen Platz halbwegs zwischen Straße und Meer, wo man von den vorüberdonnernden Lastwagen nichts mehr und vom Strandgetümmel noch nichts hörte. Eine noch sehr jugendliche Eiche spendete etwas Schatten. Die beiden Plätze neben uns waren frei, gegenüber, lediglich durch einen breiten Weg getrennt, standen ein voluminöses Zelt mit einem großen Vorbau und daran angrenzend eine Art Küchentrakt, in dem es sogar Regale mit Töpfen, Geschirr und Vorräten gab. Und daneben lag ein dunkelblaues rundes Samtkissen, über dessen Bestimmung wir uns so lange den Kopf zerbrachen, bis die Zeltbewohner von ihrem Spaziergang zurückkehrten und Liliane auf den Samtpuff setzten. Liliane trug weiße Locken, ein zum Kissen passendes, mit Glitzersteinen besetztes Halsband und auf dem Kopf ein Seidenschleifchen. Liliane war eine Pudeldame. Sie war so fein, daß sie gar nicht erst geruhte, unsere beiden Vierbeiner zur Kenntnis zu nehmen. Niederer Landadel kam für sie offensichtlich nicht in Betracht, und da Jojo nicht einmal den aufweisen konnte, war er für Liliane überhaupt nicht existent. Zur Strafe fraß er gleich am nächsten Morgen ihren Freßnapf leer, als sie zwecks Erledigung eines hündischen Bedürfnisses ihr Sitzkissen verlassen hatte.

Neben Liliane und ihren ebenso hochnäsigen Besitzern hatte ein englisches Ehepaar sein Zelt aufgebaut. Bis zum Nachmittag liefen beide in geblümten Bermudas und nicht weniger farbenfreudigen T-Shirts herum, doch kurz vor vier verschwanden sie regelmäßig im Zelt, um wenig später in korrekter Straßenkleidung wieder aufzutauchen. Und Punkt vier erschien ein ähnlich gewandetes Ehepaar, woraufhin man am schon vorher gedeckten Tisch gemeinsam den Tee einnahm.

»Die Engländer haben doch alle einen Knall!« kommentierte Steffi das sich täglich wiederholende Ritual. »Was glaubst du, ob die sich abends auch noch in den Smoking schmeißen?«

Im Gegensatz zu uns, die wir jetzt sogar richtige Mahlzeiten kochten, pflegte Großbritannien auswärts zu speisen, aber jedesmal verpaßten wir die Abfahrt. Die Frage, ob Abendgarderobe oder nicht, blieb also offen.

Unser diesseitiger Nachbar, allerdings durch zwei noch nicht besetzte Stellplätze getrennt, war der mit dem Gartenzaun. Die ihn überragenden künstlichen Blumen, alle dreißig Zentimeter in den Rasen gesteckt, bemerkte ich erst später. Nicht mal der Gartenzwerg fehlte; er stand gleich neben der Wohnwagentür und bewachte die dort abgestellten Hausschuhe, ohne die die »Villa Sonnenschein« nicht betreten werden durfte.

»Wo kommen die eigentlich her?« Zur vermeintlichen Suche nach einem Papierkorb bewaffnete sich Steffi mit zwei leeren Konservendosen. Die wurde sie zwar nicht los, aber wenigstens war ihre Neugier befriedigt. »Dachte ich's mir doch, das können nur Schwaben sein. Die sind aus BB.«

Wenn Frau Böblingen nicht gerade ihren hausfraulichen Tätigkeiten nachging, also erst den Wohnwagen ausfegte, bevor sie den Boden wischte und die Fenster mit einem besonders imprägnierten Tuch putzte, dann saß sie in ihrem Garten und strickte. Das konnte sie, ohne hinsehen zu müssen, und deshalb entging ihren ständig umherschweifenden Blicken nichts, was sich in der unmittelbaren Umgebung tat. Und was sie selber nicht beobachtete, wurde ihr zugetragen, denn sie war sehr kommunikationsfreudig und sprach ungeniert jeden an, der an ihrem Zaun vorbeikam.

Am ersten Abend war ich ihrer Aufmerksamkeit noch entgangen, am zweiten erwischte sie mich, als ich mit den Hunden zum Meer wollte. »Sie sind neu hier, nicht wahr? Ich habe Sie noch nie gesehen.«

Ich bestätigte, daß wir erst seit gestern hier seien.

»Sie kommen von der Bergstraße, habe ich gesehen.«

Schon wollte ich protestieren, als mir einfiel, daß unser gepumptes Wohnmobil das Kennzeichen von Heppenheim trug, was Steffi bis zum letzten Tag mißfallen hatte. Nach ihrer Meinung können die Heppenheimer alle nicht Auto fahren, und überhaupt bedeute HP nichts anderes als Heil- und Pflegeanstalt und sei deshalb absolut zutreffend. Nur nicht auf sie selber. HN wie Heilbronn sei auch nicht gerade ein Aushängeschild für überdurchschnittliche Fähigkeiten am Steuer eines Automobils, doch immer noch besser als HP. Ich habe ihr schon mehrmals einen Umzug nach Köln oder München empfohlen.

Nachdem die Frage unserer vermeintlichen Herkunft geklärt war, schürfte Frau Böblingen tiefer. Wer denn das junge Mädle sei? So, meine Tochter? »Das habe ich mir schon beinahe gedacht. Ist sie auch Lehrerin?«

»Nein, wieso denn?«

»Wegen der Pfingstferien. Mein Mann ist Konrektor, deshalb sind wir um diese Zeit immer hier. Was macht denn Ihre Tochter?«

Nein, das ging nun wirklich zu weit! »Sie ist Perlentaucherin, hat aber jetzt Urlaub, weil ihre zwei dressierten Delphine inzwischen auch allein arbeiten.« Ich nickte freundlich und ging weiter. Künftig nahm ich lieber einen Umweg in Kauf.

Herr Böblingen war dagegen selten in seinem Garten anzutreffen. Um so öfter sah man ihn auf der Terrasse des Restaurants, das am entgegengesetzten Ende lag und selbst für die Argusaugen seiner Gattin nicht mehr einzusehen war. Nach Hause kam er eigentlich nur zum Essen und Abwaschen. Aus welchen Gründen er zum Spülen vergattert worden war, weiß ich nicht, doch wir sahen ihn dreimal täglich mit einem Plastikwännchen voll Geschirr zu den großen Spülbecken ziehen. Vorher band ihm seine Frau jedesmal eine grüne Schürze über die Shorts, und dann setzte für den Ärmsten ein regelrechtes Spießrutenlaufen ein, denn das allgemeine Grinsen konnte ihm trotz der niedergeschlagenen Augen kaum entgehen. Erst recht nicht die Kommentare: »Was haste denn ausgefressen, daß du immer die niederen Arbeiten verrichten mußt?« – »Machste det zu Hause och?« – »Mit Schürze siehst du gleich viel männlicher aus!«

Geschirrspülen ist eine Tätigkeit, die ich noch mehr hasse als Fensterputzen, deshalb hatte sich auch immer Steffi der Sache angenommen, wenn wir uns das letzte Messer geteilt und mangels sauberer Tassen den Kaffee aus Wassergläsern getrunken hatten.

Die Vorstellung, ich würde jemals freiwillig und auch noch mit einer wahren Begeisterung Töpfe abwaschen, war derart utopisch, daß es mir zu Hause niemand geglaubt hat. Es stimmte aber. Nirgends sonst war es so unterhaltsam und so aufschlußreich wie im Kommunikationszentrum Spülecke. Ganz egal, ob die »unmögliche Strandkombination von der Frau mit dem Mann mit dem Gipsfuß« erörtert wurde, die Wahrscheinlichkeit, daß die junge Frau von Parzelle 19 nichts mit dem Magen hat, sondern schwanger ist, oder die Überlegung, ob die Begleiterin von dem Bärtigen nicht vielleicht doch seine Freundin ist (»Von wegen Tochter! Die haben doch gar keine Ähnlichkeit miteinander!«) – jedes Thema wurde von allen Seiten gründlich beleuchtet und durchgehechelt. Oft fiel es mir schwer, ernst zu bleiben und desinteressiert zu tun, doch da ich mich an diesen Gesprächen nie beteiligte, hielt man mich entweder für überheblich oder geistig unterbelichtet. Bald beachtete man mich nicht mehr, sondern schrie sich über meinen Kopf hinweg die jeweiligen Neuigkeiten zu.

»Der mit seinem Lamborschiiini hat doch gestern wieder eine andere abgeschleppt. Möchte bloß wissen, wo der immer die Mädchen herhat.«

»Na, woher wohl? Aus Ste. Maxime natürlich. Da laufen sie doch dutzendweise rum und warten darauf. Ist das ein neues Spülmittel? Kenn ich ja noch gar nicht. Sieht aber komisch aus, so rosa. Was ich noch sagen wollte: Meinen Walter hat ja auch schon so eine angesprochen, wo ich doch bloß ganz kurz im Laden war und die Bildzeitung gekauft habe. Man will ja wissen, was in der Welt passiert. Haben Sie schon von dem Flugzeugabsturz gehört? In Indien oder so mit über hundert Toten. Ja, und wie ich rauskomme, steht doch da so ein Weibsbild und macht meinen Walter an. Na, der habe ich vielleicht was erzählt!«

»Hat sie es denn verstanden?«

»Natürlich nicht, aber sie hat genau gewußt, wo sie mit mir dran war. Ganz schnell war sie weg.«

»Was hat denn Ihr Mann dazu gesagt?«

»Dumm geguckt hat er, was sonst? Und dann wollte er mir noch weismachen, daß ihn die Dame, jawohl, Dame hat er gesagt, nur nach dem Weg gefragt hat. So ein Quatsch, mein Walter kann doch gar kein Französisch. Kann ich das Spülmittel mal probieren?«

Ursprünglich hatte Steffi am ersten Abend nur heißes Wasser holen wollen, um unseren Propangas-Vorrat zu schonen, doch sie kam gleich wieder zurück und begann das gesamte schmutzige Geschirr in unserem größten Kochtopf zu stapeln. »Hilf mir mal tragen, ich kriege das nicht auf einmal weg.«

»Wo willst du denn hin?«

»Da drüben ist das Abwaschen viel bequemer als in unserer Vogeltränke.«

Zugegeben, sehr viel Fassungsvermögen hatte unser Becken nicht, alles, was größer war als ein Eßteller, ging nicht rein, aber trotzdem hatten wir die Salatschüssel und die Suppenkelle immer saubergekriegt.

Gemeinsam trotteten wir zum Waschhaus, in dem sich die großzügig angelegten und blitzsauberen sanitären Anlagen befanden. Neben diesem Betonrondell waren – unter freiem Himmel – zehn emaillierte Spülbecken installiert. Acht waren besetzt. Steffi belegte das fünfte. Rechts davon trocknete Frau England die Teetassen ab, links stand eine lila Kittelschürze, schrubbte eine Aluminiumpfanne und erörterte mit ihrer Nachbarin von Becken sieben den Campingklatsch.

»... zu Gustav gesagt, er soll sich da nicht einmischen, aber ihm hätte die junge Frau so leid getan, hat er gesagt. Kann ich mal Ihren Topfkratzer haben? Danke. Und wie der Gustav dann rüber ist und an die Tür geklopft hat, war es plötzlich ganz ruhig. Was soll man davon halten?«

Das haben wir leider nicht erfahren, weil Frau England mit ihrem Teeservice etwas zu geräuschvoll abzog, doch das freigewordene Becken wurde sofort von einer jungen Frau besetzt, die die Kittelschürze mit einem angewiderten Blick bedachte. »Können Sie sich nicht endlich einmal um Ihre eigenen Angelegenheiten kümmern?«

Es folgte eine längere Debatte, ob lautstark ausgetragene Ehestreitigkeiten eine Privatangelegenheit oder ein öffentliches Ärgernis seien. Als wir mit unserem Abwasch fertig waren, stritten sie immer noch.

»Ich glaube, die einzigen, die bei einem Ehekrach beide Teile anhören, sind die Nachbarn«, sagte Steffi. »Schade, daß wir nicht mehr Geschirr hatten. Das war ja schöner als Kino. Määm, kannst du mal das Sieb aufheben? Wenn ich mich jetzt bücke, fliegen die Teller auch noch in den Dreck. Morgen kaufen wir 'ne schöne große Plastikschüssel.«

»Wir können doch das Tablett nehmen.«

»Wie sieht das denn aus? Hast du nicht bemerkt, daß alle Frauen mit Spülschüsseln angerückt sind? Anscheinend ist das beim Campen ein unerläßliches Muß.«

Wir kauften nicht nur eine orangefarbene Schüssel – andere Farben gab es nicht –, sondern deckten uns gleich mit neuen Vorräten und vor allem mit Geld ein. Tanken mußten wir auch. Das alles konnte man im fünfzehn Kilometer entfernten Einkaufszentrum erledigen, und zum erstenmal beneideten wir die Camper mit Wohnwagenanhänger, die ihr mobiles Heim einfach stehenlassen und mit dem Pkw wegfahren konnten. Wir dagegen mußten unseren Karren erst wieder transportsicher machen, bevor wir mit dem Ungetüm quer über den ganzen Platz und dann auf die Straße schaukeln konnten.

Auf dem Rückweg klopfte ich vorsichtig ab, wie lange meine Tochter denn noch hierzubleiben gedächte. Wir hätten doch noch einiges vor.

»Einen oder zwei Tage. Ich finde es ganz lustig. Du nicht?«

Das wußte ich nicht so genau. Unterhaltsam war der Campingplatz zweifellos. Man lernte die verschiedensten Leute kennen, die gleich uns ihre Vierbeiner in dem gegenüberliegenden Wald frei laufenließen, und dort geschah es auch, daß sich Otto unsterblich in eine Colliehündin verliebte. Zusammen waren sie einem Eichhörnchen hinterhergepest, hatten nach erfolgloser Jagd gemeinsam das Fußbecken leergeschlabbert, und dann hatte Otto vor seiner neuen Freundin gesessen und sie herzerweichend angejault. Er jaulte noch um zehn Uhr abends und fing morgens um sechs wieder an. Ganze Arien sang er, bis ich ihn an die Leine nahm, auf daß er seine Angebetete begrüßen konnte. »Bring wenigstens frische Croissants mit«, knurrte Steffi, durch die Jaulerei aus dem Tiefschlaf geholt, »und wenn das Vieh nicht endlich seine Schnauze hält, koche ich heute abend kantonesisch.«

Zwei Tage hielten wir es noch aus, hauptsächlich deshalb, weil uns ein nettes Krefelder Pärchen zu einer Spritztour in die weitere Umgebung einlud (die nähere hatten wir schon mit den Fahrrädern erkundet), doch dann wollte ich weg. Nach Genua war es noch ein weiter Weg.

Waren wir bisher kaum negativ aufgefallen, so dürfte sich das in der letzten Stunde vor unserer Abfahrt grundlegend geändert haben. Otto hatte genau den Augenblick abgepaßt, als wir unser Freiluftmobiliar in den Wagen räumten und die Tür kurze Zeit offenstand. Er türmte und fegte quiekend und bellend zwischen Wohnwagen, Zelten, Autos, Gartenmöbeln und sonstigen Hindernissen quer über den Platz bis zum Heim seiner Angebeteten, fand das Zelt leer, schlug kurzerhand die Richtung zum Fußgängertunnel ein und ward nicht mehr gesehen. Jojo war ebenfalls entwischt. Nur stürmte er zum Meer in der Hoffnung, wieder einen vergammelten Fisch zu finden, wofür er eine uns unbegreifliche Vorliebe hatte.

Steffi rannte also zum Wasser, ich japste mich durch den Tunnel. Keine Spur von Otto. Die paar Camper, denen Waldesrauschen lieber war als das sanfte Gluckern der Wellen, waren entweder noch gar nicht aus ihren Zelten hervorgekrochen, oder aber sie hatten nichts gesehen. Ich brüllte mir die Lunge aus dem Leib. Otto hörte nichts. Vielleicht wollte er ja auch nicht.

»Wie alt ist denn der Kleine?« Endlich hatte ein Camper Mitleid mit mir.

»Knapp zwei Jahre.«

»Na, dann kann er doch noch nicht weit weggelaufen sein.« Er kratzte sich seinen kahlen, von einer dicken Cremeschicht bedeckten Schädel. »Wissen Sie genau, daß der Kleine hier drüben ist? Ein Kind wäre mir bestimmt aufgefallen.«

»Wer redet denn von Kind? Otto ist ein Dackel.«

Womit das Interesse des eingefetteten Herrn schlagartig nachließ. »Ach so, na ja, dann ... Einen Hund habe ich aber auch nicht gesehen.«

Inzwischen war Steffi herangekommen, den mürrischen Jojo hinter sich herzerrend. Sofort leinte sie ihn ab. »Auf, Jojo, such Otto!« Er preschte auch gleich los und verschwand zwischen den Bäumen.

»Jetzt sind wenigstens beide weg!« Ich setzte mich auf einen Baumstumpf und durchsuchte meine Hosentaschen. »Hast du Zigaretten dabei?«

Sie hatte. Nach der zweiten war von den Hunden noch immer nichts zu hören und erst recht nichts zu sehen. »Vielleicht ist der Wald größer, als wir glauben, und die beiden haben sich verlaufen.«

»Unsinn. Otto ist zwar dämlich, aber sein Geruchssinn ist am besten von allem ausgeprägt. Eine tote Maus riecht der aus hundert Metern Entfernung. Also wird er doch noch seine eigne Spur finden.« Trotzdem wurde ich allmählich unruhig. »Na gut, gehen wir eben noch ein Stückchen weiter.«

Das verhältnismäßig ebene Terrain wurde zunehmend steiler, das Unterholz dichter, und dann zog sich nur noch ein ausgetretener Pfad aufwärts. »Wo geht's denn hier hin?«

»Woher soll ich das wissen? Aber wir sind nicht die ersten, die hier herumkraxeln. Da drüben liegt Zivilisationsmüll.« Ich zeigte auf die beiden leeren Bierdosen neben dem Mimosenstrauch.

Plötzlich hörten wir etwas! Zweige knackten, Jojo bellte, und dann war da noch ein nicht zu identifizierendes heiseres Geschrei. »Die sind irgendwo da oben!« Steffi wischte sich die Schweißtropfen von der Stirn, ich betupfte meine aufgeschrammten Beine mit Spucke. »Irgendwas oder irgendwen haben sie in der Mangel. Na wartet bloß, ihr beiden! Ich stopfe euch zum Abkühlen in den Eisschrank!«

Wir keuchten weiter bergauf, und dann standen wir vor einem wunderhübschen Landhaus mit gepflegter Rasenfläche, Blumenbeeten und mittendrin – nein, nicht die Hunde, sondern ein Pfau, der gravitätisch vor dem Drahtzaun auf und ab schritt, wobei er merkwürdig kichernde Töne von sich gab. Unsere zwei Ausreißer versuchten mit allen Kräften, den Zaun zu zerbeißen oder zu überklettern, Otto hatte sogar schon einen Tunnel in Angriff genommen, doch als sie uns sahen, drehten sie ab und rasten genau den Weg zurück, den wir gerade heraufgestiegen waren. Dieses Wendemanöver war so schnell gegangen, daß wir immer noch verdutzt dastanden, als von den Hunden schon wieder nichts mehr zu sehen war.

»Laß sie laufen, unten kriegen wir sie«, murmelte Steffi, noch immer den Bungalow betrachtend. »Wie kommt dieses Haus hierher? Und vor allem, wie kommen die Bewohner hier rauf? Etwa über den Trampelpfad?«

»Ich nehme an, von der anderen Seite, das hier ist sicherlich bloß der Dienstboteneingang. Muß schön sein, so auf einem kleinen Berg zu wohnen mit unverbaubarem Blick und ohne Nachbar.«

»Ganz besonders bei Gewitter, oder wenn mal das Salz alle ist und die Kartoffeln auf dem Herd stehen.«

Der Herr mit der Glatze erwartete uns schon. Feuerrot leuchtete der Sonnenbrand auf seinem Schädel. »Eben sind hier zwei Hunde durch.«

»Warum haben Sie sie denn nicht festgehalten?« keuchte Steffi

»Weiß ich denn, ob die bissig sind? Außerdem waren sie viel zu schnell.«

»Und wo sind sie jetzt hin?.

»In den Tunnel.«

»Na bravo«, sagte Steffi und rannte los. Ich hatte es nicht so eilig. Zum einen war ich wirklich etwas außer Puste, zum anderen ganz einfach feige. Nur zu genau konnte ich mir vorstellen, was jetzt drüben auf dem Campingplatz los war, wenn zwei wildgewordene Handfeger über das Gelände tobten. Die meisten Gäste saßen bestimmt schon beim Frühstück, entweder in ihren Zelten oder, wie wir immer, im Freien, und Klapptische haben nun mal nicht die gleiche Standfestigkeit wie solide Gartenmöbel.

Auf dem Platz herrschte Chaos. Anscheinend versuchte die halbe Belegschaft, die Hunde einzufangen, und die wiederum betrachteten den ganzen Auftrieb als herrliches Spiel. Die übrigen Vierbeiner, angebunden oder eingesperrt, untermalten die Treibjagd mit empörtem Gebell, denn sie hätten ja liebend gerne mitgespielt. Da ich es für sinnlos hielt, mich auch noch in das Getümmel zu stürzen, schlich ich mich außen herum zu unserem Wohnmobil und bezog dort Posten. Vielleicht erinnerte sich ja doch mal einer der beiden Ausreißer, wo sein Freßnapf stand.

Vorläufig sah es nicht so aus. Otto fegte zwar einmal mit hängender Zunge an mir vorbei, doch bevor ich zugreifen konnte, war er schon wieder weg und unter dem nächsten Wohnwagen verschwunden. Da legte er so lange eine Ruhepause ein, bis Steffi sich auf den Bauch schmiß und hinterherrobbte. Otto flitzte unter der Anhängerkupplung wieder hervor, sah sich kurz um, entdeckte zwischen seinen Verfolgern eine Lücke und wetzte durch. Zwei Männerköpfe knallten aneinander.

»Verdammte Töle!« schrie einer und rieb sich seine geschundene Stirn.

»Mistvieh, dämliches!« echote der andere. »Jetzt mache ich aber nicht mehr mit.«

Trotzdem hatte ich den Eindruck, daß den meisten Campern diese Treibjagd Spaß bereitete. Ernstlich böse war niemand, manche lachten sogar, andere erzählten sich gegenseitig Erlebnisse mit eigenen Vierbeinern, nur Frau Böblingen regte sich auf, weil ihr Mann nun kalten Kaffee trinken mußte. Dem schien das jedoch nichts auszumachen, er kam sogar zu mir herüber.

»Mit den beiden haben Sie sicher keine Langeweile?«

»Mir gehört ja nur einer, aber es stimmt schon, manchmal hält mich der kleine Besen ganz schön in Trab.«

Er seufzte. »Wenn es nach mir ginge, hätten wir schon längst einen Hund, am liebsten eine Dogge, aber meine Frau will keinen. Hunde machen zuviel Dreck, meint sie. Dabei haben wir ein Haus mit einem großen Garten, und gleich dahinter beginnt der Wald. Besser könnte es ein Tier doch gar nicht haben, nicht wahr?«

Das bestätigte ich ihm. »Warum holen Sie sich nicht ganz einfach einen? Möglichst aus dem Tierheim. Diese armen abgelegten Viecher brauchen doch besonders viel Zuwendung.«

Unschlüssig wiegte er seinen Kopf hin und her. »Meinen Sie wirklich?«

»Natürlich. Wenn der Hund erst mal da ist und Ihre Frau nicht gerade ein Herz aus Stein hat, wird sie sich mit ein paar Fußstapfen auf dem Küchenboden schon abfinden.«

»Ob ich es mal versuchen soll?«

Wäre ich ehrlich gewesen, hätte ich ihm davon abgeraten, denn Frau Böblingen sah mir ganz danach aus, als ob sie ihr Herz eher an eine blankgewienerte Edelstahlspüle hängen würde als an einen Hund, doch mir tat der Mann einfach leid. »Ich an Ihrer Stelle ...«

»Eeeedwiiin!«

»Ich komme ja schon«, rief Edwin und enteilte. Ich fürchte, auf den Besuch von Edwin wartet das Böblinger Tierheim noch heute.

Plötzlich waren die Hunde wieder da. Nachdem sich niemand mehr um sie kümmerte, hatten sie die Lust an der Herumjagerei verloren und kamen wedelnd angetrabt. Keine Spur von schlechtem Gewissen, ganz im Gegenteil. Beifallheischend standen sie vor mir. Immerhin hatten sie es ja geschafft, sich von niemandem einfangen zu lassen.

Steffi war weniger tolerant. Als ihre Schimpfkanonade anfing, einen bedauerlichen Mangel an Kinderstube zu offenbaren, schob ich sie in den Wagen und schloß die Tür. »Wenn wir es heute noch bis zur Grenze schaffen wollen, sollten wir allmählich mal abfahren.«

Die Frage, ob Autobahn oder Küstenstraße, war schnell geklärt. »Wenn ich schon mal an der Côte d'Azur bin, will ich auch was davon haben«, entschied sie, ein Entschluß, den sie schon bald bereute. Nicht nur wegen der unzähligen Kurven, die ein Überholen von Tanklastwagen und Müllautos nahezu unmöglich machen, sondern wegen der verlorenen Illusionen. Zwar glitzerte das Meer immer noch so herrlich in der Sonne, wie es das seit Tausenden von Jahren tut, doch die Strände waren vollgeklatscht mit Cafés, Restaurants und nicht zuletzt mit Kassenhäuschen, in denen man erst seinen Obolus entrichten muß, um überhaupt den Strand betreten zu dürfen. Gab es wirklich mal eine freie Stelle, dann war sie ungepflegt und dreckig.

Auf der gegenüberliegenden Straßenseite Häuser ohne Ende –

kleine, größere, Appartements, Pensionen, fast alle an die Berge geklebt, neben- und übereinander, dazwischen halbkahle Bäume, die ihrem baldigen Ende entgegenwelkten.

»Das sieht ja grauenvoll aus«, fand Steffi, »und ich habe immer geglaubt, ein Ferienhaus an der Cote d'Azur sei das Traumziel aller Reichgewordenen. Nee, danke, dann nehme ich lieber eins am Titisee. Hat sich hier wirklich mal der Geldadel angesiedelt?«

»Der wird wohl inzwischen auf die Bermudas oder nach Florida ausgewichen sein.«

»Wie gut, daß wir diese Probleme nicht haben. Ist es noch weit bis Cannes?«

»Nein, doch das umgehen wir lieber.«

»Kommt nicht in Frage! Einmal im Leben will ich auch über die Croisette gefahren sein!«

Die berühmte Prachtstraße hat sie erst gar nicht gesehen. Umleitung. Sie führte durch Häuserschluchten, die genauso ausschauten wie in Bremen oder Hannover. Erst später bekamen wir mit, daß ausgerechnet in jenen Tagen die Filmfestspiele stattfanden und die Strandpromenade für den Durchgangsverkehr gesperrt war. Dort parkten die Straßenkreuzer der Leinwandprominenz.

Nächstes Ziel Nizza. Nun hatte selbst Steffi genug von der ach so lieblichen Côte d'Azur, bog von der Küstenstraße ab und wählte eine Umgehung. Sie endete beim Flughafen. »Wie sind wir denn hierher gekommen?« fragte sie verblüfft.

»Weiß ich nicht. Frag lieber, wie wir wieder rauskommen.« Es gab zwar eine Menge Hinweistafeln mit ausführlicher Beschriftung, doch in verkehrstechnischer Hinsicht erwies sich mein Wörterbuch wieder einmal als völlig unzureichend. »Fret steht überhaupt nicht drin. Jetzt bin ich mit meinem Latein wirklich am Ende.«

»Dann solltest du vielleicht mal Französisch lernen!«

Nun gehört Steffi nicht zu jenen Menschen, die nach einer längeren Irrfahrt die Nerven verlieren und in Tränen ausbrechen. Mir ist das schon öfter passiert, ihr noch nie. »Ich fahre jetzt einfach mal weiter, irgendwo wird schon ein Wegweiser auftauchen.«

Auf der Suche nach einem solchen konzentrierten wir unsere Aufmerksamkeit mehr auf das, was in Augenhöhe zu sehen war, und deshalb entgingen uns die niedlichen kleinen Hindernisse auf der Fahrbahn. Mit fünfzig Stundenkilometern bretterten wir über die eingebauten Bodenwellen (die deutsche Übersetzung stand auch nicht im Wörterbuch!).

»Au weia, hoffentlich haben die Achsen nichts abgekriegt.« Ganz langsam fuhr sie weiter, wartete auf ein verdächtiges Knakken, auf ein Auseinanderdriften der Räder, bemerkte nichts Außergewöhnliches, atmete auf.»Noch mal gutgegangen. Das hätte uns auch gerade noch gefehlt.«

Es muß kurz vor Monaco gewesen sein, als ich mich aus dem Beifahrersitz zwängte, um etwas zu trinken zu holen. »Um Himmels willen, Steffi, halt bloß schnell an, da hinten fährt unser Abendessen spazieren.«

»Was?«

»Der Kühlschrank ist auf und alles schwimmt.«

»Ich kann erst an der nächsten Parkbucht halten.«

Na gut, auf die paar Minuten kam es auch nicht mehr an. Zu retten war ohnedies nichts mehr. Die Schüssel mit Gulasch, wegen der bevorstehenden Fahrt schon gestern gekocht, war kopfüber aus dem Kühlschrank gekippt und hatte sich mit dem Inhalt der ausgelaufenen Weinflasche vermischt. Mittendrin schwammen einige Wurstscheiben, und das klebrige Zeug mußte der übriggebliebene Himbeersaft vom Grießpudding sein. Obenauf schaukelte ein halbes Baguette. Nicht mal die Hunde hatten sich an diese unappetitliche Pampe herangewagt. Zusammengerollt lagen sie auf den beiden Bänken und sahen interessiert zu, wie ich breitbeinig zum Kühlschrank stakste, um erst einmal die Tür zu schließen. »Hast du denn noch immer keinen Parkplatz gefunden?«

»Da hinten kommt einer.«

Und dann standen wir mit hochgekrempelten Hosenbeinen barfuß in der Brühe und versuchten, die schlimmsten Spuren zu beseitigen.

»Ich verstehe gar nicht, wie das passieren konnte.« Mit den Resten einer alten Illustrierten schaufelte Steffi das Fleisch in den Abfalleimer. »Vor der Abfahrt habe ich extra noch den Verschluß vom Kühlschrank kontrolliert.«

»Die Konstrukteure dieses Mechanismus' haben vermutlich nicht mit einer Fahrt über Sprungschanzen gerechnet. Kommst du an den Küchenkrepp ran?«

»Der ist alle, aber hier ist noch eine Klorolle.« Sie warf den eingewickelten Packen herüber. Wieder einmal stellte ich fest, daß Toilettenpapier an den perforierten Stellen am haltbarsten ist. Als Scheuerlappen ist es auch nicht geeignet. »Ein Glück, daß nur das Brot aus dem Schrank gefallen ist. Stell dir bloß vor, die Hosen wären auch alle im Gulasch gelandet.«

»Das stelle ich mir lieber nicht vor, ich habe sowieso nur noch zwei saubere.« Zweifelnd betrachtete Steffi den oberflächlich gereinigten Boden.»Das gibt Ärger! Die Rotweinflecken kriegen wir von diesem Plastikparkett bestimmt nicht runter.«

»Abwarten! Heute abend versuchen wir es mal mit Chemie. Wir müssen sowieso noch unsere Francs loswerden, ab morgen zahlen wir in Lire.«

Am liebsten hätten wir nun auch noch Monte Carlo großzügig umrundet, doch dazu war es zu spät, wir mußten mitten durch. Eine nicht enden wollende Autoschlange, nur unterbrochen von Touristenbussen, schob sich durch die engen Straßen, die meisten auf der Suche nach einem Parkplatz (pro halbe Stunde sechzig Mark!). Rundherum Hochhäuser, irgendwo rechts unten ein bißchen Meer, lediglich durch eine Häuserlücke zu erspähen, das Grüne davor mußte wohl der Botanische Garten sein, anscheinend nur noch per Hubschrauber zu erreichen.

»Bloß raus hier!« sagte Steffi, die eigentlich beabsichtigt hatte, zwanzig Mark im Spielkasino zu riskieren, weil sie noch niemals in einem gewesen war, und den riesigen Gummibaum daneben hatte sie auch sehen wollen. Jedesmal hatte ich von ihm geschwärmt, wenn unser kümmerliches Pendant im Wohnzimmer mal wieder ein Blatt verloren hatte. Wer weiß, ob der Baum nicht schon längst einem lukrativeren Appartementhaus hatte weichen müssen. Dreißig Jahre sind eine lange Zeit.

Menton, letzter Ort vor der Grenze nach Italien. Hier fanden wir nicht nur bequem einen Parkplatz, sondern auch ein hübsches Bistro, in dem wir heiße Schokolade trinken und die Reste unseres französischen Kapitals zählen konnten. Viel kam nicht mehr zusammen, doch: »Für eine Flasche Fußbodenreiniger wird es wohl noch reichen.«

Es reichte sogar noch für ein Telefongespräch nach Hause. Nicki war am Apparat.»Wo steckt ihr denn jetzt?«

»In Menton. Wieso bist du nicht in der Uni?«

»Die Hälfte der Dozenten hat sich schon Pfingsturlaub bewilligt, und stell dir vor, es ist genau die Hälfte, bei der wir Vorlesungen haben.«

»Wer's glaubt, wird selig. Ist Papi nicht da?«

»Nee. Seit dem Vatertag ist er nicht mehr hiergewesen.«

»Waaas???«

Sie kicherte. »Keine Angst, er ist in Düsseldorf. Onkel Felix hat gemeint, dort gäbe es mehr Kneipen als hier, deshalb sollte Papi lieber zu ihm fahren, statt umgekehrt.«

»Hoffentlich hat er seine Kreditkarte zu Hause gelassen. Gibt es sonst noch was Neues?«

»Nö, nur 'ne Rechnung vom Kundendienst, vierundachtzig Mark siebzig. Die Waschmaschine war im Eimer. Aber dafür habe ich jetzt das Geheimnis der fehlenden Socken gelöst. Sie kriegen schwarze Löcher und entschwinden durch sie in eine andere Welt.«

»Hör auf mit dem ... gleich ist das Geld alle ... ich rufe wieder ...« Klick machte es, dann war die Leitung tot.

»Irgendwelche besonderen Vorkommnisse?« wollte Steffi wissen.

»Die Zwillinge schwänzen die Uni, euer Vater säuft sich durch Düsseldorfs Altstadt, die Waschmaschine ist kaputt, und Nicki hat keine Strümpfe mehr zum Anziehen. Aber sonst ist alles in Ordnung.«

»Dann können wir ja beruhigt weiterfahren.«

Es dämmerte schon, als wir die Grenze erreichten, und es war stockdunkel, nachdem wir sie endlich passiert hatten. Dabei hatten sich die Zöllner weder für unsere Pässe interessiert noch für Wagenpapiere oder Tierarztbescheinigungen, nein, sie hatten schlicht und einfach Langeweile gehabt. Wir waren die einzigen Grenzgänger und boten eine willkommene Abwechslung. Ob wir armi mit uns führen?

Ob wir was??? Eine Sekunde lang war ich verunsichert, dann fiel der Groschen. Richtig, wir waren in Italien, da spricht man Italienisch. Hatte ich mal recht gut gekonnt, leider lag das auch schon dreißig Jahre zurück. Arma = Waffe, folglich mußte armi der Plural sein, aber wir hatten so etwas ja nicht mal in der Einzahl dabei, Brotmesser und Pfefferstreuer ausgenommen.

Trotzdem wünschte der Zöllner, Typ Heintje nach dem Stimmbruch, den Wohnwagen zu besichtigen. Ich wußte zwar nicht, was er zu finden hoffte, doch wenn es ihn glücklich machte, bitte sehr. Nur Otto war damit nicht einverstanden. Er haßt Uniformhosen, und wenn er sich mit unserem Briefträger dank gelegentlicher Liebesgaben auch inzwischen angefreundet hat, so erstreckt sich diese Sympathie keineswegs auf andere Uniformträger. Bundeswehrsoldaten, Bahnbedienstete und Polizisten mag er ebensowenig wie Knöllchenkleberinnen, obwohl die meistens Röcke tragen.

Steffi leinte die knurrenden Hunde an, dann durfte der Zöllner einsteigen. Trotz geöffneter Fenster stank es im Innern des Wagens noch immer wie in einer billigen Kneipe. Der Beamte rümpfte die Nase, warf mir einen beziehungsreichen Blick zu, einen zweiten auf den dreckigen Fußboden, öffnete den Kleiderschrank, aus dem ihm das erst vorhin gekaufte Baguette entgegenfiel, schloß die Tür, öffnete das linke Klappfach und bekam eine Handvoll zusammengerollter Tennissocken auf den Kopf. Er wußte ja nicht, daß man diese Fächer nur zentimeterweise aufmachen darf und ihren Inhalt mit der anderen Hand zurückhalten muß.

Vorsichtshalber wandte er seine Aufmerksamkeit nun der weniger gefährlichen Bank zu. Da unsere Vorräte schon merklich geschrumpft waren, konnte er den restlichen Bestand mit einem Blick übersehen. Er fand nichts Verdächtiges.

»Dopo de che Lei cerco?« Na bitte, das klang doch ganz gut, und der Mann hatte es sogar verstanden.

»Stupefacente«, bekam ich zur Antwort. Aha, nun wußte ich

wenigstens, wonach er suchte. Nach Stupefacente, was immer das auch sein mochte. Ich versicherte ihm, daß wir so etwas bestimmt nicht hätten, auch nicht zu kaufen gedächten, und was denn das überhaupt sei.

»Cocaina.«

»Koks? Bei uns???« Ich fing schallend an zu lachen, woraufhin Steffi ihren Kopf zur Tür hereinsteckte und sich nach dem Grund meiner Heiterkeit erkundigte. »Der sucht Rauschgift.«

»Biete ihm doch mal das Mondamin an, vielleicht gibt er sich damit zufrieden.«

Doch der Beamte hatte genug gesehen. Rückwärts kletterte er aus dem Wagen, legte die Hand an den Mützenschirm, wünschte gute Fahrt und verschwand in seiner Zollbude.

Den unfreiwilligen Aufenthalt hatte Steffi zu einer Sondierung des Terrains genutzt und dabei einen großen Parkplatz entdeckt, der zu einem weiter hinten liegenden Hotel gehörte. »Da stehen schon zwei Wohnmobile, also stellen wir uns einfach dazu. In Sichtweite der Polizei sind wir besser aufgehoben als sonstwo.«

»Warum nicht? Im Zollgrenzbezirk habe ich noch nie übernachtet.«

Sie rangierte den Wagen neben einen Kastanienbaum, und während auf dem Herd statt des Gulaschs die beiden letzten Tütensuppen kochten (ich konnte mich nicht erinnern, jemals Grünkernsuppe gekauft zu haben), lagen wir auf den Knien und schrubbten den Fußboden. Ganz sauber wurde er nicht, aber wenigstens klebte man nicht mehr darauf fest.

Wir hatten uns gerade zu unserem frugalen Mahl niedergelassen, als wir ein fernes Grollen hörten. Im selben Augenblick fing das Besteck im Schubkasten zu klappern an, das Grollen wurde zum Donnern, die Hunde bekamen einen hysterischen Anfall, der ganze Wagen erzitterte, und dann verebbte der Krach allmählich, bis es wieder totenstill war.

»Was ist denn *das* gewesen?« Steffi öffnete die Tür und schaute sich um. »Nichts zu sehen.«

»Ich glaube, der Krach kam mehr von oben.« Gemeinsam stierten wir in die Dunkelheit. Ein dicht bewaldeter Berg, davor die

Straße, auf der anderen Seite auch viel Grün – also was, zum Kuckuck, hatte diesen höllischen Lärm verursacht?

Kaum hatten sich die Hunde halbwegs beruhigt, als dieses Grollen schon wieder einsetzte. Diesmal kam es von der anderen Seite. »Hört sich an wie Panzer. Es wird doch nicht etwa der nächste Krieg ausgebrochen sein, und wir wissen noch gar nichts davon?«

Wir kamen gerade noch rechtzeitig nach draußen, um schräg über uns, kaum fünfzig Meter Luftlinie entfernt, einen hellerleuchteten Zug vorbeirattern zu sehen. Als er über die jetzt erst sichtbare Brücke fuhr, klirrten auf dem Tisch die leeren Teller.

»Angenehme Nachtruhe. Wenn mich nicht alles täuscht, ist das die Strecke Genua – Marseille.«

»Und wennschon«, sagte Steffi gähnend, »ich bin hundemüde. Nachts fahren bestimmt keine Züge mehr.«

»Das glaubst auch nur du! Schon mal was von Gütertransporten gehört?«

»Mir egal. Ich kann trotzdem schlafen.«

»Aber ich nicht. Und erst recht nicht die Hunde.« Die saßen zitternd vorne im Führerhaus.

Ich wollte gerade die Tür schließen, als ich Motorengeräusch hörte. »Sieh mal nach links, Steffi! Das eine Wohnmobil tritt bereits den Rückzug an. Denen da drin ist es auch zu laut.«

Dafür tastete sich ein anderes Gefährt auf den Parkplatz, eins Marke Eigenbau. Ursprünglich mußte es ein Transporter gewesen sein, jetzt hatte es unterhalb des Dachs lauter niedrige Fenster, die alle offenstanden, damit die dahinter aufgehängte Wäsche im Fahrtwind trocknen konnte. Bindfäden mit Wimpeln dran sieht man ja öfter, doch eine Rundumbeflaggung mit Ringelsocken, Spitzenhöschen und baumwollenen Herrenslips war eine Novität. Daß dieser rollende Wäscheständer ein englisches Kennzeichen trug, wunderte uns gar nicht.

Zwei Züge zählte ich noch, dann mußte ich wohl doch eingeschlafen sein. Wach wurde ich von einem fürchterlichen Krach, der jedoch anders klang als das nun schon wohlbekannte Rattern einer Eisenbahn. Die Lärmquelle mußte direkt neben uns sein.

»Was ist *das* nun schon wieder«, schimpfte Steffi ein Stockwerk über mir. »Geh mal raus und sag den Idioten, daß andere Leute noch schlafen. Wie spät ist es überhaupt?«

»Kurz nach sechs.« Ich schob die Jalousetten ein bißchen auseinander. »Es ist bloß die Müllabfuhr. Du hättest gestern nicht direkt neben den Containern parken sollen.«

»Die hab' ich gar nicht gesehen.«

An Schlafen war nicht mehr zu denken. Kaum war das Müllauto weg, kam der Bäckerwagen zum Hotel, gefolgt vom Milchlieferanten. Der Nachtportier brüllte seinem Kollegen von der Tagesschicht einen Morgengruß quer über den Platz zu, und als dann noch der Frühzug über die eiserne Brücke donnerte, kapitulierte Steffi endgültig. »Porca miseria!« (Das ist ein italienisches Schimpfwort und braucht nicht übersetzt zu werden.)

Während des Frühstücks klapperte das Geschirr nur zweimal, der dritte Zug kam erst, als wir gerade abfahren wollten. »Na, dann los«, sagte Steffi, den ersten Gang reinschiebend, »du mia bella Italia, Land der Zitronen und der Caprifischer, jetzt wird es sich ja zeigen, ob deine Schönheit auch bloß ein Produkt der deutschen Schnulzenbranche ist.«

## 16

Bordighera, San Remo, Diano Marina, Alassio – Namen, die in den fünfziger Jahren auf der Zunge zergingen und das Traumziel aller Deutschen waren, die sich damals schon eine Urlaubsreise leisten konnten. Noch ein bißchen früher pflegten in dieser Gegend abgedankte Potentaten ihr Zipperlein zu kurieren und russische Großfürsten den Untergang des Zarenreiches zu beklagen. Inzwischen fliegen deutsche Urlauber nach Thailand oder auf die Malediven, arbeitslose Könige gibt es nicht mehr, und die Russen kriegen keine Devisen. Italien gehört also weitgehend wieder den Italienern.

Das merkten wir schon nach den ersten Kilometern. Der italienische Autofahrer unterscheidet sich vom deutschen insofern, als bei ihm nicht aufgeblendete Scheinwerfer das effektivste Mittel sind, andere Wagen an die Seite zu scheuchen, sondern die Hupe. Jeder Überholvorgang wird durch anhaltendes Hupen begleitet, und wenn man sich einer Kurve nähert, wird ebenfalls gehupt, damit der Entgegenkommende weiß, daß da gleich jemand mit achtzig um die Ecke schießt. Weshalb die Italiener Radios in ihren Autos haben, weiß ich nicht, hören können sie sie auf keinen Fall. Hatte Steffi noch das erste Dutzend Überholer als Volltrottel, Idioten und potentielle Selbstmörder bezeichnet, so gab sie die Schimpferei bald auf. »Müssen das herrliche Zeiten gewesen sein, als man hier noch mit Kutsche und zwei Pferden entlangfuhr. War es das, wovon du heute noch so schwärmst?«

»Als ich das erstemal nach Loano gefahren bin, gab's schon Autos«, entgegnete ich bissig, »bloß nicht so viele. Wo sind wir jetzt eigentlich?«

»Woher soll ich das wissen? Ich denke, *du* kennst dich hier aus.«

»Nicht mehr«, mußte ich kleinlaut zugeben. Wo war sie denn geblieben, die alte Via Aurelia, auf der schon die römischen Legionen marschiert waren? Das konnte doch unmöglich diese vierspurige Straße sein mit ihren Ampeln, den Parkbuchten und den nicht enden wollenden Verkehrsschildern? Wo waren die kleinen Fischerdörfchen, wo die Überreste jahrhundertealter Mauern, von Blütenkaskaden überrankt, die gerade jetzt im Mai ihren betäubenden Duft versprühen müßten? Wo waren die hübschen kleinen Badeorte mit ihren wenigen Hotels und der Handvoll Pensionen? Richtige Städte waren daraus geworden, die ineinander übergingen, vollgestopft mit Hochhäusern, Diskotheken, Schnellimbissen und Spielsalons.

»Hübsch«, sagte Steffi. »Eigentlich noch viel schöner als in Frankreich! Bist du sicher, daß wir auf der richtigen Straße sind?«

»Nein!!!« schrie ich sofort. »Das ist nicht die richtige Straße, die hat es damals noch gar nicht gegeben. Das ist auch nicht meine Riviera, wie ich sie kenne, das ist alles nur noch scheußlich!« Tränen der Enttäuschung standen in meinen Augen. »Wären wir bloß nicht hergekommen.«

»Sascha hatte dich ja vor diesem Nostalgie-Trip gewarnt.«

Das allerdings stimmte. Nur hatte ich mir einfach nicht vorstellen können, daß man innerhalb von drei Jahrzehnten eine Landschaft so verschandeln kann, wie es hier geschehen war. Einige neue Hotels, ja, die waren sicher nötig gewesen, meinetwegen auch ein paar Geschäfte, aber doch keine dreistöckigen Kaufhäuser und erst recht keine Sex-Shops. »Am liebsten würde ich umkehren.«

»Hier kann ich nicht wenden«, sagte Steffi, »und außerdem sind wir schon in Loano.« Sie deutete auf das Ortsschild.

»Das muß ein Irrtum sein! Zwischen Borghetto S. Spirito und Loano liegen mindestens sechs bis sieben Kilometer Niemandsland, und in Borghetto sind wir noch gar nicht gewesen.«

»Doch, wir fahren gerade raus.«

»Wieso? Ich denke, wir sind bereits in Loano?«

»Meine Güte, Määm, nun begreif doch endlich! *Deine* romantischen Dörfer gibt es nicht mehr, das Ganze ist eine zubetonierte Steinwüste, und wo der eine Ort aufhört, fängt der nächste an. Wo soll ich jetzt abbiegen? Rechts? Links? Geradeaus weiterfahren? Ich nehme doch an, du möchtest ein bißchen auf vertrauten Pfaden wandeln? Die Hunde müssen auch mal raus.«

»Fahr nach links. Da müßte gleich ein Sandweg kommen, der in die Berge führt.«

Den Weg gab es noch, nur war er jetzt asphaltiert und endete vor einem Fabrikgelände. »Umdrehen?« fragte Steffi.

Ich nickte. »Vielleicht finden wir am Meer einen Parkplatz.« Natürlich fanden wir keinen, und dann hatte ich plötzlich genug von dem ganzen Italien, wollte bloß noch weg. Wahrscheinlich hätte ich das Haus gefunden, in dem meine Mutter gewohnt hatte, und möglicherweise war sogar noch der eine oder andere kleine Laden übriggeblieben, in dem ich stolz meine Sprachkenntnisse angebracht und jedesmal Lob eingeheimst hatte, weil ich prezzemolo richtig aussprechen konnte (das heißt Petersilie, und die gab es immer gratis). Aber dieses Loano hatte kein Flair mehr, war eine unpersönliche Stadt geworden, mit der mich nichts mehr verband. »Wenn es nach mir ginge, Steffi, würden wir jetzt hinten über die Autobahn zurückfahren nach Frankreich und uns dort abseits der Küste ein hübsches Plätzchen suchen, an dem wir noch ein paar Tage bleiben.«

»Gott sei Dank«, meinte sie aufatmend, »diesen Gedanken hatte ich schon gleich hinter San Remo, ich habe mich bloß nicht getraut, was zu sagen.«

Bis zur Grenze brauchten wir diesmal nur anderthalb Stunden, hatten also noch genug Zeit, uns mit neuen Vorräten einzudecken. »Welches Menü darf ich dir denn an deinem Geburtstag servieren?« Die Riesenkrabben in der Fischabteilung sahen zwar sehr appetitlich aus, doch Steffis Kochkenntnisse beschränken sich mehr auf solide Hausmannskost. Wer weiß, was sie mit diesem teuren Getier anstellen würde.

»Es wird überhaupt nicht gekocht, wir werden übermorgen ganz groß essen gehen.« Bevor sie protestieren konnte, fiel ich ihr ins Wort: »Nein, nicht aus der Reisekasse. Ich werde endlich mal meine neue Kreditkarte einweihen.«

In dieser Nacht störte uns nichts und niemand, und als ich von einer kalten Hundezunge geweckt wurde, die quer über mein Gesicht fuhr, war es fast neun Uhr. Zwei Stunden und schätzungsweise siebenunddreißig Haarnadelkurven später streikte Steffi. »Könnte es sein, daß du die Karte verkehrtherum hältst und wir uns auf dem direkten Weg nach Andorra befinden?«

»Nein. Wir sind auf der Route Napoleon. Hier ist schon Bonaparte mit seinen Mannen entlanggezogen.«

»Ja, auf 'm Pferd und nicht in einem Wohnmobil. Wenn die Straße noch steiler wird, komme ich nicht mehr rauf.«

»So schlimm kann es doch gar nicht sein, oder hast du nicht bemerkt, daß uns schon zwei Wohnwagen entgegengekommen sind?«

»Doch.« Und dann in einem Ton, wie man ihn gewöhnlich Kleinkindern gegenüber anschlägt: »Sie sind *runter*gefahren.«

Da sagte ich lieber nichts mehr und betete vor jeder neuen Kurve, sie möge endlich den Blick auf das Hochplateau freigeben, das wir uns als Ziel ausgeguckt hatten. Ein See mußte da sein mit einem Campingplatz, und dort erhofften wir uns noch einige ruhige Tage, bevor wir uns auf die Heimreise machen wollten.

Vom See war noch immer nichts zu sehen, als endlich ein Ortsschild auftauchte: Moustiers Ste.-Marie, Stadt der Fayencen.

»Was sind Fayencen? Was zu essen?«

»Wenn dein Magen Keramikschüsseln verträgt … Komm, laß uns mal aussteigen, vielleicht finden wir etwas Hübsches.«

»Das meinst du doch wohl nicht im Ernst?« kam es entsetzt zurück.

»Warum denn nicht? Den Daheimgebliebenen müssen wir doch irgend etwas mitbringen.«

»Ach so«, meinte sie erleichtert, »du denkst an Souvenirs.«

»Woran denn sonst?«

Eine Antwort blieb sie schuldig.

Dieser Ort muß ebenfalls zu den Anlaufpunkten ausländischer Touristenbusse gehören. Überall standen die geparkten Ungetüme, spuckten ihre Fracht aus und sorgten für umsatzträchtiges Gedrängel. Kaum jemand, der uns entgegenkam und nicht eine Tüte oder ein in Zeitungspapier gewickeltes, unförmiges Paket vor sich hertrug. Auch wir beguckten elegisch dreinblickende Schäferinnen und handbemalte Aschenbecher, gar nicht zu reden von den Obstschalen, deren Dekor nicht den geringsten Zweifel an ihrer Bestimmung offenließen. »Guck mal, Määm, die haben sich schon der Zeit angepaßt. Hier sind sogar Kiwis drauf.«

In einer Seitengasse entdeckte ich einen winzigen Laden. Eine einzige, schon leicht angestaubte Blumenvase füllte das kleine Schaufenster fast völlig aus, und in genau die verliebte ich mich auf den ersten Blick. Noch niemals hatte ich ein so leuchtendes Blau gesehen. »Wahrscheinlich ist sie unerschwinglich.«

»Frag doch einfach mal!«

Ganz so kostspielig, wie ich befürchtet hatte, war sie nicht, aber immer noch teuer genug. Lange zögerte ich, dann hatte ich eine Rechtfertigung gefunden. »Die schenke ich mir selber zum Geburtstag.«

»Tu das!« sagte Steffi sofort. »Und wenn wir sie nicht heil nach Hause kriegen, kannst du dir immer noch die einzelnen Scherben ins Regal stellen. Sie passen dann gut zu den zehn Zentimetern Berliner Mauer.«

Wir kauften noch vier bemalte Töpfchen mit der Aufschrift »Herbes de Provence«, dann zogen wir befriedigt wieder ab. Wo wir den See finden würden, wußten wir jetzt auch.

In sechs waschreife T-Shirts gewickelt und tagsüber im »Schlafzimmer« zwischen den Betten verstaut, hat die Vase den Transport unbeschadet überstanden. Vorsichtshalber hatte Steffi einen Zettel mit einem großen Ausrufungszeichen an ihr Deckbett geheftet, damit sie daran erinnert wurde, vor dem abendlichen Umbau das kostbare Stück in der Spüle zu deponieren.

Den See spürte Otto schon wieder, bevor er überhaupt zu sehen war. Wie verrückt kratzte er an der Tür. Kaum hatte ich sie geöffnet, da schoß er hinaus und direkt ins Wasser. Und ebenso schnell war er wieder draußen. Bergseen sind kalt.

Der Campingplatz war klein, nicht besonders komfortabel – Geschirrspülen fand wieder im Wohnmobil statt –, aber sauber und wenig bevölkert. Ich baute gerade unsere Terrasse auf, als mir jemand auf die Schulter tippte. »Kenn wa uns nich?«

Verwundert drehte ich mich um. »Na also, hab' ick doch richtig jesehn. Wissen Se nich mehr? Bei die toten Päpste in Avignon ham wa uns jetroffen.«

Natürlich, Herr Malwitzki aus Berlin. »Was machen Sie denn hier? Ich denke, Sie campen irgendwo an der Küste?«

»War ick ja ooch, und nächste Woche fahr'n wa wieda runta. Aba jetzt über Pfingsten, wenn die janzen Franzosen mit ihre jesamte Sippschaft einfallen, machen wa imma 'ne Flieje. Den Krach und det Jeschwafel von morjens bis abends hält keen normaler Mensch aus. Hier oben isset nich so vornehm, aba wenigstens stille. Sind Sie ooch wejen dem Feiertagsrummel jetürmt?«

»Nein, wir sind schon beinahe auf der Heimfahrt.«

»Ach so. Na ja, is nich zu ändern. Allet hat mal 'n Ende, bloß die Wurst nich, die hat zwee.«

Unsere nicht. Wir hatten nur welche in Scheiben, vakuumverpackt. Zusammen mit Spiegeleiern auf Toast, überbacken mit Käse, schmeckte sie hervorragend. Tütensuppen waren Gott sei Dank alle.

»Halt doch mal still, du blödes Vieh!« und »Du bist ein Hund, Jojo, keine Kuh. Nimm das Grünzeug aus der Schnauze!«

Merkwürdige Töne so früh am Morgen! Verschlafen blinzelte ich durch die noch halbgeschlossenen Lider und sah Steffi auf dem Fußboden hockend, wie sie versuchte, den beiden Hunden je ein Margeritensträußchen unter das Halsband zu schieben. Knurrender Protest der so Dekorierten, doppelstimmiges Gewinsel, schließlich Flucht in die Fahrerkabine.

»Die sind aber auch zu dämlich!« seufzte sie. »Dabei hatte ich mir das so schön vorgestellt. Na, dann eben nicht! Dafür kannst du jetzt auf einem Blütenteppich ins Bad schreiten.« Sie umarmte mich liebevoll. »Herzlichen Glückwunsch und alles Gute für die nächsten fünfundvierzig Jahre. Dann bist du hundert, wirst Ehrenbürgerin von Randersau, brauchst keine Steuern mehr zu zahlen und kriegst vom Bürgermeister eine Freikarte fürs Hallenbad. Dafür lohnt es sich doch, noch ein paar Jahrzehnte durchzuhalten. – Ach ja, dein Geschenk steht zu Hause, weil sich eine Espresso-Maschine hier so schlecht verstecken ließ. Und wenn du jetzt aufstehst, kann ich sogar den Frühstückstisch decken, du liegst nämlich noch drauf. Ich habe am Kiosk frische Brötchen bekommen, ist das nicht erstaunlich? Zeig mir mal einen deutschen Bäcker, der am Pfingstsonntag in seiner Teigschüssel rührt.«

Lediglich das Wetter paßte nicht zu dem hohen Feiertag. Es nieselte. Und als es aufhörte zu nieseln, begann es zu regnen. »An der Küste scheint bestimmt die Sonne, da war der Himmel immer blau.« Aus einem der Klappfächer kramte Steffi den Würfelbecher heraus, suchte weiter, räumte Unterwäsche und Badeanzüge von links nach rechts, warf zwei Päckchen Puddingpulver auf den Tisch – »Wie kommen die denn hier rein?« –, durchwühlte die übrigen Fächer, stieg wieder von der Bank. »Ich kann die Kniffelblocks nicht finden.«

»Hast du denn welche mitgenommen?«

»Wieso ich? *Du* wolltest doch ...«

Wenigstens die Spielkarten waren da. Gin-Rummy, das man in England stilvoll vor einem flackernden Kaminfeuer zu spielen pflegt, hatte uns Vicky beigebracht, aber wir wurden uns über die

Regeln nicht mehr einig, und der Kamin fehlte auch. Sechsundsechzig? Zu langweilig. Patiencen legen? Dazu war der Tisch nicht groß genug.

»Wir könnten ja mal was lesen«, schlug Steffi vor.

Stimmt, dazu waren wir bisher kaum gekommen. »Mir ist aber jetzt nicht nach Mittelalter.«

»Was haste denn mit?«

*»Das Parfum.«*

»So was liest man auch nicht im Urlaub, sondern zu Hause im Bett. Willst du was von mir haben?« Sie schob mir eins der drei Taschenbücher herüber. *Die Unersättlichen* hieß das umfangreiche Werk, dessen Cover keinen Zweifel an dem Inhalt offenließ. »Nee, danke. Früher küßte der Held die Heldin erst auf der vorletzten Seite, jetzt küßt er sie schon nackend auf dem Titelbild. Wo hast du denn diesen Schmarren her?«

»Der lag zu Hause rum.«

Zum Glück hörte es dann doch zu regnen auf, und nach einem ausgiebigen Spaziergang nahmen wir im Kiosk unser Mittagsmahl ein: Grüne Suppe und hinterher Würstchen mit Fritten. Senf war aus, statt dessen bekamen wir Ketchup. Zu Hause hätte ich zumindest Hackbraten gekriegt. »Haben wir heute nicht auch noch Muttertag?«

»Doch«, bestätigte Steffi kauend, »aber den habe ich absichtlich ausgeklammert, weil wir ihn nachfeiern wollen. Um deinen arbeitsfreien Sonntag kommst du schon nicht herum.«

Auch gut, dann gibt es eben in vierzehn Tagen Hackbraten.

»Was ich noch sagen wollte«, fuhr sie fort, den letzten Rest Ketchup mit dem Wurstzipfel aufwischend, »wenn wir heute abend vornehm essen wollen, habe ich nichts anzuziehen.«

»Wir gehen ja nicht ins Maxim's.« Um ehrlich zu sein, ich hatte nicht die geringste Ahnung, wo es in diesem nicht übermäßig bevölkerten Landstrich überhaupt ein Restaurant gab. Wäre uns nicht das Ehepaar aus Wiesbaden über den Weg gelaufen, dann hätte das Geburtstagsdiner vermutlich aus Hamburgern nebst gemischtem Salat bestanden, der Alternative zu Würstchen mit Ketchup.

Herr und Frau Neuberth hatten ebenfalls beschlossen, den Abend fern vom Campingplatz samt tropfenden Gartenstühlen zu verbringen, nur hatten sie im Gegensatz zu uns schon einen Tip bekommen, wo man sowohl gut essen als auch gut sitzen konnte. Es sei auch gar nicht weit weg. »Wollen wir nicht zusammen fahren?«

Nichts lieber als das. Familie Neuberth reiste mit Wohnwagen, daneben parkte ein Auto der schon sehr gehobenen Mittelklasse, und wenn ich es schaffte, mit dem winzigen Reisebügeleisen noch mal anständig Falten in Steffis dunkle Hose zu pressen, würde sie selbst den kritischen Blicken hochnäsiger Oberkellner standhalten können.

Von außen wirkte das Restaurant wie eine verwitterte Scheune, innen wie der Speisewagen vom legendären Orientexpreß. Weinroter Plüsch dominierte. Stühle gab es kaum, man saß auf gepolsterten Bänken, von denen sich jeweils zwei in abgeteilten Nischen gegenüberstanden. Ein Kellner mit bodenlanger weißer Schürze schoß auf uns zu. Die Herrschaften hatten reserviert? Das hatten die Herrschaften leider nicht. Sehr bedauerlich, denn es sei schon alles besetzt. Wieso das? Von den zwölf Tischen waren doch noch sieben frei? (Neidisch stellte ich fest, daß Herr Neuberth ein ausgezeichnetes Französisch sprach.) Eben nicht, die Plätze seien vorbestellt.

Ein Kellner ohne Schürze eilte herbei. Es mußte eine höhere Charge sein, denn er schickte seinen Kollegen weg und geleitete uns in die entfernteste Nische mit direktem Blick zur Toilettentür.

Da saßen wir nun und plauderten uns über die erste Befangenheit hinweg, bis Frau Neuberth auf die Uhr sah. »Jetzt sind wir schon seit zwanzig Minuten hier, und noch immer hat sich kein Schwanz blicken lassen. Das Dumme an einem ruhigen, ausgeglichenen Wesen ist, daß man damit in Lokalen nie bedient wird. Markus, frag doch mal, ob man hier etwas zu trinken bekommt.«

Das Restaurant hatte sich in der Zwischenzeit gefüllt, doch von den herumwieselnden Kellnern geruhte keiner, unsere Nische auch nur zur Kenntnis zu nehmen. Schließlich wurde es Herrn Neuberth zu dumm, er stand auf und marschierte geradewegs zur

Schwingtür, hinter der immer die Ober verschwanden, um wenig später mit silbernen Schüsseln wieder aufzutauchen. Kurz vor dem Allerheiligsten wurde er gestoppt. Von dem Wortwechsel bekamen wir nichts mit, doch als er zurückkam, folgten ihm auf dem Fuß gleich zwei Bedienstete, ein kleiner und ein großer. Der Große trug eine Serviette, der Kleine vier Speisekarten von Gästebuchgröße, die er an den Großen weiterreichte, auf daß der sie uns einzeln vorlege. Als dies geschehen war, traten beide den Rückzug an.

Nach alter Gewohnheit betrachtete Steffi die Karte erst einmal von rechts nach links. »Preise haben die hier wie im alten Rom. Tomatensuppe siebenundzwanzig Francs. Wird die Brühe etwa mit Blattgold serviert?«

»Du bist eingeladen!« erinnerte ich sie.

»Na schön. Dann nehme ich Shrimps-Cocktail, danach das Entrecôte und hinterher Mousse au chocolat. Einverstanden?«

Frau Neuberths Sprachkenntnisse standen in umgekehrtem Verhältnis zu denen ihres Mannes, denn sie ließ sich die gesamte Speisekarte übersetzen und wußte hinterher noch immer nicht, was sie essen wollte. »Soll ich für dich bestellen, Hannelore?«

Hannelore nickte, und Markus orderte etwas, das aus viel Grünzeug mit zwei hauchdünnen Scheiben Fleisch bestand. Nun war mir auch klar, weshalb sie ein hautenges Kleid tragen konnte, ohne darin ordinär auszusehen.

Obwohl ich gern das Gegenteil behaupten würde, war das Essen hervorragend, und als wir halb fertig waren, kam sogar schon der Weinkellner mit dem Burgunder. Frau Neuberth trank Vichy-Wasser, anderes gab's nicht, einmal wegen der Figur, zum anderen wegen des Führerscheins. »Wir teilen uns immer die Fahrten. Markus fährt hin und ich zurück.«

Als die erste Flasche leer war, bestellte Herr Neuberth die zweite. Mit dem letzten Glas tranken wir Brüderschaft, und dann stellte Steffi selig beschwingt fest: »Siehste, Määm, nu isses doch noch ein schö-schöner Geburtstag geworden.« Worauf Herr Neuberth, der jetzt mit Markus angeredet werden mußte, Champagner orderte. Danach waren wir abgefüllt. Restlos!

»L'addition, s'il vous plaît«, befahl er.

»Séparé«, ergänzte ich, meine Kreditkarte zückend. Der Kellner ohne Schürze bedauerte, darauf sei man noch nicht eingestellt. Macht nichts, Euroschecks hatte ich auch dabei. Die wollte er ebenfalls nicht haben, die Abwicklung dauere zu lange, man müsse auf das Geld drei bis vier Monate warten. Was jetzt? Vom Inhalt meines Portemonnaies hätte ich allenfalls die Krabbencocktails bezahlen können.

»Ich geh f-f-freiwillig in die K-küche und spüle Gesch-schirr«, bot Steffi an, »und w-wenn alle w-weg sind, m-machen wir den Sch-schuppen hier noch sauber.«

Rettende Engel müssen keine Flügel haben, sie können auch mal Nadelstreifen tragen. Selbstverständlich seien wir seine Gäste, versicherte Markus und blätterte nahezu den gesamten Inhalt seiner Brieftasche auf den Tisch.

»K-kommt nicht in Frage! Sie ... d-du kriegst morgen einen Scheck. Mein Essen kann ich immer noch s-selber bezahlen.«

»Das glaube ich dir ja, aber Geld ist nicht alles.«

»N-nein, das nicht. B-bloß, wenn keiner die Kreditkarte akzet ... apzek ... also wenn keiner das D-ding nehmen will, lernt man Geld schätzen.«

Auf der Rückfahrt erfuhr ich, daß wir entgegen meiner Behauptung vorgestern gar nicht die Route Napoleon entlanggekrochen waren, die läge nämlich weiter östlich, und dann müßten wir unbedingt noch den Grand Canyon Verdon besichtigen, immerhin die größte Schlucht Europas.

»M-müssen wir das, Steffi?«

»Klar müssen wir! M-machen wir auf der Heimreise.«

Dreimal brachten wir uns gegenseitig zu unseren Wohnwagen, dann trat Steffi in ein Morastloch und hatte zu weiteren Spaziergängen keine Lust mehr. Außerdem waren die Hunde aufgewacht und kläfften im Duett. »Die müssen bestimmt n-noch mal Pipi, und du m-mußt soww-wso noch teleffnieren. Ich komm' mit.« Sie zog Schuhe und Strümpfe aus. »T-tautreten ist gesund.«

»Aber nicht mitten in der Nacht. W-warum soll ich jetzt telef-fonieren? Mit wem denn?«

»Mit sssu Hause. Ich habe versprochen, daß du an d-deinem Geburtstag anrufst.«

»Die schlafen doch schon alle.«

»Isss egal. S-sollen sie aufstehen. Wir sch-schlafen ja auch noch nich.«

Neben dem Kiosk befanden sich zwei Zellen, eine für Münzen, für die andere brauchte man eine Telefonkarte. Die lag im Wagen. »Ich hab' K-kleingeld.« Viel war es nicht, was Steffi aus der Tasche zog, es reichte höchstens für drei Minuten, doch sie bestand darauf, daß ich jetzt anrufen müsse. Nach dem achten Tuten nahm jemand den Hörer ab, und eine verschlafene Stimme murmelte: »Falsch verbunden.«

»Katja?«

»Ja. Aber hat das nicht bis morgen Zeit? Welcher Idiot holt einen nachts um halb eins aus dem Bett?«

»Ich.«

»Wer ist ich?« Irgendwie mußte sich wohl meine Stimme verändert haben. »Deine liebe Mami.«

Schweigen. Dann: »Du hast auch schon bessere Einfälle gehabt. Was gibt es denn so Wichtiges.«

»Gar nichts. Wir ha-haben ein bißchen Geburtstag gefeiert. Pfröhliche Pfingsten w-wollte ich d-dir auch noch wünschen.«

Jetzt wurde sie mißtrauisch. »Sag mal, ganz nüchtern bist du aber nicht mehr?«

»N-nein. Ich habe meinen Eintritt ins G-grufti-Alter begossen. D-durfte ich das nicht?«

»Doch. Aber nun geh mal schön ins Bett, Grufti, und ruf morgen wieder an, ja? Tschüß.«

»Sie will nicht mit mir telef-fonieren«, sagte ich beleidigt. Steffi nahm mir den Hörer aus der Hand und hängte ihn wieder ein. »Ich soll schlafen gehen, hat sie gesagt.«

Untergehakt trotteten wir zurück in unser mobiles Heim. Gerade wollte ich den Tisch zusammenklappen und mein Bett bauen, als Steffi mir in den Arm fiel. »Laß das, jetzt schppielen wir Boule.«

»Du schpinnst! Du hast zuviel getrunken.«

»Gar nicht, guck mal h-hier!« Sie zeigte auf die winzig kleinen bunten Kügelchen, Überbleibsel der Schokoladenplätzchen, die wir heute mittag aus lauter Langeweile gegessen hatten. »Damit kann man p-prima Boule spielen.« Mit dem Zeigefinger schnippte sie eine Kugel weg.

»Das war falsch! Du m-mußt die w-weiße da hinten treffen.« Jetzt versuchte ich es. »Daneben.«

»Ohne Brille k-kannst du d-doch ganich treffen. Wwo iss die Brille?«

»Weiß nich.«

»Dann nimm das F-f-fernrohr!«

Nach zwei Tagen reiste Familie Neuberth ab, und am Nachmittag des dritten, als wir uns noch faul in der Sonne aalten, fragte Steffi beiläufig: »Welchen Tag haben wir eigentlich?«

»Mittwoch.«

»Ich meine doch das Datum.«

»Den Siebzehnten.«

Mit einem Ruck kam sie von der Luftmatratze hoch. »Schon??? Weißt du überhaupt, daß wir spätestens Samstagmittag zu Hause sein müssen?«

Das sah ich gar nicht ein. »Warum denn? Du hast noch anderthalb Wochen Urlaub, und ob ich ein paar Tage früher oder später zurückkomme, ist doch Wurscht. Weshalb also diese Hektik?«

»Weil ich am Samstagabend das Wohnmobil zurückgeben muß. Ab Sonntag ist es nämlich wieder vermietet. Saubermachen müssen wir die Karre vorher auch noch.«

Jetzt wurde ich ebenfalls munter. »Das fällt dir aber früh ein. Können wir das überhaupt schaffen?«

»Sag nicht können, sag lieber müssen!« Sie ging in den Wagen und kam mit der Karte wieder zurück. »Ich weiß nicht, wie es passiert ist, aber irgendwo müssen wir die Datumsgrenze überschritten haben.« Gemeinsam studierten wir das Gewirr von roten, gelben und grünen Linien. »Momentan sind wir hier«, sie deutete auf den hellblau eingezeichneten See, »und müssen nach da.« »Da« war gar nicht mehr drauf, weil die Karte am Genfer See endete.

»Wir haben also noch die ganzen Savoyer Alpen vor uns, die Autobahn kriegen wir erst in Grenoble, an einem Tag ist das gar nicht zu machen. Sieh dir bloß mal diese gekringelte Straßenführung an. Kurven ohne Ende!« Seufzend faltete sie die Karte zusammen. »Am liebsten würde ich sofort losfahren.«

»Kommt nicht in Frage! Bis wir alles zusammengepackt und die Rechnung bezahlt haben, ist es sieben und zwei Stunden später dunkel. Lieber gehen wir heute früh ins Bett und starten bei Sonnenaufgang.«

Daraus wurde nichts, weil wir ihn verschlafen haben. Dann fiel Steffi ein, daß wir noch frisches Wasser brauchten und das Gegenteil entsorgen mußten. Tanken wollte sie auch noch.

»Geht nicht, keine Zeit!« sagte sie, als wir uns dem Canyon näherten und ich ihr zwecks Umrundung dieser Sehenswürdigkeit den rechten Weg weisen wollte. Nur mal kurz runtergucken durfte ich. Grünes, unwahrscheinlich grünes Wasser schimmerte im Licht der einfallenden Sonnenstrahlen am Boden der Schlucht, und das winzige bunte Pünktchen mittendrin mußte wohl ein mutiger Kanute sein. »Können wir nicht doch mal drumherum ...«

»Nein!!!«

Dann eben nicht. Statt dessen immer weiter aufwärts, eine Kurve nach der anderen. Links Felsen, rechts trennte uns nur ein niedriges Mäuerchen und häufig auch gar nichts vom Abgrund. Und immer noch unendlich viele Kilometer bis zur nächstgrößeren Straße. »Das schaffen wir nie!« murmelte Steffi in regelmäßigen Abständen vor sich hin.

»Was soll schon groß passieren, wenn wir nicht pünktlich zurück sind? Dann zahlen wir eben die Miete für einen weiteren Tag.«

»Und was ist mit den Leuten, die Sonntag früh in ihren Urlaub starten wollen?«

»Die fahren auch einen Tag später. Und überhaupt dürfen sonntags gar keine Lkws auf die Autobahn.« Wie gut, daß mir dieses Verbot noch eingefallen war. Vielleicht würde sich Steffis miese Laune wieder etwas heben.

Irrtum. *»Das hier ist kein Lkw!!!«*

Es war schon später Nachmittag, als sie endlich vernünftig wurde. Wir hatten die Route nationale erreicht, die zwar ebenso kurvenreich, aber wenigstens etwas breiter war, und hielten in einem kleinen Bergdörfchen, in dem wir eine Telefonzelle zu finden hofften. »Eigentlich könnten wir hier doch unser Nachtquartier aufschlagen.«

Sie hatte unter einer alten Eiche geparkt dicht neben einem Brunnen, die nächsten Häuser standen ein ganzes Stück weit weg, und in Sichtweite gab es sogar eine Kneipe, in der wir bestimmt etwas zu essen bekommen würden. Große Lust zum Kochen hatten wir beide nicht mehr.

»Chez Henri« hieß das Wirtshaus, und der Mann mit der schmuddeligen Wolljacke über dem karierten Hemd mußte wohl der Patron persönlich sein. Er hätte dringend ein Bad und eine Rasur benötigt. Die beiden Männer vor dem Tresen auch. Eine halbgeleerte Flasche Pastis und drei Gläser standen auf der Theke.

»Bonjour«, sagte ich zaghaft, »est-ce que c'est possible que je téléphone ici?« Immerhin hatte ich an der Wand ein Telefon entdeckt, auch wenn es so aussah, als sei es seit Monaten nicht mehr benutzt worden.

Drei Augenpaare starrten uns an. »Ähhh?« machte der Wirt. Ich wiederholte meine Frage. Monsieur Henri schüttelte nur den Kopf und setzte zu einer langen Erklärung an, von der ich nicht ein einziges Wort verstand. Weshalb sprachen sämtliche Leute, mit denen ich zu kommunizieren versuchte, immer irgendeinen obskuren Dialekt?

»Vielleicht sollten wir erst mal was zu trinken bestellen?« flüsterte Steffi. »Bei uns kann man ja auch nicht einfach in ein Lokal gehen und bloß telefonieren wollen.«

Das leuchtete ein. Ich orderte zwei Flaschen Eau minerale, was den Umsatz dieser Lokalität sicher nicht wesentlich erhöhte, und dann trat ich noch einmal in Verhandlungen bezüglich des Telefons. Sie scheiterten wiederum an Verständigungsschwierigkeiten. Was ich wollte, schien der Patron zu begreifen, was er mir sagte, blieb weiterhin ein Rätsel. Schließlich winkte er mich hinter die Theke und hielt mir den Hörer ans Ohr. Es rauschte. Ach so, vermutlich lief hier alles noch über eine Vermittlung, und ich sollte ihm die Nummer geben. Alles klar! »Hast du ein 5tück Papier zur Hand?«

»Nur die Benzinquittung.«

»Ist egal. Schreib unsere Nummer drauf, und setz vorsichtshalber Allemagne dahinter.«

Auch das nützte nichts. »Cassé! Cassé!« sagte der Wirt immer wieder.

»Ob der glaubt, daß wir nicht bezahlen können? Leg doch mal ein bißchen Geld auf den Tisch.«

»Quatsch! Ich weiß zwar nicht, was cassé heißt, aber ganz bestimmt nicht das, was du glaubst. Hol lieber das Wörterbuch.«

Nun endlich klärte sich die Sache. Cassé bedeutet kaputt, und eine cabine telephonique gab es im ganzen Dorf nicht. Ich bedankte mich, zahlte unser Mineralwasser und verkniff mir wohlweislich die Frage nach einem möglichen Abendessen. Baguette und Käse hatten wir selber.

Der noch vorher leere Platz hatte sich bevölkert. Eine Schar Kinder klebte an dem Wohnmobil und drückte an den Fenstern die Nasen platt, während sich drinnen die Hunde heiser bellten. Grüppchen von Erwachsenen beobachteten das Spektakel in gebührendem Abstand.

»Nee, Määm, hier können wir nicht bleiben. Anscheinend stehen wir mitten auf dem Dorfplatz und dienen momentan der allgemeinen Volksbelustigung. Kannst du dir vorstellen, was nach Feierabend hier los sein würde?«

Dazu reichte meine Phantasie noch aus. »Wenn ich mich recht erinnere, sind wir kurz vor diesem Kaff an einem Waldstück vorbeigekommen. Dort gab es einen Seitenweg. Das wäre doch ein optimaler Stellplatz.«

»Na schön«, sagte sie ergeben, »ich tu ja alles, was du willst. Sogar zurückfahren.«

Höchstens zwei Kilometer ging es wieder bergab, dann sahen wir schon den Weg und gleich dahinter einen kleinen Steinbruch. Er schien aufgegeben worden zu sein, nur das Gerippe einer ausgeschlachteten Planierraupe erinnerte an frühere Betriebsamkeit.

»Schnapp du dir mal die Hunde, ich sehe inzwischen nach, ob wir noch was anderes zu essen haben als Ravioli.«

Das war auch eine von Steffi angeordnete Form von Arbeitsteilung! Jedesmal, wenn wir unseren abendlichen Rastplatz erreicht hatten, schickte sie mich samt den Vierbeinern auf die Pipi-Runde ohne Rücksicht auf etwaige Gefahren, die überall auf mich lauern konnten. Hier lauerten sie in Form von spitzen Steinen und verborgenen Wurzeln, denn der Weg verengte sich zu einem steilen Pfad, auf beiden Seiten von Büschen überwuchert, die in dichten Baumbestand übergingen. Rechts unten plätscherte ein unsichtbarer Bach. Grillen zirpten, Vögel zwitscherten, eine aufdringliche Hummel surrte um meinen Kopf – Natur pur. Von allem, was am Wegesrand wuchs, pflückte ich einen Strauß zusammen – auch ein karges Mahl kann durch entsprechenden Tischschmuck zu einem Festessen werden (großmütterliche Weisheit!) –, dann pfiff ich die Hunde heran und machte mich auf den Rückweg.

Steffi hatte Gesellschaft bekommen. Ein Knabe ihres Alters stand neben der geöffneten Wohnwagentür und übte sich in Konversation. Vorne an der Straße parkte ein Citroën. Beim Anblick des Jünglings sträubte sich Ottos Fell, er stürzte wild kläffend los und hing wenige Augenblicke später an dem fremden Hosenbein.

»Was ist denn in den gefahren?« Vergebens versuchte Steffi den Hund zurückzureißen, er ließ nicht locker. »Otto, aus!!!« Otto dachte gar nicht daran, zumal er jetzt Unterstützung von Jojo bekam.

Es kostete uns einige Mühe, das sprachlose Opfer von den zwei kleinen Kannibalen zu befreien, und als wir sie im Wagen eingesperrt hatten, krakeelten sie weiter. Der Mann murmelte etwas Unfreundliches, stieg in sein Auto und fuhr weg.

»Ich möchte bloß wissen, was unsere friedlichen Wauwaus so auf die Palme gebracht hat«, sagte Steffi, »sonst macht Otto um jeden Fremden einen Riesenbogen, und dem hier geht er an die Wäsche. Dabei hat er doch ganz normal ausgesehen.«

»Was wollte er überhaupt?«

»Nichts Besonderes. Er hat gefragt, wo ich herkomme, ob ich hier über Nacht bleiben will, wie lange ich schon unterwegs bin – na ja, das übliche Blabla.« Sie nahm mir die Blumen ab. »Wo soll ich die denn reintun?« Auf zehn Zentimeter Länge gekürzt, landeten sie schließlich im Zahnputzbecher.

»Und du hast alles verstanden, was er gesagt hat?«

Sie grinste. »Er konnte Deutsch. – Jetzt komm aber endlich, sonst wird unser Essen welk.« Zum gemischten Salat gab es Baguette mit Camembert und als Nachtisch eingemachte Pfirsiche. Das Glas hatte schon seit zwei Jahren bei uns im Keller gestanden und mindestens genauso lange im Keller unserer Nachbarin, der ich diese milde Gabe zu verdanken hatte. Soweit ich mich erinnerte, hatte Sven ihren Pfirsichbaum schon vor etlichen Jahren abgesägt.

»Weißt du, Steffi, mir läßt das Affentheater von den Hunden keine Ruhe.« Ich rührte in meiner Kaffeetasse, obwohl noch gar keine Sahne drin war, und schielte immer wieder zu den friedlich schlafenden Vierbeinern hinüber. »Es muß einen Grund gehabt haben, daß Otto auf diesen Knaben losgegangen ist. Irgend etwas muß ihn an dem Mann gestört haben.«

»Vielleicht war er bloß eifersüchtig.«

»Glaube ich nicht. Dann hätte er auch den ollen Malwitzki attackieren müssen oder Herrn Neuberth ... nein, da hat etwas anderes mitgespielt. Ich weiß nicht, warum, aber ich habe ein mulmiges Gefühl.«

»Du hast doch nicht etwa Angst?«

»Wenn du es genau wissen willst, jawohl! Wer garantiert uns denn, daß dieser Mann nicht bloß die Lage peilen wollte und heute nacht mit seinen Kumpanen zurückkommt? Das bißchen Tür ist doch kein Hindernis für ein paar kräftige Burschen, und daß die Hunde keine Neufundländer sind, auch wenn sie sich manchmal so anhören, hat er ja gesehen. Im besten Fall kriegen wir eins über die Rübe, und wenn wir aufwachen, ist der Wagen weg. An mögliche Alternativen will ich erst gar nicht denken.«

»Da gibt's ja nur zwei: Entweder ermordet oder umgebracht.« Aber sie war doch nachdenklich geworden. »Vielleicht hast du nicht mal so unrecht. Tiere haben ja einen besseren Instinkt als Menschen. Andererseits hat der Junge wirklich ganz harmlos ausgesehen, der wollte sich bloß unterhalten.«

»Würden alle Mörder wie Mörder aussehen, gäb's keine mehr! Nee, Steffi, wir packen zusammen und räumen das Feld.«

Gesagt, getan. »Aber nur bis zum nächsten Ort.« Sie schob den Zündschlüssel ins Schloß. »In spätestens einer Viertelstunde ist es stockfinster.«

Links herum kam nicht in Betracht, da würden wir wieder in diesem Bergdorf landen. Also nach rechts. Sieben Kurven, dann sahen wir schon die ersten Häuser eines Ortes. »Da vorne ist ein Parkplatz«, sagte Steffi erfreut, »da halten wir.«

Der Platz war hell erleuchtet. Gleich daneben befand sich die Schule, gegenüber eine Sporthalle, in der noch lebhafter Betrieb herrschte, und in kaum zehn Meter Entfernung ratterte der Durchgangsverkehr vorbei. »Richtig anheimelnd«, meinte ich nur.

Da rastete Steffi aus. »Such du doch was, wenn es dir hier nicht paßt. Ich habe die Schnauze voll!«

Hatte ich auch, obwohl ich mich vielleicht (aber auch nur vielleicht) nicht ganz so drastisch ausgedrückt hätte, doch als Schlafplatz nach einem anstrengenden Tag war diese Stelle nun wirklich nicht geeignet. Und morgen hatten wir einen mindestens ebenso anstrengenden Tag vor uns. »Kommt, Jungs, wir gehen noch mal Gassi!«

Die waren aber schon auf Nachtruhe programmiert und nur widerwillig bereit, noch ein weiteres Mal mit mir loszuziehen. Wir schlenderten die Einkaufsstraße entlang – ein kleiner Supermarkt, ein Metzger, ein Bäcker, der morgen früh wenigstens frische Brötchen garantierte, eine Kneipe, ein Laden für Schwimmbad-Technik, einer mit rechts drei Kleidern im Schaufenster und auf der linken Seite Büroartikel, noch eine Kneipe – aus. Gleich dahinter gabelte sich die Straße. Ich ließ die Knöpfe an meiner Bluse entscheiden. Es waren sechs. Also nach links.

Da standen Ein- und Zweifamilienhäuser mit Gärten davor, und in jedem Garten lief mindestens ein Hund herum, der sich auch sofort bemerkbar machte. Meine beiden gaben Antwort, und bald hörte man ein vielstimmiges Gebell in sämtlichen Tonlagen von ganz tief (Dobermann) bis zu hysterischem Gefiepe (Yorkshireterrier). Die ersten Fenster gingen auf, und ich rannte los, um den ansässigen Vierbeinern den Anlaß ihrer begreiflichen Empörung aus den Nasen zu bringen. Sehen konnten sie meine beiden Dackel bestimmt nicht, dazu war es viel zu dunkel.

Die Straße wurde steiler, der Asphaltbelag hörte auf, und die Häuser auf der rechten Seite schauten noch etwas unfertig aus. Aha, Neubaugebiet. Sehr schön. Genau das, was ich suchte, auch wenn ich es vorher nicht gewußt hatte.

Die letzten drei Hunde bellten immer noch, als wir die Straße in entgegengesetzter Richtung zurückliefen, und prompt fielen alle anderen auch wieder ein. Jetzt öffneten sich schon mehr Fenster! Was würde erst geschehen, wenn wir mit dem Wohnmobil hier durch mußten?

Steffi wartete schon vor der Tür. »Gibt's da oben einen Hundezwinger?«

»Nicht direkt, nur eine Töle in jedem Haus, und da stehen eine Menge Häuser. Aber ich habe einen idealen, ganz ruhigen Platz gefunden, bloß ein paar hundert Meter von hier.«

Wir schaukelten ab, doch schon an der Straßengabelung trat Steffi wieder auf die Bremse. »Was ist denn *hier* los?« Die eben noch menschenleere Straße war plötzlich recht bevölkert. Frauen in Morgenröcken standen überall herum, Lockenwickler in den Haaren und Schläppchen an den Füßen, andere gestikulierten über den Gartenzaun, aus den geöffneten Fenstern dröhnten die Fernseher – es herrschte eine Art Volksfeststimmung. Nur Männer waren nicht zu sehen.

»Grüne-Witwen-Ghetto«, sagte Steffi, »da fahre ich nicht durch. Gibt es noch einen anderen Weg?«

»Wahrscheinlich, doch den finden wir im Dunkeln bestimmt nicht. Außerdem ist das hier eine öffentliche Straße, und es steht nirgendwo geschrieben, daß man sie nach einundzwanzig Uhr nicht mehr befahren darf.«

Nur im Schrittempo bewegten wir uns vorwärts, begleitet von neugierigen und teils auch mißtrauischen Blicken, doch niemand hielt uns an. Trotzdem waren wir froh, als wir das letzte bewohnte Haus hinter uns gelassen und gegenüber den Neubauten halten konnten.

»Vielleicht war es ja wirklich besser, daß wir aus dieser Waldeinsamkeit getürmt sind«, murmelte Steffi schon im Halbschlaf, »aber diese Straße hier rauf hat mich wieder einen Haufen Illusionen gekostet.«

»Wieso denn das?« Ich saß noch auf dem Boden und suchte das Loch in der Luftmatratze, dem ich eine recht unbequeme Nacht zu verdanken hatte.

»Lauter Frauen und kein einziger Mann. Dabei sahen die alle so verheiratet aus.«

»Das sind sie bestimmt auch.« Das Loch hatte ich gefunden, doch wo war das Flickzeug?

»Meinst du? Wo waren denn die ganzen Männer?«

»In der Kneipe.« Jetzt fiel es mir wieder ein. Steffi hatte gesagt, Fahrradflickzeug müsse man kühl lagern, und es neben die Senftube in die Kühlschranktür gepackt. »In Frankreich verbringen Ehemänner ihre Abende meistens in der Kneipe.«

»Na siehste, wieder ein Grund mehr, nicht zu heiraten.« Sie seufzte leise. »Den idealen Mann finde ich sowieso nicht.«

»Kannst du auch gar nicht.« Ich schmirgelte die durchlöcherte Stelle ab und klebte den Flicken drauf.

»Warum nicht?«

»Weil er wahrscheinlich auf der Suche nach der idealen Frau ist. Gute Nacht.«

## 17

»Wenn wir heute bis Grenoble kommen, können wir morgen früh gleich auf die Autobahn, und mit etwas Glück und ohne Stau sind wir nachmittags zu Hause. Hoffentlich sind die Zwillinge da.«

»Warum?« Ich ließ den letzten Honig auf das halbtrockene Baguette tropfen – Marmelade war auch schon alle – und goß mir die zweite Tasse Tee ein, obwohl ich morgens gar keinen mag. Nicht mal meckern durfte ich, denn die Vorratshaltung fiel in den Bereich Küche, und beim letzten Einkauf hatte ich den Kaffee schlicht vergessen.

»Die müssen beim Großreinemachen helfen«, antwortete Steffi kauend. »Sag mal, haben wir noch irgendwas, womit man dieses trockne Zeug gleitfähiger machen kann? Leberwurst in der Dose zum Beispiel?«

»Nein, bloß noch Ölsardinen.«

»Morgens um sieben? Nein, danke. Du hättest eben doch zum Bäcker gehen sollen.«

»Wollte ich, aber du hast selbst gesagt, daß dazu keine Zeit ...«

»Ist schon gut«, sagte sie abwinkend, »auf nüchternen Magen soll man ja nicht soviel essen.«

Darauf wollte ich mich jedoch nicht verlassen. Eine nur ungenügend abgefütterte Stefanie könnte sich verkehrsgefährdend auswirken. »Beim nächsten Boulanger halten wir.«

»Ein Bäcker wäre mir lieber. Ich habe richtigen Heißhunger auf ein knuspriges Laugenbrötchen.«

»Und ich auf eine Scheibe Vollkornbrot mit Emmentaler.«

Nach diesem Ausbruch niederer Instinkte zerkrümelten wir das restliche Baguette für die Vögel, sattelten unsere neunzig Pferde und machten uns wieder auf den Weg. Die grünen Witwen waren entweder noch nicht aufgestanden oder anderweitig beschäftigt, wir sahen keine einzige, und die vielen Hunde mußten sich gestern wohl heiser gebellt haben. Nur der Yorkshire krächzte einen Abschiedsgruß.

Kleine Dörfer, größere Dörfer, in jedem mindestens eine Töpferei und zwei Antiquitätengeschäfte. Jeder Stuhl, den Opa auf seinem Dachboden ausgegraben hat, schien plötzlich um Jahrzehnte gealtert und somit eine Antiquität geworden zu sein.

Steffi entdeckte noch eine andere Merkwürdigkeit. »Ist dir schon mal aufgefallen, Määm, daß es in jedem zweiten Nest ein Geschäft gibt, das Schwimmbäder verkauft?«

Darauf hatte ich noch nicht geachtet, doch es erschien mir irgendwie logisch. »Das Meer ist weit weg, Seen gibt es auch nicht, und wenn, sind sie eisgekühlt, also setzt sich jeder seinen eigenen Pool in den Garten.«

»Vier Quadratmeter Badewanne würde ich nicht gerade als Pool bezeichnen.«

»Bei dreißig Grad im Schatten immer noch besser als eine behelfsmäßige Brause aus 'm Gartenschlauch.«

Mittags erreichten wir Gap. Wider Erwarten hatte Steffi nichts gegen eine Pause einzuwenden, sie war sogar bereit, das centre ville anzusteuern, was Innenstadt und brodelnden Verkehr bedeutete.

»Gap ist auch ein Überbleibsel von den Römern, kam im 9. Jahrhundert zum Königreich Burgund und war später ein Zentrum der französischen Refor ...«

»Da drüben ist eine Pizzeria!«

»... mation«, beendete ich den Satz, mußte jedoch einsehen, daß sich meine Tochter mehr für die Neuzeit interessierte. »Am besten hole ich gleich vier Stück, die schmecken auch kalt.«

»Ich will keine Pizza, ich will etwas Vernünftiges essen.«

Wir fanden ein Restaurant, das recht vielversprechend aussah, obwohl mich die Speisekarte hätte mißtrauisch machen müssen. »Rippele mit sauren Kraut« klang überhaupt nicht französisch, und was ich unter »sauren Braten« zu verstehen hatte, wollte ich erst gar nicht wissen.

»Wir scheinen in einer Touristen-Hochburg gelandet zu sein.« Steffi zeigte auf etwas in der Karte. »Ich esse das.«

»Laß das lieber bleiben! Bouillabaisse ißt man unten an der Küste und nicht mitten in den Bergen. Ganz abgesehen davon kann ich mir nicht vorstellen, daß dir Fischsuppe schmeckt.«

»Iiihhh«, kam es entsetzt zurück, »ich dachte, das ist irgendwas mit Knödeln.«

»Die heißen hier Boulettes.«

»Dämliche Sprache!«

Wie kommt es eigentlich, daß die am Nebentisch servierten Gerichte immer besser aussehen als das, was man selbst bestellt hat? Der Herr nebenan schmatzte zufrieden über seinem Eintopf, wir kauten mit langen Zähnen unsere als Steaks deklarierten Schnitzel. »Die Bohnen sind aus der Dose«, meckerte Steffi.

»Und die Kartoffeln vom vorigen Jahr.«

Wenigstens wurden wir satt. Anschließend gestattete mir Steffi sogar einen Bummel durch die umliegenden Straßen. »Bis Grenoble können es höchstens noch hundert Kilometer sein, das schaffen wir locker. – Guck mal, wie gefällt dir das Sweatshirt?«

»Überhaupt nicht. Wie kann man Lila mit Neongrün kombinieren? Wer da eine Weile draufschauen muß, braucht eine Sonnenbrille.«

»Du hast nicht für fünf Pfennig Geschmack!«

»Weiß ich. Das sagt dein Vater auch immer, weil ich mich weigere, eins von diesen handbreiten Röckchen anzuziehen. Ich habe schließlich schon die letzte Minirockwelle mitgemacht, und deshalb finde ich, daß ich mich diesmal zurückhalten sollte.«

»Männer steh'n nun mal auf Beine.«

»Eben. Deshalb stecke ich meine auch lieber in Hosen.«

Beinahe wären wir an der Telefonzelle vorbeigelaufen, obwohl wir schon seit einem halben Tag danach gesucht hatten. ».Sag den Zwillingen, daß sie morgen unbedingt zu Hause bleiben müssen. Wenigstens ab nachmittags«, trichterte mir Steffi ein.

Sie waren erst gar nicht da. Nach Dossenheim seien sie gefahren, schon vor zwei Tagen. »Das Haus ist so entsetzlich leer«, beschwerte sich Rolf, »bis auf die Spüle. Wann kommt ihr eigentlich zurück?«

»Morgen gegen Abend.«

»Na endlich. Ihr müßt aber irgendwas zu essen mitbringen, sonntags kommt der Hähnchenwagen nicht.«

Nachdenklich legte ich den Hörer auf. »Was hat er damit bloß gemeint?« fragte ich Steffi, nachdem ich kurz den Inhalt des Gesprächs wiedergegeben hatte.

»Ist doch ganz klar! Die Mädchen sind vorgestern weggefahren, und seitdem ernährt sich Papi von totem Huhn. Bei Tengelmann steht doch täglich die fahrbare Hendlbraterei.«

Zum erstenmal seit zweieinhalb Wochen rührte sich mein Gewissen. »Das ist aber ein sehr einseitiger Speisezettel.«

»Ach was«, meinte sie gleichmütig, »der Mensch sollte nicht gesünder leben, als ihm guttut. Hast du auf der Telefonkarte noch ein paar Einheiten drauf? Gut, dann rufe ich jetzt die Zwillinge an.«

Das Gespräch dauerte nicht lange. »Sie wären sowieso gekommen, hat Nicki gesagt, und wir brauchen auch nichts zum Essen zu kaufen wegen dem verspäteten Muttertag. – So, und jetzt sollten wir zusehen, daß wir wieder ein bißchen Landstraße unter die Räder kriegen.«

Hinein in die Alpen! Immer aufwärts, noch eine Kurve, noch eine Spitzkehre, vor uns eine majestätische Silhouette von Kuppen, Gipfeln und Gletschern, um uns herum große Waldregionen, vom sauren Regen auch schon arg angeknabbert, kaum mal ein Haus – ein herrliches Panorama, doch wohnen möchte ich hier trotzdem nicht.

Steffi hatte kaum einen Blick für die grandiose Landschaft. Seit mehreren Kilometern ärgerte sie sich über den hinter uns fahrenden Sportwagen, dessen Fahrer dauernd auf die Hupe drückte, aber trotzdem nicht überholte. »Warum fährt der Idiot nicht endlich vorbei? Was nützt denn ein Tiger im Tank, wenn ein Kamel am Steuer sitzt? Der Kerl macht mich wahnsinnig!« An der nächsten Haltebucht scherte sie aus und stoppte. Der Sportwagen ebenfalls. Der Fahrer stieg aus und klopfte an die Scheibe. »You lose your bike«, knautschte er in schönstem Amerikanisch, stieg wieder in seinen Flitzer und rauschte davon.

»Tolles Geschoß!« Sehnsüchtig sah Steffi hinterher. »Ich glaube, Sportwagenfahrer sind die einzigen, die von unten auf andere Leute herabsehen können. Was wollte er eigentlich?«

»Irgendwas scheint mit den Fahrrädern nicht in Ordnung zu sein.« Wir stiegen aus, und dann sahen wir auch schon die Bescherung. Eins der Räder hatte sich aus der Verankerung gelöst und hing halb über der Straße. Das Pedal hatte sich auch schon verbogen. »Au weia, wenn das runtergefallen wäre …«

»Wahrscheinlich ist es passiert, als du vorhin den halben Baum mitgenommen hast. Ich habe dir ja gleich gesagt, du sollst dich ein bißchen mehr links halten.«

»Ja, ja«, knurrte Steffi, während sie den festgezurrten Riemen noch einmal kontrollierte, »die besten Fahrer findet man immer auf dem Beifahrersitz. Wir können ja mal tauschen!«

Bloß nicht! »Das lohnt nicht mehr, wir müssen gleich in Grenoble sein.« Die ersten Anzeichen einer Großstadt waren unübersehbar: Wegweiser und Reklameschilder.

»Wenn wir direkt auf die Autobahn fahren«, überlegte Steffi laut, »könnte ich bis zum Dunkelwerden locker hundertfünfzig Kilometer abreiten.«

»Und wo willst du übernachten? Im Schatten einer Raststätte? Hast du übrigens mal einen Blick zum Himmel geworfen?« Schon seit einer ganzen Weile hatte ich die grauen Wolken beobachtet, die sich zusehends zu einer dichten Wand ballten. »Da braut sich ein mächtiges Gewitter zusammen.«

Wenn es etwas gibt, wovor Steffi Angst hat, dann sind es Gewitter. Zu Hause kriecht sie ins Bett, nimmt den ebenfalls zitternden Jojo in den Arm und vergräbt sich unter der Decke. Erwischt es sie unterwegs, rekapituliert sie die These vom Faraday-Käfig und hofft auf ihre Richtigkeit. Es ist auch völlig sinnlos, ihr zum einhundertneunundsiebzigstenmal den Zusammenhang zwischen Warm- und Kaltluft zu erklären; sie kennt ihn und fürchtet sich trotzdem. Weshalb sie allerdings vor dem Donner Angst hat und nicht vor den Blitzen, ist ihr Geheimnis geblieben. »Wir würden geradewegs in das Gewitter hineinfahren.«

Das half. »Dann bleiben wir am besten gleich hier«, entschied sie, »vielleicht kriegen wir von dem Unwetter gar nichts ab.«

Es mußte sich um den Vorort eines Vorortes handeln, denn die Häuser sahen alle sehr neu aus, und die Gärten befanden sich noch im Urzustand. Die einzigen Farbtupfer in der lehmigen Wüstenlandschaft bildeten zerfetzte Zementsäcke und zerbrochene Ziegel. Kein Baum versperrte den Blick über den Ort, doch gleich dahinter begann ein Wald, und genau den steuerte Steffi an. In dem kleinen Krämerladen suchten wir noch unser Abendessen zusammen – sogar frischen Spargel gab es und Erdbeeren –, dann fuhren wir den Waldrand so lange ab, bis wir ein Stückchen Wiese fanden. Tür auf, Hunde raus, Gartenmöbel wieder unterm Wagen deponiert, Herd und Kühlschrank auf Gas umgeschaltet – jetzt, da sich die Reise dem Ende näherte, waren wir ein perfekt eingespieltes Team.

Der Himmel war schwarz geworden, und als die Hunde mit eingezogenen Schwänzen in den Wagen zurückschlichen, wurde Steffi immer kleinlauter. »Ich glaube, wir kriegen doch was ab.«

Im selben Augenblick wurde es taghell, dann krachte es auch schon. Steffi schrie auf, die Hunde krochen winselnd unter den Fahrersitz, und mir war die Sache auch nicht mehr ganz geheuer. Blitz folgte auf Blitz, die Donnerschläge hörten gar nicht mehr auf, gingen ineinander über, vervielfältigten sich durch das Echo, und dazu tobte ein Sturm, der den Wagen hin und her schwanken ließ. Die ersten Regentropfen klatschten aufs Dach, dann prasselte es nur noch so herunter. Und immer wieder Blitz und Donner. »Hört denn das überhaupt nicht auf?« Steffi grub ihren Kopf tiefer ins Kissen. »Sonst ist ein Gewitter doch nach zehn Minuten vorbei.«

Dieses hier dauerte schon über eine halbe Stunde. »Vergiß nicht, daß rundherum Berge sind. Es hängt fest und kommt nicht rüber.«

»Wir hätten nicht so dicht an den Wald fahren sollen«, lamentierte sie weiter, »da schlägt der Blitz doch immer zuerst ein.«

Moment, wie war das noch gleich mit den großmütterlichen Sprüchen? Vor den Eichen sollst du weichen. Doch die Buchen sollst du suchen. Alles Blödsinn, der Blitz schlägt immer an der höchsten Stelle ein. Es ist ihm völlig egal, ob das eine Eiche, eine Buche oder eine Zypresse ist. Davon mal abgesehen, standen hier sowieso bloß Kiefern, und die waren viel höher als unser Auto.

Immer wieder krachte es. Ab und zu gönnte uns das Gewitter eine kleine Atempause, weil es scheinbar abzog, doch Minuten später kehrte es in voller Stärke wieder zurück. So etwas hatte ich noch nie erlebt. Nur der Regen ließ nach. Eine Zeitlang war ich mir vorgekommen wie in einer Autowaschanlage, doch allmählich konnte man durch die Fensterscheiben wieder etwas sehen. Als erstes fiel mir auf, daß die ganze Ortschaft im Dunkeln lag, und als zweites, daß sich ein munteres Bächlein abwärtsschob, das vorher noch gar nicht dagewesen war. »Läßt sich dieses Wohnmobil eventuell zu einem Hausboot umfunktionieren? Wenn es so weiterregnet, ist aus dem Weg hier rauf bis morgen ein Fluß geworden.«

»Ist doch egal«, tönte es dumpf aus dem Kissen, »die Nacht überleben wir sowieso nicht.«

Plötzlich ein neues Geräusch. Jemand warf Murmeln aufs Dach. Sogar Steffi nahm den Kopf hoch. »Was is 'n das nun schon wieder?«

»Hagelkörner.«

Sie sah ängstlich nach oben. »Hoffentlich hält der Wagen das aus. Dem Krach nach müssen die Dinger so groß wie Tischtennisbälle sein.«

»Nun übertreib nicht gleich. Ich möchte sowieso mal wissen, wie eigentlich die Hagelkorngröße bestimmt worden ist, als es noch keine Ping-Pong-Bälle gab.«

Sie grinste kläglich, hielt sich aber sofort wieder die Ohren zu, als der nächste Donnerschlag krachte. »Ich werde noch verrückt!«

»Das bist du schon. Wahrscheinlich liegt es nur daran, daß deine reguläre Fütterungszeit längst überschritten ist. Ich schäle schon mal den Spargel.«

»Untersteh dich!« schrie sie entsetzt. »Du kannst doch jetzt kein Messer anfassen!«

Gegessen haben wir dann nachts um halb elf, als sich das Gewitter doch verzogen oder vielleicht auch nur aufgelöst hatte, denn die dunklen Wolken hingen immer noch über den Bergen. In der Ferne grummelte es leise.

Wie hatte es doch häufig in den Romanen geheißen, die ich meiner Großmutter früher heimlich vom Nachttisch geklaut hatte? »Vom azurnen Himmel, dessen Bläue nur von vereinzelt wie Wattetupfer hingestreuten Wolkenbällchen unterbrochen wurde, gleißte eine Sonne, deren Strahlen die Tautropfen an den Grashalmen im Park in funkelndes Geschmeide verwandelten und auf die Wangen der Komtesse ein ebenso zartes Rosa hauchten, wie es die Blüten aufwiesen, von denen sie einige für die erkrankte Mutter pflücken wollte.«

Omi hatte diese Romane geliebt. Sie stammten vorwiegend aus der Fleischerzeitung, erschienen in Fortsetzungen und wurden erst dann gelesen, wenn mit Kuß und stets nachfolgender Verlobung auch das letzte Kapitel abgeschlossen war. Meine Mutter bezeichnete diese Lektüre als Schmachtfetzen und verbot mir rundheraus, sie auch nur anzurühren.

Nun pflegen Verbote ja meist das Gegenteil zu bewirken. Was ich mir eigentlich erhofft hatte, weiß ich nicht mehr, vermutlich Aufklärung über gewisse Dinge, die einem mit zwölf oder dreizehn Jahren noch etwas unklar sind. Jedenfalls holte ich mir diese mit einer Wäscheklammer sorgfältig zusammengehefteten Seiten, wenn ich mal wieder nichts mehr zu lesen hatte. Im Gegensatz zu heutigen Büchern waren diese sentimentalen Rührgeschichten harmlos. Jetzt gibt es ja Romane, die wagt man gar nicht aus der Hand zu legen, wenn Kinder im Haus sind.

An die blumenreichen Schilderungen gräflicher Parks im Morgenlicht wurde ich erinnert, als ich nach der stürmischen Nacht die Wohnwagentür öffnete. Nun habe ich keine Ahnung, wie ein azurner Himmel auszusehen hat; der hier war jedenfalls wunderschön blau, und die Wattebällchen waren auch da. Das funkelnde Geschmeide an den Grashalmen waren zwar keine Tau-, sondern Regentropfen, rosa Blüten gab es weit und breit nicht, nur gelben Löwenzahn, aber sonst stimmte alles. Wenn man mal von dem Park absah. Ein halber Hektar Wiese ist kein Park, außerdem gibt es da Kieswege, und hier hatten wir nur gelben Matsch, den wir nachher würden hinunterrutschen müssen. »Aufstehen, Steffi! Die Sonne scheint, die Vöglein singen, es ist nicht zu heiß, also herrliches Reisewetter.«

»Anscheinend haben wir ja doch überlebt«, kam es verschlafen aus dem Alkoven. »Wenn das so ist, könntest du ein letztes Mal frische Croissants holen. Ich mache inzwischen Kaffee.«

Fast wären wir im Lehm steckengeblieben, als Steffi das Wohnmobil mehr schlitternd als fahrend den Weg hinunterbugsierte, aber dann hatte sie es doch geschafft und wieder festen Boden unter den Rädern. »Wenn ich jetzt noch wüßte, wie wir zur Autobahn kommen, wäre ich rundherum zufrieden.«

Schilder gab es nicht, auf unseren nur mangelhaft funktionierenden Instinkt wollten wir uns auch nicht mehr verlassen, also griff ich wieder nach dem Wörterbuch und baute mich auskunftheischend vor einem mürrisch vor sich hintrottenden Mann auf.

Beide Hände in den Hosentaschen vergraben, sah er mich kaum an, als ich ihn nach dem Weg fragte. Mit dem Kopf wies er in die entsprechende Richtung, murmelte noch etwas von à droite und bouclier und trottete weiter.

»Du, das war der erste Mensch, der es fertiggebracht hat, dir mit den Händen in den Taschen den Weg zu erklären«, sagte Steffi lachend. »Hoffentlich hast du ihn trotzdem verstanden.«

Von nun an ging es zügig vorwärts. Chambery, Aix-les-Bains, Annecy – Namen, die uns noch von der Herfahrt geläufig waren, nur kamen uns die Entfernungen zwischen den einzelnen Städten wesentlich kürzer vor. Autobahnen haben doch etwas für sich! Jedenfalls die französischen, denn die kosten Geld und werden deshalb weniger benutzt.

Schweizer Grenze. Nein, wir hatten nichts zu verzollen, waren nur auf der Durchreise, die Vignette klebte auch noch an der Scheibe, dann also merci vielmals und gute Fahrt.

»In Basel sollten wir noch mal tanken. Diesel ist in der Schweiz billiger als bei uns«, sagte Steffi.

»Zigaretten auch.«

Sofort winkte sie ab. »Ich schmuggle keine mehr. Uns haben sie einmal erwischt, als ich mit Horst am Bodensee war und wir einen Abstecher auf die andere Seite gemacht haben.«

»Ist ja auch kein Wunder, im Pkw gibt es längst nicht so viele Verstecke wie in diesem rollenden Wohnzimmer. Wie wäre es neben dem Abwassertank? Da suchen sie bestimmt nicht.«

»Und wenn doch? Dann nehmen sie uns den ganzen Wagen auseinander, und wir stehen noch um Mitternacht an der Grenze. Da muß die Karre aber schon in Heppenheim sein, vergiß das nicht.«

Also keine Zigaretten.

Lausanne, Fribourg, Bern. Kurz vor Solothurn Mittagessen mit Zürcher Geschnetzeltem und Rösti. Die letzten Franken gingen für Diesel drauf.

»Könnten Sie bitte mal die Reifen nachsehen?« bat Steffi den Tankwart, ein pfiffiges Bürschlein von höchstens achtzehn Jahren. Er nickte zustimmend und umrundete den Wagen. »Eins, zwei, drei, vier – alle da.«

»Wievielmal pro Tag bringst du diesen ollen Kalauer denn an?« Sie schaffte tatsächlich ein klägliches Grinsen.

Der Tankwart grinste zurück. »Wer läßt denn hier schon den Reifendruck prüfen?« Er tat es trotzdem, fand ihn in Ordnung und kassierte das erhoffte Trinkgeld. »Merci vielmals, gute Fahrt.«

»Noch eine knappe Stunde bis Basel, und von da noch zweieinhalb bis nach Hause. Zum Kaffeetrinken müßten wir dort sein«, rechnete Steffi, »dann zwanzig Minuten ausräumen, anschließend saubermachen – zu viert könnten wir das in längstens einer Stunde hinkriegen –, danach noch einmal sechzig Minuten bis Heppenheim ... also spätestens um Mitternacht kann ich den Wagen abliefern. Bis dahin ist er ja bezahlt.«

Steffis Milchmädchenrechnungen kannte ich, die stimmten nie. »Erstens weißt du nicht, ob wir nicht in einen Stau kommen, zweitens können nicht vier Leute gleichzeitig den Wagen schrubben, da tritt einer dem anderen in den Scheuerlappen ...«

»Wieso denn? Einer putzt draußen die Fenster, der andere drinnen, und wer hinten die Spüle poliert, kommt dem vorne in der Fahrerkabine auch nicht ins Gehege.«

»... drittens wissen wir noch gar nicht, ob die Zwillinge schon da sind, und viertens laß uns erst mal zu Hause sein, dann sehen wir weiter.«

Sie gab sich zufrieden.»Ich rufe nachher in Heppenheim an und frage, ob ich Papiere und Zündschlüssel eventuell in den Briefkasten schmeißen kann, falls es zu spät wird.«

Über einen kleinen Umweg, der uns auf direktem Weg zum Gotthard-Paß geführt hätte, erreichten wir die deutsche Grenze und wurden gleich durchgewinkt. »Siehste, wir hätten doch Zigaretten ...«

»Wer sagt denn, daß wir keine haben?« Triumphierend zog Steffi drei Stangen ihrer Lieblingsmarke unter dem Sitz hervor. »Habe ich vorhin gekauft, als du noch das Essen bezahlt hast.«

»Weshalb hast du nichts davon gesagt?«

»Weil man dir sofort ansieht, wenn du ein schlechtes Gewissen hast.«

Ein paar Kilometer kamen wir zügig voran, dann nahm Steffi

den Fuß vom Gas. »Wir sind wieder im Land der zwei Jahreszeiten: Winter und Baustellensaison.«

Den ersten Stau hatten wir nach zwanzig Minuten überwunden, der zweite dauerte schon wesentlich länger, und im letzten hingen wir bis zur Abfahrt Bad Randersau. Da war es kurz vor sieben und Zeit zum Abendessen.

Kaum war die stürmische Begrüßung etwas abgeflaut, da stürzte Steffi ans Telefon. »Wie ist die Vorwahl von Heppenheim?«

Katja blätterte schon – »0 62 52«.

Ich mußte inzwischen den aufgeblühten Flieder im Garten bewundern, der bei unserer Abfahrt noch nicht mal Knospen gehabt hatte, und Vickys selbstgestrickten Pullover, den sie irgendwann im vergangenen Sommer angefangen und nun endlich fertig gekriegt hatte, mußte Sascha erläutern, weshalb wir nicht die Lavendelfelder von Grasse besucht hatten, mußte Otto beruhigen, der vor lauter Freude über sein wiedergefundenes Zuhause quiekend durch die Gegend tobte, mußte Kaffee trinken und Marmorkuchen essen und bekam gar nicht mit, daß Steffi in der Küche auf dem Boden saß und lachte, bis ihr die Tränen aus den Augen liefen.

»Määm, komm doch mal!« Nickis Stimme klang richtig besorgt. »Ich weiß nicht, was sie hat. Dreht sie jetzt durch?«

Unmöglich war das nicht. Immerhin hatte sie in den letzten drei Wochen fast viertausend Kilometer lang hinter dem Steuer gesessen, einen nicht geringen Teil davon gestern und heute. Wahrscheinlich löste sich jetzt die Anspannung. »Nun beruhige dich erst einmal, und steh vor allen Dingen auf. Komm, ich helf dir.«

»Laß mich, ich kann nicht mehr«, japste sie, von einem neuen Lachanfall geschüttelt, »du weißt ja noch nicht, was mir der Hollreiner eben am Telefon gesagt hat.«

»Was denn?«

»Wir müssen … hahaha … müssen den Wagen … hihihi …«

»Was ist denn nun mit dem Wagen?«

»Den brauchen wir erst *morgen* abend zurückzugeben. Ich hab' mich im Datum geirrt.«

Nun mußte ich mich auch hinsetzen. »Du bist ein Trottel«, war alles, was mir dazu einfiel. Dann gelobte ich feierlich, meinen nächsten Urlaub wieder als Pauschalreise zu buchen mit Hotelzimmer und drei Mahlzeiten am Tag. Am besten auf einer Insel, wo ich nicht Auto fahren mußte. »Wann ist die beste Zeit, nach Tahiti zu fliegen?«

»Jederzeit zwischen einundzwanzig und fünfundvierzig«, sagte Sascha.

»Ich glaube, das mußt du noch zurückstellen.« Rolf reichte mir einen schon geöffneten Briefumschlag. »Der ist vorige Woche per Einschreiben gekommen, deshalb habe ich ihn aufgemacht. Es hätte ja etwas Wichtiges sein können«, entschuldigte er sich.

Der Absender war ein bekannter Getränkehersteller. »Was wollen die denn von mir? Ich trinke das Zeug doch nie.« Neugierig faltete ich den Briefbogen auseinander. Bei der Postkartenaktion, an die ich mich schon gar nicht mehr erinnern konnte, hatte ich den dritten Preis gewonnen: Ein Wochenende in Monte Carlo einschließlich Besuch des Spielkasinos.

»Neeeiiin!!!«

# DOROTHY GILMAN

# Mrs. Pollifax auf Safari

*Für Marjorie Bell Fritz*

*Ich danke Mr. Xen Vlahakis und Mrs. Jeanne Harris vom sambischen Fremdenverkehrsverein in New York für ihre großzügige Hilfe. Sie stellten mir Informationsmaterial über Sambia zur Verfügung. Dies betrifft nicht die Moses Msonthi-Schule, die von mir frei erfunden wurde.*

# 1

Es war gerade erst acht Uhr morgens, als der Telefonanruf aus Algier kam, aber Carstairs saß schon an seinem Schreibtisch im Hauptquartier des CIA in Langley, Virginia. Mit der linken Hand setzte er ein Tonbandgerät in Gang, mit der rechten klingelte er nach seinem Assistenten, während er mit zusammengekniffenen Augen lauschte. An einer Stelle unterbrach er. »Würden Sie das bitte wiederholen?«

Er kritzelte ein paar Worte auf ein Blatt Papier. Als Bishop ins Büro gestürzt kam, war das Gespräch gerade zu Ende.

»Verzeihung«, sagte Bishop atemlos. »Ich war im Waschraum, Sir. Hab' ich was versäumt?«

»Es ist Ihr gutes Recht, in den Waschraum zu gehen«, erwiderte Carstairs vorwurfsvoll, »aber Sie haben einen wichtigen Anruf aus Algier verpaßt. Vielleicht – ich sage vielleicht – ist soeben das allererste Flüstern von einer Aufklärung in der Aristoteles-Affäre an unser Ohr gedrungen.«

Ungläubig starrte Bishop ihn an. »Nach so vielen Monaten?«

»Möglich wäre es. Erinnern Sie sich an den Stoffladen in Algier, den die Abteilung Davis überwachen ließ? Die Sache mit den gestohlenen Banknoten, Sie wissen doch ... Also Bennet hatte ein paar Telegramme fotografiert, die über Nacht auf einem Schreibtisch liegengeblieben waren, und kam zu dem Schluß, daß eines davon uns sehr interessieren würde. Heller Bursche, dieser Bennet. Die Telegramme waren in französisch und arabisch abgefaßt, und er ist gerade erst mit der Übersetzung fertig geworden.« Carstairs begann das Band abzuspielen. »Hören Sie«, sagte er und machte Bishop ein Zeichen, mitzustenografieren.

Beide lauschten aufmerksam Bennets nasaler Stimme: »Die Originalmitteilung lautet folgendermaßen: ›Bestätigen Bestellung von siebzig Meter schwarzer Aristotelesseide für Sambia, drei Ballen Baumwolle zum Kafue-Nationalpark, zwei Ballen Chunga-Musselin, zehn Meter Chintz-Muster, Fünf-Tage-Safari, Liefertermin neunten Juni wiederholen und bestätigen Auftrag. Chabo.‹« Carstairs stellte das Tonbandgerät ab.

»Schön«, sagte Bishop verdutzt. »Kommt noch was?«

»Ja, wenn Sie das aufgeschrieben haben.« Carstairs drückte den Knopf, und die Stimme begann von neuem.

»Wenn man die Füllwörter aus der Stoffbestellung entfernt und die übliche Dechiffriertechnik anwendet, lautet die Mitteilung: ›Bestätigen Aristoteles für Sambia, Kafue-Nationalpark, Chunga Fünf-Tage-Safari am neunten Juni wiederholen und bestätigen Auftrag. Chabo.‹«

»Sehr schön«, sagte Bishop gefühlvoll.

»Geht mir auch zu Herzen«, meinte Carstairs.

»Aristoteles.« Bishop wiegte sinnend den Kopf. »Ich hatte wirklich schon angefangen, den Mann für unsichtbar zu halten, wissen Sie. Diese Morde, und nie hat ihn jemand in der Menge gesehen oder eine Beschreibung geliefert. Wie macht er das nur?«

»Wir haben vier Monate gebraucht, um lediglich zu erfahren, daß er einen Decknamen hat, und er ist immer noch der gesichtslose, namenlose Mr. X.«

»Er mag ja im Ruf stehen, unsichtbar zu sein«, sagte Carstairs, »aber ein Geist ist er nicht, verdammt nochmal.« Er holte aus seiner Schreibtischschublade einen Atlas und einen Stapel Landkarten und begann zu blättern. »Schließlich mußte ja mal *jemand* durch uns zugängliche Kanäle auf ihn aufmerksam machen, und es ist nicht ausgeschlossen, daß endlich, endlich ...« Er schob den Atlas beiseite und begann die Karten durchzusehen. »Hier haben wir's«, sagte er plötzlich. »Sehen Sie sich das an. Eine detaillierte Karte vom südlichen Zentralafrika.«

Beide Männer beugten sich über die Karte von Sambia, und Carstairs deutete auf einen bestimmten Punkt. »Hier ist der Kafue-Nationalpark, 22 400 Quadratkilometer groß. Beachten Sie die Namen der Safaridörfer.«

Bishop las vor: »Ngoma, Moshi, Kafwala und Chunga.« Er warf einen Blick auf Bennets Text. »Zum Kafue-Park Chunga.« Er nickte. »Safaridorf Chunga heißt das also. Muß schon sagen, es ist ein besonderer Tag, wenn uns etwas so sauber in den Schoß fällt.«

»Noch hat es das nicht getan«, bremste Carstairs ihn, »aber die Möglichkeit besteht.« Er lehnte sich zurück und sagte nachdenklich: »Ein paar Dinge wissen wir über unseren geheimnisvollen Aristoteles. Vor allem, daß er für Geld alle Aufträge ausführt und sich dem verdingt, der den höchsten Preis bietet. Denken Sie an seine Opfer: Malaga war ein liberaler Politiker in Costa Rica, und Messague in Frankreich war Kommunist. Dann war da dieser Brite, Hastings, der in Irland mit seinen Verhandlungen erste Erfolge hatte, als er ermordet wurde, und der Oberst in Peru, der eine absolut unabhängige Politik betrieb. Und dann natürlich unser Agent Pete«, sein Gesicht wurde hart. »Unsere Agenten mögen heutzutage Freiwild sein, aber kein Mensch verdient erschossen zu werden, wenn er mit seiner Braut am Arm aus der Kirche kommt.«

»Richtig, Sir«, sagte Bishop. »Dennoch.«

»Stört Sie da etwas?«

»Sehr sogar«, sagte Bishop stirnrunzelnd. »Die Safari! Was soll ein Mörder auf einer Safari?«

»Wir wissen ferner«, fuhr Carstairs fort und schien Bishops Einwand zu überhören, »daß Aristoteles einen unwahrscheinlichen Instinkt hat, wenn es ums Überleben geht, und daß er ein ausgemachter Einzelgänger ist, sonst hätte längst schon jemand den Mund aufgemacht. Sagen Sie, Bishop«, er deutete mit dem Bleistift auf seinen Assistenten, »wenn Sie Aristoteles wären, wie würden Sie Ihre Geschäfte abschließen? Wie würden Sie mit Ihrem nächsten Auftraggeber in Verbindung treten?«

»Wie würde ich«, Bishop überlegte eine Weile schweigend. »Russisches Teehaus? Türkisches Bad? Eine Seilbahn in den Schweizer Alpen? Ich weiß, worauf Sie hinauswollen, Sir. Heikel ist das. Sehr heikel und ein womöglich riskanteres Unternehmen, als die Politiker dann wirklich zu erschießen.«

»Richtig. Genau das ist es, was mich sehr ermutigt. Verdammt gescheite Idee, eine Safari zu wählen, eine Safari ist wie gemacht für ein Rendezvous. Er bekommt Gelegenheit, seinen möglichen

Auftraggeber in Augenschein zu nehmen, ehe er sich selbst zu erkennen gibt. Und die Safari verschafft ihm massenhaft Zeit, um die Bedingungen auszuhandeln. Und wo gäbe es eine bessere Tarnung als in einer kleinen Gruppe, die durch den einsamen Busch zieht. Der Mann hat entschieden Sinn fürs Künstlerische.«

»Sie malen ja fast sein Porträt.«

»Muß man«, erklärte Carstairs, »und dann hineinkriechen und erraten, was er als nächstes vorhat, und dann haben Sie Ihren Mann so gut wie sicher, Bishop.«

»Arbeiten wir mit Interpol zusammen?«

»Nein, auf keinen Fall. Zuerst schicken wir einen von unseren eigenen Leuten auf die Safari. Wenn wir diesen Aristoteles identifizieren können, erfahren, wie er aussieht, herausfinden, woher er kommt ...«

»Nicht festnehmen?« Bishop war erstaunt.

Carstairs sah ihn belustigt an. »Mein lieber Bishop, sollen wir denn die Republik Sambia freundlichst ersuchen, auf der Safari vom nächsten Montag jedermann zu verhaften? Und was sollen wir als Grund angeben? Nein, nein, das schreit doch nach einer richtig altmodischen Beweissammlung, und unterschätzen Sie das nicht.«

»Habe ich nie getan, Sir«, sagte Bishop bescheiden.

»Tatsächlich, wenn Sie die Weltbevölkerung in diesem Augenblick betrachten«, erklärte Carstairs, »dann verstehen Sie, in welchem Maße es den Kreis der Verdächtigen einengt, wenn Aristoteles nächsten Montag im Kafue-Park auftaucht, und wir von jedem einzelnen Safariteilnehmer Fotos machen. Statt nach einer Nadel im Heuhaufen zu suchen, haben wir Fotos von vielleicht einem Dutzend Leuten, die sieben und durchleuchten wir. Bei unsichtbaren Menschen wirkt Belichtung Wunder. Und den Rest kann Interpol dann übernehmen. Der wievielte ist heute?«

»Der erste Juni.«

Carstairs nickte. »Aha. Dann bleibt uns kaum Zeit, den richtigen Agenten zu finden und ihn vor dem neunten nach drüben zu schicken. Fragen Sie den Computer, Bishop, ja? Wir wollen die Möglichkeiten durchgehen.«

»Dauert nur eine Minute, Sir.« Bishop ging in das kleine Nebenzimmer, wo die Maschine stand, die sie das Wundertier nannten. Er drückte *Meisterliste,* gab als Daten *Afrika, Sambia* und *Touristen* ein, spielte mit allerlei Knöpfen und rief seinen Vorgesetzten. »Hier haben Sie die Listen, Sir, von A bis Z.«

»Erinnert mich immer an ein Orchestrion«, brummte Carstairs, als er auf den Bildschirm mit seinen Myriaden blitzender Lichter starrte, und dann sagte er: »John Sebastian Farell! Was zum Teufel hat der auf dieser Liste zu suchen, wenn er seit drei Jahren nicht mehr für uns gearbeitet hat?«

Bishop, dessen Gedächtnis es mit jedem Computer aufnehmen konnte, sagte: »Moment mal ... Na ja, es ist zwar nur eine Vermutung, Sir, aber – in seinem Kündigungsschreiben, das – wenn ich mich recht erinnere, auf ein Stück Einwickelpapier gekritzelt war – hat er geschrieben, er wäre ab nach Afrika, um seine Seele zu retten, oder so was Ähnliches, und wir könnten alles Geld, das er von uns zu bekommen hätte, auf Barclays Bank in Lusaka überweisen.«

Carstairs runzelte die Stirn. »Schrieb irgend etwas von reinerer Luft und reinerem Leben, war's nicht so? Aber das erklärt noch nicht, was er auf der Agentenliste des Computers zu suchen hat.«

»Ein Irrtum, nehme ich an.« Bishop ging zum Telefon, wählte und rasselte Fragen herunter. Mit zufriedener Miene legte er nach einer Weile auf. »Hab' die Buchhaltung angerufen, Sir. Sie sagen, sie überweisen Farrells Rente per Scheck nach Sambia, und das wird der Computer aufgefangen haben. Tut ihnen sehr leid, und sein Name wird sofort entfernt werden.«

»Er ist also noch dort? Die Schecks werden eingelöst?«

»Sagen sie.«

»Ich kenne Farrell aus unserer gemeinsamen Zeit beim Geheimdienst«, sagte Carstairs nachdenklich. »Fünfzehn Jahre lang hat er für diese Abteilung gearbeitet. Aber warum kann ich eigentlich nicht an ihn denken, ohne daß mir Emily Pollifax einfällt?«

Bishop lachte. »Das war ihr erster Auftrag, nicht wahr? Nachdem sie in Masons Büro aufgekreuzt war und so naiv nach einer Beschäftigung als Spionin gefragt hatte. Sie hatten gerade nach einem vertrauenerweckenden Großmuttertyp für Ihre Kurieraufgabe gesucht und nahmen sie. Als dann die Hölle losbrach, dachten Sie ...«

»Ich weiß, was ich dachte«, unterbrach ihn Carstairs. Plötzlich mußte er grinsen. »Wissen Sie noch, Bishop? Als alles vorbei war, haben sie hier in diesem Zimmer gesessen, Farrell sah mit seinem Verband aus wie der Tod persönlich, und Mrs. Pollifax in dieser albanischen Ziegenhirtenaufmachung – sie waren gerade aus der Adria gefischt worden, und ich hatte beide schon aufgegeben – und dann saß sie da und holte Kaninchen aus ihrem Hut ...«

»War es nicht ihr Unterrock, Sir?« sagte Bishop lächelnd.

»Und es zeigte sich, daß eine absolute Amateurin, eine Witwe aus New Brunswick, sämtliche Profis hinters Licht geführt hatte.« Carstairs wurde ernst und sagte unvermittelt: »Natürlich brauchen wir Mrs. Pollifax.«

Bishop war entsetzt. »Um sich mit einem kaltblütigen Killer anzulegen?«

»Das hat sie früher schon getan«, erklärte Carstairs, »aber diesmal braucht sie sich mit niemandem anzulegen, sie braucht nur Fotos zu schießen. Die meisten Safaris sind heutzutage Foto-Safaris, gejagt wird da nicht mehr, und bestimmt schleppt jeder Teilnehmer eine oder mehrere Kameras mit sich herum.«

»Mag sein«, gab Bishop widerwillig zu, lächelte dann aber wieder und fuhr fort, »allerdings wäre sie wie geschaffen dafür. Gescheit, natürlich – ein Mensch, dem jeder vertraut ... Meinen Sie, Aristoteles würde ihr auch vertrauen?«

Carstairs warf ihm einen säuerlichen Blick zu. »Machen Sie keinen Versuch, naiv zu sein, Bishop.« Und als sein Auge die Uhr streifte, fuhr er fort: »Sie braucht eine Gelbfieberschutzimpfung, und jemand muß ein paar Fäden ziehen, damit sie schnellstens ein Visum bekommt. Sollte diese Safari ausgebucht sein, müssen wir weitere Fäden ziehen, wenn auch gottlob Anfang Juni Afrika noch nicht Saison hat, Bishop.«

Bishop seufzte. »New York vermutlich?«

»Richtig. Nehmen Sie das nächste Flugzeug, und kurbeln Sie die Sache an. Die Sambische Fremdenverkehrszentrale ist in der

58. Straße, desgleichen die Botschaft, die das Visum ausstellen wird. Während Sie wegen einer Flugreservierung telefonieren, rufe ich Mrs. Pollifax an und frage nach, ob sie das übernehmen kann. Hoffen wir es«, sagte er inbrünstig. »Wenn Sie die Sache in New York erledigt haben, können Sie nach New Jersey fahren und sie informieren.«

»Gut. Oh, nebenbei«, sagte Bishop und blieb an der Tür stehen, »falls sie zur Verfügung steht, soll ich dann erwähnen, daß Farrell in Sambia ist?«

Carstairs überlegte. »Ich glaube schon. Sollten die beiden sich – was der Himmel verhüten möge – zufällig zur unrechten Zeit über den Weg laufen, dann könnte das unser ganzes Unternehmen verderben.« Nach kurzem Zögern fügte er hinzu: »Warten Sie einen Augenblick.« Er lächelte beinah mutwillig, als er fortfuhr: »Ich werde sogar noch weitergehen. Bitten Sie sie, Farrell anzurufen, wenn sie nach Lusaka kommt. Er muß im Telefonbuch stehen. Für ein Wiedersehen vor ihrer Safari wird vermutlich keine Zeit sein, aber hinterher könnten sie sicher zusammenkommen.«

Bishop sah ihn neugierig an. »Ist das nicht ein bißchen ungewöhnlich?«

»Höchst ungewöhnlich«, gab Carstairs zu, »aber schlau eingefädelt. Ich möchte wissen, wie es unserem alten Freund Farrell geht. Zum Teufel, Bishop, mir fehlt der Mann«, sagte er ungehalten. »Ich kann Ihnen aus den letzten drei Jahren ein Dutzend Aufträge aufzählen, die er alle besser ausgeführt hätte als irgend jemand sonst. Als Pensionär muß er sich zu Tode langweilen.«

»Nicht ausgeschlossen«, meinte Bishop.

»Natürlich ist es nicht ausgeschlossen. Also sorgen Sie dafür, daß sie zeitig nach Lusaka kommt, und geben Sie ihr den festen Auftrag, ihn aufzusuchen, ehe sie losflattert und jedermann auf der Safari fotografiert. Gehen Sie jetzt, und lassen Sie mich Mrs. Pollifax festnageln, ehe sie uns durch die Finger schlüpft.«

In diesem Augenblick stand Mrs. Pollifax mitten in ihrem Wohnzimmer und übte die Karate-Grundposition. Man konnte nie zu gut vorbereitet sein, fand sie, und berichtigte ihre Haltung, so daß ihr Gewicht gleichmäßig auf beide Füße verteilt war. So! Jetzt ballte sie beide Hände zur Faust und versuchte einen schnellen horizontalen Schlag. Mehr wagte sie nicht zu riskieren. Lorvale, ihr Lehrer, schwärmte augenblicklich für den Angriff mit einem haarsträubenden *Ki-ay*-Schrei, aber wenn sie es mit ihren Nachbarn nicht verderben wollte, unterließ sie das besser.

Das Telefon klingelte. Mrs. Pollifax löste sich widerwillig aus ihrer Stellung und nahm den Hörer ab. Eine gedämpfte Stimme sagte: »Bleiben Sie bitte am Apparat.« Und dann kam eine vertraute Stimme: »Hier ist Carstairs, Mrs. Pollifax, könnten Sie am kommenden Wochenende nach Afrika reisen?«

Daß Karate wirklich nützlich war, wurde Mrs. Pollifax in diesem Augenblick klar: Carstairs reichlich überraschendes Ansinnen brachte sie durchaus nicht aus dem Gleichgewicht. »Ja, ich glaube schon«, sagte sie. »Wie geht es Ihnen, Mr. Carstairs?«

»Zuwenig Personal und zuviel Arbeit«, antwortete er kurz. »Sie haben ja gesagt?«

»Es ist mir entschlüpft«, sagte sie, »aber wenn ich jemand finde, der meine Geranien gießt, ja, dann könnte ich dieses Wochenende nach Afrika fahren.«

»Dann fangen Sie gleich mit dem Suchen an«, sagte er mit einer etwas weniger angespannten Stimme. »Aber es darf nicht Stunden dauern, weil Bishop schon unterwegs nach New York ist oder es zumindest in ein paar Minuten sein wird. Er arrangiert alles für Sie. Wer ist Ihr Arzt?«

Verblüfft nannte sie den Namen.

»Gut, Bishop besucht Sie. Irgendwann zwischen eins und zwei?«

»Jederzeit.« Sie legte auf und begann im selben Augenblick zu spüren, wie ein nervöser Schauer ihre Wirbelsäule Zentimeter um Zentimeter überlief bis in die Zehenspitzen. Was war denn in sie gefahren, ja zu sagen? Keinesfalls konnte sie nächstes Wochenende nach Afrika fliegen, die Idee war einfach absurd. Afrika lag auf der anderen Seite der Erde, und auf eine solche Reise bereitete man sich sorgfältig vor, teilte sie seinen Freunden mit, las Reiseführer und legte Listen an, damit man nichts vergaß.

So reiste ihre Nachbarin, Miß Hartshorne, und im Augenblick fand Mrs. Pollifax diese aufwendige Art vernünftig.

Dann aber fiel ihr ein, daß sie bei anderen Gelegenheiten genau dasselbe empfunden hatte: wenn nämlich ihre stille Welt mit Carstairs rauher und gefahrvoller zusammengestoßen war, und nachdem sie sich das eingestanden hatte, erinnerte sie sich an frühere Abenteuer. Wunderbarerweise war sie immer noch am Leben, frisch und munter, und ihr Leben war um Dimensionen erweitert worden, die sie in seltenen Augenblicken zum Kichern brachten, wie damals zum Beispiel, als im Gartenklub ein preisgekrönter Colin-Ramsey-Film über die Türkei gezeigt wurde, und sie zwei Frauen in Schleier und Pluderhose, die aus einem Brunnen Wasser heraufzogen, wiedererkannt hatte.

Diesmal also Afrika.

Sie sprach es laut vor sich hin – »Afrika« –, und beim Klang dieses Wortes begann ihr Herz schneller zu schlagen, und sie bemerkte, daß sie lächelte. Der Schwarze Kontinent. Tarzan. Ihr fiel ein, daß sie ihren Sohn Roger, als er noch klein war, in jeden Tarzanfilm mitgenommen hatte, der ins ›Rivoli‹ kam, und als sein Geschmack zu Rita Hayworth abgewandert war, hatte sie sich Tarzan allein angesehen, begeistert von den Tieren, dem dampfenden Urwald, vergifteten Pfeilen und dem Brüllen der Löwen ... Löwen! Bei diesem Gedanken holte sie tief Atem. Auch für den Fall, daß Carstairs sie ins Gewühl einer Stadt schickte, mußte sie eine Gelegenheit finden, Löwen zu sehen. Löwen *mußten* sein!

Wie eintönig ihr Leben in letzter Zeit geworden war, dachte sie, und wie aufregend der Gedanke, daß sie Afrika sehen sollte. Plötzlich fand sie, daß sie noch eine Unmenge zu tun hatte. Sie mußte alle Artikel in der *Nationalen Geographie* durchsehen und dann das ganze Material über Wildschutz in ihrer Schreibtischschublade studieren.

Schuldbewußt fuhr sie hoch. Es war neun Uhr und das Frühstücksgeschirr noch nicht abgewaschen. In wenigen Stunden kam Bishop. Ob er wohl immer noch für Schokoladeneclairs schwärmte? Auf der Stelle mußte sie zu Mr. Omelianuks Delikatessenladen gehen. Sie schlüpfte in ihren Mantel, steckte ihr Haar unter einen Schlapphut aus Stroh und verließ das Haus.

Es war ein leuchtender Junimorgen, aber nichtsdestoweniger ging sie vorsichtig und bedächtig; mochte der Weg unter ihren Füßen asphaltiert, mochten ihre Augen von der Strohkrempe beschattet sein, im Geiste trug Mrs. Pollifax einen Tropenhelm und bewegte sich lautlos durch hohes Gras, die Ohren gespitzt, den Trommeln der Eingeborenen lauschend.

## 2

Punkt zwei Uhr erschien Bishop, und obwohl er gehetzt wirkte, hatte er nichts von seiner unbekümmerten Art verloren, was – wenn man bedachte, daß er seit Jahren Carstairs Assistent war – Mrs. Pollifax immer in Erstaunen setzte.

»Warum werden Sie eigentlich nicht älter?« fragte sie vorwurfsvoll, als sie ihm den Mantel abnahm. »Sie sehen immer gleich aus, das beunruhigt mich geradezu.«

»Sie auch«, versicherte er ihr galant und küßte sie auf die Wange, »aber was mich angeht, so *weiß* ich, daß ich älter werde, weil mein Schwung nachläßt, und wenn Carstairs wütend auf mich ist, dann spüre ich manchmal einen unwiderstehlichen Drang zu weinen. Gilt das mir?« fragte er und blickte fasziniert auf den Wohnzimmertisch, der mit einem Damasttischtuch, Teekanne mit Tassen aus geblümten Haviland und Gebäck gedeckt war.

»Eigens für Sie. Nehmen Sie bitte Platz. Fünf Eclairs sind da.«

»Ich zähle sechs.«

»Eins ist für mich«, erklärte sie vorwurfsvoll.

»Vermutlich haben Sie zuwenig Personal und sind wegen der Untersuchungen, die der Kongreß vergangenes Jahr angestellt hat, so überarbeitet? Erschreckend waren sie, das muß ich sagen. Selbst *Sie* brauchen Kontrollen und Überwachung, das wissen Sie.«

»*Wir* werden und wurden nicht untersucht«, sagte er, setzte sich und nahm ein Eclair. »Carstairs hat mich beauftragt, Ihnen mit aller Deutlichkeit zu sagen, daß seine Abteilung in all ihren Unternehmungen gewissenhaft bis zum Tz geblieben ist.« Er zögerte und sagte dann trocken: »Wenigstens so gewissenhaft, wie man es von uns erwarten kann, da unser Geschäft darin besteht, mit ruchlosen Mitteln Erkundigungen zu beschaffen, lästigen Personen eins auf den Deckel zu geben und uns anderen interessanten Gaunereien zu widmen.«

Da Mrs. Pollifax sich gewisser Personen erinnerte, denen sie ihrerseits eins auf den Deckel gegeben hatte, enthielt sie sich jeden Kommentars. Es war nur eine ganz bescheidene Zahl gewesen, natürlich, aber sie war sicher, daß weder ihr Gartenklub noch ihr Pfarrer ihr Verhalten gebilligt hätten. Sie goß Tee ein und bemerkte, daß Bishop schon sein zweites Eclair verschlang. »Sie haben nicht zu Mittag gegessen?«

»Ihnen kann nichts verborgen bleiben«, sagte er und schluckte. »Carstairs hat mich um dreiviertel neun mit tausend Aufträgen losgeschickt, und jetzt müssen Sie Ihren Teil tun. Er hat Ihnen wohl noch nichts gesagt?«

»Nichts, außer daß es Afrika ist.«

»Er will Sie auf Safari schicken.«

»Auf Safari!« Völlig perplex starrte Mrs. Pollifax ihn an. »Safari?« wiederholte sie ungläubig.

Bishop beobachtete, wie ihre Augen fast unmerklich abschweiften, als starrte sie auf etwas Unsichtbares, das sehr weit weg lag. In der Tat sah sie aus, als werde sie von einer beseligenden Vision heimgesucht, und da er verstand, was in ihr vorging, schüttelte er den Kopf. »Nein, Mrs. Pollifax«, sagte er bestimmt, »in Afrika werden keine Tropenhelme mehr getragen.«

Sie verzieh ihm die hinterhältige Bemerkung, wenn auch nicht ohne einen empörten Blick, und sagte mit Würde: »Ich gehe mit Begeisterung auf Safari, mit und ohne Tropenhelm. Aber warum? Es muß doch etwas dahinterstecken?«

»Natürlich. Es ist eine ganz besondere Safari, die am kommenden Montag zum Kafue-Nationalpark in Sambia aufbricht. Sambia liegt, wie Sie vielleicht wissen, im südlichen Zentralafrika und hieß, ehe es 1964 unabhängig wurde, Nordrhodesien. Sie können alles darüber lesen, denn ich habe Ihnen einen Haufen Broschüren mitgebracht. Es ist für Safaris wie geschaffen, vielleicht nicht so bekannt wie Kenia oder Tansania, wird aber zur Zeit entdeckt. Es ist von Touristen nicht so überlaufen, ist natürlicher und unverdorbener geblieben. Tatsächlich ist der Kafue-Nationalpark einer der größten Wildparks der Welt – halb so groß wie die Schweiz –, und natürlich liegen auch die Victoria-Fälle in Sambia.«

»Natürlich«, sagte sie, »und der Präsident von Sambia, Kenneth Kaunda, war kürzlich in Washington.«

Das beeindruckte ihn sichtlich. »War mir entfallen«, sagte er. »Nun ja, wir möchten, daß Sie sich dieser Safari anschließen, Bekanntschaften machen und jeden Ihrer Reisegefährten knipsen, entweder offen oder heimlich.«

»Und das ist alles?« fragte Mrs. Pollifax verdutzt.

»Glauben Sie mir, es ist schrecklich wichtig«, erklärte ihr Bishop. »Wir brauchen über jeden Teilnehmer Beobachtungen und schriftliche Berichte, und dazu ist jemand nötig, der immer schon von einer Safari geträumt hat und dessen höchstes Entzücken eine Löwin im Busch ist; der Vögel und Blumen liebt und der – natürlich – das Knipsen einfach nicht lassen kann. Im Ernst«, sagte er lächelnd, »ich möchte Ihnen zureden, eine Unmenge Schnappschüsse von Ihren Enkelkindern mit sich zu führen, und falls Sie keine haben, leihen Sie sich welche. Mit einer Kamera können Sie umgehen?«

Sie nickte, und er schnitt das geheimnisvolle Paket auf, das er mitgebracht hatte. »Hier ist ein sehr guter, ganz normaler Fotoapparat«, sagte er und reichte ihn ihr. »Nichts Besonderes, man kann ihn überall kaufen, leicht zu handhaben und klein genug, um ihn in die Tasche zu stecken. Und hier«, fuhr er fort und brachte ein Schmuckkästchen zum Vorschein, »ist eine andere Art Kamera, falls in der Gruppe jemand kamerascheu sein sollte.«

»*Das* ist eine Kamera?« Mrs. Pollifax hatte das Kästchen geöffnet und starrte auf die darinliegende Brosche. »Das kann doch nicht wahr sein.«

»Bißchen unfein, nicht?« meinte er vergnügt. »Aber Sie müssen zugeben, daß sie nicht wie eine Kamera aussieht.«

»Ganz sicher nicht.« Mrs. Pollifax nahm die Brosche heraus. Sie hatte die Form einer kleinen Uhr und war einschließlich eines Pendels ungefähr sieben Zentimeter lang. An dem Pendel hingen zwei kleine Goldkugeln. Das Zifferblatt bestand aus einer Sonnenblume mit goldenen Blütenblättern, zwei blitzenden Augen, zwei Zeigern in der Mitte und darunter die Andeutung eines lächelnden Mundes.

»Fehlt bloß noch ein Kuckuck«, erklärte Bishop. »Um einen Schnappschuß zu machen, ziehen Sie an dem Kettchen; ein ganz leichter Zug genügt, berühren die Zeiger und transportieren damit den Film weiter für den nächsten Schnappschuß. Das Objektiv befindet sich in den Augen. Reicht für vierzig Schnappschüsse. Die Brosche bringen Sie uns zurück, wir brechen sie auf und nehmen den Film heraus.«

»Genial«, murmelte Mrs. Pollifax und fragte dann mit einem nachdenklichen Blick: »Aber wer wird denn diese Safari mitmachen, Bishop?«

»Es handelt sich um reine Informationsbeschaffung«, versicherte er ihr vergnügt. »Jemand, der uns interessiert, könnte dort auftauchen. Sie wissen ja, wie das ist, ein Gerücht, ein Geflüster ... alles im Namen des Spiels.«

Mrs. Pollifax lächelte milde. »Bisher habe ich noch nicht erlebt, daß Sie sich so vage geäußert haben, Bishop. Im Namen des *Spiels*?«

»Nun ja, *viel* mehr kann ich Ihnen nicht sagen«, erwiderte er aufrichtig, »weil Carstairs es nicht erlaubt. Aber es schadet nichts, wenn ich Ihnen erkläre, daß in den vergangenen sieben Monaten eine Reihe politischer Morde nicht aufgeklärt werden konnte. Am meisten Aufsehen haben die an Malaga in Costa Rica und an Messague in Frankreich erregt.«

Sie nickte.

»Nach Informationen aus der speziellen Unterwelt, zu der wir Beziehungen unterhalten – sie setzt sich aus Kriminellen, Spionen, Informanten usw. zusammen – wurden sie von einem einzelnen Mann mit dem Decknamen Aristoteles begangen. Das ist alles, was wir über ihn wissen, aber uns wurde eine Nachricht zugespielt, aus der wir entnehmen können, daß er ab kommenden Montag an dieser Safari teilnehmen wird und das ist alles, was ich

Ihnen sagen kann.« Sein Gesicht erhellte sich. »Aber etwas anderes kann ich Ihnen mitteilen, was der Computer uns verraten hat, als wir ihm eine Liste mit Leuten für den Auftrag eingegeben haben. Allem Anschein nach befindet sich ein alter Freund von Ihnen in Sambia. Sie kennen ihn sehr gut.«

»Wirklich?«

Bishop grinste. »Möchte ich annehmen, wenn man vierzehn Tage lang in Albanien eine Zelle geteilt hat.«

»Farrell!« sagte Mrs. Pollifax atemlos. »John Sebastian Farrell!«

»Eben der.«

»Aber was macht er in Sambia, und warum arbeitet er nicht mehr für Sie?«

»Wir haben nicht die blasseste Ahnung, was er in Sambia macht«, sagte Bishop, »und er arbeitet nicht mehr für uns, weil er vor drei Jahren in den Ruhestand getreten ist. Alles, was wir wissen, ist, daß seine Pension ...«

»Seine was?«

»Wir zahlen Pensionen«, sagte Bishop, über ihren Gesichtsausdruck belustigt, »und die Zahlungen werden ihm auf Barclays Bank in Lusaka überwiesen. Am besten schreiben Sie sich das auf. Carstairs schlägt vor, daß Sie ihn besuchen, wenn Sie in Lusaka sind, und feststellen, ob wir ihm ebenso fehlen wie er uns. Sicher steht er im Telefonbuch, falls er sich dort niedergelassen hat.«

»Farrell«, sagte Mrs. Pollifax mit leuchtenden Augen. »So ein guter Mensch. Ein Schurke natürlich, aber ich würde ihm mein Leben anvertrauen, wissen Sie. Allerdings«, fuhr sie nachdenklich fort, »nicht das Leben meiner Tochter. Nein, das meiner Tochter entschieden nicht.«

»Mir vertrauen alle Mütter ihre Töchter an«, bemerkte Bishop wehmütig, riß sich dann aber zusammen und öffnete seinen Aktenkoffer. »Es gibt noch eine Menge zu tun. Glücklicherweise hat die Sambische Fremdenverkehrszentrale noch einen Platz für die Safari am nächsten Montag reservieren können. Kafue-Park eröffnet erst diese Woche, die Regenzeit ist gerade zu Ende. Wir hatten somit Glück. Was Ihr Visum angeht, so bedarf es aller Überredungskunst, aber wenn Sie mir Ihren Paß heute nachmittag nach New York mitgeben, wird die sambische Botschaft sofort eins ausstellen und Ihnen per Eilboten zuschicken. Bleibt noch Ihre Impfung gegen Gelbfieber. Ihrem Arzt wird das Serum zugestellt. Sie müssen ihn morgen nachmittag um vier Uhr aufsuchen. Samstagabend fliegen Sie nach London und am Sonntagabend nach Lusaka. Hier sind Ihre Flugtickets. Und hier noch ein paar Schriften und Broschüren über Sambia.« Er legte sie vor sich auf den anwachsenden Stapel und schaute zu ihr auf. »Können Sie mir folgen? Habe ich etwas vergessen?«

»Kleidung«, erklärte Mrs. Pollifax.

Bishop verstand sofort; das war der Grund, warum Mütter ihm vertrauten. »Fahren Sie am Samstag vor dem Abflug zeitig nach New York, wenn es vorher nicht geht. Lange Hosen, eine Buschjacke, einen Pullover, gute Laufschuhe ... Bei Abercrombie, dem Geschäft für Sportmoden, sind Sie an der richtigen Adresse. Und, ach ja, hier sind Ihre Malariatabletten, lieber Himmel, die hätte ich fast vergessen. Beginnen Sie *sofort* mit dem Einnehmen.« Er schaute auf seine Uhr und seufzte. »Hoffentlich ist das alles, ich bin nämlich schon spät dran und muß laufen.«

»O Bishop, schon?«

Er nickte. »Das gehört auch zu den Schattenseiten meines Daseins mit Carstairs, daß ich mich niemals länger als eine halbe Stunde mit jemandem unterhalten kann. Köstliche Schokoladeneclairs«, sagte er inbrünstig, ergriff seinen Aktenkoffer und stand auf. »Jetzt brauche ich Ihren Paß.«

Sie fand ihn in der Schreibtischschublade und gab ihn Bishop. »Ich schicke Ihnen eine Ansichtskarte aus Sambia.«

»Lieber nicht«, sagte er bedauernd. »Machen Sie nur eine Menge Schnappschüsse für uns – von allen Teilnehmern der Safari ohne Ausnahme –, und treffen Sie Farrell und erkunden Sie, ob er sich langweilt. Er hat Sie Herzogin genannt, nicht wahr?«

»Das muß hundert Jahre her sein«, meinte Mrs. Pollifax und folgte ihm zur Tür. »Erinnern Sie sich noch, wie naiv ich war?«

»Nein, wirklich?« meinte Bishop amüsiert. »Na, abgebrüht finde ich Sie auch jetzt nicht gerade, aber man soll die Hoffnung nie aufgeben, nicht wahr? Vergessen Sie die Gelbfieberspritze morgen nicht, und geraten Sie bloß nicht unter die Räder, hören Sie?«

»Natürlich nicht«, versicherte sie ihm und sah zu, wie er den Flur entlang zum Aufzug eilte. Als er verschwunden war, ging sie ins Wohnzimmer zurück, und beim Gedanken an den Beginn dieses Tages nahm sie schwermütig die Karate-Grundposition wieder ein. Inzwischen war so vieles anders geworden, daß sie, als sie die Luft mit einem horizontalen Hieb durchschnitt, ein leises *Ki-ay* versuchte. Aber das erwies sich als unbefriedigend. So schöpfte sie tief Atem, raffte sich auf und rief triumphierend: »*Ki-ay!*«

## 3

Am Samstag brach Mrs. Pollifax frühzeitig nach New York auf und verbrachte den Nachmittag vor dem Abflug bei Abercrombie & Fitch. Sie triumphierte, weil sie einen neuen Reisehut entdeckt hatte. Es war kein ausgesprochener Tropenhelm, sah ihm aber so merkwürdig ähnlich, daß sie ihre Enttäuschung schnell verwand. Es war ein weißer, rund gewölbter Strohhut mit einer einzigen roten Feder, die hinten befestigt und über den Kopfteil bis zu der kleinen Krempe vorn geführt war. Dort wurde sie durch eine Klemme gehalten. Die schmale rote Linie milderte die Strenge des Hutes und verlieh ihrem zwei Jahre alten blau-weiß gestreiften Kostüm einen verwegenen Pfiff.

Sie war in keiner Weise auf Abercrombie vorbereitet gewesen. Gewiß hatte sie ein- oder zweimal aus Neugier den Kopf zur Tür hereingesteckt, aber nie vorher das Geschäft unter dem Aspekt einer bevorstehenden Safari betreten. Nun, durch die neue Situation befugt, verlor sie alle Hemmungen, besonders nachdem sie entdeckt hatte, daß sie wegen der im Winter verlorenen fünf Pfund unerwarteterweise in eine Hose Größe vierzig paßte.

Innerhalb einer halben Stunde hatte sie ihre Garderobe beisammen: Zwei Paar lange Khakihosen samt einer Buschjacke, einen dicken Rollkragenpullover und eine lange, blaßblaue Strickjacke mit Gürtel. Das alles würde in ihrem Koffer Platz finden. Den Rest ihrer schöpferischen Fantasie verwandte sie auf das Zubehör, das sie in Ekstase versetzte. Sofort erlag sie einer riesigen, farbigen Sonnenbrille, die ihr das Aussehen einer Marsbewohnerin verlieh, dann kaufte sie eine Taschenlampe, dazu einen Leuchtstift zum Schreiben im Dunkeln, und nur mit Bedauern entschied sie sich gegen einen Satz Aluminiumschüsseln, die sich so ineinanderschachteln ließen, daß sie in ein flaches Etui paßten. Sie kaufte ein seidenes Halstuch mit sich jagenden Zebras darauf, einen Khakihut und einen Staubschleier, weil ja immerhin die Möglichkeit bestand, daß sie in einen Sandsturm geriet. Sie glaubte mit ihren Einkäufen fertig zu sein – bis sie den Schirm erblickte.

»Er ist ziemlich groß«, erklärte der Verkäufer, der ihr fasziniert zusah. »Es ist nämlich ein Herrenschirm.«

»Ja, aber ist er nicht schön?« fragte sie und betrachtete voller Entzücken seine Regenbogenfarben: violett, blau, grün, gelb, orange und gelbrot.

»Ich glaube, in Sambia ist die Regenzeit vorüber.«

»Richtig«, sagte sie bedächtig. »Aber es ist doch eigentlich eine Sache der Wortwahl, finden Sie nicht?«

»Wie bitte?« fragte er verwirrt.

»Ich meine, einen Regenschirm könnte man genauso gut einen Sonnenschirm nennen. Wenn die Regenzeit vorüber ist, dann scheint die Sonne. Sehr viel Sonne, möchte ich annehmen.«

»Ja«, sagte der junge Mann verblüfft. »Ja, das ist bestimmt richtig. Sonne und Staub.«

Sie nickte. »Und dann habe ich meinen Staubschleier und meinen Sonnenschirm.«

»So ist es«, sagte er, weil er begann, ihre Überlegungen zu verstehen.

»Und wenn man sich in irgend etwas verliebt«, gestand sie, »dann tut es hinterher immer leid, daß man es nicht gekauft hat.«

»Ganz richtig«, erwiderte er herzlich. »Dann müssen Sie ihn natürlich haben.«

Mrs. Pollifax kaufte ihn, was ihr nicht einmal dann leid tat, als er am Flughafen als Waffe klassifiziert wurde, und sie zusehen mußte, wie er während der ganzen Reise Gepäckrutschen hinuntergeworfen wurde. Das war, fand sie, ein geringfügiges Übel, wenn man einen so prächtigen Regenschirm besaß. Oder Sonnenschirm.

Und so flog Mrs. Pollifax an jenem Abend nach London ab, ausreichend geimpft und ausgerüstet mit einem Koffer voller pflegeleichter Sachen und anderer kleiner Schätze. Die prächtigen Magazine lockten sie nicht. Während der Reise holte sie ihr Buch über afrikanische Tiere heraus und las: ›Die Pferdeantilope bietet mit ihrem kraftvollen, massigen Körper, der schwarzweißen Gesichtszeichnung, den starken Hörnern und den langen Ohren ein prächtiges Bild‹, und dann schlief sie ein. Als sie wieder aufwachte, las sie: ›Die Säbelantilope ist tief dunkelbraun, die alten Männchen sind indessen tiefschwarz‹, und wiederum nickte sie ein. Im Londoner Flughafen Heathrow machte sie in einem kleinen Aufenthaltsraum abermals ein Schläfchen, und am Sonntagabend um acht Uhr bestieg sie die Maschine der Sambia-Airways nach Lusaka.

Hier erlebte sie ihre erste Enttäuschung. Da Sambia ein junges Land war, kaum zehn Jahre alt und in schneller Entwicklung begriffen – die Dritte Welt, dachte sie feierlich – hatte sie ein paar exotische Reisegefährten erwartet. Statt dessen fand sie sich zwischen Passagieren wieder, die ihr wie britische Familien auf Urlaubsreise vorkamen mit Babys und kleinen Kindern. Die einzigen Farbtupfer waren die hübschen schwarzen Stewardessen in ihren orangefarbenen Minikleidern.

Halb dösend, halb wachend verbrachte sie die Nacht, entschlossen, den ersten Blick auf Afrika keinesfalls zu versäumen. Als der Tag graute, öffnete sie die Augen und erblickte eine Fläche von Kräuselwolken, der eine hellorangefarbene Sonne entschlüpfte, die wiederum eine sanftrosa Spur hinterließ. Alle Schläfrigkeit verschwand. Voller Freude setzte sie sich auf. Nach und nach wurden die Wolken lichter und lösten sich schließlich auf, die Sonne tauchte den Himmel in warmes, helles Licht, Mrs. Pollifax schaute aus ihrem Fensterchen nach unten: sie sah Afrika.

Endlich Afrika, dachte sie, und durchaus kein schwarzer Kontinent. Aus dieser Höhe sah es aus, als sei die Erdoberfläche abgeschält, zu einer trüb orangefarbenen Kruste verkocht und dann mit grünen Flechten dünn besprenkelt worden. Am sonderbarsten aber waren die hier und da auftauchenden Erderhebungen. Wirklich, dachte sie, die sehen genauso aus wie Blasen in einem dicken Brei, der auf dem Herd blubbert.

Bald wurde das Bild gefälliger, und das blasse, staubige Grün wich einem dichten, mit roten Lehmwegen geränderten Gewebe, wie aus grobem Garn, das sich bis zum Horizont erstreckte. Einmal war sie überzeugt, ein Dorf aus Hütten zu sehen, und sie erschauerte bei der Vorstellung, daß dort unten Eingeborene beim Morgengrauen erwachten, ohne zu ahnen, daß sie vom Himmel auf sie hinunterschaute.

Ein aufregender Gedanke, daß sie auf dieser unter ihr ausgebreiteten Erde landen sollte, und sie begann zu überlegen, was nun vor ihr lag ... In ihrer Handtasche befanden sich Unterlagen, die ihr das Reisebüro in New York zugeschickt hatte, und sie erinnerte sich, daß sie am Flughafen von Lusaka von einem Reiseführer abgeholt und unverzüglich ins Intercontinental-Hotel gebracht werden sollte. In Lusaka sollte sie rund sechs Stunden bleiben (14.30 Uhr Abfahrt vom Hotel nach Kafue-Park). Aber bevor sie am Nachmittag um halb drei zum Kafue-Nationalpark aufbrach, hatte sie die begründete Hoffnung, Farrell wiederzusehen, was ihrer Ankunft einen zusätzlichen Reiz verlieh.

Seit ihrer Abreise aus New York hatte sie sich unaufhörlich Gedanken gemacht, was Farrell wohl in Sambia trieb, und jetzt versuchte sie von neuem, das, was sie von ihm wußte, mit dem Land da unten in Verbindung zu bringen. Als sie Farrell kennenlernte, hatte er in Mexico City eine Kunstgalerie betrieben und auch selber gemalt, hatte aber erwähnt, daß er am Anfang der Revolution für Castro Gewehre geschmuggelt und einmal ein Charterboot aus Acapulco herausgesteuert habe. Irgendwann dazwischen war er auch für Carstairs tätig gewesen. Jetzt lebte er im Ruhestand.

Da Sambia im Binnenland lag, konnte es hier keine Charterboote geben; die sambische Revolution war 1964 beendet worden, also gab es keine Gewehre zu schmuggeln. Was aber mochte Farrell hier gefunden haben? Vielleicht wieder eine Kunstgalerie? Je länger sie diesem Gedanken nachhing, um so besser gefiel er ihr. Natürlich sammelte er primitive Kunst und spezialisierte sich auf Holzschnitzereien, Trommeln und Speere, die er an Touristen verkaufte. Und natürlich malte er auch seine eigenen Bilder, und sie wollte eins kaufen. Ganz bestimmt wollte sie eins kaufen, mit nach Hause nehmen und in ihrer Wohnung aufhängen. Es machte ihr Vergnügen, sein neues Leben in Sambia mit hübschen kleinen Fantasiebildern zu illustrieren, wobei sie auch eine schöne Frau nicht vergaß; denn bestimmt, das spürte sie, gäbe er einen ausgezeichneten Ehemann ab – wie so manche Wüstlinge im Ruhestand –, und vielleicht hatten sie schon ein Kind.

Auf einmal merkte sie, daß das Signal – *Nicht Rauchen – Bitte anschnallen* – schon eine Weile aufgeleuchtet war, und jetzt unterbrach auch eine Stimme ihre Grübeleien und kündigte die bevorstehende Landung an. Mrs. Pollifax schnallte sich fest und versuchte, ihrer Erregung Herr zu werden. Das war nicht leicht. Denn zwei Nächte im Flugzeug und die Ankunft auf einem neuen Kontinent wirkten wie eine Überdosis Adrenalin, verstärkt durch eine erhebliche Menge Coffein.

Die 707 verlor an Höhe, setzte zur Landung an, berührte den Boden, rollte aus und hielt vor einem hübschen Flughafengebäude. Mrs. Pollifax stieg aus und bemerkte als erstes, daß der Morgen in Afrika kalt sein konnte. Fröstelnd ging sie zur Paßkontrolle, um eine Anzahl langweiliger Formulare auszufüllen. Dann trat sie in die Eingangshalle hinaus und passierte eine Menschenmenge, die hinter einer Absperrung wartete. Ein lächelnder junger Schwarzer in einem karierten Hemd mit einer Windjacke über der Schulter trat auf sie zu.

»Mrs. Pollifax?«

»Ja«, sagte sie erleichtert.

»Ich bin Homer Kulumbala. Willkommen in Lusaka.«

»Danke«, sagte sie und strahlte ihn an.

Sie warteten auf ihren Koffer und dann auf ihren Schirm, der Homer zu erschrecken schien. Nach einem Blick darauf sagte er mahnend: »Der könnte leicht gestohlen werden. Sie müssen gut auf ihn achtgeben, solange wir in der Stadt sind. Er ist sehr schön.«

»Ja, nicht wahr?« sagte sie beglückt.

Ein paar Minuten später fuhren sie in schneller Fahrt in einem VW-Bus mit der Aufschrift des Reisebüros stadteinwärts. Mrs. Pollifax' erster Eindruck war: eine weiträumig angelegte, moderne Stadt in einem Meer von Bougainvilleas. Und als sie vor dem Hotel hielten, erklärte Homer ihr, daß er sie um halb drei ins Safaridorf Chunga fahren werde. Sie bedankte sich und übergab dem Träger ihren Koffer, den Schirm aber trug sie selbst.

In ihrem Hotelzimmer ruhte Mrs. Pollifax sich keineswegs aus. Sie nahm sich lediglich die Zeit, den gestreiften Flanellschlafanzug aus dem Koffer zu nehmen, ehe sie zum Telefonbuch auf dem Bord unter dem Apparat griff. Mit dem Buch auf dem Schoß setzte sie sich auf ihr Bett, stellte nach einem Blick auf den Einband überrascht fest, daß es das ganze Land umfaßte, und blätterte eifrig die Seiten um, bis sie bei Lusaka angelangt war. »A... B... C... D... E... F«, murmelte sie und fuhr mit dem Finger die Kolonne der F's entlang. Farrell, der Name, nachdem sie suchte, glänzte durch Abwesenheit.

Unmöglich, dachte sie mit gerunzelter Stirn und begann entschlossen von vorn, aber ein Farrell war nicht zu finden. Zutiefst enttäuscht, suchte sie unter dem Buchstaben F auch in Städten wie Chingola, Kazungula und Kitwe. Es gab kaum Familiennamen, jedoch eine Menge von Büros und Konsumgenossenschaften. In kleineren Städten mit nicht mehr als einem Dutzend Eintragungen stellte sie fest, daß das Amt nur ein paar Stunden am Tag erreichbar war; aber auch hier kein Farrell. Eine intensive Sucharbeit lag vor ihr, und sie wußte, daß sie in nur sechseinhalb Stunden nach Chunga aufbrechen mußte.

Diesmal begann sie ganz vorn im Telefonbuch, aber nach einer Stunde angestrengten Suchens hatte sie John Sebastian Farrell immer noch nicht gefunden. Und doch hatte Bishop ihr berichtet, er sei hier; denn alle ihm nach Lusaka zugesandten Schecks waren eingelöst worden.

Barclays Bank, schoß es ihr durch den Kopf, sie ergriff den Hörer, wählte die Rezeption und erkundigte sich nach den Öffnungszeiten der Banken. Von acht bis zwölf, informierte sie der Angestellte.

Jetzt war es halb neun. »Und nachmittags?« Nachmittags keine Schalterstunden.

Mrs. Pollifax bedankte sich, ergriff mit einem entsagungsvollen Blick auf ihr Bett ihre Handtasche und verließ voller Hoffnung das Hotel.

Die Cairostraße war eine belebte Hauptstraße mit einem breiten Grünstreifen in der Mitte und modernen Geschäften auf beiden Seiten. Frauen flanierten vorbei in langen, buntfarbigen Röcken, Blusen und Turbanen, dazwischen Frauen in eleganten europäischen Kleidern und Sandaletten. Die meisten Gesichter waren schwarz, und ein Großteil der Stimmen, die sie hörte, sprachen in reizendem britischen Ton. Es war eine heitere, lärmerfüllte Szenerie voll kleiner hupender Wagen, Motorrollern, Landrovern und Fahrrädern.

Mrs. Pollifax bezahlte den Taxifahrer, der vor dem Hotel gestanden hatte, betrat die Bank und ging zum Schalter mit der Aufschrift *Auskunft-Post*. Der Schalterbeamte mit einem Ausdruck zugeknöpfter bürokratischer Reserviertheit auf dem schwarzen Gesicht wirkte einschüchternd. Sie räusperte sich, um ihn auf sich aufmerksam zu machen. »Wird hier die Post abgeholt?«

»Ja, Madam.« Er sah sie ausdruckslos an. »Ihr Name?«

»Ich will keine Post abholen. Ich suche nach einem Herrn, der hier seine Post abholt. Ich habe seine Privatadresse nicht«, erklärte sie, »ich komme aus Amerika und stelle fest, daß er nicht im Telefonbuch steht.«

»Das ist recht interessant«, bemerkte er höflich.

»Sein Name ist John Sebastian Farrell, ich dachte, Sie schickten seine Briefe vielleicht weiter an eine Adresse?«

Sein Blick blieb reserviert, aber nach kurzem Überlegen drehte er sich um und rief: »Jakob!«

Der strahlend lächelnde junge Mann, der daraufhin erschien, gehörte einer anderen Generation an. Seine Krawatte war feuerrot, er sah sehr entschlossen aus. Als Mrs. Pollifax ihre Frage wiederholte, antwortete er prompt: »Keine Nachsendeadresse, seine Post bekommt er nur hier.«

»Persönlich?« fragte sein Vorgesetzter. Er schien genau verstanden zu haben, was Mrs. Pollifax wollte.

»Ich habe ihn nie gesehen«, sagte Jakob. »Ein Junge holt sie ab.«

»Immer?« Mrs. Pollifax' Stimme schwankte.

»Auch ich habe diesen Mann nie gesehen«, sagte der ältere Angestellte. »Es war irgend etwas Geheimnisvolles um ihn, natürlich. Auch ich habe nur einen Jungen nach Mr. Farrells Post fragen hören. Nicht oft, manchmal drei Monate lang nicht. Jedesmal ein anderer Junge.«

»Oh«, sagte Mrs. Pollifax, und der Mut verließ sie. »Oh, liebe Zeit. Sind – vielleicht dürfte ich nicht danach fragen – aber sind jetzt Briefe für ihn da, so daß vielleicht schon bald jemand seine Post abholen kommt? Ich würde dann einen Zettel hinterlassen.«

Ihre Bestürzung rührte beide und sie sahen sie mitfühlend an. Jakob sagte ernsthaft: »Es wäre bestimmt gut, wenn Sie Ihrem Freund einen Brief schrieben, aber Mr. Farrells Post ist erst vor vierzehn Tagen abgeholt worden. Ich habe sie selbst übergeben. Es war wieder ein kleiner Junge mit einem Zettel, der ihn zum Abholen berechtigte.«

»Ich verstehe«, erwiderte Mrs. Pollifax. »Ja, also ich danke Ihnen beiden sehr.«

»Sie müssen ihm schreiben«, sagte der ältere Mann.

»Ja«, meinte sie. »Ja natürlich.«

Sie trat wieder hinaus in die Sonne, überquerte die Straße bis zu der parkähnlichen Grünfläche zwischen den Fahrbahnen und setzte sich auf eine Bank unter einem Baum. Sie war den Tränen nahe, vermutlich das Ergebnis zwei halbdurchwachter Nächte, aber nicht nur deswegen und nicht nur, weil Farrell zu ihrem Auftrag gehört. Mit ihrem Auftrag hatte ihr Kummer überhaupt nichts zu tun. Sie war Farrell von Herzen zugetan und hatte sich so auf ein Wiedersehen gefreut.

Neben ihr auf der Bank lag eine Zeitung. Sie nahm sie zur Hand und schlug sie auf, um ihrer Tränen Herr zu werden. Es war eine Nummer der *Times of Sambia,* und in der vagen Hoffnung, Farrells

Namen in ihr zu finden, schaute sie auf die Rückseite, entschlossen, die ganze Zeitung durchzulesen. Auf dieser Rückseite fielen ihr verschiedene Anzeigen-Rubriken auf. In einer Rubrik *Persönliches* las sie:

*Barmherziger Samariter:* Hilf Verzweifeltem und Selbstmordgefährdetem. Schreib an Postfach 1 A oder ruf an unter …

*Verloren:* Mercedesschlüssel auf dem Ladentisch der Nationalen Handelsbank liegengelassen, Montag, 10 Uhr 30. Finder wird um Rückgabe gebeten.

Mrs. Pollifax kam eine Idee. Wagenschlüssel hatte sie nicht verloren, wohl aber Farrell. Selbstmordgefährdet war sie nicht, im Augenblick aber sah ihre Enttäuschung einer Verzweiflung sehr ähnlich. Sie suchte nach dem Impressum der Zeitung und kam zu einem Entschluß. Abermals lenkte sie ihre Schritte zu Barclays Bank und erkundigte sich nach dem Weg zur Geschäftsstelle der *Times.* Sie bekam ihre Auskunft, und zehn Minuten später betrat sie das Gebäude der *Times of Sambia,* nur wenige Blocks von der Cairostraße entfernt, wo man ihr ein Formular zum Ausfüllen gab.

Sie schrieb ihren Namen und ihre Heimatadresse und dann:

John Sebastian Farrell: Bin hier auf Safari, möchte Sie sehen. Zurück am 16. Juni, Intercontinental-Hotel. Herzogin.

Während sie dies schrieb, merkte sie, daß ein Herr am Schreibpult gegenüber ein ähnliches Formular auszufüllen begann, und als sie aufblickte, sah sie, daß er sie starr anstarrte. Er war groß, mindestens ein Meter neunzig, hatte ein gefurchtes, dunkelbraungebranntes Gesicht und einen weißen Haarschopf. Als ihre Blicke sich begegneten, nickte er. »Gutes Gesicht.«

»Wie bitte?« fragte sie verblüfft.

»Gutes Gesicht«, wiederholte er mit einem Akzent, der den Amerikaner verriet. »Sehen alt genug aus, um so was nicht übelzunehmen.«

»Alt genug, ja«, sagte sie und lächelte ihn an.

»Hab' meine Brieftasche verloren«, erklärte er mit einer Handbewegung, die das Büro miteinbezog.

»Ich hab' einen Freund verloren«, sagte sie und ging mit ihrem Formular zu dem jungen Mann hinter dem Schalter. »Wie schnell können Sie dies in Ihrem Blatt veröffentlichen?«

Der junge Mann nahm das Formular und las es ihr mit seiner hellen Stimme unnötig laut vor. »John Sebastian Farrell: Bin hier auf Safari, möchte Sie sehen. Zurück am 16. Juni. Intercontinental-Hotel. Herzogin.« Nach einem Blick auf seine Uhr versicherte er ihr, daß die Anzeige bestimmt in der nächsten Morgenausgabe erscheinen werde und daß sie einen Kwacha und zwanzig Ngwee koste.

»Ungefähr zwei amerikanische Dollar«, warf der riesige Mann ein, der wartend neben ihr stand, und während er in ihre Geldbörse schaute, deutete er auf eine der größeren Silbermünzen. »Das da ist Ihr Kwacha, und die kleine ist die zwanziger Ngwee.«

»Ja, vielen Dank«, stammelte sie, bezahlte die Gebühr und eilte zum Ausgang. Hinter sich hörte sie den Amerikaner sagen: »Morgen, mein Name ist Cyrus Reed. Hab' eine Brieftasche verloren.«

Draußen auf der Straße fand sie ein Taxi, aus dem gerade ein Fahrgast ausstieg, und fuhr zum Hotel. Zurück in ihrem Zimmer, stieg sie in ihren Flanellpyjama und beschloß, jeden Gedanken an Farrell zunächst beiseite zu schieben. Sie hatte getan, was in ihrer Macht stand. Wenn er noch in Sambia war, würde er die Anzeige lesen, alles Weitere war nun seine Sache.

Jetzt lag anderes vor ihr: wilde Tiere und Aristoteles. Lächelnd schlief sie ein.

## 4

Ihr Wecker rasselte um ein Uhr, und sie sprang aus dem Bett. Eifrig öffnete sie den Koffer, nahm die neue Buschjacke, eine lange Hose, einen pflegeleichten blauen Rollkragenpullover und ihre bequemen Laufschuhe heraus. Das Entfernen der Preisschildchen hielt sie ein bißchen auf. Als sie aber ihre Safarikleidung anhatte, war die Wirkung verblüffend: die alte Emily Pollifax, Vizepräsidentin des Komitees für Umweltschutz und Schriftführerin des Gartenklubs von New Brunswick, war zusammen mit dem Strohhut, den sie in ihren Koffer gesteckt hatte, verschwunden. Sie sah aus – toll, fand sie, ja, einfach toll.

Es gab eine weitere Verzögerung, als sie den Khakihut und die Sonnenbrille aufprobierte, den Staubschleier überwarf und zuletzt den Schirm aufspannte, aber schließlich hatte sie alles übrige wieder in den Koffer gepackt und war zum Aufbruch bereit. Sie fuhr mit dem Aufzug nach unten, bezahlte am Empfang ihre Rechnung, stellte den Koffer beim Pförtner am Eingang ab und ging mit dem Schirm in der Hand zum Terrassenrestaurant, um vor ihrer Abfahrt nach Chunga zu Mittag zu essen.

An der Tür zögerte sie einen Augenblick, als eine Männerstimme hinter ihr sagte: »Na also – hab' Sie doch wiedergefunden. Mittagessen?«

Mrs. Pollifax drehte sich um und starrte auf ein giftgrünes Hemd. Als sie den Blick hob, erkannte sie Cyrus Reed, den sie zuletzt im Büro der *Times of Sambia* gesehen hatte. »Das habe ich vor, ja.«

»Gut. Essen wir zusammen«, sagte er, griff sie fest am Ellbogen, führte sie auf die Terrasse und setzte sie nachdrücklich an einen Tisch unter einem Sonnenschirm. »Hab' Ihnen gar keine Chance gelassen abzulehnen«, sagte er, als er sich ihr gegenübersetzte.

»Nein, das haben Sie nicht.«

»Lade nicht oft Frauen zum Mittagessen ein«, sagte er barsch. »Zum Abendessen übrigens auch nicht. Langweilige Geschichten. Hoffe, daß Sie keine wirkliche Herzogin sind? Konnte leider nicht vermeiden, Ihre kleine Anzeige im Zeitungsbüro mitzuhören.«

»Er hat sie laut genug vorgelesen«, mußte sie zugeben. »In Wirklichkeit heiße ich Emily Pollifax. Herzogin war eine Art Spitzname.«

Er streckte den Arm über den Tisch, und sie schüttelten sich feierlich die Hände. Wirklich ein großer Mann, stellte sie fest, das lag an seinem Körperbau und den Muskeln. Dick war er jedenfalls nicht. Er bewegte sich langsam, und auch seine Sprechweise wirkte träge, aber sein Lächeln war bei aller Schläfrigkeit besonders warm und ansprechend. Seine Augen verliehen ihm ein leicht orientalisches Aussehen. Sie saßen in seinem Gesicht wie Mandeln, die man einer Lebkuchenfigur eingedrückt hat. Unter seinen schrägstehenden Lidern wirkte der Blick noch schläfriger. Sie gaben ihm das Aussehen eines leicht runzligen Mandarins.

Jetzt sagte er, während er sie aufmerksam ansah: »Sie hatten einen abwesenden Blick, als Sie den Spitznamen erklärten. Guter Freund, dieser Farrell?«

»Ein sehr guter Freund, ja.«

»Einzige Sorte, die sich lohnt«, meinte er und nickte. »Guter Einfall zu inserieren. Übrigens: Mein Name ist Cyrus Reed, Rechtsanwalt, Connecticut. Möchten Sie vor dem Essen etwas trinken?«

Mrs. Pollifax lächelte dem wartenden Kellner zu, schüttelte aber den Kopf. »Ich hab' nicht viel Zeit«, erklärte sie. »Ich werde um halb drei abgeholt.«

»Dann wollen wir bestellen. Ich kann das Hähnchen empfehlen, weil ich es jeden Tag gegessen habe, seit ich hier bin.«

Es stellte sich heraus, daß Mr. Reed seit vier Tagen in Lusaka war. »Meine Tochter«, erklärte er, »kann einem den Nerv töten. Hatte darauf bestanden, daß wir auf dem Weg hierher in Rom Station machten, und jetzt ist sie nach Livingstone gefahren, um die Victoria-Fälle zu besichtigen, während ich hier wieder zu Atem komme. Hat für den Ausflug einen Wagen gemietet, sagte, sie wolle mehr von diesem Land sehen.«

»Das wird sie denn wohl auch«, sagte Mrs. Pollifax freundlich.

»Ist schon überfällig. Sollte vor drei Stunden zurück sein. Und was führt Sie hierher?«

»Ich breche heute nachmittag zu einer Safari auf«, erzählte sie ihm. Sein schläfriger Blick wurde munter. »Doch wohl nicht zu der Kafue-Nationalpark-Safari, die offiziell morgen früh beginnt?«

Sie sah ihn erstaunt an. »In der Tat, ja. Sie wollen doch nicht sagen ...«

»Doch!« Er nickte. »Ankunft im Safaridorf Chunga heute am späten Nachmittag. Morgen früh Exkursion, erste Gelegenheit, wilde Tiere zu beobachten, nachmittags Aufbruch zum Safaridorf Kafwala.«

»Genau. Werden Sie auch heute um halb drei von Homer abgeholt?«

Er schüttelte den Kopf. »Wir fahren mit dem Auto. Lisas Idee.« Er sah sie an und fuhr freimütig fort: »Tut mir leid, wirklich, aber für ein Wiedersehen stehen die Sterne dennoch günstig. Sie sind – wie nennt man das heutzutage – ungebunden?«

»Ich bin Witwe.«

»Ich sollte mein Bedauern ausdrücken, kann's aber nicht. Sie gefallen mir.«

Sie sah ihn an, und dann mußte sie lachen. »Mir gefällt Ihre Offenheit, aber ich bin nicht gewohnt an solche – solche ...«

»Unverhohlene Bewunderung? Wieso nicht? Sie sehen so lebendig aus«, sagte er bestimmt. »Kann langweilige Leute nicht ertragen.«

»Ich bin sehr langweilig«, erklärte ihm Mrs. Pollifax aufrichtig. »Ich betätige mich ehrenamtlich – nicht besonders wirkungsvoll –, und ich züchte Geranien. Im *allgemeinen*«, fügte sie hinzu, »führe ich ein sehr ruhiges Leben.«

»Besagt gar nichts«, meinte er. »Sie wirken interessiert, mit einem Sinn für das Wunderbare. Stimmt's?«

»Ich komme mir vor wie ein Zeuge vor Gericht im Kreuzverhör.«

Er nickte. »Schlechte Angewohnheit von mir, die Schattenseite des Juristenberufes. Wenn meine beiden Kinder mit mir zufrieden sind, nennen sie mich aufrichtig, wenn sie sich über mich ärgern, nennen sie mich plump.«

»Sie haben also zwei Kinder?«

Er nickte. »Der Sohn ist dreißig, das Mädchen – das ist Lisa – sechsundzwanzig. Hab' sie selbst erzogen, seit ihre Mutter tot ist. Lisa war damals drei. Als die Kinder alt genug waren, hab' ich mir gesagt: Hände weg, wenigstens galt das bis vor zwei Jahren. Sie haben auch Kinder?«

Mrs. Pollifax nickte. »Auch einen Sohn und eine Tochter, beide erwachsen und schon selbst Eltern. Aber was ist denn vor zwei Jahren passiert?«

»Hab' Lisa retten müssen«, sagte er und lehnte sich zurück, damit der Kellner auftragen konnte. »Fand sie im New Yorker East Village, wo sie als Sozialhelferin arbeitete; war auf sechsundneunzig Pfund abgemagert und heulte sich die Augen aus wegen eines Burschen, in den sie sich verliebt hatte.« Er schnaubte verächtlich. »Liebte ihn, sagte sie, weil er sich für sie interessierte. Haken war nur der, daß der Bursche sich offenbar wahllos interessierte – hauptsächlich für Frauen, nehm' ich an – und sie schön an der Nase herumgeführt hat. Wenn man bedenkt, daß Lisa mit magna cum laude vom Radcliffe-College abgegangen ist, war das nicht gerade ein Intelligenzbeweis.«

»Gefühle haben mit dem Verstand nichts zu tun«, erklärte Mrs. Pollifax. »Wie ist es denn mit Lisa weitergegangen?«

»Sie werden es sehen«, sagte er. »Forsch, sachlich, das ist Lisa. Gefiel mir aber damals besser, als sie von allem, was ihr begegnete, noch aus dem Gleichgewicht gebracht wurde. Warmherziges, leidenschaftliches Kind.«

»Dann ist sie natürlich immer noch so«, warf Mrs. Pollifax ein.

»Irgendwie schon, aber in den letzten beiden Jahren hat sie sich ein dickes Fell zugelegt. Dachte, die Reise würde ihr guttun. Nicht gesundheitsfördernd für uns beide, zusammen zu leben. Nervtötend.«

Mrs. Pollifax legte ihre Gabel hin und lächelte ihn an. »Gibt es irgend etwas, was Ihnen nicht den Nerv tötet?«

Er richtete seinen schläfrigen Blick auf sie und erwiderte ihr Lächeln. »Tatsächlich, ein paar Sachen schon ... gutes Essen, gute Gespräche, seltene Bücher sammeln ... und ein anständiges Tennisspiel, und ich bin dafür bekannt, daß ich vor Tag und Tau aufstehe, um Vögel zu beobachten.«

»Das kann man sich kaum vorstellen. Sind Sie«, fragte sie streng, »sind Sie umweltbewußt?«

»Leidenschaftlich«, sagte er mit unbewegter Miene.

Mrs. Pollifax lachte und wußte im selben Augenblick: Wenn sie auch in den wenigen Stunden in Lusaka Farrells Gesellschaft hatte entbehren müssen, Cyrus Reed war kein schlechter Ersatz gewesen. Auch hoffte sie, Mr. Reeds Melancholie möge echt sein, seine Tochter ehrlich und daß er sich nicht die häßliche Gewohnheit zugelegt hätte, in seiner Freizeit Leute zu ermorden.

»Nachtisch?« schlug Mr. Reed vor und reichte ihr die Speisekarte.

Nach einem Blick auf ihre Uhr schüttelte sie den Kopf. »Ich kann Ihnen nur für diesen köstlichen Lunch danken«, sagte sie und griff nach ihrem Schirm. »Auf Wiedersehen demnächst in Chunga.«

Sie verabschiedeten sich, und Mrs. Pollifax ging in die Halle, wo sie sich einen Sessel mit Blick auf die Eingangstür aussuchte. Dort saß sie, betrachtete interessiert eine Gruppe dunkelhäutiger Männer mit Turbanen, und auf einmal stand Homer Kulumbala vor ihr und sagte lächelnd: »Guten Tag, sind Sie bereit für den Aufbruch nach Chunga?«

»Fix und fertig«, sagte sie.

»Ihr Gepäck?«

Sie deutete auf ihren Koffer neben der Tür, er ergriff ihn und geleitete sie hinaus.

Der VW-Bus stand zwischen Bougainvillea-Sträuchern geparkt, und sie wählte den Vordersitz neben dem Fahrer. Homer ging, um weitere Mitglieder der Safari zu holen. Er erschien kurz darauf wieder in Begleitung eines schmächtigen, kleinen Mannes in langen Hosen und Buschjacke. O Himmel, wir sind Zwillinge, dachte Mrs. Pollifax kläglich und ließ ihren Blick von seinem zu ihrem Anzug schweifen. »Hallo«, sagte sie, als er beim Bus ankam.

Er mochte fünfundvierzig sein und trug als einzig bemerkenswertes Kennzeichen einen rotbraunen Kinnbart. Wohl ein etwas sonderbarer Kandidat für eine Safari. Er wirkte mäkelig, und ein verkniffener Zug um die Nasenlöcher erweckte den Eindruck, als strömte die Welt einen leicht ranzigen Geruch aus. Bei Mrs. Pollifax' Anblick wurde sein Gesichtsausdruck noch ablehnender, vielleicht war er auch nur unangenehm von der Tatsache berührt, daß sie auf dem Vordersitz saß. Vorsichtig stieg er hinten zu und rief in einem Englisch mit leichtem Akzent Homer zu, er möge behutsam mit seinen Koffern umgehen. Erst dann wandte er sich Mrs. Pollifax zu und sagte griesgrämig: »Die schmeißen sie nämlich, haben Sie's bemerkt?«

»Nein«, sagte Mrs. Pollifax und stellte sich vor.

»O doch. Na ja.« Er streckte ihr eine magere, trockene Hand entgegen. Kleiber. Willem Kleiber.« Er wischte seine Hand nicht gerade ab, nachdem er die ihre berührt hatte, aber offenbar hätte er es gern getan.

»Deutscher?« fragte sie.

»Nein, nein, Holländer.«

Wenn Mrs. Pollifax gefürchtet hatte, alle Teilnehmer der Safari könnten in gleicher Weise gekleidet sein, so erwies sich diese Vorstellung angesichts des dritten Safariteilnehmers, den Homer jetzt zum Bus geleitete, als unbegründet. Die Dame an seiner Seite bewirkte, daß Mrs. Pollifax sich plötzlich unelegant vorkam und gar nicht mehr toll. Sie mochte in den Vierzigern sein und trug ihr platinblondes Haar mit einem scharlachroten Seidentuch zurückgebunden. Ihr Safarianzug war aus hellbeigefarbener Gabardine und so geschneidert, daß jede Kurve ihrer Figur zur Geltung kam. An mehreren Fingern glitzerten Brillanten, und ein fantastischer Türkis schmückte ihren schwarzen Rollkragenpullover. Alles an ihr war auffallend – ihr Anzug, ihre kühlen Saphiraugen, ihre klar geschnittenen Züge und ihre zartgebräunte Haut.

»Und ich hatte schon Angst, ich wäre nicht rechtzeitig hier und als – Oh, zwei sind schon da, ist das nicht fantastisch?« sagte sie. Und als sie beim Bus angekommen war, lächelte sie Mr. Kleiber zu. »Ich denke, wir machen uns am besten selbst bekannt.« Ihre Stimme klang einschmeichelnd, und sie sprach mit einem etwas affektierten britischen Akzent. »Ich bin Mrs. Lovecraft«, sagte sie. »Amy Lovecraft.«

In diesem Augenblick kam ein großer, gutaussehender junger Mann aus dem Hotel geeilt, rief Horner etwas zu, trat dann an den Bus und rief: »Dies ist doch der Bus ins Safaridorf Chunga?«

»Was für ein schöner Mann«, murmelte Mrs. Lovecraft.

»Ja, ja«, sagte Homer. »Sie sind –«

»John Steeves.« Er war ziemlich nachlässig gekleidet, hatte einen dicken Rollkragenpullover und schäbige Twillhosen an. Er sah aus wie ein Mann, fand Mrs. Pollifax, der wußte, daß es morgens in Afrika kalt ist. Wettergegerbt kam er Mrs. Pollifax vor. Seine Stimme verriet den Engländer, die Patina seiner Schuhe den Wanderer. Sein längliches Gesicht mit den interessanten, dunklen Augen hatte einen angespannten Zug, und er trug einen dichten, dunklen Schnurrbart.

Als er seinen Namen nannte, hellte Homers Gesicht sich auf. »Natürlich, ja, ich habe schon nach Ihnen gefragt. Haben Sie Gepäck?«

»Einen Seesack. Den bringt Tom Henry mit. Er ist auch mit von der Partie. Wir haben uns im Restaurant kennengelernt.« Er drehte sich um und deutete auf den Hoteleingang. Mrs. Pollifax sah einen gesetzt wirkenden jungen Mann mit einem Koffer und einem Seesack das Hotel verlassen, begleitet von einem bloßfüßigen, etwa zwölf Jahre alten schwarzen Jungen. Tom Henry, rotblond und mit aufrichtig blickenden grauen Augen, wirkte heiter und unkompliziert. Der macht kein Getue, dachte Mrs. Pollifax, die ihn auf Anhieb sympathisch fand. Der schwarze Junge, der neben ihm herging, sah plötzlich zu ihm auf und lächelte. Nie hatte Mrs. Pollifax ein Kind einen Erwachsenen so voller Bewunderung anlächeln sehen, und sie begriff, daß die beiden zusammengehörten.

»Henry?« fragte Homer irritiert. Und dann: »Ach so, das ist *Doktor* Henry? Doktor Henry vom Missionshospital?«

»Und Chanda«, sagte der junge Mann bestimmt. »Chanda Henry.«

Homer ging mit den Neuankömmlingen zum rückwärtigen Teil des Busses und verstaute ihr Gepäck. Mrs. Lovecraft stieg ein und setzte sich mit den Worten: »Ist das nicht lustig?« neben Mr. Kleiber.

Als sie zum Hotel zurückschaute, sah Mrs. Pollifax Cyrus Reed heraustreten, der irgendwie beunruhigt aussah. Er kam zum Bus herüber und sagte zu Mrs. Pollifax: »Jetzt ist sie schon fünf Stunden überfällig. Probleme häufen sich.«

In diesem Augenblick bog ein kleiner roter Fiat in rasendem

Tempo in die Zufahrt zum Hotel ein und hielt mit einem Ruck. Heraus sprang eine junge Frau, die so klein wirkte, wie Reed riesig schien, und rief: »Da bin ich, Richter!«

»Das ist Lisa«, sagte Cyrus Reed ergeben.

»Richter?« fragte Mrs. Pollifax.

»Im Ruhestand.«

Die junge, schlanke und langbeinige Frau war schwer zu übersehen. Ihr Haar war leuchtend kastanienbraun von der Farbe eines neuen Kupferpfennigs, und ihr rundes Gesicht mit einem Grübchen im Kinn hatte etwas Koboldhaftes. »Sie sieht aber gar nicht kalt und sachlich aus«, meinte Mrs. Pollifax, sie betrachtend.

»Stimmt«, sagte Reed, offensichtlich überrascht. »Irgend etwas hat sich verändert. Ich möchte, daß Sie sich jetzt gleich kennenlernen. Ich hole sie her.«

Mrs. Pollifax sah zu, wie Lisa mit jemandem im Wagen sprach, und dann stieg eine Frau aus, die ein Baby in einer Schlinge über der Schulter trug, danach folgten ein kleiner schwarzer Mann mit Brille in einem dunklen Straßenanzug, drei grinsende bloßfüßige Buben, ein gebückter alter Mann mit einer Krücke und schließlich ein junger Mann in lila Hosen und rosa Hemd. Mrs. Pollifax mußte an einen alten Zirkustrick denken, bei dem Dutzende von Menschen aus einem winzigen Wagen aussteigen, und sie fragte sich, wie in aller Welt die alle da hineingepaßt hatten. Lisa schüttelte jedem die Hand und ließ sich dann von ihrem Vater zu dem Kleinbus führen.

»Reifenpanne«, sagte sie, »aber Kanyama hat mir beim Reifenwechsel geholfen, und Mbulo hat neben dem Weg ein Feuer gemacht und Frühstück bereitet. Richtig gut – und die Wasserfälle hättest du sehen sollen!«

»Ich nehme an, daß du jeden, dem du begegnet bist, mitnehmen mußtest?«

»Na ja, aber war es denn nicht eine glückliche Fügung, daß ich's getan habe? Sonst säße ich jetzt noch irgendwo da unten bei Pemba mit einem platten Reifen. Niemand hat mich gebeten, mitgenommen zu werden. Aber konnte ich denn vorbeifahren, Dad, wo ich einen Wagen hatte und sie nicht? Hallo«, sagte sie und lächelte Mrs. Pollifax freundlich an.

»Na, viel zu früh bist du ja nicht angekommen«, sagte ihr Vater im Tonfall aller Väter der Welt.

»Aber ich bin angekommen, nicht?« sagte Lisa lächelnd. »Und was hält uns jetzt noch auf? Bis später!« rief sie über ihre Schulter und zog ihren Vater zum Hotel.

Auf dem Weg dorthin gingen sie an Homer vorbei, der das Gepäck eines anderen Safari-Teilnehmers trug. Die Reeds blieben bei ihm stehen und sprachen mit ihm, so daß der Neuankömmling warten mußte. Er tat es geduldig und mit einem leichten Lächeln auf den Lippen. Es war ein mittelgroßer Mann, ungefähr fünfzig, mit einem Aktenkoffer und einem Regenmantel über dem Arm. Er war, wie Mrs. Pollifax feststellte, noch in Reisekleidung, es war ein gut gearbeiteter, jetzt aber zerknitterter Anzug. Sein langes Haar war pechschwarz, durchzogen von weißen Strähnen.

Unvermittelt löste sich die Gruppe auf, Homer kam zum Bus und sagte lächelnd: »Hier haben wir noch Mr. McIntosh«, und deutete auf den Herrn an seiner Seite. »Jetzt kann's losgehen, meine Herrschaften, wenn Sie freundlicherweise einsteigen wollen.«

Die beiden Männer mit Chanda folgten dem Aufruf und setzten sich auf den Rücksitz unmittelbar vor dem Gepäck. Nach Mrs. Lovecraft stieg Mr. McIntosh ein und nahm den Platz zwischen ihr und Mr. Kleiber. Dann schloß und verriegelte Homer die Bustüren, und einen Augenblick später waren sie unterwegs. Sie fuhren auf der linken Straßenseite wie die Engländer.

Ihr Weg führte sie am Gebäude der Nationalversammlung mit seinem glänzenden Kupferdach vorbei. Es folgte das Regierungsviertel, dann ein schäbiger Stadtteil mit strohgedeckten Hütten, und endlich, nachdem die Innenstadt hinter ihnen lag, ein Satellitenviertel, das die Japaner erbaut hatten, wie Homer ihnen mitteilte. Als der Verkehr geringer wurde, veränderte sich die Landschaft in Baumwoll-, Sonnenblumen- und Maisfelder, und die Fußgänger wurden zahlreicher. Sie sahen Frauen, die Feuerholz auf dem Kopf balancierten und Männer auf Fahrrädern. Dann waren auch sie verschwunden, und der Bus fuhr auf der sich endlos dehnenden Straße stetig den Anhöhen um Mumbwa entgegen. Die Sonne stand überraschend tief am Horizont, und als Mrs. Pollifax darauf hinwies, erfuhr sie zu ihrem Erstaunen, daß in Sambia die Sonne an diesem Abend schon um sechs Uhr unterging. Jetzt begriff sie, warum Homer fuhr, als wäre der Teufel hinter ihm her, denn die Dunkelheit saß ihm im Nacken. Bei diesem ungewöhnlichen Tempo klapperte der ganze Bus. Eine Unterhaltung war fast unmöglich. Man mußte sich an seinen Sitz klammern.

Als Homer eine Stunde später auf die Bremse trat, flog Mrs. Pollifax beinah durch die Windschutzscheibe. Vor ihnen versperrte eine rotweiß gestreifte Schranke den Weg.

»Und was ist das?« fragte Mr. Kleiber aus dem Hintergrund.

»Die Brücke«, sagte Homer. »Alle unsere Brücken werden von der Polizei bewacht.«

»Lieber Himmel, warum denn?« wollte Mrs. Pollifax wissen und sah ihn überrascht an.

»Rhodesische Spione«, antwortete er. »Sie versuchen, unsere Brücken über den Kafue zu sprengen.« Er sprach es ›Kafui‹ aus. »Wir haben drei in Sambia.«

»Rhodesische *Spione*?« wiederholte Mrs. Pollifax.

»Ja, Spione. Sie sind überall.« Er deutete mit dem Kopf nach links und sagte: »Da drüben ist die Polizei stationiert.«

Mrs. Pollifax schaute in die angegebene Richtung und bemerkte unten in der Nähe des Flusses unter einer Akaziengruppe mehrere verrostete Wellblechhütten. Sie setzte zum Sprechen an, aber Homer hatte sich der Wache zugewandt, die auf den Bus zukam und mit dem Gewehr über der Schulter, sehr offiziell aussah. Der Mann trug einen Reiterhut, blaue Khakishorts und zwischen Knöchel und Knie Wickel aus schwerem Stoff, die nur Wickelgamaschen sein konnten, schloß Mrs. Pollifax, weil ihr die exotischen Erzählungen von Kipling einfielen. Er spähte in den Bus, schüttelte dann Homer die Hand und begann in einer ihr unverständlichen Sprache mit ihm zu reden. Schließlich grüßte er, die Schranke ging hoch, und sie fuhren über die einfache Brücke.

»Was für eine Sprache haben Sie da eben gesprochen?« erkundigte sich Mrs. Pollifax.

»Nyanja«, sagte Homer. »Ich spreche Tonga, er spricht Luvale, aber alle Regierungsangestellten beherrschen die Bantusprache Nyanja.«

»Diese Spione, die Sie erwähnt haben«, begann Mrs. Pollifax, schwieg dann aber, da man sich kaum verständigen konnte, nachdem der Bus die Fahrspur verlassen hatte und auf einem Feldweg dahinfuhr. An der Einbiegung hatte auf einem Wegweiser *Safaridorf Chunga* gestanden.

»Diese Spione«, rief sie und versuchte das Klappern und Holpern zu überschreien, während sie sich mit beiden Händen an ihren Sitz klammerte, um mit dem Kopf nicht gegen die Decke zu stoßen.

Homer steuerte den Bus genau um ein Loch herum und schrie zurück: »Sie spionieren unsere Freiheitskämpfer aus. In der Südprovinz kamen die Spione von Rhodesien herüber und entführten die Leute, legten Minen und mordeten. Jetzt nicht mehr so oft, aber sie schleichen sich immer noch ein. Vor einem Monat haben sie in Lusaka eine Bombe gelegt und Mr. Chitepo umgebracht, einen schwarzen rhodesischen Nationalisten im Afrikanischen Nationalkongreß.«

»Wer hat das getan?« rief Mrs. Pollifax. »Wer tut denn so etwas?«

Homer zuckte die Achseln. »Gedungene Mörder. Rhodesische Polizeiagenten. Spione.«

Mrs. Pollifax schwieg, während sie diese Neuigkeiten mit gewissen Fakten in Verbindung brachte, die sie in Bishops Broschüren gelesen hatte. Sie erinnerte sich, daß noch bis vor kurzem Sambia eine einsame Bastion schwarzer Unabhängigkeit in Afrika gewesen war, im Osten begrenzt vom portugiesisch regierten Mosambik, im Westen vom portugiesisch regierten Angola, mit Rhodesien an der Südgrenze, dem die Südafrikanische Republik den Rücken stärkte. Das war Sambias Situation gewesen, als es 1964 endlich die letzten Fesseln weißer Herrschaft abgeworfen hatte.

Aber zur Zeit der Unabhängigkeitserklärung war Sambia immer noch an Rhodesien gebunden gewesen: durch Straßen, Stromversorgung, Eisenbahnlinien und Wirtschaftsbeziehungen. Ein

Mann, der die Rassentrennung haßte, Präsident Kaunda, hatte den Kampf gegen sie aufgenommen und sofort mit dem Lösen dieser Bande begonnen, indem er die Hilfe der Chinesen für den Bau einer Eisenbahnlinie nach Norden und die der Italiener zum Bau einer neuen Talsperre annahm. Der Preis für die Unabhängigkeit von Rhodesien war hoch gewesen. Während einer Krise war das Land gezwungen gewesen, seine Kupfertransporte über eine Straße exportieren zu müssen, die den Namen ›Höllenweg‹ trug. Doch Sambia hatte überlebt, und vermutlich war es Präsident Kaundas Genie zuzuschreiben, daß es nicht nur wirtschaftlich überlebt hatte, sondern jetzt in die Freiheitsbewegungen der benachbarten Länder mit einbezogen und ihnen behilflich war. Das waren die Worte, die sie in der Broschüre gelesen hatte: einbezogen und behilflich. Verwickelt klänge angemessener, dachte Mrs. Pollifax sarkastisch. Von Spionen, Minen und Entführungen war bestimmt nicht die Rede gewesen.

Jetzt hatten natürlich Angola wie Mosambik nach Jahren des Guerillakrieges und Blutvergießens ihre Unabhängigkeit gewonnen, und nur Südafrika und Rhodesien verteidigten stur die weiße Vorherrschaft. Mrs. Pollifax hatte aber vergessen – was ihr jetzt wieder einfiel –, daß während der schlimmsten Kämpfe Rhodesien verärgert seine Grenzen gegen Sambia geschlossen hatte, wodurch die sambische Volkswirtschaft in noch größere Schwierigkeiten geraten war. Ein Jammer, dachte sie, daß man heutzutage mit einem moralischen Standpunkt so allein dastand; denn anscheinend war das Schließen der Grenze nur eine Formsache gewesen, da Spione sie in beiden Richtungen überschritten. Sie erinnerte sich auch, in einer dieser Schriften das Wort ›Freiheitskämpfer‹ gelesen zu haben.

»Freiheitskämpfer«, rief sie Homer zu, »wer ist damit gemeint?«

»Führer der Unabhängigkeitsbewegung«, rief er zurück. »Flüchtlinge – sie flüchten nach Sambia, auf ihren Kopf ist ein Preis ausgesetzt. Es erwarten sie Gefängnisstrafen. Sie bleiben, sie bilden sich aus, sie gehen zurück. Heimlich, verstehen Sie?«

»Ja.« Mrs. Pollifax nickte. »Ich wußte nur nicht, daß das … na ja, immer noch andauert.«

Er nickte lebhaft. »Aber die Führer machen jetzt den Mund auf.

Südafrika ist das sehr lästig, es fürchtet einen Rassenkrieg in Afrika und drängt Rhodesien zu reden, zu lockern. Bei uns gibt es ein Sprichwort: ›Bevor du einen Elefanten erlegen willst, besorg' dir erst einen Speer.‹« Er grinste und fuhr langsamer. »Und da wir gerade von Elefanten reden, dort steht Ihr erster Elefant. Wollen Sie ihn knipsen?«

Ausrufe ertönten hinten aus dem Bus, aber Mrs. Pollifax konnte nur mit angehaltenem Atem staunen. Ihr erster Elefant stand kaum fünf Meter entfernt und futterte zufrieden Blätter von einem Baumwipfel. Der mächtige graue Körper schien vom Staub gebleicht, die großen Schlappohren hatte er aufgestellt, als wüßte er sehr wohl von ihrer Anwesenheit. Langsam wandte er den wuchtigen Kopf und schaute mit seinen Knopfaugen den Kleinbus interessiert an. Mrs. Pollifax war fest davon überzeugt, daß er ganz deutlich sie persönlich anstarrte. Entzückt und dankbar lächelte sie ihm zu, ehe sie die Kamera hob und knipste.

Auf der Weiterfahrt kamen sie an eine neue Straßensperre, die mit einem liebenswürdigen jungen Wächter besetzt war. Nachdem sie langsamer gefahren waren, um eine Pavianhorde über den Weg zu lassen, kamen sie auf eine Lichtung und hielten an einem abschüssigen Flußufer.

»Ist das Chunga?« fragte Mrs. Lovecraft.

Homer schüttelte den Kopf. »Das hier ist ein unbewirtschafteter Teil, nur für Wochenendcamper. Wir warten hier auf das Schiff«, erklärte er. Er stieg aus und spähte über den breiten Fluß. Mrs. Pollifax öffnete die Tür neben ihrem Sitz und sprang heraus, um sich die Füße zu vertreten. Auch die anderen regten sich und stiegen aus, wobei sie einander vage zulächelten. Mrs. Lovecraft schlenderte zu Homer hinüber, und einen Augenblick später folgten ihr Mr. McIntosh und Mr. Kleiber. Die Sonne war hinter einer Wolke verschwunden und hatte die Landschaft aller Farbe beraubt. Mrs. Pollifax fühlte sich unter dem unendlichen, silbrigen Himmel sehr klein und sie wartete, daß auf dieser grauglänzenden Wasserfläche ein Schiff auftauchte.

»Da«, sagte Homer plötzlich und deutete auf den Fluß, »das Schiff.«

Auf dem grauen Strom war ein Punkt zu sehen, der größer und größer wurde. Er änderte die Richtung, und als er näher kam, und man den Mann im Heck erkannte, merkte sie, daß es ein Kahn war, beinah so flach wie ein Ponton. Dann durchbrach das Tukkern seines Außenbordmotors die beängstigende Stille über dem Fluß.

»Packen wir bei dem vielen Gepäck mit an«, sagte Dr. Henry. Er ging zur Rückseite des Busses und begann, Chanda Koffer herauszureichen. Nach einer leisen Unterhaltung zwischen ihnen sagte Dr. Henry, indem er Mrs. Pollifax' farbenfrohen Schirm hochhielt: »Chanda sagte mir, daß er Ihnen gehört.«

»Woher weiß er das?« fragte sie überrascht.

Dr. Henry lachte. »Ich könnte es Ihnen nicht sagen, aber er weiß so was immer. Er sagt, er habe in Sie hineingesehen und ähnliche Farben erblickt – *mukolamfule*, was auf bemba Regenbogen heißt.«

»Ich bin sehr gerührt«, sagte sie und lächelte Chanda zu. Mit einem scheuen Lächeln reichte ihr der Junge den Schirm und ging, um ein weiteres Gepäckstück zu holen. Hinter ihnen hatte das Boot soeben angelegt. Homer sagte: »Das Schiff kommt noch einmal zurück und holt das Gepäck. Es ist ganz sicher hier. Wollen Sie bitte einsteigen?«

Sie verteilten sich auf verschiedene Kisten. Der Kahn stieß vom Ufer ab, der Motor tuckerte, sie wendeten und begannen auf das andere Ufer zuzuhalten. Jede Unterhaltung hätte in der Stille, die über dem Fluß lag, störend gewirkt. Die einzigen Geräusche machte der Kahn, der das Wasser teilte und eine schäumende Welle hinter sich ließ, und Homer, der leise mit dem Jungen am Steuer sprach. Die kühle Luft war voller Düfte, doch je näher sie dem anderen Ufer kamen, um so intensiver wurde der Geruch von Holzfeuer.

Plötzlich kam die Sonne wieder zum Vorschein, jetzt ganz dicht über dem Horizont, und als das Boot wendete, konnte Mrs. Pollifax einen ersten Blick auf das Safaridorf Chunga werfen. Von einer am Ufer gelegenen Lichtung stieg der Rauch eines Lagerfeuers auf. Links stand ein langgestrecktes, weißes Gebäude mit Strohdach, dahinter kleine Hütten aus Schilfrohr und Stroh.

Das Tuckern des Bootes hatte Menschen an den Landeplatz gelockt. Es waren alles Eingeborene. Einer stand etwas abseits, ein breitschultriger junger Mann in einer Art Uniform aus dunkelgrüner Jacke und Shorts. Als das Boot den grauverwitterten Landesteg erreichte, lächelte er strahlend den Ankömmlingen zu. »Willkommen in Chunga«, sagte er. »Ich bin Julian und leite die Safari. Wenn Sie bitte hereinkommen und sich eintragen wollen …«

Mrs. Pollifax betrat als erste das nahe gelegene, kleine Büro, wo Julian ihr Anmeldeformulare und einen Füllfederhalter reichte. Er rief dem Mann, der sie über den Fluß gebracht hatte, Anweisungen zu, und einen Augenblick später hörte sie das Geräusch des Bootsmotors auf dem Fluß. »Bald kommen außer dem Gepäck noch zwei weitere Gäste aus Lusaka«, erklärte Julian.

»Ja, ich weiß«, sagte sie. »Ich habe sie kennengelernt.«

Sein unwiderstehliches Lächeln erschien aufs neue. »Gut, dann haben Sie schon zwei Freunde. Moses bringt Sie jetzt nach oben. Sie wohnen in der Leoparden-Hütte.«

Moses trug staubige Turnschuhe und hellblaue Hosen. Sie folgte ihm den Kiespfad hinauf. Die Sonne begann unterzugehen, ihr Licht war nicht mehr helleuchtend, sondern ähnelte der Farbe von Bernstein. Auf dem Kiespfad raschelten unter ihren Füßen Blätter wie dürres Pergament, und Mrs. Pollifax fröstelte in der plötzlich auftretenden Kühle. Als sie die Hütte, an der *Leopard* stand, erreicht hatten, trug Moses den Koffer vier hölzerne Stufen hinauf und setzte ihn drinnen ab. Er erklärte ihr, daß es eine Dusche gebe, und deutete dabei in die Gegend. Mrs. Pollifax, deren Sinn jetzt mehr nach Wolljacke, Decken und heißem Kaffee stand, schüttelte den Kopf, bedankte sich und eilte die Stufen zu ihrer Hütte hinauf. Bevor sie die Tür schloß, sah sie hinaus und bemerkte, wie die Sonne endgültig hinter dem Horizont verschwand. Homer hatte recht gehabt: Es war genau sechs Uhr.

# 5

Im Innern der Hütte war es dämmrig. Die beiden vergitterten Fenster lagen im Schatten des Strohdaches, aber über dem Nachttisch baumelte eine elektrische Birne. Mrs. Pollifax knipste sie an. Die beiden schmalen Betten sahen seltsam bräutlich aus: Sie befanden sich unter Moskitonetzen, die wie Brautschleier von der Decke herabhingen und unter den Matratzen festgestopft waren. Hinter der Tür fand sie einen Gepäckständer, auf den sie ihren Koffer legte, und während sie sich umschaute, sagte sie laut: »Also – *hier* bin ich.«

Und Aristoteles vermutlich auch, rief sie sich dabei ins Gedächtnis.

Es war unglaublich still, totenstill. Draußen fiel irgend etwas zur Erde. Es klang wie eine vom Baum fallende Frucht. Eine ganz schwache Brise brachte die Schilfwände zum Rascheln. In der Ferne hörte sie einen Generator summen. Und jetzt erklangen in diese Stille hinein Stimmen. Sie hörte ein Mädchen lachen, einen Mann etwas antworten, und erkannte Cyrus Reeds Stimme. Er und Lisa waren also angekommen. Sie öffnete ihren Koffer, zog schnell ihren dicken Pullover an, kämmte ihr Haar, überprüfte den Film in ihrer Kamera und ergriff ihre Jacke.

Als sie die Tür aufmachte, glitt eine Eidechse über die Stufe und verschwand unter der Hütte. Sie ging den Pfad zum Wasser hinunter, und nach kurzem Zögern nahm sie den Weg durch eine leere, hellerleuchtete Bar in den Speiseraum, den kein Dach bedeckte. Unmittelbar vor seinen niedrigen Mauern brannte auf der zum Fluß zugewandten Lichtung ein Lagerfeuer. Ein Dutzend Stühle stand um das Feuer herum, und auf einem saß der junge Mann namens John Steeves. Als er sie erblickte, stand er auf, und das etwas scheue Lächeln, mit dem er sie begrüßte, erhellte sein ernstes Gesicht. »Ich glaube, wir kennen uns noch nicht«, sagte er, indem er ihr die Hand entgegenstreckte. »Ich bin John Steeves.«

»Emily Pollifax«, sagte sie, während sie sich die Hände schüttelten. »Setzen Sie sich doch. Ich liebe das Feuer. Ich setze mich nah heran, weil ich friere.«

»Begreiflich.« Er nickte. »Hier ist erst Frühlingsanfang, und außerdem kam die Regenzeit später als sonst, wie ich hörte, deshalb sind die Wege noch nicht in Ordnung gebracht worden. Was Ihnen nicht entgangen sein dürfte«, sagte er und grinste.

Offensichtlich war er viel älter, als sie gedacht hatte. Alles an ihm war jungenhaft. Sein faltenloses Gesicht, seine schlaksige Haltung, seine Lebhaftigkeit – nur seine Augen nicht. Sie wirkten irgendwie gehetzt, als hätten sie zuviel gesehen. Es waren, wie ihr Sohn Roger sich ausgedrückt hätte, die Augen einer alten Seele, so daß sie ihrer ersten Schätzung ein paar Jahre hinzufügte und ihn nunmehr für Mitte Dreißig hielt.

»Freuen Sie sich auf die Safari?« fragte er Mrs. Pollifax, und ihr wurde klar, daß sie ihn angestarrt hatte.

»O ja, gewiß«, antwortete sie herzlich. »Und Sie?«

»Bißchen Pause für mich. Zuviel Herumreisen verdirbt einen für Kurorte und Luxushotels.«

»Dann reisen Sie also viel?«

Er nickte, während er mit seinem staubigen Stiefel Zweige zum Feuer schob. »Ich schreibe Reisebücher.«

»Steeves«, sagte sie nachdenklich. »Ich fürchte ...«

»Ich weiß«, sagte er mit seinem raschen Lächeln, »kein Mensch behält Verfassernamen.«

»Nennen Sie mir die Titel Ihrer Bücher.«

»Hm ... *Im Himalaya verirrt, Über die chinesische Grenze, Hundert Nächte in einer Mongolenjurte.*«

»Aber natürlich«, rief sie aus. »Über die chinesische Grenze habe ich gelesen. Sie verkleiden sich dort und leben unter Eingeborenen.«

»Wenn Sie so wollen, ist die Verkleidung der wichtigste Bestandteil meines Erfolges. Ich liebe die Maske. Tatsächlich habe ich als Schauspieler angefangen, aber es macht mehr Spaß, so etwas in gefährlichen Situationen anzuwenden.«

»Sie lieben die Gefahr?« fragte sie neugierig.

»Bestimmt ist sie amüsanter als das tägliche Einerlei.«

»Ja«, stimmte Mrs. Pollifax mit einem leisen Lächeln zu. »Die Anregung, die Dinge, die man über sich selbst erfährt; das völlige Aufgehen im Augenblick.«

Er sah sie überrascht an. »Sie sprechen offenbar aus eigener Erfahrung ...« Sein Blick glitt über sie hinweg, sein Gesichtsausdruck veränderte sich, und er verstummte. Mrs. Pollifax drehte sich um und sah Lisa Reed mit ihrem Vater kommen.

Steeves, sichtlich beeindruckt, sprang auf. »Also, ich muß sagen – guten Abend. Sind Sie auch bei der Safari? Sie waren nicht im Bus.«

Lisa hatte sich umgezogen, trug jetzt zu blauen Jeans ein Baumwollhemd und wirkte viel jünger, verletzlicher. Ihre elegante, schlanke Gestalt hatte etwas Zerbrechliches. Mrs. Pollifax glaubte, sie erröten zu sehen. Aber als sie sprach, klang ihre Stimme unpersönlich: »Nein, wir sind mit dem Wagen aus Lusaka gekommen. Ich bin Lisa Reed.«

»Und ich Cyrus Reed, Vater«, ergänzte Reed. Er sank auf den Stuhl neben Mrs. Pollifax und bemerkte: »Schön, Sie wiederzusehen.«

»Sie sind Amerikaner? Bitte, setzen Sie sich zu mir. Ich habe seit Jahren keine Amerikaner getroffen. Vielleicht können Sie mir erklären, was in Ihrem Land vor sich gegangen ist?«

»Wenn das ein Mensch kann, dann nur Lisa«, sagte Reed. »Der Bericht ist natürlich einseitig.«

Steeves zeigte sein schnelles, strahlendes Lächeln. »Aber alle Berichte sind doch einseitig, nicht? Sie hatten eine Affäre, die etwas mit Entwässerung zu tun hatte?«

Das trug ihm ein Lächeln von Lisa ein. »Nein, nein«, sagte sie. Lisa setzte sich neben ihn und begann mit ihm zu reden. Ihr Gesicht war sehr ernst, und sie begleitete ihre Worte mit raschen, entschiedenen Gesten.

Ihr Vater wandte sich Mrs. Pollifax zu. »Ich dachte, es würde Sie interessieren, daß im Hotel jemand nach Ihnen gefragt hat, als ich mich abmeldete.«

»Nach mir?« fragte Mrs. Pollifax. »War er groß, mit dunklem Haar und blauen Augen und ...«

Reed schüttelte den Kopf. »Sambier. Kleiner, schwarzer Bursche. Hatte was Geblümtes an. Er suchte nach dem richtigen Wort: »Über und über voll Hibiskus. Oder Bougainvillea. Diese Art Hemd, mit schwarzer Hose und Turnschuhen.«

Verwirrt fragte Mrs. Pollifax: »Und Sie sind ganz sicher, daß er nach *mir* gefragt hat?«

»Ganz sicher«, nickte Reed. »Mußte ja einfach zuhören. Fragte nach Ihrer Zimmernummer, und als der Angestellte ihm sagte, Sie hätten sich schon abgemeldet, ging er.«

»Das ist ja höchst sonderbar. Gewiß, ich habe diese Anzeige aufgegeben, aber sie erscheint ja erst morgen.«

»Vielleicht kennt der Setzer jemanden, der Ihren Freund kennt. Oder vielleicht hat das Reisebüro 'nen Burschen vorbeigeschickt, um festzustellen, ob Sie auch zeitig weggekommen sind.« Er deutete mit einer Handbewegung auf die beiden jungen Leute jenseits des Lagerfeuers hin und sagte: »Freut mich, daß etwas Junges und Männliches für Lisa dabei ist.«

Mühsam riß Mrs. Pollifax ihre Gedanken von dem geheimnisvollen Mann im Hotel los. »Ich glaube, Ihre Tochter errötete, als sie ihn sah.«

Er hob die Brauen. »Glauben Sie?« Interessiert blickte er zu Lisa hinüber. »Erstaunlich, ist mir entgangen.«

»Sie standen hinter ihr.«

»Allerdings. Offenbar ein einnehmender Bursche, dieser Steeves.«

John Steeves war tatsächlich sehr aufmerksam, fand Mrs. Pollifax, als sie zu den beiden hinüberschaute. Seine Augen mit dem gehetzten Blick ruhten beim Zuhören unverwandt auf Lisas Gesicht, und ein rasches Lächeln verwandelte ihre Traurigkeit. Es war selten, daß ein Mensch so zuhören konnte, und es war eine Eigenschaft, überlegte Mrs. Pollifax, der eine Frau kaum widerstehen konnte.

»Und Sie?« fragte Reed. »Reisen Sie immer allein?«

»O ja«, antwortete Lisa einfach. »Wenigstens ...«

»Wenigstens reisen Sie allein ab«, sagte er mit seinem trägen Lächeln, »und dann ziehen Sie die Leute an wie der Rattenfänger. Ah, da kommt Mr. Sowieso. Sturer Bursche, mit dem Sie gekommen sind.«

»Mr. Kleiber«, erinnerte sie ihn. »Willem Kleiber.«

Kleiber näherte sich unschlüssig dem Feuer. Er setzte sich zwei

Stühle entfernt von Cyrus Reed und meinte verdrossen: »Nicht mal fließendes Wasser gibt es hier. Wie soll man sich da waschen?«

»Das Wort Safari bedeutet Kampieren, wissen Sie«, sagte Reed beiläufig.

Bei Kleibers Worten hatte Lisa sich umgedreht. »Hinter den Schilfwänden da oben sind Duschen! Und es gibt auch heißes Wasser.«

Kleibers Gesicht sah besonders um die Nase herum noch verkniffener aus als vorher. Er besaß die beweglichsten Nasenflügel, so fand Mrs. Pollifax, die sie je gesehen hatte. »Jeder kann hereinkommen«, sagte er kalt. »Jeder. Es gibt weder eine Tür noch ein Dach.«

Mit recht amüsierter Stimme meinte Steeves: »Ich kann mir gar nicht denken, daß das jemand Spaß machen würde. Versuchen Sie doch, laut zu singen, während Sie unter der Dusche stehen.«

»Genau das habe *ich* getan«, sagte Amy Lovecraft, die herantrat. In enganliegenden schwarzen Hosen, einem Kaschmirpullover und einer kurzen Lederjacke sah sie sehr elegant aus. Sie setzte sich neben John Steeves, legte ihm eine Hand auf den Arm und sagte: »Ich denke doch, wir nennen einander jetzt beim Vornamen, damit ich John zu Ihnen sagen kann.«

»Bitte, tun Sie das«, sagte er. »Kennen Sie Lisa Reed?«

»Nein, Kinderchen«, sagte sie, beugte sich vor und lächelte Lisa erheblich weniger strahlend an als zuvor John. »Auch den reizenden großen Herrn da drüben kenne ich noch nicht.«

»Wir heißen beide Reed«, sagte Lisa kurz. »Ich bin Lisa, und er ist mein Vater Cyrus, und die Dame, die neben ihm sitzt, ist Mrs. Pollifax.«

»Sehr erfreut, Cyrus«, sagte Mrs. Lovecraft, bedachte ihn mit ihrem warmen Lächeln und übersah Mrs. Pollifax. »Und da kommt Tom Henry. Ich finde es toll, daß wir einen Doktor bei uns haben und obendrein noch einen bekannten Reiseschriftsteller, finden Sie nicht?«

Mrs. Pollifax fand das taktlos, und es würde Amy Lovecraft vermutlich die restlichen Männer zu Gegnern machen. Sie beschloß aber, ihr Urteil über Mrs. Lovecraft erst noch zurückzustellen und begrüßte Dr. Henry aufrichtig erfreut. Er wurde den Reeds vorgestellt, setzte sich neben Mrs. Pollifax, lächelte sie freundlich an und sagte: »Hoffentlich gibt es bald Abendessen, ich sterbe vor Hunger.«

»In etwa fünf Minuten«, berichtete sie ihm nach einem Blick auf ihre Uhr. »Gerade noch Zeit genug, um Sie zu fragen, was Homer gemeint hat, als er sagte, Sie kämen von einem Missionskrankenhaus. Heißt das, daß Sie in Sambia leben?«

Er riß seine Augen von Lisa Reed los und wandte Mrs. Pollifax seine volle Aufmerksamkeit zu. »Das stimmt. Das Krankenhaus liegt drüben am Sambesi in der Nähe der angolanischen Grenze. Ich bin vor drei Jahren aus Kanada gekommen, und ganz bestimmt haben meine Freunde mich eine Woche später zurückerwartet.« Er lächelte sie auf seine jungenhafte Art an. »Ich brauche wohl nicht zu erklären, daß ich noch hier bin.«

»Sie leben gern hier.«

»Sehr gern«, bestätigte er. »So gern, daß ich Lust bekam, während meines Siebentageurlaubs auf Safari zu gehen. Vor lauter Arbeit weiß ich fast gar nichts über den Busch, und ich möchte mehr über wilde Tiere wissen.«

»*Homo sapiens* inbegriffen?« fragte Reed und beugte sich vor, um an der Unterhaltung teilzunehmen.

»Na, von *dem* bekomme ich eine Menge Exemplare zu sehen«, sagte Dr. Henry und erwiderte das Lächeln. »Aber außer einigen Missionarsfamilien beim Hospital habe ich lange keine Gruppe wie diese hier getroffen. Ich hatte ganz vergessen, wieviel Unsinn die Leute reden.«

»Ganz meine Meinung«, sagte Reed lächelnd.

»Worüber reden Sie in Ihrem Hospital, wenn Sie Muße haben?« erkundigte sich Mrs. Pollifax.

Er grinste. »Oh, über Leben, Tod, Blutvergiftung. Wer das nächste Trinkwasser abkochen muß oder was der Medizinmann des Dorfes heute geäußert hat.«

Mrs. Pollifax lachte. »Also nicht gerade Konversation.«

»Lieber Himmel, nein«, sagte er ärgerlich. »Offenbar muß ich mich erst wieder daran gewöhnen.« Er lächelte Chanda zu, der in den Kreis getreten war und sich neben ihn stellte. »*Bweleniko*«, sagte er. »*Mwapoleni.*«

»*Kuntu kuli kusuma*«, erwiderte der Junge lächelnd.

»*Endita.* Chanda spricht Bemba«, erklärte er und wandte sich an Mrs. Pollifax, »aber jetzt auch schon etwas Englisch, und vor allem versteht er es sehr gut. Als wir uns kennenlernten, war ich gerade dabei, mich mit Nyanja herumzuschlagen, und jetzt muß ich Bemba lernen, und das gibt ein ziemliches Durcheinander. Chanda, diesen Herrn kennst du noch nicht. Es ist Mr. Cyrus Reed.«

Chanda trat vor, reichte Reed die Hand und klatschte dann zur allseitigen Überraschung dreimal in die Hände. »So begrüßt man sich in Sambia«, erklärte Dr. Henry. »Nur hat Chanda Ihnen gegenüber eine einfache Form angewandt. Ganz richtig ist es eine wahre Zeremonie.«

»Jedenfalls fühle ich mich vollendet begrüßt«, sagte Reed.

Der etwas entfernt sitzende Willem Kleiber sagte beunruhigt: »Er ist doch nicht Ihr Sohn, oder?«

Tom Henry lächelte freundlich. »Jetzt ist er es. Er wurde halbtot ins Krankenhaus gebracht, weil bei den Kämpfen an der angolanischen Grenze sein ganzes Dorf ausgelöscht worden war. Freiheitskämpfer brachten ihn.«

Lisa, die mitgehört hatte, fragte atemlos: »Dort leben Sie?«

Er nickte.

»Aber das muß aufregend sein.«

»Ist es«, bestätigte er und begegnete ihrem Blick mit einem leichten Lächeln.

In diesem Augenblick kündigte eine Trommel das Abendessen an. Als Mrs. Pollifax sich erhob, sah sie einen Jungen in weißer Jacke eine mächtige Suppenschüssel in den Speiseraum unter freiem Himmel tragen. Sie sah auch Mr. McIntosh auf der Schwelle stehen, unschlüssig, ob er sich der Gesellschaft am Feuer zuwenden oder in den Speiseraum gehen sollte. Er hatte sich umgezogen, trug jetzt Khakihosen, ein offenes weißes Hemd und einen schwarzen Pullover mit V-Ausschnitt. Ob er wohl zu jeder Mahlzeit im letzten Augenblick erscheinen, vorzeitig aufstehen und wie ein Schatten verschwinden würde? Intuitiv begriff sie, daß er ein einsiedlerischer, ein in sich gekehrter Mann war. Aber wieso eigentlich? Lag es an der Art seines Blickes, oder lag es an seinem immer gleichen überraschend milden Lächeln? Er stand einfach abwartend da. Als sie sich erhoben, wandte er sich, immer noch lächelnd, dem Büfett zu und stellte sich an.

Mit dem Erscheinen von Mr. McIntosh waren die Teilnehmer der Safari jetzt vollständig versammelt, und Mrs. Pollifax fragte sich nicht zum erstenmal, wer von ihnen nun ein Mörder sein mochte – ein unangenehmer Gedanke. Keinen von ihnen konnte sie sich mit einer Pistole in der Tasche in einer Menschenmenge vorstellen: wie er wartete, feuerte und verschwand. Keiner von ihnen schien einer solchen Gewalttat fähig.

Cyrus Reed würde bestimmt auffallen, dachte sie mit einem amüsierten Blick auf die große Gestalt, die sich über die Suppenterrine beugte. Möglich, daß Mr. Kleiber ohne seinen Ziegenbart unscheinbar genug aussah. Auch möglich, daß Tom Henry überhaupt kein Doktor war; McIntosh, fand sie, konnte ohne weiteres in einer Menge verschwinden – wie eben jetzt. Steeves sah dazu zu charakteristisch aus, aber aus seinen Büchern wußte sie, daß er ein Meister der Maske war.

Wenn aber Carstairs recht hatte, dann trug einer von ihnen eine teuflisch geschickte Maske. Und dann fiel ihr Carstairs Telefonanruf am Abend vor ihrer Abreise von New Jersey wieder ein. Sie hatte ihm versichert, ihr Paß sei wieder in ihrer Hand, und Bishop habe ihr die Wichtigkeit der Schnappschüsse erklärt. Dann hatte sie ihm die Frage gestellt, an die sie nicht ohne eine gewisse Erbitterung denken konnte. »Ich weiß ja«, hatte sie zu ihm gesagt, »daß wir in einer verrückten Welt leben, aber erklären Sie mir bitte, warum ein Mörder auf *Safari* gehen sollte.«

»Um jemanden zu treffen, nehme ich an«, hatte Carstairs amüsiert geantwortet. »Vielleicht um den nächsten Mord zu planen oder um die Bezahlung für den letzten entgegenzunehmen. Bestimmt nicht zum Vergnügen.«

Wenn das stimmte – und Carstairs' Vermutungen erwiesen sich fast immer als richtig –, dann trugen auf dieser Safari zwei Menschen eine Maske. Und gelegentlich mußten sie sich zu einem kleinen Plausch absondern. Wenn sie es sehr behutsam, sehr diskret anstellte, konnte sie vielleicht hier und da ein wenig lauschen …

Natürlich hatte Carstairs ihr klargemacht, daß sie nur Fotos knipsen sollte, und sie hatte die Absicht, diesen Auftrag tadellos zu erledigen. Aber es erschien ihr eigentlich als eine unglaubliche Verschwendung, wenn sie nicht gleichzeitig ein wenig spionierte. Schließlich mußte doch der Steuerzahler ihre Safari bezahlen, dachte sie tugendhaft, und Verschwendung war ihr nun einmal ein Greuel.

Außerdem, überlegte sie weiter und ließ jeden Anspruch auf Tugendhaftigkeit fallen, außerdem wäre es doch zu schön, Carstairs damit zu überraschen, daß sie Aristoteles dingfest gemacht hatte.

## 6

Offiziell begann die Safari am kommenden Morgen. Vor der Abfahrt zum Safaridorf Kafwala sollte eine Fahrt stromaufwärts stattfinden. Dort würde man wilde Tiere beobachten können. Mrs. Pollifax kam rechtzeitig zum Frühstück, war aber nicht recht ausgeruht; denn es war kaum sieben Uhr, und sie hatte nicht ungestört schlafen können. Die Wände ihrer Hütte raschelten die ganze Nacht, sicherlich verursacht durch ein kleines Tier. Dann hatten sie laute Tierschreie, Pfeifen und tapsende Schritte geweckt. Es waren Früchte vom Baum neben ihrer Hütte gefallen, und die Schilfwände hatten wieder zu rascheln begonnen.

Beim Frühstück erklärte ihr Julian, die Tiere liefen nachts frei durchs Gelände. Man habe ein Flußpferd gehört, und die Riedantilopen, die die Sicherheit des Lagers liebten, gäben leise Pfeiftöne von sich. Dann war es ganz gut, fand sie, daß sie das nicht gewußt hatte, sonst hätte sie vielleicht überhaupt nicht einschlafen können.

»Jetzt möchte ich Ihnen Crispin vorstellen«, sagte Julian, als sie vom Frühstück aufstanden. »Ich bleibe im Lager, um die letzten Vorbereitungen für Ihren Ausflug heute nachmittag zu treffen, und Crispin bringt Sie zu den wilden Tieren. Er ist der stellvertretende Safarileiter.«

Crispin trug keine Uniform und sah in seinem geblümten Hemd, dunkler Hose und Turnschuhen einem eifrigen Schulbuben ähnlich. Er hatte ein schmales Gesicht und helle, aufmerksam blickende Augen. Er schien stolz darauf zu sein, sie führen zu dürfen. Mrs. Pollifax fand das reizend.

John Steeves sagte: »Crispin klingt englischer als Julian. Wie sind Ihre sambischen Namen?«

»Meiner?« Julian lachte. »Sie wollen sie alle auf einmal erfahren? Milimo Simoko Chikwanda.«

Steeves grinste: »Ich bleibe bei Julian. Und Crispin?«

»Wamufu Chinyanta Muchona.«

Steeves nickte: »Also endgültig Julian und Crispin.«

»Meine ich auch«, sagte Julian amüsiert.

Als sie das Motorboot für die Flußfahrt bestiegen, herrschte Picknickstimmung. Die Sonne schien mild und strahlend, der Fluß hallte wider von Morgengeräuschen. Und als sie aufbrachen, hatten sie ein üppiges Frühstück mit Rührei und Schinken, Würstchen, Toast- und Kaffee hinter sich. Mr. Kleiber, der neben Mrs. Pollifax saß, ging soweit, einzugestehen, daß er gern ein Krokodil sähe. Amy Lovecraft hatte sich mit einer zünftig aussehenden, mit allen Raffinessen versehenen Kamera ausgerüstet, die sie John Steeves zu erklären versuchte. Die Reeds saßen in Fahrtrichtung, sie wirkten unausgeschlafen. Tom Henry und Chanda standen am Heck, und Mr. McIntosh saß allein am Bug. Auch er war mit Fotoapparaten und Belichtungsmessern behängt. Plötzlich rief Crispin dem Jungen am Steuer einen kurzen Befehl zu, worauf das Boot auf das gegenüberliegende Ufer zuhielt. In diesem Augenblick hob Mrs. Pollifax ihre Kamera und fotografierte den Flußlauf, wobei es ihr gelang, gleichzeitig mehrere Gesichter ihrer Mitreisenden einzufangen. Schon beim Einsteigen hatte sie jeden geknipst, was außer Cyrus Reed, der sie vorwurfsvoll ansah, niemand zu beanstanden schien.

»Flußpferd«, sagte Crispin leise und zeigte mit dem Finger darauf.

Das Motorboot steuerte auf einen Landeplatz am Flußufer zu. Als sie in Höhe einer geheimnisvoll aussehenden Bucht stoppten, sah Mrs. Pollifax zwischen den Bäumen mächtige Gestalten. Plötzlich ertönte ein donnerndes Gebrüll. Das erste Flußpferd plumpste in den Strom. Sonnenflecken glitzerten auf riesigen schwarzen Köpfen, als die Flußpferde, immer wieder untertauchend, in den Fluß hinausschwammen. Sie zählte fünf, sechs, sieben, bei elf hörte sie auf. Es kamen immer neue Familien, die unbeholfen herumtollten. Ein besonders kühnes Tier schwamm auf das Motorboot zu und starrte die Insassen neugierig an.

Mrs. Pollifax lachte, und nachdem das Boot sich stromaufwärts wieder in Bewegung gesetzt hatte, begannen alle zu reden und im Boot umherzugehen. Mr. McIntosh stellte sich mit schußbereiter Kamera neben Mrs. Pollifax. Er hat eine schlechte Haltung, stellte sie fest, aber, dachte sie nachsichtig, kein Mensch konnte aufrecht stehen, wenn er die Welt unbedingt mit gesenktem Kopf betrachten mußte. Ihr fiel auf, daß sein ziemlich langes, schwarzes Haar dringend gewaschen werden mußte. Die weißen Fäden darin wirkten interessant zu seinem gebräunten Gesicht.

»Ich hoffe, Sie haben nichts dagegen«, sagte er mit seinem milden Lächeln, und setzte sich auf die Kante der Bank neben sie.

»Überhaupt nicht. Sie haben da eine schöne Kamera. Ich bewundere sie schon die ganze Zeit.«

Er sah sie an, und sein Lächeln wurde intensiver. Er erklärte ihr die näheren Einzelheiten.

»Schön«, bemerkte sie mit einem strahlenden Lächeln, obwohl sie kein Wort verstanden hatte, und fragte: »Wo sind Sie zu Hause, Mr. McIntosh?«

»Hauptsächlich in der Nähe meines Koffers«, bekam sie zur Antwort.

»Aber Sie sind Amerikaner, nicht wahr?«

»Amerikanischer Staatsbürger, ja.«

»Dann leben Sie«, schloß sie folgerichtig, »in den Staaten?«

»Nicht wirklich«, sagte er, »ich komme und gehe.« Er hob die

Kamera und knipste das Flußufer, und als Crispin dann »Silberreiher!« rief, begab er sich zum Heck des Bootes.

Amy Lovecraft, die hinter ihr gestanden hatte, beugte sich vor und meinte: »Es ist unmöglich, mit ihm ins Gespräch zu kommen, nicht wahr? Ich habe noch kein klares Ja oder Nein aus ihm herausgebracht, auch nicht, ob er verheiratet ist! Ich meine, das ist doch eine Frage, die man mit Ja oder Nein beantworten kann. Entweder hat ein Mann eine Frau oder er hat keine.«

Mrs. Pollifax wandte sich um und lächelte in Amys lebhafte saphirblaue Augen. »Da dürften Sie recht haben, obwohl heutzutage solche Dinge manchmal ...«

»Was noch wichtiger ist«, fuhr Mrs. Lovecraft fort und senkte die Stimme, »ich glaube gar nicht, daß McIntosh überhaupt sein Nachname ist.«

Daraufhin drehte Mrs. Pollifax sich rasch zu ihr um und murmelte:

»Gütiger Himmel, wirklich?«

Mrs. Lovecraft nickte. »Als wir uns in Chunga eingetragen haben«, sagte sie jetzt mit Verschwörermiene, »habe ich neben ihm gestanden und einen Blick in seinen Paß tun können. McIntosh ist sein Vorname. Dahinter stand noch ein Name, der auch mit M anfängt, den ich aber nicht lesen konnte. Und«, fuhr sie ärgerlich fort, »ich habe noch nie einen amerikanischen Paß gesehen, in dem der Familienname an erster Stelle stand. Julian mag ihn als Mr. McIntosh empfangen haben, weil er das nicht *weiß*, aber sehen Sie gelegentlich in Ihrem eigenen Paß nach, der Nachname steht *nicht* an erster Stelle.«

»Amy«, rief John Steeves von der anderen Bootsseite, »Sie wollten doch eine Schwarzfersenantilope sehen. Kommen Sie hier herüber.«

Mrs. Lovecraft sprang auf und überließ es Mrs. Pollifax, die interessante Mitteilung zu verdauen. Keine sehr vernünftige Frau, dachte sie. Wenn sie solche Sachen über McIntosh verbreitete, verrät sie doch nur ihren Ärger, weil er sie übersah. Ob Amy Lovecraft wohl ein schwieriges Leben hinter sich hatte? Sie war eine sehr attraktive Frau und mußte einmal schön gewesen sein, aber schöne

Frauen entwickelten sich oft nur einseitig oder gar nicht. Mrs. Lovecraft wirkte hart, ihre Schönheit wie eine trügerische üppige Erdschicht, die nur dünn einen Felsboden bedeckte ... Niemand sah in ihre Richtung, so griff Mrs. Pollifax nach ihrer Handtasche und betrachtete verstohlen ihren Paß. Mrs. Lovecraft hatte recht: keine Umstellung der Namen. Der Taufname stand an erster Stelle.

»Macht es Ihnen Spaß?« Cyrus Reed unterbrach ihre Gedanken.

»O ja!« Sie strahlte ihn an. Und während sie an die Worte von Mrs. Lovecraft dachte, fügte sie hinzu: »Und ich lerne so viel, es ist wirklich lehrreich.«

Während des Vormittags hielten sie kurz an einer verlassenen Anlegestelle, wo einmal ein Fährschiff für den Transport gesorgt hatte. Jetzt wuchs hier Gras. Crispin ließ sie aussteigen und ein paar Schritte den Weg hinuntergehen. »Aber nicht weit«, sagte er bestimmt. »Nicht ohne Wache.«

»Wozu brauchen wir eine Wache?« protestierte laut Mrs. Pollifax.

»Es ist gefährlich.«

Sie schaute auf die friedliche Szenerie, auf die blühenden bunten Blumen am Wegrand, die an Petunien erinnerten. Eine Landschaft, die ungefährlich aussah. »Es sieht so sicher aus«, äußerte sie ungläubig.

»Ja, nicht wahr?« stimmte Tom Henry zu. »Aber Sie könnten über ein Krokodil stolpern, das sich sonnt, und wenn das nicht der Fall ist, dann gibt es Puffottern, Pythons und Schwarze Mambas, ganz abgesehen von einem Nashorn oder einem Flußpferd, das übler Laune sein könnte.«

Mrs. Pollifax war bestürzt. Crispin fragte: »Sie behandeln häufig Schlangenbisse in Ihrem Krankenhaus, Doktor?«

»Vielleicht nicht so erfolgreich wie die Medizinmänner in eurem Dorf, Crispin«, sagte Tom, »aber ein paar retten wir. Was die Medizinmänner angeht, so bewahrt es einen vor Überheblichkeit, wenn man merkt, daß die Menschen hier ihr eigenes Serum entwickelt hatten, ehe wir Jahrhunderte später in unseren Laboratorien darauf kamen.«

»Wir sind in der Lage zu lernen«, sagte Crispin bescheiden. »Wir sehen den Ichneumon im Kampf mit einer Giftschlange, er wird gebissen, er läuft zu einem bestimmten Baum, frißt die Blätter und bleibt am Leben. Der Medizinmann erforscht diese Zeichen.«

»Zu wem gehen Sie, Crispin, wenn Sie krank sind?« fragte Steeves.

Crispin grinste. »Ich würde zuerst zum Arzt gehen und danach zum Medizinmann, bloß zur Bestätigung.«

»Um auf jeden Fall sicherzugehen«, sagte Dr. Henry, als sie wieder ins Boot stiegen.

Lisa, die neben Mrs. Pollifax am Ufer stand, fragte: »Wollen wir wetten, in wessen Arme Mrs. Lovecraft fallen wird?«

Sie hatte sich jedoch geirrt. Amy Lovecraft nahm anmutig Crispins Hand, trat auf den Bug des Bootes und verharrte dort einen langen Augenblick, ehe sie John Steeves erlaubte, ihr hineinzuhelfen.

»Welche ist Ihre gefährlichste Giftschlange?« fragte Reed Crispin, was Lisa zum Lachen brachte.

»Die Viper. Ihr Gift zersetzt das Blut, deshalb sind Sie innerhalb von zehn Minuten tot.«

»Lieber Himmel!«

»Die zweitgefährlichste ist die Schwarze Mamba, deren Gift tötet in zehn bis fünfzehn Minuten. Wenn Sie in Lusaka in den Zoo gehen, kann Ihnen der Schlangenwärter alles darüber erzählen. Er wird Ihnen auch sagen, daß Schlangen weder sehen noch hören können, sie spüren nur Erschütterungen.« Er grinste. »Wenn Sie also einer Schlange begegnen und vollkommen regungslos stehenbleiben, dann kann sie Sie nicht finden.«

»Ich könnte vermutlich nicht stehenbleiben«, sagte Lisa erschauernd. »Ich würde rennen wie die Feuerwehr.«

Mrs. Pollifax wandte ihren Blick von Crispin dem Flußufer zu, das voller Wurzeln war. Sie sah die tiefen Schatten, das Buschwerk und das weiße Gewirr toter Wurzeln. Sie überlegte, was man in diesem Land alles wissen mußte, um einem plötzlichen, schmerzhaften Tod zu entgehen, und ihr wurde klar, daß das Überleben hier ein bißchen schwieriger war als dort, wo man nur bei Grün über die Kreuzung gehen mußte.

Etwa eine dreiviertel Stunde später waren sie wieder im Safaridorf Chunga. Julian wartete an der Anlegestelle, um Mrs. Pollifax mitzuteilen, daß ein Polizist aus Lusaka angekommen sei, um ihr ein paar Fragen zu stellen.

»Er ist seit einer Viertelstunde da«, berichtete Julian, »und ich habe ihm gesagt, daß ich Sie zu ihm bringen werde. Er sitzt da drüben hinter den Bäumen auf einem Stuhl, ganz versteckt.«

In Julians offenem Blick lag keinerlei Neugierde, während Mrs. Pollifax überaus neugierig, ja sogar etwas bestürzt war. »Sind Sie ganz sicher, daß er mich sprechen will?«

»O ja«, erwiderte Julian einfach, »er ist ja den ganzen weiten Weg von Lusaka hergekommen, um Sie zu treffen.«

»Das ist eine weite Fahrt.«

»Was nicht in Ordnung?« fragte Cyrus Reed.

Mrs. Pollifax, die als erste ausgestiegen war, bemerkte jetzt, daß die anderen herankamen und zuhörten. Sie schüttelte lächelnd den Kopf und folgte Julian zu dem angegebenen Platz, der zwischen Palmen tatsächlich versteckt lag. Ein schlanker junger Mann in dunkelblauer Uniform erhob sich. Er wirkte zurückhaltend und sehr höflich, sein mageres, dunkles Gesicht verriet Intelligenz. »Mrs. Pollifax?«

Sie bejahte seine Frage.

Vor ihm stand ein kleiner Tisch, auf dem neben einem Notizbuch eine halbgeleerte Colaflasche stand. Jetzt legte er sich das Notizbuch auf die Knie und zog einen Bleistift heraus.

»Ich komme, Madam (er sprach das Wort M'domm aus), um Sie nach der Anzeige in der heutigen Morgenausgabe der *Times of Sambia* zu fragen. Eine sehr merkwürdige Anzeige, nicht wahr?«

»Meine Anzei – Oh«, sagte sie, als sie die Frage begriff, »sie ist also heute erschienen. Das freut mich. Man hat es mir zwar gesagt, aber natürlich –«, sie hielt inne, weil sie merkte, daß er darauf wartete, zu Wort zu kommen. »Ich habe doch hoffentlich kein Gesetz gebrochen?«

Er sah aus, als säße er auf einer Gartengesellschaft und balancierte eine Tasse Tee anstatt eines Notizbuches auf den Knien. Seine Augen waren sehr wachsam.

»Dieser John Sebastian Farrell«, er sprach den Namen korrekt aus, »Sie kennen ihn?«

»Ja, natürlich, oder vielmehr, ich habe ihn gekannt. Sie sind wohl nicht gekommen, um mir mitzuteilen, wo er ist, nicht wahr?«

»Nein, Madam.«

»Übrigens«, fügte sie nach kurzem Nachdenken hinzu, »mein Name ist doch in der Anzeige gar nicht erwähnt.«

»Das Büro der *Times* gab mir Ihren Namen, Madam. Ich habe mich dann mit dem Reisebüro in Verbindung gesetzt, um Ihre Reiseroute zu erfahren. Zurück zu diesem Mann, was veranlaßt Sie anzunehmen, daß er in Sambia ist?«

Mrs. Pollifax setzte zu einer Antwort an, hielt dann aber, plötzlich ängstlich geworden, inne. »Ist etwas nicht in Ordnung? Ich verstehe nicht ...«

»Würden Sie bitte antworten ...«

»Ja, natürlich«, sagte sie. »Ein gemeinsamer Freund hat mir erzählt, er lebe in Sambia und er bekomme seine Post durch Barcleys Bank in Lusaka. Da sein Name nicht im Telefonbuch stand, bin ich zur Bank gegangen. Dort sagten sie mir, sie hätten keine Nachsendeadresse. So kam ich auf den Gedanken zu inserieren.« Sie schwieg und sah ihm zu, während er ihre Angaben in ein Notizbuch schrieb. »Wieso?« fragte sie. »Sie sind doch sicher nicht den ganzen Weg von Lusaka hergekommen, um ...«

»Darf ich Sie nach dem Namen Ihres Freundes fragen?«

»Freundes?« wiederholte sie verwirrt.

»Des Freundes, der Ihnen gesagt hat, daß der Mann hier lebt.«

Das klang nun tatsächlich ernst. Nach ganz kurzem Zögern sagte sie: »Bishop. William Bishop.«

»Seine Adresse bitte?«

»Bishops Adresse?« Sie war perplex, kramte aber bereitwillig in ihrem Gedächtnis nach Bishops Privatadresse, an die sie ihre Weihnachtskarten richtete. »Georgetown, Washington D. C.«, sagte sie. »Seine Wohnung hat den schönen Namen Lorbeer-Apartment, glaube ich.«

»Danke«, sagte er.

»Nachdem ich Ihnen jetzt alles erzählt habe«, sagte sie bestimmt, »werden Sie mir wohl erzählen, warum das so wichtig ist.«

»Sie haben bemerkt, Madam, daß Sie überall Ihren Paß vorzeigen müssen, damit niemand in dieses Land illegal einreisen kann.«

»Aber das habe ich doch ...« Sie unterbrach sich entsetzt. »Sie meinen, Mr. Farrell könnte sich illegal in diesem Land aufhalten?«

»Das habe ich nicht gesagt, Madam«, antwortete er höflich. »Ich überprüfe diese Angelegenheit.«

»Ich verstehe«, sagte sie und fügte vorwurfsvoll hinzu: »Farrell ist ein sehr ordentlicher Mann, Leutnant ...«

»Leutnant Bwanausi. Dunduzu Bwanausi.«

»Leutnant Bwanausi«, wiederholte sie tapfer und gewann ihm ein leises Lächeln ab, während er sich von seinem Stuhl erhob. Tatsächlich sah er jetzt viel freundlicher aus.

»Das ist gut möglich. Wir werden weitersehen. Ich hoffe, daß Sie Freude an Ihrer Safari haben. Guten Tag, Madam.«

Sie sah ihm nach, als er sich entfernte und dachte teilnahmsvoll an den weiten, staubigen Weg von Lusaka hierher und den weiten, staubigen Weg zurück. Seinem Kommen lag bestimmt ein großes Interesse an Farrell zugrunde. Sie wußte auch, daß sie bei dem ganzen Verhör etwas versäumt hatte. Sie wußte aber nicht, was es gewesen war.

Ein Schwarm winziger, leuchtendbunter Vögel pickte Körner vom Boden vor ihren Füßen auf. Etwas bewegte sich in den Palmen hinter ihr, unüberhörbar, dann vernahm sie das regelmäßige Tuckern des Motorbootes, das den jungen Polizisten ans andere Ufer übersetzte. Die Sonne brannte vom Himmel, kein Lüftchen regte sich.

Aber hatte es nicht gerade bei den Palmen geraschelt, obwohl es doch völlig windstill war? Sehr sonderbar, fand sie und erhob sich lautlos von ihrem Stuhl. Die Palmen regten sich nicht mehr, auch war niemand zu sehen. Sie ging zwischen den Bäumen umher, stieß mit dem Finger einen Zweig an, um festzustellen, ob ein kleines Tier das Rascheln verursacht haben könnte, fand das aber ganz unmöglich. Ein menschliches Wesen mußte sich zwischen den Palmen aufgehalten haben, ein Lauscher.

Sie drängte sich durchs Gebüsch und maß die Entfernung bis zum Speisesaal. Groß war sie nicht, in wenigen Sekunden konnte man das Restaurant erreicht haben. Niemand war zu sehen. Als Mrs. Pollifax rasch am Büro vorbeiging, sah sie Amy Lovecraft an der Rezeption angeregt mit Julian plaudern. Mrs. Pollifax ging weiter durch die Bar in den Speisesaal und zählte die Köpfe. Hier war der Rest der Gesellschaft versammelt; alle lachten gerade über einen Ausspruch von Chanda.

Jeder von ihnen konnte zwischen den Palmen gestanden und sie belauscht haben. Cyrus Reed ließ sie offenbar nie aus den Augen. Und Amy Lovecraft hatte schon Klatsch über McIntosh aufgespürt. Da aber Amy Männer ausgesprochen bevorzugte, konnte man sich schwer vorstellen, daß ihre Neugier sich auf ein weibliches Mitglied dieser Gesellschaft erstreckte.

Oder es konnte die einzige Person unter ihnen gewesen sein, die sich durch die Ankunft eines Polizisten gestört gefühlt hätte: *Aristoteles.*

Dieser Gedanke gefiel Mrs. Pollifax gar nicht. Aber da sie ja schon bald nach Kafwala aufbrechen mußten, eilte sie den Pfad zur Leopardenhütte hinauf, um fertigzupacken.

# 7

»Den *mwamfuli* ... könnte ich tragen«, sagte Chanda, als Mrs. Pollifax sich nach dem Mittagessen anschickte, das Pontonboot zu besteigen. Sie hatte gerade antworten wollen, daß ein buntfarbiger Schirm für sie durchaus keine Last bedeute, als sie aber Chandas Gesichtsausdruck bemerkte, reichte sie ihn bereitwillig dem Jungen und zeigte ihm, wie er sich aufspannen ließ. Das Boot legte ab, sie saßen wiederum auf Holzkisten, nur der glücklich lächelnde Chanda machte die Überfahrt unter dem aufgespannten Sonnenschirm stehend am Bug.

Am anderen Ufer wurden sie von drei Landrovern erwartet. Mrs. Pollifax, die sich über das Verpflegungswesen einer Safari noch keine Gedanken gemacht hatte, sah zu, wie das ganze Gepäck in einen der Landrover verladen wurde. Dann folgten ein Sack Kartoffeln, ein dicker Sack voll grüner Bohnen, zwei Kästen Bier und eine Kühlbox, die bis an den Rand mit gefrorenen Hühnchen und Steaks vollgestopft war.

»Sieht aus, als ob wir genug zu essen bekämen«, sagte Mr. Kleiber erfreut.

»Ja, nicht wahr?« meinte Mrs. Pollifax und nahm die besonders günstige Gelegenheit wahr, um von Mr. Kleiber eine Nahaufnahme zu machen.

»Meine Yoghurt-Mahlzeiten daheim kommen mir hier armselig vor«, meinte Lisa zu Dr. Henry, und Mrs. Pollifax schoß ein Foto von den beiden, wie sie in der Sonne saßen und einander anlächelten. Nicht zum erstenmal war Mrs. Pollifax dieses Lächeln aufgefallen, aber soviel sie wußte, hatten Lisa und Dr. Henry höchstens ein paar höfliche Floskeln gewechselt, und Lisa befand sich fast immer in der Gesellschaft von John Steeves, den sie offenbar völlig bezaubert hatte. Jetzt erwartete Mrs. Pollifax Tom Henrys Antwort auf Lisas Bemerkung. »Ja«, erwiderte er und sah sie an. Lisa lächelte, dann wandte sie sich ab.

»Hoffentlich knipsen Sie mich auch«, sagte Steeves.

»Oh, Sie vor allem«, antwortete Mrs. Pollifax und schämte sich gleichzeitig wegen der falschen Überschwenglichkeit, »weil meine Kinder hingerissen sein werden, daß ich mit einem berühmten Autor gereist bin.« Sie wußte, daß Cyrus Reed sie bei den Worten erstaunt beobachtete. Wirklich, dachte sie, Mr. Reeds Aufmerksamkeit ihr gegenüber konnte auf dieser Reise außerordentlich beschwerlich werden. In einer trotzigen Anwandlung richtete sie die Kamera auf ihn und knipste ihn auch. Sie vervollständigte ihre Sammlung mit einem Schnappschuß von Julian, der neben einem der Landrover stand. »Sie fahren mit mir«, sagte er und half ihr auf den Vordersitz. Ihr folgte sofort ein Wächter mit einem langen Gewehr. Es war derselbe Wächter, der ihnen gestern das Tor geöffnet hatte. Dann kam John Steeves mit Lisa angeschlendert. Es folgten McIntosh und Amy Lovecraft. Der Landrover, der ihr Gepäck transportierte, war schon losgefahren. Julian rief Crispin etwas zu, stieg dann ein und winkte. Kurz darauf waren sie unterwegs und überließen es den anderen, es sich im dritten Wagen bequem zu machen.

»Bekommen die auch einen Wachposten?« erkundigte sich Mrs. Pollifax.

»Ja natürlich.« Julian sah sie amüsiert an. »Sie glauben es immer noch nicht?«

Lisa beugte sich vor und sagte: »Na ja, es ist doch schließlich ein Park.«

»Ich habe gehört«, sagte Mrs. Lovecraft, »die Amerikaner sind daran gewöhnt, die Tiere zu füttern.«

Lachend schüttelte Julian den Kopf. »In der Regel ist es ungefährlich, solange man auf den Wegen bleibt und bei Tageslicht unterwegs ist. Vor drei Jahren jedoch ist ein Führer im Luangwa-Nationalpark genauso dahingefahren wie wir, als er von einem verwundeten Büffel angefallen wurde. Von dem Landrover ist nicht viel übriggeblieben, das kann ich Ihnen sagen, und wenn der Posten den Büffel nicht erschossen hätte, dann wäre von meinem Freund auch nicht viel übrig.«

»Ich verstehe«, sagte Mrs. Pollifax und blinzelte. »Was – hm – was machen Sie denn, wenn Sie hier draußen im Busch einen Unfall haben?«

»Oh, wir haben Marconis«, erklärte er, während er gewandt um ein Loch herumkurvte. »Und in Chunga gibt es eine Erste-Hilfe-Station.«

»Marconis?«

»Funk. Erst heute morgen haben Gäste ihn benutzt. Sie haben doch eine Nachricht nach Lusaka geschickt, nicht wahr, Mrs. Lovecraft?«

»Ja«, sagte sie kurz.

»Ich auch«, teilte Mr. McIntosh freiwillig mit.

»Und bei einem ernsten Unfall kommt ein ›Fliegender Doktor‹, aber da wir ja Dr. Henry bei uns haben …«

*»Nyalugwe«,* sagte der Wachposten scharf, und Julian bremste.

»Er sagt Leopard.« Julian brachte den Landrover zum Stehen. Nichts war zu hören, außer den Geräuschen, die Mr. McIntosh und Amy Lovecraft verursachten, als sie ihre Kameras herausholten und schußbereit machten. Mrs. Pollifax hielt ihren Apparat schon auf dem Schoß.

»Dort«, sagte er und deutete auf einen kleinen Hügel. Sie sahen den Leoparden vor dem Dickicht stehen, der mit seinem gefleckten Fell vor dem Buschwerk kaum zu erkennen war. Eine Sekunde lang sah er die Gruppe an, dann hob er den prächtigen Kopf und schritt davon.

»Wie schön«, flüsterte Lisa. »Wie kann nur ein Mensch diese herrliche Kreatur in einen Pelzmantel verwandeln?«

»Dem Himmel sei Dank, daß es Reservate gibt«, sagte Mrs. Pollifax. »Haben Sie seine Augen gesehen, haben Sie die Muskeln gesehen, als er sich bewegte?«

»Prächtiges Exemplar«, meinte Steeves. »Panther hab' ich schon gesehen, aber einen Leoparden in Freiheit noch nicht.«

»Ich glaub', ich hab' ihn auf meinem Film«, berichtete Mr. McIntosh mit hörbarer Befriedigung.

»Ich auch«, sagte Amy Lovecraft. »Wie aufregend.«

»Ich hab' ihn leider verpaßt«, sagte Mrs. Pollifax betrübt. »Ich hab' ihn zu lange betrachtet.«

Die staubige, schattenlose Straße zwang sie zum Langsamfahren. Vor ihnen setzte sich eine Schar schwarzer Hühner in Trab. »Perlhühner«, sagte Julian und hupte. Dies veranlaßte die Tiere lediglich, ihre Gangart etwas mehr zu beschleunigen. Doch erst ein zweites Hupen scheuchte sie vom Wege. Der Landrover hielt nicht mehr, und je unebener der Weg wurde, um so wärmer wurde es im Innern des Wagens. Der Wachmann auf dem Rücksitz schlug unentwegt nach den Tse-Tse-Fliegen, niemand sprach. Sie kamen an einem Wegweiser vorbei, auf dem ›Kafwala, 11 km‹ stand und bogen dann in einen weiteren Feldweg ein. Er war mit Elefantenkot bedeckt, und der Landrover ratterte bedenklich, denn der Weg war voller Löcher, die die Elefanten bei ihrem Durchzug während der Regenzeit hinterlassen hatten. Die Gegend war jetzt dicht bewaldet. Es standen Bäume zu beiden Seiten des Weges.

Es war fast drei Uhr, als sie Kafwala erreichten. Sie fuhren an einigen Männern vorbei, die um ein Feuer lagen. Sie sahen einem Mann zu, der mit einem uralten Bügeleisen auf einem Holzbrett Wäsche bügelte. Der Landrover hielt auf einem grasbewachsenen, von Zelten und strohgedeckten Zementhütten umstandenen Grundstück. Unmittelbar vor ihnen befand sich ein langgestrecktes weißes Gebäude mit einem Bogengang in der Mitte. Dahinter fiel das Gelände steil zum Fluß ab. Sobald Julian den Motor abgestellt hatte, vernahm Mrs. Pollifax das Geräusch des Kafwala, der ein starkes Gefälle und eine reißende Strömung hatte.

»Wir sind in Kafwala«, verkündete Julian und sprang aus dem Landrover. »Hier bleiben wir zwei Tage und beobachten Tiere, ehe wir zum nördlich gelegenen Dorf Moshi fahren.«

»Es sieht hier richtig wie in einem Feldlager aus«, stellte Lisa zufrieden fest. Sie drehte sich nach Mrs. Pollifax um und reichte ihr die Hand. »Können Sie noch gehen? Ich fühle mich an allen Gliedern wie zerschlagen. Julian sagt, hier gäbe es eine Badewanne, können Sie sich das vorstellen? Wie in aller Welt mögen sie im Busch ein Bad installiert haben?«

»Sie erhitzen das Wasser in einem sogenannten rhodesischen Ofen«, sagte Mrs. Lovecraft und kletterte aus dem Wagen. »In dem riesigen quadratischen Block da drüben befindet sich ein Behälter mit Wasser. Darunter wird ein Feuer angemacht, und durch die Röhren fließt das Wasser in die Badewanne.«

»Verdammt erfinderisch«, murmelte McIntosh. »Das muß ich mir ansehen.«

»Aber woher wissen Sie so etwas?« fragte Lisa.

»Meine Liebe«, sagte Amy mit ihrer leicht affektierten Stimme. »Ich bin das, was man eine Kolonistin nennt. Ich habe mein ganzes Leben in Afrika verbracht. Im Sudan, in Südafrika, in Sambia und Kenia.«

Interessiert sah Mrs. Pollifax sie an. Das erklärte, warum sie wie eine Britin wirkte, ohne tatsächlich Engländerin zu sein. »Militär?«

»Mein Vater, ja. Mein Mann nicht. Wir hatten eine Tabakfarm. Er ist tot.«

»Das tut mir leid.«

»Leid, ja nun«, sagte Mrs. Lovecraft, und ein bitterer Zug überflog ihr Gesicht. »Aber Sie sind ja auch Witwe, nicht wahr?« Sie wandte sich ab und lächelte Mr. McIntosh zu. »Ich hätte nichts gegen einen Drink, Kinderchen, wie wär's?«

Der Landrover mit ihrem Gepäck kam ins Lager gerumpelt, und die Sambier versammelten sich lachend um ihn herum. Julian winkte und wandte sieh dann an Mrs. Pollifax. »Ich möchte Ihnen Ihr Zimmer zeigen«, sagte er und führte sie zu einem Arkadenhof innerhalb des langgestreckten Gebäudes. »Hier«, sagte er, und deutete auf ihre Tür. Dann öffnete er die Tür gegenüber und machte Lisa ein Zeichen. »Sie und Ihr Vater wohnen hier, Mrs. Pollifax gegenüber. Tee um vier Uhr, meine Damen.« Damit eilte er davon, um die anderen einzuteilen.

Mrs. Pollifax hatte ihre Zimmertür geöffnet, an der sich weder Schloß noch Riegel befand. Drinnen bemerkte sie die üblichen mit Netz überspannten Betten mit jeweils einem Nachttopf darunter, einen Nachttisch mit einer Kerze und – herrlicher als alles andere – Milchglasfenster und dicke, weiße Wände. Hier würde es nachts nicht rascheln.

»Ein bißchen dunkel, aber gemütlich«, meinte Lisa und sah ihr über die Schulter. »Ob Sie wohl eine Zimmergenossin kriegen?«

»Da käme allerdings nur Mrs. Lovecraft in Frage«, erklärte Mrs. Pollifax.

Die beiden wechselten einen Blick, und Lisa lachte. »Sie ist ziemlich schrecklich, nicht wahr? All der Schmuck und die Pseudo-Weiblichkeit, aber unter dem ganzen Gepluster beginne ich die eiserne Hand im Samthandschuh zu spüren. Mein Vater hatte die Unverfrorenheit, mir zu sagen, ich würde so wie sie, wenn ich mich nicht vorsähe.«

»Das ist ganz und gar unmöglich«, sagte Mrs. Pollifax.

Lisa lachte. »Das sagen Sie, weil Sie mich früher nicht gekannt haben. Ich bin für Dad eine ganz schöne Heimsuchung gewesen, muß ich gestehen. Er ist ein Schatz, und er sorgt sich sehr. Der Himmel weiß, daß ich ihm Anlaß genug dazu gegeben habe. Ich kannte einmal einen Mann, wissen Sie, und ehe er sich aus dem Staub machte, dachte ich, er könnte alle meine Probleme lösen.«

»Was natürlich kein Mann kann«, bemerkte Mrs. Pollifax.

Lisa nickte. »Ja, jetzt sehe ich das ein; aber lange Zeit habe ich mir selbst die Schuld dafür gegeben. Ich fühlte mich so, so wenig liebenswert, verstehen Sie? So verfiel ich ins andere Extrem und unterdrückte jedes Gefühl. Aber das war natürlich auch lächerlich. Ich habe daraus gelernt, mich anzunehmen und zu mögen. Jetzt freue ich mich darüber.« Sie hielt inne und lächelte Mrs. Pollifax an. »Ich weiß gar nicht, warum ich Ihnen das alles erzähle. Vermutlich, weil ich platze, wenn ich es nicht jemandem sage, und Sie wirken so ... so menschlich – Afrika übt eine höchst bestürzende Wirkung auf mich aus. Seit wir hier sind, habe ich nachts die seltsamsten Träume, und ich sehe das Leben und mich selbst unter völlig neuen Gesichtspunkten. Dies Land führt mich zu etwas zurück, was ich verloren hatte. Es löst meine Fesseln. Finden Sie das beängstigend?«

»Nein«, sagte Mrs. Pollifax und lächelte nachdenklich. »Nein, weil ich gerade lange genug hier bin, um zu verstehen, was Sie meinen. Man lebt hier wie in einer andern Zeit. Alles ist neu. Und doch ist es zugleich sehr alt.« Lachend hielt sie inne. »Ich kann's offenbar nicht richtig ausdrücken.«

»Kann man auch nicht«, stimmte Lisa eifrig zu, und sie begannen unter den mächtigen alten Bäumen zum Fluß hinunterzugehen. »Keine wichtigen Bewegungen. Und doch, wissen Sie, unter der Oberfläche scheint eine Menge vor sich zu gehen«, fuhr Lisa fort. »Gestern, als ich nach Lusaka zurückfuhr, habe ich etwas richtig Unheimliches erlebt. Ich brachte eine Frau und ihr Kind zu ihrem Dorf, etwa eineinhalb Kilometer abseits der Fahrstraße, aber hinterher muß ich die falsche Abbiegung genommen haben, denn ich hatte mich total verfahren. Ich fuhr und fuhr«, sagte sie mit einem Schauder, »bis ich an eine Straßensperre kam, und – es war erschreckend – ich war plötzlich von Soldaten umgeben oder Polizisten, alle mit Gewehren.«

»Gütiger Himmel«, sagte Mrs. Pollifax verblüfft.

Lisa nickte. »Es waren ungefähr zwanzig Mann. Sie waren schrecklich nett, aber sie kontrollierten alles, meinen Paß, mein Gepäck. Sie verhörten mich fast eine Stunde lang, warum ich diesen Weg genommen hätte, wie lange ich in Sambia bliebe, wo ich hin wolle, und vor allem, warum ich nach Sambia gekommen sei.«

»Wo ist das passiert?« fragte Mrs. Pollifax.

Lisa dachte nach: »Irgendwo unten in der Kafue-Ebene. Jedenfalls sagt das die Karte.«

»Der Fahrer, der uns nach Chunga brachte«, bemerkte Mrs. Pollifax, »sprach von rhodesischen Spionen, die nach Sambia eingeschleust werden.«

»Kann sein«, meinte Lisa. »Es gab Guerilla-Überfälle die ganze rhodesische Grenze entlang – daß die Afrikaner das Land Simbabwe nennen, wissen Sie – und tief im Innern des Landes auch. Das waren keine Sambier, sondern Partisanen, die Sambia durchzogen, und vermutlich senden auch die Rhodesier Leute in dieses Land. Wenn ich an der Grenze eines Landes mit Rassentrennung leben würde, dann würde ich vermutlich auch nicht ruhig zusehen. Ich finde es einfach entsetzlich ungerecht, daß eine Minderheit von 250 000 Weißen die absolute Macht über sechs Millionen Eingeborene besitzen und sie ausbeutet. Schließlich ist es ja *ihr* Land.«

»Im allgemeinen«, sagte Mrs. Pollifax milde, »scheint heutzutage die Goldene Regel die letzte zu sein, an die man sich erinnert.« Sie hatten das Ufer erreicht, und Mrs. Pollifax dachte, wie unangemessen es doch war, bei einem solchen Anblick von Gewalt zu sprechen. Zu ihrer Linken schoß das Wasser über riesige, urzeitliche Felsblöcke hinab, sprühte Schaum und klang in seinem stürmischen Fall einfach atemberaubend. Jenseits der Felsen floß es ruhig um eine Insel herum. Dann setzte es seinen Weg fort nach Chunga und noch weiter. Mehrere Stühle waren nah am Ufer aufgestellt, andere standen in einem Kreis um die leere Feuerstelle herum. »Rhodesien *ist* sehr nah«, sagte Mrs. Pollifax, und ließ sich auf einem der Stühle nieder, »und Sambia war doch Nord-Rhodesien, nicht wahr?«

»O ja«, antwortete Lisa, »aber wenn Sie nicht in Livingstone waren, wissen Sie nicht, *wie* nah. Die Victoriafälle liegen zur Hälfte in Rhodesien. Ich hab' von Livingstone aus eine Bootsfahrt gemacht, und da war das eine Ufer des Sambesi sambisch und das andere rhodesisch. Der Führer erzählte uns, wir würden die ganze Zeit beobachtet, weil der Fluß die einzige Grenze ist, und die Leute ihn bei Nacht überqueren. Tatsächlich ...« Sie hielt inne, weil oben vom Hang her eine Stimme nach ihnen rief. Der dritte Landrover war angekommen, und John Steeves kam heruntergestiegen, ihm folgten Amy Lovecraft und Dr. Henry, und, sehr zimperlich, Willem Kleiber. Dann erschien unter einem regenbogenfarbenen Schirm Chanda. Einen Augenblick später stiegen Cyrus Reed und McIntosh herunter, und mit ihnen ein junger Mann in einem weißen Leinenjackett, der ein Tablett mit Gläsern trug.

Dr. Henry setzte sich neben Lisa und lächelte sie an. »Wir haben einen Wasserbüffel gesehen, eine Anzahl Pukus und ein paar Impalas.«

»Und wir haben einen Leoparden gesehen«, berichtete sie.

»Und wenn Sie ganz schnell in die Palmen da links von Ihnen schauen, dann können Sie Ihrer Liste einen Affen hinzufügen«, sagte John Steeves und setzte sich auf ihre andere Seite.

»Kümmern Sie sich nicht um den Affen«, sagte Mrs. Lovecraft geringschätzig. »Mrs. Pollifax, Julian hat mich gebeten, Ihnen zu sagen, daß es heißes Wasser gibt, und Sie dürfen es als erste genießen.«

»Ich soll die erste sein?« fragte Mrs. Pollifax. »Ich weiß nur nicht, wo das Bad ist.«

»Ich weiß, wo *bafa* ist«, sagte Chanda eifrig. »Ich zeigen Ihnen.«

»Gut, dann nichts wie los.« Chanda beachtete den Pfad nicht und sprang von Fels zu Fels. Zum erstenmal bemerkte Mrs. Pollifax die lange Narbe, die sich vom Knöchel bis zur Hüfte zog. Sie erinnerte sich, daß Dr. Henry gesagt hatte, er sei beinah tot gewesen, als man ihn ins Krankenhaus gebracht habe, und sie fragte sich, wie viele Narben er sonst noch haben mochte. Oben auf dem Hügel erwartete er sie mit strahlenden Augen.

»Ich laufen schnell wie Affe«, sagte er grinsend.

»Wahrhaftig.« Während sie versuchte, wieder zu Atem zu kommen, bemerkte sie einen kleinen, gelbbraunen Beutel, der an einer Schnur um seinen Hals hing. »Was ist das, Chanda?« fragte sie und deutete darauf.

Er schaute herab, stopfte den Beutel unter sein Hemd und sah sie nachdenklich an. »*Cuma*«, sagte er vorsichtig. Dann lachte er plötzlich wieder über das ganze Gesicht. »Möchten Sie sehen? Es ist mein Schatz.«

»Sehr gern, ist es geheim?«

»Sehr geheim«, antwortete er und war offensichtlich dankbar, daß sie die Tür zu ihrem Zimmer öffnete und ihm bedeutete einzutreten. Er nahm den Beutel vom Hals und leerte den Inhalt auf dem Bett aus.

Über das, was zum Vorschein kam, war Mrs. Pollifax ebenso gerührt wie amüsiert, weil ihr ähnliche Sammlungen ihres Sohnes Roger einfielen, als er im selben Alter war. Nur daß Rogers Schätze nicht den Wert hatten wie Chandas Sammlung hier im Busch. Die Gesellschaft war eine andere.

»Aus *Cifulo*«, erklärte Chanda und deutete auf einen Ort außerhalb ihrer Hütte. »*Mushi*, meine Heimat.«

»Meinst du, ehe du zu Dr. Henry kamst?«

»Davor«, erklärte er und deutete sachlich auf sein vernarbtes Bein. Er nahm die Gegenstände seiner Sammlung in die Hand und erklärte sie ihr. »*Munga* – Dorn.«

»*Munga*«, wiederholte sie und nickte.

»*Bulobo* – Fischhaken. *Mwele* – Messer.« *Mwando* war ein Knäuel Bindfaden, *lino* war ein Zahn. »Und *cibiliti*«, schloß er und hielt zwei Zündhölzer hoch.

»Und eine Schlange«, sagte sie und deutete auf ein Streifchen getrockneter Haut.

Er nickte. »*Nsoka*. Hat mein Vater mir gegeben. Er war Jäger, sehr großer Mann. Er spürte Wild auf. Er mich lehrt. Ich bin auch Jäger.«

»Dann willst du auch Jäger werden?«

»Ich schon Jäger.« Er lachte sie an. »Sehr guter.« Sie sah schweigend zu, wie er seine Schätze wieder im Beutel verstaute, jedes Stück liebevoll berührend.

Als er aufstand, sagte sie ruhig: »Ich danke dir, Chanda.«

»Sie jetzt *Nunandi*«, sagte er. »Freund. Sie und Dr. Henry. Und jetzt Sie haben Bad. Ich zeige Ihnen.«

Zehn Minuten später saß Mrs. Pollifax in einer kleinen strohgedeckten Hütte in einem Zuber mit warmem Wasser, summte zufrieden vor sich hin und fand, daß es ihr auf dieser Safari sehr gut ging, und daß sie ein paar gute Fotos gemacht hatte. Zwanzig Minuten später kehrte sie in ihr Zimmer zurück und setzte sich aufs Bett, um weitere Pläne zu machen. Gestern hatte sie ihren ersten Film abgeknipst. Er lag jetzt wohlverwahrt in ihrem Koffer. Heute morgen hatte sie den zweiten angefangen. Blieben noch vier neue Filme, was – sie rechnete kurz nach – dreiundneunzig weitere Schnappschüsse bedeutete, die sie z. T. für Tier- und Landschaftsaufnahmen verwenden würde. Sie hatte von jedem ihrer Reisegefährten mindestens schon ein Foto gemacht, und das gefiel ihr sehr. Einige der Bilder mochten nichts geworden sein, natürlich, aber es war ein guter Anfang, und von morgen ab konnte sie sich etwas entspannen und mehr Gelegenheitsaufnahmen machen. Zufrieden berührte sie die vier Schachteln mit den noch unbenutzten Filmen in ihrem Koffer. Ihre Hand glitt in die Tasche ihrer zusammengelegten Buschjacke, um nach dem Film zu spüren, den sie dorthin gesteckt hatte. Der Film war nicht da.

Sprachlos nahm Mrs. Pollifax die Jacke heraus, drehte sämtliche Taschen nach außen, warf sie auf das Bett und wühlte ihren Koffer durch. Sie kroch unter das Bett. Dann durchsuchte sie ihre Handtasche. Völlig außer sich, kippte sie den Inhalt ihres Koffers auf das Bett und begann eine wilde Suchaktion. Kein Film. Ruhe bewahren, ermahnte sie sich und setzte sich aufs Bett mitten zwischen helle Pullover, Gesichtscremes, Hosen und Pantoffeln. Heute mittag hatte sie den Film in Chunga eingepackt und den Koffer abgeschlossen. Ein paar Minuten später, als der Junge gekommen war, um den Koffer abzuholen, hatte sie ihn noch einmal aufgeschlossen, um ihre Zahnbürste hineinzulegen. Doch da war der Film noch vorhanden gewesen. Sie sah ihn vor sich, wie er sich in der Tasche ihrer zusammengefalteten Buschjacke abgezeichnet hatte. Der Film war in ihrem Koffer eingeschlossen gewesen, als der Koffer Chunga verließ, und ihr Koffer war verschlossen gewesen, als sie ihn vor einer halben Stunde geöffnet hatte, um ein Stück Seife herauszunehmen. Sie hatte blindlings hineingegriffen, weil sie wußte, wo die Seife lag. Aber dazu hatte sie den Koffer aufschließen müssen, und das Schloß war nicht beschädigt gewesen. Verloren hatte sie den Film also nicht, dachte sie grimmig. Jemand mußte ihn gestohlen haben, während sie gebadet hatte.

Sie saß reglos da, bis sie den Schock überwunden hatte. Die weiteren Überlegungen verursachten ihr einen leichten Schwindel. Wie schrecklich arrogant sie gewesen war, einfach herumzugehen und ganz öffentlich ihre Schnappschüsse zu machen, während die ganze Zeit über irgend jemand auf dieser Safari nicht fotografiert werden wollte. Diese Person hatte sie so viele Schnappschüsse machen lassen, wie sie wollte, und ihr dann heimlich den belichteten Film weggenommen. Sie war auf ihren Platz verwiesen worden.

Ein Punkt für Aristoteles.

Unverschämt natürlich, aber auch einfach ... ein leerer Raum, der sich nur durch einen Riegel von innen verschließen ließ, ihr geöffneter Koffer und sie in der Badewanne.

Zorn stieg in ihr hoch und besiegte ihren Schrecken. Nun hatte sich ihr unbekannter Gegner gezeigt. Er war auf der Hut. Sie durfte annehmen, daß ihr Einbrecher nichts über sie wußte, außer daß sie gern Personen mit entsprechender Kulisse aufnahm. Aber sie wußte jetzt, daß ihr Gegner auf Draht war. Er hatte gleich zugeschlagen, weil er damit rechnete, daß sie eine ängstliche, törichte Frau war. Er täte gut daran, beim nächsten Mal einen Ersatzfilm zurückzulassen, weil es selbst törichten Frauen auffiel, wenn allzu viele Filme verschwanden.

Nun hatte sie zwanzig Bilder verloren, und wenn es ihr nicht gelang, ihren Dieb zu überlisten, dann konnte es geschehen, daß sie alle Filme verlieren würde. Im Augenblick hatte sie nur die sechs oder sieben Aufnahmen, die sich noch in der Kamera befanden ... oder hatte man sich mit denen auch beschäftigt? Der Apparat zeigte noch sieben Aufnahmen an. Um aber sicherzugehen, nahm sie den Film heraus, legte einen neuen ein und steckte die nicht abgeknipste Rolle in ihre Handtasche. Die noch nicht benutzten Packungen verbarg sie: eine in ihrer Einkaufstasche, eine in einem Turnschuh, die letzte in ihrer Handtasche.

Trotzig beschloß sie, ihre Knipserei mit einer Begeisterung fortzusetzen, die ihren Gegner bestimmt ärgern würde. Aber es war auch an der Zeit, sich mit ihrer Ansteckkamera zu beschäftigen. Sie hatte sie an ihrer Kleidung getragen, seitdem sie im Safaridorf war, und inzwischen mußten sich ihre Reisegefährten daran gewöhnt haben, sie an ihr zu sehen. Auch wenn sie zu sportlichen Kleidern nicht gut paßte. Sie würde sie stur weitertragen.

Noch erschüttert von ihrer Entdeckung, packte sie ihren Koffer von neuem und schloß ihn ab. Als sie ihr Zimmer verließ, öffnete gerade Cyrus Reed seine Tür. Er schien ehrlich erstaunt. »Hier wohnen Sie?« fragte er. »Gut, dann sind wir Nachbarn.«

Selbst für den Fall, daß er den Film gestohlen hatte, hielt sie es für klug, ihre Entdeckung zu erwähnen. »Falls Sie unten am Fluß waren, könnten Sie mir vielleicht sagen, wer die Gruppe verlassen hat, um hier herauf- und an meinem Zimmer vorbeizugehen?«

Reed hob die Augenbrauen. »Etwas abhanden gekommen?«

»Während ich gebadet habe. Aber ich möchte keine Aufregung verursachen.«

»Sehr vernünftig. Und Sie möchten wissen, wer die Gesellschaft verlassen hat ... So ziemlich jeder, muß ich sagen. Sogar ich. Hab' mir Bier über meine Hose geschüttet und ging rauf, um mich umzuziehen. Begegnete Steeves, der heraufkam, als ich nach unten ging. McIntosh verließ uns, um ein Schläfchen zu machen. Kleiber kam herauf, um eine Karte zu holen und irgendeinen Punkt zu klären, Lisa holte sich einen Pullover. Die beiden einzigen, die am Fluß blieben, waren Mrs. Lovecraft und Dr. Henry. Nichts allzu Wertvolles, hoffe ich?«

»Doch, für mich schon.«

»Das hör' ich nicht gern. Sie haben gründlich gesucht? Aber natürlich haben Sie das.« Er legte die Betonung schmeichelnd auf *Sie*.

Sie ging ein paar Schritte auf den Pfad zu. »Eine sehr brauchbare Liste, Mr. Reed. Ich danke Ihnen.«

»Nicht Mr. Reed«, sagte er bestimmt. »Nennen Sie mich Cyrus.«

»Oh.« Nach kurzem Zögern nickte sie. »Und ich heiße Emily.« Als sie zum Ufer hinunterstieg, merkte sie, daß sie sich wohler fühlte und sogar lächelte. Ein einfältiges Lächeln vermutlich, aber immerhin ein Lächeln.

Gegen halb sieben saßen alle unten am Fluß um ein prasselndes Feuer. Es war die einzige Beleuchtung außer einer an einem Pfahl aufgehängten Laterne. Sie saßen im Kreis, und die Dunkelheit ringsum hatte sie enger zusammenrücken lassen oder auch das Gefühl ihrer Winzigkeit angesichts der mächtigen Bäume und des rauschenden Flusses. Sie saßen, plauderten und tranken Bier. Nur zwei Menschen waren beschäftigt: zum einen der ernste junge Mann im weißen Jackett. Er kam mit Besteck, Tischtüchern und Tellern den Berg hinunter, ging dann wieder nach oben, um mit Tassen, Untertassen, weiterem Bier und Gläsern zurückzukehren. Zum anderen Mrs. Pollifax, die ein Blitzlicht an ihrer Kamera befestigt hatte und eine Aufnahme nach der anderen machte.

»Warum machen Sie sich die Mühe«, fragte Mr. Kleiber neugierig, »wenn Sie nicht einmal eine gute deutsche Kamera haben wie Mr. McIntosh oder Mrs. Lovecraft?«

»Oh, diese Kamera ist für einen Amateur gerade richtig. Ich mache ja bloß Aufnahmen für meine Kinder«, sagte sie. »Die werden begeistert sein, und natürlich wollen meine Enkelkinder die Tiere sehen. Ich versuche immer, einen richtigen Hintergrund drauf zu bekommen, damit sie es auch miterleben können.«

»Und zeigen Sie auch Dias?« fragt Cyrus Reed trocken.

Sie warf ihm einen Blick zu und sagte, ohne mit der Wimper zu zucken: »Natürlich.« Dabei haßte sie Dias.

»Unglaublich«, sagte er und starrte sie an.

Und voller Begeisterung fuhr sie fort: »Nach dem Abendessen bringe ich Bilder von meinen Enkelkindern mit. Es sind ganz *reizende* Kinder.«

»Wirklich?« fragte Amy Lovecraft kalt.

Der junge Kellner war soeben mit einem großen Tablett erschienen. Ihn begleiteten zwei junge Männer, die dampfende Schüsseln trugen. Er verkündete, daß das Abendessen aufgetragen sei. Sofort sprang Mrs. Pollifax auf und trat als erste an den Tisch. Sie war nicht überrascht, feststellen zu müssen, daß sie nach ihrer Ankündigung von Enkelfotos eine ›Art Ausgestoßene‹ geworden war. Mr. Kleiber wählte einen Platz, der von ihrem weit entfernt war, und Mrs. Lovecraft, die bisher kein wirkliches Interesse an Mr.

Kleiber gezeigt hatte, setzte sich neben ihn. Lisa wählte einen neutraleren Platz, und Steeves begleitete sie wie gewöhnlich. Tom Henry saß nicht weit von Lisa entfernt, und McIntosh, rätselhaft lächelnd, setzte sich neben Julian.

Nur Chanda und Cyrus Reed schien es nicht zu stören. Chanda hockte sich mit gekreuzten Beinen neben Mrs. Pollifax auf den Boden und schenkte ihr ein strahlendes Lächeln. »Ich sitze hier. Sie *nunandi.*«

»Verdammt unpraktisch, auf den Knien zu essen«, meuterte Reed.

»Versuchen Sie's auf einer Ecke dieses kleinen Tisches«, riet Mrs. Pollifax. »Schließlich bedeutet Safari kampieren.«

»Touché«, sagte er lachend. »Danke. Unglaublich gutes Essen. Weiß gar nicht, wie sie hier draußen ohne jede Elektrizität so erstklassig kochen können.«

»Es gibt großen Holzofen«, erklärte Chanda eifrig, »und sehr feiner Koch. Julian nennt ihn einen Chef.«

»Darum also«, sagte Reed. »Hab' dich da oben rumschnüffeln sehen. Spricht hier noch jemand Bemba?«

*»Cimo«,* sagte Chanda und streckte einen Finger. »Gutes Leben hier im Park. Ich vielleicht nicht Jäger.«

»Tom sagt, daß du ein verdammt guter Jäger bist und ein Spurensucher, obwohl du erst zwölf Jahre alt bist«, erklärte Reed, indem er geschickt ein Stück Steak aufspießte. »Sagte, du seist weggegangen, um zu sehen, was von deinem alten Dorf an der angolanischen Grenze noch übrig ist, und daß du fünfzig Meilen allein durch den Busch gewandert seist.«

Chandas Lächeln vertiefte sich. »Ja, das. Er erzählt Ihnen von den Löwen?«

»Löwen!« rief Mrs. Pollifax aus.

»Drei«, sagte Reed und nickte. »Aber woher hast du gewußt, daß sie dir folgen, Chanda?«

»Weil ...« Chanda zögerte. »Ich weiß nicht Wort für *cula.*«

»Frösche, Chanda«, rief Julian, der ein paar Stühle entfernt saß.

»Ach ja. Ich sie hören, wissen Sie. Sie machen Froschlärm, und dann kreuze ich *kamana* ...«

»Bach«, rief Tom Henry.

»Ja, Bach. Und Frösche reden sehr laut miteinander. Ich gehe weiter, und dann« – er hob die Hand und machte eine dramatische Geste – »*kula* sind still. So ich schaue nach hohem Baum hinaufzuklettern, weil es dunkel wird, wie jetzt, und ich weiß, daß jemand mir folgt, sonst würden Frösche weiter Lärm machen.«

»Gütiger Himmel«, sagte Lisa. Alle hörten jetzt zu.

»Drei Löwen wollen auf Baum klettern, mir nach, aber ich bin zu hoch. Ich sitze ganze Nacht, daß sie weggehn sollen.«

»Und das taten sie wohl schließlich«, sagte Steeves.

»Aber erst am Morgen«, warf Tom Henry ein.

»Ja, ich vom Baum klettern, aber nicht kann gehen. *Mwendo* geworden wie Baum.«

»Er meint, seine Beine waren gefühllos geworden, weil das Blut nicht mehr zirkulierte«, erklärte Tom. »Seine Beine waren geworden wie ein Baum.«

Chanda nickte. »So ich suche Zweige und trockenes Gras, und nach langem Reiben von Zweigen mache Feuer. Ist sehr schwer. Viele Stunden ich sitze am Feuer, um warm zu werden, und dann gehe ich.«

»Kann mir nicht vorstellen, daß ein amerikanischer Zwölfjähriger so etwas schafft«, sagte Reed.

»Immerhin ist Afrika eine Spur gastlicher als die Mongolei«, warf Steeves ein. »Da gibt es Panther und Tiger, obwohl die Sonne an dreihundert Tagen im Jahr scheint, schreckliche Winde und furchtbare Abkühlung durch den Wind.«

»Tiger haben wir nicht«, sagte Julian, »aber morgen suchen wir nach Löwen für Sie.«

»Oh, hoffentlich bekommen wir einen zu sehen«, rief Lisa eifrig.

»Um wieviel Uhr brechen wir auf?« erkundigte sich Mrs. Pollifax.

»Gleich nach dem Frühstück, gegen halb acht.«

»Früh«, sagte Amy Lovecraft und zog ein Gesicht.

Der Kellner hatte ein neues Tablett gebracht und setzte es auf den Tisch. Er verbeugte sich mit ernstem Gesicht und erklärte: »Der Pudding ist serviert, meine Damen und Herren.«

Nach dem Essen erinnerte Tom Henry Chanda daran, ans

Schlafengehen zu denken. Als der Junge aufstand, hatte Mrs. Pollifax plötzlich einen tollen Einfall. Auch sie erhob sich. »Ich gehe mit Chanda nach oben«, sagte sie. »Es ist so dunkel, daß ich es nicht über mich bringe, allein zu gehen, und weil wir doch schon um sieben frühstücken ...«

»Wie, keine Fotos von den Enkelkindern?« fragte Reed.

»Ich hab' noch Schlaf nachzuholen«, sagte sie, ohne ihn zu beachten, und ergriff ihre Handtasche. »Gute Nacht!«

Ein Chor von Gutenachtwünschen begleitete sie, als sie die Runde am Feuer verließ. Außerhalb des Lichtscheins war es stockdunkel; Chanda nahm sie bei der Hand und führte sie. Kiesel knirschten unter ihren Schritten, und das Geräusch des rauschenden Flusses schläferte ein. Vom Haus aus schaute Mrs. Pollifax zur Feuerstelle zurück und zählte die Gruppe. Alle waren da. »Chanda«, fragte sie, »ob du mir wohl etwas in deinem Geheimbeutel aufbewahren würdest?« Er starrte sie an.

»Es ist etwas Wichtiges und ganz klein. Nur bis zum Ende der Safari«, fügte sie schnell hinzu. Sie öffnete ihre Kamera und nahm den Film heraus. Als sie ihn Chanda hinhielt, bewegte er sich nicht. Er blickte durch sie hindurch, und es schien, als sähe er etwas, was sie nicht sehen konnte. Dann lächelte er sie plötzlich an.

»Ja, Geheimnis«, sagte er und steckte den Film in seinen Beutel.

Sie merkte, daß sie den Atem angehalten hatte. Jetzt war sie erleichtert. »Du bist ein richtiger Freund, Chanda.«

»Aber natürlich – *nunandi*«, sagte er lachend und rannte davon.

Nachdenklich schaute sie ihm nach. Hoffentlich verstand er sie. Zumindest hatte sie diesen Film gerettet. Sie wandte sich um und wollte in ihr Zimmer gehen, da sah sie im Bogengang Cyrus Reed stehen, der sie beobachtet hatte.

»Oh, haben Sie mich erschreckt.« Sie fragte sich, wie lange er wohl dagestanden hatte, und was er gesehen haben könnte.

Er reichte ihr ihre Sonnenbrille und den Schirm. »Das haben Sie liegengelassen. Haben Sie etwas gegen einen Spaziergang um das Lager, ehe wir hineingehen?«

Sie zögerte. »Ein bißchen Bewegung könnte nicht schaden«, gab sie zu.

»Gut. Prächtiger Anblick des Orion und der Plejaden, wenn wir aus der Reichweite des Lagerfeuers herauskommen. Langweilig da unten, nachdem Sie gegangen waren. Muß immer wieder feststellen, daß Mrs. Lovecraft durch die Nase spricht und Mr. Kleiber schnaubt, Steeves redet unentwegt über die Mongolei. Wir sind doch schließlich hier in Afrika.«

Sie lachte. »Sie Ärmster.«

»Durchaus nicht«, sagte er liebenswürdig und nahm ihren Arm. »Hab' nur beschlossen, mir bessere Gesellschaft zu suchen.«

»Übrigens finde ich, daß Ihre Tochter Lisa ein Schatz ist.«

»Finden Sie auch? Scheint jetzt aufzutauen.«

»Und Sie, sind Sie wirklich Richter?«

Er holte seine Taschenlampe heraus, knipste sie an und nickte. »Ein *phungu*, wie Julian mich nennt. Das Nyanja-Wort für Richter.«

*»Phungu«*, wiederholte sie. »Welche Art *phungu* waren Sie? Hatten Sie Hunderte von aufregenden Fällen?«

»Nur Routine, außer dem Fall Rambeau gegen Jenkins.«

Mrs. Pollifax blieb wie angewurzelt stehen. »Oh, glauben Sie, daß sie ihn umgebracht hat?«

Er hatte zum Himmel geschaut. Jetzt wandte er sich ihr zu und lächelte. »Das weiß Gott allein, meine Liebe.«

»Aber Sie waren dabei. Sie führten den Vorsitz.«

»Na ja – das ist der übliche Trugschluß«, sagte er. »Wir *phungus* richten nie über Schuld oder Unschuld, wir richten über Tatsachen. Das Gesetz ist kalt und unpersönlich. Muß so sein.«

»Aber Sie sind es nicht«, sagte sie empört.

Beim Schein des Lagerfeuers konnte sie erkennen, daß er lächelte. »Erzählen Sie das niemandem, meine Liebe.« Er blieb stehen: »Sie ›meine Liebe‹ zu nennen, fällt mir nicht schwer.«

»Na ja, *ich* jedenfalls halte Nina Rambeau für unschuldig«, sagte sie und hoffte, er würde nicht bemerken, daß sie errötete. Es lag schon weit zurück, daß sie jemand meine Liebe genannt hatte. »Haben Sie den Orion schon gefunden?«

Er schüttelte den Kopf. »Es ist nicht dunkel genug. Ich denke, wir sollten den Weg ein wenig weiter hinaufgehen, dann können wir besser sehen.«

»Tun wir das doch«, sagte sie.

Sie wagten einige Schritte in die Dunkelheit. Dann schaute Mrs. Pollifax zurück: »Der Wächter folgt uns. Ist das nicht lächerlich?«

»Durchaus nicht. Wenn man wilde Tiere ohne jedes Risiko beobachten will, dann fängt man sie und betrachtet sie in einem Zoo. Hier im Reservat laufen sie frei herum, wild und geschützt. Das sind wir aber nicht.«

»Natürlich haben Sie recht«, gab sie zögernd zu. »Aber ich fühle mich wie eine Gefangene, wenn ich bewacht werde.«

»Bezweifle, daß irgend etwas Sie beengen könnte, meine Liebe. Mir sollte seine Gegenwart viel lästiger sein, weil ich die Absicht habe, Sie zu küssen.«

Sie schaute verblüfft zu ihm auf und kam ihm somit sehr entgegen. Sie protestierte leise, als er sie in die Arme nahm, entdeckte dann aber, daß ihr das Geküßtwerden recht gut gefiel. Als er sie losließ, fielen prompt die Sonnenbrille, ihr Taschentuch und der Schirm zu Boden.

Geduldig sammelte er alles wieder auf und reichte es ihr. »Und dort«, sagte er, nahm ihre Hand und hielt sie fest, »steht Orion.«

»Ja«, sagte sie, verwirrt und außer Atem. Sie begriff, daß sie gegen große und charmante *phungus* keineswegs immun war. Höchst beunruhigend fand sie das in ihrem Alter. Dann sah sie zu den Sternen auf, die zu Tausenden am Himmel standen.

Ein Husten des Wächters unterbrach die Stille. »Ich finde, er hat lange genug Geduld mit uns gehabt«, sagte Cyrus trocken. Schweigend kehrten sie um und gingen ins Dorf zurück.

Als Mrs. Pollifax wieder in ihr Zimmer kam, war es schon sehr kalt geworden. Sie legte nur eben einen neuen Film in ihre Kamera ein und verbarg den Apparat für die Nacht unter ihrem Kopfkissen. Nachdem sie die Kerze ausgeblasen hatte, kletterte sie ins Bett.

Sie lag da und dachte an die Ereignisse des vergangenen Tages: an den gestohlenen Film und an Cyrus Reed, der recht störend werden konnte. Sie mußte sich zusammennehmen, um ihre Aufgabe zu lösen. Für sie war es nicht einfach eine Safari. Sie mußte wachsam und geschickt sein, damit Aristoteles nicht weitere Menschen niederschießen konnte.

Sie schloß die Augen, als sie draußen auf dem Pfad Stimmen und Schritte vernahm. Einen Augenblick später erkannte sie Amy Lovecrafts hohes Kichern.

»Ich wäre gefallen, Mr. Kleiber, wenn Sie mich nicht gerettet hätten wie der Ritter in schimmernder Rüstung, Sie lieber Mann. Dieser Pfad ...«

Amy Lovecraft, dachte Mrs. Pollifax, jagte entschieden nicht nur mit der Kamera.

»Mir unbegreiflich«, sagte Mr. Kleiber in seiner pedantischen, humorlosen Art, »warum nicht Bulldozer auf diesem Hügel eingesetzt werden. Sie haben welche, ich weiß es, sie benutzen sie überall. Und in einer einzigen Arbeitsstunde wäre ...«

»Sind Sie in der Baubranche, Mr. Kleiber? Sie scheinen so viel von Maschinen zu verstehen.«

»Schwere Baumaschinen, ja. Ich liefere in die ganze Welt. Es ist ...«

Die Stimmen wurden undeutlich, und es herrschte Stille. Mrs. Pollifax hatte abermals die Augen geschlossen, als sie auf dem Kies Schritte knirschen hörte. »Mir gefällt es sehr, Ihnen nicht?« Lisas Stimme.

Tom Henry antwortete: »Durchaus.« Eine Pause folgte, und dann wieder Tom: »John Steeves ist wohl sehr berühmt?«

»O ja, sehr berühmt«, sagte Lisa leichthin.

»Wir haben tatsächlich eins von diesen Taschenbüchern im Krankenhaus, *Hundert Nächte in einer Mongolenjurte*, oder so. Der Bursche, der es gelesen hat –«

»Tom.«

»Hmmm?«

»Seien Sie kein Esel.«

Tom Henry lachte. »Schlafen Sie gut, meine Liebe.«

Mrs. Pollifax hörte ihn weggehen, und Lisa öffnete die gegenüberliegende Tür. Ein interessanter Wortwechsel. Lächelnd fragte sie sich, wen sie wohl als nächsten belauschen würde.

Sie mußte nicht lange warten. McIntosh kam durch den Gang

im Gespräch mit Cyrus, und für einen immer nur schweigend lächelnden Mann war McIntosh plötzlich sehr redselig.

»Inflationen kann man nicht heilen, solange die Länder nicht aufhören, die Druckerpresse zu bemühen. Die Welt ertrinkt in wertlosem Papier. Natürlich spotten die Regierungen über die Goldwährung, weil sie sie zur Disziplin zwingt. Aber denken Sie an meine Worte, ganze Zivilisationen sind durch den Verfall ihrer Währungen zu Friedhöfen geworden.«

»Schließen Sie große Geschäfte im Ausland ab?«

»O ja, in aller Welt. Aber ich will Sie nicht aufhalten, wir können ein andermal weiter darüber reden. Gute Nacht, Reed.«

»Ja … Also Löwen morgen. Gute Nacht.«

Zuletzt kamen Julian und John Steeves an ihrer Tür vorbei. »… oh, hier ist es viel besser«, sagte Julian. »Zu viele junge Menschen meines Landes gehen in die Städte, und das ist schlecht. Das richtige Leben ist hier im Busch. Billiger, einfacher. Lusaka ist voll von Dieben und Spionen.«

»Ausgezeichnete Anschauung«, meinte Steeves. »Ich selbst halte auch nicht viel vom Leben in Städten. Ich liebe Ihren Busch, er hat ein Geheimnis …«

Den Rest konnte Mrs. Pollifax nicht verstehen, weil die Stimmen in der Ferne verklangen. Jedenfalls war ihr jetzt wärmer, und damit kam eine ungeheure Schläfrigkeit über sie. Sie schloß die Augen und schlief ein. Im Traum saß sie in einem Theater. Alle Teilnehmer der Safari standen auf der Bühne und trugen Masken. Nicht nur eine, sondern zahlreiche. Eine über der anderen.

## 8

Als Mrs. Pollifax am nächsten Morgen um halb sieben aufwachte, war es bitter kalt. Ein junger Kellner brachte ihr auf einem Tablett Kaffee. Mrs. Pollifax streckte einen Fuß aus dem Bett, goß Kaffee in die Tasse und nahm sie mit unter die Decke. Ob sie je wieder warm werden konnte?

»Ich dachte, Afrika liegt in den Tropen«, protestierte sie beim Frühstück, das unten am Fluß im Morgennebel serviert wurde.

»Wir befinden uns zwölfhundert Meter über dem Meeresspiegel«, gab Julian zu bedenken. »Vielleicht erwärmt es Sie, wenn Sie hören, daß Crispin in der Morgendämmerung mit einem Landrover draußen war und zehn Kilometer nördlich vom Dorf Löwenspuren entdeckt hat.«

»O wie wunderbar!« seufzte Mrs. Pollifax.

Fast ebenso begeisternd war die Nachricht, daß über Nacht die Dächer von zwei Landrovern entfernt worden waren, so daß sie stehend fahren und die Savanne nach Tieren absuchen konnten wie Profis. Mrs. Pollifax konnte es kaum erwarten.

Trotz ihrer Begeisterung hatte sie aber ihren Entschluß vom vergangenen Abend nicht vergessen, und zwischen Frühstück und Aufbruch zog sie sich in ihr Zimmer zurück, um sich einen Merkzettel für den Tag zu machen. ›Herausfinden‹, schrieb sie, ›wer in den letzten acht Monaten weit gereist ist (Frankreich, Costa Rica).‹ Dann: ›McIntosh noch einmal ansprechen, könnte aus sich herausgehen. Mr. Kleiber: Da er sich auf Maschinen versteht, nach Gewehren fragen. John Steeves: Welche Verkleidung er bevorzugt.‹ Sie lernte den Text auswendig und verbrannte den Zettel dann.

Bald danach brachen sie in zwei Landrovern auf. Die Sonne stand jetzt höher, bald würde es wärmer werden. Mrs. Pollifax hatte für diesen Ausflug ihre Kleidung so gewählt daß sie sich nach und nach ausziehen konnte: erst ihre Buschjacke, dann ihren dicken Pullover, dann ihre blaßblaue Strickjacke, bis sie schließlich in gestreifter Hemdbluse und einem passenden Halstuch glänzen würde. Sie nahm auch ihren bunten Schirm sowie zwei Filmrollen für die Kamera mit und steckte ihre Brosche an.

Als sie das Safaridorf Kafwala hinter sich gelassen hatten und auf die offene Savanne zufuhren, empfand sie wie Lisa diese Reise durch Afrika als Geschenk. Sie war bezaubert von der Landschaft, durch die sie fuhr. Und als Mrs. Pollifax sich nach den Zementbauten am Straßenrand erkundigte, sagte Julian lachend: »Kein Zement – Termitenhügel.« Er hielt an, sprang aus dem Wagen und trat dagegen, so daß eine bienenwabenartige Struktur sichtbar wurde.

Mrs. Pollifax erblickte die Elefanten als erste. »O seht« rief sie, und alle schauten nach links. In einiger Entfernung wanderte eine Elefantenherde durch die Savanne, eine Familie mit drei Jungen.

»*Baby snofu*«, sagte Chanda.

»Ich zähle neun«, meldete sich Cyrus, der neben ihr stand.

Mrs. Pollifax stellte sich auf ihren Sitz und knipste dreimal eine Nahaufnahme von John Steeves, der ebenfalls die Prozession beobachtete.

»Können wir aussteigen?« fragte Amy Lovecraft, heute ganz in Weiß und Beige gekleidet. Um ihr Haar hatte sie einen grünen Schal gebunden.

»Wir fahren besser weiter«, meinte Julian. »Die Tiere sind auf dem Weg zum Wasser, später sehen wir sie mehr aus der Nähe.«

Die beiden Landrover fuhren ganz langsam ein paar Kilometer weiter, ehe sie hielten. Alle stiegen aus und warteten mit schußbereiter Kamera.

»Dieses Licht hier«, sagte Mrs. Pollifax und deutete ins Weite, »es erinnert mich an das Licht in Südfrankreich. War jemand von Ihnen in letzter Zeit in Frankreich?«

Niemand schien ihr die geringste Aufmerksamkeit zu schenken.

John Steeves starrte tiefsinnig in die Ferne; McIntosh war mit seinem Lichtmesser beschäftigt; Mr. Kleiber murrte Unverständliches vor sich hin, und Amy Lovecraft überhörte ihre Frage. Nur Cyrus sah sie an und sagte: »Nein, Sie?«

Da sie noch nie in Frankreich gewesen war, fühlte sich Mrs. Pollifax in die Enge getrieben und war froh, als sie die Elefanten sah. »Da kommen sie!« rief sie aus.

Die Tiere tauchten aus dem Buschwald auf und schritten mit schwingenden Rüsseln auf sie zu. Nur ein paar Meter von ihnen entfernt überquerten sie den Weg, ohne ihren Zuschauern auch nur einen Blick zu gönnen. Die Elefantenbabys brachten Lisa zum Lachen. »Die sind ja süß!«

Befriedigt kletterten alle wieder in ihre Landrover und fuhren weiter. Die Wagen rollten einen Hang hinunter bis zu einem ausgetrockneten Bachbett. Sie hielten, und Julian stieg aus. »Hier!« rief er und deutete auf den Boden. Sie sahen den Abdruck einer Löwenpfote.

Ganz langsam rollten die Landrover weiter. Niemand sprach ein Wort. Und dann sahen sie vor sich zwei schlafende Löwen ausgestreckt in der Sonne liegen. Die Landrover rollten aus und hielten ca. zwei Meter von den Löwen entfernt. Der Wächter neben Mrs. Pollifax beugte sich vor und brachte sein Gewehr in Anschlag. Seine Augen blickten wachsam.

»Eine Löwin und ein Löwe«, flüsterte Julian.

Als der zweite Landrover hielt, hob die Löwin ihr herrliches Haupt, gähnte und stand auf. Sie streckte sich, betrachtete die Gesellschaft ohne Interesse und schnupperte. Nun regte sich der Löwe. Er stand ebenfalls auf. Ein mächtiges Tier, fast drei Meter groß, und Mrs. Pollifax atmete kaum, als er die Gruppe musterte, ohne zu blinzeln. Im allerletzten Augenblick, ehe die beiden schönen, gelbbraunen Geschöpfe im Gras verschwanden, machte sie eine Aufnahme.

Um die Mittagszeit erreichten sie Lufupa, ein kleines Safaridorf, das nur für Wochenendgäste bestimmt und noch nicht für die Saison geöffnet war. Das Dorf lag auf einer Landzunge, dort, wo der Kafue eine Biegung machte und breiter wurde. Er lag glatt wie ein Mühlenteich in der Mittagsonne. Hier sollten sie essen, wie Julian sagte. Er deutete auf einen gedeckten Picknicktisch unter den Akazien.

Inzwischen hatte sich Mrs. Pollifax aus drei Lagen Kleidung geschält und war glücklich, im Schatten der Akazien an einem Picknicktisch essen zu können. Eine friedliche Szene. In der Nähe waren zwei Männer damit beschäftigt, Stühle leuchtendblau anzustreichen, und auf dem Dach der größten Hütte legte ein alter Mann Stroh aus, das er mit Draht wie Schindeln befestigte. Da Mr. Kleiber neben ihr saß, wandte Mrs. Pollifax sich mit einem Lächeln an ihn. »Verstehen Sie etwas von Gewehren, Mr. Kleiber? Ich wüßte gern, was für eins unser Wächter hat.«

Da in diesem Augenblick Mr. Kleiber einen Teller mit Huhn

und Gemüse serviert bekam, antwortete statt seiner McIntosh, der ihr gegenübersaß. »Eine 30–06, möchte ich meinen.«

»Oh, Sie verstehen etwas von Gewehren?« sagte sie strahlend.

»Oder vielleicht eine 30–04«, meinte jetzt Kleiber.

»Es ist eine 30–04«, bestätigte Crispin vom Tischende her.

›Nicht gerade erfolgreich‹, dachte Mrs. Pollifax und kam zu dem Schluß, Fragen dieser Art lieber am abendlichen Lagerfeuer zu stellen und nicht beim Picknick.

Nach dem Mittagessen schlenderten sie ein kurzes Stück stromaufwärts, um Flußpferde beim Baden an seichten Stellen zu beobachten. Das machte besonders Cyrus Spaß, weil er auf dem Rükken der Nashörner, die sie in Chunga beobachtet hatten, keine Gelbschnabelmadenhacker gesehen hatte.

»Gelbschnabelmadenhacker?« erkundigte sich Mrs. Pollifax.

»Zeckenvögel«, erklärte er und fuhr fort: »Findet man auch auf den Rücken von Nashörnern. Nähren sich von deren Zecken und warnen sie – als Gegengabe – vor Gefahr.« Sein Blick fiel auf John Steeves, der Lisa aus ihrer Jacke half. »Der Bursche scheint tatsächlich Lisa ins Visier zu nehmen. Und ganz zuversichtlich offenbar.«

Mrs. Pollifax lächelte. »Wenn John Steeves etwas besitzt, dann ist es Selbstvertrauen.«

»Scheint ein recht anständiger Bursche zu sein«, meinte Reed. »Nur schwer, ihn sich als Schwiegersohn vorzustellen. Ich meine – übernachten in Jurten und so?«

»Oh, ich glaube, darüber brauchen Sie sich keine Gedanken zu machen.«

»Nicht? Sind doch immerfort zusammen.«

»Es gibt«, sagte Mrs. Pollifax, »Unterströmungen.«

»Übersehe ich etwas?«

»Sie beobachten Steeves, aber nicht Ihre Tochter. Er ist mit ihr zusammen, aber sie nicht mit ihm, wenn Sie wissen, was ich meine. Es ist eine Sache der Betrachtungsweise.«

»Sie setzen mich in Erstaunen.« Er wandte sich ihr zu und sagte vorwurfsvoll: »Tatsächlich, Sie setzen mich ständig in Erstaunen, seit wir uns kennengelernt haben.«

Sie spürte, wie sie abermals errötete – es war wirklich lästig, so etwas war ihr seit Jahren nicht passiert. Sie lenkte ab, indem sie Mr. Kleiber fragte, den die Flußpferde offensichtlich zu langweilen schienen. »Immer noch keine Krokodile, Mr. Kleiber?«

Er schien verdutzt. »Nein, noch nicht. Nun ja, ich hoffe bald. Wie heiß die Sonne ist, ich habe genug vom Laufen.«

Sie fand, Mr. Kleiber begann ein wenig aufzutauen. Der verkniffene Gesichtsausdruck war nicht mehr so stark, und ab und an lächelte er sogar über irgend etwas, was in der Gruppe gesagt wurde. Er schien McIntosh zu mögen, dessen Zurückhaltung seinem eigenen Wesen entsprach. Wenn etwas Ungewöhnliches vorfiel, schaute er immer zuerst zu McIntosh, wippte ein bißchen auf den Hacken, bis er dessen Blick auf sich gezogen hatte, um dann mit seiner trockenen, sarkastischen Stimme einen seiner kernigen Kommentare zu geben. Er schien auch Amy Lovecraft zu tolerieren und sah nicht mehr so frostig aus, wenn sie seinen Arm nahm und fragte, ob er etwas dagegen hätte, wenn sie mit ihm ginge.

»Krokodile bekommen Sie morgen zu sehen, in Moshe«, erklärte Julian, der zugehört hatte. »Das Lager ist ganz offen. Es liegt unmittelbar am Fluß, und die Krokodile sonnen sich am Ufer.«

Die Gruppe machte sich auf den Rückweg, und Mrs. Pollifax ging neben Cyrus. Vor sich sah sie Mr. Kleiber, und sie stellte amüsiert fest, was für einen absonderlichen Gang er hatte. Er hielt sich sehr aufrecht – steife Schultern, gerader Rücken, erhobener Kopf –, aber der rechte Fuß war leicht einwärts gekehrt, was den Rhythmus der Schritte ein klein wenig störte.

»Sieht da vorn nach weiterem Zuwachs aus«, meinte auf einmal Cyrus.

Ein funkelnder, beigefarbener Landrover parkte neben den Safari-Landrovern, und drei Männer, Schwarze, sprachen mit den Arbeitern. Als sie näher kamen, kletterte einer von ihnen in den Wagen und machte den andern Zeichen, sich zu beeilen.

Unvermittelt sagte Reed: »Der Bursche im grünen Hemd war der Mann, der in Lusaka im Hotel nach Ihnen gefragt hat.«

»Sind Sie sicher?« fragte Mrs. Pollifax erschrocken.

»Vergesse nie ein Gesicht. Soll ich ihn rufen?«

»O ja, bitte«, bat sie eindringlich.

Reed begann zu rufen, und Mrs. Pollifax winkte aufgeregt, doch die beiden Männer streiften sie nur mit einem Blick und sprangen in den Wagen, der eilig anfuhr. Einen Moment später war er zwischen den Bäumen verschwunden.

»Kann ihm nicht helfen«, sagte Cyrus. »Hat seine Chance verpaßt.«

»Aber sie müssen Sie gehört haben«, protestierte Mrs. Pollifax, »und falls sie taub sind, so haben sie mich doch winken sehen; denn sie haben sich nach uns umgedreht.«

Als sie bei den Arbeitern ankamen, fragte Cyrus: »Waren aus der Stadt, nicht wahr?«

»O ja, Sir«, antwortete der Ältere strahlend. »Aus Lusaka. Sie wußten nicht, daß das Dorf geschlossen ist.«

»Wollten sie nicht wissen, was wir hier machen?«

»O doch. Ich hab' ihnen gesagt, daß Sie auf einer organisierten Safari sind.«

Sonderbar, dachte Mrs. Pollifax stirnrunzelnd, sehr sonderbar, und sie konnte das Gefühl nicht loswerden, daß – wenn Cyrus recht hatte – etwas nicht stimmte. Sie wandte sich ihm zu und sagte eigensinnig: »Ich verstehe nicht, ich verstehe wirklich nicht, wie in aller Welt Sie so sicher sein können, daß es derselbe Mann war.«

»Könnte mich irren«, sagte er fair.

Sie warf ihm einen schnellen Blick zu. »Irren Sie sich sehr oft?«

»Nein. Habe bei Gericht zu viele Gesichter studiert. Gewohnheit von mir.«

Sie nickte. Immerhin hatte er zugegeben, daß er sich irren konnte, und daran klammerte sie sich, weil sie sich sonst mit der unbehaglichen Tatsache hätte abfinden müssen, daß ein Mann, der sie in Lusaka hatte besuchen wollen, nun in einen Wagen sprang, um das Treffen zu vermeiden.

Einige Stunden später, nach der Rückkehr ins Safaridorf Kafwala, stand Mrs. Pollifax selig unter der Dusche und war versucht, ein Liedchen anzustimmen. Das Leben im Busch, dachte sie, macht einen unabhängiger von Belanglosigkeiten: stundenlang hatten Hitze und Staub sie geplagt, und jetzt bereitete ihr das kalte Wasser ein prickelndes Vergnügen. Seit der Morgendämmerung war sie draußen gewesen, und nun spürte sie einen wahren Heißhunger auf die Mahlzeit, die bald am Lagerfeuer serviert würde. Wann hatte sie sich wohl so frei gefühlt ... vielleicht noch nie ... und vor ihrem inneren Auge lief noch einmal die mittägliche Fahrt ab: die heiße Sonne, Staub, der braunrote Stamm eines Dornbusches, der Baum mit den langen, torpedoförmigen, grauen Früchten, den Julian einen Wurstbaum genannt hatte. Auch hatte sie heute auf nyanja ›Danke‹ sagen gelernt – *zikomo kwambeiri* – und im Safaridorf Lufupa ...

Lieber nicht an Lufupa denken. Die Erinnerung weckte Zweifel, die letztlich, auch wenn sie sie mit Vernunftgründen zu vertreiben versuchte, immer wieder zu Cyrus zurückkehrten. Immerhin war es ja Cyrus gewesen, der ihr erzählt hatte, daß im Hotel ein Mann nach ihr gefragt hatte, und es war Cyrus, der darauf bestanden hatte, daß sie denselben Mann in Lufupa gesehen hätten. Sie besaß lediglich sein Wort, daß es einen solchen Mann gab. Was sollte sie davon halten? Wenn Cyrus Aristoteles war – sie fröstelte bei dieser Vorstellung, drehte das Wasser ab und griff nach einem Handtuch. Aber wenn Cyrus Aristoteles war, dann ergab es doch keinen Sinn, daß er einen Mr. X erfand, der nach ihr gesucht hatte. Und wenn er diesen Fremden *nicht* erfunden hatte ... wenn es diesen Mann wirklich gab ... »Da sind Sie ja!« sagte plötzlich eine Männerstimme, und Mrs. Pollifax fuhr zusammen.

Draußen vor der Duschkabine erwiderte Lisas Stimme: »Hallo, John, ich halte gerade Ausschau nach einem sonnigen Platz, um mein Haar zu trocknen.«

»Wo sind die anderen?«

»Oh, irgendwo. Mrs. Pollifax wollte gerade duschen, als ich aus der Kabine kam, aber sie ist jetzt gegangen. Dad und Chanda sind drüben in der Küche und sehen dem Chef beim Kochen auf dem ulkigen Ofen zu, den sie hier haben. Mr. Kleiber hat sich in den Finger gestochen, und Tom versichert ihm, daß er keine seltene afrikanische Krankheit bekommt. McIntosh macht ein Schläfchen und ...«

»Genug, genug!« sagte er mit gespielter Verzweiflung. »Was ich wirklich wissen wollte, ist, warum Sie mich seit dem Lunch gemieden haben. Ich suche nach dem Grund. Hat es Ihnen wirklich einen Schock versetzt, als ich Ihnen sagte, daß ich einmal – nur kurze Zeit – verheiratet war, vor vielen Jahren?«

»Einen Schock? Lieber Himmel, John, nein.«

»Was *haben* Sie gedacht?«

Mrs. Pollifax, hin- und hergerissen zwischen dem Wunsch, sich bemerkbar zu machen oder zu lauschen, entschied sich für das letztere und fuhr fort, sich anzuziehen.

»Ich dachte«, sagte Lisa langsam, »wenn ich mich genau erinnere, daß ich nicht überrascht war, daß es nur sechs Monate gedauert hat. Ich dachte, es müßte ziemlich schwierig sein, mit Ihnen verheiratet zu sein.«

»Ziemlich schwierig ... Und ich habe gehofft – was in aller Welt hat Sie auf den Gedanken gebracht?«

»Nun ja, es ist etwas Geheimnisvolles um Sie, stimmt das nicht, John? Etwas signalisiert mir: ›Bitte draußen bleiben‹.«

Nach einem langen Schweigen sagte Steeves leichthin: »Das ist ein Rückschlag für mich, Lisa. Ich dachte, ich könnte Sie am Ende der Safari bitten, mich zu heiraten.«

*»Mich?«*

»Haben Sie wirklich gedacht, daß ich mich jeden Tag so intensiv um hübsche junge Mädchen kümmere?«

»Nein – das heißt, sicherlich waren Sie sehr freundlich, John, ich fühle mich auch geschmeichelt, aber lassen Sie uns nicht mehr darüber reden. Das sollten wir wirklich nicht.«

»Warum sollten wir das nicht, wie Sie es ausdrücken?«

»Weil ... nun ja, weil in Wirklichkeit in Ihrem Leben gar kein Platz für eine Ehe ist, nicht wahr?«

»Ich könnte mich ändern«, sagte er. »Ich muß nicht immer in der Welt herumflitzen.«

»In welcher Weise ändern?« fragte sie und fuhr ungehalten fort, »und warum sollten Sie auch? Sie sind ein prächtiger Mensch, John. Sie erfreuen viele Menschen, weil Sie alle die großartigen, verwegenen Dinge tun, von denen Ihre Leser nur tagträumen. Das ist herrlich.«

»Und macht sehr einsam«, erklärte er.

In diesem Augenblick beschloß Mrs. Pollifax, sich bemerkbar zu machen. Sie ließ einen Schuh auf den Zementboden fallen und sagte: »Liebe Zeit!« Sie ließ weitere Dinge fallen, um Lisa und Steeves genügend Zeit zu geben, sich auf ihre Anwesenheit einzustellen. Als sie aus der Kabine herauskam, war John verschwunden und Lisa dabei, ihren Liegestuhl zusammenzuklappen. Sie drehte sich um und lächelte matt. »Vermutlich haben Sie alles mitangehört?«

»Es ließ sich leider nicht umgehen«, gab Mrs. Pollifax zu. »Ich habe so lange gewartet, wie es ging, aber langsam wurde es da drinnen sehr kalt. Die Sonne wird gleich untergehen, nehme ich an.«

»Ja, wieder Zeit für die Strickjacken. Ich danke Ihnen. Nun ja, dafür, daß Sie mich gerettet haben.« Sie ging neben Mrs. Pollifax her und nahm geistesabwesend den Liegestuhl mit. »Ist das Leben nicht sonderbar?« fuhr sie fort. »In diesem Winter habe ich Johns letztes Buch gelesen. Sein Bild füllte die ganze Rückseite des Schutzumschlages. Ich habe es betrachtet und diese traurigen Augen haben mich berührt. Ich wünschte mir damals, so einem Mann einmal begegnen zu können.«

»Und jetzt sind Sie ihm begegnet.« Mrs. Pollifax sah sie interessiert an, »und Sie spüren etwas in ihm, das sagt: ›Bitte draußen bleiben?‹«

»Sie haben wirklich alles gehört.« Lisa seufzte. »Ich frage mich, warum ich das gesagt habe. Nun ja, jetzt, wo ich ihn kenne, erscheint mir John wie ein Mann aus einem modernen Roman, der damit beginnt und endet, daß der Held in seinen Scotch mit Soda starrt, weil er wieder eine Frau verlassen will, um zu einem neuen Abenteuer aufzubrechen. Er scheint von irgend etwas besessen. Und schrecklich traurig darüber zu sein.«

»Besessen?« wiederholte Mrs. Pollifax. »Ein sonderbares Wort.«

»Es gibt Menschen, die sich von bestimmten Vorstellungen nicht lösen können. Aber er ist ein liebenswerter Mensch, nicht wahr?«

Mrs. Pollifax nickte. »John ist ein ungewöhnlicher Mann. Sehr anziehend, aber, wie Sie schon vermuteten, ein ausgesprochener Einzelgänger. Ich glaube, daß Sie nach jemandem Ausschau halten, der etwas gemütlicher ist, nicht wahr?«

Lisa brach in Gelächter aus. »Gemütlicher?«

»Jemand, der warmherzig ist und fürsorglich und weniger kompliziert.« Sie war vor ihrer Tür angelangt und öffnete sie. »Manchmal ist es wirklich sehr schwierig, sich selbst treu zu bleiben.«

»Oh, ich hoffe sehr, daß Sie Vater ebenso gern mögen wie er Sie«, platzte Lisa heraus und hielt dann verwirrt inne. »O liebe Zeit, ich wollte gar nicht – warum in aller Welt schleppe ich diesen Stuhl herum?« fragte sie und bemerkte ihn erst jetzt. »Ich muß mich zum Abendessen umziehen.«

Die Sonne war schon untergegangen, als Mrs. Pollifax den Hügel hinunter zu der Gruppe am Lagerfeuer ging. Die Flammen des Lagerfeuers schimmerten heute blau, und das Holz krachte lustig.

»Sie haben einen Silberreiher verpaßt«, verkündete ihr Cyrus mit einem Willkommenslächeln. »Unglaublicher Anblick.«

»Und eine Affenfamilie, die uns von ihrem Baum herunter beschimpft hat«, warf Tom Henry ein. »Bestimmt waren die ärgerlich, uns wieder hier vorzufinden; das muß wohl ihr Spielplatz sein.«

»Mindestens ein Dutzend«, ergänzte Lisa.

»Liebe Güte, bin ich hungrig«, sagte Amy Lovecraft. Sie trug an diesem Abend wieder einen schicken Anzug: blauer Rollkragenpullover zu dunkelblauen Hosen, eine flauschige rote Wolljacke. Mrs. Pollifax fragte sich, wie viele Koffer sie wohl für diese Reise benötigt hatte.

Julian verkündete: »Ich habe angeordnet, das Abendessen heute zeitig zu servieren, nämlich vor sieben, weil alle so hungrig sind.«

»Wunderbar«, sagte Amy und sprach es ›Wuhnderbar‹ aus.

»Und wieviel Uhr ist es jetzt?«

Julian sah nach der Zeit und sagte stirnrunzelnd: »Die Männer verspäten sich, sie sollten jetzt schon den Tisch gedeckt haben. Am besten gehe ich nach oben.«

»Ja, tun Sie das. Offengestanden sterben wir alle fast vor Hunger.«

Er erhob sich halb von seinem Sitz – und erstarrte. Mrs. Pollifax, die seinem Blick gefolgt war, sah drei schwarze Männer lautlos aus dem Dunkel treten. Zuerst hielt Mrs. Pollifax sie für Arbeiter aus Kafwala, die sie noch nicht kannte, aber dann sah sie im Schein des Lagerfeuers einen langen Gewehrlauf. Und als die drei Männer die Gruppe umzingelten, spürte sie, wie ihre Kehle vor Angst trocken wurde.

»Was ist denn das?« fragte Steeves schwer atmend.

Sie waren so leise gekommen – das Rauschen der Wasserfälle hatte ihre Schritte übertönt –, daß es Mrs. Pollifax schwerfiel, an ihre Existenz zu glauben. Dann sagte Julian mit grimmiger Miene »Nguti?« und nun wußte sie, daß diese Männer wirklich und gefährlich waren.

In ausgezeichnetem Englisch sagte der Anführer: »Wenn Sie eine Bewegung machen, schießen wir. Wir wollen nur Geiseln. Sie« – er deutete auf Mrs. Pollifax –, »Sie gehen dort drüben hin.«

»Augenblick mal«, sagte Cyrus und wollte sich von seinem Stuhl erheben, aber einer der Männer stieß ihn zurück.

»Und Sie«, sagte der Sprecher und deutete auf Amy Lovecraft.

Als Mrs. Pollifax sich erhob und zögernd den Kreis durchschritt, registrierte sie, wie gemütlich die Gruppe um das Lagerfeuer doch war. Außerdem prägte sie sich den Gesichtsausdruck von jedem, an dem sie vorbeikam, scharf ein: John Steeves sah wütend aus, Willem Kleiber war in seinem Stuhl zusammengesunken, als wollte er sich unsichtbar machen; Lisa war einfach erschrocken, und Tom Henry studierte die Gesichter der bewaffneten Männer. Cyrus sah so empört aus, daß sie gelächelt hätte, wenn ihr nicht mehr nach Weinen zumute gewesen wäre. Schließlich war es Abendbrotzeit, und sie war hungrig. Sie ahnte, daß sie nichts zu essen bekäme.

Als Amy Lovecraft ihr folgte, sprach der Anführer zu Julian: »Verhalten Sie sich bitte ruhig. Ihre Männer sind in der Küche eingesperrt, Ihr Funkgerät ist kaputt, und Ihre Landrover haben wir außer Gefecht gesetzt. Ich halte mein Gewehr weiter auf Sie gerichtet. Versuchen Sie nicht, uns zu folgen.«

»Ihr seid keine Sambier«, sagte Julian kurz. »Wie seid ihr in den Park gekommen?«

»Das ist unsere Sache.«

Was sonst noch gesprochen wurde, sollte Mrs. Pollifax nicht erfahren. Einer der Männer zerrte sie hinter sich her, am Flußufer entlang und eine steile Anhöhe hinauf. Die Hände wurden ihr auf dem Rücken fest zusammengebunden, und dann stieß man sie in einen im Dunkeln geparkten Landrover. Auch Amy Lovecraft wurde hereingeschubst und landete neben ihr. Der Mann kletterte auf den Fahrersitz und ließ den Motor an. Bald hörte Mrs. Pollifax Schritte, unterdrücktes Lachen, und die beiden anderen Männer stiegen ebenfalls ein. »Schnell weg von hier«, sagte einer von ihnen. »Wir können Sikota nicht warten lassen.«

## 9

Erstaunlich, wie wütend sie auf Aristoteles sein konnte, dachte Mrs. Pollifax, als sie in der Dunkelheit dahinrumpelten. War es nicht der Gipfel der Ungerechtigkeit, daß sie, die seinetwegen nach Afrika gekommen war, jetzt in die Nacht hinaus entführt wurde, während er sicher, warm und unerkannt am Lagerfeuer zurückblieb und – das empörte sie am meisten – demnächst Abendessen bekam? Bestimmt hatte Carstairs ein solches Ende ihrer Mission niemals geahnt. Ihre erste Reaktion auf die Entführung war eigentlich ein frommer Stoßseufzer gewesen. Dem Himmel sei Dank, daß Chanda ihren Film hatte. Sollte ihr irgend etwas zustoßen, dann enthielt der Film brauchbare Informationen für Carstairs. Ihre zweite Reaktion war weniger edel. Sie wollte einfach nicht, daß ihr etwas zustieß. Sie war außerordentlich empört, daß die Safari unterbrochen worden war. Sie war hungrig. Als sie zu Amy Lovecraft hinüberschaute, bemerkte sie trotz der trüben Beleuchtung, daß deren Hände vorn gefesselt waren und nicht auf dem Rücken, und auch dagegen hatte Mrs. Pollifax sehr viel einzuwenden. Das Ausmaß ihres Zorns überraschte sie selbst. Da ihre

Hände auf dem Rücken gebunden waren, konnte sie sich nicht anlehnen, um sich auch nur eine Sekunde zu entspannen. Außerdem kostete es sie große Anstrengung, sich auf dem Sitz zu halten, da er glatt war. Der Gedanke bedrückte sie, daß es gerade Amy Lovecraft war, mit der sie diese Situation erleben mußte. Die Frau war unberechenbar.

Nachdem sie sich ihren Groll und ihren Ärger eingestanden hatte, begann Mrs. Pollifax sich wohler zu fühlen. Gegen ihren Hunger und gegen ihre Entführung konnte sie nichts machen, aber wenigstens konnte sie versuchen, Mrs. Lovecraft zu mögen. Es mußte doch etwas Liebenswertes an ihr sein, und wenn sie miteinander in Gefangenschaft gerieten, dann wäre es sehr viel besser, wenn sie das jetzt gleich herausfände. »Man wird uns folgen, wissen Sie, es wird alles in Ordnung kommen«, sagte sie tröstend.

Amy Lovecraft wandte sich ihr zu. »Uns folgen?« Sie verzog spöttisch den Mund. »Ja, aber wann? Und was zum Teufel verstehen Sie unter *in Ordnung* kommen?«

Na ja, viel Liebenswertes hatte sie nicht, stellte Mrs. Pollifax fest und beschloß, einen weiteren Versuch zunächst aufzuschieben. Auch hatte sie herausgefunden, daß sie, wenn sie sich seitwärts in die Ecke drückte, ihr Gleichgewicht halten konnte, was ein Glück war, weil der Landrover plötzlich vom Wege abwich, hohes Gras durchfuhr und dann wieder auf den Weg zurückkam.

»Ich frage mich, was das alles soll«, sagte sie.

»Ich verstehe nur ein paar Worte Nyanja«, erklärte Mrs. Lovecraft, beugte sich vor und sprach mit dem Fahrer. Sie schien eine ganze Menge Worte zu kennen, und der Fahrer antwortete ziemlich ausführlich.

»Er verweigert die Auskunft«, sagte Mrs. Lovecraft und sank auf ihren Sitz zurück. »Und wir sollen auch nicht reden.«

»Vermutlich ein Versuch, jeden, der uns folgt irrezuführen«, meinte Mrs. Pollifax weise. »Und irgendwann wird er uns ja wohl sagen, hoffe ich, warum wir Geiseln sind.«

Amy Lovecraft zuckte die Achseln. »Meistens geht es um Geld, nicht wahr?« Ihre Stimme klang unbeteiligt.

Mrs. Pollifax rutschte auf ihrem Sitz nach vorn und versuchte, sich mit beiden Füßen gegen den Boden zu stemmen. Der Weg vor ihnen war unbelebt, jetzt zur Nachtzeit auch ohne Perlhühner. Sie konnte nichts erkennen, außer im trüben Schein des Armaturenbretts die Silhouetten der beiden Männer sowie das Licht der Scheinwerfer, die den steinigen Weg erfaßten. Sie und Amy Lovecraft hockten zusammengedrängt hinter den beiden, hinter ihnen saß der dritte Mann. Ab und zu konnte sie seinen Atem im Nakken spüren.

Daß sie in nördlicher Richtung fuhren, wußte sie, weil sie vom Safaridorf aus genau dieselbe Richtung eingeschlagen hatten wie Julian, als er sie zu den Löwen im Norden gefahren hatte. Mit geschlossenen Augen versuchte sie, sich ihre Karte des Kafue-Nationalparks vorzustellen, der ihrer Erinnerung nach ungefähr die Form des Staates Florida hatte. Er war lang und breit, und an seinen Grenzen waren in verschiedenen Abständen Polizeiposten stationiert. Nur zwei Straßen durchquerten ihn. Auf der Nordsüdstraße fuhren sie gerade. Dieser schmale Feldweg voller Elefantenlöcher stellte die Versorgungslinie dar, die die Lager des Kafueparks miteinander verband. Der zweite Weg von Osten nach Westen war die asphaltierte Lusaka-Mumbwa-Fahrstraße, auf der sie am Montag den Park erreicht hatten. Als sie sich dies vergegenwärtigte, kam sie zu dem Schluß, daß ihre Entführer entweder verrückt oder unheimlich schlau waren. Sie fuhren genau dahin, wo sie nicht hinfahren sollten. Sie hatten das Lager Lufupa vor sich, wo sie heute zu Mittag gegessen hatten, und noch weiter nördlich das Lager Moshe fast am Ende des Parks. Hinter ihnen lagen das Lager Kafwala und die Lusaka-Mumbwa-Straße. Somit blieb nur ein breiter Landstrich übrig, in dem sie sich bewegen konnten. Sie stellte sich die Frage, wie sie aus diesem Gebiet herauskommen wollten. Ferner begann Mrs. Pollifax sich zu wundern, warum sie ihre Geiseln in einem Park geschnappt hatten. Es gab doch in viel zugänglicheren Gebieten ebenfalls Touristen … Lusaka z. B. oder Livingstone. Es erschien ihr alles recht unlogisch.

Sie öffnete die Augen und bemerkte, daß der Landrover abermals den Weg verließ und hielt. Diesmal stieg einer der Männer aus und ging durch das hohe Gras zurück. Der Fahrer hatte Zeit, sich eine Zigarette anzuzünden. Als der Mann zurückkam, drückte er seine Zigarette aus, ließ den Wagen an, doch wendete er diesmal nicht, sondern fuhr weiter in den Busch hinein. Damit änderte sich die Situation. Der Weg war schlecht genug gewesen, dachte Mrs. Pollifax sehnsüchtig, aber immerhin war es ein Weg, der nach Kafwala zurückführte oder vorwärts nach Lufupa oder indirekt sogar nach Lusaka. Ihn zu verlassen, erschien ihr bedrohlich.

Das Gelände war flacher, und sie fuhren schnell über kleine Löcher und Unebenheiten hinweg, so daß Mrs. Pollifax nur schwer das Gleichgewicht halten konnte und schließlich auf dem Boden landete. Irgendwo in der Ferne heulte eine Hyäne, und Mrs. Pollifax war ebenfalls den Tränen nahe. Sie fuhren und fuhren. Unendlich lange. Es dauerte geraume Zeit, ehe sie hielten. Und bevor die Scheinwerfer verloschen, erkannte Mrs. Pollifax die Umrisse zweier einsamer, baufälliger Hütten, die auf einer Lichtung standen.

Der hinter ihr sitzende Mann sagte scharf: »Stell das Funkgerät auf, Reuben! Wir sind zehn Minuten zu spät.«

»Aber Simon …«

»Später. Stellt das Funkgerät auf – irgendwohin – aber schnell!«

Aus einer der beiden Hütten holten zwei Männer einen schweren, dunklen Gegenstand, setzten ihn ins Gras und beugten sich darüber. Eine Kerze wurde angezündet und Simon hockte sich vor den Apparat, zog die Antenne heraus und begann auf der Skala herumzusuchen. Als er sprach, war seine Stimme in der Stille der Nacht deutlich zu hören. »Simon an Grünen Vogel, Simon an Grünen Vogel …« Plötzlich unterbrach er sich. »Hab' ihn«, sagte er triumphierend und dann: »Alles in Ordnung hier, Grüner Vogel. Könnte nicht besser sein. Was ist mit Ihrem Ziel?« Er kicherte. »Prima. Wir folgen wie geplant. Nach meiner Uhr ist es neun Uhr fünf … Richtig. Einundzwanzig Stunden ab jetzt am Standort B – Letzte Meldung, Grüner Vogel. Ende.«

Er schob die Antenne ein und nickte zufrieden. »Alles glatt wie Seide, Mainza. Du und Reuben nehmt die Kerze und versteckt den Sender.« Er hielt inne und sah sich um. »Ich nehme die Hütte rechts, Reuben, du bewachst die Tür.«

Er wandte sich ihnen zu und sagte munter: »Heraus, meine Damen. Steigen Sie aus und folgen Sie mir!«

Man brachte sie in die linke Hütte. Und im Laternenschein sahen sie, daß die Männer zweifellos schon hier gewesen waren. Außer dem Funkgerät gab es zwei Schlafsäcke, zwei Holzkisten und eine Plane. Die Hütte war kaum mehr als zweieinhalb Quadratmeter groß, und die vierte Wand fehlte. Simon entfaltete die Plane und hing sie über das Rahmenwerk der zerfallenen Wand.

»Wer sind Sie?« fragte Mrs. Pollifax, als die Laterne Simons Gesicht beleuchtete.

»Das ist nicht wichtig«, war seine Antwort.

»Aber Sie sind keine Sambier?«

»Nein«, sagte er lachend, »Sambier nicht.« Er rollte einen Schlafsack aus, schob ihn Amy Lovecraft hin und sagte: »Sie – da drüben hin. Sitzen Sie still. Ich will diese Frau hier verhören.«

Amy Lovecraft trug ihren Schlafsack in die Ecke und setzte sich mit dem Rücken gegen die Wand, ihre gefesselten Hände hielt sie im Schoß. Sie hatte die ganze Zeit geschwiegen und schwieg auch jetzt, aber ihre Augen beobachteten Simon genau. Vielleicht erwog sie die Möglichkeiten, mit weiblichen Tricks zu arbeiten, dachte Mrs. Pollifax.

Simon schob eine der Kisten mitten in die Hütte und befahl Mrs. Pollifax, sich zu setzen. Sie überhörte es und sagte: »Meine Handgelenke tun mir weh. Mrs. Lovecrafts Hände haben Sie vorn gefesselt. Warum meine nicht auch?«

Simon warf Amy Lovecraft einen Blick zu und zuckte die Achseln. »Reuben«, rief er. »Du bewachst diese Frau, während ich die Fessel an ihren Gelenken ändere.«

Immerhin, dachte Mrs. Pollifax und stellte sich einen Würgegriff von hinten oder einen Faustschlag auf den Solarplexus oder einen Handkantenschlag gegen die Halsschlagader vor, was sie ohne Anwesenheit der zweiten Wache hätte versuchen können. Dennoch war sie dankbar, daß ihre Arme wenigstens nicht mehr hinten gebunden waren, und das Gefühl der Entspannung in ihren Schultermuskeln war köstlich. Sie setzte sich. Und er setzte sich ihr gegenüber, so dicht, daß ihre Knie sich berührten. »Nun«, sagte er.

»Ja nun«, antwortete Mrs. Pollifax trocken. »Was wollen Sie von uns? Welche Art Lösegeld verlangen Sie?«

»Die Lösegeldforderungen sind schon der Fernsehstation in Lusaka übermittelt worden, Madam. Wir erwarten von Ihnen nur, daß Sie mit uns zusammenarbeiten. Es handelt sich um Fotos.«

»Fotos?« wiederholte sie, plötzlich beunruhigt.

Er bemerkte ihre Reaktion nicht, sondern nahm aus einem Umschlag vier Hochglanzabzüge, und Mrs. Pollifax erkannte sofort, daß es nicht ihre Bilder waren.

»Hier«, sagte er, legte sein Gewehr auf den Boden und reichte ihr die Fotos. »Sie werden mir sagen, welchen von diesen Männern Sie kennen.«

»Kennen?« fragte sie verblüfft. »Ich bin doch erst seit Montag in Sambia. Wie könnte ich da schon jemanden kennen?«

»Sehen Sie sich die Fotos an«, sagte er nur. »Sie sind groß und deutlich. Wir wollen Ihren Eindruck wissen.«

Als sie die Abzüge in die Hand nahm, rückte er näher heran, ließ die Augen nicht von ihrem Gesicht, und sie dachte: Vorsicht, das ist eine Falle. Deshalb betrachtete sie die Aufnahmen, anstatt sie flüchtig durchzusehen, eingehend, eine nach der andern. Die erste zeigte einen Mann mit schmalem Gesicht und einem schwungvollen Schnurrbart wie eine Lenkstange und gewelltem, grauem Haar. Noch nie gesehen. Auf der zweiten sah sie einen Mann mit einem Schnurrbart wie ein Eisenfresser. Sie nahm dann die dritte: ein Bild John Sebastian Farrells, wie sie erstaunt feststellte. *Farrell!* Mit verzweifelter Anstrengung gelang es ihr, keine Reaktion zu zeigen. Sie betrachtete die letzte Aufnahme ohne Reaktion, das Bild eines dicken Mannes mit harten Zügen.

»Müßte ich einen von ihnen kennen?« fragte sie.

»Sie kennen einen von ihnen!« Zorn schlich sich in Simons Stimme ein. »Sie haben nach ihm eine Suchanzeige in der Zeitung aufgegeben.«

Sie tat überrascht, aber nicht aus dem Grunde, den er vermutete. »Die Anzeige betraf einen Mann namens John Sebastian Farrell«, erklärte sie ihm. »Haben Sie mich deshalb entführt? Sie haben doch gerade gesagt, es ginge um Lösegeld.«

Er zuckte die Achseln. »Das Lösegeld spielt keine Rolle. Sie kennen diesen Farrell, Sie können ihn für uns identifizieren. Darum geht es. Das Lösegeld ist nur eine – wie nennen Sie das? – eine Finte.«

Das war eine recht verblüffende Nachricht, die ihr den Atem verschlug. »Sie setzen mich in Erstaunen«, sagte sie und fuhr dann anklagend fort: »Warum mußten Sie denn zwei von uns entführen? Warum auch Mrs. Lovecraft?«

»Als Geisel für Sie«, sagte er mit einem schwachen Lächeln. »Außerdem sind zwei besser als eine.«

Mrs. Pollifax schaute über seine Schulter hinweg zu Mrs. Lovecraft hinüber, aber die hatte sich in eine eigene Welt zurückgezogen, ihre Augen blickten ins Leere. Im trüben Licht der Laterne war ihr Gesicht so fahl wie ihr Haar. »Warum«, fragte Mrs. Pollifax und wandte sich Simon wieder zu, »warum ist denn Farrell so wichtig?«

»Das ist unsere Sache.« Er kniff die Augen zusammen. »Wir wissen, daß einer dieser Männer Mr. Farrell ist, wir *wissen* es, und Sie werden uns jetzt sagen, welcher.«

»Aber keiner ist Mr. Farrell«, log sie.

Er schlug ihr mit dem Handrücken hart ins Gesicht. »Ich nehme an, Sie haben die Frage nicht verstanden.«

Das Blut lief aus ihrer geplatzten Lippe. Nicht weniger zornig als er sah sie ihn an. »Und Sie sind nicht sehr nett«, sagte sie.

»Das haben Sie eingesehen? Gut, fangen wir noch einmal von vorne an.«

»Nein«, sagte sie standhaft »Diese Männer sind mir völlig fremd.«

»Sehen Sie sie an«, schrie er und hielt ihr das erste der Fotos vor die Augen. Er ergriff mit einer Hand ihren Nacken und zwang sie, das Bild zu betrachten. »Ist es dieser?«

»Nein«, sagte sie schwer atmend.

Er hielt ihr das zweite hin. »Der?«

Sie schüttelte den Kopf.

»Dann dieser!«

»Ich hab's Ihnen gesagt, ich kenne keinen«, rief sie. Ihr Zorn war jetzt stärker als ihre Angst.

Er schlug sie wieder, diesmal so heftig, daß sie von der Kiste herunterfiel. Mrs. Lovecraft hinter ihm hustete. Simon stellte Mrs. Pollifax auf die Beine und sagte in hartem Ton: »Für mich sind Sie ein Dreck. Ehe wir diesen Ort bei Sonnenaufgang verlassen, bekomme ich diese Information von Ihnen. *Sie werden mir geben, was ich brauche, ob Sie wollen oder nicht. Denken Sie darüber nach. Sie haben die Wahl.*« Steifbeinig stolzierte er nach draußen.

Nach einer langen Stille regte sich Amy Lovecraft in der Ecke und seufzte. Sie sah Mrs. Pollifax an und sagte: »Sie waren wirklich toll, meine Liebe. Ich hoffe, ich hätte auch so widerstanden.«

Mrs. Pollifax leckte die blutende Lippe und sagte wütend: »Einfach lächerlich. Ich dachte wirklich, wir wären wegen Geld entführt worden.«

»Ja, aber was wollen Sie machen, wenn dieser Simon wiederkommt?« fragte Amy. »Wie lange glauben Sie, ihn hinters Licht führen zu können?«

Mrs. Pollifax hatte darüber nachgedacht, warum Simon das Verhör unterbrochen haben mochte. Ein paar weitere Schläge hätten sie vielleicht mürbe gemacht; es war doch sonderbar, fand sie, ihr Zeit zum Erholen zu lassen. Sie wandte ihre Aufmerksamkeit Amy Lovecraft zu. »Ihn hinters Licht führen?« fragte sie. Wenn Amy glaubte, sie könne Farrell identifizieren, dann wollte sie diesen Verdacht am besten gleich zerstreuen. »Ihn hinters Licht führen, Mrs. Lovecraft?«

»Nennen Sie mich doch Amy«, sagte sie ungeduldig. »Natürlich haben Sie ihn reingelegt, ich hätte es auch getan, aber Sie können so nicht weitermachen. Was sollen wir tun?«

»Wir können gar nichts tun«, sagte Mrs. Pollifax und setzte sich ihr gegenüber. »Keiner dieser Männer war Mr. Farrell.«

»Simon schien seiner Sache ganz sicher.«

»Das ist sein Problem.«

»Sie müssen doch einsehen, daß wir beide in dieser schrecklichen Klemme stecken«, rief Amy. »Es ist so unfair. Sie haben etwas zu tauschen, aber ich, ich hänge völlig von Ihnen ab.« Sie hob hilflos die gefesselten Hände, ihre Stimme zitterte. »Wer ist denn dieser Farrell überhaupt? Und wie kommt es, daß Sie jemanden kennen, der in Sambia lebt?«

»*Wenn* er hier lebt«, erklärte Mrs. Pollifax, und da sie hoffte, daß Simon hinter der Plane lauschte, sprach sie besonders deutlich. »Tatsächlich war er vor vielen Jahren unser Nachbar in New Brunswick, New Jersey. Das liegt in den Vereinigten Staaten«, fügte sie hinzu. »Ein ganz reizender junger Mann, nur daß er jetzt nicht mehr jung sein kann, denn ich habe ihn seit mindestens zwanzig bis fünfundzwanzig Jahren nicht gesehen. Damit Sie verstehen, was für ein netter Mann er ist, will ich Ihnen erzählen, daß er meinem damals zwölfjährigen Sohn Roger beim Bauen eines Seifenkistenautos geholfen hat. Er mochte Roger so gern.« Sie merkte, daß Amy Lovecraft sie erstaunt betrachtete, und verbreitete sich über Bubenstreiche, sprach von Familien, die wegzogen, so daß man den Kontakt verlor, und dann: »Es kam durch Mr. McGillicuddy« – die Geschichte begann ihr Spaß zu machen –, »den ich vor ein paar Wochen zufällig auf der Straße traf. Er war höchst erstaunt, als er hörte, daß ich nach Sambia auf Safari ging, und erzählte mir, John Sebastian lebe hier. Er wußte das, weil sie sich immer noch Weihnachtskarten schicken, und er richtet die an John Sebastian an Barclays Bank.«

Amys Mund, der offengestanden hatte, schnappte zu. »Und deswegen haben Sie in einer Zeitungsanzeige nach ihm gesucht? Wie konnten Sie so etwas Törichtes tun? Jetzt sehen Sie, wohin das geführt hat!«

»Na, ich habe bestimmt nicht erwartet, daß es hierher führen würde«, erklärte Mrs. Pollifax. »Aber was Simon nicht versteht, ist eben, daß es schwer ist, einen Mann wiederzuerkennen, den man seit fünfundzwanzig Jahren nicht gesehen hat. Vielleicht würde ich ihn erkennen, wenn er hier hereinkäme, aber auf einem Foto nach fünfundzwanzig Jahren?« Sie zögerte und berichtete dann mit liebevollem Lächeln: »Er nannte mich Herzogin, wissen Sie, im Spaß natürlich. Er war sehr liebevoll gegen Erwachsene und so gescheit. Ein richtig netter Junge«, schloß sie, und ihr sehnsüchtiges Lächeln war ganz echt. Sie hörte geradezu Farrells schallendes Gelächter über ihre Geschichte. Amy schwieg unbewegt. »Ich verstehe nicht, warum Sie mir nicht vertrauen«, sagte sie. »Ich glaube, daß Sie mir einen Haufen Unsinn erzählt haben. Sie waren diesem schrecklichen Simon gegenüber sehr tapfer, aber jetzt reden Sie nicht mit Simon. Ich glaube, Sie spielen Verstecken mit mir.«

Mrs. Pollifax wünschte sich, Amy würde etwas verständnisvoller sein und ihre Lage begreifen. »Meine Lippe blutet«, sagte sie, »mein Kiefer schmerzt, und mir ist nicht nach Spielen zumute, das können Sie mir glauben.«

»Aber Sie müssen einen dieser Männer kennen«, sagte Amy »Und ich nehme es Ihnen sehr übel, daß Sie mir gegenüber nicht offen sind. Es geht ja auch um mein Leben. Wir sollten miteinander reden – Pläne machen –, denn wenn Sie diesen Mann einmal identifiziert haben, bringen sie uns zur Safari zurück; dann haben wir diesen Alptraum hinter uns.«

Mrs. Pollifax bezweifelte das sehr. Sie fand es aber vernünftiger, die Fassade aufrechtzuerhalten, eine naive Frau zu sein, die nie Schlimmeres erlebt hatte als eine Zurechtweisung ihres Gartenklubpräsidenten, weil sie eine Flockenblume nicht hatte identifizieren können. Sie fand es ziemlich naiv von Amy zu glauben, daß Simon sie zur Safari zurückbrächte, wenn sie Farrell identifizierte. Es war viel wahrscheinlicher, daß er sie im Busch zurücklassen oder noch etwas viel Schlimmeres mit ihr tun würde. Sie hatte an dem Mann keine Anzeichen von Menschlichkeit entdeckt. »Das ist alles schön und gut«, sagte sie ärgerlich, »aber ich kann ihnen nicht sagen, was ich nicht weiß.«

Mrs. Pollifax stand auf und begann ruhelos in der Hütte umherzugehen, wobei Amy ihr mit den Augen folgte. Sie ging in die Ecke, schob mit ihren gefesselten Händen die Plane beiseite und schaute hinaus.

Sie konnte sehen, daß Simon ihre Unterhaltung überhaupt nicht belauscht hatte. Sie sah ihn und Mainza im Licht von zwei Laternen aus einem Faß Benzin in den Tank des Landrovers füllen. Über der Lichtquelle war ungeschickt ein Stück Segeltuch angebracht worden, damit man von oben nichts sehen konnte. Offensichtlich befürchteten sie Suchaktionen.

Die Erkenntnis, daß sie nicht belauscht worden waren, wirkte niederschmetternd auf Mrs. Pollifax. Als der Wachtposten sich umwandte, sie entdeckte und drohend sein Gewehr hob, ließ sie die Plane fallen und kehrte auf ihre Orangenkiste zurück. Sie fragte sich, warum Simon nicht gelauscht hatte. Er schien ein cleverer junger Mann zu sein, und sie konnte nicht begreifen, warum er eine solche Gelegenheit nicht wahrnahm: Zwei Frauen nach ihrer Gefangennahme im Lager Kafwala zum erstenmal allein. Sie mußten doch miteinander sprechen. Er hatte die für ein Geständnis denkbar günstige Situation nicht genutzt. Er mußte sich doch gesagt haben, daß über Farrell gesprochen würde, und doch hatte er sich nicht einmal die Mühe gemacht zu lauschen. Entweder war er sicher, Zeit zu haben, jede Information aus ihr herauszuholen, oder er war nicht so clever, wie sie gedacht hatte, oder …

»Ich werde ein bißchen schlafen«, sagte sie unvermittelt. »Simon hat ja gesagt, wir bleiben bis zur Morgendämmerung, nicht wahr?«

»Schlafen?« schrie Amy Lovecraft.

»Ja, schlafen. Ich bin wirklich sehr müde, und ich bin nicht so jung wie Sie«, erklärte sie und zog sich einen Schlafsack heran. Sie strich ihn mit den gefesselten Händen glatt, setzte sich nieder und schob sich hinein. »Hätten Sie etwas dagegen, die Laterne zu löschen?«

»Ich *hätte* etwas dagegen«, fauchte Mrs. Lovecraft.

Mrs. Pollifax nickte nur und drehte das Gesicht zur Wand. Sie streckte erst ein Bein und dann das andere aus. Der Boden war sehr hart und ihre Knochen nicht weniger, aber sie hatte ja auch gar nicht die Absicht zu schlafen. Draußen hörte sie die Männer flüstern und irgendwo in weiter Ferne den Jagdschrei eines Tieres. Sie versuchte ein leises Schnarchen und täuschte Schlaf vor. Es war schwieriger, als sie gedacht hatte.

Worüber sie besonders gründlich nachdenken wollte, war die Tatsache, daß sie nicht zufällig für diese Entführung ausgesucht worden war. Daran mußte sie sich erst gewöhnen. Die Entführung war ausschließlich für sie arrangiert worden, und da der Grund ihre Anzeige in der *Times of Sambia* vom Dienstagmorgen war, hatte man sie in aller Eile arrangiert. Sie dachte an Farrell und fragte sich: Wo war Farrell jetzt, und was hatte er unternommen, um zum Gegenstand einer polizeilichen Befragung und zum Anlaß dieser verrückten Entführung zu werden?

Sie versuchte sich die Fotografie von ihm vorzustellen, die sie vorhin gesehen hatte. Aber das einzige, woran sie sich erinnern konnte, war ihre eigene Reaktion, der Schock, der sie wie ein Peitschenhieb getroffen hatte. Es war nicht die beste Aufnahme gewesen, aber sie hatte ihn sofort erkannt. Doch woran? Bestimmt nicht an der Form des Mundes oder der Nase oder des Kinns. Etwas, was sie nicht bestimmen konnte, war ihr bekannt vorgekommen. Und nun würde sie ihm Rückendeckung geben müssen, solange sie konnte, während sie auf ihre Befreiung oder auf eine Fluchtgelegenheit wartete. Ein erfreulicher Gedanke war das nicht.

Etwa eine Viertelstunde lang hatte sie sich schlafend gestellt, als sie das erwartete Geräusch hörte. Amy Lovecraft erhob sich aus ihrem Schlafsack, blies die Laterne aus und blieb reglos lauschend stehen, kam dann geräuschlos zu Mrs. Pollifax und beugte sich über sie. Dann schlich sie auf Zehenspitzen durch die Hütte, und ging nach draußen.

Keinerlei Aufschrei erfolgte.

»Sie schläft«, sagte Amy leise zur Wache, und dann: »Wo ist Simon?«

Mrs. Pollifax schob ihren Schlafsack zurück und setzte sich auf.

»Sie schläft«, hörte sie Amy wiederholen.

»Hat sie gesprochen? Hat sie Ihnen alles erzählt?«

Das war Simon, aber er sprach so leise, daß Mrs. Pollifax ihren Schlafsack verließ und über den Boden kroch, um das Ohr dicht an die Plane legen zu können.

»Nur so eine unwahrscheinliche Geschichte, die ich keinen Augenblick glaube. Wieviel Zeit bleibt uns noch, ehe wir sie umbringen?«

»Bis Sikota kommt. Wir treffen ihn morgen bei Einbruch der Dunkelheit auf einem alten Friedhof jenseits der Lusaka-Mumbwa-Straße. Lebend könnte sie uns allerdings von Nutzen sein, wie die Ziege, mit der man den Löwen fängt.«

»Wir haben keine Zeit zu verlieren«, sagte Mrs. Lovecraft ungeduldig. »Am Samstag muß ich mich aus dem Staub gemacht haben, und ihr auch. Wir können sie nicht mitnehmen; innerhalb der nächsten zwanzig Stunden müssen wir sie uns vom Hals schaffen, ob sie den Mund aufmacht oder nicht. Ich dachte gleich ...«

»Das war Ihre Idee, Tsa.«

»Werden Sie nicht unverschämt«, fuhr sie ihn an. »Wenn Sie gute Arbeit leisten, wird sie sprechen, das versichere ich Ihnen. Sie ist eine Närrin, aber sie könnte eine clevere Närrin sein. Schlagen Sie härter zu, Simon, und dann ...«

Ihre Stimmen wurden leiser, als sie sich entfernten, und Mrs. Pollifax legte sich zitternd in ihren Schlafsack zurück. »Wenn Sie gute Arbeit leisten, wird sie sprechen, das versichere ich Ihnen ...« Die Worte hingen noch in der Luft. Die Erkenntnis, daß ihre wildesten Vermutungen Wirklichkeit werden sollten war alles andere als erfreulich. Simon hatte es nicht nötig gehabt zu lauschen, weil Amy Lovecraft die Geisel nur gespielt hatte, in der Hoffnung, daß Mrs. Pollifax ihr anvertrauen würde, was sie Simon verschwiegen hatte.

Sie hätte das Komplott früher durchschauen müssen. Es hatte genug Anzeichen gegeben: die Art, wie Mrs. Lovecraft gefesselt worden war; die Tatsache, daß sie sich so ruhig verhalten hatte; ihr Wortwechsel mit dem Fahrer unterwegs. Und dann Mrs. Lovecrafts Ungläubigkeit ihrer Geschichte gegenüber. Mrs. Pollifax war auch klar, daß Simon in Kafwala genau gewußt hatte, wen er entführen mußte, was bewies, daß in der Gruppe jemand eingeweiht war. Jetzt fiel Mrs. Pollifax auch das Rascheln in den Palmen im Safaridorf Chunga nach ihrem Verhör durch Leutnant Bwanausi wieder ein und daß sie Mrs. Lovecraft im Büro gesehen hatte. Und dann der von Crispin erwähnte Funkspruch, den Mrs. Lovecraft gesendet hatte. Alle Achtung vor ihrem schauspielerischen Talent. Amy hatte in der Gruppe die mannstolle Frau vollkommen glaubhaft gespielt.

Aber wie lange würde sie einer Folter standhalten können, fragte sich Mrs. Pollifax jetzt, als sie ihre Situation überdachte, die hoffnungsloser war als bisher geglaubt. Bis zur Morgendämmerung würden sie hierbleiben, hatte Simon gesagt. Er kam bestimmt bald zurück, um sie, von Amy instruiert, härter zu schlagen oder noch Schlimmeres zu tun. Zwanzig Stunden Fahrt und Folter lagen vor ihr, und danach sollte sie umgebracht werden. Und keiner würde je erfahren, warum. Sie konnte sich den weiteren Verlauf der Geschichte gut vorstellen: Nach ihrer Ermordung würden Simon, Reuben und Mainza von Sikota aus dem Park herausgeschmuggelt werden, und nach einer angemessenen Zeitspanne käme Amy aus dem Busch getaumelt mit ein paar künstlichen Kratzern und Prellungen und einer schrecklichen Version von Mrs. Pollifax' Ermordung nach einem Fluchtversuch. Und wer würde ihr nicht glauben? Amy war die Heldin.

Bis vor kurzem hatte Mrs. Pollifax geglaubt, es stünden drei Männer gegen zwei Frauen. Jetzt waren es plötzlich vier gegen einen und die vierte war Amy. Mrs. Pollifax wußte nun, was es heißt, verlassen zu sein.

Die Zeltplane hob sich – Mrs. Pollifax konnte den Sternenhimmel sehen – und Amy Lovecraft schlich auf Zehenspitzen zu ihrem Schlafsack. Sie hatte sich gerade hineingelegt, als draußen ein Schreckensschrei zu hören war.

Simon rief: »Laßt die Lichter an! Reuben?«

»Hier, Simon.«

»Sei still! Warte!«

Mrs. Pollifax sprang auf, lief zur Plane und überließ Amy ihrer Schauspielerei, die darin bestand, daß sie atemlos auffuhr und rief: »Was ist das? Was hat mich geweckt?« Ohne sie zu beachten, schaute Mrs. Pollifax hinaus. Die Lichter am Baumast brannten noch, aber Simon und Mainza standen regungslos da und spähten in den Wald. Sie folgte ihren Blicken, und sah einen großen Schatten auf das Lager zukommen. Die Erscheinung – für einen Löwen zu groß, für einen Elefanten zu klein – näherte sich geräuschvoll. Erst erkannte Mrs. Pollifax ein Paar zerfetzte Turnschuhe, dann Beine in blauen Jeans, schließlich Pullover und Jacke und endlich das Gesicht von Cyrus Reed.

Das konnte nur ein Traum sein, dachte Mrs. Pollifax. Da stand er in voller Größe. »Hallo«, sagte er freundlich. »Ich bin Ihren Lichtern nachgegangen. Mühsame Wanderung hier draußen im Busch. Vielleicht ist Mrs. Pollifax hier irgendwo in der Nähe, und Mrs. Lovecraft?«

## 10

»*Oh, der Narr!*« sagte die unmittelbar hinter Mrs. Pollifax stehende Amy wütend, fing sich aber wieder und fuhr weniger hitzig fort: »Noch eine Geisel!«

»Ja«, sagte Mrs. Pollifax. »Aber wie mag er uns gefunden haben?«

Reuben wandte sich um, sah Mrs. Pollifax und schwang drohend sein Gewehr. Sie zog sich zurück, setzte sich auf eine der Kisten und dachte nach. Kurze Zeit darauf hob sich die Plane, und Cyrus kam mit gefesselten Händen herein. Er stand im ›Türrahmen‹, den er ganz ausfüllte, und Mrs. Pollifax war in ihrem ganzen Leben noch kein Mensch so willkommen gewesen wie er. Sein Blick streifte Mrs. Lovecraft, verweilte einen Moment ausdruckslos auf Mrs. Pollifax' gesprungener Lippe, dann sagte er mit seiner freundlichen Stimme: »Verdammt nett, Sie wiederzusehen.«

»O Cyrus«, sagte sie, »wie in aller Welt haben Sie hierhergefunden?«

»Wichtiger ist«, sagte Amy scharf, »ob Sie allein gekommen sind.«

»Tut mir leid«, antwortete er ihr. »Keine US-Kavallerie kam zur Hilfe, aber bald dürfte eine hier sein. Chanda ist auf dem Weg.«

»Chanda?« fragte Mrs. Lovecraft ungläubig.

Cyrus nickte und sagte anerkennend: »Sehr tüchtiger Junge, der Chanda, oder *ba na mâno*, wie er es auf bemba ausdrückt. Auch sehr fähiger Fährtensucher. Sie hatten nur eine halbe Stunde Vorsprung. Hat uns ein bißchen Zeit gekostet, der falsche Schlenker, den Sie da gemacht haben, doch in ein paar Minuten war Chanda hinter den Trick gekommen. Lerne eine Menge auf dieser Safari«, sagte er und sah Mrs. Pollifax lächelnd an.

»Aber sagen Sie uns doch, wie Sie hergekommen sind?« rief Amy aus, und es schien, als hätte sie ihn am liebsten geschüttelt. »Sie können doch nicht zu Fuß gegangen sein, und die Landrover ... Sie sagten die Landrover ...«

Jetzt hätte sie sich beinahe verraten, dachte Mrs. Pollifax, die sie beobachtete.

»O ja, alle Reifen waren zerschnitten«, berichtete Cyrus ihr heiter, »aber die Schurken, die Sie mitgenommen hatten, wußten nicht, daß in der Vorratshütte Ersatzreifen lagen. Julian ist in einem Wagen nach Chunga gefahren, um über Funk die Polizei zu rufen und eine Suche zu organisieren. Die Verfolgung aufzunehmen, solange die Spur noch frisch war, ist niemandem eingefallen. Aber *ich* hab' daran gedacht, und Chanda hat daran gedacht, so hatten wir eine kleine Unterhaltung und stahlen einen Landrover.«

»Einfach so«, sagte Amy mit einem falschen Lachen. »Wie – wie originell! Dann haben Sie also einen Landrover hierher mitgebracht?«

»Nicht gerade hierher«, räumte er ein. »Sind in eine Patsche geraten, in ein Stück Sumpfland, paar hundert Meter von hier, aber dann haben wir Ihr Licht gesehen. Chanda hat mich geführt – bloß damit ich nicht über Löwen stolpere – und ist dann im Dunkel der Nacht gleich nach Kafwala aufgebrochen.«

»Zu Fuß?«

»Zu Fuß«, bestätigte Cyrus. »Warum nicht?«

»Ja, natürlich, aber was für eine Geschichte«, sagte Mrs. Lovecraft. »Dann wird Chanda bald mit Hilfe kommen?«

Am liebsten hätte Mrs. Pollifax ihm zugerufen, er solle nichts mehr sagen. Doch dann hätte Amy gewußt, daß sie ihr Einverständnis mit den Entführern durchschaut hatte.

»Bald leider nicht«, gestand Cyrus. »*So* viele Ersatzreifen sind nicht vorhanden. Julian hat vier für seinen Landrover bekommen, weitere vier befinden sich am Wagen, der draußen im Busch festliegt. Ist aber nur noch eine Sache von Stunden.«

»Wie – wie tröstlich«, sagte Mrs. Lovecraft und versuchte abermals ein dünnes Lachen.

Während Amy lachte, kämpfte Mrs. Pollifax mit den Tränen. Niemals hatte sie sich so elend gefühlt. Bei Cyrus' Anblick waren ihre Lebensgeister schlagartig wieder erwacht. Nachdem sie jedoch begriffen hatte, was sein Kommen für Folgen hatte, wurde sie wieder mutlos. Sie war gerührt über seinen Mut, entsetzt über seine Unbekümmertheit und getröstet durch seine Gegenwart. Gleichzeitig war ihr nach Lachen zumute wegen der zusätzlichen Verwirrung, in die er sie alle brachte. So hinderte er jetzt Simon am Eintritt in die Hütte. Was diesen dazu veranlaßte, sich überaus deutlich bemerkbar zu machen und dann hereinzukommen.

In scharfem Ton befahl er Mrs. Lovescaft: »Hinaus, schnell. Ich werde Sie jetzt trennen. In die andere Hütte.«

Mrs. Pollifax hatte sich schon gefragt, wie die beiden sich wohl über die neue Entwicklung verständigen würden, und sie fand, daß Simon sehr überzeugend wirkte. Auch Mrs. Lovecraft brachte es fertig, entsetzt auszusehen, als sie vor ihm hinausging. Sobald die Zeltplane sich hinter ihnen geschlossen hatte, flüsterte Mrs. Pollifax: »Seien Sie vorsichtig mit allem, was Sie sagen. Tatsache ist, daß er sie hinausbringt, um sich mit ihr zu beraten.«

*»Beraten?«* Cyrus starrte sie verblüfft an. Sie nickte. »Als Amy dachte, ich wäre eingeschlafen, ist sie nach draußen gegangen und hat mit ihnen über mich gesprochen. Es hat sich herausgestellt, daß sie hinter dieser Entführung steckt und noch jemand, der Sikota heißt.«

»Gütiger Himmel«, sagte Cyrus entsetzt, »und ich habe gerade fragen wollen, ob wir besorgt sein müssen, weil er sie allein hinausgenommen hat. Bin froh, daß Sie es mir gesagt haben. Bin auch verdammt froh, daß ich gekommen bin.«

»Ja, denn wenn Chanda sich beeilt … Wie lange, meinen Sie, wird er brauchen, um zu Fuß nach Kafwala zu kommen?«

»Zu lange«, sagte er beunruhigt. »Und sie werden das wissen. Hätte Amy nichts von Chanda sagen sollen.«

»Aber wieso hätten Sie ihr denn nichts sagen sollen, da Sie sie für eine echte Geisel hielten?« protestierte Mrs. Pollifax. »Und die anderen hätten darauf bestanden zu erfahren, wie Sie uns gefunden haben, Cyrus. Wenn Sie die Auskunft verweigert hätten, hätten sie Ihre Spuren bis zum Landrover verfolgt.«

»Hätte auch nicht sagen sollen, daß so wenige Reifen da sind«, sagte Cyrus grimmig. »Sehr schlimm. Wer ist dieser Bursche Sikota?«

»Das muß der Mann sein, der der Fernsehstation in Lusaka zur selben Zeit, als wir entführt wurden, eine Lösegeldforderung zugespielt hat. Sie haben über Funk mit ihm gesprochen.«

Diese Neuigkeit mußte Cyrus erst verdauen. »Bedaure Julian, der das ja nicht wissen konnte, ehe er davongebraust ist, um die Nachricht nach draußen zu bringen. Hätte besser getan, Ihnen zu folgen.«

»Wie Sie es getan haben«, sagte sie lächelnd.

»Ja.« Er sah sie nachdenklich an. »Vermutlich ist Ihnen klar, daß die drei hier dieselben Männer sind, die wir heute mittag im Lager Lufupa gesehen haben. Welcher von ihnen hat Sie geschlagen?«

»Das spielt keine Rolle, Cyrus.«

»Sollen das nur noch mal versuchen«, sagte er streng, »dann bekommen sie es mit mir zu tun.«

Mit zitternder Stimme sagte sie: »Sie hätten uns niemals, niemals folgen sollen, Cyrus. Es war Wahnsinn.«

»Einzige Möglichkeit, die mir eingefallen ist, Ihnen Eindruck zu machen, meine Liebe.«

»Eindruck zu machen?«

»Na ja«, sagte er und grinste wie ein Junge. »Konnte ja nicht annehmen, daß Sie einen Gedanken an mich verschwenden würden, wenn Sie sich hier mit diesen Gaunern herumschlagen. Bin aber kaum zu übersehen, wenn ich hier bin. Einfach zu groß.«

Sie mußte lachen, und ein stechender Schmerz riß ihre geplatzte Lippe wieder auf und zog über ihr Gesicht; danach aber war ihr wohler, beinah leicht beschwingt zumute. Simon konnte kommen. Und kurze Zeit darauf stand er vor ihnen. Er warf Cyrus einen gehässigen Blick zu. »Ihretwegen brechen wir jetzt auf«, sagte er kalt. »Wir warten nicht bis zur Morgendämmerung.«

Cyrus seufzte. »Tut mir leid, meine Liebe.«

»Ist schon in Ordnung«, erwiderte sie, obwohl das nicht der Wahrheit entsprach. Für ein paar kurze Augenblicke hatte die Hoffnung bestanden, Chanda könnte es möglich gemacht haben, vor Tagesanbruch Hilfe zu bringen. Und es war auch wirklich ungerecht, dachte sie ärgerlich, daß nun alle ihre Pläne, Aristoteles zu entlarven, so fehlschlugen.

»Mainza …« Simons Stimme brachte sie in die Gegenwart zurück, und sie wußte, daß in diesem Augenblick ihre Sorgen um Aristoteles sinnlos waren. Sie konnte sich keine Ablenkungen leisten. Cyrus und ihr Leben waren gefährdet.

»Mainza, pack alles ein, bis auf diese Laterne!«

Mainza nickte und begann, die Schlafsäcke zusammenzurollen. »Während der Wagen beladen wird, setzen wir unser Gespräch fort«, sagte Simon zu Mrs. Pollifax und sah sie grimmig an. »Setzen Sie sich bitte, und Sie«, er deutete auf Cyrus, »Sie werden sich da drüben in die Ecke stellen, dort kann ich Sie im Auge behalten.«

»Glaube ich nicht«, sagte Cyrus sanft. »Hab' nicht die Absicht, mich einen Zentimeter vom Fleck zu rühren.«

Simon starrte ihn lange an. »Sie wollen statt dessen lieber erschossen werden?«

Cyrus zuckte die Achseln. »Nicht nötig, wissen Sie. Bin ja nur gekommen, um den Damen Gesellschaft zu leisten. Ich bleib' stehen, wo ich stehe, und habe ein wachsames Auge – wie ein UN-Beobachter«, fügte er erklärend hinzu.

Mochte es nun Cyrus' Länge sein, seine Freundlichkeit oder seine Autorität, Simon wußte nicht, wie er mit ihm umgehen sollte. Er sah ihn haßerfüllt an und zog es vor, weiter keine Notiz mehr von ihm zu nehmen.

»Wie ich schon sagte, sprechen wir weiter.« Er mußte zurücktreten, weil Mainza mit einem Arm voller Schlafsäcke an ihm vorbeiging. Dann setzte sich Simon auf die andere Kiste. »Jetzt werden Sie mir *genau* berichten, wie Sie diesen Mr. Farrell kennengelernt haben.«

»Farrell?« fragte Cyrus überrascht. »Also darum geht es?«

»Ja, Farrell.« Mrs. Pollifax nickte. Sie begann abermals, ihre Geschichte zu erzählen, die sie fantasievoll ausschmückte.

Simon enthielt sich jeder Bemerkung. Er holte die vier Fotos heraus und hielt sie nacheinander hoch. »Welcher?« fragte er. Er fuhr fort: »Vielleicht hilft es Ihrem Gedächtnis, wenn ich Ihnen sage, daß Ihr Leben davon abhängt.«

Mrs. Pollifax prüfte ein Foto nach dem anderen und achtete auf ihre Mimik, weil Simon sie genau beobachtete. Sie bemerkte, daß inzwischen jedes Foto mit einer Bleistiftnummer versehen worden war. Sicherlich war das eine Idee von Mrs. Lovecraft. »Ich kenne keinen dieser Männer«, sagte sie endlich.

»Was dagegen, wenn ich sie sehe?« fragte Cyrus. Nachdem er die Bilder betrachtet hatte, schüttelte er den Kopf. »Unmöglich«, sagte er einfach. »Von diesen Männern kann keiner je neben Mrs. Pollifax gewohnt haben.«

»Ich darf vielleicht fragen, warum nicht?« fragte Simon ironisch.

»Schauen Sie sie doch an, und schauen Sie die Männer an. Hartgesottene Burschen. So jemanden kann sie niemals gekannt haben. Keiner von denen«, sagte er überzeugt, »hat in seinem Leben je ein Seifenkistenauto gebaut.«

Lieber, guter Freund, dachte Mrs. Pollifax und lächelte ihm zu, es gibt so vieles, was du über meine Freunde nicht weißt. Aber daß du mein Freund geworden bist, das ist sicher.

Simon beugte sich über sie. »Ich glaube, Sie haben mich immer noch nicht verstanden. Wenn Sie stur bleiben, dann töten wir Sie ohne weiteres.« Er schnippte mit den Fingern. »Und diesen Mann töten wir auch.«

»Was heißt hier stur bleiben«, sagte Cyrus. »Warum sind Sie eigentlich so versessen darauf, diesen Mr. Farrell von uns identifizieren zu lassen.«

»Wir wollen wissen, welcher von diesen vier Männern es ist«, sagte er gereizt. »Ah, Mainza, der Landrover ist bereit?«

»Alles drin, Simon.«

»Dann gehen wir. Bring sie nach draußen, Mainza, ich bringe die Laterne und die Zeltplane. Und was Sie betrifft«, sagte er zu Mrs. Pollifax, »wir reden weiter, sollten Sie aber bei mir nicht reden wollen, Sikota ist der Mann, bei dem *jeder* redet.«

Sie kletterten in den Landrover. Anscheinend sollte Amy ihre Rolle als unschuldige Geisel weiterspielen, denn als Reuben sie aus der zweiten Hütte zum Wagen führte und sie zwischen Cyrus und Mrs. Pollifax auf den Rücksitz schob, waren ihre Hände noch gefesselt.

Nur einmal sprach Amy. Sie wandte sich an Cyrus und sagte kühl: »Es war schrecklich lieb von Ihnen zu kommen, Cyrus, aber hoffentlich sind Sie sich darüber im klaren, daß wir beide jetzt Geiseln für Mrs. Pollifax sind. Uns werden sie zuerst töten, um sie zum Sprechen zu bringen. Und ob Sie es glauben oder nicht, diese Frau wird kaum zögern, uns zu opfern. Ihr ist alles egal.«

Nachdem sie gestartet waren, verlor Mrs. Pollifax jedes Zeitgefühl. Nicht, daß der Wagen so schnell gefahren wäre, aber bei einer gleichbleibenden Geschwindigkeit von 25 km pro Stunde auf holprigem Boden spürte man jeden Knochen im Leibe. Die Scheinwerfer waren so verhüllt, daß man nur auf geringste Entfernung hin sehen konnte. Zu Beginn ihrer Reise stellte Cyrus fest, daß sie westwärts fuhren. Später wechselten sie die Richtung nach Süden. Sonst wurde nichts gesprochen. Mrs. Lovecraft schwieg beharrlich, und Mrs. Pollifax überlegte, daß bei der Größe des Kafue-Parks Simon genügend Platz zum Ausweichen hatte, und somit jede Suchaktion nach ihnen sehr schwierig würde.

An Aristoteles dachte sie besser nicht. Es war wichtiger zu überdenken, was sie riskieren konnte, um Farrells Leben vor diesen Leuten zu schützen. Vor Leuten, die selbst vor einer Entführung nicht zurückschreckten. Es ging jetzt ja auch um Cyrus' Leben … Heldenhaft war er hinter ihr hergewandert und es durfte nicht geschehen, daß er dafür sein Leben lassen sollte. Sie fühlte sich für ihn verantwortlich. Blieb ihr überhaupt eine Wahl? Es war richtig, daß Farrell jünger war, daß er es verstand, solche Leute wie Simon zu überlisten. Und was berechtigte sie zu der Annahme, daß er *nicht* überleben würde, wenn sie ihn identifizierte? Der Zufall hatte sie beide einmal in einer Situation zusammengeführt, die nicht alltäglich war. Schon damals hatten sie verschiedene moralische Vorstellungen. Und seither waren vier Jahre vergangen. Vielleicht schmuggelte er jetzt Drogen oder war in Dinge verwickelt, die sie genauso verabscheute. Sie erinnerte sich lebhaft, wie sie bei ihrer ersten Begegnung über sein verbissenes Gesicht und über seine spöttischen Augen erschrocken war.

Mrs. Pollifax ertappte sich beim Lächeln, als sie an die ersten Reaktionen des ›Flüchtlings‹ aus New Brunswick, New Jersey, Mitglied des Gartenklubs, dachte. Was für ein behütetes Leben hatte sie bis dahin geführt, und wie mußte er sich über sie amüsiert haben! Absurder Gedanke – er könnte sich so sehr verändert haben. Ein Mann, der unter der Folter nicht zusammengebrochen war. Der, als er glaubte, sterben zu müssen, zuerst an sie gedacht hatte. Nein, verraten konnte sie ihn nicht, sie konnte es einfach nicht.

Das also wußte sie ganz genau: sie konnte Farrell nicht verraten. Sie wußte aber auch, daß sie Cyrus nicht preisgeben wollte. Am besten wartete sie ab und verließ sich auf ihren Instinkt. Am Ende – falls sie nicht rechtzeitig von einem Suchtrupp gefunden wurden – am Ende blieb ihr vielleicht keine andere Wahl. Sie mußte jetzt einfach warten und die Hoffnung nicht aufgeben. Sie wußte, wenn sie die Fesseln von ihren Handgelenken loswerden könnte, dann würde der sambische Busch von ihren *Ki-ya*-Schreien widerhallen.

»Wird Tag«, sagte Cyrus und deutete mit den gefesselten Händen nach draußen. »Muß ungefähr fünf Uhr sein.«

Mrs. Pollifax sah auf, und zum erstenmal seit ihrer Entführung nahm sie die Umwelt wahr. Sie waren umgeben von Dornbüschen und hohem Gras. Und sie fühlte sich dem neuen Tag ganz und gar nicht gewachsen. Als sich dann aber langsam ein warmes, goldenes Licht über der Niederung ausbreitete, und unvermittelt die Sonne am Horizont aufstieg, da erwachten auch ihre Lebensgeister wieder.

Simon und Mainza begannen vorne im Wagen miteinander zu reden. Ihre Sprache war für die anderen nicht zu verstehen.

Dann deutete Mainza nach links, der Wagen bog dorthin ab und hielt in einem Dickicht.

»Wir machen eine Pause«, sagte Simon und schaltete die Zündung aus.

Steif kletterten alle aus dem Landrover, und sie wurden zu einem abgeholzten Flecken Erde geführt, der erfreulicherweise durch die Sonne erwärmt war. Reuben brachte ihnen Schlafsäcke heraus, die sie auf dem Boden ausbreiteten. Sie durften die ›Toilette‹ benutzen, und mit Reuben als Bewacher suchte einer nach dem anderen diesen Platz auf.

Simon und Mainza blieben beim Wagen. Sobald Amy fort und sie mit Cyrus allein war, sagte sie entschlossen: »Wir müssen unbedingt diese Fesseln loswerden.«

»Natürlich, meine Liebe«, bestätigte er ernsthaft, »aber im Augenblick nicht zu machen. Muß zugeben, daß ich mich auf dergleichen nicht gut verstehe.«

Lächelnd antwortete sie: »Sie würden überrascht sein, was Sie alles könnten, wenn Ihr Leben davon abhinge.«

»Ja, aber nehmen wir z. B. an, ich nähere mich unserer Freundin Amy von hinten, schwinge ihr meine gefesselten Arme über den Kopf und ballte Amy wie ein Schild vor mich. Was dann?«

»Dann stelle ich mich hinter Sie.«

»Wir beide verbergen uns hinter Amy?« Er lächelte müde.

»Sie würden nicht wagen, auf uns zu schießen«, protestierte Mrs. Pollifax.

»Sie würden uns einkreisen«, erklärte er.

Mrs. Pollifax biß sich auf die Lippe. »Sie haben recht. Wenn es nur einen Weg gäbe, unsere Hände freizubekommen!«

»Und was dann?« fragte er amüsiert.

»Nun ja, sehen Sie, ich bin nicht schlecht in Karate.«

»Verflixt erstaunliche Frau«, sagte Cyrus verblüfft. »Sollte Grund genug für mich sein, Ihre Fesseln mit meinen bloßen Zähnen durchzunagen.«

»Ich wollte, das ginge«, sagte sie sehnsüchtig. »Die haben die Absicht, mich umzubringen, wenn wir den Friedhof jenseits der Lusaka-Mumbwa-Straße erreicht haben.«

»Friedhof? Von Friedhof war doch gar nicht die Rede«, protestierte er.

»Ich habe sie belauscht. Der Friedhof liegt jenseits der Lusaka-Mumbwa-Straße, die wir wohl an irgendeiner Stelle kreuzen müssen, und gegen Dunkelheit treffen sie dort Sikota.«

»Also«, überlegte Cyrus, »je länger die Fahrt dauert, desto mehr Zeit bleibt uns, einen Schlachtplan auszuhecken.«

Sie nickte. »Warum klettert Mainza wohl auf den Baum da drüben?«

Er drehte sich um. »Könnten uns verirrt haben. Simon brütet über Landkarten, seitdem wir ausgestiegen sind.«

»Das wäre zu schön, wenn wir uns verirrt hätten«, sagte sie, während sie einen scharlachroten Schmetterling beobachtete, der in der Nähe umherflatterte. »Und es geschähe ihnen recht.«

»Bin nicht so sicher, daß es *uns* recht geschähe«, meinte er. »Leute wie Simon werden leicht reizbar, wenn sie sich verirrt haben. Schlafen Sie jetzt, meine Liebe.«

Sie nickte, legte sich hin und dachte, wie schön es sei, meine Liebe genannt zu werden – und wie beruhigend Cyrus wirkte. Die Wärme der Sonne linderte ihre Muskelschmerzen. Müdigkeit überwältigte sie, und sie schlief ein.

Als sie die Augen wieder öffnete, war es still auf der Lichtung. Und sie bemerkte, daß Cyrus' Schlafsack unbenutzt war. Ohne den Körper zu bewegen, wandte sie den Kopf und sah, daß Amy sich in ihren Schlafsack vergraben hatte. Nur ein paar Strähnen ihres hellen Haars waren sichtbar. Drüben beim Landrover hatten sich Simon und Mainza ausgestreckt. Sie schliefen auch. Reuben döste vor sich hin. Er lehnte an einem Baum, das Gewehr auf den Knien. Von Cyrus keine Spur. Ihr Blick fiel auf den Landrover, und da sah sie Cyrus, der um den Wagen herumkroch. Mrs. Pollifax blickte zu Reuben und dann zu Cyrus. Sie hielt vor Schreck den Atem an.

# 11

Sie hatte keine Ahnung, was Cyrus hinter dem Landrover getan haben mochte. Noch kroch er auf Händen und Knien, als er aber die ihr zugewandte Seite des Landrovers erreicht hatte, stand er langsam auf und kam auf Zehenspitzen lautlos auf sie zu. Erst nachdem er sich auf seinen Schlafsack gesetzt hatte, rührte sie sich, und sogleich fuhr Reuben zusammen, öffnete die Augen und griff nach seinem Gewehr.

»Fühlen Sie sich jetzt besser?« fragte Cyrus ausdruckslos.

»Viel besser«, antwortete sie höflich.

Jetzt regten sich auch die andern, setzten sich auf, streckten sich und gähnten. Alle Gesichter waren frei von Spannung und Feindseligkeit, so daß sie für den Augenblick eine Picknick-Gesellschaft hätten sein können, die von einem Mittagsschläfchen im Busch erwacht war.

Amy Lovecraft setzte sich auf und strich ihr zerzaustes Haar zurück. »Ach, ein Bad müßte herrlich sein«, sagte sie. Aber das einzige Wasser, das sie an diesem Morgen zu sehen bekommen sollten, wurden ihnen von Reuben in einem wasserdichten Segeltuchsack gebracht. Sie tranken reihum daraus und aßen ein paar geschälte Erdnüsse, die er ihnen gab. Mrs. Pollifax versuchte, jede Nuß ganz gründlich zu kauen. Wer weiß, wann sie wieder etwas zu essen bekämen. Wenn heute Donnerstag war, fiel ihr plötzlich ein, so war es Zeit für eine weitere Malariatablette. Dann kam es ihr aber doch etwas lächerlich vor, sich wegen Malaria Gedanken zu machen, da sie vielleicht den heutigen Tag nicht überleben würde. Und genau so lächerlich war es wohl, sich über Aristoteles Gedanken zu machen ... Cyrus war auffallend schweigsam. Er sah begreiflicherweise müde aus, weil er vermutlich überhaupt nicht geschlafen hatte. Warum war er nur hinter den Landrover gekrochen? Sie drehte sich nach Amy um, und nicht zum erstenmal fragte sie sich, welche Rolle Amy wohl bei dieser Entführung spielte. *Konnte* Amy Aristoteles sein? Es gab genügend Fälle, wo Frauen als Mörderinnen entlarvt worden waren. Aber Aristoteles, das spürte sie, war jemand anderer. Bishop hatte ihn als einen Profi und als käuflichen Mörder geschildert, der keinem Land verbunden war. Sie konnte sich einfach nicht vorstellen, daß er mit Entführungen arbeitete. Außerdem kannte Amy diese Männer, und Aristoteles handelte immer allein. Simon unterbrach ihre Gedanken. »Los!« rief er. Wieder einmal wurden sie zum Landrover getrieben und lose auf ihren Sitzen angebunden. Im warmen Morgenlicht brachen sie auf, und Mrs. Pollifax fiel auf, daß sie jetzt die offene Savanne mieden. Also erwarteten sie einen Suchtrupp. Beim Überqueren einer Lichtung schreckten sie eine Zebraherde auf, die reglos in der Sonne stand. Die Tiere ergriffen sofort die Flucht. Plötzlich schlingerte der Wagen seitwärts und hielt.

»Reifenpanne«, sagte Simon.

Sie stiegen aus und setzten sich auf den Boden. Mainza wechselte den Reifen. Sonderbar war, daß der neue Reifen kurz darauf ebenfalls die Luft verlor. Mrs. Pollifax dachte nach und zog ihre Schlüsse. Sie betrachtete Cyrus mit neuem Interesse. Er wirkte außergewöhnlich schläfrig und wich ihren Blicken aus. Sie lächelte in sich hinein. Cyrus begann sich wirklich als sehr nützlich zu erweisen. Simon, Reuben und Mainza standen vor einem Rätsel. Sie begannen sich gegenseitig zu beschuldigen, untersuchten die beiden Reifen und gestikulierten. Sie stellten fest, daß beide Reifen die Ventilkappen verloren hatten. Aber konnte dadurch soviel Luft entweichen? Mehrere mißtrauische Blicke trafen Mrs. Pollifax und Cyrus. Da sich aber keiner der Männer erinnern konnte, sie einen Augenblick unbewacht gelassen zu haben, so beschuldigte man sie auch nicht irgendeiner Tat.

»In den Wagen«, kommandierte Simon schließlich mit säuerlicher Stimme.

Sie stiegen ein und holperten auf luftleeren Reifen mehrere hundert Meter weiter dahin. Doch schon nach kurzer Zeit war der Wagen nicht mehr lenkbar. Simon brachte ihn zum Stehen. »Wir müssen zu Fuß!« sagte er erbittert.

»Tut mir leid«, flüsterte Cyrus, als er ihr aus dem Wagen half.

Sie warf ihm einen bewundernden Blick zu. »Sie erweisen sich wirklich als Sand im Getriebe.«

»Sie haben's bemerkt? Hat mir geholfen, meiner schlechten Laune ein bißchen Luft zu machen.«

»Machen Sie ihr noch mehr Luft«, sagte sie eindringlich, worauf Simon ihr befahl, still zu sein und ihren Platz in der Reihe einzunehmen.

Mit Simon an der Spitze begannen sie ihren Marsch. Das Gelände war eben und mit Gruppen von hohen Dornbüschen durchsetzt, recht geeignet für Wanderungen. Wogegen Mrs. Pollifax etwas einzuwenden hatte, war das aufgezwungene Schweigen. Simon hatte ihr befohlen, direkt hinter ihm zu gehen, danach folgte Mainza, dann Amy und Cyrus. Reuben bildete das Schlußlicht. Es war so still, daß sie hören konnte, wie Mainzas Gewehr bei jedem Schritt gegen seine Hüfte schlug. Manchmal knackten Zweige unter ihren Füßen. Als die Sonne höher stieg, fühlte Mrs. Pollifax immer stärker, wie hungrig sie war. Und die Sonne übte eine sonderbare Wirkung auf sie aus. Ihr Kopf fühlte sich ganz leicht an, ob vom Hunger oder von der Sonne, das wußte sie nicht, und im Augenblick war es ihr auch egal. Quälender Durst befiel sie, und nachdem sie unendlich lange gewandert waren, spürte sie, daß sich an ihrer rechten Ferse auch noch eine Blase zu bilden begann. Tse-Tse-Fliegen umschwärmten sie, und mit ihren gefesselten Händen konnte sie sie nur schwach abwehren. Aber Simon machte keine Anstalten, eine Ruhepause einzulegen, und sie fühlte nicht einmal genügend Energie, sich zu beklagen. Schläfrig trottete sie dahin.

»Pause«, sagte Simon plötzlich, und sie ließen sich unter einem Baum auf den Boden fallen, zu müde, um zu reden. Mainza holte den Segeltuchsack herbei und ließ jeden ein paar Schluck Wasser trinken.

»Hoffentlich abgekocht«, sagte Cyrus.

Bei dieser Bemerkung rümpfte Amy die Nase. »Hier kann auch abgekochtes Wasser Magenverstimmung hervorrufen. Wenn Sie ihnen nur erzählen würden, was sie wissen wollen«, fuhr sie Mrs. Pollifax an, »dann könnten wir schon wieder bei der Safari sein, statt … statt *hier!*«

Da sie sich besser fühlte, blieb Mrs. Pollifax ihr die Antwort nicht schuldig. »Unsinn! Ich glaube nicht, daß sie uns laufen ließen, was immer ich ihnen auch sagen würde, denn wir können sie ja jetzt identifizieren. Und warum sollten sie das riskieren?«

Amy kam näher und sagte mit gesenkter Stimme: »Ich habe versucht, mich mit Simon anzufreunden, vielleicht haben Sie es bemerkt.«

»Nein«, erwiderte Mrs. Pollifax.

»Jedenfalls ist es so, und ich denke«, sie lächelte ein bißchen zaghaft, »ich denke, daß sie *mich* nicht umbringen würden. Es wäre möglich, daß ich die Männer so ablenken könnte, daß Sie und Cyrus entwischen könnten. Nicht jetzt, aber später.«

*Auf der Flucht erschossen,* dachte Mrs. Pollifax. Für den Bruchteil eines Augenblicks sah sie Cyrus an, der zuhörte, dann wandte sie sich wieder an Amy und sagte mit entsetzter Stimme: »Oh, das halte ich nicht für ratsam. Und Sie? Ich vermute, Sie denken an eine Flucht. Daran liegt mir nicht und Ihnen, Cyrus?«

»Nein«, gab er unumwunden zu. »Zu anstrengend. Außerdem sind ja unsere Hände gefesselt.«

»Meine auch«, sagte Amy, »aber ich könnte Simon vielleicht überreden, unsere Fesseln zu lösen.«

*Darauf ginge ich jede Wette ein,* dachte Mrs. Pollifax. »Nun ja, es wäre wunderbar, unsere Hände frei zu haben«, sagte sie ernst. »Das Gehen mit gefesselten Händen ist so mühsam, aber fliehen …« Sie schauderte. »Ich weiß nicht, aber der Gedanke erfüllt mich mit Entsetzen.« Sie bemerkte, daß Cyrus sie mit einem fragenden Stirnrunzeln ansah, und sie überlegte, warum er sie plötzlich so mißtrauisch betrachtete. »Aber wenn Sie bei ihm erreichen könnten, daß er unsere Fesseln löst«, fügte sie sehnsüchtig hinzu.

»Ja«, sagte Amy, »aber Sie müssen einfach an Flucht denken, wenn die Gelegenheit sich bietet. Sie müssen entschlossener sein.«

»Ja«, seufzte Mrs. Pollifax.

Einen Moment später, als Simon zum Aufbruch rief, erfuhr sie den Grund für Cyrus' seltsamen Gesichtsausdruck. Als er ihr auf die Füße half, sagte er: »Beginne mich zu fragen, ob Sie nicht wirklich Dias zeigen.«

»Dias?« fragte sie entgeistert. »Cyrus, was in aller Welt …?«

»Dieselbe Stimme«, sagte er. »Beide Male. War mir nicht klar über die Dias.«

Erstaunt starrte sie ihn an. »O *Dias*«, erwiderte sie, und sie bewunderte sein Gedächtnis.

In seiner fürsorglichen Art riet er ihr: »Versuchen Sie, Ihre Buschjacke um den Kopf zu wickeln. Nicht umsonst haben sie hier in Afrika Korkhelme getragen. Sehr intensive Sonne ...« Er machte ihr um die Taille geknotetes Jackett los, und da sie es mit ihren gebundenen Händen nicht um den Kopf schlingen konnte, legte sie es lose über den Kopf. Dann eilte sie nach vorn, um Simons Befehl nachzukommen.

Und weiter ging die Wanderung. Immer wieder von Pausen unterbrochen. Sie war schon ganz vertraut mit dem afrikanischen Boden. Er war von einem kräftigen Rostbraun und hatte die grobkörnige Struktur eines Ameisenhügels. Und obwohl die Regenzeit erst kürzlich zu Ende gegangen war, schien er trocken, sehr trokken zu sein. Sie war glücklich, wenn sie auf ihm ausrasten konnte. Das Laufen auf der Erde war möglich, doch auf Schlangen mußte sie achten. So ging sie mit gesenktem Kopf, und das ermüdete sehr. Unentwegt stachen die Tse-Tse-Fliegen. Und wenn sie Pause machten, reichte der kümmerliche Schluck Wasser nicht mehr aus. Bei jedem Halt studierte Simon stirnrunzelnd Kompaß und Karte. Und dann wurde weitergegangen. Nur zweimal wurde die Eintönigkeit unterbrochen: einmal durch eine Herde Schwarzfersenantilopen, die in panischem Schrecken ihren Weg kreuzten, und einmal durch den Anblick eines toten Büffels, von dem nur noch das nackte Gerippe übriggeblieben war.

»Hat Löwe getötet«, sagte Reuben aus dem Hintergrund.

Einige Zeit danach bemerkte Mrs. Pollifax, daß Simon stehengeblieben war. Sie war hinter ihm her gestolpert, und als sie aufblickte, sah sie, daß Mainza aus der Reihe getreten war, Simon am Arm gepackt hatte und nach rückwärts deutete. »Etwas ist hinter uns her«, sagte er leise.

»Ich sehe nichts. Mensch oder Tier?«

Mainza zuckte die Achseln. »Es bewegt sich, wenn wir gehen, es steht still, wenn wir rasten. Soll ich zu dem Ameisenhaufen da vorn gehen und im Kreis zurück?«

»Mach das. Sei vorsichtig. Wir warten. Wir rasten hinter dem Hügel.«

Das Wort ›rasten‹ war das einzige, was Mrs. Pollifax wichtig war. Und sie folgte Simon eifrig. Mainza verschwand bald hinter dem Hügel, und als die Gruppe ebenfalls dort ankam, hieß Simon sie dahinter stehenbleiben. »Hinsetzen«, befahl er, »aber nicht darauf, es ist ein Ameisenbau.«

Dankbar sah Mrs. Pollifax zu Boden. Sie konzentrierte sich auf die Rast. Ihre Schultern schmerzten, die Füße taten ihr weh, und ihre Augen fühlten sich an wie gequetschte Tomaten. Sie konnte kaum denken. Sie fühlte sich außerstande, sich zusammenzureißen. So ungefähr mußte es sein, wenn ein Mensch im Schnee einschläft, er bemerkt es und es macht ihm nichts aus. Bestimmt gab es keine ausreichende Rast mehr, bevor sie den Friedhof erreichten. Sollten sie dort ankommen, so konnte aus der ersehnten Ruhe leicht eine Ewige Ruhe werden. Aber auch dieser Gedanke half nicht. Ob sie vielleicht einen Sonnenstich hatte? Sie sah Simon und Reuben plötzlich ihre Gewehre heben, brachte aber nur ein mäßiges Interesse auf, als ein Mann, ohne die Gruppe zu bemerken, an ihnen vorbeitrottete. Sie war dankbar, daß es kein Löwe war, aber in ihrer außergewöhnlichen Verfassung fand sie nichts dabei, hier einem Mann zu begegnen. Außerdem schien er hierher zu gehören, und sein Anblick war wenig anziehend. Es war ein Einheimischer in zerrissenen, am Knie abgeschnittenen schwarzen Hosen, zerlumpten Turnschuhen, die ihm ein lächerliches Aussehen verlieh. Auf dem Rücken trug er einen in blutiges Zeitungspapier eingeschlagenen Gegenstand, der offensichtlich schwer war und den eine Menge Fliegen umkreisten. Der Mann bemerkte sie erst, als Simon mit dem Gewehr vortrat. Er schien aber eher erstaunt als erschrocken. Er sah Simon mit einem unsicheren, aber strahlenden Lächeln an und starrte dann hingerissen auf die Waffe, die er offenbar erstaunlicher fand als den Anblick von fünf Menschen, die hinter einem Ameisenhügel hockten.

Mainza kam herbei, durchsuchte die Taschen des Mannes und roch an dem Bündel.

»Jonesi«, sagte der junge Mann strahlend und deutete auf sich selbst. »Jonesi. Guten Abend.«

»Guten Abend«, erwiesen sich indessen als die einzigen Worte, die er außer seinem Eingeborenendialekt konnte. Man versuchte es mit Nyanja bei ihm, mit Juvale und Bemba, aber alles führte nur zu begeistertem Nicken und den Worten: »Jonesi. Guten Abend.«

»Hat wohl nicht alle Tassen im Schrank«, vermutete Cyrus trocken.

Mainza schlug eine Ecke des blutigen Bündels zurück und sagte anklagend: »Gewildert hat er, Simon. Er ist ein Wilderer und heißt Jonesi. Aber was machen wir mit ihm?«

»Mir gefällt er nicht«, sagte Amy kalt.

Simon blickte flüchtig zu ihr hinüber und sagte zu Reuben: »Er könnte uns den Friedhof finden helfen.«

»Ah«, sagte Mrs. Pollifax und wurde hellwach, »Sie wissen nicht, wo der Friedhof liegt?«

»Natürlich wissen wir das«, fuhr Simon sie an. »Nur diesen Weg sind wir bisher noch nie gegangen.«

»Dann haben Sie sich also verlaufen?« fragte Amy höhnisch. »Wie aufmerksam, daß Sie uns das wissen lassen, Simon.«

»Kann mir nicht vorstellen, wie dieser Jonesi uns helfen soll, wenn Sie sich nicht einmal mit ihm verständigen können«, meinte Cyrus.

Mainza war es gelungen, die Aufmerksamkeit des Wilderers auf sich zu lenken; er setzte sich mit gekreuzten Beinen auf den Boden, begann mit einem Stock die Erde umzuwühlen und warf ein halbes Dutzend kleiner Erdhaufen auf. Er steckte einen Zweig in den einen, legte einen Knopf auf den anderen und ein Stoffetzchen auf einen dritten. Der Wilderer hockte neben ihm und sah zu. Plötzlich nickte er und sprudelte Worte hervor und deutete in südlicher Richtung. Dann nahm er den Stock und zeichnete den Umriß eines Tieres. Nach weiterer Zeichensprache sagte Mainza: »Er kennt den Friedhof. Er will uns hinbringen, wenn wir nichts von seiner Wilderei berichten. Er hat Antilopenfleisch in seinem Bündel.«

Bei diesen Worten kam Mrs. Pollifax ein Gedanke, den sie verfolgte, Schritt für Schritt vorgehend: Fleisch, Wildern … Aber natürlich, dachte sie, und ihr schwindelte: die Antilope war zerlegt worden, und wenn sie zerlegt worden war, dann mußte das Fleisch von den Knochen gelöst worden sein, mit einem *Messer*.

Ihre Müdigkeit fiel von ihr ab wie ein alter Mantel, der schon zum Verschenken bestimmt war. Hoffnung, das war es, was ihr gefehlt hatte, und jetzt begann sie in ihren Adern zu kreisen wie Adrenalin. Ein Messer. Mit einem Messer konnten sie sich verteidigen und fliehen. Ein Messer würde ihre Hände befreien, und mit einem Messer waren sie ihren Gegnern nicht mehr hilflos ausgeliefert.

»Sie sehen aus«, sagte Cyrus, als sie aufgestanden waren, um weiterzugehen, »wie jemand, der soeben den Heiligen Gral gefunden hat.«

Sie lächelte ihn an, und in dem kurzen Augenblick, bevor Simon sie trennte, flüsterte sie ihm zu: »Cyrus ... der Wilderer muß ein Messer bei sich haben.«

## 12

Nachdem ihr diese Idee gekommen war, beschloß Mrs. Pollifax nun vor allen Dingen, Kontakt zu dem Wilderer herzustellen. Unter den gegebenen Umständen konnte sie ihn kurz, aber herzlich in ihrem Kreis willkommen heißen. Vielleicht ergab sich dann die Möglichkeit, ihm zu zeigen, daß sie und Cyrus Gefangene waren. Wenn Mainza mit seiner Zeichensprache bei ihm Erfolg gehabt hatte, dann war nicht einzusehen, warum sich das nicht wiederholen ließe.

Sie beschleunigte ihren Schritt, bis sie neben ihm war. Als er sie ansah, lächelte sie ihn an, was er indessen nur mit einem Grinsen erwiderte. Bestimmt war er der größte Sambier, den sie bisher gesehen hatte. Sie schätzte ihn auf einen Meter achtzig, wenn er aufrecht stand. Er war so mager, daß man seine Rippen sehen konnte. Das Gesicht war länglich und hager, und wegen der vorstehenden Zähne wirkte sein breites Grinsen dümmlich, was noch durch das komische grünschwarz-karierte Wollkäppchen verstärkt wurde, das er trug. Immerhin war er keiner von *denen.* Sie war überzeugt, daß er ein Messer bei sich hatte, und sie setzte nun alle Hoffnung auf ihn.

Nachdem die beiden sich einige Male eifrig angelächelt hatten, spürte Mrs. Pollifax, daß sie auf dem Weg zu einer komplizierten Verständigung war. Als er sie wieder einmal anschaute, hob sie ihre gefesselten Hände. Sie tat es ganz verstohlen. Als aber sein Blick auf ihre Hände fiel, grinste er noch breiter und warf dann zu ihrem Entsetzen den Kopf zurück und lachte.

Das war ohne Zweifel eine Niederlage. Auf das Lachen hin schaute Simon zurück, und sie mußte so tun, als hätte sie die Hände gehoben, um ihr Haar zurückzustreichen. Da der Versuch, Jonesis Freundschaft zu gewinnen, in diesem Augenblick gefährlich werden konnte, zog sie sich wieder auf ihren Platz hinter ihm in der Reihe zurück.

Das ließ ihr Zeit für eine weitere Überlegung. Wo trug ein nur mit Turnschuhen, Shorts und Kappe bekleideter Mann ein Messer? Mainza hatte Jonesis Hosentaschen durchsucht und offenbar festgestellt, daß er keine Waffe bei sich hatte. Wenn also nicht in seinen Hosentaschen, dann mußte das Messer entweder in dem aufgerollten Pullover, den er um die Taille trug, oder in der Kappe stecken, und sie tippte auf die Kappe. Sie begann, alle Möglichkeiten durchzuspielen, um die Kappe zu bekommen, und bemerkte dabei, daß jeder Gedanke an Hunger und Durst verflogen war.

Nachmittags erreichten sie die Fahrstraße. Simon deutete an, stehenzubleiben. Nachdem sie sich zu einer Rast niedergelassen hatten, hörte Mrs. Pollifax das unverkennbare Geräusch eines sich nähernden Lastwagens. Er war schnell vorbei. Simon wartete, bis die Gruppe einen Kreis um ihn gebildet hatte. Er ähnelte einem Pfadfinderführer, der sich anschickt, Instruktionen zu erteilen. »Die Straße liegt vor uns« erklärte er. »Wir überqueren sie immer zu zweit und sehr schnell, verstanden?« Er deutete auf Mrs. Pollifax und bestimmte: »Sie gehen zuerst mit Reuben und Mainza. Dann kommst du, Reuben, zurück und holst diesen Mann. Ich folge mit der andern Frau. Horch, ehe du die Fahrbahn überquerst. Der Wind bläst von Westen.«

Die beiden Männer führten Mrs. Pollifax durch ein paar Baumgruppen hindurch zur Straße, eine zweispurige asphaltierte Fahrbahn, die von Westen nach Osten führte und zur Zeit bedauerlicherweise leer war. Reuben ergriff sie an einem und Mainza am anderen Arm, dann zogen sie sie im Eiltempo hinüber in den Schatten der Bäume auf die andere Seite. Als Reuben zurückkehrte, um die übrigen zu holen, setzte Mrs. Pollifax sich nieder und versuchte, nicht daran zu denken, wie nahe sie dem Friedhof schon gekommen waren. *(»Wieviel Zeit bleibt uns noch, ehe wir sie umbringen? Bis Sikota kommt. Wir treffen ihn auf einem alten Friedhof jenseits der Lusaka-Mumbwa-Straße.«)* Diese Worte gingen ihr immer wieder durch den Kopf.

Als sie Reuben mit Cyrus auf sich zukommen sah, dachte sie wiederum, was für ein erstaunlicher Mensch Cyrus doch war und wie tröstlich sein Anblick. Bestimmt war er müde, doch er blieb vollkommen gelassen, ein Mann, der auch mitten in Sambia nicht vergaß, wer und was er war. Und plötzlich wußte sie, daß sie sich verlassen fühlen würde, wenn sie ihn nie wiedersähe.

»Sogar hier sehen Sie aus wie ein Richter«, sagte sie matt lächelnd.

»Fühle mich sehr unrichterlich im Augenblick«, erwiderte er und hockte sich neben sie. »Ich würde jedem von dieser Bande sechs Monate Einzelhaft geben. Ohne Kaution. Sie gehen zu schnell.«

»Ich finde«, sagte sie, von Dankbarkeit überwältigt, »ich finde es ja sehr selbstsüchtig von mir, aber ich bin so schrecklich froh, daß Sie gekommen sind, Cyrus. Sie *sind* eben nicht zu übersehen.«

»Hab' ich Ihnen ja gesagt.« Seine Stimme klang erfreut.

»Es war so sehr tapfer«, erklärte sie. »Nur, wenn, wenn Sie es mit dem Leben bezahlen müßten ...«

»Nicht nötig, soweit im voraus zu denken, meine Liebe«, unterbrach er sie ruhig. »War mein freier Wille, wissen Sie, mußte ja nicht kommen. Viel wichtiger«, fuhr er heiter fort, »ist mir das Abendessen, zu dem ich Sie einzuladen gedenke, wenn wir wieder in Lusaka sind. Das Menü beschäftigt mich seit Stunden.«

Ihr war klar, daß Cyrus nur zu gut wußte, wie nahe sie dem Friedhof waren. »Es muß in seinem Pullover oder in seiner Kappe stecken«, sagte sie leise. »Das Messer meine ich – falls er eins hat.«

»Hmmm«, murmelte Cyrus, »hoffen wir, daß es bis dahin kalt

wird.« Er hob die Hände hoch und sah auf seine Uhr. »Fast vier Uhr.«

»Oh, lieber Himmel, und in zwei Stunden ist es dunkel?«

»Müssen an die dreißig Kilometer gelaufen sein. Hab' übrigens einen Data-Vogel gesehen. Tat mir leid, daß ich Sie nicht darauf aufmerksam machen konnte.« Er brach ab, weil Simon auf sie zukam. Jonesi trottete neben ihm her, und Amy ging einen Schritt hinter ihm.

»Aufstehen«, sagte Simon, und somit war ihre Unterhaltung zu Ende.

Ungefähr zehn Minuten später stieß Jonesi einen scharfen Laut aus, deutete nach links und plapperte eine Weile in seiner eigenen Sprache, die niemand verstand. Er schien das Gelände jetzt zu erkennen, denn nachdem sie links abgebogen waren, kamen sie auf einen schmalen, hartgetretenen Pfad und bald zu den Überresten mehrerer Hütten.

Und dann waren sie plötzlich auf dem Friedhof.

Im Sonnenschein lag er am Rande einer weiten Savanne, und wenn Jonesi sie nicht geführt hätte, hätten sie ihn wohl kaum gefunden. Er war nicht groß. Vielleicht hatte hier einmal eine Schlacht stattgefunden, vielleicht wurden hier auch die Häuptlinge oder die Mediziner des Dorfes begraben, Mrs. Pollifax zählte nur zwölf Gräber. Hier war einmal ein Dorf gewesen, hier hatten Menschen gelebt und die Gräber gepflegt. Als dann das Land zum Wildpark geworden war, hatte man das Dorf verlegt, aber der Friedhof schien den Einheimischen immer noch etwas zu bedeuten, denn die Pfähle an Kopf- und Fußende der Gräber standen aufrecht, waren unversehrt, und die Scherben der irdenen Töpfe, die bei der Beerdigung zerbrochen worden waren, lagen noch zwischen den Pfählen. Eine schöne Sitte, dachte Mrs. Pollifax, so viel persönlicher als Blumen. Ein Topf gehörte zu den persönlichen Dingen eines Menschen und war jeden Tag gebraucht worden.

Cyrus unterbrach ihre Gedanken. Er stieß sie an, und als sie seinem Blick folgte, sah sie, daß Jonesi den Pullover abnahm. Sie beobachteten, wie er ein trockenes Blatt von ihm entfernte, ihn glatt strich und dann über den Kopf zog. Da kein Messer zum Vorschein gekommen war, blieb nur noch die Kappe.

»Wir warten jetzt auf Sikota, er kommt in der nächsten Stunde«, erklärte Simon und zu Mrs. Pollifax gewandt, fügte er mit leisem Triumph in der Stimme hinzu: »Sikota hat noch niemand Widerstand geleistet. Er kennt vielerlei Tricks, das verspreche ich Ihnen.« Dann forderte er die Gruppe auf: »Sie können jetzt wieder die ›Toilette‹ aufsuchen.«

»Bitte«, sagte Amy, sprang auf und folgte Simon ins Gebüsch.

Als die beiden außer Sicht waren, schaute Mrs. Pollifax auf den am Boden sitzenden Jonesi hinunter und dann auf Cyrus, der seinen Platz neben ihm hatte. Nicht weit entfernt von ihnen saßen Mainza und Reuben, in ein ernstes Gespräch vertieft. Ihre Gewehre lagen daneben. Mrs. Pollifax dachte: die Kappe. Sie sah Cyrus an. »Jetzt oder nie«, sagte sie laut zu ihm.

»Wie?« fragte Cyrus verwirrt.

Sie trat hinter Jonesi und tat, als stolperte sie, und im Fallen schob sie seine Kappe vom Kopf. Diese fiel zu Boden und zugleich ein schwerer Gegenstand.

Es war sein blutbeflecktes Taschenmesser, und sowohl Jonesi als auch Cyrus griffen gleichzeitig danach. »Hoffe, Sie haben nichts gesehen«, sagte Cyrus höflich und nahm es an sich. »Handelt sich nur um ein paar kleine Fesseln. Emily?«

Sie setzte sich neben den Wilderer und hielt Cyrus ihre gefesselten Hände entgegen. Mit seinen eigenen zusammengebundenen Händen kam er nur langsam voran, aber schließlich fielen ihre Fesseln herunter, und sie streckte die Hände mit einem Gefühl der Erleichterung aus. Dann befreite sie Cyrus' Hände.

»Natürlich werden sie die fehlenden Fesseln bemerken, wenn sie aus dem Wald kommen«, murmelte Mrs. Pollifax.

»Jonesi deckt uns wunderbar, aber ich wollte, er hörte auf zu grinsen«, klagte Cyrus. »Was soll ich machen, meine Liebe? Mich auf Simon stürzen?«

»Oh, nein«, sagte Mrs. Pollifax schwer atmend. »Schaffen Sie nur Amy irgendwie aus dem Weg. Oh, liebe Zeit, da kommen sie schon. Cyrus ... viel Glück oder lebe wohl, ich weiß nicht, was, aber ...«

»Ruhe bewahren«, sagte er ernst, stand auf und hielt seine Handgelenke zusammen, als wären sie noch gefesselt. Auch Mrs. Pollifax erhob sich und stellte sich mit wild klopfendem Herzen unter den Baum.

»Wer geht als nächster?« fragte Amy und trat, gefolgt von Simon, auf Cyrus zu. Sie lächelte zu ihm auf.

In Sekundenschnelle ergriff Cyrus sie und benutzte Amy als Deckung. »Nun Simon?« sagte er.

Als Simons Blick auf Cyrus' Handgelenke fiel, hob er sein Gewehr. Aber ehe er es in Anschlag bringen konnte, trat Mrs. Pollifax vor und versetzte Simon ihren bislang besten Handkantenschlag gegen die Halsschlagader. Ein Ausdruck äußerster Verwunderung glitt über Simons Gesicht, das Gewehr entfiel ihm, und er sank zu Boden.

»Nicht zu glauben«, sagte Cyrus.

»Mein Gott, was haben Sie im Sinn?« fragte Amy. Sie schaute zu Reuben und Mainza hinüber, die von alledem nichts bemerkt hatten, und begann zu schreien. Mrs. Pollifax schnappte sich Simons Gewehr und rief Reuben und Mainza zu: »Keine Bewegung, oder ich schieße!«

Starr blickten die beiden Männer am Rand der Lichtung sie an, zu verblüfft, um sich zu regen. Amy schrie, aber Cyrus lockerte seinen Griff nicht und ging langsam mit ihr auf die beiden Männer zu. Mrs. Pollifax folgte mit dem Gewehr, und Jonesi tanzte lachend neben ihr her.

»Komme mir vor wie Mr. Muskelmann persönlich«, knurrte Cyrus.

»Die beiden hätten mich erschießen können!« rief Amy.

»Oh, seien Sie doch still«, sagte Mrs. Pollifax ärgerlich. »Sie wissen ganz genau, daß die Sie niemals erschossen hätten, Amy. Ich weiß es jedenfalls seit letzter Nacht, als Sie dachten, ich schliefe.«

»Oh«, sagte Amy, schnappte nach Luft und brach dann in eine Flut von Verwünschungen aus, die, wie Mrs. Pollifax feststellen mußte, einen ganz erheblichen Mangel an Fantasie verrieten.

»Amys Hände sind noch gebunden«, sagte Cyrus, »aber wir brauchen Fesseln für Reuben und Mainza.« Er blickte zu ihnen hinüber und rief laut: »Jonesi, sei vorsichtig mit dem Gewehr.« Jonesi hatte Mainzas Gewehr aufgehoben und wiegte es liebevoll in den Armen. Jetzt trat er zurück und setzte sich, das Gewehr auf den Knien, mit herausfordernder Miene hin.

»Lassen Sie ihn ein paar Minuten damit spielen – wir können es später holen«, sagte Mrs. Pollifax zu Cyrus. »Die Fesseln sind wichtiger.«

Sie knoteten die Stricke ihrer ehemaligen Fesseln zusammen und banden Reuben und Mainzas Handgelenke. Danach trat Cyrus zurück und sagte mit vergnügter Stimme: »In Ordnung. Was jetzt, meine Liebe?«

Mrs. Pollifax sah ihn entsetzt an. Seine Frage verwirrte sie. Sie hatte vergessen, daß Sikota jeden Augenblick auftauchen mußte, daß sie sich im Busch verirrt hatten und daß es bald dunkel würde. »Was jetzt?« stammelte sie.

»Diese Frage kann ich Ihnen beantworten, Madam«, sagte eine Stimme hinter ihnen. »Werfen Sie die Gewehre weg, und heben Sie die Hände.«

Sie fuhren herum. »Jonesi?« sagte Mrs. Pollifax entgeistert.

»Ja, Madam.« Jonesis Englisch war einwandfrei. »Sie waren mir sehr behilflich. Herzlichen Dank.« Er holte einen kleinen Gegenstand aus der Tasche und setzte ihn an die Lippen. Ein durchdringender Pfiff, und aus einem ein paar hundert Meter entfernten Wäldchen kamen mehrere bewaffnete Männer gelaufen.

»Polizei?« fragte Mrs. Pollifax atemlos.

»Nein, Madam«, sagte Jonesi und schien über ihre Frage belustigt. »Die Polizei ist weit weg, weit weg. Sie sind jetzt *unsere* Gefangenen.«

»O nein«, protestierte Mrs. Pollifax. »Ich dachte, ich hoffte ...«

»Dies«, sagte Cyrus und blinzelte, »ist genau so, wie wenn jemand von einem Hai verschluckt wird, der dann wiederum von einem Wal verschluckt wird, der dann ... Was ist los, meine Liebe?«

»Ich bin nicht sicher«, flüsterte Mrs. Pollifax und starrte zu den Männern hinüber, die aus dem Dunkel aufgetaucht waren und sie jetzt umkreisten. Einer von ihnen erregte ihre Aufmerksamkeit. Er war größer als die anderen, trug Khakishorts, Wickelgamaschen, einen dicken Pullover und einen Kavalleriehut aus Filz, der sein Gesicht beschattete. Etwas an seiner Art, sich zu bewegen … Jetzt kam er auf sie zu, das Gewehr über der Schulter, er blieb bei Amy Lovecraft stehen, betrachtete sie lange mit hartem Blick und ging dann weiter zu Jonesi.

Innerlich begann Mrs. Pollifax zu lächeln, und ganz langsam breitete sie das Lächeln auf ihrem Gesicht aus. Dann sah der Mann sie an. Er blieb wie angewurzelt stehen. »Mein Gott, ich sehe Gespenster«, rief er.

»Durchaus nicht«, erwiderte sie, während ihre Augen sich mit Tränen füllten.

»Aber … Herzogin?« fragte er ungläubig. »Emily Pollifax aus New Brunswick, New Jersey? *Hier?*«

Er begann zu lachen. »Ich kann's nicht glauben, Herzogin, was, um Himmels willen, haben Sie mitten in Afrika mit dieser Bande von Halsabschneidern zu schaffen? Oder, um es deutlicher auszudrücken«, sagte er, während er sie samt Gewehr stürmisch umarmte, »was, zum Teufel, haben Sie jetzt wieder vor, Herzogin?«

## 13

Als Farrell ein paar Minuten später zu ihnen trat, saßen sie an einem Lagerfeuer, das einer seiner jungen Männer für sie angezündet hatte. Er ließ sich mit gekreuzten Beinen nieder: »So, Geschäfte erledigt.« Er betrachtete Cyrus und dann Mrs. Pollifax und grinste: »Finde, daß Sie nie besser ausgesehen haben, Herzogin, bis auf die Prellung auf Ihrer Wange, die sich immer dunkler färbt …«

»Eine Erinnerung an Simon«, erwiderte sie. »Hab' ich richtig gehört, daß Sie Mulika genannt werden?«

»Den Namen haben sie mir gegeben.« Sein Lächeln war atemberaubend in seinem sonnenverbrannten Gesicht. Sie hatte vergessen, wie schön er war. Er sah frisch und gesund aus, und sein Schnurrbart wirkte viel verwegener, als in ihrer Erinnerung. »Und übrigens: Jonesi bittet mich, ihn bei Ihnen zu entschuldigen. Sie möchten doch bitte bedenken daß Sie in schlechter Gesellschaft gereist sind und wenn Ihre Hände gefesselt waren, so doch auch die der anderen Dame.«

»Durchaus verständlich«, räumte Cyrus ein.

»Er fand die ganze Situation verwirrend. Übrigens, es tut uns leid, daß wir das Abendessen verschieben mußten ...«

»Abendessen?« hauchte Mrs. Pollifax.

»Wir erwarten Sikota, wissen Sie, und das ist der Grund, warum wir Sie in Sicherheit gebracht haben. Jetzt erzählen Sie aber um Himmels willen, Herzogin, wie Sie und Cyrus hierhergekommen sind, und warum.«

Mrs. Pollifax berichtete gern. Sie beschrieb kurz ihre Ankunft in Lusaka und konzentrierte dann ihren Bericht auf die letzten vierundzwanzig Stunden. Als sie geschlossen hatte, sah Farrell sie verblüfft an.

»Das darf nicht wahr sein«, sagte er. »Sie haben eine Suchanzeige nach mir aufgegeben?«

»Ich fand das ganz logisch«, erklärte sie ihm.

Er schüttelte den Kopf. »Diese Direktheit, Herzogin, wird Sie eines Tages noch das Leben kosten.«

»Hat es beinah«, sagte Cyrus. »Sieht jedenfalls so aus.«

»Und Sie haben die Anzeige nicht einmal zu Gesicht bekommen«, jammerte Mrs. Pollifax. »Ich dachte – jedenfalls einen Augenblick lang –, Sie wären gekommen, um uns zu retten! Was hat Sie denn hierhergeführt, und warum heißen Sie Mulika?«

Er zögerte. »Ob Sie's glauben oder nicht, *mulika* bedeutet Lichtbringer auf nyanja. Das überrascht Sie?« Er sah sie an und fuhr fort: »Sie wissen, was man unter der Leidenschaft der besten Jahre versteht? Na ja, mich hat die Leidenschaft für Afrika im allgemeinen – dem reinen, unverdorbenen – und für Sambia im besonderen erfaßt. Eigentlich wollte ich hier Farmer werden –«

»Keine Kunstgalerie?« fragte Mrs. Pollifax.

»– Und ich besitze achtzig Hektar Land in der Südprovinz, aber ich komme nicht oft hin. Ich habe Freiheitskämpfer ausgebildet.«

»Freiheitskämpfer!« rief Mrs. Pollifax. »Das ist es also.« Dann runzelte sie die Stirn. »Aber das kann doch nicht der Grund sein, warum Simon und Amy zu einem Mord bereit waren, nur um herauszufinden, wie Sie aussehen. Es muß doch noch mehr Männer geben, die das tun und ...«

»... und auf deren Kopf ein Preis ausgesetzt ist?« Er grinste: »Es ist ein Jammer, Herzogin, Sie sehen es. Ja, natürlich steckt mehr dahinter, weil Leidenschaften einen immer ins Gedränge bringen. Sehen Sie, es ist begeisternd, Sambias wirtschaftlichen Aufschwung zu erleben, aber nebenan liegt Simbabwe – oder Rhodesien, unter diesem Namen kennen Sie es –, und die Leute kommen von drüben über unsere Grenze. Manche sind sehr schlecht behandelt worden, die meisten kommen unmittelbar aus dem Gefängnis oder stehen vor der Verhaftung oder Einkerkerung. Diese Menschen wollen nämlich auch Selbstbestimmung. Sie leiden unter der Rassentrennung.

Und so bin ich da hineingeraten. Mit meiner Vergangenheit und meiner weißen Haut bin ich so etwas wie ein Spion geworden. Schon mal was von Spionen gehört?« fragte er boshaft. »Ich gab mich als Tourist aus, begann hin und her über die Grenze zu reisen, staunte über Simbabwes Naturwunder – sie sind beträchtlich – und half Jonesi, einen sicheren, geheimen Fluchtweg zu finden. Ich habe sogar eine Weile in Salisbury gelebt. Unglücklicherweise sprach es sich herum, daß ein Weißer namens Mulika Männer aus Rhodesien herausbringt, und schließlich erfuhr man auch meinen richtigen Namen. Als dann Ihre Anzeige erschien, schlugen die Wellen natürlich hoch.«

»Nicht zuletzt bei der sambischen Polizei«, berichtete sie ihm. »Ich wurde verhört von einem – Oh«, – sie schnappte förmlich nach Luft – »jetzt begreife ich erst, was nicht stimmte! Er wollte gar nichts über Sie wissen, sondern nur erfahren, woher *ich* wußte, daß Sie in Sambia sind.«

»Wer?«

»Ein Leutnant Dunduzu Bwanausi«, sagte sie.

Farrell brach in Gelächter aus. »Dundu? Himmel, müssen Sie den aufgeregt haben. Ich wette, er hielt Sie für eine rhodesische Agentin. Muß ihm über Funk sagen, daß alles in Ordnung ist.«

»Sie kennen ihn?«

»Ein sehr guter Freund von mir. Sein Bruder Qabaniso ist Mitbesitzer meiner Farm.«

Ihr kleines Lagerfeuer lag an einem Hang weit vom Friedhofsgelände entfernt. Von dort aus konnten sie ein größeres, ein paar hundert Meter entferntes Lagerfeuer sehen, an dem Amy Lovecraft und ihre Verbündeten saßen, die Hände noch gefesselt. Und Mrs. Pollifax sah, daß Jonesi sie alle mit Knebeln versah.

Farrell war ihrem Blick gefolgt: »Die Ziegen werden festgebunden, um den Löwen anzulocken. Der Löwe ist Sikota. Dürfte ein ziemlich großer Löwe sein, den es zu fangen lohnt.«

»Recht hart für Mrs. Lovecraft, wie?« fragte Cyrus.

»Nicht härter als für Simon, Reuben und Mainza«, erklärte Farrell, »aber natürlich glauben Sie immer noch, sie sei Amy Lovecraft, nicht wahr? Das ist sie nicht.« Seine Stimme war härter geworden.

»Und wer ist sie?« wollte Mrs. Pollifax wissen.

»Eine Rhodesierin namens Betty Thwaite. Sie hat uns tüchtig zu schaffen gemacht, bis wir ihr auf der Spur waren. Denn unseren Informationen nach ist sie nicht nach Sambia gekommen, um jemanden zu entführen. Und der Busch war der letzte Ort, wo wir nach ihr Ausschau gehalten hätten.«

»Dann sind Sie also hinter Amy hergewesen?«

»Und wie! Rund um die Uhr während der letzten sechs Tage.«

»Wieso?« fragte Cyrus.

»Nun ja, um Ihnen ein Bild von ihr zu geben: Sie ist der Kopf einer fanatischen, rechtsgerichteten rhodesischen Gruppe, eine jener Gruppen, die eine extremere Haltung einnimmt als die Regierung selbst und sich dann, wie die *Herstigte Nasionale Party*, von ihrer eigenen Partei löst, um eine eigene zu gründen. Und nun sind Sie mitten drin in der fanatischen Szene. Sie finden Betty Thwaites Gruppe, bei der es einfach heißt: Nieder mit jedem, der kompromißbereit und einsichtig ist. Selbst die rhodesische Regierung ist gegen Betty. Wir wissen von ihr nur, daß sie vergangene Woche über die Grenze nach Sambia eingeschmuggelt worden ist, entweder bei Nacht in einem Boot über den Sambesi bei Livingstone oder durch die Sümpfe nach Botswana und von dort nach Sambia. Wir wußten auch, daß sie Rhodesien mit einem falschen Paß verlassen und ihren Namen und ihre Haarfarbe verändert hatte. Was sie aber veranlaßt haben mag, Sie zu entführen, Herzogin, das weiß ich nicht. Es war bestimmt nicht der Grund, nach Sambia zu kommen.«

»Aber sie hat mich entführt!«

»Ja, und das verblüfft mich«, sagte er stirnrunzelnd. »Nein, immerhin muß ich zugeben, daß ihr Wahnsinn nicht ganz ohne Methode war, denn wenn Sie ihnen gesagt hätten, was sie wissen wollten, dann wären Sie ein großer Fang für sie gewesen. Sie ist eine sehr ehrgeizige Frau. Wenn ich das nächstemal die rhodesische Grenze überschritten hätte ...« Er fuhr sich mit der Hand über die Kehle: »Vorhang!«

»Aber sie ist nicht mit diesem Plan hierhergekommen?« fragte Cyrus.

Farrell schüttelte den Kopf. »Nein. Und das ist ja das Rätselhafte. Nach Aussage unseres Informanten – und er hat sich bisher noch nie geirrt – ist sie nach Sambia gekommen, um Präsident Kaunda zu ermorden.«

»Ermorden?« fragte Mrs. Pollifax plötzlich alarmiert.

»Gütiger Himmel«, meinte Cyrus. »Warum denn?«

»Warum Kenneth Kaunda ermorden? Weil KK, wie er liebevoll genannt wird, eine sanfte, aber beharrliche Macht gegen die Rassentrennung darstellt. Er hat sich inoffiziell sowohl an Rhodesien wie an Südafrika gewandt, um diplomatische Gespräche wegen dieser Sache zu führen. Und sie beginnen auf ihn zu hören.«

»Ermorden«, wiederholte Mrs. Pollifax nachdenklich.

Er nickte: »Unsere Panik können Sie sich vorstellen. Wir hatten nur ein altes Foto von ihr, und die Zeit arbeitete gegen uns. Wir hatten das Gefühl, eine Nadel im Heuhaufen zu suchen, bis wir im Flughafenrestaurant von Livingstone einen Kellner fanden, der sich an sie erinnerte. Bei der Gelegenheit erfuhren wir, daß sie nun eine Blondine war, und dann haben wir herausgefunden, daß sie als Mrs. Amy Lovecraft reiste. Sie übernachtete ein paarmal in Ngomo Lodge und flog dann nach Lusaka. Wir entdeckten, daß sie gerade rechtzeitig angekommen war, um sich – ausgerechnet! –

einer Safari anzuschließen.« Er schüttelte den Kopf. »Es ergibt einfach keinen Sinn«, sagte er. »Daß sie auf Safari gegangen ist, ergibt einfach keinen Sinn.«

»Vielleicht doch«, sagte Mrs. Pollifax leise und versuchte ihrer steigenden Erregung Herr zu werden. »Vielleicht doch, Farrell. Es ist möglich, daß Mrs. Lovecraft zu dieser Safari gestoßen ist, um den wirklichen Mörder zu treffen.«

»Um *wen* zu treffen?« fragte Farrell.

»Weil ich deswegen nämlich hier bin«, sagte sie zu ihm. »Von Ihrer Betty Thwaite weiß ich gar nichts, aber ich weiß von Mordabsichten. Deswegen habe *ich* mich der Safari angeschlossen.« Nach einem Seitenblick auf Cyrus sah sie Farrell wieder an. »Ein gemeinsamer Freund von uns hat mich geschickt. Carstairs.«

»Gütiger Himmel«, sagte Farrell, und nun blickten sie beide auf Cyrus, der sie freundlich ansah, jedoch eine Augenbraue fragend hochgezogen hatte.

»Sagen Sie es ihm oder ich?« fragte Farrell.

»Mir was sagen?« fragte Cyrus. »Daß Sie nicht Tür an Tür mit Emily in New Brunswick, New Jersey, gewohnt haben oder daß Sie Seifenkistenautos für ihren Sohn gebaut haben? Das hab' ich mir schon gedacht, junger Mann. Aber wie *haben* Sie sich kennengelernt?«

Farrell grinste. »Würden Sie es glauben? Rücken an Rücken gefesselt in Mexiko, nachdem wir betäubt und entführt worden waren von ...«

»Farrell!« sagte sie. »Sie gehen zu weit.«

»Unsinn. Reed, wenn Sie glauben, daß diese reizende listige Dame nichts anderes tut, als Blumen zu ziehen, dann sind Sie nicht der richtige Mann für sie, und aus der Art, wie Sie sie ansehen, glaube ich zu verstehen ...«

»Farrell!« platzte Mrs. Pollifax los.

Mit seiner freundlichen Stimme sagte Cyrus: »Gewisse – hm – Kniffe sind mir schon aufgefallen. Ein – sagen wir – Beugen der Wahrheit und das Karate ...«

»Karate!« Jetzt war Farrell überrascht. »Herzogin, Sie setzen mich in Erstaunen. Sie werden ein Profi.«

»Was für ein Profi?« fragte Cyrus gelassen.

»Sie hat ein kleines Steckenpferd«, sagte Farrell vergnügt. »Geheimkurier zwischen Gartenklub und Umweltschutz. So hab' ich sie kennengelernt, nur habe ich mich vor drei Jahren vom CIA zurückgezogen. Aber wenn es Ihnen recht ist, möchte ich gerade jetzt von dieser Safari hören. Setzen Sie mich ins Bild, Herzogin, und zwar schnell.«

Sie berichtete ihm alles, was sie wußte.

»Carstairs schien überzeugt davon, daß Aristoteles auf dieser Safari anwesend ist, um jemanden zu treffen und den nächsten Auftrag zu besprechen. Wenn Amy Lovecraft aber die ganze Zeit mit ihren Unternehmungen in Rhodesien beschäftigt ist, dann kann ich mir nicht vorstellen, daß sie um die Welt reist und Leute erschießt. Es ist nur eine Vermutung natürlich, aber ...«

»Ich unterbreche die Funkstille«, sagte Farrell unvermittelt, »und rufe Dundu. Ihre Geschichte erklärt, warum Betty Thwaite ausgerechnet auf eine Safari ging, und wenn sie ihr Geschäft mit Aristoteles schon abgeschlossen hatte, dann erklärt das auch, warum sie eine Entführung unternehmen konnte. Sie hat Sie bei Ihrem Gespräch mit Dundu belauscht, und ihr ist klargeworden, daß eine ihrer Reisegefährtinnen tatsächlich in der Lage war, mich zu identifizieren. Da konnte sie nicht widerstehen. Die Entführung muß kurzentschlossen improvisiert worden sein, und das war sehr unklug von ihr. Doch sie meinte, sie könnte beides tun. Ja, Betty Thwaite ist eine sehr ehrgeizige Frau. Aber ich hab' immer noch Hemmungen, das Funkgerät zu benutzen, verflixt.«

»Warum denn?« fragte Cyrus.

»Weil wir dadurch *Ihre* Gesellschaft entdeckt haben«, erklärte Farrell. »Wir waren von Chunga nach Kafwala aufgebrochen und hatten haltgemacht, um über Funk dem Hauptquartier unsern Standort mitzuteilen. Dabei hörten wir Simon Grünen Vogel rufen. Der Deckname Grüner Vogel war uns bekannt, und deshalb heftete sich, während wir in Kafwala weiter nach Mrs. Lovecraft suchten, Jonesi an Ihre Fersen. Wir brachten in seiner Kappe einen Sender an, damit wir ihn orten konnten.«

»Als Idiot war Jonesi sehr überzeugend«, bestätigte Mrs. Pollifax.

»Lieber Himmel, ja, mit der Nummer kann er überall auftreten, sie hat ihm schon mehr als einmal das Leben gerettet. Aber Herzogin, fangen wir noch mal von vorne an: Wen von den Leuten bei Ihrer Safari haben Sie im Verdacht, Aristoteles zu sein?«

»Ich habe keinen Schimmer«, sagte sie aufrichtig. »Niemanden, hätte ich am Anfang der Safari gesagt, wenn nicht aus meinem Zimmer in Kafwala ein Film gestohlen worden wäre, was beweist, daß meine Knipserei jemanden gestört haben muß. Es muß Aristoteles gewesen sein, der den Film gestohlen hat, denn Cyrus hat mir erzählt, daß Amy Lovecraft und Dr. Henry unten beim Lagerfeuer geblieben sind, nachdem ich gegangen war. Amy könnte Ihnen natürlich sagen, wer Aristoteles ist.«

»Darauf möchte ich keine Wette abschließen«, sagte er trocken. »Wir können also annehmen, daß Aristoteles noch bei der Safari ist und seinen Mordplan fertig hat?« Er schauderte. »Ich weiß nicht, wie Sambia ohne Präsident Kaunda überleben sollte. Er regiert das Land mit fester Hand und wird als Präsident vom Volk geliebt. Jedes Staatsoberhaupt, das ein Land, bestehend aus ca. siebzig verschiedenen Ländern und mindestens sechzehn verschiedenen Sprachen, regieren kann, ist ein Genie.« Er blickte auf und sagte kurz: »Also, heute ist Donnerstag. Wo befindet sich die Safari jetzt?«

»Heute abend wird sie in Moshi eintreffen«, sagte Cyrus. »Morgen kehrt sie nach Chunga zurück, bleibt dort über Nacht und erreicht am Samstag ihre Endstation Lusaka.«

»Dann muß ich unbedingt Dundu benachrichtigen«, beschloß Farrell, »damit er alle Teilnehmer der Safari überwachen läßt. Geben Sie mir die Namen.« Er holte einen Notizblock und einen Stift aus der Tasche.

»Da ist Cyrus' Tochter Lisa Reed«, begann Mrs. Pollifax.

»Und Dr. Tom Henry«, fuhr Cyrus fort.

Farrell schaute auf: »Doch nicht der Bursche vom Missionskrankenhaus drüben an der angolanischen Grenze?« Als Mrs. Pollifax nickte, sagte er, »Klein ist die Welt. Aber jetzt bitte weiter.«

»John Steeves, Reiseschriftsteller, sehr charmant. Willem Kleiber, Holländer, sehr zimperlich und auf Sauberkeit bedacht und in der Baumaschinenbranche tätig, was immer das sein mag. Und dann ist da – na ja, McIntosh.«

Farrell sah auf. »Ja?«

»Laut Amy Lovecraft ist das nur sein halber Name. Sie hat einen Blick in seinen Paß geworfen. Natürlich ist jetzt alles verdächtig, was sie gesagt hat, aber ich sehe keinen Grund, warum sie das erfunden haben sollte.«

Farrell legte den Stift nieder. »Was für ein Mensch ist er?«

»Verschlossen«, meinte Mrs. Pollifax.

Cyrus räusperte sich und sagte vorsichtig, »Reserviert meiner Meinung nach. Geschäftsmann, Amerikaner.«

»Aber immer auf Reisen«, ergänzte Mrs. Pollifax.

»Nun ja. Wer noch?«

»Chanda«, sagte Cyrus. »Dr. Henrys Schützling. Ich möchte hinzufügen, daß er mich auf die Spur von Emilys Entführern gebracht hat und dann zu Fuß zum Lager zurückgegangen ist, um die Suchmannschaften zu führen. Zwölf Jahre alt.«

»Ja, und wo bleiben diese Suchmannschaften?« fragte Mrs. Pollifax.

»Keine Ahnung, Herzogin. Tut mir leid, aber der Park ist verdammt groß.« Er lächelte wehmütig: »Als Sie nach Westen gebracht wurden, sind sie zweifellos nach Osten gegangen, und jetzt, wo Sie nach Süden gegangen sind, durchkämmen sie wahrscheinlich den Nordteil. So geht das meistens, nicht wahr? Okay, also wir haben Lisa Reed, Dr. Tom Henry, John Steeves, Willem Kleiber, den mysteriösen McIntosh und den Jungen Chanda. Sonst noch jemand?«

»Amy Lovecraft, Emily und ich«, sagte Cyrus. »Neun im ganzen.«

»Recht.« Farrell steckte die Notizen ein und erhob sich. »Ich gehe jetzt, um mit Dundu zu sprechen. Bleiben Sie ruhig sitzen, ich schicke einen Mann herüber, der Sie beschützt, während ich weg bin, weil dieses Lagerfeuer in wenigen Minuten ausgelöscht werden muß.«

Mrs. Pollifax sah ihn erstaunt an. »Uns schützen? Ruhig sitzenbleiben? Aber Sie brauchen mich doch bestimmt unten am Lagerfeuer. Sikota erwartet doch, mich dort zu finden. Er wird die Köpfe zählen.«

Farrell schüttelte den Kopf. »Viel zu gefährlich für Sie, Herzogin.«

»Gefährlich!« Sie war entrüstet. »Farrell, es handelt sich um einen Mord, den wir verhindern wollen. Natürlich gehe ich hinunter.«

Farrell seufzte. »Sehen Sie, Herzogin«, sagte er geduldig, »Sie sind erschöpft und brauchen Ruhe. Wir sind nur sieben Mann, und drei davon sind auf der Suche nach Sikota. In der nächsten Stunde kann da unten alles passieren.«

»Sehr richtig«, pflichtete Cyrus bei. »Setzen Sie sich wieder, Emily.«

»Ich weigere mich«, antwortete sie ihm, griff Farrell am Arm und zeigte auf das andere Lagerfeuer. »Sehen Sie sie an – vier Schaufensterpuppen in einem Schaufenster. Keine regt sich oder spricht. Sikota ist kein Löwe, er ist ein Mann, der denken kann. Er wird sich fragen, warum sich niemand bewegt, aber wenn Cyrus und ich dort bei ihnen sitzen, können wir reden und so tun, als ob wir essen, und der Himmel weiß, wie gern ich das wirklich täte.«

Farrell wandte sich an Cyrus. »Also Cyrus?«

»Beides vollkommen richtige Ansichten«, sagte Cyrus weise. »Gefährlicher Platz dort unten. Kreuzfeuer und so weiter, wenn er Ihren Männern entschlüpft.« Seufzend erhob er sich. »Muß aber zugeben, daß Emily auch recht hat«, fügte er hinzu, »und wenn das alles helfen sollte – Sie haben nicht zufällig eine Pistole?«

»Nehmen Sie sie mit meinem Segen«, sagte Farrell. Er öffnete den Pistolenhalfter an seinem Gürtel und übergab ihm die Waffe. »Nehmen Sie auch das hier«, sagte er, griff in seine Tasche und reichte ihm eine Tafel Schokolade.

»Essen!« ächzte Mrs. Pollifax.

»Essen«, sagte Cyrus. »Gehen Sie jetzt und senden Sie Ihre Nachricht, Farrell. Wir gehen nach unten.«

»Ja«, sagte auch Mrs. Pollifax. »Ist es einfache oder mit Mandeln?«

Ihre Anwesenheit am Lagerfeuer entbehrte nicht einer gewissen Komik. Mrs. Pollifax saß zwischen Amy Lovecraft und Cyrus. Amy gab gurgelnde Protestlaute von sich. Jenseits des Lagerfeuers starrte Simon sie mit blutunterlaufenen, empört aufgerissenen Augen an. Glücklicherweise, stellte Mrs. Pollifax fest, war bei der schwachen Beleuchtung selbst aus dieser Nähe sein Knebel unsichtbar. Aus fünfhundert Meter Entfernung hatte das Feuer groß und hell ausgesehen. Nun aber kam es ihr erstaunlich klein vor. Die Dunkelheit ringsrum erschien ihr bedrohlich. Sie fühlte sich schrecklich schutzlos.

»Ich dachte, wir wären hier, um für Leben zu sorgen«, erinnerte Cyrus sie. »Was ist los? Haben Sie Ihre Meinung geändert, meine Liebe?«

»Bitte, behaupten Sie nicht, Sie hätten's mir ja gesagt«, meinte Mrs. Pollifax kleinlaut.

»Emily«, sagte er mit einem Seufzer, »ich bin heute fünfunddreißig Kilometer durch den Busch gelaufen, ich habe Ihnen geholfen, diese miesen Kreaturen zu überlisten; ich bin von Guerillas gefangengenommen worden, und jetzt sitze ich hier als Zielscheibe für jeden Schützen, der vorbeikommt, und Sie haben wirklich die Stirn zu glauben, ich würde auf meiner Meinung bestehen.«

»Sie sind ein wirklicher Engel, Cyrus«, sagte sie lächelnd.

»Danke. Essen Sie Ihre Schokolade.«

Die Minuten schlichen endlos dahin. Sie und Cyrus reichten einander Zweige und Steine und mimten Konversation in Gegenwart einer schweigenden Amy, eines schweigenden Simon, Reuben und Mainza. Eigentlich benahmen sie sich wie Idioten, meinte Mrs. Pollifax, worauf Cyrus erwiderte, er habe Pantomimen immer gern gehabt, und er rede immer gern mit Menschen, die nicht antworten könnten.

Etwa zwanzig Minuten später merkte Mrs. Pollifax, daß Amy neben ihr plötzlich erstarrte, Entsetzen in den weit aufgerissenen Augen. Mrs. Pollifax folgte ihrem Blick, und sie sah, daß sich etwas bewegte – ein Schatten, heller als das Dunkel der Bäume. »Cyrus, da drüben«, sagte sie. Der Schrecken verschlug ihr die Sprache, denn wenn das Sikota war, bedeutete es, daß Farrell, Jonesi und die andern ihn verfehlt hatten. Der Schatten hielt inne, kam dann aus einer anderen Richtung wieder auf sie zu … wie ein Löwe – ihre Kehle war plötzlich wie ausgetrocknet –, der sich an die angebundene Ziege heranschlich. Jetzt war Sikota am Rande des Lagerfeuers zu sehen, ein kleiner Mann von grotesker Leibesfülle in einem hellen Straßenanzug. Er trug ein langes Gewehr. Als er näher kam, sah sie, daß sein schmallippiger Mund in den Fettpolstern des schmutzigbleichen Gesichtes beinah verschwand.

Er blieb stehen, seine Hand strich über den Abzug der Waffe. Er spürt, daß etwas nicht in Ordnung ist, dachte sie und fühlte, wie ihr Herz rascher schlug. Und dann tat er etwas, was niemand vorausgesehen hatte. Er rief in scharfem, gebieterischem Ton: »Simon!« Und dann noch einmal ärgerlich: *»Simon?«*

Aber der gefesselte und geknebelte Simon konnte weder antworten noch sich umwenden, und einen Augenblick lang herrschte ungehaltene Stille, nur in der Ferne heulte eine Hyäne. Dann trat plötzlich Jonesi aus dem Busch zur Rechten und schrie: »Werfen Sie das Gewehr weg!«

Von der entgegengesetzten Seite her rief Farrell: »Werfen Sie es weg, Sikota, Sie sind umstellt!«

Der Mann wandte sich erst Jonesi, dann Farrell zu. Er tat dies mit einer unglaublichen Behendigkeit. Dann riß er sein Gewehr hoch, zielte und feuerte.

»Runter!« schrie Farrell seinen Leuten zu.

Das tat Mrs. Pollifax nur zu gern. Sie rollte zur Seite. Zwei weitere Schüsse folgten dem ersten, aber als sie den Kopf wieder hob, sah sie, daß nicht Sikota geschossen hatte. Er lag zusammengesunken am Boden wie ein Riesenbündel schmutziger Wäsche.

»Sind Sie in Ordnung, Herzogin?« rief Farrell, und sie hörte Schritte, die sich näherten.

Sie schaute Cyrus an. Und er sagte mit unsicherer Stimme: »Nun ja.«

»Ja«, sagte auch sie, und dann rief sie Farrell zu: »Er hat nicht getroffen«, stand auf und klopfte sich den Staub von den Kleidern.

Aber Cyrus schüttelte den Kopf. »Er hat getroffen«, sagte er.

Einen Augenblick lang verstand sie nicht, dann aber folgte sie seinem ausgestreckten Finger. »O nein! Farrell, Jonesi!« ächzte sie.

Jonesi erreichte das Lagerfeuer vor Farrell. Vorsichtig stieg er über Simons Füße und kniete neben Amy nieder, die aussah, als wäre sie des Sitzens müde geworden und hätte sich zum Schlafen niedergelegt. Aber als Jonesi sie aufrichtete, bemerkte er mitten in ihrer Stirn ein Loch, ihre Augen waren blicklos.

»Verflucht!« explodierte Farrell, der als nächster herankam, und dann fluchte er noch eine Weile leise vor sich hin.

»Unglaublicher Schuß«, sagte Cyrus, der etwas elend aussah.

»Er hatte ein Zielfernrohr«, sagte Farrell. »Er hat uns irgendwie umgangen, wissen Sie. Verflucht – jetzt sind sie beide tot.«

»Er dachte, sie würde reden, Mulika.«

»Dann kannte er unsere Amy schlecht«, schnaubte Cyrus verächtlich.

»Mag sein«, sagte Mrs. Pollifax, und mit Tränen in den Augen wandte sie sich ab. »Sikota ist ein Weißer, Farrell, ich habe ihn gesehen.«

»Wir wollen uns diesen Sikota einmal genauer ansehen«, sagte Farrell schroff, und sie folgten ihm zu dem zusammengesunkenen Körper. Einer von Farrells Männern hatte ihn umgedreht und starrte ihm ins Gesicht. »Du kennst ihn, Patu?« fragte Farrell.

Patu nickte. »Ich kenne ihn. Es ist der Portugiese, der den Antiquitätenladen an der Cairostraße hat. Wer hätte gedacht, daß dieser Mann ein Spion war? Er kam in einem Lastwagen, Mulika. Jeshua ist jetzt dort. Er sagt, der Wagen habe einen doppelten Boden. Es ist so viel Platz, daß man Leute darin verbergen kann.«

»Das hatte er also vor ... Nicht gerade Betty Thwaites Typ«, sagte Farrell und starrte auf den Mann hinunter. »Aber die Politik schafft seltsame Freundschaften.« Mit grimmiger Miene richtete er sich wieder auf. »Keine Zeit für Nachrufe. Ich bin mit meinem Funkspruch durchgekommen. Sie schicken einen Hubschrauber für Sie beide. Ich erfuhr auch, daß Präsident Kaunda am Sonntag nachmittag in Lusaka eine neue Schule einweihen wird, am Tage nach dem Ende der Safari. Es wird bis August sein einziger öffentlicher Auftritt sein, und die Zeitungen sind voll davon.

Wenn also Ihr Aristoteles wirklich existiert, dann kann ich mir nicht vorstellen, daß er später nach Lusaka zurückkehren wird, wenn er schon einmal hier ist. Sonntag wäre somit sein großer Tag.«

»Sonntag?« Mrs. Pollifax war entsetzt. »So bald?«

»Bleiben uns etwas mehr als zwei Tage.« Farrell schaute auf Amys Leiche und sagte seufzend: »Deck sie mit einem von unseren Schlafsäcken zu, Patu. Auch wenn ich's ungern zugebe, auf ihre Weise war sie eine echte Kämpferin. Zumindest keine bezahlte Mörderin wie Sikota und der ganze Rest dieser gräßlichen Gesellschaft.«

»Hat Leutnant Bwanausi jetzt die Liste?« fragte Cyrus.

Farrell nickte. »Er hat die Liste, kreist im Augenblick wahrscheinlich über Kafwala und wartet darauf, von mir zu hören. Chanda war ihnen eine enorme Hilfe, aber unglücklicherweise haben sie erst heute morgen mit Chanda Kontakt bekommen, und da war seine Information überholt, weil sie in dieser Richtung unterwegs waren. Übrigens, Herzogin«, fügte er hinzu, und ein feines Lächeln erhellte sein finsteres Gesicht: »Dundu berichtet, daß für Sie ein Lösegeld von fünfzigtausend Kwacha gefordert worden ist ...«

»Na, das ist ja geradezu beleidigend«, sagte Cyrus. »Wären dreißigtausend amerikanische Dollar, nicht wahr?«

»Machen Sie sich nichts draus, ich lebe«, sagte Mrs. Pollifax und riß ihren Blick von Amys zusammengesunkener Gestalt los. Sie blickte zum Himmel hinauf, zum Friedhofsgelände hinüber und dann wieder zu dem Mann zu ihren Füßen. Bedrückt sagte sie: »Der Hubschrauber wird uns also holen, aber was dann, Farrell?«

»Sie gehen nach Lusaka zurück und warten ab«, sagte er. »Ruhen Sie sich morgen und am Samstag aus. Machen Sie einen Stadtbummel. Eines verspreche ich Ihnen«, sagte er mit harter Stimme, »einen Mord wird es nicht geben, Herzogin, und KK wird am Sonntagnachmittag ungefährdet seine Schule eröffnen. Und noch etwas verspreche ich Ihnen. Am Sonntag esse ich mit Ihnen und Cyrus in Ihrem Hotel zu Mittag, und dann verrate ich Ihnen, wer Aristoteles ist.«

»Einfach so?« fragte Cyrus.

»Einfach so«, versprach Farrell. Dann wandte er sich an Patu: »Gebt mir jetzt den Funkapparat, Patu. Wir haben eine arbeitsreiche Nacht vor uns.«

## 14

Es war Sonntag morgen. Mrs. Pollifax und Lisa standen vor dem Hoteleingang und sahen zu, wie Dr. Henry seinen alten Landrover vollpackte. Bis unters Verdeck stapelten sich Medikamente und Stoffrollen in leuchtenden Farben, und Cyrus schnallte eben den letzten Koffer auf den Dachgepäckträger. Die Stadtbesichtigung, die Farrell ihnen verordnet hatte, war nicht Wirklichkeit geworden. Den Freitag hatten sie zum großen Teil auf dem Polizeipräsidium verbracht, um Aussagen zu machen. Sie hatten der *Times of Sambia* ein Interview gegeben, das natürlich streng zensiert wurde, und waren dann für den Bericht unzählige Male fotografiert worden. Gestern hatte sie mit Cyrus einen kurzen Gang durch die Stadt gemacht, um Mitbringsel einzukaufen, aber es war einfach unmöglich gewesen, alles zu vergessen, was geschehen war und geschehen würde. Die von Leutnant Bwanausi begleitete Safarigesellschaft, die am Samstag zurückgekehrt war, hatte ihnen den Ernst der Lage ins Gedächtnis zurückgerufen, und Cyrus hatte Lisa erst am späten Nachmittag sehen dürfen. Auch hatte Mrs. Pollifax nicht ruhig schlafen können. Bis in ihre Träume hinein verfolgte sie die Angst, Aristoteles würde abermals zuschlagen, und irgendwie würde die Polizei die Ermordung nicht verhindern können.

In diesem Augenblick wandte Lisa sich Mrs. Pollifax zu und lächelte sie strahlend an. »Alles ist so unfaßbar, nicht wahr? Glauben Sie mir, irgend etwas in mir hat es *gewußt*, sobald ich in Sambia ankam.«

»Ich finde es wunderbar, und es ist genau das Richtige für Sie«, sagte sie herzlich.

»Und sich vorzustellen, daß es uns beide in der gleichen Weise getroffen hat«, sagte Lisa mit Staunen in der Stimme. »Und uns so erschreckte, daß wir Abstand wahrten und der Sache nicht trauten. Wie es mir ergangen ist, weiß ich. Ich saß an jenem ersten Abend am Lagerfeuer und unterhielt mich mit John Steeeves und dachte, wir beide würden einen sehr angenehmen Safariflirt erleben, und dann schaute ich auf und sah Tom, und ich dachte, *ja.* Einfach so.«

Während sie Lisa zuhörte, konnte Mrs. Pollifax beinahe – wenn auch nicht ganz – vergessen, daß sie nur noch wenige Minuten vom Wiedersehen mit Farrell trennten. Sie lächelte Chanda zu, der mit ihrem regenbogenfarbenen Sonnenschirm spielte, nur daß er nicht mehr ihr gehörte – sie hatte ihn dem Jungen beim Frühstück geschenkt. »Es ist ein *bupe*«, erklärte sie ihm, nachdem sie von Tom das Bembawort für Geschenk gelernt hatte. Jetzt fragte sie Lisa: »Werden Sie hier heiraten oder in Connecticut?«

Lisa lachte. »Gewissenhaft wie Tom ist, besteht er darauf, daß ich zuerst sein Hospital kennenlerne – und das Haus mit dem Blechdach, in dem wir wohnen werden – und daß wir dann erst Pläne machen, und ich heimfliege und Dad alles berichte.«

Ihr Vater, der zu ihnen trat, schaute auf die Uhr und sagte zu Mrs. Pollifax: »Fast Zeit, meine Liebe.«

Lisa betrachtete die beiden neugierig. »Sie und Vater haben eine Verabredung zum Essen mit diesem geheimnisvollen Mr. Farrell, nicht wahr? Werden Sie uns eines Tages erzählen, was da draußen im Busch wirklich vor sich gegangen ist?«

»Ich würde es Ihnen jetzt erzählen, aber es ist nicht unsere Geschichte«, sagte Mrs. Pollifax. »Wenigstens noch nicht.« Nicht ehe wir Farrell gesehen haben, dachte sie und schob diesen Gedanken beiseite, als Chanda unter dem prächtigen Sonnenschirm herankam, um Lebewohl zu sagen.

»Leb wohl, Chanda *nunandi*«, sagte sie zu ihm und schüttelte ihm feierlich die Hand. »Es war wirklich schön, dich kennenzulernen, und ich hoffe – oh, liebe Zeit –« ächzte sie als sie spürte, daß eine der Schirmspeichen sich in ihrem weißen Strohhut verfangen hatte, den sie an jenem Morgen seit Beginn der Safari zum erstenmal wieder trug. Cyrus mußte lachen, und dann nestelten er und Tom den Schirm vorsichtig los. »Diese rote Feder«, kicherte Lisa, »sie ragt senkrecht in den Himmel. Sie sehen aus wie ein Indianerhäuptling.«

»Ganz reizender Indianerhäuptling«, sagte Cyrus und ergriff ihren Arm. »Keine Zeit, das jetzt zu reparieren. Lebt wohl, Tom, Lisa … Laß von dir hören!«

»Ihr auch!« rief sie ihnen nach.

Als sie durch die Halle auf die Terrasse eilten, merkte Mrs. Pollifax, daß erstaunlich viele Blicke auf sie gerichtet waren »Cyrus, mein Hut …«

»Ein richtiger Blickfang«, meinte er wahrheitsgemäß. »Schafft einen neuen Stil.« Er geleitete sie an einen Tisch und setzte sich ihr gegenüber. »Aufgeregt?«

»Natürlich bin ich aufgeregt«, erwiderte sie, »die ganze Zeit schon, seit Farrell angerufen und gesagt hat, Aristoteles sei verhaftet, und er werde uns um zwölf alles darüber berichten.« Sie legte ihre Handtasche und ihre Sonnenbrille auf den Tisch.

»Sollte meinen, Sie wären erleichtert, nicht aufgeregt, zufrieden, glücklich.«

»Natürlich, sollte ich sein«, gab sie zu. »Aber ich finde es so schwierig, Menschen nicht zu mögen. Ich weiß, sie sind oft selbstsüchtig oder eingebildet oder egoistisch oder dumm und manchmal unehrlich. Aber wenn man nichts von ihnen erwartet, dann kann man nicht enttäuscht sein. Sehen Sie, ich mochte auf unserer Safari jeden, und deshalb ist Farrells Botschaft für mich so schmerzlich. Sie bedeutet nämlich, daß ich demnächst aus der Fassung gerate.«

»Aber Amy Lovecraft können Sie unmöglich gemocht haben«, sagte er anklagend.

»Nein, aber sie tut mir leid, wissen Sie.«

»Na«, schnaubte Cyrus, »hat sich die Sache selber eingebrockt. Wer hat doch gesagt ›Charakter ist Schicksal‹?«

»Aber das ist es ja«, sagte Mrs. Pollifax eifrig, »im Leben kommt es weitgehend darauf an, sich für den richtigen Weg zu entscheiden. Amy scheint genau den Weg gewählt zu haben, der zu ihrem

Zusammentreffen mit Sikota und somit zu ihrem Tod geführt hat. Und auf dieser Reise haben sich unser aller Wege getroffen.«

»Unser aller?«

Sie nickte. »Ja, vor sechs Tagen zu dieser Stunde war Amy noch am Leben, und wenn wir es auch nicht wußten, so hielt Farrell drunten im Süden des Parks nach ihr Ausschau. Und Sie und ich saßen hier und aßen zusammen zu Mittag«, »... und Aristoteles, wer immer er sein mag, schnallte seine Geldkatze um?«

»Oh, das glaube ich nicht«, sagte sie ernsthaft, »es dürfte ein Nummernkonto in der Schweiz gewesen sein.«

»Tut mir leid, daß ich Sie habe warten lassen«, unterbrach sie Farrell, zog einen Stuhl heran und setzte sich zu ihnen. »Leider kann ich nicht zum Mittagessen bleiben, weil ich nach Süden aufbrechen muß und Jonesi treffe in ...« Er brach mitten im Satz ab und starrte Mrs. Pollifax an. »Lieber Himmel, Herzogin, Ihr Hut?«

»Kümmern Sie sich doch nicht um den Hut«, flehte sie. »Wer ist Aristoteles?«

»John Steeves.«

»*Steeves*? Gütiger Himmel«, sagte Cyrus.

»Jetzt bin ich aber wirklich außer Fassung«, murmelte Mrs. Pollifax. »Ich bin froh, daß Lisa das nicht hört. Ist die Polizei ganz sicher, Farrell? Hat er gestanden?«

»Ich glaube nicht, daß Sie wenige Stunden nach der Verhaftung ein Geständnis erwarten können«, sagte Farrell und mit einem Blick auf den wartenden Kellner: »Später, wenn Sie nichts dagegen haben. Wir bestellen noch nicht ... Nein, Steeves hat nichts gestanden, tatsächlich hat er sich geweigert, seine Heimatadresse anzugeben oder seine nächsten Verwandten. Der Mann ist vollkommen unzugänglich, und das scheint fast so belastend wie sein Gewehr und der Schalldämpfer, die in seinem Gepäck gefunden wurden – anscheinend irgendwie durch den Zoll geschmuggelt –, und die Tatsache, daß er seinem Paß zufolge an dem Tag, an dem Messague ermordet wurde, in Frankreich war.«

Er zögerte, und Mrs. Pollifax fragte: »Gibt es noch mehr?«

Er nickte. »Ein Notizbuch mit chiffriertem Text, den wir noch nicht entschlüsseln konnten, aber auf der letzten Seite – tut mir leid, Herzogin – eine Liste mit vier Namen und Daten: Messague, 5. September, der Tag, an dem er ermordet wurde; Malaga, 30. Oktober und die Namen Hastings und O'Connell, die, wie wir annehmen, auch Mordanschlägen zum Opfer gefallen sind.«

»Unglaublich«, sagte Cyrus.

Farrell zuckte die Achseln. »Vielleicht ... aber hätten Sie gedacht, daß Amy eine Rhodesierin namens Betty Thwaite war oder daß die Herzogin hier Fotos gemacht hat in der Hoffnung, das Gesicht eines Attentäters festhalten zu können?«

»Steeves«, wiederholte Mrs. Pollifax, immer noch bemüht, die Nachricht zu verdauen. »Farrell, er muß durch Erpressung da hineingeraten sein«, sagte sie. »Es gibt keine andere Erklärung. Haben Sie mit ihm gesprochen?«

Farrell schien belustigt. »Sie meinen, weil er so traurige Hundeaugen hat? Wie ich höre, bemuttern alle Frauen gern einen Mann, der aussieht, als habe er viel gelitten, und vielleicht hat er das auch, aber ich würde eher auf einen verwirrten Geist schließen.«

»Ich frage mich, warum er sich nicht verteidigt«, sagte sie stirnrunzelnd. »Obwohl er, falls er Aristoteles ist, vermutlich nicht viel sagen kann. Er ist im Gefängnis?«

»In sicherem Gewahrsam, ja, sonst würde Präsident Kaunda nicht heute um ein Uhr die Moses-Msonthi-Schule einweihen. Sie haben ein zu weiches Herz. Es ist Zeit, daß auch Sie in den Ruhestand treten.«

»Er schien ein echtes Gefühl für Lisa gehabt zu haben, und es ist so schwer, sich vorzustellen, daß ein Mörder sich zu einer Frau hingezogen fühlt.«

»Irgend jemand«, meinte Cyrus, »hat ganz sicher dasselbe von Jack the Ripper gesagt, meine Liebe.«

»Es tut mir leid. Es ist der Schreck. Was wird jetzt mit ihm geschehen?«

»Für den Augenblick nicht viel«, sagte Farrell. »Er ist in sicherem Gewahrsam, verhaftet wegen unerlaubtem Waffenbesitz und Einschmuggeln der bewußten Waffe in dieses Land. Alles ging sehr diskret vor sich, nachdem die Safari zu Ende war. Ihr McIntosh übrigens hat sich als McIntosh Magruder entpuppt. Ich dachte, das würde Sie interessieren.«

»Der Milliardär, der wie ein Einsiedler lebt?« fragte Mrs. Pollifax.

»Multimilliardär!«

»Ich dachte, er würde seine Einsiedelei niemals verlassen«, sagte Cyrus.

»Offenbar hören selbst die Magruders dieser Welt auf ihren Arzt. Er war krank, und es wurde ihm ein Klimawechsel vorgeschlagen. Soweit McIntosh, während Willem Kleiber um die Welt jettet und Erdbewegungsmaschinen an Entwicklungsländer verkauft.«

»Passend für einen Mann, dem offenbar selbst nichts bewegt«, meinte Cyrus.

»Ja, zimperlicher kleiner Mann, nicht wahr? Herzogin, haben Sie sich schon mit Carstairs in Verbindung gesetzt, seit Sie aus dem Busch zurück sind?«

Sie schüttelte den Kopf. »Ein Dreiminutengespräch nach Washington kostet zwölf Dollar. Ich dachte, ich sollte warten, bis ich ihm Aristoteles' Identität mitteilen könnte. *Das*, nehme ich an, würde ihm die Unkosten wert sein.«

»Sparsam bis zum Ende«, sagte Farrell, »was jedoch nicht Ihre Hüte betrifft. Was ist passiert, Herzogin?« Er starrte fasziniert auf die antennenähnlich aufgerichtete Feder.

»Ich hatte einen kleinen Zusammenstoß mit einem Sonnenschirm«, erklärte sie würdevoll, »und ich werde gleich eine Sicherheitsnadel auftreiben und die Feder wieder nach unten stecken. Farrell, meinen Sie, daß Carstairs von unserer Entführung gehört hat?«

Er lächelte. »Tun Sie doch nicht so sehnsüchtig, Herzogin. Ich bezweifle es. Sie waren zu schnell im Busch verschwunden und wieder draußen, als daß die Neuigkeit die amerikanischen Zeitungen hätte erreichen können. Hier natürlich stand die Meldung auf der Titelseite.« Er schaute auf seine Uhr und sagte seufzend: »Herzogin, ich hasse Abschiede, aber ich habe eine lange Fahrt vor mir ...«

»Ich weiß.« Sie nickte ihm zu. »Wir hatten kaum Zeit, miteinander zu reden, aber ich darf mich nicht beklagen, nachdem Sie und Jonesi uns das Leben gerettet haben.«

»Das war ich Ihnen schuldig, wissen Sie. Jetzt sind wir quitt. Kommen Sie bald wieder nach Sambia. Vielleicht mit Cyrus, um Lisa zu besuchen. Nur geben Sie beim nächsten Mal um Himmels willen keine Anzeige mehr nach mir auf, sonst kostet es mich den Kopf. Sie können mich immer über meine Farm erreichen. Ich habe die Adresse aufgeschrieben.« Er steckte ihr einen Zettel in die Handtasche und stand auf. »Leben Sie wohl, Cyrus. Ihre Art gefällt mir. Und was Sie angeht, Herzogin, bis bald – ach, zum Teufel damit. Schnell einen Kuß, die besten Wünsche, und weg bin ich.«

Er beugte sich hinüber, umarmte sie, nickte und winkte Cyrus zu und ging.

»Oh, Farrell.« rief Mrs. Pollifax ihm nach. »Ich sollte Sie doch offiziell fragen, ob Sie Ihren alten Job nicht wiederaufnehmen wollen. Carstairs vermißt Sie.«

»Das erledige ich selbst, Herzogin. Noch dieselbe Kabeladresse?«

»Dieselbe Kabeladresse.«

Als er verschwunden war, sagte Cyrus: »Verdammt anständiger Bursche, Ihr Farrell, auch wenn er ein Seifenkistenrennen nicht von einem Pferderennen unterscheiden kann.«

»Ja«, sagte sie, putzte sich die Nase und lächelte ihn an. »Cyrus, wären Sie sehr unglücklich, wenn wir jetzt nicht zu Mittag äßen? Mir ist der Appetit vergangen.«

»Wundert mich nicht«, sagte er und half ihr beim Aufstehen. »Ein Spaziergang dürfte uns beiden guttun.«

»Ich danke Ihnen. Wissen Sie, ich kann nicht behaupten, daß ich mit großem Appetit gekommen bin«, erklärte sie ihm, als sie aus dem Restaurant in die Hotelhalle traten. »Die Ungewißheit den ganzen Vormittag über hat mich reizbar gemacht, und jetzt kann ich einfach nicht essen, wenn John Steeves – wenn er – und wenn auch noch Farrell geht …«

»Vollkommen verständlich«, sagte er.

Er steuerte sie durch eine große Anzahl von Menschen hindurch, die auf den Aufzug wartete, und sie mußten stehenbleiben, als sich die Türen eines herabkommenden Liftes öffneten und seine Passagiere in die Hotelhalle entließ. Die beiden warteten geduldig, bis sich der Stau aufgelöst hatte. Vor ihnen gingen zwei Männer: ein großer, der einen Turban trug sowie dicht hinter ihm ein kleiner, der Mrs. Pollifax durch seine aufrechte Haltung auffiel. Irgend etwas an seinem Gang kam ihr sehr bekannt vor, und sie grübelte, wo sie diesen Gang schon gesehen hatte. Dann wußte sie es. *Natürlich – ein Pfau, der hinkt.* Lächelnd sagte sie zu Cyrus: »Da vor uns geht Mr. Kleiber, Cyrus, wir wollen ihn einholen und ihn fragen ...«

Als der Mann jedoch den Kopf wandte, und sie sein Gesicht sah, war es nicht Mr. Kleiber. Es war ein Schwarzer, der eine mit Gold eingefaßte Brille trug. Also konnte es Mr. Kleiber nicht sein, und doch *war* es Mr. Kleiber. Sie war voller Staunen, denn sie erkannte Nase und Stirn, nur fehlte der Kinnbart, und er ähnelte einem Sambier. Sie sah ihn durch die Glastür gehen und einem Taxi zuwinken. Atemlos sagte sie: »Cyrus, er *ist* Kleiber. Schnell!«

Sie bahnte sich einen Weg durch die Menge.

»Taxi!« rief sie, als Kleiber wegfuhr. Ein zweites Taxi hielt, sie sprang hinein und stieß atemlos hervor: »Bitte – folgen Sie dem Wagen da!« Das Taxi schoß davon, als Cyrus gerade den Bordstein erreicht hatte. Durch das offene Fenster schrie Mrs. Pollifax ihm zu: »Rufen Sie Dundu zu Hilfe!«

## 15

Entgeistert starrte der so plötzlich seiner Lunchpartnerin beraubte Cyrus dem davonfahrenden Taxi nach. Vor einem Augenblick war Mrs. Pollifax noch an seiner Seite gewesen und nun schon nicht mehr. ›Da vor uns geht Mr. Kleiber, Cyrus‹, hatte er sie deutlich sagen hören, und als der Mann sich dann umgedreht hatte, zeigte sich ein schwarzes Sambiergesicht. Ganz offensichtlich war der Mann nicht Mr. Kleiber. Dann aber hatte Emily atemlos gerufen: ›Es *ist* Kleiber. Schnell!‹ Und dann war sie mit der Schnelligkeit einer Gazelle ins Taxi gestiegen und hatte ihm nur noch etwas zugerufen wie Dundu und Hilfe.

Er ging in die Hotelhalle zurück, setzte sich und war erbittert über seine Reaktionslosigkeit. Er war sich im klaren, daß sechs Tage mit Emily Pollifax ihm hätten beweisen müssen, daß er jeden Augenblick auf Draht sein mußte. Dias nicht, dachte er, und dafür war er dankbar, statt dessen aber eine Frau, die plötzlich schrie und verschwand. Er war ärgerlich, nicht gleichzeitig mit ihr das Taxi erreicht zu haben.

Aber warum war sie denn nur in den Wagen gesprungen? Es mußte doch einen Grund haben. Was konnte Kleiber denn vorhaben in dieser Verkleidung? Wie war es möglich, auf einmal eine andere Gesichtsfarbe zu bekommen? Konnte man sich das spritzen, oder gab es dafür Pillen? Der Gedanke war absurd. Immerhin hatte Emily ihn für Kleiber gehalten. Vielleicht war sie überreizt, nachdem sie die Nachricht über Steeves gehört hatte. Nein, überreizt war Emily nicht. Auch als ihre Ermordung durch Simon und Amy so gut wie sicher gewesen war, hatte sie die Fassung nicht verloren. Gab es überhaupt etwas, was sie außer Fassung bringen konnte? Und da sie ja jetzt wußte, daß Steeves Aristoteles war, warum also …?

Er hing seinen Überlegungen nach, bis er einen kalten Schauder den Rücken hinunterrinnen und dann wieder hinaufsteigen fühlte, und als dieser am Nacken angelangt war, stand Cyrus auf und ging zur Rezeption hinüber. »Hören Sie«, sagte er, »ich möchte die Polizei anrufen.«

»Irgend etwas nicht in Ordnung, Sir?«

»Weiß nicht, aber ich möchte die Polizei anrufen.«

»Hier, Sir.« Der Angestellte führte ihn zu einem Privatbüro und deutete auf den Apparat. »Die Zentrale wird Sie verbinden.«

Einen Augenblick später hatte Cyrus mit der Aussprache eines Namens zu kämpfen, den er noch nie geschrieben gesehen und nur flüchtig gehört hatte. »Ein Leutnant Dundu Bonozzi«, sagte er. »Muß ihn unbedingt sofort sprechen.«

»Bedauere, Sir, er ist nicht da«, sagte der Mann am anderen Ende der Leitung.

»Es könnte sich um eine Sache von Leben und Tod handeln«, sagte Cyrus und fühlte sich bei diesem Satz reichlich unbehaglich.

»Er ist an der Moses-Msonthi-Schule, abkommandiert zu den Wachposten. Sie können eine Nachricht hinterlassen, für den Fall, daß er anruft.«

»Ja«, sagte Cyrus und fand diese Lösung sehr vernünftig. Aber wie sollte er denn nur seinen Verdacht formulieren? »Also versuchen wir es so. Sind Sie bereit?«

»Bereit, Sir.«

»Sind Sie sicher, daß Sie den richtigen Aristoteles haben? Kleiber verließ das Hotel als Schwarzer. Mrs. Pollifax ist hinter ihm her.«

»Eine sehr merkwürdige Nachricht, Sir.«

»Stimmt«, sagte Cyrus und fühlte sich in seiner Haut keineswegs wohl. »Sonst niemand anwesend, mit dem ich sprechen könnte?« Aber sobald er diese Frage gestellt hatte, wußte er, daß es sehr schwierig sein würde, einem Fremden die Verwandlung von Kleiber zu beschreiben. Nur Dundu würde das verstehen. »Lassen Sie«, sagte er. »Wie war doch wieder der Name der Schule? Und wo ist sie?«

»Die Moses-Msonthi-Schule, Sir, Manchinchistraße.«

»Gut, ich sehe mich dort nach ihm um.«

Er eilte zum Hoteleingang und konnte kein Taxi bekommen. Cyrus kochte vor Ärger, dachte flüchtig an seinen Blutdruck und sah auf seine Uhr. Es war zwanzig vor eins, und laut Farrell begannen die Einweihungsfeierlichkeiten um ein Uhr ... Als endlich ein Taxi kam, war es dreiviertel eins. Er stieg ein und nannte den Namen der Schule.

»Oh ja, Sir«, sagte der Fahrer freudig. »Unser Präsident weiht heute die Schule ein. Sehr schöne Schule für Mädchen.«

»Ja ... gut, tun Sie Ihr Bestes, bringen Sie mich so schnell wie möglich dorthin«, bat er, und dann versuchte er sich vorzustellen, was er denn tun sollte, wenn er dort ankäme. Vermutlich waren viele Menschen dort versammelt, denn es war ja ein großes Ereignis. Er hatte nicht die leiseste Ahnung, wo er Dundu suchen sollte oder ob auch Emily dort auftauchte. Vielleicht hatte sie inzwischen schon entdeckt, daß der Mann ein echter Sambier war. Besser nicht darüber nachdenken, und er begann tief zu atmen, um ruhig zu bleiben. Die Straßen waren verhältnismäßig leer, weil Sonntag war. Als sie sich aber der Manchinchistraße näherten, wurde der Verkehr stärker. Cyrus bezahlte den Fahrer einige Straßen vor der Schule und machte sich auf die Suche nach Dundu Bwanausi.

Mrs. Pollifax hockte auf der Kante ihres Sitzes – behielt das vorausfahrende Taxi im Auge und gab dem Fahrer verschiedene Erklärungen, um ihn anzutreiben. »Er wird von der Polizei gesucht«, vertraute sie ihm an, weil sie das Gefühl hatte, daß irgendeine Erklärung nötig war. Sie wünschte, ihre Erklärung würde den Tatsachen entsprechen, und wünschte es zugleich auch wieder nicht. »Nicht zu dicht auffahren, wir dürfen nicht auffallen. Haben Sie eine Idee, wohin das Taxi fährt?«

»Wir sind ganz nah an der Manchinchistraße, Madam. Vielleicht will er bei der Schuleinweihung zusehen.«

Sie fragte: »Sie meinen die Moses-Msonthi-Schule?«

»Ja, Madam. Wir sind jetzt in der Manchinchistraße, und das Taxi vor uns fährt auf die Schule zu, sehen Sie? Jetzt hält es.«

Nervös begann sie in ihrer Geldtasche zu kramen. »Ich hoffe, dies ist genug«, sagte sie und schob ihm Kwachascheine zu, und als er am Bordstein hielt, sagte sie: »Würden Sie etwas Wichtiges für mich tun? Würden Sie die Polizei anrufen und sagen – sagen, Aristoteles sei vor der Msonthi-Schule? *Aristoteles.*«

»Aristoteles, ja Madam.« Er warf ihr einen forschenden Blick zu.

Sie stieg aus und sah ihn ernsthaft an. »Ich verlasse mich auf Sie. Sie sind meine *einzige* Hoffnung.«

»Ja, Madam.«

Vor sich sah sie Kleiber um die Zuschauermenge herumschlendern. Er suchte eine Möglichkeit durchzukommen. Sie eilte ihm nach und probte innerlich einen Karateschlag, um ihn zu Boden zu werfen, ehe er Präsident Kaunda erschießen konnte. Das *mußte* der Grund sein, warum er sich maskiert hier aufhielt. Und das bedeutete, daß ihr Instinkt, Steeves betreffend, richtig gewesen war, nur daß Steeves jetzt im Gefängnis saß und Aristoteles noch frei herumlief, und niemand es wußte ...

Es war furchtbar.

Im strahlenden Sonnenschein warteten buntgekleidete Frauen mit ihren Babys auf dem Arm, barfüßige Kinder und Männer in ihrem Sonntagsstaat. Es war eine Gasse für den Präsidenten freigehalten worden, und Mrs. Pollifax sah Kleiber den Weg abschätzend betrachten, aber bevor sie ihn erreichen konnte, war er in der Menge verschwunden.

Leutnant Bwanausi stand neben einem Polizeiwagen südlich der Menge und wartete auf seinen Präsidenten, dessen Foto an allen Wänden seines kleinen Hauses hing. Ein Freund rief ihm einen Gruß zu, kam herüber, um ihm die Hand zu schütteln und fragte, wie es ihm ginge. Noch ganz erschüttert von der Tatsache, daß es beinahe einem Attentäter gelungen wäre, seinem Präsidenten das Leben zu nehmen, antwortete er, daß es ihm gutginge. Der Freund schlenderte weiter, und als Dundu es im Autoradio knacken hörte, griff er nach dem Hörer. »Hier Bwanausi.«

Zuerst verstand er gar nicht, was Soko sagte. »Wieso nennst du den Namen Aristoteles, Soko?« fragte er. »Zwei Meldungen?«

Einmal kam eine Meldung von einem Mann aus dem Hotel Intercontinental, die Soko ihm nun vorlas. »Aber Dundu«, unterbrach dieser sich, »ich glaube, der Mann war betrunken. Jetzt ist ein zweiter Anruf von einem Taxifahrer gekommen. Der Mann sagte, sein Fahrgast sei eine Frau gewesen, und er hätte ein Taxi zur Manchinchistraße verfolgen müssen. Diese Frau habe ihn dann dringend gebeten, uns anzurufen und zu sagen, Aristoteles sei an der Schule.«

Dundu spürte, wie Angst ihn packte. War das möglich? Sollte John Steeves vielleicht doch nicht Aristoteles sein? Aber es war doch bewiesen. »Mann, das ist eine schlechte Nachricht«, sagte er zu Soko. »Ist es noch nicht zu spät, KK und seine Begleitung zu erreichen? Aristoteles ist der Deckname des Attentäters, den wir gestern abend glaubten erwischt zu haben.«

Betroffene Stille. »O Gott«, sagte Soko, »ich will's versuchen, Dundu, ich will's versuchen.«

»Tu das, schick eine ...« Er hielt inne, als er die Sirenen hörte. »Zu spät, der Präsident ist schon hier, Soko.« Er ließ den Hörer fallen und begann zu rennen ...

Auf der Suche nach Kleiber drängte sich Mrs. Pollifax durch die Menge, aber in ihrer Panik schien jeder Kleiber ähnlich zu sehen. Sie konnte sein Gesicht nicht mehr von den anderen unterscheiden. Sie zwang sich zur Ruhe und näherte sich der für den Präsidenten freigelassenen Gasse. In der vordersten Reihe angelangt, dankte sie einem Mann, der sie durchgelassen hatte. Sie beugte sich vor und blickte die Gasse hinunter, durch die der Präsident kommen würde. Ein Blick genügte. In der Ferne sah sie ihn aus einer Limousine steigen und mehreren Leuten die Hand schütteln. Zu ihrer Linken, höchstens sechs Meter von ihr entfernt, erblickte sie Kleiber, eine Hand in der Tasche, ein leichtes Lächeln um die Lippen. Mrs. Pollifax begann eilig, sich zu ihm durchzukämpfen.

Cyrus hatte die Suche nach Leutnant Bwanausi aufgegeben, hatte sich auf einen Spielplatz hinter der Menschenmenge zurückgezogen und war auf ein geeignetes Klettergerüst gestiegen, um nach Mrs. Pollifax Ausschau zu halten, wenn er auch wenig Hoffnung hatte, sie zu finden. Ob Emily von ihm erwartete, daß er sich Präsident Kaunda in den Weg warf? Vermutlich, so dachte er, und als er aus der Ferne zu seiner Rechten plötzlich Hochrufe vernahm, wußte er, daß es ein Uhr und Präsident Kaunda angekommen war. Er, Cyrus, mußte etwas unternehmen. Ehe er herunterkletterte, warf er noch einen letzten Blick auf die Menschenmenge, die sich vor der Mauer jenseits der Gasse befand. Da fiel ihm auf, daß er schon seit mehreren Augenblicken geistesabwesend auf einen roten Stengel oder Wimpel sah, der sich von rechts nach links bewegte. Er kniff die Augen zusammen, um besser sehen zu können, und da wußte er, was es war.

Emilys Feder, was denn sonst! Er kletterte nach unten und drängte sich durch die Menge. Er hatte Glück. Sie stand etwa sechs Meter vor ihm. Als in diesem Moment die Menge in Bewegung geriet, bekam er Emily zu Gesicht. Und nicht weit von ihr entfernt, den schwarzen Mann im dunkelgrau gestreiften Anzug. Kleiber!

Auch Emily hatte Kleiber gesehen. Sie schlich vorwärts – die Feder wirkte etwas lächerlich –, und als sie neben dem Mann stand, stieß Cyrus ein paar kleine Kinder beiseite, um sie zu erreichen. Er erriet, was sie vorhatte. Gerade hatte sie die rechte Hand erhoben, da sah Kleiber sich um und erblickte sie. Cyrus sah die beiden einen langen Blick wechseln, bemerkte dann die Pistole in Kleibers Hand, und vor Entsetzen stockte ihm der Atem. Langsam hob Kleiber die Waffe und richtete sie auf Mrs. Pollifax, die ihn, zu Stein erstarrt, ansah.

»Nicht Karate, Emily. Judo!« ächzte Cyrus. Erinnerungen an den lange zurückliegenden Sportunterricht waren plötzlich da, Abende, an denen man abwechselnd seinen Partner auf die Matte warf und selbst von ihm auf die Matte geworfen wurde. Ohne einen Gedanken an seine alten Knochen zu verschwenden, warf Cyrus sich nach vorne. Seine Schultern trafen auf festes Fleisch, Knochen knirschten, und Aufschreie ertönten, als er, Emily, Kleiber und zwei kleine Buben in einem wilden Durcheinander zu Boden stürzten.

Nur Dundu Bwanausi, der ihnen von der anderen Seite her entgegengerannt kam, wußte, daß die fünf am Boden liegenden Menschen nicht zufällig von der Menge zu Boden gerissen worden waren. Mit grimmiger Miene beugte er sich über Kleiber, steckte dessen Pistole in die Tasche und ließ Handschellen um seine Gelenke schnappen. Dann hob er die beiden weinenden Kinder auf, klopfte den Staub von den Kleidern, reichte Cyrus die Hand, half Mrs. Pollifax auf die Beine und rückte sorgsam ihren Hut zurecht. Erst als er ihr ins Gesicht sah, veränderte sich sein Ausdruck. Leise und voll leidenschaftlichem Eifer sagte er: »O Madam, *zikomo, zikomo kuambeia,* zehntausendmal *zikomo.*«

Aber Cyrus hatte auch etwas zu sagen. »Verflixt noch mal, Emily«, sagte er vorwurfsvoll, »einzige Möglichkeit, ein wachsames Auge auf Sie zu haben, ist, Sie zu heiraten. Meinen Sie, wir finden einen ruhigen Ort, wo wir darüber reden können?«

# 16

In Langley, Virginia, war es Montag morgen. Carstairs, der von einer Konferenz beim Chef zurückkam, blickte finster drein.

»Irgendwas nicht in Ordnung?« fragte Bishop.

»Nichts Besonderes«, sagte er, »nur daß mein Selbstbewußtsein einen kleinen Knacks abgekriegt hat.«

»So?«

Carstairs verzog sein Gesicht. »Von den Briten ausgebootet zu werden, hab' ich noch nie leiden können ... Der Chef verlangte heute morgen einen Überblick über den Fall Aristoteles, und da sagt doch, zum Teufel, der Verbindungsmann, daß der Britische Geheimdienst auch einen Mann auf Aristoteles angesetzt hatte.«

Bishop begann zu verstehen. »Sie meinen, einer von Emilys Safarigefährten war ein Agent vom Geheimdienst?«

Carstairs nickte. »Irgend so ein Reiseschriftsteller namens Steeves. Scheint mir eine verdammte Talentverschwendung.«

Bishop kicherte. »Nehme an, daß der auch geknipst hat?«

Er sah plötzlich Mrs. Pollifax und den britischen Agenten vor sich, wie sie gemeinsam die Safari-Gesellschaft mit ihren Kameras umschwärmten.

»Ist nicht mehr wichtig«, sagte Carstairs achselzuckend. »Die Safari war am Samstag zu Ende, und wir werden bald Mrs. Pollifax' Fotos haben. Die Bilder sind das Wichtigste, obwohl ich auch innigst hoffe, daß sie uns Farrell als Gewinnanteil mitbringt. Möchte doch wissen, ob sie sich wiedergefunden haben.«

»Tatsächlich, Sir, sie haben.«

Carstairs machte große Augen. »Sie haben Nachricht von ihr?«

»Nein«, sagte Bishop, »aber während Sie in der Konferenz waren, ist dies Telegramm aus Sambia gekommen. Es ist von John Sebastian selbst.«

Carstairs strahlte. »Herrlich! Kommt er wieder?«

»Nein«, sagte Bishop und las vor:

›bedaure freunde bin für die nächsten jahre ausgebucht stop vorschlage emily zu buchen ehe cyrus euch zuvorkommt stop bin begeistert herzogin immer noch unschlagbar zu finden stop will dies auch nicht versuchen stop schicke sie euch nur wenig beschädigt zurück mit grüßen und küssen farrell.‹

»Na«, sagte Carstairs, »und was soll das alles heißen?«

»Vermutlich war er betrunken, Sir«, meinte Bishop und warf das Telegramm in den Papierkorb.

# RICHARD GORDON

# Doktor im Glück

# 1

»Es wird dich vielleicht erstaunen, zu hören«, tat ich meinem Cousin, Mr. Miles Grimsdyke, Mitglied des Königlichen Kollegiums der Chirurgen, kund, »daß ich beschlossen habe, mich eines ehrbaren Lebenswandels zu befleißigen und praktischer Arzt zu werden.«

»Soll ich diesen Entschluß einem stärkeren Pflichtbewußtsein oder einem stärkeren Katzenjammer denn je zuschreiben?«

»Weder noch. Aber meine sämtlichen alten Freunde vom St. Swithin haben begonnen, sich Eheweiber, Familien und Waschmaschinen anzuschaffen, und so scheint's mir höchste Zeit, dasselbe zu tun. Sieh dir zum Beispiel den alten Richard an. In unseren seligen Jugendtagen sind wir gemeinsam aus den Wirtshäusern hinausgeworfen worden, und was schwebt ihm nun als die herrlichste aller Arten vor, sich einen Samstagabend um die Ohren zu schlagen? Den Rasenmäher heißlaufen zu lassen. Glaub mir, aus mir wird noch der liebe gute alte Dr. Grimsdyke werden, der das Seine dazu beigetragen hat, die eine Hälfte des Bezirks in diese Welt zu setzen und die andere aus ihr hinauszuschaffen – geliebt und verehrt von allen, bis es Zeit geworden ist, die Altersrente sowie Spieluhren von dankbaren Patienten in Empfang zu nehmen.«

»Du bist hoffentlich im Bilde, Gaston, wie schwer es heutzutage ist, in die allgemeine Praxis Eingang zu finden?«

»Klar. Genauso schwer wie bei einem Fußball-Länderkampf. Aber nicht für solche Burschen wie mich, die sich auskennen. Du hast doch schon von Palethorpe und Wedderburn, dem ärztlichen Stellenvermittlungsbüro, gehört?«

Miles runzelte die Stirne. »Diesem Laden in der Drury Lane? Ich persönlich habe nie mit den Leuten Fühlung genommen.«

»Zufälligerweise stehe ich mich mit dem alten Palethorpe recht gut. Haben vergangenen Sommer bei einer Gelegenheit miteinander zu tun gehabt, wo ich ihm überaus wertvolle Dienste leisten konnte.«

Ich verschwieg meinem Cousin, daß wir beim Sandown-Park-Rennen einander in die Arme gelaufen waren, wo ich Palethorpe einen so glänzenden Tip geben konnte, daß ihm seither meine ärztliche Karriere besonders angelegentlich am Herzen lag. Miles hat jedoch keinen Sinn für Humor. Es ist eine der Tragödien der Jetztzeit, daß so viele Leute – Diktatoren, Steuerbeamte, Tennis-Champions, Halbstarke und so weiter – keinen Sinn für Humor haben.

»Wenn du tatsächlich beabsichtigst, einen festen Beruf zu ergreifen«, fuhr mein Cousin fort, »möchte ich es aufrichtig begrüßen, daß du gerade diesen Moment dazu gewählt hast. Ich muß sogar gestehen, daß ich dich aus eben diesem Grunde heute zum Lunch eingeladen habe. Noch etwas Gemüse gefällig? Um diese Jahreszeit soll man ganz besonders seinen Vitamin-C-Haushalt pflegen.«

»Was genug ist, ist genug, danke.«

Es war einer jener scheußlichen Tage mitten im Winter, da Finsternis und Dämmergrau einander über den Londoner Dächern ablösen, und der Nebel war selbst in die zugigen Säle des Parthenon-Klubs eingedrungen, wo wir saßen. Das Parthenon im St.-James-Viertel kam mir zum Lunchen kaum geeigneter vor als der Schalterraum im Euston-Bahnhof, aber Miles war eines der jüngsten Mitglieder und so stolz auf diese Stätte, als wäre sie das House of Lords. Wahrscheinlich, weil das Parthenon so gut in seine Vorstellungen vom aufstrebenden jungen Chirurgen hineinpaßte. Er war ein schwächlicher Bursche mit struppigem Haar und galt als die Leuchte der Familie; eben hatte er jenes delikate Stadium in der Chirurgenlaufbahn erreicht, wo sein Wagen groß genug war, um das Vertrauen der Patienten, jedoch noch nicht den Neid der Kollegen zu wecken.

»Womit verdienst du dir eigentlich augenblicklich deinen Lebensunterhalt?« fragte Miles weiter.»Ich hab so manche Eisen im Feuer«, erwiderte ich. »Wenn ich auch gestehen muß, daß das Feuer nicht allzu heiß ist. Erstens einmal wären da meine medizinischen Artikel für die Tagesblätter zu nennen.«

Miles runzelte die Stirne. »Ich kann mich nicht erinnern, einen davon bemerkt zu haben.«

»Sie sind alle mit ›Von einem Spezialisten der Harley Street‹ gezeichnet. Es wäre ja ein grober Verstoß, sie unter meinem Namen zu publizieren.«

»Es bedarf allerdings einer bemerkenswerten Erfindungsgabe, dies zu tun, ohne sich praktisch in der Medizin zu betätigen.«

»Was wieder einmal ein Beweis dessen ist, was ich so oft behauptet habe – die Medizin ist eine famose Allgemeinbildung. Sie unterweist uns in allen Dingen, in der Anlage des Menschen ebensogut wie in der der Kanalisation. Von den vielen netten lateinischen und griechischen Wörtern ganz zu schweigen, die beim Kreuzworträtsellösen so nützlich sind.«

»Doch nun halte dir vor Augen, Gaston, daß die Zeit gekommen ist, da du dieses ungebundene In-den-Tag-Hineinleben für immer aufgeben mußt. Du bist kein unqualifizierter Quacksalber mehr. Von jetzt an hast du deine Würde als anerkannter praktischer Arzt zu wahren.«

»Oh, da hast du ganz recht. Medizinstudent sein ist bei Gott das denkbar schlechteste Training für den Beruf des Arztes.«

Miles dämpfte seine Stimme unter das lautlose Geflüster, das im Parthenon gerade noch für Gespräche zugelassen wird.

»Ich werde dir nun etwas unter dem Siegel der tiefsten Verschwiegenheit anvertrauen.«

»Ja?«

»Mr. Sharper vom St. Swithin ist als Professor der Chirurgie an die Universität von Calgary berufen worden.«

»Ei, wirklich? Hoffentlich macht's ihm Spaß, im Schnee auf Bärenjagd zu gehen.«

»Laß das jetzt. Wichtig ist, daß dadurch eine unerwartete Vakanz im chirurgischen Stab von St. Swithin eintritt. Ich werde mich zu gegebener Zeit um die Stelle bewerben. Als Mr. Sharpers Erster Assistent glaube ich nicht fehlzugehen, wenn ich meine Chancen für ausgezeichnet halte.« Er bediente sich mit einer weiteren gedünsteten Kartoffel. »Wiewohl manchmal, wie du weißt, beim Auswahlkomitee auch ganz andere als rein chirurgische Momente ausschlaggebend sind.«

Ich nickte. »Kann mich erinnern, daß einmal ein Junge abgelehnt wurde, weil er Knickerbocker trug und zur Vorbesprechung auf einem Motorrad kam.«

»Gewiß. Um geradeheraus zu sprechen, Gaston, es könnte mir Verlegenheiten bereiten, wenn du fortfährst, auf der ärztlichen Bühne wie ein Schmetterling herumzuflattern –«

»Lieber alter Junge!« Das also war es, was ihn so beunruhigte, daß er mich zum Lunch eingeladen hatte. »Mag man auch ein gewisses Risiko eingehen, wenn man mir fünf Shilling borgt – darauf, daß ich einen teuren Blutsverwandten nicht im Stich lasse, kann man immer bauen. In ein paar Wochen, nachdem ich den Stätten meiner übel verbrachten Jugend ein Lebewohl zugerufen, werde ich London für immerdar den Rücken gekehrt haben.«

Miles hatte noch immer seine Zweifel.

»Ich hoffe, deine neue Stellung wird von längerer Dauer sein als so manche deiner früheren.«

»Die waren nichts als bloßes Kokettieren mit der Arbeit. Meine jetzige ist das Wahre. Und jedermann wird sagen: ›Sieh dir einmal an, wie dieser seriöse Miles sogar unseren guten alten Gaston Grimsdyke wieder auf die Füße gestellt hat.‹«

»Wenn dem tatsächlich so ist, bin ich dir zu großem Dank verpflichtet. Mögen wir auch nicht immer eines Sinnes gewesen sein, Gaston –«

»Aber ich bitte dich. In jeder Familie gibt es da und dort kleine Mißverständnisse.«

»Doch ich versichere dir, ich habe stets nur dein Bestes im Auge gehabt. Und welcher Art ist nun diese Stellung, die du anzutreten beabsichtigst?«

»Allgemeine Praxis droben im Norden«, erklärte ich.

Als ich an diesem Vormittag in Palethorpes Büro vorgesprochen hatte, wurde ich mit folgender Neuigkeit begrüßt:

»Hab genau das Richtige für Sie gefunden, Dr. Grimsdyke. Eine allgemeine Praxis in den Midlands – dem Rückgrat Englands, wie Sie wissen. Es wird ein Assistent gesucht, mit Aussichten, wohlverstanden. Arbeitsantritt Ende Januar. Dr. Wattle in Porterhampton. Ein ausgezeichneter Mann.«

»Wie der Mann ist, läßt mich kalt«, sagte ich. »Aber wie ist seine Frau?«

Palethorpe kicherte. »Ich wollte, unsere anderen Klienten wären nur halb so scharfsinnig wie Sie! Glücklicherweise hat Mrs. Wattle ihren Mann hierherbegleitet, und ich kann Ihnen versichern, daß sie eine hochachtbare und mütterliche Matrone ist.«

»Heiratsfähige Töchter?«

»Zu ihrem Leidwesen ist die Ehe kinderlos geblieben. Deshalb, glaube ich, legten sie mir vor allem ans Herz, einen anständigen, rechtschaffenen, aufrechten, guterzogenen, alleinstehenden jungen Arzt ausfindig zu machen, der ihr Heim mit ihnen teilen könnte.«

»Hoffentlich entpuppst du dich als angenehme Überraschung«, murmelte mein Cousin, als ich ihm dies erzählte.

»Endlich fühle ich mich reif für eine ruhige und prosperierende Karriere«, fuhr ich fort, meine Zukunftspläne leicht ausschmückend. »Wer weiß, was die künftigen Zeiten alles für mich bereithalten? Die lieben alten Wattles könnten mich ins Herz schließen. Sie könnten mich als Sohn betrachten, der ein bißchen Sonnenschein in ihren Lebensabend bringt. Sie könnten ihren Anwalt kommen lassen, um ihren Letzten Willen zu ändern. Außerdem müßte es eigentlich in Porterhampton auch eine Menge reiche Leute geben. Sie erzeugen dort oben Turbinen oder etwas ähnlich Einträgliches.«

»Mein lieber Gaston! Du solltest dir wirklich langsam abgewöhnen, deine Küken zu zählen, bevor sie ausgeschlüpft sind.«

»Was hast du gegen ein bißchen Phantasie?« wandte ich ein. »Lord Lister und Alexander Fleming wären ohne sie nicht weitergekommen. Jedenfalls beginnen an meinen Füßen Wurzeln zu sprießen wie bei den Frühjahrskarotten.«

# 2

Bis dato war Porterhampton nur von den Fußballtotoscheinen her ein Begriff für mich gewesen, doch vierzehn Tage später fuhr ich an einem Morgen, der so angenehm frisch war wie ein Eiszapfen, am Rathaus vorüber, und sehr wohl war mir dabei nicht zumute.

Beim Lunch mit Miles hatte ich, angesichts einer recht verzweifelten Situation, eine optimistische Miene aufgesetzt – eine der nützlichen Errungenschaften des Medizinstudiums. In Wirklichkeit behagte mir die Aussicht, ein ehrbarer Provinzarzt zu werden, keineswegs. Ja, mir behagte überhaupt die Aussicht, Arzt zu werden, keineswegs.

Ich war ein *médicin malgré moi.* Ich hatte diesen Beruf gewählt, weil in meiner Familie niemals jemand so originell gewesen war, sich einen anderen vorzustellen, und überdies schienen dabei meine sämtlichen Onkel und Vettern ein recht gutes Auskommen zu finden; sie hatten große Wagen und jedermann hing bei Cocktailparties an ihren Mündern. Aber je früher man in die Medizin und in die Ehe eintritt, desto riskanter wird das Unternehmen. Am Ende des Lehrgangs steht ein ganz anderer Bursche da als der pausbäckige Junge mit den großen Rosinen, der ihn begonnen hatte. Anfangs ist es natürlich ein Heidenspaß, in einem sauberen weißen Mantel den Spitalsarzt zu spielen und von allen Schwestern mit »Guten Morgen, Herr Doktor« begrüßt zu werden, selbst wenn die Arbeit hauptsächlich darin besteht, unerfreuliche Dinger zu untersuchen, die in weißen Emailschüsselchen herangetragen werden. Es ist ein richtiger Schock, wenn man dann entdeckt, daß man von sowas leben muß, wenn ich auch vermute, daß die meisten Spitalsärzte dasselbe fühlen und sich damit bescheiden. Die Öffentlichkeit hält nicht viel davon, ihr Leben Ärzten anzuvertrauen, die ihre Arbeit nicht lieben, obgleich sie es tagtäglich Autobusfahrern anvertraut, wo doch niemand voraussetzen kann, daß ein Autobusfahrer seinen Wagen liebt.

Aber da ich nun einmal nicht Forscher werden konnte wie Dr. Livingstone, nicht Premierminister Frankreichs wie Dr. Clémenceau oder Cricketspieler wie Dr. W. G. Grace, mußte ich einen soliden Job finden wie alle anderen Leute. Und wie würden diese Wattles sein? fragte ich mich, als ich am Fischmarkt Porterhamptons vorbeifuhr. Vielleicht hüpften sie jetzt in froher Erwartung herum wie kleine Jungen, die am Geburtstag auf den Briefträger warten. Vielleicht aber hatten sie sich auch verschworen, mich wie einen medizinischen Laufburschen hin und her zu hetzen. Zum Glück währte mein deprimierter Gemütszustand nicht lange, da ich bald bezüglich meiner Arbeitsbedingungen beruhigt wurde.

Ich entdeckte das Haus der Wattles am Rande eines Außenbezirkes in einer Straße voll weiträumiger viktorianischer Villen, die sichtlich prosperierenden Turbinenerzeugern vorbehalten waren. Als ich in meinem Bentley, Modell 1930, vorfuhr, erschien die mütterliche Mrs. Wattle persönlich am Eingang.

»Lieber Dr. Grimsdyke!« begrüßte sie mich. »Wir freuen uns ja so sehr, daß Sie sich entschlossen haben, sich in unserem recht schläfrigen Städtchen zu begraben.«

»Ein ganz reizender Ort.«

»Mr. Palethorpe hat in Worten höchsten Lobes von Ihnen gesprochen. Ich bin ja so schrecklich dankbar, daß er Sie überreden konnte, hierherzukommen! Aber Sie müssen nach der langen Fahrt müde sein. Ich führe Sie jetzt auf Ihr Zimmer, und sobald mein Mann von seiner Runde zurückkehrt, gibt es ein herzhaftes Mittagessen.«

Ich schlüpfte aus meinem Mantel.

»Ogottogott! Keine Knöpfe an Ihrem Hemd, Doktor! Lassen Sie mich das heut abend richten. Und was an Ihren Socken oder sonst auszubessern ist, lassen Sie einfach auf dem Küchentisch liegen.«

Mein Zimmer ging ein bißchen von Chintz und Aquarellen englischer Abteien über, machte aber einen recht gemütlichen Eindruck. Es gab da ein Bücherregal voll Detektivgeschichten, einen Schreibtisch und ein riesiges Doppelbett, bereits aufgedeckt und mit einer Wärmflasche in Gestalt eines altväterischen Ingwerbierkruges versehen. Als ich nach dem Auspacken meiner Sachen hinunterging, fand ich auf dem Eßtisch Roastbeef und Yorkshire-Pudding, auf der Anrichte Apfelkuchen und Stilton-Käse vor.

»Sie haben doch heute sicher nichts gegen eine Flasche Bier einzuwenden«, gurrte Mrs. Wattle. »Mr. Palethorpe sagte, Sie trinken gelegentlich ein Gläschen.«

Dr. Wattle hatte ich bei einer kurzen Vorsprache in London bereits kennengelernt; er war ein rosiges und schwitzendes Männchen mit einer Glatze, die einem frisch gekochten Ei glich.

»Freut mich höchlichst, Sie begrüßen zu können, lieber Doktor.« Ein warmer Händedruck. »Wir dürfen Sie doch Gaston nennen, nicht wahr? Ich hoffe von ganzem Herzen, daß Sie sich bei uns wohlfühlen werden. Ist das da draußen Ihr Wagen? Sehr flott von Ihnen, in einem offenen alten Sportwagen herumzufahren. Aber wenn es regnet, werden Sie doch lieber den Morris meiner Frau nehmen, nicht wahr? Wollen Sie einen Vorschuß auf Ihr Gehalt? Über Ihre Aufgaben sprechen wir später. Wann immer Sie sich freimachen wollen, brauchen Sie es nur zu sagen.«

»Das ist Ihr Sessel, Gaston. Sie sitzen doch nicht im Zug?«

»Hoffentlich finden Sie die Küche meiner Frau nach Ihrem Geschmack.«

»Ist Ihnen das Roastbeef nicht zu stark gebraten?«

»Lassen Sie's uns bitte wissen, wenn Sie Lust auf bestimmte Leckerbissen haben.«

»Meerrettich gefällig?« fragte Mrs. Wattle.

Zum Tee gab es Kuchen, zum Abendessen geräucherten Schellfisch, und danach saßen wir zu dritt um das Feuer im Kamin und machten leichte Konversation.

»Mr. Palethorpe deutete an, Ihnen sitze der Schelm im Nacken«, sagte Mrs. Wattle und drohte schalkhaft mit dem Finger.

So erzählte ich ihnen die Geschichte vom Bischof und dem Papagei – wobei ich natürlich die anatomischen Einzelheiten ein bißchen änderte.

»Wie nett, in diesem Haus eine junge Stimme zu hören!« murmelte ihr Gatte.

»Wie sehr haben wir bisher abends Gesellschaft vermißt!«

»Seit unser Hund einging«, bekräftigte Dr. Wattle.

Nachdem ich jahrelang meine Nahrung mit Bohnenkonserven und Päckchen Kartoffelscheiben bestritten und meine Socken eigenhändig ausgebessert hatte, indem ich rund um die klaffende Stelle eine Schnur durchzog, tat es meiner Physis unendlich wohl, regelmäßige Mahlzeiten und vollzählige Knöpfe am Hemd zu haben. Es gab nicht einmal sehr viel zu tun, da der alte Wattle alle feinen Patienten persönlich behandelte und mir nur eine Reihe Kinder überließ, die von der üblichen Mumps-Epidemie befallen waren. Nach der Ordination und dem Nachtmahl versammelten wir uns allabendlich im Wohnzimmer. Manchmal erquickte uns das Fernsehen. Manchmal spielten wir Whist zu dritt. Manchmal baten sie mich, nochmals die Geschichte vom Bischof und dem Papagei zu erzählen. Ich stellte mit Freuden fest, daß die Wattles einigen Sinn für Humor besaßen.

Aber selbst der verlorene Sohn muß wohl, nachdem das ganze gemästete Kalb aufgezehrt worden war, Sehnsucht danach gehabt haben, noch ein kleinwenig von seiner Substanz in einem ausschweifenden Leben zu vergeuden. Da die örtlichen Lustbarkeiten größtenteils aus städtischen Parkanlagen, Museen und ähnlichen Dingen bestanden und ich keines der Wirtshäuser aufsuchen durfte – war ich als praktischer Arzt doch eine Respektsperson –, noch in eines der Kinos gehen konnte, weil ich sämtliche Filme bereits vor Monaten im West End gesehen hatte, sehnte ich mich nach einem letzten Blick auf die funkelnden Lichter Londons.

»Dr. Wattle«, kündigte ich eines Morgens an, nachdem ich mich einige Wochen lang tagtäglich an drei ausgiebigen Mahlzeiten erfreut hatte, »hätten Sie bitte etwas dagegen, wenn ich diesen Samstag einen Sprung nach London mache? Mir ist soeben eingefallen, daß ich noch ein Wäschepaket abholen muß.«

»Mein lieber Junge, gehen Sie, wann und wohin Sie wollen.«

»Hochanständig von Ihnen. Sehr ärgerliche Sache, das Ganze, aber ich kann mir diesen Ausflug leider nicht ersparen.«

Und so stand ich am nächsten Samstagabend wieder einmal im freundlichen Gebrodel des Piccadilly Circus und atmete in vollen Zügen krebsfördernde Kohlenwasserstoffe ein, in den Anblick des Neon-Sonnenaufgangs versunken.

Ich glaube, nichts kann sich mit den Empfindungen messen, wenn man nach einer Zeitspanne des Exils, und sei's auch nur nach dem Sommerurlaub, wieder in London eintrifft. Ich wurde vom Gefühl überwältigt, niemals hätte ich so Wundervolles gesehen wie das unterseeische Glimmen der trüben Straßenlampen, niemals etwas so Fröhliches gehört wie den Schwall des nächtlichen Menschenstromes, der gegen die Vorstädte zu verebbte, noch etwas so Süßes gerochen wie den Qualm in den Londoner Omnibussen. Doch ich durfte meine Zeit nicht mit dem Bewundern der Szenerie vergeuden, also strebte ich einer Telephonzelle zu, blätterte in meinem kleinen Notizbuch, überlegte kurz, und rief sodann Petunia Bancroft an.

Petunia war eine kleine brünette Schauspielerin. Seit den Tagen meines Medizinstudiums habe ich eine Schwäche für die Bühne gehabt; damals wäre ich um ein Haar mit einer jungen Frau durchgebrannt, die zweimal nächtlich von einem Zauberkünstler im »Palladium« zersägt wurde, bis ich draufkam, daß es sich in Wirklichkeit um ein Paar junger Frauen handelte und ich die Hälfte mit den Krampfadern erwischt hatte. Petunia war viele Jahre lang eine gute Freundin von mir gewesen, obgleich ihre Vorstellungen von Amüsement ihren Bühnenrang weit hinter sich ließen – meist schritt sie nur über die Bretter, um anzukündigen, daß das Dinner serviert sei; doch nach der Aufführung lehnte sie wie eine große Dame Champagner ab, wenn die Flasche nur fünf Shilling kostete. Auch war sie einigermaßen hysterisch und nicht abgeneigt, mit dem Dessert herumzuwerfen oder den Oberkellner zu beißen. Doch nach einem Monat in Porterhampton war Petunia genau das, was ich brauchte.

»Darling, ich komm rasend gern«, nahm sie meine Einladung an. »Hol mich nicht von der Vorstellung ab, sie ist schauerlich und sowieso gleich zu Ende. Sei nach zehn vor der Bühnentür.«

Die Londoner Straßen waren zu dem Zeitpunkt, da ich Petunia nach Balham zurückbrachte, so öde und verlassen wie Porterhampton an einem Sonntagnachmittag; wie so viele Glamour-Girls lebte sie brav bei ihrer Mama und wusch das Geschirr, bevor sie in den Bus stieg, der sie ins Theater brachte. Wir hatten einen vergnüglichen Abend mit einem netten Souper und anschließendem Nachtklub verbracht, und wenn auch Dr. Wattles Vorschuß dabei draufging, war mir wie einem Seemann nach neunzig Tagen Fahrt zumute.

»Fein war's, Darling«, sagte Petunia bei der Gartenpforte. »Wann wirst du wieder in London leben?«

»Vielleicht eines Tags, wenn ich im Ruhestand bin.«

»Im Ruhestand! Aber, Liebling, da werde ich dich ja gar nicht mehr wiedererkennen.«

»Ich werde als Erkennungszeichen eine Spieluhr unterm Arm tragen«, erwiderte ich. »Schlaf gut, mein Schatz.«

Am nächsten Morgen fuhr ich auf Nimmerwiedersehen in die Provinz zurück, nachdem ich sämtliche Sonntagszeitungen in ein großes Packpapier gewickelt und mit der Aufschrift WIEDER WEISS-WÄSCHEREI WÄSCHT WEISSER versehen hatte.

Dieser kleine Ausflug erwies sich jedoch als Fehler.

Ein einziges Verkosten der Weltstadtfreuden hatte meinen Appetit auf Porterhampton für immerdar verdorben. Ich hatte mich wirklich nach besten Kräften bemüht, mir vorzuspiegeln, ich könnte in der ländlichen Umgebung aufgehen. Doch nun erkannte ich nur zu deutlich, daß ich mich nirgends auf der Welt außerhalb der City wohlfühlen würde. Endlose Abende mit Fernsehen und Wattle-Geplauder dehnten sich vor mir aus, und bei diesem Nachtmahl erregte mir die Aussicht auf beides fast Übelkeit. Doch ich mußte hierbleiben, bis das Komitee St. Swithins meinem Cousin die Hand geschüttelt und ihm mitgeteilt hatte, wohin er seinen Schirm zu hängen habe, und überdies war das liebe alte Pärchen so schrecklich anständig, daß ich es mir selbst nie verziehen hätte, wäre ich ihren Gefühlen nahegetreten.

»Dr. Wattle«, begann ich, als wir nach dem Abendessen allein zurücklieben, »ich weiß nicht, ob ich Ihnen bereits sagte, daß ich den Entschluß gefaßt habe, mich auf einen höheren ärztlichen Grad vorzubereiten. Ich hoffe, Sie werden mich nicht für unhöflich halten, wenn ich an den Abenden auf mein Zimmer gehe und ein bißchen die Lehrbücher aufschlage?«

Er legte mir die Hand auf den Arm.

»Ich höre dies mit Freuden, mein lieber Junge. Deshalb mit Freuden, weil Sie, anders als so viele junge Männer dieser Generation, inner- und außerhalb unseres Berufes, eine hohe Auffassung von Ihrer Arbeit haben.«

Seine Stimme nahm einen herzergreifenden Ton an.

»Wir alle sind sterblich, Gaston«, fuhr er fort. »In ein paar Jahren könnte ich recht wohl nicht mehr hier weilen –«

»Aber, aber! In der Blüte der Manneskraft –«

»Und ich sähe Sie gerne gut qualifiziert, wenn Sie dereinst möglicherweise diese Praxis übernehmen. In diesen wenigen Wochen haben meine Frau und ich Sie sehr ins Herz geschlossen. Wir haben, wie Sie wissen, keine eigenen Kinder. Als junger Mann hatte ich einen schweren Mumpsanfall –«

»Verdammtes Pech«, sagte ich mitfühlend.

Das Mumpsvirus kann ja bekanntlich großes Unheil an den endokrinen Drüsen anrichten, wenn man zufälligerweise ein verzwickter Fall ist.

»Wenn alles gut geht«, so schloß er, »werden Sie hoffentlich mehr von mir übernehmen als die bloße Arbeit. Doch ich will Sie nicht länger von Ihren Studien abhalten.«

Den Rest der Woche verbrachte ich in meinem Zimmer mit dem Lesen von Detektivgeschichten, wobei ich mir freilich hundsgemein vorkam.

Da hielt mich eines Morgens Mrs. Wattle an der Tür zum Ordinationszimmer zurück.

»Gaston, mein Mann und ich haben uns gestern abend ein bißchen über Sie unterhalten.«

»Oh?«

»Wir befürchten, daß Sie Porterhampton recht langweilig finden müssen.«

»Aber nicht doch«, antwortete ich, wobei ich mich fragte, ob mich nicht am Ende ein über die Stränge schlagender Turbinenerzeuger damals im Nachtklub entdeckt hatte. »Es ist doch immer irgendwas los«, fuhr ich fort. »Letzte Woche die Gerichtssitzung, diese Woche die Kampagne gegen die Straßenverunreinigung.«

»Ich meine, gesellschaftlich. Sie kommen doch überhaupt nicht mit jungen Leuten zusammen.«

Es war mir noch gar nicht aufgefallen, daß es welche in Porterhampton gab. »Daher habe ich nächsten Samstag für Sie eine kleine Party arrangiert. Sie können Ihre Studien doch hoffentlich für diese Zeit unterbrechen?«

Natürlich sagte ich, ich sei begeistert, doch den Rest der Woche versuchte ich mich für jenes Fest zu stählen, gegen das die Geburtstagsfeier eines Pfarrers sich wie eine Nacht in Tanger ausnehmen würde. Als der Samstag kam, legte ich meinen besten Anzug an und harrte zwischen Rotweinbowle und belegten Brötchen auf die Gäste, fest entschlossen, den Abend zu einem Erfolg für das liebe alte Pärchen zu gestalten. Ich würde allen gegenüber vor Herzlichkeit überfließen und den einheimischen Burschen intelligente Fragen über die zweckmäßige Erzeugung von Turbinen stellen.

»Da kommt der erste Gast«, verkündete Mrs. Wattle. »Miss Carmichael.«

Sie machte mich mit einem untersetzten Mädchen in Rosa bekannt.

»Und hier möchte ich Sie Miss Symes und Miss Patcham vorstellen.«

Ich verbeugte mich höflich.

»Und auch Miss Hodder und Miss Atkinson haben sich bereits eingestellt. Das sind alle«, erklärte sie. »Gaston, erzählen Sie uns doch Ihre schrecklich lustige Geschichte vom Geistlichen und dem Papagei.«

Die gesellige Zusammenkunft erschien mir etwas eigenartig. Doch der alte Wattle reichte Getränke herum, während ich auf dem Sofa saß und die Mädel unterhielt, und nach einer Weile erwärmte ich mich für die Sache. Ich erzählte ihnen noch die andere Geschichte von der alten Dame und dem Autobusfahrer und dann noch ein paar, die mir *nicht* von den Jungen in St. Swithin zugeflogen waren, und sie lachten alle von Herzen und fragten mich, wie es eigentlich sei, wenn man Arzt ist. Ich bedauerte es richtig, als es Mitternacht schlug und alle an Aufbruch dachten.

»Gaston wird euch doch sicher in seinem aparten Wagen nach Hause bringen«, schlug Mrs. Wattle vor.

Unter beträchtlichem Aufwand an Gekicher wurden die Mädchen an verschiedenen hochachtbaren Eingangstüren des Bezirkes abgeladen, bis schließlich nur noch eines neben mir übriggeblieben war.

»Leider bin ich genau auf der entgegengesetzten Seite der Stadt zu Hause, Gaston.«

»Je weiter, desto erfreulicher«, erwiderte ich höflich.

Sie war die Miss Atkinson, eine kleine Blondine, die eine Wiederholung der Papageiengeschichte verlangt hatte.

»Ein ganz reizender Abend«, murmelte ich.

»Ach, Sie waren so schrecklich unterhaltend! Ich habe Ärzte immer für so langweilige alte Patrone gehalten, selbst die jungen.«

Ich lächelte.

»Auch wir Ärzte sind nur Menschen.«

»Da bin ich aber froh«, sagte sie.

Nachdem ich sie an einer weiteren hochachtbaren Türe abgesetzt hatte, fuhr ich eilends nach Hause und warf mich ins Bett. Nichts nimmt einen so her wie eine Menge komische Geschichten erzählen.

## 3

»Ich habe Ihnen etwas Erfreuliches zu berichten«, verkündete Mrs. Wattle an einem der nächsten Morgen. »Ich habe die kleine Avril Atkinson zum Abendessen eingeladen.«

»Wirklich sehr erfreut«, sagte ich artig.

Tatsache ist, ich hätte mich über jeden Gast gefreut, selbst wenn's mein Cousin gewesen wäre. Denn nun war ich draufgekommen, daß die lieben alten Wattles von nichts anderem reden konnten als den Geschehnissen in Porterhampton, und das kam für einen, der nicht schon dreißig Jahre hier gelebt hatte, etwa der Zumutung gleich, an einem Schauspiel Gefallen zu finden, das man erst vom zweiten Akt an sieht. Es tat mir unendlich wohl, eine andere Stimme am Eßtisch zu hören, selbst wenn ich aufgefordert wurde, die verdammte Papageiengeschichte nochmals vom Anfang an zu erzählen.

Nach der Mahlzeit erklärte ich, daß mein Studium auch einen weiteren Abend ruhen könne, und schloß mich höflich der Gesellschaft im Wohnzimmer an. Dann erinnerte sich Dr. Wattle plötzlich, daß er noch einen Krankenbesuch machen müsse, und Mama Wattle mußte unbedingt Geschirr waschen gehen, so daß Avril und ich allein auf dem Sofa zurückblieben.»Wie wär's mit ein bißchen Fernsehen?« schlug ich vor, da Avrils Konversation sich ungefähr auf demselben Niveau bewegte wie die der Wattles.

»O ja, bitte. Heute abend läuft mein Lieblingsprogramm.«

Ich schaltete den Apparat ein, löschte die Lichter, und nachdem wir ein paar Gesellschaftsszenen und zwei Kerle gesehen hatten, die so taten, als gerieten sie wegen der politischen Situation einander in die Haare, brachte ich Avril äußerst gesittet nach Hause.

»Hören Sie gern klassische Musik, Gaston?« forschte Mrs. Wattle an einem der nächsten Morgen.

»Hab ab und zu nichts gegen eine Spritze Beethoven einzuwenden«, gab ich zu.

»Das freut mich sehr! Ich habe eine Karte für unser kleines Amateur-Orchesterkonzert nächsten Freitag im Rathaus. Möchten Sie sie haben?«

Ich war froh, einen Anlaß zu finden, abends auszugehen, da ich jetzt all der Geschichten von den Burschen, die einander auf die komplizierteste Weise um die Ecke brachten, schon langsam müde war. Als ich mich inmitten der städtischen Palmenkübel niederließ, entdeckte ich Avril Atkinson auf dem Nebensitz.

»Welch ein Zufall!« bemerkte ich.

Sie lächelte.

»Sie haben einen so ausgeprägten Sinn für Humor, Gaston! War's nicht schrecklich nett von Mrs. Wattle, uns die Karten zu schenken?«

»Oh, aha, gewiß.«

Die liebe alte Dame schien unter Vergeßlichkeit zu leiden, was ich auf die normalen hormonbedingten Wechselerscheinungen einer Frau ihres Alters zurückführte.

Die nächsten Tage wurden durch die Erregung aufgehellt, die das jährliche Festessen der Ärzte, das große Ereignis der medizinischen Kreise Porterhamptons, hervorrief. Da die Wattles es als eine Kombination von Künstlerball und dem Bankett des Lord Mayor anzusehen schienen, tat ich dem lieben alten Pärchen den Gefallen, meinen Smoking anzulegen und sie zu begleiten, obwohl mich nichts so sehr deprimiert wie eine Ansammlung ärztlicher Kollegen. Gerade hatte ich's mir in meinem Sessel im Ballsaal des Kaufmännischen Hotels bequem gemacht, als ich entdeckte, daß ich neuerlich neben Avril Atkinson zu sitzen gekommen war.

»Schrecklich nett von Dr. Wattle, mich einzuladen«, begann sie. »Werden Sie eine Ihrer schrecklich lustigen Geschichten vortragen?«

»Bedaure, nein. Aber der fette Bursche vor dem Mikrophon hat ein Bündel Papier von der Dicke eines Versteigerungskatalogs in der Rocktasche. Ist's nicht merkwürdig, wieviel Männer nach dem Nachtmahl zu sagen haben, und ihre Frauen kriegen jahrelang beim Frühstück kein Wort aus ihnen heraus?«

Sie kicherte. »Sie sind schrecklich witzig, Gaston!«

»Warten Sie erst ab, was der Fette zu bieten hat.«

Da der Gast an meiner anderen Seite über nichts anderes zu reden wußte als über das Befinden und die Wiederherstellung seiner Patienten, verbrachte ich die Mahlzeit in einem anspruchslosen Geplauder mit Avril, und nachdem die Wogen der Vortragsübungen verebbt waren, führte ich sie in meinem Wagen nach Hause.

»Sie müssen unbedingt heraufkommen und Vati kennenlernen«, forderte sie mich auf.

Ihr Vater war ein recht umgänglicher alter Knabe, der mich mit Whisky und Soda bewirtete und dem staatlichen Gesundheitsdienst ein reges Interesse entgegenzubringen schien – er befragte mich über die Bezahlung und die Beförderungsaussichten junger praktischer Ärzte. Ich gab ihm Auskunft, berichtigte ein paar Irrtümer und fuhr schließlich mit dem angenehmen Gefühl nach Hause, daß ich meinen mir von den alten Wattles aufgebürdeten gesellschaftlichen Pflichten recht gründlich nachgekommen war.

Ich bin offenbar eine vertrauensvolle Seele. Bei Pferderennen verkaufen mir wildfremde Leute erfolglose Tips um ein Pfund. Motorradfahrer sausen auf Zebrastreifen in Zentimeterabstand an mir vorbei. Ich zahle an dunkle Gestalten, die ich in Wirtshäusern treffe, bares Geld für wertlose Schecks. Kleine Jungen schicken mich reihenweise in den April. Wahrscheinlich war es der einschläfernden Wirkung des Lebens in Porterhampton zuzuschreiben, daß ich diesmal erst so spät in die Falle taumelte; es geschah an jenem Morgen, als ich gerufen wurde, das Mädchen in Rosa von der Party zu behandeln, das Mumps hatte.

»Wann wird sie verlautbart?« fragte Miss Carmichael, als ich ihr das Thermometer aus dem Mund zog.

»Was soll verlautbart werden?«

»Spielen Sie nicht den Unschuldigen, Doktor! Jeder Mensch in Porterhampton weiß es doch seit Wochen. Ihre Verlobung mit Avril Atkinson natürlich.«

»Mit Avril Atkinson!«

Ich hob die Scherben des Thermometers vom Boden auf.

»Hol mich der Teufel, das ist doch lachhaft! Ich kenn das Mädel kaum.«

»Aber, aber! Sie werden ständig miteinander gesehen, bei Konzerten, Festessen und so weiter. Und als sie damals bei den Wattles zum Abendessen eingeladen war ... Sie hat mir alles darüber erzählt. Den ganzen Abend sind Sie mit ihr im finsteren Zimmer auf dem Sofa gesessen – pfui!«

Ich fuhr geradewegs nach Hause und stellte Mama Wattle.

»Da hat die Fama wieder einmal nicht geruht«, meinte sie zurückhaltend. »Aber ich freue mich ja so für Sie, Gaston! Sehen Sie, mein Mann und ich fühlten, wie selbstsüchtig es von uns war, Ihre heitere Gesellschaft so ausschließlich in Beschlag zu nehmen. Jetzt, wo Sie sich hier seßhaft machen, ist es nur recht und billig, daß Sie sich ein Frauchen suchen. Im Gegensatz zu uns werden Ihre späteren Jahre durch Söhne und Töchter aufgehellt werden, die wir als unsere eigenen Enkelkinder betrachten wollen. Ich muß ja zugeben, daß ich ein bißchen die Ehevermittlerin gespielt habe. Aber ich bin so froh, daß Sie Avril gewählt haben! So ein munteres liebes Mädchen! Ihr beide paßt ideal zueinander.«

Zu sagen hatte ich nichts mehr. Ich ging in mein Zimmer. Dort schritt ich auf und ab und stierte die Abteien-Aquarelle an. Ich ließ mich aufs Doppelbett fallen und biß meine Nägel. Ich wünschte, ich hätte den Rat des Deans von St. Swithin befolgt und meine Laufbahn ins Inquisitenspital verlegt.

Ganz bestimmt wollte ich nicht den Rest meines Lebens in Porterhampton verbringen, selbst wenn mir der alte Wattle das Rathaus noch zusätzlich letztwillig vermachte. Und ganz bestimmt wollte ich nicht Avril Atkinson heiraten, der ich dann wahrscheinlich allmorgendlich zum Frühstück die Geschichte vom Papagei erzählen müßte. Und jetzt wußte ich nicht, wie mich aus beiden Verhängnissen heraushalten. Ich hatte oft in Psychologiebüchern vom akuten Angstzustand gelesen, doch erst jetzt verstand ich, was es damit auf sich hatte. Da kam mir plötzlich einer jener meisterhaften Geistesblitze, die sich manchmal bei Examina knapp vor dem Schlußläuten einstellen.

»Mrs. Wattle – Dr. Wattle!« Ich schoß zu den beiden ins Wohnzimmer hinunter. »Ich muß Ihnen etwas sehr Peinliches gestehen.«

Sie blickten mich verschreckt an.

»Ich bin bereits verheiratet.«

Ich fand, dies war der einfachste Ausweg. Dem lieben alten Pärchen erklären, die von ihnen erwählte Braut käme für mich ebensowenig in Frage wie die Oberin des St. Swithin, ging über meine Kräfte. Sie würden mich – bestenfalls – auf der Stelle hinauswerfen und Avril wahrscheinlich für meinen Nachfolger reservieren.

»Meine Frau arbeitet in London. Als Krankenschwester. Nachtschwester. Ich konnte ihre Existenz nicht früher enthüllen, weil – weil die Stellung, die innezuhaben ich mir als Ehre anrechne, nur für einen Alleinstehenden ausgeschrieben war. Ich brauchte sie.«

Das klang alles so herzengreifend, daß ich mir selbst leidtat.

»Lassen Sie mir noch fünf Minuten zum Packen meiner Sachen«, schloß ich getragenen Tons, »auf daß ich meine unwürdige Person für immer aus Ihrer Erinnerung lösche.«

»Wie kopflos habe ich doch gehandelt!« rief Mrs. Wattle und brach in Tränen aus.

»Wir haben gewaltsam zwei Menschen getrennt, die einander

verbunden waren«, fügte Dr. Wattle hinzu und schlug sich auf seinen nackten Schädel.

»Sie müssen Ihre Frau sofort herkommen lassen, Gaston!«

»Ich verdopple Ihr Gehalt.«

»Wir überlassen Ihnen das Haus, bis Sie ein eigenes Heim gefunden haben.«

»Dies alles könnte sich als zu beschwerlich erweisen«, warf ich rasch ein. »Meine Frau hat jede Nacht Dienst. Wichtiger privater Fall.«

»Dann bringen Sie sie eben untertags hierher«, drang Mrs. Wattle in mich. »Wie wär's mit Samstag mittag?«

»Ja«, stimmte Dr. Wattle ein. »Wir wären sehr, sehr ungehalten, wenn Sie das nicht tun.«

Ich fühlte, wie die Zügel meiner Hand entglitten. Vielleicht wäre es doch leichter gewesen, Avril zu heiraten.

## 4

Am nächsten Samstagvormittag vibrierte das Haus der Wattles vor gespannter Erwartung.

»Ich muß jetzt gehen«, verkündete ich, als der Schweinebraten im Rohr brutzelte. »Ihr Zug ist in zwanzig Minuten fällig.«

»Empfangen Sie sie mit diesen Chrysanthemen, Gaston.« Mrs. Wattle drängte mir einen Strauß von der Größe einer Korngarbe auf. »Sie kommen frisch aus dem Treibhaus, sie werden ihr sicher Freude bereiten. Ich hingegen bin sicher, daß wir beide Ihre Frau einfach hinreißend finden werden.«

Ich parkte meinen Wagen vor dem Bahnhof, kaufte eine Perronkarte und knabberte gedankenvoll an einer Rippe Schokolade aus einem Automaten. Ich setzte mich auf eine Bank und las Zeitung, bis der Zwg einrollte. Bald entdeckte ich den wohlbekannten roten Hut unter den Reisenden.

»Hallo!« rief ich. »Hoffentlich war die Reise nicht gar zu scheußlich.«

»Zum Kotzen war's.«

»Willkommen in Porterhampton.«

»Was für ein Drecknest!«

»Die Stadt verfügt über mehrere bezaubernde Sehenswürdigkeiten, versichere ich dir. Ich bedaure, dir keine eingehende Führung bieten zu können, da dein Zug bereits um neun Uhr zehn zurückfährt.«

»Dem Himmel sei Dank. Was schleppst du da, großer Gott?«

»Chrysanthemen aus dem Treibhaus.«

»Du siehst aus wie ein fahrender Blumenhändler ohne Karren.«

»Ich glaube, es ist besser, wir verlassen den Bahnsteig. Einer meiner Patienten könnte mich am Ende sehen.«

Ich brachte Petunia Bancroft zum Auto.

»Hab schon ein paar recht komische Rollen in meinem Leben gespielt«, klagte Petunia, als wir abfuhren, »aber die da grenzt an Irrsinn.«

»Sie ist ganz einfach«, redete ich ihr zu. »Du hast nur die ›Frau des Arztes‹ zu spielen. Für eine so vollendete Schauspielerin wie dich, Liebling, ist das genauso leicht wie Theaterprogramme verkaufen.«

»Wär ich nicht ohne Engagement, hätte ich mir die Sache zweimal überlegt, das kannst du mir glauben.«

»Betrachte sie als Gelegenheit, dein ganzes Können einzusetzen.«

»Ist meine Aufmachung richtig?«

»Der Rolle hervorragend angepaßt.«

»Ich hielt es für besser, mein Fußkettchen abzunehmen.«

»Kann nicht behaupten, daß ich je eine Krankenschwester eins tragen sah.«

»Und wenn dieser alte Knabe – wie heißt er doch gleich? – mir plötzlich einen Haufen Fragen mit ellenlangen medizinischen Ausdrücken stellt? Wie soll ich da zum Teufel antworten?«

»Überlaß das nur mir. Er wird aber wahrscheinlich über nichts anderes als unsere Mumps-Epidemie plaudern. Dann brauchst du dich einfach nur an die Zeit zu erinnern, wo du ihn selbst gehabt hast.«

»Ich hab aber nie Mumps gehabt.«

»Ich auch nicht. Du kannst von Glück reden«, lächelte ich. »Der hätte in deinen Hormonen schönes Unheil stiften können.«

Sie fragte mich nach dem Grund, und so gab ich eine kurze Dissertation über die Pathologie und Virologie des Mumps von mir, bis wir vor dem Haus der Wattles einlangten.

»Petunia«, zischte ich ihr zu, »dein Stichwort.«

Ich war recht unruhig, aber ich ließ es Petunia nicht merken. Ein weiteres nützliches Ding, das man im Medizinstudium lernt, besteht darin, nach allen Seiten hin fröhliche Zuversicht auszustrahlen, während man sich verzweifelt fragt, was demnächst Schreckliches passieren wird. Doch ich muß zugeben, daß Petunia die Rolle der Mrs. Grimsdyke hervorragend spielte. Binnen einer halben Stunde hatte sie das Pärchen um die Finger gewickelt.

»Wo wurden Sie ausgebildet, meine Liebe?« fragte Dr. Wattle, als wir uns zum Essen setzten.

»Oh, auf dem Konservatorium.«

»Von einem Spitail dieses Namens habe ich noch nie etwas gehört«, sagte er verblüfft.

»Das ist ein Spitzname des neuen Londoner Sanatoriums«, mischte ich mich ein.

»Wirklich? Du lieber Himmel, das wußte ich gar nicht. Was man heutzutage noch alles dazulernen muß! Und was fehlt diesem wichtigen Privatpatienten, den Sie, wie mir Ihr Gatte sagte, pflegen?«

»Äh – Maul- und Klauenseuche.«

»Gott behüte! Wie ungewöhnlich, daß ein Mensch davon befallen wird. Habe noch nie einen derartigen Fall in meinem Leben kennengelernt.«

»Neuerdings eine allgemein verbreitete Krankheit«, sagte ich.

»Wirklich? Natürlich, Sie stehen in engerem Kontakt mit allem, was jetzt geschieht, als ich, Gaston. Wie scheußlich, so sehr hinter der Zeit einherzuhinken! Muß das beim nächsten Ärztetreffen vorbringen. Sie haben wohl ausgedehnte Erfahrungen mit Mumpsfällen, meine Liebe?«

Doch es gelang mir, die Konversation geschickt vom Fach wegzusteuern, und im weiteren Verlauf des Nachmittags fühlte ich, wie sich meine Sorgen in Nichts auflösten. Die Ideale des alten Pärchens blieben unangetastet, ich war nicht länger Zielscheibe des Ehemarktes und konnte Porterhampton gemütlich den Rükken kehren, sobald Miles sicher im St. Swithin unter Dach und Fach war. Und zudem hatte ich nun jederzeit eine passende Entschuldigung zur Hand, wenn mich die Lust anwandelte, ein Wochenende in London zu verbringen.

»Mein Zug geht in etwa einer Stunde«, erinnerte mich Petunia, als wir uns der kalten Abendplatte näherten.

»Welch ein Jammer, daß Sie nicht länger bleiben können!« seufzte Mrs. Wattle.

»Petunia muß um Mitternacht wieder ihren Dienst antreten«, erklärte ich. »Ich könnte eigentlich schon den Wagen aus der Garage holen.«

Ich öffnete die Eingangstüre, und eine widerliche Komplikation machte meinen schönen Plan zunichte.

England würde wohl nicht England sein, wenn es im Winter nicht regelmäßig eine ausgiebige Portion Nebel zu schlucken bekäme. Können Sie sich vorstellen, daß Nationalheroen wie Sherlock Holmes oder Jack the Ripper an schönen und linden Sommerabenden umherschleichen? Wie hätten sich die Dickensschen Gestalten im neapolitanischen Sonnenschein ausgenommen? Oder wenn unser liebes altes Parlament erstrahlte wie das Tadsch Mahal? Der Charakter unseres Volkes wird regelmäßig durch die schauerliche Komplikation des Nebels schweren Prüfungen unterzogen, vor allem durch solches unendlich dickes graues Zeug, das wie eine Mauer aus schmutzigem Musselin vor der Schwelle des Hauses emporstieg.

»Ich sollte doch wohl die Zugsauskunft anrufen«, stotterte ich.

Das Wort »Züge« löste nur ein mystisches Schweigen am anderen Ende des Kabels aus.

»Der Mittagszug ist noch nicht einmal von Manchester abgegangen«, sagte der Auskunftsbeamte am Bahnhof. »Und wo der Morgenzug aus Glasgow steckengeblieben ist, weiß kein Mensch.

Ihre Aussichten, heut nacht nach London zu kommen, Sir, sind null, Komma null. Das Radio sagt, es ist der dichteste Nebel, den wir dieses Jahrhundert gehabt haben.«

»Nun wird also Petunia doch bis morgen früh hierbleiben«, sagte Mrs. Wattle mit wohlwollendem Lächeln.

»Ausgeschlossen!« schrie sie.

»Sie muß zu ihrem Patienten zurück«, erklärte ich rasch.

»Unter solchen Umständen wird sich doch sicher in London Ersatz finden lassen?« forschte Dr. Wattle.

Petunia stampfte mit dem Fuß auf. »Gaston kann mich im Auto nach London bringen.«

»Nur bis zum ersten Straßengraben, fürchte ich.«

»Ich bestehe absolut darauf –«

Es gelang mir, Petunia zum Schweigen zu bringen – die Wattles waren über dieses merkwürdige Verhalten eines Turteltaubenpärchens ohnehin schon recht verblüfft.

»Sorge dich nicht, Liebchen.« Ich tat so, als gäbe ich ihr einen zärtlichen Kuß. »Überlaß alles mir«, zischte ich ihr ins Ohr. »Es wird dir nicht das geringste geschehen.«

»Ich mach mir keine Sorgen, Süßer. Du solltest dir welche machen«, zischte sie zurück.

Wir setzten uns alle nieder und starrten in den Fernsehapparat.

Ich verbrachte den Rest des Abends damit, irgendeinen nebelsicheren Vorwand zusammenzubrauen. Sollte ich an einem perforierenden Zwölffingerdarmgeschwür erkranken? Oder das Haus in Brand setzen? Oder ein öffentliches Geständnis auf dem Kaminvorleger ablegen? Ich verwarf einen jeglichen. Sie würden die Wattles zu sehr aufregen.

Mit einem Wort: alles, was ich bis halb elf Uhr abends ausbrütete, hinderte nicht, daß wir von Mama Wattle in mein Zimmer geführt wurden, wo bereits im Doppelbett zwei Wärmeflaschen unser harrten.

»Du Mistkerl!« brach Petunia aus, sobald die Türe zu war. »Das ist der ekelhafteste und niederträchtigste Trick –«

»Schlag nicht solchen Krach, um Himmels willen! Man hält uns für ein treu liebend Paar.«

»Ich möchte Ihnen zu verstehen geben, Dr. Grimsdyke, daß ich keineswegs zu jener Sorte Mädchen gehöre –«

»Weiß schon, weiß schon! Höre mich gefälligst nur einen Augenblick an! Niemand bedauert mehr als ich –«

»Gewiß, und du wirst es noch mehr tun, sobald meine Brüder von dieser Sache hören.«

»Kann ich was für diesen verdammten Nebel? Du tust so, als hätte ich ihn eigenhändig herbeigeschafft.«

Petunia warf sich auf das Bett und begann die Daunendecke mit den Fäusten zu bearbeiten.

»Du mußt mich von hier wegbringen! Auf der Stelle, sag ich dir. In fünf Minuten. Sonst schmeiß ich das Fenster ein und beginne nach der Polizei zu schreien.«

»Pet, ich will tun, was in meinen Kräften steht! Es muß doch eine Möglichkeit bestehen –«

»Ich werde schreien, da kannst du Gift drauf nehmen. Ich werde alle Nachbarn aufwecken. Gleich sollst du hören –«

Sie holte tief Atem.

»Um Gottes willen, Pet –!«

In der Halle läutete das Telephon.

»Halte die Nebengeräusche zurück, bis ich gesprochen habe«, zischte ich.

»Dr. Grimsdyke?« meldete sich eine weibliche Stimme.

»Am Apparat.«

»Sie Schwein! Saukerl! Biest! Bigamist!«

»Einen Augenblick bitte. Wer spricht eigentlich –?«

»Sie wissen genau, wer spricht. Avril, natürlich. Ich möchte Sie nur auf diesem Wege informieren, daß ich morgen eine Klage wegen Nichterfüllung des Eheversprechens einbringe, die Sie in einem Bogen aus Porterhampton hinausfeuern wird, bis Sie auf den weißen Klippen von Dover landen, wo Sie hoffentlich abstürzen und sich Ihr dreckiges Genick brechen werden. Lassen Sie sich das eine sagen –«

»Aber ich kann Ihnen alles restlos aufklären!« flehte ich. »Darf ich morgen vormittag zu Ihnen kommen?«

»Das werden Sie ganz bestimmt nicht tun. Von allem anderen

abgesehen, liege ich mit Mumps im Bett, den ich bei Ihrer schweinischen Party erwischte. Und außerdem habe ich jetzt einen anderen Arzt genommen. Warten Sie nur, bis meine Brüder vom Militärdienst auf Urlaub kommen. Gute Nacht!«

Binnen fünf Minuten war ich von zwei Frauen auf das gemeinste beschimpft und mit Gewaltakten von seiten ihrer Brüder bedroht worden, was selbst für Blaubart ein Rekord gewesen wäre. Doch das Telephon hatte mir eine Idee gegeben.

Ich klopfte an die Tür der Wattles.

»Ich bin zu einem Kranken gerufen worden«, erklärte ich. »Es wird hoffentlich nicht lange dauern.«

Nachdem ich einen Schal um meinen Hals geschlungen und eine Dose Hustenpastillen aus der Hausapotheke zu mir gesteckt hatte, machte ich mich auf, die Nacht im Nebel zu verbringen, während Petunia sich – wohlig im Doppelbett ausstreckte.

## 5

Der Nebel lichtete sich, als ich zum Haus der Wattles zurückstrebte. Ich hatte mich durch die Finsternis hindurchgehustet, kein anderes Ziel vor Augen als das, bis zum nächsten Morgen zu überleben. Nach etwa hundert Meter Entfernung vom Hause war ich auf der Hauptstraße nach London dahingewandert, wo ich auf einen Mann stieß, der sein Lastauto verloren hatte. Er glaubte zu wissen, daß sich in dieser Gegend ein Lokal namens Clem's Kaff befinde; und wir fanden es auch, nachdem wir etwa eine Stunde lang den weißen Streifen entlanggeschritten waren. Das Kaff konnte mit einem Koksofen aufwarten, es war voll von Fernlastfahrern in dampfenden Mänteln, die abgehetzten Gäulen glichen. Ich erstand eine Tasse Tee, die mich offenbar berechtigte, wie jeder andere Gast auf dem Tisch zu schlafen. Um etwa halb sechs wachte ich auf; mir war zumute, als käme ich direkt von der Streckfolter im Tower.

Ich schleppte mich ins Haus, klopfte sacht an die Schlafzimmertür, und Petunia ließ mich ein.

»Du siehst aus, als kämst du geradewegs vom Everest herunter«, sagte sie.

»Ich hoffe, du hast eine angenehme Nacht verbracht«, erwiderte ich kurz angebunden.

»Herrlich. Seit Monaten war mir nicht so warm.«

Sie war bereits auf und angekleidet und schien zugänglicher zu sein als am Abend vorher.

»Armer Gaston! Hast du dir nicht den Tod geholt?«

»Das wäre mir im Moment total Wurscht.«

»Es tut mir ja so leid – aber es war nicht meine Schuld, nicht wahr? Vielleicht hättest du auf dem Fußboden hinter dem Kleiderschrank oder sonstwo schlafen können.«

»Ich glaube, so war's weitaus besser.«

»Weißt du, manchmal gibst du einem schon Nüsse zu knacken, mein Lieber. Ich kenne keinen anderen Mann, der sich nur halb so nobel benommen hätte.«

»Jedenfalls ist jetzt die Sache erledigt. Der Nebel löst sich rapid auf, und wenn ich mich recht erinnere, geht an Sonntagnachmittagen um fünf ein günstiger Zug ab. Wenn du's so lang aushalten kannst.«

»Aber gewiß«, sagte Petunia. »Es ist hier richtig gemütlich.«

»Sehen Sie aber heute früh angegriffen aus«, kicherte Mama Wattle, als ich zum Frühstück auftauchte. »Hoffentlich haben Sie genug geschlafen!«

Der Tag verstrich ohne Zwischenfälle. Petunia schien sich recht wohlzufühlen, während sie Zeitschriften durchblätternd im Hause herumsaß, und am Nachmittag führte ich sie per Auto in die Stadt, um das Rathaus, das Wasserwerk, die Autobusgarage und das Schlachthaus zu besichtigen.

»Alles in allem ein recht netter Ort«, bemerkte sie, als ich vor den Städtischen Bädern hielt. »Ein Wunder, daß ich nie auf Tournee hier war.«

»Möchtest du auch noch das Denkmal des ersten Bürgermeisters sehen?«

»Ach ja, bitte«, sagte Petunia.

Nach Tee mit Kuchen sah ich auf die Uhr und sagte zu den

Wattles: »Meine Frau sollte sich jetzt bereitmachen. In einer halben Stunde müssen wir auf dem Bahnhof sein.«

»Aber gibt's denn keinen späteren Zug, Liebling?« fragte Petunia. »Den könnte ich doch auch nehmen.«

»Einer fährt noch um acht Uhr zweiundvierzig«, sagte ich überrascht. »Und dann der um zehn Uhr sechs.«

»Dann nehme ich den um zehn Uhr sechs.«

»Eine glänzende Idee«, stimmte Mama Wattle zu. »Ein paar Stündchen längeren Zusammenseins spielen doch in Ihrem Alter solch eine Rolle, nicht wahr? »

Kurz darauf wurden wir allein gelassen. Eigentlich wurden wir ständig allein gelassen, und Dr. Wattle muß es schrecklich hart angekommen sein, stundenlang in seinem kalten Sprechzimmer herumzusitzen.

»Was soll dies alles, Petunia?« fragte ich sogleich. »Ich dachte, dir wäre es darum zu tun gewesen, diesem Ort so schnell wie möglich den Rücken zu kehren.«

Sie nahm sich eine Zigarette aus der silbernen Kassette.

»Gaston«, sagte sie. »Ich habe nachgedacht.«

Ich zückte das Tischfeuerzeug der Wattles.

»Worüber?«

»Daß dies die netteste Rolle ist, die ich je spielte.«

»Du hast riesigen Erfolg gehabt, und ich bin dir sehr zu Dank verbunden. Aber nun fällt der Vorhang.«

»Aber weißt du, *warum* ich solchen Erfolg hatte? Ich habe mein eigenes Ich gespielt. Ich habe meine Rolle *hier* gefühlt.«

Sie wies auf die mittlere Brustbeinpartie.

»Dies ist eine wesentliche Voraussetzung jeder hochrangigen schauspielerischen Darbietung, habe ich mir sagen lassen.«

Petunia ließ sich auf das Sofa sinken.

»Erinnerst du dich, Gaston, was du mir letztesmal, als wir zusammen aus waren, im Nachtklub sagtest?«

Sich dessen zu erinnern, was die Männer ihnen in Nachtklubs sagen, ist wieder einmal ein leuchtender Beweis dafür, wie sehr es den Frauen an angeborenem Feingefühl mangelt.

»Daß ich das liebste und süßeste Mädel bin, das dir je untergekommen, und wie sehr du wünschtest, auf immer in meinen Armen zu leben.«

»Ach ja, richtig.«

»Du hast vielleicht geglaubt, Gaston, daß ich deine Bemerkungen nicht ernst nähme?«

»Natürlich hab ich das geglaubt.«

Soweit ich mich erinnern konnte, hatte sie in jenem Augenblick jemandem einen Luftballon an den Schädel gebumst.

»Schrecklich, wie ich meine Gefühle stets verbergen muß, Süßer. Immer müssen wir Schauspielerinnen zu allererst an unsere Karriere denken. Niemals können wir wie andere Frauen die Freuden des einfachen traulichen Heims genießen. Es ist eine herzzerreißende Tragödie.«

»Du hast vollkommen recht«, sagte ich rasch. »Es ist schon eine wundervolle Sache, dieses Aufgehen im Beruf. Du wirst es nie bedauern, wenn du einmal ein berühmter Star bist und halb London dir zu Füßen liegt.«

»Ich werde nie ein berühmter Star sein. So wie Monica Fairchild, um die sich jeder Theaterdirektor in London reißt. Es hat keinen Sinn, mich selbst zu belügen. Ich werde weiterhin Statistenrollen spielen und werde jahrein jahraus bei Mama wohnen, die paar Wochen ausgenommen, die ich auf Tournee in lausigen Pensionen verbringe.«

»Aber geh! Du bist im Augenblick nur ein bißchen deprimiert. Möchte wetten, Sarah Bernhardt war dutzendmal genauso zumute.«

»Als ich dich hier so sah«, fuhr Petunia fort und streifte die Asche ihrer Zigarette auf das Bärenfell ab, »in deinem lieben kleinen Heim, in dieser süßen kleinen Stadt, da wurden mir die Augen geöffnet. Mein Spiel ist den Einsatz nicht wert. Ich möchte mich häuslich niederlassen.«

»Aber das ist nicht mein liebes kleines Heim«, widersprach ich ihr. »Es ist Dr. Wattles liebes kleines Heim. Und was die Stadt anbelangt, so kam ich her, um hier mein Leben zu beschließen, und nun möchte ich nicht einmal mehr für eine Nacht mit Frühstück den Fuß in sie setzen. Ein Mädel wie du würde hier überschnappen in weniger als –«

Sie stand auf und stellte sich so knapp vor mich, daß ich die Äderchen in ihrer Bindehaut erkennen konnte.

»In den letzten vierundzwanzig Stunden habe ich erkannt, wie wundervoll es ist, dein Weib zu sein –«

»Hol's der Teufel! Du bist nicht mein –«

»Du bist so süß, so bescheiden. So rechtschaffen, so aufrecht. So zärtlich, so rücksichtsvoll. Gaston, Liebling, ich habe beschlossen, deinen Antrag anzunehmen. Wir können im stillen in irgendeinem Standesamt heiraten –«

»Verzeihung, wenn ich das Turteltaubenpärchen störe«, kicherte Mama Wattle, die eben eintrat. »Ich wollte nur fragen, ob Ihre Frau nicht zum Abendessen ein gutes warmes Süppchen als Stärkung für die Fahrt haben möchte.«

»Mrs. Wattle«, sagte Petunia, sich an sie wendend, »ich fahre nicht. Ich muß bei meinem Gatten bleiben. Ich werde nach London telegraphieren und meinen Posten kündigen. Meine Mutter kann mir morgen meine Sachen nachsenden.«

»Ich bin außer mir vor Freuden!« rief die gute alte Seele, indem sie uns umarmte. »Sag ich doch alleweil, eine Frau gehört an die Seite ihres Mannes, komme, was da kommen mag. Natürlich, Kinderchen, ihr könnt bei uns wohnen, solange ihr wollt. Ich gehe nur den Kessel für eure Wärmflaschen aufsetzen. Nach solchen Aufregungen wollt ihr beide sicher früh zu Bett gehen.«

Wenn ich schon nicht scharf drauf gewesen war, Avril zu heiraten, so hätte ich doch noch lieber sämtliche Giftfläschchen der Hausapotheke heruntergeschluckt, bevor ich Petunia ehelichte. Sie war gewiß eine recht angenehme Begleiterin, wenn man sich eine Nacht um die Ohren schlagen wollte. Aber man kann nicht eine Frau zur lebenslänglichen Partnerin machen, die mit Kaviar dirigiert.

»Sie haben Ihr Süppchen gar nicht gegessen, Gaston«, sagte Mama Wattle beim Nachtmahl.

»Danke, bin leider nicht hungrig.«

»Ach, was für ein wundervolles Ding doch die Liebe ist!«

Angesichts der Schweinssülze hob sich mir fast der Magen.

Den ganzen übrigen Abend wetzte ich unruhig hin und her,

was die idiotischen Wattles natürlich der Leidenschaft auschrieben, oder der Erwartung kommender Freuden. Und was das Schlimmste war – das Trauma der vergangenen zwei Tage schien mein Gehirn mit Paralyse geschlagen zu haben. Nichts, was ich bis zehn Uhr zu ersinnen vermochte, verhinderte, daß Petunia und ich abermals in meinem Schlafzimmer landeten.

»Endlich allein!« hauchte Petunia.

»Ja, aber nur für ein paar Augenblicke«, sagte ich rundweg. »Sobald sich die Wattles niedergelegt haben, sause ich wieder in die Nacht ab.«

»Aber, Gaston! Du wirst doch nicht dein Weib allein lassen?«

»Du Dickschädel! Du bist nicht mein Weib – nur auf dem Programm. Nimm ein für allemal zur Kenntnis, daß ich nicht bei dir bleiben werde.«

»Wie ehrenhaft du bist!« sagte sie hingerissen. »Wie durch und durch edel! So anders als alle andern!«

Die Grimsdykes halten natürlich was auf ihre Ehre. Aber ich muß gestehen, ich hätte gegen dasselbe Arrangement nichts einzuwenden gehabt, wären wir in einem Hotel in Brighton gewesen statt im Gastzimmer der Wattles. Unter den obwaltenden Umständen gab es für mich nichts anderes als abermals Clem's Kaff.

»Wir können morgen heiraten, wenn du willst«, sagte sie und begann den Zippverschluß ihres Kleides aufzureißen. »Eine Freundin von mir hat seinerzeit spielend leicht eine Sonderlizenz erwirkt.«

»Petunia! Kannst du nicht verstehen – «

»Ich verstehe alles, Liebling. Du bist ein geradezu vorbildlicher Ehrenmann, und ich werde dich im Laufe der Jahre mehr und mehr ins Herz schließen.«

Zwanzig Minuten später saß ich von neuem bei einer von Clems Teetassen. Ich erwachte am nächsten Morgen um halb sechs Uhr früh so zerschlagen und krank von meiner neuerlichen Aussetzung, daß ich Petunia fast auf der Stelle geheiratet hätte, um endlich zu einer bequemen Nachtruhe in meinem eigenen Bett zu kommen. Mit einem schauerlich schmerzenden Schädel und von Frostschauern geschüttelt, kam ich nach Hause, wo ich Dr. Wattle im Vorraum antraf.

»Komme gerade vom Podagra des Bürgermeisters«, begrüßte er mich. »Wußte gar nicht, daß auch Sie weggerufen wurden. Habe wohl das Telephon überhört.«

»Es war jemand mit Anfällen. Schwierige Diagnose. Hat schrecklich lang gedauert.«

»Sie sehen aber nicht übermäßig frisch aus, mein Junge. Fühlen Sie sich auch ganz wohl?«

»Die Nachtluft war ein bißchen kühl.«

»Ich glaube, ich sollte Ihre Temperatur messen.«

Als er das Thermometer aus meinem Mund zog, fragte er: »Haben Sie je Mumps gehabt? Nein? Nun, dann haben Sie ihn, fürchte ich, jetzt erwischt.«

»Mumps!« schrie ich. »Aber – aber das bedeutet ja Isolierung!«

»Leider ja. Sie müssen in Ihrem Zimmer bleiben. Ihre Frau hat ihn auch noch nicht gehabt? Dann sollten Sie lieber allein bleiben. Ich werde hinaufgehen und die traurige Nachricht überbringen. Sie sollten lieber nicht das arme Kind anhauchen.«

»Petunia hat einen rechten Schrecken bekommen«, teilte mir Dr. Wattle mit, als er, leicht erstaunt, zurückkam. »Sie schien über die hormonalen Komplikationen ganz außer sich zu sein. Ich sagte ihr, daß diese verhältnismäßig selten einträten, aber sie ist noch immer schrecklich aufgeregt. Sie behauptet in einem fort, sie würden ihre Karriere ruinieren. Hätte nicht gedacht, daß dies bei einer Krankenschwester von so ausschlaggebender Bedeutung ist. Nun, mich geht es jedenfalls nichts an. Wir werden Ihnen im Mansardenzimmer ein Bett aufschlagen.«

Ich schlief vierundzwanzig Stunden lang, was Dr. Wattle später veranlaßte, eine Zuschrift an das *British Medical Journal* unter dem Titel »Ungewöhnlicher Stupor bei epidemischer Parotitis« zu richten. Petunia verbrachte den Morgen mit Gurgeln, worauf sie nach London entschwand. Sobald meine Schwellung abgeklungen war, erklärte ich, ich müßte zur Erholung an die Küste, und gab von London ein Telegramm auf, des Inhalts, daß ich nach Südafrika an das Sterbebett meines Onkels gerufen worden sei.

Ich tat mir selber leid. Ich hatte zwei Mädchenherzen geknickt, eine abscheuliche Krankheit gehabt und erwartete stündlich, auf der Straße von Militärpersonen oder sonstigen kriegerischen Gesellen überfallen zu werden. Porterhampton mußte fürderhin aus meinem Atlas gestrichen werden. Und ich mußte das Ganze meinem Cousin explizieren.

Aber ich hatte wenigstens nicht die Gefühle der lieben alten Wattles verletzt.

## 6

»Deinem Aussehen nach zu schließen«, empfing mich Miles, »scheinst du eine recht ausgedehnte Party hinter dich gebracht zu haben.«

»Wenn du's durchaus wissen willst«, erwiderte ich gekränkt, »so habe ich eine scheußliche epidemische Parotitis hinter mich gebracht. Bin jetzt noch nicht ganz auf dem Damm.«

»Mein Beileid.«

Da ich es mir zum Prinzip gemacht habe, meine Fehlschläge sogleich zu gestehen, vor allem dann, wenn Gefahr besteht, daß sie sowieso bald entdeckt werden, hatte ich Miles unverzüglich nach meiner Ankunft angerufen und mich bei ihm zum Abendessen eingeladen. Und nun saß ich in seinem Empfangszimmer in South Kensington und grübelte nach, wie ich ihm am besten meinen Rückzug aus Porterhampton beibringen sollte.

»Wann kehrst du zu deiner Praxis zurück?« fragte Miles.

Ich wetzte auf dem Sofa hin und her.

»Also, eigentlich kehr ich überhaupt nicht zurück, alter Junge.«

»Was? Verdammt nochmal! Du bist doch nicht schon wieder hinausgeworfen worden?«

»Hinausgeworfen?« rief ich verletzt. »Ich habe meinen Rücktritt erklärt, und zwar mit der Würde eines prinzipiengetreuen Kabinettministers.«

Miles verfiel in Schweigen. Um die Gesprächspause zu überbrücken, griff ich nach einem Magazin – nach einem jener gepflegt ausgestatteten, die es sich zur Aufgabe gemacht haben, über die Aktivitäten unserer hochgezüchtetsten jungen Frauen und Pferde Bericht zu erstatten.

»Das ist's, was ich brauche«, sagte ich, auf ein Photo weisend, das einige Leute mit langen Drinks auf einer Jacht in Cannes darstellte. »Ein paar Wochen im Sonnenschein, um mich zu erholen.«

Miles gab ein Geräusch von sich, das nach dem Durchreißen eines Stückes Leinwand klang.

»Verdammt, Gaston! Bist du ganz verrückt? Bist du schon anstaltsreif? Du – arbeitslos, ohne einen Heller Geld, eine wandelnde Schande für die ganze Familie, wenn nicht für die gesamte Ärzteschaft, und willst ein paar Wochen im Sonnenschein herumlungern! Das ist doch die Höhe!«

Ich warf das Magazin mit einem Seufzer zur Seite.

»Du hast leider vollkommen recht«, gab ich zu. »Ich bin bei Gott nicht das leuchtende Beispiel eines beflissenen jungen Arztes.«

»Du bist das leuchtende Beispiel eines haltlosen und arbeitsscheuen Tagediebs – das muß ich dir leider ins Gesicht sagen. Ich lege dir ernstlich ans Herz, einen Psychiater aufzusuchen. Der könnte zumindest eine Erklärung für deine höchst unsolide Berufseinstellung beibringen.«

»Mein Lieber, ich brauche durchaus keinen Psychiater, um mir zu sagen, daß ich die Medizin nicht sehr mag.«

Miles starrte mich an, als sei ich Aschenbrödel, das der guten Fee eben mitgeteilt hatte, es reiße sich nicht sehr ums Tanzen.

»Das gute alte Pärchen in Porterhampton hat mir jede nur mögliche Chance geboten, mich dort als hochangesehener Familienvater und Familiendoktor niederzulassen. Aber will ich denn so ein neumodischer praktischer Arzt sein, der für alle uninteressanten Patienten Zertifikate ausschreibt und alle interessanten ins Spital überweist? Nein, das will ich nicht, hol mich der Teufel. Und eine ganze Menge anderer Burschen ebensowenig, nach dem Briefkasten im *British Medical Journal* zu schließen. Da ich in keinem Fach je Spezialist sein werde, aber auch voraussichtlich nie im Dienste des Gesundheitswesens im hohen Magistrat über den Plänen von Kanalisationsnetzen brüten könnte, bleibt nicht sehr viel übrig. Der Jammer ist, daß ich auf Grund meiner Anlagen für diesen Beruf ungeeignet bin.«

»Aber denke doch an all die vergeudeten Studienjahre!«

»Die sind keineswegs vergeudet«, widersprach ich. »Sieh dir die vielen berühmten Leute an, die sich eine ärztliche Vorbildung zunutze gemacht haben – Leonardo da Vinci, John Keats, Tschechow und so weiter. Von Crippen ganz zu schweigen.«

»Du mußt unbedingt einen Psychiater aufsuchen. Und wie wirst du indessen deinen Lebensunterhalt bestreiten, kannst du mir das sagen?«

»Ach ja. Ich gebe zu, das ist der springende Punkt.« Weitere Erörterungen meiner Zukunft wurden durch das Erscheinen von Miles' Gattin abgeschnitten.

»Wie nett, daß du so bald zurückgekehrt bist, Gaston«, begrüßte sie mich. »Wir dachten schon, daß du dein Glück im Norden zu suchen ausgezogen bist.«

»Ich bin der Meinung, daß die Gelegenheit, es in London zu finden, günstiger ist, Connie.«

»Fein. Nun werden wir mehr von dir zu sehen bekommen. Sagtest du etwas, lieber Miles?«

»Nichts, nichts«, stotterte Miles.

Connie kannte ich recht gut. Ja, ich war dereinst regelrecht in sie verliebt gewesen.

Dies geschah zu jener Zeit, da ich noch Student war und Miles gerade zu Mr. Sharpers zweitem Hilfsarzt ernannt worden war – worauf er sich nicht wenig einbildete. Eigentlich waren Miles und ich, wenn ich es so recht bedenke, weder als Jungen noch im St. Swithin besonders dick miteinander gewesen. Miles war derjenige von uns beiden, der niemals seine Schuhe dreckig machte, stets Ordnung in seinen Geldern hatte, sich bei keiner Party betrank und keine Mandeloperation verhaute. In der Schule ließ er mich seinen Fußball aufblasen und seine Brötchen rösten. Dann folgte ich ihm ins St. Swithin und begann wie jeder andere das Medizinstudium mit dem Sezieren eines Katzenhais, was sich für alle weiteren Fischmahlzeiten meines Lebens als abträglich erwies. Miles hatte damals schon im Studium festen Fuß gefaßt, und als ich bis zum Anatomiesaal vorgedrungen war, pflegte er mich auf den Korridoren am Knopfloch zu fassen und mir väterliche Ratschläge zu erteilen.

»Wenn du etwas mehr von deiner Zeit dem Sezieren und etwas weniger dem Verfassen dieser blödsinnigen Aufsätze in der Studentenzeitung widmen würdest«, war seine Walze, »verriete dies eine ernstere Auffassung deiner Karriere.«

»Aber den letzten fand ich recht spaßig. Über das Mädel, das behauptete, unter Klaustrophobie zu leiden, weil sie sich so schrecklich davor fürchtete, schwanger zu werden.«

»Glaub mir, Gaston, du wirst eines Tags deine Frivolität bitter bereuen. Halte dich an die Anatomie. Sie ist die Grammatik der Medizin.«

»Ich persönlich glaube«, hielt ich ihm entgegen, »daß man uns Studenten mit Anatomie genauso anstopft, wie man uns als Kinder mit Lebertran und Sirup angestopft hat. Die Erfahrung ist so unangenehm, daß jeder überzeugt ist, sie muß gut anschlagen.«

»Ich weiß nicht, ob es nicht angezeigt wäre, meinem Vater zu schreiben«, beendete er gewöhnlich unsere Gespräche.

Da mein Vater unglücklicherweise im Sanitätsdienst ein frühes Ende gefunden hatte, war ich unter einem viktorianischen System von Vormündern aufgewachsen, deren Hauptzahlmeister Dr. Rudolph Grimsdyke war. Zu jener Zeit betätigte sich Miles als sein Spitzel – Onkel Rudolph praktizierte damals im Fernen Osten – und dürfte mich wohl eines Tages denunziert haben, denn der alte Knabe beschnitt mitten im Studiengang meine Gelder auf die Hälfte. Ich weiß, daß es seit Puccinis »Bohème« als sehr romantisch gilt, wenn Studenten in Mansardenstübchen Hungers sterben und dabei die eiskalten Händchen ihrer Mädel halten, aber eine derartige Existenz war durchaus nicht nach meinem Geschmack. Schon deswegen nicht, weil sämtliche Mädel, die ich kannte, selbst in lauschigen Cocktailbars entsetzlich über Zugluft klagten.

Kurz nach Eintreten meiner finanziellen Anämie machte Miles

den Doktor, umglänzt von Auszeichnungen und Preisen aller Art.

»Gaston«, sagte er eines Winternachmittags zu mir und schob mich in einen Winkel der Unfallabteilung des St. Swithin, »ich muß ein ernstes Wort mit dir reden.«

»Ja?«

»Ich wäre dir sehr zu Dank verbunden, wenn du mir nun, da ich dem Stab der Assistenzärzte des St. Swithin angehöre, etwas weniger Ungelegenheiten bereiten wolltest. Halte dir vor Augen, daß zumindest ich nicht den Wunsch habe, meine Familie im ganzen Spital bloßzustellen. Es ist schon schlimm genug, daß du stets verschwindest, wenn Hunderennen angesagt sind, aber deine üble Angewohnheit, untergeordnete Arbeiten anzunehmen – «

»Mein lieber Junge, ich tu das nicht zum Spaß, das versichere ich dir. Übrigens ist dein Alter dran schuld, mit seiner Knausrigkeit. Glaubst du jetzt noch immer, daß mir Arbeit in jeglicher Form verhaßt ist?«

Zu jener Zeit trachtete ich meine darniederliegenden Finanzen mit Gelegenheitsarbeiten wie Geschirrwaschen in West-End-Restaurants und Barkeepen in East-End-Kneipen auf die Beine zu bringen und hatte soeben eine ganz lukrative, wenn auch zeitlich streng begrenzte Amtsperiode als Weihnachtsmann in einem Warenhaus der Oxford Street hinter mir.

»Drum dreht sich's nicht. Mr. Sharper glaubte dich letzthin mit Bestimmtheit erkannt zu haben. Er war heute morgen deswegen sehr ungehalten mir gegenüber.«

»Oh, wirklich? Haben seine scharfen Chirurgenaugen also doch meinen Bart durchdrungen. Aber ich möchte wetten, er regte sich nur deshalb so auf, weil ich seinen ekligen Kindern einredete, sie sollten sich eine komplette Garnitur einer elektrischen Eisenbahn und zwei Triebwagen wünschen.«

»Du solltest nicht so leichtfertig darüber reden, Gaston!«

»Nun, sprechen wir ein andermal davon. Muß jetzt leider weg. Sonst komm ich zu spät zur Arbeit.«

Ein paar Tage nach dieser Auseinandersetzung lernte ich zufälligerweise Connie kennen.

Alle Medizinstudenten träumen davon, einmal Zeuge eines ausgiebigen Autosalats zu werden und dann die Szene zu betreten, um die von Panik erfaßten Zuschauer mit den magischen Worten »Ich bin Arzt« zu beruhigen. Dreimal habe ich in dieser Rolle agiert. Beim erstenmal forderte mich der Polizist auf, zu Muttern heimzukehren. Beim zweitenmal entriß ich einem täppischen Alten eine Aderpresse und entdeckte dann, daß er Professor der Chirurgie am St.-Asaph-Spital war. Wenn mir jetzt dergleichen passiert, marschiere ich prompt in die entgegengesetzte Richtung und überlasse den Fall den Leuten von der Ambulanz, eingedenk der Worte Sir Lancelot Spratts bei seiner Vorlesung über Wiederbelebungsversuche: »Wenn ich mich aus Verzweiflung in die Themse stürze, meine Damen und Herren, dann hoffe ich, daß ein aufgeweckter Pfadfinder die künstliche Atmung bei mir vornimmt, und nicht so ein ältlicher praktischer Arzt, der bald mehr nach Luft schnappt als ich.« Aber wenn man jung ist, denkt man nicht an solche Dinge. Sobald ich beim drittenmal das Kreischen der Bremsen und das Klirren von Glas vernahm, drang ich bis zur Mitte des Sloane Square vor und übernahm die ärztliche Hilfeleistung.

Ein weiterer Bestandteil dieses Medizinertraums ist, daß die verletzte Person weder ein armes Kindchen noch eine liebe alte Dame, sondern ein bildhübsches Mädel mit einem Nervenschock ist. Und genau dies fand ich damals vor. Ich hob sie in ein Taxi und fuhr mit ihr beim Eingang zur Unfallabteilung des St. Swithin vor, wo Miles sie röntgte, eine Collessche Fraktur diagnostizierte und einen Aufnahmeschein für seine Station ausschrieb.

»Ein entzückendes Mädel, nebstbei«, bemerkte ich, als Connie weggerollt wurde.

»Danke, Gaston, für das Assistieren beim Röntgen.«

»Aber bitte, bin stets gern behilflich. Könnte später einen Sprung zu ihr hinauf machen. Es wird uns doch fortwährend eingeschärft, wie wichtig es ist, einen Fall zu verfolgen.«

»Mr. Sharper erlaubt leider nur den eigenen Studenten den Zutritt zu seinen Sälen.«

»Aber geh. Kannst du nicht einmal fünf gerade sein lassen?«

»Dies widerspricht sowohl meinen Prinzipien wie den Regeln der Mathematik«, erwiderte Miles.

Trotzdem ging ich am nächsten Morgen, mit einem Strauß Rosen bewaffnet, hinauf.

»Wie himmlisch!« rief Connie, die trotz Pflaster und Verbänden reizend aussah. »Und Ihr Assistent hat mir eben Mimosen gebracht.«

»Mein Assistent?«

»Der Arzt, der Ihnen beim Röntgen half.«

»Ach ja. Ganz brauchbarer Junge.«

Da in modernen Spitälern etwa fünf Ärzte auf einen Patienten kommen, ist es verzeihlich, wenn diese die Ränge durcheinanderbringen. Ich kann mich an eine schreckliche Szene erinnern, als Sir Lancelot Spratt in seinem weißen Mantel einmal für den Spitalsfriseur angesehen wurde.

»Heute nachmittag kommen Sie von hier weg«, fuhr ich fort; ich wollte mich nicht mit langen Erklärungen aufhalten. »Möchten Sie einmal, sobald die Zeit alle Ihre Wunden geheilt hat, mit mir abendessen gehen?«

»Schrecklich gerne, Doktor!«

»Fein. Ihre Telephonnummer finde ich ja auf Ihrem Aufnahmeschein.«

Leider Gottes stellte es sich heraus, daß Connie die Tochter eines entsetzlich reichen Reeders war; daher konnte ich sie nicht auf eine Maß Bier ausführen, ihr die Enten im St.-James-Park zeigen und dann so tun, als hätte ich ihr einen faszinierenden Abend geschenkt. Außerdem wußte ich, daß ein so entschlossener Bursche wie Miles nicht so leicht aufgeben würde. Als ich einige Wochen später mit ihr im Savoy saß, hoffend, es würde sie nicht nach einem weiteren Drink gelüsten, ließ ich nebstbei die Frage einfließen: »Sehen Sie eigentlich noch ab und zu meinen Cousin?«

»Ja, gewiß. Morgen gehe ich mit ihm ins Theater.«

»Hoffentlich finden Sie es nicht unverschämt von mir, Connie, wenn ich Sie bitte, mich ihm gegenüber nicht zu erwähnen.«

Sie war erstaunt. »Warum denn nicht, um Himmels willen?«

»Nur um den armen Kerl zu schonen. Sie wissen schon, diese

kleinen Familieneifersüchteleien. Es geht ihm recht nahe, daß er im Spital mein Untergebener ist.«

»Wirklich riesig rücksichtsvoll von Ihnen, Gaston. Natürlich werde ich kein Sterbenswörtchen erwähnen. Was aber, wenn er von *Ihnen* spricht?«

»Das tut er nie«, beruhigte ich sie. »Noch einen Martini?«

»Ja, bitte«, sagte Connie.

Ich verbrachte einige vergnügliche Monate damit, Connie in sämtliche elegante Theater und Restaurants zu begleiten, da sie sich noch immer dem Wahn hinzugeben schien, ich sei ein wohlhabender junger Spezialist, und ich nie den richtigen Augenblick fand, sie aufzuklären. Da stellte mich Miles eines Nachmittags im Chirurgenzimmer.

»Du kommst, scheint's, noch immer mit Connie zusammen?« fragte er.

Ich stopfte meinen sterilisierten Mantel in den Wäschebehälter der Studenten.

»Ab und zu.«

»Ich möchte dir zur Kenntnis bringen, daß ich – daß ich es sehr ernst mit ihr meine.«

Das warf mich weiter nicht um. Miles meinte es mit allem sehr ernst.

»Sozusagen freie Bahn dem Tüchtigen, ja?«

»Verdammt nochmal, Gaston! Höre auf, dies als eine Art Sportwettbewerb zu betrachten. Ich bin von tiefer Liebe zu Connie erfaßt. Ich möchte sie zu meinem Weibe machen.«

»Großer Gott! Doch nicht wirklich?«

Die Vorstellung, Miles nähme jemand zum Weibe, schien mir so absurd wie Palmen, die auf einem Eisberg sprössen.

»Und ich wäre dir verbunden, wenn du aufhörtest, dein Spiel mit ihren Gefühlen zu treiben«, fügte er hinzu.

»Was du nicht sagst«, gab ich, ärgerlich über seinen Ton, zurück. »Und woher bist du dessen so sicher, daß ich sie nicht auch zu einer Mrs. Grimsdyke machen möchte?«

»Du? Du kannst ebensowenig ans Heiraten denken wie ein Schuljunge.«

Ich fand, daß die Konversation peinliche Formen annahm, und nahm meinen Rückzug. Außerdem mußte ich zu meiner neuen Arbeitsstätte gehen.

Das Ausführen Connies hatte meine Finanzen derart unterminiert, daß ich gezwungen gewesen war, einen regelmäßigeren Posten zu suchen. Glücklicherweise hatte ich in einer Kneipe der Shaftesbury Avenue einen Burschen namens Pedro kennengelernt, der mir, nachdem ich ihm kostenlos meinen ärztlichen Rat bezüglich seines Zwölffingerdarmgeschwürs und einen guten Tip für ein Hunderennen hatte zuteil werden lassen, das Angebot machte, fünf Abende der Woche als Kellner in seinem Restaurant in Soho zu arbeiten. Pedro war ein gestrenger Herr und Zuchtmeister – die meisten seiner Anverwandten gingen noch immer in den Bergen Siziliens mit dem Schießgewehr aufeinander los –, und ich mußte allabendlich die Suppenflecke aus meinem besten Frack herausputzen, bevor ich zu Bett ging; aber die Trinkgelder wogen all die Übelstände auf.

Allerdings nur bis zu jenem Abend, da Miles an der Seite Connies eintrat.

»Sollen wir uns nicht dort drüben niederlassen?« fragte sie, indem sie auf meine Ecke lossteuerte. »Ich sitze sehr ungern neben der Tür.«

Ich tauchte geschwind in der Küche unter.

»Was hast du hier zu suchen, zum Teufel?« stellte mich Pedro.

»Ich – äh, wollte nur die Sockenhalter richten.«

»Ich zahl dich nicht dafür, daß du hier deine Sockenhalter richtest. Geh sofort zurück. Grad sind Gäste gekommen.«

Ich strich mir über die Stirne.

»Pedro, ich fühl mich heut abend gar nicht recht wohl. Bin ziemlich klapprig. Ich hab das Gefühl, mir könnte direkt übel werden, wenn ich Fisch rieche. Wenn du nichts dagegen hast, verdrück ich mich durch den Personaleingang und leg mich zu Haus ins Bett.«

»Wie zum Teufel, stellst du dir vor, daß ich den Betrieb heute ohne dich bewältige?« Pedro packte ein Tranchiermesser. »Du verläßt dieses Restaurant nur über deine eigene Leiche, verstanden?

Wenn dir schlecht wird, dann komm in die Küche, dort kann dir schlecht werden wie jedem andern. Du geh an deine Arbeit.«

Ich schlängelte mich durch die Flügeltür in den Saal zurück. Speisekarte und Serviette ließ ich hinter einen Brotkorb gleiten und schickte mich an, auf die Straße hinaus zu stürzen. Fast hatte ich den Haupteingang erreicht, als Connie, die ihren Blick gerade herumschweifen ließ, mich entdeckte.

»Oh, da ist ja Gaston! Hallo, Gaston! Speist du auch hier?« Miles wandte sich mißmutig um.

»Oh, hallo, Connie. Ja, sozusagen. Erwarte einen alten Schulkameraden. Einen gewissen Honeybank. Scheint noch nicht aufgekreuzt zu sein.«

»Ein reizendes kleines Restaurant, nicht wahr?«

»Ja, sehr.«

»Du hast dich ja regelrecht in Gala geworfen«, brummte Miles.

»Ich gehe noch bummeln heut nacht. Auf einen Ball, und so weiter.«

»Ich finde, Männer sehen im Frack am besten aus«, bemerkte Connie. »Du nicht, Miles? Was treibt denn der liebe Pedro so lang?«

Ich dachte bei mir, wahrscheinlich legt der liebe Pedro jetzt das Tranchiermesser in die Schleifmaschine ein, murmelte aber nur, daß ich jetzt unbedingt weggehen müsse.

»Aber wenn du noch nicht gegessen hast, mußt du mit uns einen Bissen nehmen«, drang Connie in mich. »Miles hat sicher nichts dagegen.«

»Keineswegs«, knurrte Miles.

»Es ist mir etwas peinlich, jetzt –«

»Keine Widerrede, Gaston. Sag dem Kellner, er soll noch einen Stuhl bringen. Ah, da sind Sie ja, Pedro! Wie sind heute Ihre feinen *canneloni*?«

»Ganz köstlich, Madame.«

Pedro trat händereibend näher. Ich stand auf einem Bein, an den Tisch gelehnt. Verdammt schwierig ist das, eine Haltung einzunehmen, die gleichzeitig servile Dienstbereitstaft und vertraute Kameradschaft ausdrücken soll.

»Und auch das *osso buco* ist ausgezeichnet«, fügte Pedro hinzu.

»Sollen wir also zuerst *canneloni* und dann *osso buco* nehmen?« wandte sich Connie fragend an Miles und mich. »Ich bin schrecklich hungrig.«

»Zweimal *canneloni,* zweimal *osso buco«,* zischte Pedro mir ins Ohr. »Hast du nicht gehört, was Madame sagte?«

»Wie merkwürdig, eine Bestellung derart zu wiederholen!« rief Miles.

»Nur ein kleines Späßchen«, erklärte ich, als Pedro sich entfernte. »Wir kennen einander recht gut.«

Connie seufzte. »Du bist doch ein Glückspilz! Ich kann mir nichts Nützlicheres vorstellen, als mit sämtlichen Gastwirten Londons auf gutem Fuß zu stehen. Aber setz dich doch endlich, Gaston. Wenn du so herumstehst, fühle ich mich schrecklich ungemütlich.«

»Entschuldigt mich bitte nur eine Sekunde. Muß anrufen – den Schulkameraden.«

Ich glitt in die Küche zurück.

»Was ist mit dir heute abend los, zum Teufel?« fragte Pedro. »Stehst mit dem blöden Grinsen eines besoffenen Affen herum. Wie soll ich mein Restaurant führen, wenn du nicht einmal aufpaßt, was die Gäste bestellen?«

»Hör mal, Pedro. Ich glaub wirklich, ich sollte ins Bett –«

»Nimm das und halte den Mund.«

Er händigte mir zwei Portionen *canneloni* ein.

»Großer Gott!« rief Miles. »Jetzt bringst du selber das Essen!«

»Haha! Ein weiteres Späßchen! Echt Pedro, wißt ihr. Ich drohe ihm fortwährend mit einer Inspektion des Gesundheitsdienstes in seiner Küche und hab einen Sprung hinein gemacht, um ihn zu überrumpeln. Da die *canneloni* gerade angerichtet waren, hab ich sie selber gebracht.«

Connie fand das schrecklich lustig.

»Aber du hast ja gar keinen Teller, Gaston. Und setz dich doch bitte endlich.«

»Ich laß mich einfach auf der Lehne dieses Sessels nieder.« Ich nahm eine Position ein, in der ich auch Spinat hätte servieren können. »Das Lokal füllt sich dermaßen, daß Pedro bald keinen freien Sessel mehr übrig hat. Ich selbst werde keine *canneloni* essen, danke. Darf ich euch behilflich sein?«

»Du servierst ja wie ein gelernter Kellner!« rief Connie aus.

»Hans Dampf in allen Gassen, was?!«

»Fühlst du dich heut abend wirklich ganz wohl?« fragte Miles.

»Oh, danke, ausgezeichnet.«

Die Situation erschien mir einigermaßen hoffnungsvoll, solange die beiden ihre verflixten *canneloni* herunterschlangen und Pedro nicht wieder auftauchte.

»Wovon sprachen wir eben? Ihr kennt doch wohl schon die Geschichte vom Bischof und dem Papagei –«

In diesem Augenblick rief eine Stimme von hinten: »Kellner!«

»Also, seht ihr, dieser Bischof hatte einen Papagei –«

»Kellner!«

»Und dieser Papagei hatte einer alten Dame gehört, die ihn einem Matrosen abgekauft hatte –«

»Hören Sie, Kellner!«

»Kein Kellner weit und breit«, unterbrach mich Connie.

»Nie ist einer da, wenn man ihn braucht«, grollte Miles.

»Ich glaube, es ist ein Amerikaner, der da fortwährend so schreit«, sagte Connie.

»Und die alte Dame hatte ihn stets unter einem grünen Tuch im Vorderzimmer. Jeden Morgen nahm sie das Tuch von Käfig, und jeden Morgen sagte der Papagei –«

»He, Kellner, aufgepaßt!«

Ein dicker Mann, den ich früher mit Zigarren und Brandy bedient hatte, tauchte an meiner Seite auf.

»Tschuldigung, Leutchen. Wollte bloß dem Kellner da sagen, daß ich ne verdammt feine Mahlzeit und verdammt feine Bedienung gehabt hab. Die beste, die mir untergekommen ist, seit ich in Europa bin. Wollte grad gehn, da fiel mir ein: Hoppla, Ehre, wem Ehre gebührt. Danke bestens, Söhnchen. Mach dir einen guten Tag.«

Und der widerliche Kerl stopfte mir eine Pfundnote in die Brusttasche.

»Da soll doch –!« rief Miles.

»Er hat dich für den Kellner gehalten!« lachte Connie.

»Die Leute achten nie auf den, der sie bedient«, murmelte ich. »Conan Doyle oder Edgar Wallace oder sonstwer hat eine ganze Story drauf aufgebaut.«

»Aber er schien seiner Sache ganz sicher zu sein.« Miles warf mir einen garstigen schiefen Blick zu.

»Oh, Miles, du weißt doch, wie die Amerikaner sind«, sagte Connie.

In diesem Augenblick betrat Pedro neuerlich die Szene. Ich tat so, als arrangierte ich die Blumen in der Vase.

»Alles in Ordnung, die Herrschaften?«

»Nein«, sagte Miles. »Der Kellner hat mir keinen Parmesan zu den *canneloni* gebracht.«

Pedro faßte den Tisch ins Auge.

»Bei den *canneloni* fehlt der Reibkäse.«

Ich hielt nach der Käsedose Ausschau, damit ich sie mit einem Scherz herüberreichen könnte.

»Das sagte ich ja«, bekräftigte Miles. »Bei *canneloni* bin ich nämlich ganz besonders auf Reibkäse erpicht.«

»Ich auch«, sagte Connie.

»Bei den *canneloni* fehlt der Reibkäse!« brüllte Pedro in meine Richtung.

»Um Gottes willen, Mensch!« rief Miles. »Schreien Sie mich doch nicht so an!«

»Ich schreie nicht Sie so an, Monsieur. *Ihn* schrei ich an! *Bei den canneloni fehlt der Reibkäse*!«

Connie sprang auf.

»Wie können Sie es wagen, meine Gäste derart anzubrüllen? Ich verlasse augenblicklich das Lokal.«

Pedro sah aus, als hätte ihm jemand eins seiner eigenen *canneloni* in den Kragen geworfen. »Gäste, Madame? Was für Gäste? Sie verlassen den Dienst auf der Stelle«, fügte er, zu mir gewandt, hinzu.

»Ich werde nie mehr hier speisen und werde auch meine sämtlichen Bekannten auffordern, hier nicht mehr zu essen. Komm, Miles. Unseren Gast hier wie einen Kellner zu behandeln –«

»Aber, verdammt nochmal, Madame! Er *ist* mein Kellner. Er kommt jeden Abend nebenberuflich her –«

»Nur fünfmal wöchentlich«, machte ich geltend.

»Gaston!« schnappte Connie nach Luft. »Ist das wirklich wahr?«

Ich nickte. Die Grimsdykesche Findigkeit hatte sich ihr eigenes Grab gegraben. Ich griff nach meiner Serviette und begann automatisch das Tischtuch sauber zu wedeln.

»Ich bin auch kein richtiger Arzt«, murmelte ich. »Nur ein Student. Ich mach sowas, um einen kleinen Zuschuß zu haben.«

Es entstand ein kurzes Schweigen. Dann begann Connie zu lachen. Sie lachte so lang, daß sie an einem Stückchen Brot fast erstickt wäre. Schließlich faßten wir alle vier die Sache als einen ungeheuren Spaß auf – Pedro mit inbegriffen.

Aber Connie verhielt sich von diesem Augenblick an anders zu mir als vorher. Und vierzehn Tage später verlobte sie sich mit Miles. Ich war damals recht unglücklich, glaube ich. Oft frage ich mich, wie mein Leben ausgefallen wäre, wenn Miles damals mehr den Gentleman gespielt und sie etwa ins Ritz ausgeführt hätte.

Die einzige Kompensation war die, daß ich, nach Ansicht des Amerikaners, ein verdammt guter Kellner war – wenn ich schon Kellner sein mußte.

## 7

»Ich fürchte, ich war ein wenig zu optimistisch bezüglich der Entwicklung der Dinge in St. Swithin«, sprach Miles.

Connie hatte uns ein zauberhaftes kleines Abendessen bereitet und uns allein gelassen, und ich schätzte eben meine Aussichten ab, zu einer Zigarre zu kommen.

»Die Ernennung von Sharpers Nachfolger wurde, wie nicht anders zu erwarten, mit Hauspolitik verquickt.«

Umwölkten Auges starrte er in die Obstschüssel.

»Sir Lancelot Spratt entwickelt sich nachgerade zu einer höllischen Landplage für das Komitee. Er stellt sich meiner Kandidatur entgegen, aus keinem anderen Grund, als weil Mr. Cambridge sie fördert. Du weißt doch, daß Sir Lancelot mit ihm zerstritten ist. Cambridge weigert sich, sein altes Laboratorium abreißen zu lassen, und Sir Lancelot möchte dort seinen Wagen parken. Man stelle sich vor – meine Zukunft wird von einem Parkplatz entschieden.«

»Nichts ist so sehr wie ein Mahagonitisch und ein Blatt rosa Löschpapier geeignet, die schlechtesten Charakterseiten hervorzulocken«, sagte ich mitfühlend. »Und wie steht's mit den anderen Bewerbern?«

»Es gibt noch dreißig andere, die für diesen Posten in Betracht gezogen wurden, alle ebensogut qualifiziert wie ich. Aber wir sind nichts als Einsätze, nichts als Ziffern. Ich sollte mich wohl dafür entschuldigen, daß ich vorhin so barsch zu dir war, Gaston. Aber das macht die ständige Spannung, weißt du. Diese Unsicherheit ...«

Mit gequälter Miene knackte er eine Nuß.

Mir tat der Kerl richtig leid. Ich persönlich hätte mir ja als letztes gewünscht, Spezialist am St. Swithin zu werden, tagtäglich einen steifen Kragen tragen zu müssen und nie mit einer Schwester ein Rendezvous haben zu dürfen, aber dahin war nun einmal Miles' Ehrgeiz gegangen, seit er jenen Katzenhai zu sezieren begonnen hatte. Und ich hatte das Gefühl, daß auch Connie damit liebäugelte, in einem neuen Hut mit den anderen Frauen der Spezialisten beim alljährlichen Spitalsfest zu rivalisieren. Außerdem war Miles der glänzendste junge Chirurg St. Swithins seit Jahren, und ich wäre mir als ein ganz niederträchtig gemeiner Kerl vorgekommen, hätte ich nicht einem so verdienstvollen Arzt auf seiner Laufbahn weiterhelfen wollen.

»Wenn du im St. Swithin nicht durchkommst«, versuchte ich ihn zu trösten, »wirst du in der Provinz leicht genug eine entsprechende Stellung finden.«

»Aber es wäre ja doch nicht dasselbe. Und dann müßten Connie und ich natürlich unser Heim verlassen.«

Ich nickte. Seit der Kellner-Episode waren Mädchen in meinem Leben aus- und eingezogen wie Mieter in einer nicht sturmfreien Bude, aber Connie hatte ich noch immer ein Winkelchen meines Herzens eingeräumt. Die Vorstellung, sie lebenslänglich in einem Ort wie Porterhampton eingesperrt zu sehen, war mir so unerträglich, daß ich fast lieber selbst noch einmal dorthin zurückgekehrt wäre, um dem zuvorzukommen.

»Unter solch delikaten Umständen«, erkundigte ich mich vorsichtig, »nehme ich an, daß du mich mehr denn je auf einem hochachtbaren, aber entlegenen Posten wissen möchtest?«

»Stimmt.«

»Finde mir einen, alter Junge und ich nehm ihn. Palethorpe kann ich allerdings jetzt monatelang nicht unter die Augen treten.«

»Ich habe einigen Einfluß im Abstinenzler-Spital in Tooting. Dort brauchen sie ab nächste Woche einen Hausarzt.«

»Und übernächste Woche, fürchte ich, wieder einen, soweit ich es von mir aus beurteile.«

Miles strich sich über seinen fahlen Schnurrbart.

»Jammerschade, daß du nicht deinen Posten beim *Medical Observer* behalten konntest. Er machte zumindest dein schriftstellerisches Talent in beachtlichem Ausmaß nutzbar.«

»Ein kongenialer Job«, bestätigte ich, »bis mich der alte Chef in die Nachruf-Abteilung verbannte.«

Der *Medical Observer* ist das Fachblatt, das jeden Freitagmorgen auf den Fußabstreifern der Ärzte landet und in weitesten Kreisen dieses Standes hochgeschätzt wird, dient es doch zum Entzünden des samstäglichen Feuers. Sein hochgelegenes Büro in der Nähe des Britischen Museums schwebt in ständiger Bedrohung von seiten aller Behörden, die sich mit Gesundheitsdienst, Feuersgefahr und Stadtplanung befassen; dort hatte ich dem Herausgeber, einem dünnen vogelartigen Männchen mit steifem Kragen und strengen Ansichten bezüglich des substantivisch gebrauchten Infinitivs, assistiert.

»Du kannst dir nicht vorstellen, wie deprimierend es war, von neun bis fünf Ärzte tot zu schreiben«, sagte ich zu Miles. »Obgleich ich dort auch meinen eigenen Nachruf für die Akten verfaßte, der ganz prächtig ausgefallen ist. Deiner ist übrigens auch nicht schlecht.«

»Freut mich. Was wär's, wenn du ins Ausland gingest? Eine Erdöl-Gesellschaft, für die ich Versicherungsuntersuchungen vornehme, schürft derzeit im brasilianischen Amazonasgebiet. Sie haben den Posten eines Betriebsarztes mit fünfjährigem Kontrakt vakant. Das Gehalt, das sie zahlen, würde dich sicher ansprechen. Und du sagtest eben, du brauchst Sonnenschein.«

»Aber nicht gleich ganze fünf Jahre lang.«

Miles begann wieder gereizt zu werden. »Ich muß schon sagen, Gaston, für einen Menschen in deiner Situation bist du überaus schwer zufriedenzustellen.«

»Na, ich weiß nicht recht. Wenn ich schon meine Seele verkaufen muß, möchte ich das um einen anständigen Preis tun.«

»Ich wollte, du würdest das Thema deines Lebensunterhalts endlich ernsthaft diskutieren!«

»War eben daran, dies zu tun, alter Junge. Kannst du mir vielleicht mit einem Vorschuß von zehn Pfund unter die Arme greifen? Mein plötzliches Scheiden aus Porterhampton hat mich um ein volles Monatsgehalt gebracht.«

»Du weißt, wie sehr ich gegen Anleihen unter Nahverwandten bin. Aber ich will es trotzdem tun, wenn du meinen Vorschlag annimmst, zu einem Psychiater zu gehen. Ich bin überzeugt, daß dir der auf die Beine helfen wird. Ich kann dich ohne Schwierigkeiten bei Dr. Punce anmelden, der die Eignungsteste für die Erdöl-Gesellschaft macht. Er ist direkt darauf spezialisiert, eigenwillige Gesellen zurechtzubügeln.«

Ich teile nicht die moderne Ehrfurcht vor Psychiatern, hauptsächlich deshalb, weil alle, die ich kenne, so angeschlagen sind wie ein Haufen weggeworfener Blumentöpfe. Aber der Tiefstand meiner Finanzen zwang mich, das Angebot anzunehmen.

»Du selber hast wohl keine ernsthaften Vorstellungen darüber, wie du deinen Lebensunterhalt bestreiten wirst?« fragte mich Miles, nachdem er das Scheckbuch weggelegt hatte.

»Ich hab noch ein paar medizinische Zeitungsartikel auf Lager.

Außerdem denke ich dran, mich ein bißchen in Werbeslogans zu versuchen, so ähnlich wie ›Keine Schlaffheit und kein Alter gibt's bei unsrem Büstenhalter‹.«

Miles zuckte zusammen.

»Gaston sucht einen neuen Posten?« fragte Connie, die eben mit dem Kaffee erschien. »Das ist doch kein Problem. Für einen so glänzenden jungen Mann wie ihn ist sicher überall Bedarf.«

Daß ein Arzt einen Psychiater aufsuchte, erschien mir ein bißchen würdelos. Wie wenn ein Feuerwehrmann sich an die Zentrale wendete, wenn sein Haus in Flammen stand. An den Psychiatriekurs im alten St. Swithin erinnerte ich mich nicht sehr gut, nur an jenen Nachmittag, da Tony Benskin aufgefordert wurde, eine junge Frau, die an Kopfschmerzen litt, zu hypnotisieren, und ihr, sobald sie im ausführenden Stadium war, suggerierte, die Bluse abzulegen. Tony Benskins hypnotische Kräfte enthalten wohl keine hochgradige Spannung, denn das Mädel versetzte ihm einen Tritt, daß er gegen die Kante des Instrumentenschrankes krachte. Es entstand einige Verwirrung, als der Chefpsychiater auftauchte und die Patientin schreiend und füßestampfend, den Arzt hingegen bewußtlos auffand.

Doch ich erschien pflichtgemäß am nächsten Nachmittag in Dr. Punces Ordination in der Wimpole Street. Er war ein großer, magerer Bursche mit gestreifter Hose, einem Pincenez an schwarzem Band und Backenbart. Ich wurde von einer blonden Assistentin eingelassen, die mich schon gleich am Anfang in ein peinvolles Dilemma setzte – unterzog ich sie der üblichen Oberflächenuntersuchung, könnte der Psychiater sich ein ungünstiges Bild von mir machen; tat ich es nicht, würde das Resultat vielleicht noch schlimmer ausfallen. Ich entschloß mich zu einem Kompromiß und fragte sie, wieviel Uhr es sei.

Ich ließ mich nieder, auf daß er in meinem Unterbewußtsein wühle, sozusagen mit jedem Schaufelstich psychopathische Würmer ans Tageslicht fördere.

»Sie behandeln wohl nicht viele Ärzte?« begann ich.

»Ich kann Ihnen versichern, daß sämtliche Berufsarten in meiner Kartei vertreten sind.«

»Psychiatrie ist des Lebens Würze, meinen Sie?« Ich lachte.

Aber auch er hatte keinen Sinn für Humor.

»Ihr Cousin hat mir mitgeteilt, daß Sie Schwierigkeiten haben, eine Ihnen zusagende Anstellung zu finden«, fuhr er fort, indem er mir eine Zigarette anbot, wie es bei Psychiatern üblich ist.

Ich nickte. »Miles ist der Ansicht, ich sollte einen gesicherten Posten antreten. Obwohl ich, ehrlich gestanden, Unsicherheit vorziehe. Aber dies ist wohl ein Luxus, in diesen auf allgemeine Wohlfahrt ausgerichteten Zeiten.«

»Hm. Ich werde nun eine Reihe von Worten aufsagen. Antworten Sie bitte jeweils mit dem erstbesten Wort, das Ihnen in den Sinn kommt. Feuer?«

»Nein, danke, nicht notwendig. Ich trage Streichhölzer bei mir.«

»Das war das erste Wort.«

»Oh. Aha. Tut mir leid. Ja also – natürlich. Äh – Wasser.«

»Nacht?«

»Klub.«

»Hm. Sex?«

»Psychiater.«

»Wind?«

»Bäckerei.«

»Mittel?«

»Stürmer.«

»Verdreht?«

»Psychiater. Oh, bitte vielmals um Entschuldigung. Das ist mir nur so herausgefahren.«

Dr. Punce saß eine Weile mit geschlossenen Augen da. Schon fragte ich mich, ob er vielleicht nach einem ausgiebigen Mittagessen ein kleines Schläfchen halte, als er fortfuhr: »Dr. Grimsdyke, es liegt ein besonders schwerer Arbeitsmonat hinter mir. Daher muß ich fürchten, daß ich mich dazu hinreißen lasse, meinen schwierigeren Patienten gegenüber manchmal einen etwas rauhen Ton anzuschlagen.«

»Trösten Sie sich«, sagte ich voll Teilnahme, »ich unterliege auch oft dieser Versuchung. Aber haben Sie keine Sorge – das geht vorüber. Ich empfehle Ihnen einige Tage in frischer Luft.«

»Kennen Sie die Geschichte vom Esel und dem Salz?« fragte er mich unfreundlich.

»Nein, ich glaube nicht.« Ich rückte mich bequem zurecht, wissend, daß Psychiater im Zuge ihrer Arbeit bisweilen ein paar ganz spaßige Sachen aufschnappen.

»Wollen Sie mir bitte gut zuhören. Es war einmal ein Esel, der ins Wasser fiel, als er an einem sehr heißen Tag mit einer Ladung Salz einen Fluß überquerte. Er kam schließlich wieder auf die Beine und fühlte sich höchlichst erleichtert, da das Wasser seine Last aufgelöst hatte. Am nächsten Tag überquerte er den Fluß mit einer Ladung von Schwämmen. Diesmal stürzte er absichtlich, doch die Schwämme sogen soviel Wasser auf, daß der Esel überhaupt nicht mehr imstande war, sich zu erheben. Das Tier ging unter. Was halten Sie von dieser Geschichte?«

»Haha!« sagte ich. »Recht komisch.«

In Wirklichkeit hielt ich das für eine saudumme Geschichte, aber man muß ja schließlich höflich sein.

»Sie halten diese Geschichte für *komisch*?«

»Gewiß. Für die beste, die ich seit Wochen gehört habe. Aber kennen Sie die vom Bischof und dem Papagei?«

»Ach du lieber Gott«, sagte der Psychiater und begann sich Notizen zu machen.

Nach einer ganzen Menge Fragen über die Grimsdykesche Kindheit – die nicht anders verlaufen war als die jedes Lausbuben – forschte er: »Haben Sie sexuelle Schwierigkeiten?«

»Bei Gott, das kann man sagen!«

Ich erzählte ihm die Sache mit Avril Atkinson, aber er schien nicht sehr beeindruckt zu sein.

»Ihr Problem besteht darin«, sagte er abschließend, indem er sein Pincenez abwischte, »daß Sie sich in einer Ihnen nicht zusagenden Stellung befinden, Dr. Grimsdyke.«

Ich fragte ihn, was ich dagegen unternehmen solle, aber er deutete nur irgendwie an, daß hier ein ärztliches Sprechzimmer, nicht aber das Arbeitsamt sei.

»Ich finde, die Betätigung als Arzt ist kein gutes Training für irgendein anderes Fach, nicht wahr? Da haben es die Gerichtsanwälte besser: wenn sie es müde sind, stundenlang dazustehen und die Richter quatschen zu hören, gehen sie hin und lassen sich von Versicherungsgesellschaften fette Honorare zahlen.«

»Es hat Bischöfe und Gesandte gegeben, die Medizin studiert haben. Rhodesien hatte einen Arzt zum Premierminister. Auch Goethe und Schiller waren einstmals Medizinstudenten.«

»Ja, und Dr. Gatling erfand das Maschinengewehr, Dr. Guillotin die Guillotine, und Dr. Dover wurde Pirat. Ich fürchte, daß ich für keines dieser Fächer stark qualifiziert bin.«

»Ich würde ein nicht-klinisches Gebiet vorschlagen. Wie wär's mit Entomologie? Lieben Sie Insekten?«

Ich dachte tief nach. »Nun, wenn ich schon kein guter Arzt sein kann, könnte ich schließlich immer noch Psychiater werden. Oh, bitte tausendmal um Entschuldigung«, fügte ich rasch hinzu. »Ich vergaß im Augenblick ganz –«

»Leben Sie wohl, Dr. Grimsdyke.«

»Nichts für ungut! Wollen Sie mich wiedersehen?«

»Nein. Ich will Sie nie mehr wiedersehen. Meine Assistentin wird Sie hinausbringen.«

Im Weggehen sah ich noch, wie er kopfschüttelnd und nervös an seinem Pincenez fingerte. Der arme Kerl sah aus, als hätte er es dringend nötig, einen Psychiater aufzusuchen.

»Wie hast du dich gehalten?« fragte Connie, die mich einließ, als ich Bericht erstatten kam.

»Ich glaub, ich hab gewonnen.«

»Hoffentlich hat er dir eine Schockbehandlung empfohlen. Dein Onkel Rudolph sitzt im Salon.«

»Großer Gott, wirklich? Wo ist Miles?«

»Bei einem Krankenbesuch. Sorg dich nicht – Onkel will dir bloß einen Job anbieten. Einer dieser reichen Patienten, die überall Landbesitz aufgekauft haben, hat ihn eingeladen, seinen Urlaub bei ihm in Jamaika zu verbringen. Nachdem er vierundzwanzig Stunden vergebens nach einem Stellvertreter für die nächsten drei Monate gesucht hat, habe ich dich vorgeschlagen.«

»Kolossal anständig von dir, Connie.«

Seit seiner Rückkehr aus Ostasien hatte sich Onkel in Long

Wotton niedergelassen, einem freundlichen Nest in den Cotswolds mit Strohdächern, Obstwein und Kühen auf der Straße. Da mir nach meiner Sitzung beim Psychiater nun doch keine andere Wahl blieb als eine lebenslängliche allgemeine Praxis, und Miles' zehn Pfund bereits einer schweren Amputation unterzogen worden waren, freute ich mich, überhaupt irgendwo eine anständige Arbeit zu bekommen. Ich tröstete mich mit dem Gedanken, daß die halbe ländliche Praxis in Veterinärmedizin besteht, und ich habe Tiere recht gern.

»Meine Schwiegertochter hat mir dreißig Minuten lang ein Loch in den Bauch geredet, damit ich dich als Stellvertreter nehme«, empfing mich Onkel Rudolph. Er war kleiner und ruppiger als Miles; seine Haare und Augenbrauen wirkten wie Stahlwolle unter dem Einfluß starker Magneten, und auch sein rostbrauner Tweedanzug hatte etwas Stachliges.

»Sehr freundlich von dir, Onkel«, sagte ich, »aber du bereitest mir damit gar keine Ungelegenheiten, da ich augenblicklich vollkommen frei bin.«

»Wenn du Donnerstag nach Long Wotton kommst, kann ich dir übergeben. Meine Mrs. Wilson wird angemessen für dich sorgen. Allerdings ist sie auf die Lebensgewohnheiten eines ältlichen Witwers abgestimmt, erwarte dir daher weder Champagner noch Kaviar zum Frühstück.«

»Du lieber Himmel, woher denn! Etwas Schwereres als Haferflocken könnte ich sowieso nicht am Morgen vertragen.«

»Halte dir gefälligst vor Augen, Gaston, daß im ganzen Umkreis eine Menge einflußreiche Leute wohnen. Die meisten von ihnen gehören zu meinen Patienten, und ich wünsche, daß sie es bleiben. Ich höre von Miles, daß es dir derzeit an Kleingeld gebricht.«

»Bin augenblicklich allerdings ziemlich blank«, gab ich zu.

»Du weißt, daß ich einen gewissen Fonds in meiner Kontrolle habe, den ich aufbewahrte, damit du ihn nicht als Medizinstudent verschleudertest. Wenn du dich in Long Wotton bewährst und vernünftig aufführst, bin ich bereit, ihn locker zu lassen. Wenn nicht, mußt du bis zu meinem Ableben darauf warten.

Aber ich kann dir versichern, daß mein Blutdruck ausgezeichnet ist.«

»Mir ist um nichts anderes zu tun, Onkel«, sagte ich, »als dich zufriedenzustellen. Und daher könntest du mit dem Geld ebensogut jetzt herausrücken.«

Aber er schien sich diesem Argument zu verschließen und bat Connie eilends, ihm noch ein Glas Whisky mit Soda zu reichen. Kurz darauf kam Miles herein, und man schenkte mir nicht mehr viel Beachtung.

## 8

Ich traf an einem jener Apriltage auf dem Lande ein, da alle Blumen frisch bemalt und alle Mädchen wunderhübsch aussehen. Der englische Frühling war gekommen, wie er in Gedichten und Reiseprospekten geschildert wird, und nicht jenes graue, quatschige Zeug, das wir sonst meist an seiner Statt haben.

Ich hatte bereits einige Wochenenden in Long Wotton verbracht; es war ein freundlicher Ort, dessen Einwohner alle miteinander bekannt, wenn nicht, wie ich später auf Grund der allgemein verbreiteten Schwachsinnigkeit schloß, sogar verwandt waren. Obgleich ich kein ausgesprochener Liebhaber ländlicher Zeitvertreibe bin – Gewehre machen solch einen entsetzlichen Krach, vom Angeln bekomme ich wochenlange Erkältungen, und Pferde betrachte ich als höchst straßenwidrige Fortbewegungsmittel –, war es für mich vergnüglich, dort als ein gelehrter Bursche angesehen zu werden und nicht nur als der Kerl, der die Anweisungen für falsche Gebisse ausschreibt. Außerdem gab es in Long Wotton ein sehr liebenswürdiges Hilfspostfräulein, und so lagen ein paar Monate vor mir, in denen ich das Leben friedlich an mir vorbeiziehen und Avril Atkinson sowie Porterhampton in meinem Unterbewußtsein versinken lassen würde.

Nach etwa einer Woche begann ich mich sogar ein bißchen zu langweilen, da mir meine neue Existenz keine komplizierteren

Probleme bot, als meines Onkels Haushälterin bei guter Laune zu erhalten; sie schien jedoch mit der Geschichte vom Bischof und dem Papagei recht zufrieden zu sein. Dann kehrte ich eines Abends von meinem Dienst an einem Bauerntölpel zurück, der sich die Heugabel ins linke Bein gerannt hatte – einer sehr erfreulichen Konsultation übrigens, da jedermann im Hause die Gelegenheit wahrnahm, mich zu fragen, ob ich Verwendung für eine Speckseite habe –, und die liebe Alte erwartete mich verstört am Gartentor.

»Doktor, Doktor!« rief sie. »Es ist was Schreckliches passiert.«

Schon befürchtete ich, daß die Schlagsahne geronnen sei. Ich freute mich bereits die ganze Zeit auf das Abendessen, bestehend aus frischgefangenem Lachs und den ersten Erdbeeren als Nachspeise, um so mehr, als Onkel in der Hitze des Aufbruchs vergessen hatte, die Kellerschlüssel auszufolgen, und ich sie eben entdeckt hatte – ausgerechnet unter der Kohle im Schuppen vergraben.

»Doktor, Sie müssen sofort aufbrechen«, fuhr sie fort. »Ein ganz dringender Fall. Nach Nutbeam Hall«, erläuterte sie. »Seine Gnaden hat einen fürchterlichen Unfall gehabt.«

Welch eine Tragödie, dachte ich. Ein derartiges Abendessen zu versäumen! Aber die Grimsdykes drücken sich nie um ihre ärztlichen Pflichten, und nachdem ich nur noch den Bentley mit soviel Schienen und Morphium beladen hatte, daß ich für einen Zugszusammenstoß gewappnet war, brauste ich die Straße nach Nutbeam Hall entlang.

Natürlich kannte jedermann in Long Wotton Lord Nutbeam, auch wenn man nicht allabendlich mit ihm im Wirtshaus Kegel schob. Die meisten Einwohner hatten ihn sogar niemals gesehen. Der alte Knabe war Junggeselle, lebte in einem weiträumigen Haus, das sichtlich von Charles Addams entworfen worden war, und der besseren Hälfte seines jüngeren Bruders oblagen ähnliche Dinge wie Kohlen bestellen und den Milchmann bezahlen. Er tauchte nur dann und wann auf, wenn ihn seine ständige Leibwache – sein Bruder oder dessen Frau – in einem alten Daimler, einem Glashaus auf Rädern, an die frische Luft führte. Dieses würdige Paar empfing mich in der Halle, einem langgestreckten, düsteren Raum, der mit Möbeln vollgestopft und so stickig wie das Innere einer Familiengruft war.

»Ich bin der Arzt«, stellte ich mich vor.

»Aber Dr. Grimsdyke –«

»Dr. Rudolph Grimsdyke befindet sich derzeit auf einem kurzen wohlverdienten Urlaub. Ich bin sein Stellvertreter und Neffe, Dr. Gaston Grimsdyke.«

Sie wechselten Blicke. Honorable Percy Nutbeam war ein dicker Geselle von der Gestalt eines alten Whiskyfasses, die er sich wahrscheinlich auf Kosten seines Bruders zugelegt hatte. Seine Gattin war eine jener kleinen Frauen mit scharfen Zügen und raubtierartigen Schneidezähnen, gegen die ich augenblicklich Antipathie faßte.

»Ich bin selbstverständlich entsprechend qualifiziert«, fügte ich hinzu, aus dem Gefühl heraus, sie würden niemand anders als den akkreditierten Hausarzt willkommen heißen.

»Aber natürlich, natürlich«, sagte Percy Nutbeam, äußerst entgegenkommend und umgänglich. »Das stellen wir keinen Augenblick in Frage.«

»Sie haben gewiß eine reiche Erfahrung hinter sich, Doktor«, schaltete sich seine Gattin ein.

»Nun, jedenfalls eine sehr vielfältige. Aber hören Sie«, fuhr ich, einigermaßen unsicher, fort, »falls Sie lieber einen anderen Arzt heranziehen wollen, soweit es sich nicht darum handelt, auf der Stelle ein Leben zu retten –«

»Durchaus nicht«, erwiderte Mrs. Nutbeam lebhaft. »Mein Gatte und ich setzen volles Vertrauen in Sie. Nicht wahr, Percy?«

»Gewiß, Amanda.«

Ich fühlte mich recht geschmeichelt, muß ich zugeben. Mein guter alter Onkel ergeht sich in häuslichen Ratschlägen wie Warmhalten und ähnlichen Dingen, aber nach all den Jahren, die er unter Hakenwürmern und Beriberi verbracht hat, ist seine Praxis so überholt wie die alte schwarze Ärztetasche. Ich sah, wie die beiden sich freuten, einem modernen jungen Arzt gegenüberzustehen, der die neuesten Errungenschaften der Heilkunde beherrschte.

»Was ist also geschehen?« fragte ich.

»Wir befürchten einen Bruch des Hüftknochens, Doktor«, teilte mir Amanda Nutbeam mit. »Das ist doch eine ernste Sache, nicht wahr?«

»Möglicherweise sehr ernst.«

»Unsere Tante starb daran«, murmelte Percy.

»Alles hängt von der Konstitution des Patienten ab«, sagte ich, der orthopädischen Vorlesungen gedenkend.

»Wollen Sie sich bitte vor Augen halten, Doktor«, sagte Amanda, »daß Seine Gnaden eine äußerst zarte Konstitution hat.«

»Wirklich äußerst zart«, bekräftigte ihr Gatte. »Dort hinauf, Doktor, bitte.«

Von Neugierde erfüllt, stieg ich die Treppe hinan. Ich war mir bereits im klaren, daß es sich um die alte Geschichte handelte – der arme gute Lord Nutbeam war verrückt, und die Familie litt darunter, daß sie diesen Umstand geheimhielt, statt ihn in eine Anstalt einweisen zu lassen und ihm jeden Freitag Obstkörbchen zu schicken. Aber meine klinische Untersuchung sollte mir zu meiner Überraschung in vielen Dingen die Augen öffnen.

Erstens einmal war Lord Nutbeam, weit davon entfernt, verrückt zu sein, ein Mann von ausgezeichneter Intelligenz und hoher Bildung.

»Ich stürzte von der Bibliotheksleiter, Doktor«, erklärte er mir, im Bett liegend. »Passenderweise im Augenblick, als ich die Hand nach meiner Erstausgabe von *Religio Medici* ausstreckte. Kennen Sie das Werk? Haben Sie vielleicht auch Dr. William Harveys *De Motu Cordis* im lateinischen Original gelesen? Ich möchte so gerne mit einem Mann der Medizin darüber diskutieren.«

Da ich nicht über all diese Bücher plaudern wollte, die ich einmal lesen werde, wenn ich nicht weiß, was ich mit meiner Zeit anfangen soll, steckte ich mir das Stethoskop in die Ohren. Und nun kam die zweite Überraschung. Den Gesprächen unten in der Halle hatte ich entnommen, daß Lord Nutbeam das Leben entglitt wie ein nasser Seeaal, den man zu packen versucht, doch ich entdeckte schnell, daß er, abgesehen von seinen Frakturen, so gesund und frisch war wie ich.

»Ich habe eine sehr zarte Konstitution, Doktor«, versicherte auch er, obwohl er mit seinem kleinen weißen Schnurrbart wie ein fixer alter Junge aussah. »Ich rauche und trinke nicht und lebe von reizloser Kost. Seit ich in meinem einundzwanzigsten Lebensjahr Fieber hatte, nehmen sich mein lieber Bruder und seine Gattin aufopfernd meiner an.«

»Sorgen Sie sich nicht«, sagte ich. »Bald werden wir diese Kleinigkeit in Ordnung gebracht haben, und dann können Sie genau dort weiterlesen, wo Sie unterbrochen wurden.«

Einige Minuten später trat ich wieder den ambulanten Mitgliedern der Familie Nutbeam in der Halle gegenüber und tat ihnen in entsprechenden Grabestönen kund, daß Seine Gnaden sich tatsächlich den Hals seines rechten Oberschenkelknochens gebrochen habe.

»Ha!« stieß Percy Nutbeam hervor. »O Tantchen!«

»Dann *ist* es also ein ernster Fall, Doktor?«

»Aber lassen Sie mich Ihnen versichern«, ich griff mir an die Rockaufschläge, »sobald wir eine so vitale Person wie Lord Nutbeam ins Spital geschafft und in die Hände eines tüchtigen orthopädischen Chirurgen gelegt haben, wird er im Nu wieder auf den Beinen sein. Fürs erste habe ich ihm ein Beruhigungsmittel gegeben, die Fraktur ist nicht sehr schmerzhaft. Ich garantiere Ihnen, daß er alles wunderbar überstehen wird.«

Doch da richtete Amanda Nutbeam eine Frage an mich, die mich beinahe umwarf: »Glauben Sie nicht, Doktor«, sagte sie, »daß es weit, weit menschenfreundlicher wäre, einfach nichts zu tun?«

»Ein ganz hervorragender Spezialist ließ unsere Tante friedlich dahinscheiden«, fügte Percy hinzu.

»Aber verdammt nochmal!« rief ich. »Wie alt war Ihre Tante?«

»Zweiundneunzig.«

Lord Nutbeam war fünfzig, also in jenem Alter, da die meisten Männer ihren Sekretärinnen erzählen, sie stünden in der Blüte ihrer Manneskraft.

»Aber sehen Sie, das ist doch ein ganz anderer Fall –«

»Seine Gnaden ist so hinfällig, das Leben ist ihm nur eine Last«, versicherte Amanda mit Nachdruck.

»Seit Jahren hinfällig, Doktor. Schon in den Kinderschuhen kränkelte er.«

»Der Tod wäre sicher eine Erlösung für ihn.«

»Unter den Engeln gibt es keine Leiden mehr«, sagte Percy abschließend, den Blick zum Kronleuchter gewandt.

Nun mag ich ja nicht der gelehrteste aller praktischen Ärzte sein, aber langjährige Betätigung im Sport der Könige hatte meine Sinne so geschärft, daß ich bald roch, wo etwas faul war. Ich faßte daher das Paar ins Auge und sagte: »Wenn ich Lord Nutbeam nicht noch heute nacht ins Spital bringe, so wäre das – gelinde gesagt – ein grober ärztlicher Verstoß.«

»Sie können ihn schwerlich ohne seine Einwilligung hinschaffen«, erwiderte Amanda scharf.

Sie schenkte mir ein Lächeln, das so angenehm war wie einer von Sir Lancelot Spratts Bauchschnitten.

»Und Lord Nutbeam würde nie zu irgend etwas seine Einwilligung geben, ohne uns vorher befragt zu haben«, sagte Percy.

»Hören Sie mir nur eine Minute zu –«

»Sie sind sehr jung, Doktor«, fuhr Amanda fort. »Ich kann Ihnen die Versicherung geben, Seine Gnaden hätte es tausendmal lieber, friedlich in seinem eigenen Heim dahinzuscheiden, als unter lauter Fremden verstümmelt zu werden.«

»Unsere Tante«, fügte Percy hinzu, »war bis zu ihrem Ende glücklich.«

»Also hören Sie –«

»Ich halte die Konsultation für beendet, Doktor. Der Butler wird Sie zur Tür bringen.«

## 9

Ich war so wütend, daß ich den Lachs stehenließ. Doch die Erdbeeren und eine Flasche von Onkels Liebfrauenmilch vertilgte ich, dann schritt ich im Zimmer auf und ab und rauchte zwei seiner Zigarren. Ich schlug in Watson-Jones' »Frakturen und Gelenksverletzungen« nach und entdeckte ein Exemplar von Hadfields »Recht und Ethik für Ärzte«, doch obgleich dieses Werk scharf gegen Dinge wie Zusammenarbeit mit der Geistlichkeit und Öffnen einer Vene nach dem Tode ins Zeug geht, streift es mordlustige Verwandte nur sehr flüchtig. Ich fragte mich, was ich um Himmels willen tun solle. Ich erwog, einen anderen Arzt anzurufen, fürchtete jedoch, mir dadurch eine Verleumdungsklage auf den Hals zu laden. Schließlich kam ich zu folgendem Ergebnis: a) wenn der alte Nutbeam weiterhin flach auf dem Rücken liegen bliebe, würde er zweifellos umstehen; b) man kann Leute nicht gewaltsam ins Spital bringen; und c) bei der gerichtlichen Untersuchung würden einige recht eklige Fragen gestellt werden.

Von der ärztlichen Ethik abgesehen, brachte der Gedanke, wie der niederträchtige Bruder und seine Frau danach fieberten, Lord Nutbeams Geld und Titel an sich zu reißen, mein Blut in Wallung. Vor allem deshalb, weil ich jetzt erkannte, daß mir der herzliche Empfang in Nutbeam Hall nicht auf Grund einer warmen Würdigung meiner klinischen Talente zuteil geworden war, sondern weil sie glaubten, ich böte mehr Chancen, Seine Gnaden um die Ecke zu bringen, als mein Onkel. Nachdem ich mich niedergelassen hatte, um einen Tropfen von Onkels Spezialbrandy zu verkosten, kam ich zu folgendem Entschluß: als Arzt und Gentleman blieb mir kein anderer Weg, als unverzüglich nach Nutbeam Hall zurückzukehren und den Leuten dort energisch die Stirn zu bieten.

Fünf Minuten später traf ich zum zweitenmal vor dem Tor ein, ein paar ausgesuchte Phrasen memorierend, als ich davor einen riesigen Rolls Royce parken sah. Ich fragte mich, ob die Nutbeams sich vielleicht dafür entschieden hatten, hinter meinem Rücken einen Spezialisten ihres eigenen Schlages zu berufen, als sich die Eingangstüre öffnete und einem merkwürdigen Kauz mit strenger und gewichtiger Miene den Weg freigab; er trug gestreifte Hosen und eine Aktentasche.

»Guten Abend, Sir«, sagte ich.

»Guten Abend«, erwiderte er, kroch in seinen Rolls und fuhr davon.

Kaum hatte ich Zeit gefunden, meine Gedanken zu ordnen, als die Tür abermals aufflog und Mrs. Nutbeam über mich herfiel, als sei ich ihr seit langem in Verlust geratenes Baby.

»Doktor, Doktor! Gott sei gedankt, daß Sie zurückgekommen sind! Sie müssen Seine Gnaden sofort ins Spital bringen.«

»Auf der Stelle!« schrie Percy, der ihr nachgekeucht kam.

»Zum besten Spezialisten, der erreichbar ist.«

»Die Kosten spielen keine Rolle.«

»Alles, was menschenmöglich ist, muß für ihn geschehen.«

»Das Telephon ist gleich drinnen in der Halle, Doktor.«

»Einen Moment, bitte.« Ich fand das alles recht verwirrend. »Vor ein paar Stunden sagten Sie mir noch –«

»Vergessen Sie bitte, was ich Ihnen vor ein paar Stunden sagte«, gab Amanda Nutbeam zurück. »Ich war zu sehr außer Fassung über den Unfall meines lieben Schwagers, als daß ich geordnet denken konnte.«

»Wir beide waren's, Doktor. Wir waren ganz außer uns.«

Da ich es für sinnlos hielt, weitere alberne Fragen zu stellen, rief ich einen hervorragenden Knochenflicker in Gloucester an, der einst an einem in die Dreschmaschine geratenen Patienten saubere Arbeit getan hatte. Kurz darauf sah ich mit Freuden Lord Nutbeam in einem Ambulanzwagen davonfahren, um so mehr, als die ursprüngliche Grimsdykesche Diagnose bestätigt worden war.

Wie jeder praktische Arzt, der heutzutage seinen Patienten ins Spital abschiebt, sah ich Seine Gnaden erst nach vierzehn Tagen wieder. In der Zwischenzeit war ich mit dem Kurieren bäuerlicher Leiden emsig beschäftigt, und wenn auch Onkel nicht einmal eine Ansichtskarte schickte, so rief mich doch Miles mehrmals an, aber er war zu sehr von Sir Lancelots Parkplatz in Anspruch genommen, als daß er sich nach meinem Ergehen erkundigt hätte. Dann fuhr ich eines Samstagnachmittags nach Gloucester hinüber, um mir ein Cricketmatch anzusehen, und machte unterwegs einen Sprung in das Jenner Memorial Hospital, um Lord Nutbeam während der Teezeit einen Besuch abzustatten.

Seine Gnaden lag, sehr adrett aussehend, in einem Privatzimmer; eine Smith-Petersen-Nadel hielt seine Hüfte zusammen. Wir hatten allerdings nicht viel Gelegenheit zu einem ruhigen Plausch – die modernen orthopädischen Stationen sind von Betriebsamkeit erfüllte Örtlichkeiten, wo die hübschen Mädchen von der physiotherapeutischen Abteilung ihre kühlen Hände auf fiebernde Gelenke legen und die Patienten lehren, die Beine in die Luft zu werfen, als müßten sie die Wache vor dem Arsenal beziehen. Aber der Alte schien dies alles höchlichst zu genießen, und während ihm eine kleine rothaarige Stationsschwester den Kopf bürstete, begann er mich um meine Ansichten über die Originalwerke des Hippokrates zu befragen.

»Bald werden Sie wieder über Ihren Büchern sitzen«, tröstete ich ihn schnell, da ich dieses Thema nicht weiter ausspinnen wollte.

»Wahrhaftig, Doktor, ich glaube, meine Bibliothek ist mein einziges Vergnügen im Leben. Nur an den Samstagabenden spiele ich zur Abwechslung manchmal Klavier.«

Gerade meditierte ich darüber, daß ein solches Dasein binnen vierzehn Tagen meinen Tod herbeiführen würde, als wir durch den Chirurgen unterbrochen wurden, einen großen, rotgesichtigen, munteren Iren. Eigentlich sehen, nebenbei bemerkt, die meisten Orthopäden, desgleichen die Augenärzte, wie magenkranke Uhrmacher aus, während die Urologen große Ähnlichkeit mit prosperierenden Handelsreisenden haben.

»Nun gehört er wieder ganz Ihnen, Junge«, sagte der Chirurg, als wir nach einer Untersuchung des Patienten das Zimmer verließen. »Seine Wiederherstellung wird zu Hause angenehmer erfolgen, und seine Schwägerin scheint ja eine ganz akzeptable Pflegerin zu sein. Jedenfalls geh ich am Montag in Urlaub, will einen Monat lang in meiner Heimat, im County Mayo, Fische fangen. Wie steht's übrigens, so ganz nebstbei, mit seinen Finanzen?«

»Der Dorffama zufolge wühlt er im Geld.«

»Tatsächlich?« Der Orthopäde schien bei der Aussicht auf einen weiteren Fischzug an Lord Nutbeams Hüfte geradezu aufzublühen. »Komischer Kerl, finden Sie nicht auch? Wäre ihm nicht im Traum eingefallen, mit einem unserer frisch ausgebrüteten Gänschen zu schäkern. Werde Ihnen die üblichen Behandlungsanweisungen zugehen lassen. Bis dahin legen Sie ihm ans Herz, seine Lektüre auf das unterste Bücherbrett zu beschränken.«

Als man einige Morgen später Seine Gnaden in Nutbeam Hall auslud und ich seinen neuen Rollstuhl in die Bibliothek schob, war ich mit mir recht zufrieden. Die ganze Episode hatte übrigens mein ärztliches Ansehen in Long Wotton schon ungeheuer gehoben. Ich will damit keineswegs sagen, daß mir bis dahin die Eingeborenen feindlich gesinnt waren, aber auf dem Lande pflegt man einen Menschen, der nicht schon seit dreißig Jahren dort lebt, als einen Ausflügler anzusehen, und nun hatte ich mir das allgemeine Wohlwollen in einem Maße gesichert, daß es auch Onkel nach seiner Rückkehr angenehm ins Ohr klingen mußte. Wenn ich ihm einen munter auf seinem Rasen herumhüpfenden Lord Nutbeam präsentieren konnte, würde er davon absehen, mir einen scheelen altväterischen Blick zuzuwerfen, sooft ich modernere Behandlungsmethoden vorschlug, und auch schmerzlos auf der Stelle mit meinem Geld herausrücken.

»Ich bin wirklich froh, meinen Schwager wieder in seinen eigenen vier Wänden zu sehen, Doktor«, bemerkte Amanda Nutbeam. »Ich glaube, nur hier wissen wir seine Interessen vollauf zu wahren.«

»Das habe ich bereits bemerkt«, sagte ich. »Und jetzt ein paar Wochen lang Ruhe, Erholung und nahrhaftes Essen, und Seine Gnaden wird bald einen Schottischen tanzen können, wenn er dazu Lust hat.«

Aber ich hätte schon seit langem wissen müssen, was für unheilvolle Folgen es hat, wenn man sich sowohl auf der Rennbahn wie in der Therapeutik auf etwas Todsicheres verläßt.

Aus irgendeinem Grund wollte sich Lord Nutbeam nicht erholen. Ich hatte mir vorgestellt, er würde sich, sobald er einmal daheim war, einer netten langen Lektüre ergeben, aber statt dessen saß er da und starrte aus dem Fenster, während die Bouillontassen neben ihm auskühlten. Manchmal griff er nach der »Anatomie der Melancholie«, aber sehr schien sie ihn nicht zu fesseln. Manchmal raffte er sich auch zum Klavierspielen auf, doch mehr als ein paar Takte der *Valse Triste* brachte er nicht zustande. Um ihn aufzuheitern, rollte ich ihn im Garten umher, wobei ich ihm Witze erzählte, deren Pointe er nie verstand. »Ach, armer Yorick!« war das Äußerste, was ich ihm entlockte.

Seine Gnaden wurde schwächer und schwächer, während alles rundum im Sonnenschein wild in Saft schoß. Schon nach kurzer Zeit begann mich sein Zustand zu alarmieren. Die moderne Medizin ist ja schön und gut mit ihren Antibiotika, Atmungsapparaten und so weiter, aber sobald sich einer entschlossen hat, nicht mehr weiterleben zu wollen, sind wir nicht besser ausgerüstet als die Medizinmänner in Zentralafrika. Und meine Probleme wurden durch die anderen Nutbeams nicht erleichtert, die mich nun, da die Erregung abgeklungen war, so behandelten, als sei ich der Mann, der das Ablaufrohr zu reparieren hatte. Ganz anders als Seine Gnaden, waren sie entsetzliche Snobs – vor allem die Herrin des Hauses, von der übrigens jedermann im Dorfe wußte, daß sie dereinst Percy Nutbeams Partnerin bei einem Rasthaus-Abenteuer gewesen war.

»Es wäre angebracht, wenn Sie Ihre tägliche Visite zu einer früheren Stunde absolvieren könnten«, sagte sie, als ich eines Abends nach erschöpfender Schwerarbeit in Schweineställen nach Nutbeam Hall gewankt kam. »Wir erwarten jede Minute Lord und Lady Farnborough zum Diner, und ich würde es verständlicherweise begrüßen, wenn meine Gäste in der Halle nicht dem Arzt gegenüberzutreten haben. Vielleicht haben Sie auch die Güte, Ihre Schuhe zu wechseln, bevor Sie zu uns kommen, Dr. Grimsdyke. Ich verstehe zwar, daß Sie es nicht vermeiden können, untertags Bauernhöfe zu betreten, aber –«

Ich muß gestehen, ihre Haltung verstimmte mich höchlichst, um so mehr, als ich annahm, sie würde einen solchen Ton niemals meinem Onkel gegenüber angeschlagen haben, schon wegen seiner scheelen altväterischen Blicke nicht. Dann verweigerte, ein paar Tage später, Lord Nutbeam die Nahrungsaufnahme und begann auszusehen wie Sokrates angesichts des Schierlingsbechers.

»Wir brennen alle danach, Sie wieder zu einem normalen Leben zurückkehren zu sehen«, sagte ich, zuversichtlich ein Rezept für ein neues Tonikum ausschreibend. »Jetzt bekommen Sie etwas, das Sie wie ein Lämmlein auf der Weide herumspringen machen wird.«

»Danke, Doktor. Sie sind sehr freundlich. Es ist ja jedermann sehr, sehr freundlich. Ganz besonders natürlich mein lieber Bruder und seine Frau.« Apathisch wandte er ein paar Seiten von Gibbons »Untergang des Römischen Reiches« um. »Aber ich fürchte, mein Unfall hat mehr Folgen, als ich annahm. Seit vielen Jahren bin ich, wie Sie wissen, wegen meiner angegriffenen Gesundheit nicht aus Nutbeam Hall hinausgekommen. Das Zusammentreffen mit so vielen Leuten im Spital hat sich irgendwie störend ausgewirkt. Zweifellos kennen Sie jene Zeilen aus Grays ›Elegie, geschrieben auf einem Dorfkirchhof‹ –«

Aus dem Gefühl heraus, daß Kirchhöfe jetzt am wenigsten angebracht seien, unterbrach ich ihn mit der Geschichte vom Papagei. Aber ich glaube nicht, daß er sie erfaßte.

Ich ließ ihn in der Bibliothek zurück und überlegte, ob ich nicht eine Familienversammlung einberufen und gestehen sollte, daß die Wiederherstellung des Alten nicht programmgemäß verlief. Aber in der Halle angekommen, hielt mich Percy Nutbeam selbst zurück.

»Könnten Sie etwas Zeit für einen Whisky mit Soda erübrigen, Doktor?«

Da meine ärztlichen Pflichten für diesen Tag bereits erledigt waren, nahm ich an.

»Ich mache mir große Sorgen um den Zustand meines Bruders«, erklärte er nach kurzem Plaudern über Wetter und Ernte.

»Ich auch«, erwiderte ich.

»Der Fall unserer Tante steht mir so deutlich vor Augen. Ihr Kollaps setzte ganz plötzlich ein – als hätte man einen Luftballon angestochen. Es besteht doch nicht die Gefahr des – äh –«

Ich nickte. »Ich fürchte, sie besteht.«

Der arme Kerl sah so bestürzt aus, daß ich überzeugt war, ihn die ganze Zeit falsch beurteilt zu haben.

»Wieviel Zeit würden Sie ihm also noch geben, Doktor –?«

»Es könnte eine Angelegenheit von nur ein bis zwei Wochen sein«, antwortete ich niedergeschlagen. »Du lieber Himmel! Doch nicht vor dem achtundzwanzigsten Mai?«

Ich sah verdutzt drein. Hatten sie am Ende ein Picknick oder etwas Ähnliches für diesen Tag angesetzt?

»Es handelt sich da um eine sehr delikate Sache, Doktor.« Er goß sich ein zweites Glas mit Whisky voll. »Aber ich will aufrichtig zu Ihnen sein. Sie erinnern sich doch an Sir Kenneth Cowberry?«

»Ich glaube nicht, das Vergnügen gehabt zu haben –«

»Er verließ gerade das Haus, als Sie in der Unfallsnacht hierher zurückkehrten. Er ist der Seniorchef von Hoskins, Harrison, Cowberry und Blackthorn. Die Vermögensverwalter meines Bruders, wissen Sie. Ich dachte, es sei am besten, ihn gleich bei der Hand zu haben, im Falle gewisser Arrangements, die mein Bruder vielleicht noch vornehmen wollte –«

»Ich verstehe«, sagte ich.

»Lord Nutbeam möchte selbstverständlich sein gesamtes Vermögen meiner Frau und mir hinterlassen. Schließlich haben wir unser ganzes Leben seinem Wohlergehen geopfert.«

»Ich verstehe.«

»Doch erst an ebendiesem Abend erfuhren wir – mein Bruder ist in allen Geldangelegenheiten merkwürdig verschlossen –, daß er in der Tat bereits seinen Besitz in Form einer Schenkungsurkunde mir vermacht hatte. Um – äh – die Erbschaftssteuer zu umgehen. Sie werden wohl schon von ähnlichen Fällen gehört haben, Doktor? Doch laut den Statuten des Finanzministeriums, Abteilung für Inlandseinkünfte, muß mein Bruder noch fünf Jahre nach Unterzeichnung des betreffenden Dokuments am Leben sein, sonst ist es ungültig. Und diese fünf Jahre enden um Mitternacht des achtundzwanzigsten Mai dieses Jahres. Wenn Sie ihn also bis zu diesem Moment am Leben erhalten können, Doktor – will sagen, wir hoffen ja und bauen darauf, daß er noch viele Jahre glücklich unter uns weilt –, aber Sie verstehen die Situation ...?«

Ich hatte schon bisher keine sehr hohe Meinung von diesem tonnenförmigen Lord und seiner Lady Macbeth gehabt. Aber nun meinte ich, es geschähe ihm verdammt recht, wenn ihnen die Regierung das Ganze wegschnappte, um, unter anderem, mein Gehalt zu erhöhen.

»Ich verstehe die Situation nur zu gut«, erwiderte ich und wünschte, ich könnte einen von meines Onkels Blicken produzieren.

Ich hatte den alten Nutbeam sehr ins Herz geschlossen und die feste Absicht, ihn für sein gerüttelt Maß von vollen siebzig Jahren am Leben zu erhalten. Doch wie die Dinge jetzt standen, überstiegen sie meine bescheidenen ärztlichen Erfahrungen, und hier draußen auf dem Land stand mir keiner meiner Kameraden mit Rat und Tat zur Seite. Ich wünschte, mein Onkel hätte es satt, am Strande der Montego Bay herumzusitzen, und kehrte zurück. Ja, ich wünschte sogar, daß Miles am Wochenende hier aufkreuzte. Während ich noch mit mir rang, was ich sagen sollte, hatte ich abermals eine meiner so nützlichen Inspirationen.

»Ich würde es für das klügste halten«, erklärte ich, »noch die Meinung eines anderen anzuhören. Es könnte ja sein, daß ich irgend etwas übersehen habe. Schließlich können sich auch Ärzte irren. Genauso wie Vermögensverwalter.«

»So viele Meinungen Sie wünschen, Dr. Grimsdyke.«

»Da gibt es in der Harley Street einen Mann, der genau der Richtige für einen Fall dieses Typs ist. Allerdings dürften sich seine Privathonorare recht hoch belaufen.«

»Dies spielt nicht die geringste Rolle, versichere ich Ihnen.«

»Und außerdem wird er natürlich eine Guinea pro Meile für die Visitenfahrt berechnen.«

Percy Nutbeam sah leicht bestürzt aus, als er im Geiste arithmetisch tätig war, aber er gab seine Zustimmung mit den Worten: »Nichts ist mir zu teuer, wenn das Leben meines Bruders auf dem Spiel steht.«

»Zuzüglich Reisekosten erster Klasse und Verköstigung, selbstverständlich. Er ist nicht spezialisierter Chirurg, aber ich gebe Ihnen mein Wort, daß er bezüglich Diagnose die schärfste Nase von ganz London hat. Sein Name ist Sir Lancelot Spratt.«

## 10

»Köstliche Luft hier«, erklärte Sir Lancelot.

Ich war nach Greater Wotton hinübergefahren, um ihn abzuholen, wobei mir meine Nerven einigermaßen zu schaffen machten.

In meiner Studienzeit am St. Swithin gingen Sir Lancelots und meine Meinungen in allem auseinander, angefangen von der Art, wie ich Appendicitis behandelte, bis zur Art, wie ich die Schwestern behandelte, und am Tag, da ich ihm stolz meine Qualifikation mitteilte, hatte er die abschließende Bemerkung gemacht, nun würde der Erzbischof von Canterbury voraussichtlich die Litanei um einen Zusatz erweitern müssen.

Ich bereitete ihm einen Empfang, als wäre eine Hoheit eingetroffen, um die Mastviehschau zu eröffnen.

»Hoffentlich haben Sie nichts dagegen, Sir, diesen langen Weg zurückzulegen?« begann ich. Mir war zumute, als hätte ich Rembrandt kommen lassen, um das Vorzimmer auszumalen.

»Was soll ich dagegen haben, Junge? Es gehört zu den Pflichten von Ärzten, Chirurgen und Feuerwehrmännern, ihre Dienste einzusetzen wo und wann immer sie benötigt werden. Außerdem ist es äußerst erfreulich, London an einem Sommermorgen den Rükken zu kehren, und ich werde ja ganz nett dafür bezahlt. Seien Sie nicht so verdammt bescheiden, Grimsdyke!« Er bohrte mir seinen Spazierstock in die Magengegend. »Ein Arzt darf nur im Hinblick auf seine eigenen Fähigkeiten bescheiden sein. Ausgezeichnete Rosen sieht man da. Apricot Queens, glaube ich? Welche Sorte Strohmist verwenden Sie?«

Letztere Frage war an den Stationsvorsteher gerichtet. Greater Wotton war einer jener Bahnknotenpunkte, die als Übungsgelände für Landschaftsgärtnerei betrachtet werden, wobei es infolge eintreffender Züge gelegentlich zu Störungen kommt. Sir Lancelot ignorierte mich während einer zehn Minuten dauernden tiefschürfenden Diskussion über die Vorzüge von Pferde- beziehungsweise Kuhdünger völlig. Aber eigentlich ist gerade diese Umstellung für seinen Genius bezeichnend. Die meisten Chirurgen können nur über ihre Autos reden; Sir Lancelot hingegen hat wohlfundierte Ansichten über alles, was zwischen Kernphysik und Kerbtieren liegt.

»Ich soll offenbar in dem da fahren«, sagte er, auf meinen Wagen deutend. »Darf ich einen Bissen zu mir nehmen, bevor ich den Patienten aufsuche?«

»Ich habe für eine bescheidene Mahlzeit Sorge getragen, Sir.«

Dessen eingedenk, daß hoher Blutzucker zu geistiger Trägheit verleitet, hatte ich beschlossen, dem alten Knaben einen famosen Lunch zu versetzen, bevor ich auf das Geschäftliche überging.

»Ich trinke mittags selten Wein«, bemerkte Sir Lancelot später, durch Lammbraten und ein Glas von Onkels Château Lafite in weiche Stimmung versetzt, »aber ich muß sagen, Dr. Rudolph Grimsdyke hat einen erlesenen Geschmack.«

Ich stimmte ihm bei, obgleich mich der Anblick des Kellers, dessen Bestand unerklärlicherweise auf wenige Flaschen zusammengeschmolzen war, einigermaßen alarmiert hatte.

»Die paar Stellvertretungen, die ich hatte, waren alle im East End Londons, wo damals die Ärzte ebenso verhungert waren wie die Patienten.« Sir Lancelot blickte durch das Fenster auf die blühenden Bäume, in denen eben die Kuckucke ihr Konzert anstimmten. »Er scheint sich da ein sehr angenehmes Fleckchen Erde gefunden zu haben – sowohl vom botanischen wie vom ornithologischen, ja sogar vom meteorologischen Gesichtspunkt aus.«

»Aber nicht vom anthropologischen, Sir«, sagte ich prompt, da ich es an der Zeit fand, die Nutbeams ins Gespräch zu bringen.

»Dem Essayisten Hazlitt zufolge«, bemerkte Sir Lancelot mit einem zustimmenden Nicken, »hassen auf dem Lande alle Leute einander. Aber seien Sie nun so freundlich, die Familiengeschichte Ihres Patienten zu rekapitulieren. Am Telephon waren Sie ja nicht besonders ausführlich.«

Eine Stunde später waren wir in Nutbeam Hall.

Ich glaube, Honorable Nutbeam und sein trautes Weib waren recht verblüfft, als sie einem Mann in Gehrock und steifem Kragen gegenüberstanden, der sich umblickte, als wäre er vom zuständigen Sanitätsbeamten geschickt, um den Wohnsitz aus gesundheitswidrigen Gründen zu evakuieren.

»Wir sind hocherfreut, Sir Lancelot«, begrüßte ihn Amanda Nutbeam mit geziertem Lächeln; natürlich hielt sie alle Ärzte für richtig, die lange Titel hatten. »Wie bin ich froh, daß Sie unserer Einladung folgten, Seiner Gnaden Fall zu übernehmen.«

Sir Lancelot sah sie an, als wäre sie eine Hilfsschwester, die eben mitten in seiner wöchentlichen Runde eine Leibschüssel hatte fallen lassen.

»Madame, ich habe *nicht* die klinische Verantwortung für Lord Nutbeam auf mich genommen. Sein ärztlicher Betreuer bleibt Dr. Gaston Grimsdyke, auf dessen Einladung ich nun hier stehe.«

»Oh, natürlich, Sir Lancelot –«

»Dies entspricht durchaus den ärztlichen Gepflogenheiten.«

Sir Lancelots Bemerkungen hoben meine Lebensgeister unendlich. Trotz unserer Differenzen in vergangenen Tagen bot mir Sir Lancelot jetzt nicht nur einen Ölzweig, sondern einen ganzen Ölhain an. Doch ich hätte wissen müssen, daß ein Bursche seiner Sorte bis aufs Skalpell für mich einstehen würde, nun, da ich qualifiziert und einer der Seinen war.

»Jetzt wollen wir aber bitte den Patienten aufsuchen.« Die Nutbeams sahen recht verwirrt aus. »Und ich wäre Ihnen dankbar, wenn Sie die Güte hätten, mir ein reines Handtuch zu geben.«

Ich erinnerte mich, daß Sir Lancelot in protzigen Häusern stets nach einem reinen Handtuch verlangte, und dies in einem Ton, der unterstellte, daß es sich um eine schwer zu erfüllende Forderung handelte.

»Dr. Grimsdyke wird mich hinführen«, fuhr er fort, als ich respektvoll beiseitetrat. »Der Hausarzt des Patienten geht dem konsultierenden Arzt ins Krankenzimmer voran. So verlangt es die Etikette, und ich bin der letzte, sie zu ändern.«

Unsere Konsultation erwies sich als ein großer Erfolg. Sir Lancelot redete zuerst zwanzig Minuten lang über die Heilkunst der alten Chinesen, dann untersuchte er den Patienten, plauderte ein wenig über byzantinische Architektur, und als er Seine Gnaden verließ, sah dieser besser aus als seit Wochen.

»Und Sie stellten die ursprüngliche Fraktur lediglich nach physischen Anzeichen fest, Grimsdyke?« fragte er, als wir draußen standen.

»Ja, Sir.«

»Gratuliere. Die Schwierigkeit, eine derartige Diagnose zu stellen, ist ebenso groß wie das Verhängnis, das bei einer Fehldiagnose entsteht.«

»Sehr – außerordentlich freundlich von Ihnen, Sir.«

»Ehre, wem Ehre gebührt. In Ihrem Fall ausnahmsweise einmal ohne Einschränkungen.«

Ich fühlte mich trotzdem kolossal geschmeichelt. Allerdings war ich stets der Ansicht, orthopädische Chirurgie sei nichts anderes als eine Art Zimmermannsarbeit, und im Bastelkurs an der Schule hatte ich ja auch Glanzstücke geleistet.

Die zwei anderen Nutbeams harrten unser gespannt in der Halle, aber am Fuß der Treppe angekommen, griff Sir Lancelot einfach nach seinem Hut.

»Sir Lancelot –?«

Percy sah aus, als ob er nicht ganz auf seine Kosten gekommen wäre.

»Ja, Mr. Nutbeam?«

»Haben Sie – äh – nichts über meinen Bruder zu sagen?«

»Ich werde mit meinem Kollegen Konsultation halten, und dieser wird Sie dann informieren. Das entspricht der ärztlichen Gepflogenheit.«

»Aber wenn Sie uns nur ein einziges Wort der Hoffnung geben können!« rief Amanda aus. Ich bildete mir ein, sie blickte dabei verstohlen auf den Kalender.

»Ich glaube, mein Kollege hat nichts dagegen, wenn ich Ihnen mitteile, daß Sie bald eine Besserung in Seiner Gnaden Zustand feststellen werden können.«

»Gott sei gedankt!« riefen die beiden unisono.

»Jetzt aber werden wir, wenn Sie gestatten, Dr. Grimsdyke, in Ihre Ordination zurückkehren.« Er zog seine große goldene Uhr hervor. »Es bleibt uns bis zur Abfahrt des Vier-Uhr-Zuges wahrhaft nicht viel Zeit zu einer Diskussion.«

Sir Lancelot erwähnte den Patienten keineswegs auf unserer Rückfahrt zu Onkels Villa, sondern ließ sich in breiten Schilderungen über die verschiedenen Methoden des Dachdeckens aus. Ich mußte warten, bis er sich gemütlich zu einer Tasse Tee im Salon niedergelassen hatte.

»Von der Fraktur abgesehen, die einen unkomplizierten Heilungsverlauf nimmt«, erklärte er, »fehlt Lord Nutbeam nicht das geringste. Aber ein Ding braucht er unbedingt – Interesse am Leben. Glauben Sie mir, es ist gar nicht so schwer, sich richtig zu Tode zu langweilen. Was schlagen Sie vor?«

»Noch mehr Bücher, Sir?«

Sir Lancelot schien meine Antwort zu belustigen.

»Ein bemerkenswerter Vorschlag ausgerechnet von Ihnen, Grimsdyke. Der Rat, niemals einen andern nach sich selbst zu beurteilen, gehört zu den blödesten Redensarten. Wiese die gesamte Menschheit nicht verblüffende Ähnlichkeiten auf, würde die praktische Heilkunde zum Stillstand verurteilt sein.«

Er bestrich ein Stück Weißbrot mit dicker Sahne und Erdbeerjam.

»Ich schließe mich der Ansicht an, daß Lord Notbeams Expedition ins Spital, nachdem er sein Leben lang ein Einsiedlerdasein geführt hat, wie ein Schock wirken mußte. Mit dem erschreckenden Fortschreiten der Spezialisierung geht die Überfüllung der Spitäler mit Personal Hand in Hand – es ist selbstverständlich vollkommen ausgeschlossen, dort Ruhe zu finden. Haben Sie seine Pflegerinnen gesehen?«

»Ja, das habe ich, Sir. Es gab eine Stationsschwester dort und –«

Sir Lancelot hob die Hand. »Es genügt mir völlig, Grimsdyke, daß Sie sie bemerkten. Zweifellos findet Lord Nutbeam die amateurhaften Handreichungen seiner Schwägerin weniger angenehm. Morgen werde ich durch ein Londoner Vermittlungsbüro eine qualifizierte Pflegerin herüberschicken lassen. Sorgen Sie bitte dafür, daß sie nicht von der Familie aus dem Sattel geworfen wird.«

»Das dürfte nicht leichtfallen, Sir.«

»Unsinn!« Er bediente sich mit einem Stück Obstkuchen. »Es gibt nur einen Weg, schwierige Patienten, schwierige Verwandte und schwierige Pferde zu behandeln, und der ist, sich oben zu halten. Hoffentlich hat meine Visite Sie mit ein bißchen mehr Autorität ausgestattet. Oft der einzige Wert des Auftretens eines konsultierenden Arztes.«

»Und wie steht's mit Tonika, Sir?«

»Meiner Meinung nach gibt's nur ein einziges wirksames Tonikum. Ich werde dafür sorgen, daß auch dieses von London geschickt wird. Glaube, ich hab noch Zeit für eine weitere Tasse Tee, bitte. Sie wußten doch übrigens«, fuhr er fort, als ich die Teekanne niederstellte, »daß sich Ihr Cousin Miles um Aufnahme in den Spezialistenstab des St. Swithin bemüht?«

»Er erwähnte es mir gegenüber, Sir.«

»Wie beurteilt er seine Chancen?«

»Ich glaube, er ist von Natur aus bescheiden, Sir«, erwiderte ich behutsam.

»Hm. Ich verrate nur ein offenes Geheimnis, wenn ich sage, daß Cambridge im Auswahlkomitee bemerkenswerte Schwierigkeiten macht. Dickschädeligkeit ist ein äußerst unerfreulicher Charakterzug.« Sir Lancelot strich sich den Bart. »Welcher Art sind Ihre Beziehungen zu Ihrem Cousin?«

»Wir leben in recht verschiedenen Welten, Sir.«

»Ich weiß nicht, ob Sie mit ihm auf so vertrautem Fuß stehen, um ihm anzudeuten, daß sich seine Chancen im St. Swithin erheblich bessern würden, wenn er aufhörte, so widerlich vorbildlich zu sein. Ansonsten ist er der Kandidat, wie er im Buch steht. Seine Arbeit hat Begabung, sein Auftreten hat Zuversicht und, was am wichtigsten ist, seine Frau hat Geld. Aber wen immer das Komitee wählt – man muß mit dem Kerl bis ans Ende der Arbeitsjahre zusammen leben. Und nichts ist unerträglicher, als ständig einen Tugendbold um sich zu haben, wie man täglich am Scheidungsgerichtshof erfahren kann.«

»Miles ist bestimmt von seinem Beruf ganz besessen, Sir«, bemerkte ich, die Gelegenheit wahrnehmend, für den Jungen ein gutes Wort einzulegen.

»Niemand ist so gefährlich«, erklärte Sir Lancelot, »wie die Besessenen.«

Kurz darauf brachte ich ihn auf den Bahnhof. Nun hatte ich keine Skrupel mehr, den Nutbeams die Stirne zu bieten, nicht einmal wegen der Krankenschwester.

»Eine Pflegerin? Das ist aber recht lästig, Doktor«, wandte Amanda auch sofort ein. »Wir hatten schon einmal eine im Haus, als mein Gatte Lungenentzündung hatte. Es war wirklich äußerst schwierig mit ihr. Diese Personen maßen sich an, ihre Mahlzeiten am selben Tisch wie wir einzunehmen, ja, sie versuchen sogar, an den Abenden bei uns zu sitzen.«

Dies verärgerte mich noch mehr, weil ich ein großer Bewunderer der Krankenschwestern bin, zumindest einiger von ihnen. Sir Lancelots Rat gedenkend, sagte ich ziemlich hochnäsig: »Wenn Sie nicht die Vorschriften Ihres Arztes befolgen, hat es überhaupt keinen Sinn, einen zu haben.«

»Ich versichere Ihnen, um der Gesundheit meines Schwagers willen will ich jede Unannehmlichkeit auf mich nehmen«, erwiderte sie. »Ich werde die Haushälterin anweisen, unverzüglich ein Zimmer herzurichten.«

Ich selbst war gar nicht darauf erpicht, mich in die klinische Behandlung Lord Nutbeams mit einer Pflegerin zu teilen, zumal ich wohl wußte, welche nach Sir Lancelots Geschmack waren. Seine Stationsschwestern im St. Swithin waren Weiber, die imstande gewesen wären, Attila den Hunnenkönig einen Monat lang bei Brot und Milch im Bett zu halten, und ich erwartete mir eine von ein Meter neunzig Größe, mit Stoppelkinn, alt genug, um Lord Nutbeam als Baby einen Klaps gegeben zu haben, und robust genug, um das auch jetzt noch bei ihm zu versuchen. Ich war daher recht überrascht, als ich am nächsten Abend in Nutbeam Hall das hübscheste Mädel vorfand, das ich je im Leben gesehen.

»Guten Abend, Doktor«, begrüßte sie mich. »Ich bin Schwester Jones. Ich habe den Patienten gebadet und er ist bereit, Sie zu empfangen.«

Ich konnte sie nur anstarren und mich glücklich preisen. Sie war ein zierliches und zurückhaltendes Geschöpf; unter ihrem Kinn saß ein Schleifchen. Sie sah wie Schneewittchen aus, zu dem Zeitpunkt, da es den sieben Zwergen entwuchs. Hoffnung erfüllte mich, daß unsere Zusammenarbeit rasch verheißungsvolle Früchte tragen werde, denn das Hilfspostfräulein mochte ja für ländliche Wanderungen ganz gut taugen, hatte aber die ermüdende Gewohnheit, konstant auseinanderzusetzen, auf welche Art man am besten Erlagscheine zusammenzählte.

»Oh, famos«, sagte ich. »Hoffentlich gefällt's Ihnen hierzulande? Haben Sie vielleicht Lust, an einem dienstfreien Nachmittag die Sehenswürdigkeiten des Ortes zu betrachten?«

Ihr Lächeln war so sanft wie die Wellchen auf dem Dorfweiher.

»Wirklich sehr lieb von Ihnen, Doktor, aber ich fürchte, ich werde bei einem so wichtigen Fall nicht viel Freiheit erübrigen können.«

»Wir werden ja sehen, nicht?« Nichts ist geeigneter, einen Mann und eine Frau zusammenzubringen, als die gemeinsame Betreuung eines Kranken.

Lord Nutbeam saß im Bett und nippte an einem Glas Champagner.

»Woher kommt denn der, du lieber Himmel?« rief ich aus.

»Aber Fortnum und Mason schrieben mir doch, daß Sie ihn für mich bestellt haben, Doktor.«

»So? Ach ja, richtig. Bollinger, nicht wahr? Sir Lancelots Lieblingsgetränk. Ein verteufelt gutes Tonikum, finden Sie nicht?«

»Ich hätte nie Alkohol zu mir genommen, außer auf ärztliche Verschreibung, selbstverständlich. Aber ich muß schon sagen, er tut mir äußerst gut. Wieviel soll ich davon trinken, Doktor? Ich glaube, es sind sechs Dutzend Flaschen eingetroffen.«

Ich murmelte, bei einer Flasche pro Tag bedürfe er des Arztes nicht mehr, und lud mich selbst auf ein Tröpfchen ein.

»Wie gefällt Ihnen Ihre neue Pflegerin?« fragte ich, als sie ein Glas holen gegangen war.

Lord Nutbeam dachte einen Augenblick nach.

»Wissen Sie, was mir bei ihr einfällt? Crabbe.«

»Aber sie bewegt sich doch gar nicht seitwärts«, sagte ich; mir erschien dies keineswegs ein Kompliment.

»›Artig doch spröd, und sanft doch reserviert‹«, zitierte er. »›Frohsinn und Jugend strahlt aus ihren Blicken, mein unruhvolles Herze zu erquicken.‹«

Mir war, als hätte der Fall eine Wendung zum Besseren genommen.

# 11

Schwester Jones erwies sich als durchschlagender Erfolg. Nach ein paar Tagen hatte sie den alten Nutbeam so weit, daß er seinen Rollstuhl verließ und an den Blumen schnüffelnd im Garten umherwankte. An einem Nachmittag der folgenden Woche fuhr sie mit ihm im Daimler spazieren. Und als ich eines Mittags vorsprach, stellte ich mit Erstaunen fest, daß er seine übliche Diät – Spiegelei mit feingehacktem Spinat – aufgegeben hatte und sich ein Steak von der Größe einer Badematte einverleibte.

Selbst die Percy Nutbeams hatten gegen das neue Regime nichts einzuwenden, einesteils weil es Seiner Gnaden von Tag zu Tag besser ging, und andernteils wegen der Art, wie sich Schwester Jones gegenüber der Herrin des Hauses verhielt. Krankenschwestern sind reizende Mädel, neigen aber leider Gottes dazu, im Kommandoton zu sprechen, zweifellos weil sie ihre Ausbildungsjahre größtenteils damit verbringen, alte Männer ins Bett zurückzujagen. Doch Schwester Jones war süß und sanft wie Honigseim und stets darauf bedacht, Mrs. Nutbeam wie ein frisch aus dem Waisenhaus gekommenes Edwardisches Hausmädchen zu begegnen.

»Die Schwester weiß wenigstens, wo ihr Platz ist«, sagte Amanda eines Nachmittags anerkennend zu mir. »Heutzutage eine wirklich willkommene Entdeckung. Sie konnte andererseits kaum erwarten, auf gleichem Fuß mit Leuten unserer Klasse zu verkehren. Sie wurde nicht nur in einem äußerst obskuren Spital ausgebildet, sondern ihr Vater ist zudem noch, wie ich höre, Lokomotivführer.«

»Sie meinen, *in loco parentis*?« bemerkte ich. Aber auch Amanda Nutbeam gebrach es entschieden an Sinn für Humor.

»Trotzdem bin ich froh, daß Sir Lancelot sie empfahl. Sie scheint Seiner Gnaden gut zu tun.«

Auch mir tat sie unendlich gut. Man kann sich gar nicht vorstellen, wie sehr erstrebenswert eine abendliche halbe Stunde mit einem zivilisierten Püppchen erscheint, wenn man tagsüber Penicillin in ländliche Hinterteile gejagt hat.

»Guten Abend, Schwester Jones«, lautete meine Begrüßung an der Schlafzimmertür. »Wie geht es Seiner Gnaden heute abend?«

»Ausgezeichnet, danke sehr, Doktor. Er hat seine Vitaminmilch getrunken und zweimal *Clair de Lune* auf dem Klavier gespielt.«

»Und wie geht es *Ihnen*, Schwester Jones?«

»Ausgezeichnet, danke sehr, Doktor.«

»Vielleicht möchten Sie doch eines Nachmittags ein bißchen frische Luft schöpfen und sich die Sehenswürdigkeiten anschauen, Schwester Jones?«

»Vielleicht eines Nachmittags, Doktor.«

Nach ein oder zwei Wochen meinte ich, es wäre an der Zeit, unsere Bekanntschaft auf einer vertrauteren Basis zu festigen.

Der alte Nutbeam war aus dem Zimmer gehoppelt, um irgendwohin zu gehen, und Schwester Jones hatte sehr respektvoll zugehört, als ich mich über die Osteopathologie verwachsender Frakturen verbreitete, so daß ich meinen Arm um ihre Taille legte und sie küßte.

Dies zeitigte ein recht unerwartetes Ergebnis. Ich hatte mir vorgestellt, sie würde ihre Augen niederschlagen und freudig schluchzend ihr Haupt an meiner Weste bergen. Statt dessen versetzte sie mir einen sauberen Uppercut an der linken Kinnlade.

Ich weiß nicht, ob schon viele Leute von Pflegerinnen einen Hieb eingesteckt halben; die Mädchen verfügen über eine gehörige Portion Kraft, nach all den Jahren, die sie Patienten mit der bloßen Hand hochzuheben hatten. Die Kleine brachte mich glatt aus dem Gleichgewicht, und ich fiel direkt in die Überreste von Seiner Gnaden Nachtmahl. Doch in noch größeren Schrecken versetzte mich ihr Anblick. Schwester Jones sah aus, als wäre sie mit elektrischem Starkstrom geladen. Sie war nichts als Augen, Zähne und Fingernägel.

»Sie jämmerlicher Lausbub!« zischte sie mich an. »Halten Sie mich für eins Ihrer Spitalliebchen? Lassen Sie die Hände von mir und solche Manieren in der Kneipe.«

»Tut mir schrecklich leid.« Ich klaubte den Obstsalat von mir herunter. »War nur rein kameradschaftlich gemeint. Wie etwa zu Weihnachten.«

»Oh, ich kenne euch junge Ärzte!« Sie sah aus, als wollte sie etwas Garstiges ausspucken. »Glauben Sie vielleicht, ich habe fünf Jahre Schwerarbeit im Spital nur dazu hinter mich gebracht, damit Leute Ihrer Sorte mich abgreifen? Huh! Ich erwarte mir mehr vom Leben als das. Es ist schon schlimm genug, sich Tag und Nacht so abzuplacken, auch ohne daß man sich gegen die Pfoten von Romeos wehren muß, sobald man mit ihnen allein im selben Zimmer sitzt. Mir wird direkt übel, wenn ich Sie ansehe.«

Das waren gewiß strenge Worte. Aber die Grimsdykes sind seit jeher Gentlemen gewesen und äußerst feinhörig schon bei der ersten Andeutung, daß ihre Aufmerksamkeiten unerwünscht sein könnten.

»Ich bitte tausendmal um Entschuldigung«, sagte ich ein bißchen steif. »Das kommt von der jetzigen Hitze. Ich versichere Ihnen, Schwester Jones, daß so etwas nicht wieder passieren wird.«

»Das kann ich Ihnen ebenfalls versichern«, erwiderte sie.

In diesem Augenblick kam der alte Nutbeam zurückgeschlurft, und sie verfiel wieder in ihre frühere Sittsamkeit und Reserviertheit.

In den nächsten Tagen wußte ich nicht, ob ich mehr verwirrt oder enttäuscht war. Schließlich hat sich schon jeder Spitalsarzt im Spülraum kleine Handgreiflichkeiten erlaubt, und das Schlimmste, was er darauf zu hören bekam, waren Bemerkungen wie: man sei nicht so eine, und die Oberschwester käme jede Minute herein. Schwester Jones sah so aus, als ob sie kein Wässerlein trüben konnte, und doch war sie ohne weiteres imstande, glühende Nägel zu schlucken. Dies bestürzte mich und machte mich gleichzeitig elend. Ich hatte mich schon so sehr darauf gefreut, ihr die Sehenswürdigkeiten zu zeigen.

Als ich einige Abende später wieder nach Nutbeam Hall kam, dachte ich anfangs, daß Schwester Jones wieder in Schwung war. Dann erst erkannte ich die Stimme hinter der Salontür.

»Es ist absolut degoutant«, erklärte soeben Mrs. Nutbeam, »wenn sich ein Mann in deiner Position derart mit einem der Dienstboten aufführt.«

»Aber, meine Liebe!« blökte Percy. »Man kann sie doch kaum als Dienstboten bezeichnen –«

»Natürlich ist sie ein Dienstbote. Ich habe früher Kammerjungfern gehabt, die zweimal so gut waren wie sie.«

»Aber, meine Liebe –«

»Und das in unserm eigenen Haus, während dein eigener Bruder krank im Nebenzimmer liegt! Also wirklich, Percy!«

»Meine Liebe –«

»Du hast mich stets wie einen Schuhfetzen behandelt, aber das ist zuviel. Viel zuviel. Hab ich im Augenblick nicht genug andere Sorgen?«

»Aber, meine Liebe, wie konnte ich wissen, daß sie solch ein Aufhebens davon machen wird? Ich hab doch nur versucht, ihr Händchen zu halten.«

»Und du hast die Stirne, mir das als Entschuldigung zu bieten! Wenn's nach mir ginge, würde ich das kleine Miststück binnen der nächsten fünf Minuten aus dem Haus weisen. Ich dulde sie überhaupt nur, weil sie deinen Bruder vor dem Grab bewahrt hat.«

»Laß mich dir versichern, meine Liebe, daß diese Szene keine Wiederholung finden wird.«

»Und du laß mich dir versichern, daß ich dir, geschieht es trotzdem, den Hals brechen werde.«

Es war mir direkt ein Trost, zu entdecken, daß Schwester Jones ihre Hiebe unparteiisch austeilte.

Von da an stattete ich Nutbeam Hall weniger Visiten ab, da auch Seine Gnaden nicht mehr meiner ständigen Betreuung bedurfte. Nicht einmal mehr die Percy Nutbeams brauchten dem achtundzwanzigsten Mai mit Bangen entgegenzublicken, da der Lord stündlich gesünder und kräftiger wurde. Unter dem besänftigenden Einfluß der kommenden Reichtümer wurde das grausige Paar sogar recht freundlich zu mir, ja lud mich mit einer Menge ihrer Freunde zu einer Cocktail-Party ein – die sahen übrigens aus, als wären sie in einem Viehwaggon transportiert worden.

Endlich dämmerte der achtundzwanzigste Mai heran, ein Sommertag von elysischer Heiterkeit. Nachmittags fuhr ich nach Nutbeam Hall hinüber, um meine Abschiedsvisite zu machen.

In der Halle standen Percy und Amanda; sie sahen aus, als hätten sie eben ihren Reingewinn errechnet.

»Dr. Grimsdyke«, begrüßte mich Percy ohne Umschweife, »wir beide möchten Ihnen dafür danken, daß Sie uns meinen Bruder zurückgegeben haben.«

»Es ist uns ein großer Trost, ihn heute in unserer Mitte zu haben. Und selbstverständlich noch viele weitere Jahre.«

»Wenn Gott ihn am Leben erhält«, fügte Percy hinzu und blickte abermals zum Kronleuchter empor.

»Um Ihnen unsere Anerkennung auszudrücken«, sprach Amanda weiter, »bitten mein Mann und ich Sie, dieses kleine Geschenk anzunehmen. Ich hoffe, es wird Sie stets an einen Ihrer ersten erfolgreichen Fälle erinnern.«

Worauf mir Percy eine goldene Zigarettendose in einem Etui von Cartier überreichte.

Ich stotterte einige Dankesworte hervor; wieviel hatten sie wohl von ihrem Reingewinn dafür abgeschrieben? Dann erklärte ich, mich vom Patienten persönlich verabschieden zu wollen.

»Mein Bruder befindet sich augenblicklich noch auf seiner Nachmittagsfahrt«, teilte mir Percy mit, »aber wir erwarten ihn jede Minute.«

»Er entfernt sich nie gern weit von Nutbeam Hall«, sagte Amanda.

»Warten Sie hier auf ihn, Doktor. Vielleicht ein Täßchen Tee gefällig?«

In diesem Augenblick hörten wir den Daimler in der Auffahrt, und als wir die Eingangstüre öffneten, stieg gerade Lord Nutbeam mit Schwester Jones aus dem Wagen. Da fiel mir etwas an ihm auf – vielleicht war es sein Blick, der Blick eines Burschen, der am Ende eines erbitterten Fußballspiels nach der ersten Maß Bier greift –, was mich veranlaßte, die Zigarettendose in meine Tasche gleiten zu lassen und mich seelisch auf einen Wirbel vorzubereiten.

»Percy… Amanda«, begann Lord Nutbeam, »erlaubt mir, euch Lady Nutbeam vorzustellen.«

Die zwei Honorables sahen aus, als hätten sie mitten durch einen brennenden Scheiterhaufen rennen müssen.

»Aber das ist doch unmöglich!« rief Mrs. Nutbeam.

»Keineswegs unmöglich, meine liebe Amanda. Ethel und ich

wurden vor einer halben Stunde im Standesamt von Gloucester getraut. Zwei sehr nette junge Männer vom Wasserwerk waren unsere Zeugen.«

Percy Nutbeam schnappte nach Luft. »Aber das Geld!«

»Leider existiert das nicht mehr, Percy. Zumindest nicht für euch. Die Schenkungsurkunde wurde selbstverständlich dadurch annulliert, daß ich vor Ablauf der fünf Jahre heiratete. Wenn ich eines Tages sterbe, wirst du den Titel erben, außer Ethel und ich werden mit Kindern gesegnet ...«

Mrs. Nutbeam brach in Tränen aus.

»Aber ich zweifle überhaupt, daß viel Geld zurückbleiben wird, denn ich beabsichtige es auszugeben. Ich erkenne jetzt, wie sehr ich mein Leben vergeudet habe, weil ihr beide so fein schlau darauf bedacht wart, mich ständig unter Kontrolle zu halten. Ich bin alles andere als kränklich. Ethel sagt, daß ich so kräftig wie ein Zwanziger bin. Ich wußte, wieviel mir entgangen ist, seit dem Moment, da ich unter all den netten jungen Leuten im Spital lebte.«

Lord Nutbeam blickte wohlwollend lächelnd um sich.

»Lieber Doktor, erinnern Sie sich, wie ich einmal Grays ›Elegie, geschrieben auf einem Dorfkirchhof‹ erwähnte? Damals wollte ich zitieren: ›So manche Blume ward geboren, ungesehn zu blühn und ihren Duft in öde Räume zu verstreun‹ – ein reizendes Gedicht. Nun, ab heute werde ich weithin sichtbar blühen. Ethel und ich fahren morgen weg, um unsere Flitterwochen in Monte Carlo zu verbringen. Sie müssen uns einmal besuchen kommen, Doktor, sobald wir Quartier gefunden haben. Du wirst es wahrscheinlich vorziehen, hier zu bleiben, Percy. Und das kannst du, wenn du willst. Bis wir zurückkommen.«

»Vergiß nicht das Geschenk, Darling«, sagte Lady Nutbeam. Sie sah so gelassen aus, als wechselte sie eben Seiner Gnaden Pyjama.

»Ach ja, das Geschenk. Sie waren es, Doktor, der die liebe Ethel und mich zusammenführte. Wollen Sie daher dieses kleine Angebinde als Zeichen unserer immerwährenden Dankbarkeit und Freundschaft annehmen?«

Und er überreichte mir eine goldene Zigarettendose in einem Etui von Cartier.

# 12

»Ich glaub dir kein Wort davon«, sagte Miles.

»Nein?« erwiderte ich und zog ein Paar identische goldene Zigarettendosen aus meinen Taschen.

»Der einzige Haken an der Sache ist, daß ich nicht weiß, was ich mit den Dingern anfangen soll – mein Leben war bisher nicht danach geartet, mich vor solch eine Situation zu stellen. Ich glaube, die eine werde ich für den Pfandleiher reservieren und in die andere die Worte ›In Dankbarkeit von einem erfolgreich geheilten Patienten‹ gravieren lassen. Dann kann ich den Leuten daraus Zigaretten anbieten, was meinem ärztlichen Ansehen einen kolossalen Aufschwung geben wird. Aber vielleicht wäre es, wenn ich darüber nachdenke, noch besser, ›In Dankbarkeit von Ihrer königlichen Hoheit‹ hineinschreiben zu lassen, was meinst du?«

Ich hatte an diesem Morgen Long Wotton unter herzzerreißenden Abschiedsszenen verlassen; vor allem das Hilfspostfräulein zerfloß in Tränen, die sämtliche Dreipenny-Marken verklebten. Sogar Onkelchen hatte mich bezüglich der Nutbeamschen Behandlung beglückwünscht und mir nicht nur, wie versprochen, einen handlichen Scheck ausgeschrieben, sondern auch einen Strohhut aus Jamaika geschenkt. Percy Nutbeam war stillschweigend aus dem Bezirk verschwunden, der Klatsch wollte wissen, daß er in einem Ausstellungsraum in Piccadilly Autos verkaufte, und ich trug mich halb mit der Absicht, hinzugehen und ihm durch die Fensterscheiben Gesichter zu schneiden.

Als ich in London eintraf, war es ein prächtiger Nachmittag in der Rennwoche von Ascot, und selbst die Männer, die am Ende der Edgware Road Plakate mit der Aufschrift »Der Jüngste Tag ist nahe!« herumtrugen, hatten eine Miene, als wäre die Welt doch nicht ein gar so schlimmer Aufenthaltsort. Ich stellte mit Bedauern fest, daß der einzige graue Fleck auf der sonst so fröhlich-bunten Leinwand des Lebens der arme alte Miles war.

»Man hat im St. Swithin die Ernennungen um sechs Monate zurückgestellt«, teilte er mir mit, ohne großes Interesse für die Zigarettendosen zu bezeigen. »Das Komitee hat Professor Kaiser aus

Kentucky eingeladen, inzwischen die Lücke mit einer klinischen Gastvisite zu füllen.«

»Diplomatischer Austausch mit Übersee?«

Er schnaubte. »Nicht die Spur! Nichts anderes als ein – übrigens von jedermann durchschautes – Manöver, um ihre Kräfte zu organisieren. Das einzige, was mir noch Hoffnung gibt, ist der Umstand, daß sich jetzt Mr. Longfellow von der Neurochirurgischen Abteilung für mich einsetzt. Allerdings opponiert er ja stets Sir Lancelot in allen Dingen.«

»Weil Sir Lancelot als Schiedsrichter beim letzten Cricketmatch – Ärztestab gegen Studenten – zu seinen Ungunsten entschieden hat.«

»Das sollte mich nicht wundern.« Miles starrte düster auf den Öldruck »Der Arzt am Krankenbett«. »Wenn die Patienten wüßten, was hinter ihren Rücken gespielt wird!«

»Warum läßt du das alles nicht hinter dir und gehst mit Connie auf Ferien?« schlug ich vor. »Jährlich einmal Szenenwechsel ist von wesentlicher Bedeutung für geistige und körperliche Gesundheit – Lektion eins der Sozialmedizin.«

»Nichts deprimiert mich mehr als Packen.«

»Aber die sonnigen Gestade des Mittelmeers –«

»Sagen meinen Eingeweiden absolut nicht zu.«

Schon wollte ich Sir Lancelots Rat anbringen, aber der arme Kerl sah so hoffnungslos miserabel aus, daß ich statt dessen sagte: »Zerbrich dir meinetwegen nicht den Kopf, alter Junge. Werde tun, was in meinen Kräften steht, um mich aus dem Gesichtsfeld und aus dem Wirbel herauszuhalten. Zumindest für die nächsten sechs Monate.«

»Weißt du, Gaston, du bist … du bist wirklich recht anständig.«

»Durchaus nicht. Familiensinn, gute Sache, und so weiter.«

»Bin dir aufrichtig dankbar. Wenn ich dir irgendwie behilflich sein kann, eine neue Position zu finden –«

»Danke, nicht notwendig, alter Junge. Ich verfolge einen Plan, der mich eine Zeitlang jedermann aus dem Weg räumt.«

»Du willst doch nicht auswandern?« Seine Stimme klang, fand ich, eine Spur zu hoffnungsvoll. »Außer der Ölgesellschaft kenne ich auch recht gut den Sekretär des Kolonialamts vom Klub her. Er könnte dir mit Leichtigkeit irgendwo in Australien oder Kanada einen Posten verschaffen.«

Ich schüttelte den Kopf. »Gewiß nicht von der Hand zu weisende Örtlichkeiten, aber ich ziehe es vor, auf diesem gesegneten Fleckchen Erde zu bleiben. Was sagte uns doch der alte Sir Lancelot immer? ›Ich weiß, die eine Hälfte Engländer hält sich für unterbezahlt, die andere für überbesteuert, aber glauben Sie mir, meine Herren, wir kommen noch billig weg.‹ Jedenfalls ist meine unmittelbare Zukunft ans teure Heimatland gebunden.«

»Es handelt sich doch um eine achtbare Arbeit?«

»Sehr. Doch ich muß im Augenblick darüber strengstes Stillschweigen bewahren.«

Miles war erstaunt, stellte jedoch keine weiteren Fragen. Wir schieden unter so warmen Versicherungen gegenseitiger Wertschätzung, daß es mir nachher leidtat, ihn nicht nochmals um zehn Pfund angepumpt zu haben.

Ich klärte Miles nicht auf, daß ich ein Buch zu schreiben beabsichtigte, denn er hätte mir gesagt, dies sei eine blödsinnige Idee, und ich hätte ihm rechtgeben müssen. Obgleich eine Menge anderer Ärzte dieselbe Idee gehabt haben – ich nenne nur Oliver Goldsmith, Smorsett, Rabelais, Conan Doyle, Somerset Maugham von den vielen. Dieser Einfall war mir im Arbeitszimmer meines Onkels in Long Wotton gekommen, das ich abgeweidet hatte, um mit Lord Nutbeams Konversation Schritt zu halten. Mitten in der Lektüre des Bandes »Die zehn großen Romane der Weltliteratur« hatte ich den Geistesblitz, daß einer, der die Nachrufe für den *Medical Observer* schreiben konnte, gewiß auch als Romancier überzeugend seinen Mann stellen würde.

Der einzige Haken war der, daß ich während des Schreibens die Miete zahlen mußte – ein Problem, das sicher auch Goldsmith und Smollett Nüsse zu knacken gegeben hatte. Doch ich besaß nun Onkels Scheck und konnte es mir leisten, in Chelsea ein kleines Hausboot zu mieten, wenn ich es über mich brachte, größtenteils von Bohnen und Benzedrintabletten zu leben.

Am nächsten Nachmittag war ich bei Carboy und Plover, einem

Verlagsunternehmen in Bloomsbury, angemeldet; dieser Bezirk wird zwar mit hochrangiger Literatur assoziiert, besteht aber jetzt hauptsächlich aus kleinen Hotels für betrunkene Schotten, die die Nachtzüge von King's Cross versäumen.

»Eine Spitalsstory, wie? Verkauft sich im allgemeinen ganz gut«, sagte Mr. Carboy.

Er war ein Dickwanst, trug einen Tweedanzug und saß inmitten von Photographien seiner Bestseller-Autoren und preisgekrönter Rinder, in die Lektüre von »Landwirt und Viehzüchter« vertieft. Aber er war sehr höflich und bot mir eine Tasse Tee an.

»Der Operationssaal als Tribüne«, murmelte Plover, ein magerer und bleicher Geselle, auf dem nichts recht zu gedeihen schien – Haar, Schnurrbart und Selbstbinder, alles hing herab wie zarte Pflänzchen nach einem Gewitter.

»Dann will ich's also angehen«, sagte ich. Ich fand, die Vorsprache ließ sich besser an als die vor der Aufnahme ins St. Swithin, wo man einem bloß sagte, wie viele Burschen man bisher wegen Faulheit hinausgeworfen hatte.

»Gehen Sie's unbedingt an, Doktor«, ermunterte mich Carboy. »Senden Sie uns nur ruhig das Manuskript, wenn es fertig ist. Ich kann natürlich nichts Sicheres versprechen. Aber lesen werden wir's.«

»Äh – und noch eine Kleinigkeit –«

Eigentlich wollte ich vor so würdigen Kulturträgern die schmutzige Geldfrage nicht aufwerfen, fuhr aber dann doch fort: »Ich lernte mal einen Autor kennen, der mir erzählte, Verleger gäben oft kleine Vorschüsse –«

»Wir täten es mit Freuden, Doktor«, sagte Carboy.

»Absolut mit Freuden«, stimmte Plover ein.

»Nichts macht einem Verleger größeres Vergnügen, als junge Talente zu fördern. Was, Plover? Aber leider! Der Buchhandel liegt darnieder.«

»Gerade jetzt in einem einfach fürchterlichen Ausmaß«, bestätigte Plover, an dem alles noch mehr herabhing als sonst.

»Geradezu unbeschreiblich.«

»Wöchentlich hört man von Bankrotten.«

»Der arme Hargreaves! Hat sich erst gestern erschossen.«

»Bin nicht so sicher«, vollendete Plover, »daß ich nicht auf meinem Weg zum Lunch einen Pistolenschuß hörte.«

Ich verabschiedete mich unter Zweifeln, ob ich mich erbötig machen sollte, den Tee zu bezahlen.

Da mir also Carboy und Plover nicht ihre Förderung angedeihen lassen konnten, verpfändete ich die eine Zigarettendose, erstand eine Schreibmaschine zweiter Hand sowie Rogets *Thesaurus* und machte mich an die Arbeit.

Das Medizinstudium ist ein ausgezeichnetes Training für den schriftstellerischen Beruf. Bei beiden Beschäftigungen muß man stundenlang an Schreibtischen sitzen, wenn man noch so gerne ins Wirtshaus mochte, und praktisch von nichts leben. Ich muß allerdings zugeben, daß ich diese Fertigkeit erst sehr spät in meinem Studiengang entwickelte. Onkelchen wurde noch knausriger mit seinen Zuwendungen, als er eines Abends zu einem Überrumplungsbesuch in meiner neuen Bude auftauchte und auf seine Frage: »Wohnt hier ein Mr. Grimsdyke?« von der Vermieterin die Antwort erhielt: »Jawohl, Sir, tragen Sie ihn nur herein und geben Sie auf der Schwelle acht, daß seinem armen Schädel nichts passiert.«

Ich machte auch die Entdeckung, daß das Bücherschreiben, genauso wie das Entfernen eines Appendix, viel leichter aussieht – wenn das fertige Produkt vorliegt –, als es ist. Ein Buch über das Spitalsleben zu schreiben hat den Haken, daß jeder sich vorstellt, die dortige Atmosphäre gleiche dem Endkampf bei einem Sechstagerennen, wohingegen ein Operationssaal in Wirklichkeit ein ruhiger und angenehmer Ort ist, wie eine gutgeführte Garage. Zudem hält das Publikum alle Chirurgen für anziehende Männer mit hohen Prinzipien, obgleich die meisten von ihnen klein und dick sind, alte Pyjamas unter ihren Operationskitteln auftragen und hauptsächlich darauf erpicht sind, den nächsten Leistenbruch so rasch hinter sich zu bringen, daß sie noch zu einem anständigen Mittagessen kommen. Der Held meines Buches, ein gewisser Clifford Standforth, Mitglied des Königlichen Chirurgenkollegiums, war ein glänzender, aufrechter und seriöser junger Chirurg, keineswegs jener Sorte Burschen zugehörig, über die sich schon in der ersten halben Stunde ganz St. Swithin, bis zu den Studenten des ersten Semesters hinunter, lustig machte.

Als nach einigen Wochen Arbeit das Konzeptpapier rund um mich so dicht auf dem Fußboden lag wie der Schnee auf einer Weihnachtskarte, fühlte ich wie jeder andere Eremit das dringende Bedürfnis nach einer ausgiebigen Mahlzeit und ein bißchen Konversation, und lud mich zum Dinner in Miles' Wohnung ein. Ich hielt es endlich an der Zeit, ihm Sir Lancelots Bemerkung weiterzugeben, er solle seine Kollegen ein bißchen mehr auf den Rücken klopfen; doch ich fand den armen Kerl noch tiefer in den Zustand akuter Melancholie verstrickt.

»Was ist denn jetzt wieder los?« fragte ich. »Ereifert sich Sir Lancelot noch immer wegen des Parkplatzes?«

»Barefoot«, erwiderte Miles.

»Oh«, sagte ich.

»Auch er bewirbt sich um den Posten.«

»So ein Pech«, meinte ich verständnisvoll.

»Alles hat sich gegen mich verschworen«, klagte Miles. »Ich dachte, der Kerl hätte sich lebenslänglich als Dozent für Chirurgie in West Riding niedergelassen.«

»Er ist wohl dein einziger ernstzunehmender Rivale?«

»Wie immer schon«, bestätigte Miles bitter. »Du hast doch nie ein Wort verlauten lassen, Gaston? Über den wahren Sachverhalt?«

Ich schüttelte den Kopf. »Nicht einmal Connie gegenüber.«

»Danke, Gaston. Ich weiß das aufrichtigst zu schätzen.«

Er tat mir so leid, daß ich meine Zuflucht zu seinem Whisky und Soda nehmen mußte. Der Barefoot-Zwischenfall war der einzige dunkle Punkt in Miles' sonst recht eintönigen grünen Jahren. Sämtliche Leute im St. Swithin hielten damals den Fall für ziemlich mysteriös; die allgemeine Meinung ging dahin, daß der arme Kerl infolge jahrelanger chronischer Überarbeitung einen Nervenzusammenbruch erlitten habe – für Studenten meiner Sorte, die an lange Erholungspausen zwischen den einzelnen Prüfungen glaubten, eine höchst erbauliche Annahme.

Das Ganze war passiert, knapp bevor Miles zu den Abschlußprüfungen antrat, und Connie war noch keinem von uns über den Weg gelaufen. Charlie Barefoot war ein kleiner, schlampiger, rosiger Bursche, eine Art bebrillter Cherub, und die beiden hatten einander in der ersten Woche zu St. Swithin über jenem ekligen Katzenhai kennengelernt.

»Ist das nicht Humes ›Traktat über die Natur des Menschen‹, das Sie da tragen?« fragte Miles, als beide eines Morgens auf den Beginn der Vorlesungen warteten.

Barefoot nickte. »Ich halte meinen Geist gern beschäftigt, wenn ich irgendwo zu warten hab – auf dem Bahnhof, beim Haarschneider, vor Prüfungen, und so weiter. Aber ist das nicht Darwins ›Vom Ursprung der Arten‹?«

Miles bejahte es. »Ich hielt es für eine nützliche Einführung in das Medizinstudium.«

»Seit Monaten sehne ich mich danach, Darwins Ansichten über die natürliche Zuchtwahl zu diskutieren!«

»Und ich sehne mich seit Monaten danach, Humes Ansichten über den subjektiven Idealismus zu diskutieren!«

Woraufhin sie dicke Freunde wurden.

Kaum haben die Medizinstudenten des ersten Jahrgangs den Kalk des Schulzimmers von ihren Schultern geschüttelt, lernen sie auch schon, die hintersten Bankreihen des Hörsaals zu bevölkern, damit sie unauffällig ihren Abgang nehmen können, sollte sich das Vortragsthema als reizlos erweisen. Miles und Barefoot jedoch besetzten stets die vorderen Reihen, wo sie auf alle Fragen antworteten, eifrigst Notizen machten und allgemein den Eindruck erzeugten, sie seien – auf geistigem Gebiet – ein Paar junger Mozarts. Am Ende des ersten Jahrs gewann Miles den ersten Preis in Biologie, Charlie Barefoot erhielt die Auszeichnung *proxime accessit*.

Die Beförderung vom medizinischen Kindergarten zu den Anatomiesälen ersparte ihnen weitere Katzenhaie. Nun teilten sie sich in dasselbe Bein.

»Miles, ich hab eine phänomenale Nachricht für dich«, empfing Barefoot eines Morgens meinen Cousin. »In meiner Bude wird was frei. Tony Benskin will nicht mehr bleiben. Weiß nicht warum, aber neulich wurde er richtig zornig, als ich während des Frühstücks über die Kniekehle diskutieren wollte. Wenn du vielleicht an einen Quartierwechsel denkst –«

»Noch heut abend kündige ich meiner Hauswirtin«, antwortete Miles unverzüglich. »Meine Behausung ist wirklich für ein abendliches Studium äußerst ungeeignet. Vom Lärm der Paddington Station ganz abgesehen, wohnen in meiner Etage ein paar Damen, die sich eines geradezu schauerlichen Besucherzuspruchs erfreuen.«

»In Muswell Hill wirst du's viel gemütlicher haben. Mrs. Capper läßt uns in der guten Stube sitzen und abends Kakao kochen, solange wir wollen.«

Miles zog mit Büchern und Knochen von einem Ende Londons ans andere, und von nun an paukte das Paar einträchtig allnächtlich von Montag bis Freitag am Tisch von Mrs. Cappers guter Stube. An Samstagen unternahmen sie lange Spaziergänge ins Grüne und nachtmahlten bei Lyons. Zum gegebenen Zeitpunkt gewann Miles die Goldene Medaille in Anatomie, abermals von Barefoot knapp auf den Fersen gefolgt.

Zu dem Termin, da ich selbst den verdammten Katzenhai abgeschüttelt hatte, arbeiteten Miles und Barefoot bereits in den Krankensälen St. Swithins. Im Widerspruch zu der feststehenden Meinung von Spitalsinsassen werden Medizinstudenten auf lebende Patienten erst losgelassen, nachdem sie etliche Jahre lang tote zerschnitten haben, und das ist ein recht harter Übergang. Ich habe so manche junge Leuchte der Anatomie hilflos zwischen schmutzigen Verbänden und Speischüsseln umhertappen gesehen, und man sagt, die besten Chirurgen waren in Anatomie ebenso hoffnungslose Fälle wie die besten Richter in der Rechtskunde. Aber selbst Sir Lancelot Spratt räumte ein, daß es nur eine Zeitfrage sei, bis Miles den Universitätspreis in Chirurgie gewann; Barefoot keuchte wie gewöhnlich als Zweiter durchs Ziel.

Doch dann lähmte ein ganz ungewöhnlicher Zwischenfall das Teilnehmerpaar an der akademischen Steeplechase.

Ich selbst stellte bei Beginn meiner Spitalsarbeit fest, daß die schwierigste Aufgabe im Krankensaal – hat man einmal gelernt, die komischen Töne im Stethoskop auseinanderzuhalten – nicht darin besteht, eine Diagnose zu stellen, sondern ein Bett zu machen. Spitalsschwestern nehmen Studenten gegenüber eine ähnliche Haltung ein wie Landwirte gegenüber unvermeidlichen Schädlingen. Sie bestehen darauf, daß sämtliche Bettdecken in Ordnung gehalten werden, die Ecke mit dem Spitalsmonogramm deutlich sichtbar, und dies überstieg vollkommen Miles' Kräfte. Wenn er einen Patienten untersucht hatte, hinterließ er ihn wie einen Endkämpfer in einem Sackrennen.

Nachdem Miles eines Abends einen besonders komplizierten Fall von Milzschwellung untersucht hatte, rang er damit, die Decke am Fußende des Bettes einzuschlagen, ohne seine Krawatte hineinzuwickeln, als hinter ihm eine sanfte Stimme sich folgendermaßen vernehmen ließ: »Würden Sie dies mir überlassen? Vielleicht ist es am Ende für uns beide vorteilhafter.«

Eine kleine blonde Hilfsschwester lächelte meinen Cousin an.

»Riesig nett von Ihnen«, stammelte er.

»Sie arbeiten aber noch schrecklich spät.«

Sie gab der Bettdecke einen abschließenden Klaps.

»Oh, finden Sie? Ich liebe meine Arbeit. Sind Sie neu auf der Station?«

»Ich bin gestern vom Ausbildungskurs hierher überstellt worden. Ich heiße Schwester Crimpole.«

»Und ich Miles Grimsdyke.«

»Oh, das wußte ich natürlich.«

»Wieso denn?«

»Jeder Mensch im Spital hat doch schon vom klugen Miles Grimsdyke gehört. Der so ganz anders ist als die übrigen.«

Sie lächelte ihm abermals zu. Miles' Magen benahm sich, als hätte er ein ganzes Nest von Glühwürmchen verschlungen.

»Was würdest du als die differentialen Merkmale einer akuten Nierenentzündung bezeichnen?« fragte Charlie Barefoot abends über Mrs. Cappers Tischdecke aus rotem Plüsch hinweg.

Miles riß seine Blicke von Mr. Cappers Büffelgruppe auf dem Kaminsims.

»Wie bitte?«

»Ist dir nicht gut?« Barefoot war ganz verstört. »Du hast deinen Kakao nicht angerührt.«

»O doch, es geht mir ausgezeichnet, danke. Springlebendig wie ein Floh. Möglicherweise hab ich mich bei den Samstagausflügen ein bißchen überanstrengt. Tut mir leid, Alter.«

»Ist ja nichts dabei. War heut abend was Interessantes auf der Station los?«

»Nein. Nichts Erwähnenswertes«, sagte Miles.

## 13

Am nächsten Samstag teilte Miles Barefoot mit, daß er seine Tante in Sydenham besuchen fahre, und ging mit Schwester Crimpole ins Kino.

»Sie dürfen nicht so schrecklich viel arbeiten«, flüsterte sie, als er nachher vor dem Eingang der Leichenkammer ihr Händchen hielt. »Ich möchte nicht, daß Ihnen etwas zustößt.«

»Vielleicht werde ich die Abendarbeit ein bißchen einschränken, Dulcie. Die Schlußprüfungen liegen noch in endlos weiter Ferne.«

»Und ich bin überzeugt, Sie kriegen lange nicht genug zu essen.«

»Mrs. Capper hält mich etwas knapp mit hochwertigen Proteinen, das gebe ich zu.«

»Achten Sie auf Ihre Gesundheit, Miles – ja?« Sie blickte ihm in die Augen und streichelte seinen Rockaufschlag. »Mir zuliebe.«

In der nächsten Woche teilte Miles Barefoot mit, daß er seinen Onkel in Beckenham besuchen fahre, und ging mit Schwester Crimpole ins Palladium.

Zum erstenmal in seinem Leben stellte der gute Miles fest, daß er unfähig war, sich zu konzentrieren. Im Gegensatz zu mir, dessen Gedanken die Neigung zeigen, von den Büchern zu Lords Cricketplatz oder nach Epsom zu schweifen, konnte Miles sein Gehirn kontrollieren wie ein Preisboxer seine Muskeln. Doch nun schaltete sich ständig Schwester Crimpoles Lächeln zwischen ihn und Dinge wie die elektrokardiographische Diagnose von Fallots Tetrologie. Bisher hatte noch keine Schwester ihre Zeit an den armen Kerl verschwendet, wo es doch auf der Station so großartige Leute wie Spitalsärzte und Assistenten gab. Und wenn man es genau bedachte, so hatte überhaupt noch keine Frau ihre Zeit an ihn verschwendet. Ich wollte, ich hätte damals um alles gewußt. Dann hätte ich mir den Burschen vorgeknöpft und ihm meinen väterlichen Rat zuteil werden lassen.

Am nächsten Samstag wollte Miles Barefoot mitteilen, daß er seinen Neffen in Croydon besuchen fahre, und mit Schwester Crimpole ins Corner House gehen. Als er in den Spülraum der Station schlüpfte, um seine Einladung vorzubringen, entdeckte er zu seiner Überraschung Dulcie in heiterem Geplauder mit seinem Zimmergenossen.

»Wollte nur nach meinen Diabetiker-Harnproben schauen«, sagte er schnell.

»Wurden bereits ins pathologische Labor hinuntergeschafft, Alter«, sagte ihm Charlie Barefoot. »Wenn du dorthin gehst, komm ich mit dir und geh mir meine eigenen holen. Bye bye, Dulcie«, verabschiedete er sich von Schwester Crimpole. »Auf Wiedersehen am Samstag.«

»Um zwei vorm Schwesternheim«, erwiderte sie und vertiefte sich wieder in das Blankscheuern der Leibschüsseln.

Miles war zumut, als wäre er der Elektroschockbehandlung unterzogen worden, die er in der psychiatrischen Abteilung gesehen hatte. Dem Idioten war es nie in den Sinn gekommen, daß Dulcie Crimpole auch für jemand anderen Augen haben könnte – am allerwenigsten, dachte er erbittert, für solch einen unbeholfenen alten Bücherwurm wie Charlie Barefoot.

»Kennst du Schwester Crimpole schon lang?« fragte er im Pathologielabor, und seine Hand zitterte, als er eine Flasche von Benedicts Reagens entkorkte.

»Habe sie ab und zu auf der Station gesehen.«

Miles schaltete eine Pause ein.

»An den letzten Wochenenden war ich nicht bei meinen Verwandten«, sagte er dann gereizt.

»Das erfuhr ich bereits von Dulcie.«

»Ich halte Dulcie für ein sehr nettes Mädel.«

»Ich auch«, sagte Charlie Barefoot.

An diesem Abend blickte Miles scharf von Muirs »Pathologie« auf, über der er brütete, und sagte: »Vielleicht hast du die Güte, Barefoot, mir meinen Bleistift zurückzugeben, wenn du genug an ihm gekaut hast.«

»Zufälligerweise ist das mein eigener Bleistift, Grimsdyke. Und ich kaue *nicht* an ihm.«

»Ich hab deutlich gesehen, wie du eben noch an ihm gekaut hast. Abgesehen davon, daß du den Bleistift – meinen Bleistift – ruinierst, solltest du wissen, daß das Kauen von Bleistiften eine völlig unhygienische Angewohnheit ist, die dazu führt, den *Streptococcus viridans* zu übertragen sowie eine große Zahl weiterer oraler Pathogene.«

»Da hast du den verdammten Bleistift!« sagte Barefoot, stand auf und setzte sich ins Schlafzimmer.

Es war die alte Geschichte. Nie hatte zwischen den beiden im Studium halsabschneiderische Rivalität geherrscht und ihre Freundschaft getrübt. Doch jetzt starrten sie einander allnächtlich feindselig über ihren Lehrbüchern an. Am nächsten Samstag abend saß Miles allein da, schüttete kummervoll literweise Kakao in sich hinein und hing dabei schwarzen Gedanken nach, wie er Charlie Barefoot ausstechen könne. Am nächstfolgenden Samstag teilte er seinem Kameraden mit, daß er mit Dulcie in die Festival Hall gehe, und stattete ihren Eltern in Guildford einen Besuch ab. Am Montagmorgen erfuhr das ganze Spital, daß er und Schwester Crimpole verlobt waren.

Barefoot verhielt sich durchaus anständig.

»Möchte nicht sagen, daß ich nicht enttäuscht bin«, gestand er in Mrs. Cappers guter Stube. »Dulcie ist ein prächtiges Mädel, und ich war drauf und dran, sie recht gern zu haben. Aber ... na schön, ich verlier sie an niemanden lieber als an dich, Miles.«

»Wirklich enorm großherzig von dir, Charlie.«

»Und wann wird geheiratet?«

»Erst bis ich qualifiziert bin, natürlich. Habe Vater gekabelt, er möge versichert sein, daß mein neuer Status keineswegs meiner Arbeit abträglich sein wird. Du wirst doch hoffentlich mein Brautführer sein?«

»Mein einziger Trost in der ganzen Sache.«

»Charlie, du bist ein famoser Kerl.«

»Und du ein richtiger Kamerad, Miles.«

Über Edens und Hollands »Geburtshilfe« hinweg schüttelten sie einander die Hände.

»Also«, begann Charlie Barefoot, »was würdest du als die Hauptpunkte der Behandlung von Laktationspsychose anführen?«

Die Jahre, die sich anfangs so grausig vor dem frischgebackenen Medizinstudenten erstrecken, pflegen rasch dahinzuschwinden. Jedenfalls führte von da an, soviel ich mich erinnere, Miles seine Dulcie regelmäßig jeden Samstag aus, während Barefoot allein seine Ausflüge ins Grüne unternahm. Die übrigen Tage der Woche widmeten die beiden dem Studium, so standhaft wie eh und je.

»Du wirst sowohl die medizinischen wie die chirurgischen Preise einheimsen«, prophezeite ihm Barefoot edelmütig, als die Schlußprüfungen nur noch ein paar Wochen vor ihnen lagen.

Miles lächelte ihm über das nunmehr etwas verschossene Plüschtuch hinweg zu.

»Sie könnten auch sehr leicht dir zufallen, Charlie.«

Barefoot schüttelte den Kopf. »Nein, Miles. Im Praktischen bist du mir turmhoch überlegen. Aber ich glaube, wir sollten lieber wieder an die Arbeit gehen. So vieles bedarf einer nochmaligen Durchsicht! Welches sind die vierundneunzig Ursachen von Blutharn?«

Als Miles das nächstemal mit Dulcie zusammenkam, erklärte er ihr, er müsse die folgenden Samstage dem Studium widmen.

»Aber du mußt unbedingt ein bißchen an die frische Luft«, drang sie in ihn. »Schließlich bin ich jetzt Stationsschwester und kenne mich in diesen Dingen aus. Mangel an Sonnenlicht kann dein Vitamin D bis zum Gefahrenniveau herabsenken.«

»Hol der Teufel das Vitamin D!« rief Miles. »Und genauso A, B und C.«

»Miles!« schrie sie auf, entsetzt ob solcher Blasphemie.

»Verzeih, Liebste. Bin derzeit ein bißchen reizbar. Das macht der Druck der Arbeit.«

»Wirklich nur der? Du siehst schrecklich spitz aus.«

»Ja, natürlich nur der.«

Der gute Miles ist ein grundehrlicher Mensch, und diese Charaktereigenschaft hat schon viele Karrieren fast aus der Bahn geworfen. Es war ihm zuwider, Dulcie anzulügen. Aber wie konnte er erklären, daß er wünschte, das verflixte Frauenzimmer wäre tot? Etliche Jahre Lebenskampf auf den Stationen eines Spitals haben schon weit weltläufigere Jungen als meinen Cousin gewandelt. Als Student wäre er erstaunt gewesen, hätte ihm ein Mädel zugelächelt. Nun war er fast schon ein fertiger Arzt, und von allen Seiten wurde ihm zugelächelt, sogar von sehr hübschen Mädchen. Und jetzt konnte er sich auch nicht länger verhehlen, daß ihm dieses Weibsbild schauerlich auf die Nerven ging.

»Findest du auch wirklich genug Schlaf?« fuhr Dulcie fort. »Der Professor sagt, sieben Stunden sind das normale Minimum. Und wie steht's mit deiner Kost? Ich bin überzeugt, daß du nicht genug Kalorien zu dir nimmst. Prof. Parsons hat uns gestern darüber einen phantastischen Vortrag gehalten.«

»Sehr interessant, meine Liebe. Wie willst du den Nachmittag verbringen? Sollen wir in eine Kunstausstellung gehen?«

»Wenn es dich nicht zu sehr ermüdet. Nach der Art deines Gehens würde es mich nicht wundern. Miles, wenn du Plattfüße hast.«

Die Hochzeit sollte vierzehn Tage nach den Schlußprüfungen stattfinden, und ich grübelte bereits darüber nach, woher ich das Geld für einen Leihanzug nehmen sollte. Miles hatte ich seit Wochen nicht zu Gesicht bekommen, ich vermutete, daß er emsig für die Examina büffelte. Tatsächlich saß er meist in Mrs. Cappers guter Stube und bemühte sich verzweifelt, einen ehrenhaften Ausweg aus seinen Verpflichtungen zu finden, ohne Selbstmord begehen zu müssen. Später, nach meinen eigenen Erfahrungen in Porterhampton, vermochte ich mich voll Mitgefühl in seine Lage hineinzuversetzen. Wie er mir nachher erzählte, hatte er fast schon die Hand nach Murrells »Giftstoffen« ausgestreckt, als sich ihm, mit der blendenden Klarheit aller großen Inspirationen, die Lösung bot.

Miles faßte den Entschluß, absichtlich bei den Schlußprüfungen durchzufallen.

Selbst ich vermochte die Einfachheit dieses Planes zu würdigen. Miles konnte erst nach sechs Monaten wieder zur Prüfung antreten, und bis dahin würde Schwester Crimpole das Warten wohl satt haben. Sie könnte meilenweit entfernt droben im Norden einen Schwesternposten bekommen haben. Sie könnte auch von einem Ambulanzwagen überfahren worden sein. Zumindest aber würde er sie nicht in genau sechs Wochen zum Altar führen müssen.

»Hallo!« rief Barefoot, von seinem Ausflug in den Chilterns heimkehrend. »Heut abend siehst du viel heiterer aus als sonst.«

Ich persönlich finde ja den Tag der Examina so wenig anziehend wie den Tag des Jüngsten Gerichts, aber Miles und Barefoot betraten ein paar Wochen später den Prüfungssaal ohne Wanken.

»Glückauf, Miles«, flüsterte Barefoot, als sie sich an den Pulten in einer Distanz niederließen, die das Abschreiben zu einer Höllenqual machen würde.

Mein Cousin lächelte. »Diesmal schaffst du's ohne meine Wünsche, Charlie.«

Miles erzählte mir, daß er in der Schriftlichen noch seinen Mann stand – sein in Mrs. Cappers guter Stube aufgespeichertes Wissen zurückzuhalten wäre ihn ebenso hart angekommen wie Schwester Crimpole zu heiraten. Außerdem bietet die klinische Prüfung weitaus mehr Gelegenheit für ein dramatisches Versagen, spielt sie sich doch unter den Augen des Examinators ab.

Als Miles einige Morgen später an das Bett des ihm zugeteilten Prüfungspatienten trat, fühlte er sich sowohl entschlossen wie gefaßt.

»Nun, mein Junge«, begann der Examinator, der nach der für die Diagnose bemessenen Zeitspanne auftauchte, »was finden Sie an unserem Patienten nicht in Ordnung?«

»Leider, Sir«, sagte Miles, »kann ich überhaupt keine Diagnose stellen.«

Der Examinator ergriff seine Hand.

»Meine herzlichsten Glückwünsche! Wir haben einen völlig normalen Mann ins Bett gelegt. Sie würden entsetzt sein, wenn Sie die eigenartigen Diagnosen zu hören bekämen, die mir den ganzen Vormittag serviert wurden. Mr. Miles Grimsdyke, nicht wahr? Das dachte ich mir. Nur ein Student von Ihren überdurchschnittlichen Fähigkeiten konnte unseren kleinen Betrug durchschauen. Ausgezeichnet, mein lieber Herr! Guten Tag.«

Der arme Miles stolperte auf die Straße hinaus, von einer fürchterlichen Erkenntnis erfaßt: nach all den Jahren, da er sich als akademischer Athlet bewährt, war es ihm überhaupt unmöglich, bei einer Prüfung durchzufallen. Wie betäubt wanderte er dahin und fragte sich, was er um alles in der Welt nun tun solle. Noch blieb ihm die mündliche Prüfung an diesem Nachmittag. Schon trug er sich halb mit der Absicht, einfach in ein Kino abzuhauen, aber man hätte ihm in diesem Fall einen anderen Termin gegeben, wie einem erkrankten Kandidaten. Die Vision Schwester Crimpoles im Hochzeitskleid stieg vor ihm auf.

Als er schließlich seine Gedanken auf seine Umgebung konzentrierte, fiel ihm ein Schild in die Augen, das die Aufschrift trug: Zum roten Löwen – Bier und Spirituosen.

Miles hatte, glaube ich, noch nie in seinem Leben einen Drink zu sich genommen; nun aber fühlte er sich so elend, daß er beschloß, zu jener Behandlung Zuflucht zu nehmen, die er mich selbst seit Jahren anwenden sah.

»Guten Morgen, Sir«, sagte der Mann hinter der Theke »Was darf's denn sein?«

»Ich möchte etwas trinken.«

»Gewiß, Sir. Aber was?«

Es war Miles noch nie aufgefallen, daß es verschiedene Getränke gab.

Er bemerkte ein Plakat, das auf Eisblöcken glitzernde Flaschen darstellte; es sah sehr erfrischend aus.

»Das da.«

»Wodka, Sir? Groß oder klein?«

»Oh, groß, bitte. Hatte heute früh keine Zeit, eine zweite Tasse Tee zu trinken.«

Was bei Miles' mündlicher Prüfung vorfiel, kam nie ans Tageslicht. Niemand hat mehr als ich für ein bißchen Klatsch übrig, aber selbst ich wäre mir als ein niederträchtig gemeiner Kerl vorgekommen, hätte ich je eine Andeutung darüber fallen lassen. Anfangs wehten seine Antworten auf Sir Lancelot Spratts Fragen über den grünbespannten Tisch dahin, obwohl er sich stützesuchend daran klammern mußte, während er die Schweißtropfen mit seinem Taschentuch von der Stirn wischte.

»Jetzt, Mr. Grimsdyke«, fuhr Sir Lancelot fort, dem die Eigenheiten nervöser Kandidaten nichts Neues waren, »wollen wir das Thema Magenleiden diskutieren.«

»Nein«, sagte Miles.

»Wie bitte?«

»Nein, sagte ich. Ewig wollen Sie über Magenleiden diskutieren. Und wissen Sie, warum? Ich will's Ihnen sagen. Weil Sie selber alles über Magenleiden wissen. Von anderen Dingen brauchen Sie keinen blauen Dunst zu haben, soweit es Ihre Studenten angeht. Seit drei Jahren langweilen Sie mich zu Tode mit Ihren Magenleiden, und ich will jetzt einfach nicht darüber sprechen.«

»Sie haben vollkommen recht, Mr. Grimsdyke«, stimmte ihm Sir Lancelot nach einer Pause des Nachdenkens zu. »Wenn schon ein Pferd zuschanden geritten werden muß, soll's am besten gleich ein Steckenpferd sein. Ich freue mich, daß ein Gentleman Ihres Mutes den Anstand hatte, mich daran zu hindern, mit dem tyrannischen Ausspinnen dieses Themas jedermann auf die Nerven zu fallen. Ich danke Ihnen. Wir werden statt dessen die Seekrankheit und andere Übelkeitserscheinungen, diskutieren.«

»O Gott!« rief Miles und griff sich an den Magen.

Und er wäre dennoch durchgekommen, wenn er sich nicht in Sir Lancelots Homburg übergeben hätte.

Am nächsten Abend wurde die Liste der erfolgreichen Prüflinge auf der Estrade des Prüfungssaales verlesen und verlautbart, ‚daß Charles Barefoot (St.-Swithin-Spital) die Universitätspreise in Medizin und Chirurgie gewonnen hatte. Miles wurde überhaupt nicht erwähnt.

Er hatte sich mit Dulcie Crimpole vor Swan und Edgar's verabredet und beeilte sich, seine Neuigkeiten vorzubringen. Aber bevor er noch den Mund auftun konnte, hielt sie ihm ihre Hand hin und sagte:

»Leb wohl, Miles.«

»Leb wohl? »

»Ja.« Sie tastete nach ihrem Taschentuch. »Ich bin – ich bin leider ein schrecklich schlimmes Mädel gewesen. Ich hab dich sehr gern, Miles, aber – wirklich verliebt bin ich in Charlie Barefoot. Jetzt wollen wir heiraten.«

Miles schnappte nach Luft. »Aber – aber – seit wann –?«

»Erst seit ein paar Wochen. Ich bin jeden Samstag mit ihm aus gewesen, während du zu Hause gelernt hast. Aber ich wollt's dir nicht früher sagen. Es hätte dich vor der Prüfung zu sehr aufgeregt.«

## 14

»Nicht einmal Sir Lancelot kennt die ganze Geschichte von Dulcie Crimpole«, flüsterte Miles mir noch auf der Schwelle ins Ohr, als ich nach dem Abendessen zu meinem Hausboot zurückkehrte. »In irgendeiner Anzeige hab ich, wenn ich mich recht erinnere, einmal gelesen, daß Wodka keinen Geruch im Atem hinterläßt ...«

Ich nickte. »War eine kluge Wahl damals.«

»Es ist mehr als genug, einen so fürchterlichen Rivalen wie Barefoot bei der Bewerbung um den Job zu haben. Aber wenn gerade jetzt in diesem Augenblick die Geschichte herauskäme –«

»Verlaß dich auf Gaston, Alter. Gegen mich ist eine Auster eine Plaudertasche. Außerdem hab ich genug eigene Probleme.«

»Doch hoffentlich nicht ernste?«

»Rein beruflicher Natur, die sich zum Glück jeden Moment lösen werden.«

Er zog die Stirne in Falten. »Was treibst du jetzt eigentlich, Gaston?«

»Eines Tages wirst du schon hoffentlich draufkommen. Laß dir inzwischen keine grauen Haare wachsen – ich lege jede Wette, daß du endgültig im St. Swithin deine Krippe findest.«

»Sehr freundlich von dir, mich ein bißchen zu ermutigen. Höre in diesen Tagen leider Gottes nicht sehr viel solche Worte.«

Das Essen war eine recht trübselige Angelegenheit gewesen; Miles brütete über Barefoot, und selbst Connie vermochte sich kaum ein Lachen abzuringen, als ich zu ihrer Erheiterung einige komische Geschichten zum besten gab. Die flaue Stimmung steckte mich an und ich begann meinen Sorgen wegen des Buches nachzuhängen. Da hatte ich plötzlich wieder eine meiner brillanten Inspirationen. Befaßte ich mich jetzt nicht damit, dem Leserpublikum das Porträt des blendenden und in seinem Beruf aufgehenden jungen Chirurgen zu malen? Und mir gegenüber saß, auf seine Himbeeren starrend, dessen Prototyp, seit Kindheitstagen wohlvertraut. Sooft mein Clifford Standforth in eine schwierige Lage geriet, brauchte ich mich bloß zu fragen: »Wie hätte Miles die Sache angepackt?«, und das reichte für weitere zwanzig Seiten. Ich war von meiner neuen Idee derart eingenommen, daß ich mir kaum Zeit zum schwarzen Kaffee nahm und nach Hause eilte, um sie mit Hilfe der Schreibmaschine zu Papier zu bringen.

Ich rechnete mir aus, das Manuskript in etwa vierzehn Tagen Carboy und Plover in die Hände legen zu können, und hätte es auch getan, wenn mir nicht nach ein paar Tagen ein Telegramm folgenden Inhalts nachgesendet worden wäre:

SOFORTIGES EINTREFFEN MONTE CARLO ERBETEN SAEMTLICHE KOSTEN ERSETZT

LADY NUTBEAM

Diese Aufforderung überraschte mich nicht besonders. Ich hatte meinen ehemaligen Patienten im Auge behalten, was nach den Schlagzeilen der Zeitungen, die gewöhnlich »Und wieder einmal Lord Nutbeam« lauteten, nicht schwer war. Der alte Knabe tobte sich an der Riviera in einem Maße aus, daß die Leute, die auf der Heimfahrt im Autobus spaltenlange Artikel über sein Treiben lasen, sich wunderten, wie sie um alles in der Welt bisher ohne ihn ausgekommen waren – wie beim Penicillin und dem Fernsehen.

Ich bin nicht einer, der eine Gratisreise, und wär's nur nach Margate, ausschlägt, und mein Hausboot hatte sowieso ein Leck bekommen, das mich, wie ich mir ausrechnete, binnen zehn Tagen unter Wasser setzen würde. Dennoch zögerte ich, weil ich mich fragte, ob Lord Nutbeam nicht einen erfahreneren Arzt als just mich zitieren sollte. Schließlich sagte ich mir aber doch, daß ich den Alten nicht im Stich lassen dürfe, wenn er tatsächlich meine bescheidene Hilfe wünschte, stopfte mein Manuskript und das Stethoskop in eine Reisetasche, um rasch von einem Beruf in den andern wechseln zu können, und buchte für das nächste Flugzeug, das nach Süden ging. Bereits am nächsten Nachmittag glitt ich in Seiner Gnaden Rolls Royce unter Palmen dahin.

»Aubrey bestand durchaus darauf, nach Ihnen zu senden«, begrüßte mich Lady Nutbeam in ihrem Hotel. Von ihren Diamanten abgesehen, wirkte sie nicht anders als früher. »Er traut ausländischen Ärzten nicht.«

»Sind Sie wirklich sicher, daß er nicht doch an meiner Statt lieber den Vorsitzenden des Königlichen Ärztekollegiums hätte kommen lassen sollen?«

»Aber nicht doch, lieber Doktor. Haben Sie ihm schließlich nicht schon einmal das Leben gerettet?«

Ich fand den alten Nutbeam in einem verdunkelten Zimmer liegen; er litt an nichts Schlimmerem als einem chronischen Katzenjammer. Zum Glück verfüge ich bei diesem Zustand über eine ausgedehnte klinische Erfahrung und verschrieb ihm eine Diät aus trockenem Zwieback und französischem Mineralwasser, das wie ein auf Flaschen abgezogenes Gaswerk schmeckte.

»Ich bin erleichtert«, gestand Lady Nutbeam, als wir uns entfernten, um ihn in Frieden leiden zu lassen. »Freilich glaubte ich nicht, daß es sich um etwas Ernstes handelte. Hoffentlich wird der Arme bald wiederhergestellt sein. Er genießt ja das Leben augenblicklich in so vollen Zügen!«

»Er hatte es vollkommen verlernt, das ist das Ganze.«

»Sie können doch einige Tage hierbleiben, Doktor?« Sie blieb auf der Terrasse stehen und ließ ihren Blick über die Millionärsjachten schweifen, die im Hafen so dicht geparkt waren wie die

Autos an der Uferstraße Brightons. »Ich muß Ihnen gestehen, daß ich ja doch wegen meines Gatten beunruhigt bin.«

»Meinen Sie vielleicht«, wagte ich mich vor, »jene Party, über die ich in der Zeitung las? Wo er den Maharadscha mit Champagner begoß?«

Sie nickte. »Und unter dem griechischen Millionär ein Feuerwerk hochgehen ließ. Von der Eiscreme ganz zu schweigen, die er der französischen Balletttänzerin in den Ausschnitt schüttete. Ich fürchte, Doktor, Aubrey erweckt manchmal den Eindruck, ein wenig kindisch zu sein.«

»Ist doch gewiß nur purer jugendlicher Übermut.«

»Ich schlösse mich gern Ihrer Ansicht an. Ich wäre Ihnen sehr zu Dank verpflichtet, Doktor, wenn Sie ihn ein Weilchen im Auge behielten. Vielleicht sind Sie imstande, ihn etwas zu bändigen. Er gibt unendlich viel auf Sie, wie Sie wissen. Sie müssen sich selbstverständlich als unseren Gast betrachten.«

Ich erriet, daß die Nutbeams, wie so viele andere Leute in Monte Carlo, Geld in Ländern liegen hatten, wo man nicht diese ekligen Formulare ausfüllen muß, um es herauszubekommen.

»Ich kann mich wohl ein paar Tage freimachen«, erklärte ich mich bereit, »wenn Sie noch immer überzeugt sind, daß ich der Richtige bin.«

»Aber Sie haben ja selbst schon einmal für jugendlichen Übermut Strafgeld gezahlt, nicht wahr, Doktor?« Lady Nutbeam lächelte. »Ich bemerkte in Long Wotton, daß Sie sich die Lektion zu Herzen genommen haben.«

Als die paar Tage verstrichen waren, ohne daß mich jemand zum Gehen aufgefordert hätte, wurde ich ein reguläres Mitglied des Nutbeamschen Haushaltes, wie der Chauffeur und der Kammerdiener. Wenn ich es näher bedenke, hatte ich ja schon immer danach gestrebt, Privatarzt eines reisenden Millionärs zu werden, obwohl dafür nicht mehr Chancen bestehen, als Privatscharfrichter eines solchen zu werden.

Da Seine Gnaden ein leicht zu behandelnder Patient war, verbrachte ich die Zeit damit, in der Sonne zu sitzen, mein Buch zu vollenden und mein Französisch etwas aufzupolieren – ich schmeichle mir, das Zeug in mir zu haben für Dinge wie *défense de crâcher* und *crêpes Suzette.*

»*Garçon*«, sagte ich nach etwa einer Woche fließend, »*apportez-moi une verre du bon vieux bière anglaise, s'il vous plaît.* Und wenn das die Mittagsspeisenkarte ist, die Sie da haben, werde ich mal *gratin de langoustines Georgette* versuchen. Das ist so eine Art verhunzte Krabben, was?«

»Monsieur haben den richtigen englischen Sinn für Humor.«

»Erinnern Sie mich mal, daß ich Ihnen die Geschichte von *l'évêque et le perroquet* erzähle. Hat man der jungen Dame, die ich gestern abend im Sportklub kennenlernte, die Rosen geschickt?«

»*Mais certainement, monsieur.*«

»*Jolli bon spectacle.* Und, Kellner, noch was: sagen Sie dem Chauffeur, daß ich heut nachmittag den Wagen nehme. Möchte in Nizza ein paar Besorgungen machen.«

»*Entendu, monsieur.*« Na, ob nicht das Grimsdykesche Leben einen Aufschwung nahm!

Kaum hatte der Kellner die Terrasse mit den Überresten meines Gabelfrühstücks verlassen, tauchte mein Patient auf. Lord Nutbeam schien ausgezeichneter Laune zu sein und rauchte eine Zigarre.

»Mein lieber Doktor, wann werden Sie mir um Himmels willen wieder erlauben, einen Drink zu mir zu nehmen?« begann er wie schon so oft. »Hab eine so herrliche Zeit gehabt, als ich die Cocktails des Barmanns der Reihe nach durchkostete! War gerade bei dieser hochinteressanten Zusammenstellung von Tomatensaft und Wodka angelangt. Man hat so vieles nachzuholen im Leben!«

»Ab nächsten Montag dürfen Sie es wieder mit einem Glas *vin blanc* versuchen«, sagte ich ihm streng.

»Aber, Doktor, bedenken Sie doch das Filmfestival! Morgen beginnt es, und ich möchte so rasend gerne für diese heiteren jungen Leute eine kleine Party geben. Bin noch nie mit einem richtigen Filmstar zusammengekommen, müssen Sie wissen. Der einzige, an den ich mich überhaupt erinnere, ist ein Hund namens Rin-tin-tin. Aber der wird natürlich nicht kommen können.«

Er bot mir eine Zigarre an.

»Wie ich höre, soll diese junge Dame da heute nachmittag, aus London kommend, im Hotel eintreffen«, fuhr er fort, nach einem Magazin greifend, auf dessen Umschlag Melody Madder prangte.

Es war derzeit gar nicht so leicht, ein Magazin zu finden, auf dem sie nicht prangte. Sie war rothaarig, trug hautenge Kleider und machte mir – um es geradeheraus zu sagen – den Eindruck, an Hypertrophie der Brustpartie zu leiden. Aber dieses Leiden scheint in den weitesten Bevölkerungskreisen Interesse zu erregen, jedenfalls war Melody Madder in den vergangenen Monaten dem britischen Publikum vertrauter geworden als die Britannia auf der Rückseite eines Penny.

»Ein faszinierendes Geschöpf«, sagte Lord Nutbeam versonnen. »Es ist doch merkwürdig, wie sich die Objekte des Interesses wandeln, nicht wahr? Vor vierzig Jahren sah alles auf die Beine, und wieder vierzig Jahre früher trugen die Mädchen Tournüren. Ich möchte gerne erleben, was als nächstes drankommt.«

»Das Komische ist«, bemerkte ich, »daß ich das Gefühl habe, als hätte ich sie schon irgendwo gesehen. Wahrscheinlich in einem Film.«

»Ich wünschte, Sie wären persönlich mit ihr bekannt, Doktor, weil es mir ein solches Vergnügen bereiten würde, sie kennenzulernen, obgleich Ethel diese Idee keineswegs mit Begeisterung begrüßt. Wenn Sie sie zu meiner Party einladen könnten, würde ich meiner Anerkennung greifbaren Ausdruck verleihen. Sie haben doch noch keinen Rolls Royce, nicht wahr?«

Ich versprach, mein Bestes zu tun.

»Und wie kommen Sie mit Ihrem Buch weiter? Ach ja! Weiß nicht, wieso ich jetzt mit meiner Lektüre so im Verzug bin.«

In den letzten Tagen hatte sich das Hotel ständig mehr mit Teilnehmern am Festival gefüllt, meist Schauspielerinnen, die alle entweder zuviel oder zuwenig anhatten und jeder Anatomie hohnsprachen, Schauspielern, die den Atem anhielten, wenn sie in Badehose photographiert wurden, und Gatten von Filmstars, die sich über die Einkommensteuer ihrer Frauen unterhielten. Der Rest bestand, wie ich vermutete, aus Finanzgewaltigen, die man daran erkennen konnte, daß etwa fünfzehn Leute darum kämpften, die

Türklinke niederzudrücken, wenn sie, die Hände in den Hosentaschen, herannahten.

Es schien nicht leicht zu sein, die Bekanntschaft einer so durchschlagenden Sexbombe wie Melody Madder zu machen, selbst wenn wir im selben Hotel wohnten. Ich bemerkte von ihrer Ankunft nicht mehr als die Scheitellocke ihres berühmten roten Haars, da sämtliche männlichen Gäste sich bemühten, sie zu photographieren. Ich zog mich in einen ruhigen Winkel der Hotelhalle zurück und heckte einen Plan aus, ihr Seiner Gnaden Einladung zu präsentieren. Sie einfach mit einem Blumenstrauß aufzusuchen hatte keinen Sinn, da selbst Lord Nutbeams Name nichts bei einer Frau ausrichtete, die, ähnlich den Löwen am Trafalgar Square, eine nationale Institution geworden war. Sollte ich es vielleicht mit einem eleganten kleinen Billett versuchen, das mir zumindest ihr Autogramm einbrachte? Da der erste Schritt hiezu in der Erkundung ihrer Zimmernummer bestand, näherte ich mich dem Rezeptionstisch, wurde jedoch, als ich mich bemühte, das französische Wort für »Suite« zu finden, von einer dicken Frau beiseitegestoßen, von deren Hut Kirschen herabbaumelten.

»Es ist eine Affenschande«, begann die Dicke auf den leidgeprüften Mann hinter dem Pult loszuhacken. »Unser Zimmer ist so stickig, daß ich mich kaum trau, einen Atemzug zu machen. Ist seit Jahren nicht gelüftet worden, wenn Sie mich fragen. Und was die Betten betrifft, mag ich erst gar nicht an sie denken.«

»Wenn Madame die Läden öffnen wollten –«

»Öffnen? Versuchen Sie's, sie zu öffnen! Da brauchen Sie eine Ladung Dynamit dazu.«

Ich ärgerte mich zwar ein bißchen, so beiseite geboxt worden zu sein, teilte jedoch ihren Standpunkt: während in englischen Hotels Frischluft kostenlos durch alle Fenster- und Türritzen geliefert wird, pflegt man in Frankreich nur eine Spur davon ins Schlafzimmer einzulassen, dafür aber jahrelang dort aufzubewahren.

»Und noch was. Das Licht will nicht brennen, und ich bin im Lift steckengeblieben.«

»Der Hotelingenieur wird sich sofort dieser Dinge annehmen, Madame.«

»Und die Wasserleitung ist einfach schandbar. Was soll dieses lächerliche Waschbecken, fünfzehn Zentimeter über dem Boden? Sir Theodore Theobald wird das zu Ohren bekommen, das können Sie mir glauben. Außerdem ist meine Tochter noch immer luftkrank, und ich brauche sofort einen Arzt.«

»Einen Arzt, Mrs. Madder? Wir werden sogleich nach dem besten, der erreichbar ist, telephonieren.«

Ich drängte mich in den Vordergrund.

»Verzeihen Sie, wenn ich unterbreche«, sagte ich schnell, »aber wenn Sie einen Arzt brauchen, stelle ich mich zur Verfügung.«

Sie faßte mich ins Auge, als wäre ich eine weitere Unzulänglichkeit des Hotels.

»Dieser Herr, Madame, ist der Leibarzt Lord Nutbeams.«

»Oh? Na, dann werden Sie's hoffentlich schaffen. Aber ich sag Ihnen schon hier an Ort und Stelle, daß Sie sich keine Phantasiehonorare erwarten dürfen.«

»In einem dringenden Fall wie diesem, Mrs. Madder, widerspräche es durchaus der ärztlichen Ethik, überhaupt ein Honorar zu beanspruchen.«

Dies schien den Ausschlag zu geben, und ich war recht mit mir zufrieden, als ich ihr zum Aufzug folgte und dann ein mit Blumen vollgestopftes Zimmer betrat. Ich würde, wenn ich Melody Madder den Puls fühlte, nicht nur die Einladung des alten Nutbeam vorbringen können, sondern vielleicht auch Gelegenheit haben, ihren Oberkörper einer Untersuchung zu unterziehen.

»Mach dich bereit, Mädel«, sagte Mrs. Madder, als sie ans Bett trat. »Ich hab den Doktor hergebracht.«

»Großer Gott!« rief ich aus. »Nein sowas! Hallo, Petunia!«

## 15

Petunia gab einen kurzen Schrei von sich und setzte sich im Bett auf.

»Gaston! Ja, was suchst du denn hier, um Himmels willen?«

»Und was suchst *du* hier? Noch dazu mit diesem Haar!«

»Was soll das alles?« fragte Mutter Madder.

»Mama, das ist Dr. Grimsdyke – du weißt doch, der, der mich immer in seinem alten Klapperkasten nach Hause brachte.«

»Oh, *der*? Ja, ich erinnere mich. Hab ihn oft vom Schlafzimmerfenster aus gesehen.«

»Scheinst dich ja fein herausgemacht zu haben, Pet«, bemerkte ich mit Wärme. »Ganz famos, daß du damals doch nicht den Mumps bekamst.«

Ich hätte mich prügeln können, daß ich all die Photos nicht erkannte. Allerdings hatte sie sich seit den Tagen, da wir dasselbe Schlafzimmer teilten, eine tolle Tarnung zugelegt. Man hätte die gute Pet schon in ihrem natürlichen Zustand niemals eines auffallenden Hormonmangels verdächtigt, doch jetzt, da die Filmfritzen sie aufgebügelt hatten, sah sie wie das Paradestück eines Endokrinologen aus.

»Sie fühlt sich noch immer unwohl«, sagte Mutter Madder.

»Aber keine Spur, Mama. Ich sagte es dir doch.«

»Du *fühlst* dich unwohl. Als wir im Rundfahrtauto nach Hastings fuhren, war's genau dasselbe. Dir ist immer stundenlang nachher übel.«

»Gestatten Sie mir, Mrs. Madder – oder vielmehr Mrs. Bancroft –, daß ich ein Mittel verschreibe.« Ich packte die Situation beim Schopf. »Wenn Sie die Güte haben, damit zum Apotheker zu gehen, wird man es Ihnen auf der Stelle mischen.«

»Darf ich fragen, warum dies nicht ebensogut der Laufbursche des Hotels besorgen könnte?«

»Es wäre besser, wenn Sie die Herstellung des Mittels persönlich überwachten – Sie kennen doch diese französischen Apotheker.«

Mama zögerte einen Augenblick, glaubte aber dann doch auf meinen ärztlichen Stand bauen zu können und ließ uns beide allein.

»Gaston, es ist himmlisch, dich wieder zu sehen.« Petunia streckte mir ihre Arme entgegen. »Aber was, um alles in der Welt, hast du mir da verschrieben?«

»Speisesoda, die du genausogut vom Hotelkoch kriegen könntest. Ich wollte nur einen Augenblick Zeit gewinnen, um deiner Transformation auf den Grund zu kommen.«

Sie lachte. »Ich hab dich ja nicht mehr gesehen, seit wir zusammen in diesem Nest da oben im Norden – wie heißt es doch gleich? – waren. Mutter war damals wütend. Aber sie hat gottlob keine Ahnung, daß ich mich mit dir traf. Wollte nur wissen, was los war, mit oder ohne Nebel. Du weißt ja, wie sie ist.«

»Ich entdecke es langsam.«

»Sie hätte mich fast hinausgeworfen. Ich war schrecklich gekränkt. Schließlich ist doch damals nicht das mindeste Unmoralische passiert.«

»Eben«, sagte ich.

»Sie forderte mich auf, mir einen ehrsamen Posten zu suchen – als Platzanweiserin, Kindermädchen, Sekretärin oder sonstwas. Ich war furchtbar aufgeregt, denn ich wollte doch um keinen Preis die Bühne aufgeben. Nicht einmal, wenn ich keine halbe Chance gehabt hätte, an die Spitze zu gelangen.«

»Jedenfalls hast du dich glänzend bewährt.«

»Ach, mit Schauspielern hat dies alles nicht viel zu tun.« Pet zupfte an der Bettdecke. »Da zählen ganz andere Dinge. Ich wollte einen Nerzmantel.«

»Welches Mädel nicht?«

»Ich will damit sagen: um einen Start zu bekommen, muß man die richtigen Kleider tragen. An den richtigen Orten erscheinen. Mit den richtigen Leuten zusammenkommen. Die einzigen Leute, die ich kannte, waren genauso abgebrannt wie ich, was ich am eigenen Leibe erfuhr, als ich sie der Reihe nach anpumpen wollte.«

»Das Gefühl kenn ich.«

Petunia strich ihr neues rotes Haar zurück.

»Gleich nach dem Nebeltag suchte ich meinen Agenten in der Shaftesbury Avenue auf, und der sagte mir wie gewöhnlich: ›Tut mir leid, Darling, hab im Augenblick nichts für dich. Außer du wärst zufällig eine von Unglück verfolgte Adelige.‹

Ich fragte nach dem Grund, und er sagte mir, eben sei Monica Fairchild bei ihm gewesen. Du weißt doch, wer das ist, Gaston?«

»Klar. War eine Zeitlang ihr Arzt. Bevor sie das Baby kriegte.«

»Na, ihr jetziger Arzt – wer immer es ist – riet ihr, alles hinter sich zu lassen und sich einmal gründlich auszuspannen. Sie ließ das Baby bei ihrem Mann, buchte für eine Mittelmeerfahrt und suchte als Sekretärin eine von Unglück verfolgte Adelige – natürlich nur gegen freie Fahrt, ohne jedes Gehalt.«

Ich erinnerte mich, daß Miss Fairchild so großzügig war wie ein magenkranker Steuereinheber.

»Als ich wieder in die Shaftesbury Avenue hinaustrat«, fuhr Petunia fort, während ich voll ärztlicher Teilnahme ihr Händchen hielt, »da kam mir – wumm! – eine Idee. Wenn ich eine Arztensfrau im Nebel spielen konnte, warum dann nicht auch eine von Unglück verfolgte Adelige auf einer Vergnügungsfahrt? Und wenn ich mit der Fairchild gut auskam, wäre es ganz gut möglich, daß sie mir weiterhalf. Jedenfalls würde ich meine vier regulären Mahlzeiten pro Tag haben, und auch sonst vielleicht ein bißchen Spaß. Und überdies käme ich eine Zeitlang von Mama weg. Ich zog also meinen alten Tweedrock an, ging in ihre Wohnung in der Mount Street und bekam den Job. Sie hatte natürlich keine Ahnung, wer ich war.«

»Und dann entwickelte sich zwischen dir und der Fairchild eine jener berühmten Bordfreundstaften«, folgerte ich, »die die Ursache war, daß du auf alle Titelseiten der Magazine kamst?«

»Nie im Leben. Im Gegenteil, sie würde mir, sollten wir uns wiedersehen, jedes einzelne Haar ausreißen, um damit ihr Kopfpolster zu füllen.«

Ich war überrascht.

»Wir schifften uns mit soviel Gepäck ein, daß es für einen ganzen Zirkus ausgereicht hätte«, fuhr Petunia fort. »Du kannst dir den Wirbel nicht vorstellen – all die Photographen, die Matrosen, die ihr Autogramm wollten, und der Blumenregen. Von mir nahm natürlich kein Mensch Notiz, schon wegen meines alten Tweedrocks.

Wenn ich's nicht schon wußte, daß ich in allem und jedem als Laufbursch würde herhalten müssen, sollte ich's bald genug erfahren. Da hieß es: ›Miss Bancroft, sagen Sie dem Kapitän, daß ich meine Spezialdiät bekommen muß‹, oder: ›Miss Bancroft, beschweren Sie sich, daß das Wasser für meinen Teint zu hart ist, oder: ›Miss Bancroft, wenn man nicht augenblicklich diese schauerliche Sirene abstellt, krieg ich Schreikrämpfe.‹ Ich wäre glatt übergeschnappt, hätte die alte Hexe nicht die Seekrankheit bekommen. Du weißt doch, daß sie gewöhnlich wie eine Gemeinschaftsschöpfung von Dior und Elizabeth Arden aussieht? Aber als sie, unter einem Eisbeutel stöhnend, auf ihrer Koje lag, erinnerte sie mich an eine Wirtin auf einer meiner Tourneen, als die Miete überfällig war. Das gab mir wieder, glaube ich, einige Zuversicht.«

»Ja, ja, die Seekrankheit ist eine große Ausgleicherin«, stimmte ich ihr zu.

»Es gab mir jedenfalls genug Zuversicht, um mein neues Kleid anzulegen. Ich hatte es mit meinem letzten Geld erstanden. Es war das, welches letzten Monat auf dem Umschlag von *Gentlemen's Relish* abgebildet war.«

Ich erinnerte mich: es hatte Petunia so eng wie ihre Haut umschlossen, jedoch weite Gebiete ihres Oberkörpers frei gelassen.

»Es war das erste Abendessen am Tisch des Kapitäns. Er war ja so reizend! Beugte sich ununterbrochen vor, um mir mit eigenen Händen die Butter und andere Dinge zu reichen. Er schenkte der Fairchild, die in ihrem besten Nerz dasaß, nicht halb soviel Beachtung. Worauf sie natürlich wütend wurde. Sie schützte Kopfschmerzen vor und verschwand in ihre Kabine, und am nächsten Morgen teilte mir der Steward mit, daß ich an einen anderen Tisch versetzt worden war. Hinter einem Pfeiler in einer Ecke, zusammen mit fünf Handelsreisenden aus Birmingham.«

»Ein harter Abstieg«, sagte ich mitfühlend.

»Ich kann's der Fairchild eigentlich nicht übelnehmen. Auch außerhalb der Bühne muß ein Star im Scheinwerferlicht stehen – das weiß ich jetzt nur zu gut.«

»Aber ich hab noch immer nicht mitgekriegt, wieso du dadurch zu Melody Madder wurdest«, sagte ich ratlos. »Die Fairchild hat doch nichts anderes getan als dich in einer Weise herumkommandiert, daß sämtliche Sklaven Kleopatras gekündigt hätten.«

»*Das* begann, als wir Neapel anliefen. Als Conte Longrandesi an Bord kam.«

»Was, dieser schauerlich reiche Kerl, der mit seinen Pferden die ganze Welt bereist, um auf ihnen über Holzstangen zu springen?«

Petunia nickte. »Zu diesem Zeitpunkt hatte die Fairchild bereits entdeckt, daß ich eine Kollegin von ihr war. Sie war nicht so leicht hinters Licht zu führen wie der kleine Dicke da oben im Norden. Ich mußte nachmittags mit ihr Rollen lesen, und eines Tages sagte sie mir auf den Kopf zu: ›Sie sind schon auf der Bühne gestanden, Miss Bancroft.‹ Ich bejahte es. ›Sie sind unter falschen Vorspiegelungen zu mir gekommen‹, schrie sie. Ich erwiderte, auch eine Schauspielerin könne adelig sein, und zufälligerweise sei ich nebstbei von Unglück verfolgt. Daraufhin wurde sie garstig und ließ mich ihre gesamte Wäsche waschen. Ziemlich schmierige Stücke waren darunter, das kannst du mir glauben.

Na, dann tauchte jedenfalls der Conte auf, der mit seinen Pferden nach London fuhr. Er schmiß mit Blicken und Küß-die-Hand herum, und natürlich war die Fairchild hinter ihm her.«

»Hinter dem Konto des Conte, sozusagen«, lachte ich.

»Mich sah er zuerst«, fuhr Petunia fort, meinen Einwurf nicht beachtend. »Ich hatte jenes Kleid an. Er war richtig süß und kaufte mir grünen Chartreuse im Veranda-Café. Freilich hätte ich besser daran getan, die Fairchild nicht wieder außer Rand und Band zu bringen. Am nächsten Morgen verbot sie mir, das Kleid zu tragen.«

»Welch Neidhammel beziehungsweise Neidzibbe!«

»Daraufhin schenkte mir der Conte nicht mehr viel Beachtung, trug ich doch wieder den alten Tweedrock. Aber er hielt zumindest die Fairchild für den Rest der Fahrt beschäftigt. Sie richtete kaum das Wort an mich, erst als wir schon fast wieder zu Hause waren. Beim Einlaufen in den Hafen sagte sie zu mir: ›Miss Bancroft, es tut mir leid, wenn ich während der Fahrt manchmal gereizt war. Sie wissen schon, meine Nerven! Sagen Sie mir, ob ich in London irgend etwas für Sie tun kann – allerdings fahre ich in ein paar Wochen auf zwei Jahre nach Hollywood. Sehen Sie sich doch diesen bezaubernden blauen Nerz an, den mir der Conte geschenkt hat‹, sagte sie. ›Er wollte ihn seiner in London lebenden Schwester bringen, aber nun wird er ihr bei Bradley einen anderen kaufen. Ist er nicht süß?‹ fragte sie.

›Seien Sie so lieb‹, sagte sie, ›und hängen Sie ihn um Ihre Schultern, wenn wir den Zoll passieren. Die würden mir eine schöne Stange Geld abnehmen, wenn ich zwei Nerze hinüberbringen wollte. Und ich kann's mir weiß Gott nicht leisten, mein Geld für so blödsinnige Dinge wie Zoll hinauszuschmeißen. Er steht Ihnen sogar recht gut‹, sagte sie.«

»Und du gingst darauf ein, Pet?«

»Blieb mir eine andere Wahl? Der Zollbeamte war ein richtiger Schatz, allerdings schien's ihm recht zu behagen, in Monica Fairchilds Unterwäsche herumzuwühlen. Sobald er seine Kreidezeichen gemacht und sich von uns abgewandt hatte, sagte die Fairchild: ›Danke, Miss Bancroft.‹

Und ich sagte: ›Wofür denn?‹

Und sie sagte: ›Dafür, daß Sie meinen Nerz getragen haben, natürlich.‹

Und ich sagte: ›Ihren Nerz? Aber, meine Liebe, das ist doch *mein* Nerz.‹

›Stellen Sie sich nicht dumm, Miss Bancroft!‹ sagte sie. ›Sie wissen sehr gut, daß ich Sie nur bat, den Zoll darin zu passieren.‹

›So?‹ sagte ich. ›Kann mich nicht erinnern. Vielleicht rufen wir den netten Zollbeamten zurück und fragen ihn, ob er sich erinnert?‹

›Miss Bancroft! Petunia! Sie werden doch nicht –!‹

›Sie werden selbst am besten wissen, liebe Monica‹, sagte ich ihr, ›daß der Weg zum Erfolg mit bitteren Zwischenfällen gepflastert ist. Leben Sie wohl, besten Dank für den netten Ausflug. Übrigens hab ich auf diesem Zollwisch gelesen, daß schon auf Schmuggelverdacht längeres Kittchen steht.‹

So stand ich also wieder in London, Gaston – arbeitslos, mit einem blauen Nerzcape und einem alten Tweedrock. Ich muß ja gestehen, sehr anständig hab ich mich nicht benommen, aber ich verspreche, es ihr zu schicken, sobald sie wieder aus Hollywood zurück ist.«

»Famos schnell geschaltet nenn ich das«, sagte ich bewundernd. Mit einemmal war mir aufgegangen, daß Pet mehr Grütze im Kopf hatte, als ich je angenommen. »Jedenfalls hab ich noch nie gehört, daß ein Mädel auf so unschuldige Art zu einem Nerzumhang gekommen wäre.«

»Danach ging alles wie geschmiert. Mein Agent führte mich – im Nerz, natürlich – zum Lunch aus. Dabei trafen wir Adam Stringfellow, einen Manager, der gerade Filmmodelle suchte. Er bestellte mich ein paar Tage lang ins Studio, und von da an war ich gemacht.«

»Und wie ist es?« fragte ich.

»Verdammte Schwerarbeit«, sagte Petunia.

Ich war überrascht, denn nach den Zeitungsberichten hatte ich geschlossen, daß sie nichts anderes zu tun hatte, als an der Seite dicker großer Männer in dicken großen Autos herumzufahren und ein dickes großes Einkommen zu beziehen.

»Weißt du, wann ich morgens aufstehe? Vor dem Milchmann. Um sechs, bitte sehr, muß ich im Studio sein, um frisiert und geschminkt zu werden. Du kannst dir nicht vorstellen, wie scheußlich es ist, vor dem Frühstück eine leidenschaftliche Liebesszene zu spielen, dabei auf dem Bett zu liegen und sich ständig daran zu erinnern, einen Fuß auf dem Boden zu halten, damit der Zensor nichts auszusetzen hat.«

»Wie beim Billardspiel«, bemerkte ich.

»Und ich bin nicht mehr dieselbe.«

»Aber geh. Du bist vollkommen gesund, versichere ich dir.«

»Ich meine, jetzt bin ich die Melody Madder GmbH. Mit einem Direktorium und so Sachen. Alle machen das so, wegen der Steuer. Und dann ist da noch Mama, natürlich.«

»Ach ja, Mama.«

»Und noch was ...« Sie blickte mich an, und ihre funkelnagelneuen Wimpern flatterten. »Gaston, Süßer – erinnerst du dich, wie du mich geliebt hast?«

»Nur zu gut, meine liebste Pet.«

Noch immer plagte mich ein leichter Rheumatismus in der Schulter, eine hartnäckige Nachwirkung von Clem's Kaff.

»Weißt du, ich glaube, du bist der einzige Freund, den ich auf der ganzen Welt habe. Und ich brauche Hilfe, Darling.«

»Großer Gott, wirklich?«

»Verzweifelt. Ich bin in schrecklichen Nöten.«

»Ach nein?«

Ich war auf der Hut, denn ich kannte jene Nöte, die die Mädel speziell den Ärzten unter ihren alten Freunden vorbehalten. Aber Petunia fuhr fort:

»Daran ist einzig und allein Mama schuld, wirklich. Versprich mir bei allem, was dir teuer ist, daß du niemandem ein Sterbenswörtchen sagen wirst, ja?«

»Selbstverständlich. Du weißt doch, wir Ärzte – Schweigepflicht.«

»Schön, dann sag ich's dir. Kurz und gut –«

Aber in diesem Augenblick kehrte Mama mit der Medizin zurück.

»Dies wird Ihre Tochter im Nu wieder auf die Beine bringen«, sagte ich zu ihr und schüttelte die Flasche. »Ich hoffe schon deswegen, daß sie morgen abend wieder in Form ist, weil ich den ehrenden Auftrag erhalten habe, sie zu Lord Nutbeams kleiner Party einzuladen.«

»Sie muß zuerst Sir Theodore um Erlaubnis fragen«, sagte Mutter Madder. »Und natürlich auch Mr. Stringfellow.«

»Bei allem muß ich sie um Erlaubnis bitten«, entstuldigte sich Petunia vom Bett her.

»Und auch mich, möchte ich betonen«, fügte Mrs. Bancroft hinzu. »Ich bin noch immer deine Mutter, wie du weißt.«

»Ja, Mama«, sagte Petunia.

## 16

»Ich hoffe ja so sehr, daß sich die junge Dame freimachen kann«, erklärte Lord Nutbeam, als ich in seine Suite kam, um ihm die Hindernisse auseinanderzusetzen. »Habe eine richtig glänzende kleine Abendgesellschaft im Sinn. Champagner wird's geben, und selbstverständlich eine Kapelle, die südamerikanische Tänze spielt. Haben Sie schon von Rumba gehört, Doktor? Tut meiner Hüfte enorm gut. Ich wollte auch ein Feuerwerk, aber Ethel ist dem höchst abgeneigt.«

Ich tröstete ihn mit der Bemerkung, daß nur einmal im Jahr Guy-Fawkes-Day sei, aber er fuhr mit einem Seufzer fort: »Finden Sie nicht, Doktor, daß heutzutage so viele Leute Spielverderber sind? Ethel natürlich nicht. Das liebe Mädchen ist äußerst verständnisvoll. Ich wollte einen Behälter voll dieser winzigen Fische aus dem Aquarium kaufen und sie morgen abend in Eiswasser eingefroren servieren. Wäre ein kolossaler Jux gewesen. Aber die Hoteldirektion wollte nichts davon wissen.«

Ich faßte den alten Knaben ins Auge. Seit ich nach Monte Carlo gekommen war, hatte ich mich schon mehr als einmal gefragt, ob Lady Nutbeams Diagnose einer verfrühten *Dementia senilis* nicht doch richtig sei. Ich nahm es hin, wenn er mir, seinem ärztlichen Betreuer, Apfelpastete ins Bett tat oder einen Champagnerkübel an meiner Schlafzimmertür derart befestigte, daß sich eiskaltes Wasser über mich ergoß, sobald ich eintrat. Oder selbst wenn er mit dem Ruf »Es brennt!« in mein Zimmer stürzte, als ich mich einmal einer frühen Nachtruhe erfreuen wollte und recht lächerlich aussah, wie ich im Pyjama in die Halle hinunterrannte, während alle Welt in Frack und Abendrobe zur Oper strebte. Solange der ärztliche Betreuer ein Bursche wie ich war, mochte es ja hingehen, doch wenn Lord Nutbeam wirklich den Vorsitzenden des Königlichen Ärztekollegiums berufen hätte, würden diese kleinen Episoden wahrscheinlich nicht in allgemeinem herzlichen Gelächter geendet haben.

»Aber wir werden trotzdem eine Menge Spaß haben«, fuhr Seine Gnaden fort. »Ich werde den Auftrag geben, eine lebensgroße Statue von Miss Madder in Eiscreme anzufertigen, die wir dann aufessen können. Und der reizende südamerikanische Gentleman hat mir versprochen, mich den ganzen Abend die Kapelle dirigieren zu lassen, wenn ich will. Es wird bestimmt sehr lustig werden.«

Ich war nun ebenso erpicht wie der alte Nutbeam, daß Petunia sich allerseits freimache und zur Party komme. Schon als Pet Bancroft war sie stets ein sehr repräsentables Mädel gewesen, das man ruhig in seinen Freundeskreis einführen konnte – außer sie war gerade in der Stimmung, Kellner zu beißen –, aber nun hatte ich das Gefühl, daß man als richtiger Allerweltskerl galt, wenn man mit Melody Madder eine Runde tanzte. Das Komische an der Sache war, daß ich jetzt gar nichts dagegen gehabt hätte, Melody Madders Gatte zu werden, wogegen ich seinerzeit gar nicht scharf darauf gewesen war, Petunia Bancroft zu heiraten. Freud hat wohl recht, wenn er meint, das Glück der Erwachsenen bestehe darin, die Sehnsuchtsträume der Kindheit erfüllt zu sehen; ich hatte mir stets gewünscht, einen Filmstar zu heiraten, für England auf Lord's Cricketplatz zu siegen und den Schulrekord von vierundzwanzig Portionen Erdbeereis auf einem Sitz zu schlagen. Der einzige Haken daran war, daß mir die Vorstellung nicht sehr behagte, allabendlich mit einer GmbH zu Bett zu gehen.

Ich vertrödelte den folgenden Tag mit der Besichtigung einiger Filme, deren Helden durchwegs aus Bauern und Fabriksarbeitern bestanden und das Leben in den schwärzesten Farben sahen, dann legte ich meinen Tropenfrack an und wanderte zu Lord Nutbeams Party. Und da war auch schon wahrhaftig Petunia, deren Sex-Appeal alle Nähte ihres Kleides sprengte.

»Miss Madder«, ich verbeugte mich tief, »darf ich um die Ehre dieses Tanzes bitten?«

»Gaston, Darling! Aber ich muß dich zuerst Sir Theodore vorstellen.«

Ich hatte natürlich schon vom obersten Finanzgott der Union Jack Films gehört; im allgemeinen gipfelten seine Reden nach achtgängigen Banketten darin, daß er vor dem Bankrott stehe.

»Wie ist er denn?« fragte ich.

»Oh, ganz angenehm und leutselig. Sofern du an den Umgang mit Kommissaren in sibirischen Salzbergwerken gewöhnt bist.«

Ich fand ihn bei einem Glas Orangensaft sitzen; er sah aus wie ein Orang-Utan, der an einer quälenden Hautkrankheit leidet.

»Du kennst doch natürlich Quinny Finn?«

Natürlich, jedermann kannte Quintin Finn. Man sieht ihn andauernd auf der Leinwand, in einen Dufflecoat gehüllt und Rufe ausstoßend wie: Periskop hoch! Bomben ausklinken! oder: Los Jungens, mir nach durchs Minenfeld! In Wirklichkeit war er ein kleiner, klappriger Kerl, der nach Parfum roch.

»Und hier: Adam Stringfellow.«

Ich hatte mir Filmmanager stets als lärmende Burschen mit langen Zigarren vorgestellt, aber dieser war ein magerer, großer, düsterer Geselle mit Bart, ein Abbild Thomas Carlyles.

Alle schüttelten mir umgänglich die Hand, und ich fühlte mich in meinem Element, hatte ich doch stets eine Schwäche für das Theater gehabt. Schon fragte ich mich, ob die liebe Pet vielleicht ihre in Porterhampton zutage getretene Leidenschaft für mich bewahrt habe, als sie meinen Gedankengang mit den Worten unterbrach:

»Ich lege besonderen Wert darauf, daß du Mr. Hosegood kennenlernst.«

Petunia wies auf den dicksten Mann, denn ich je außerhalb der Klinik für Fettsüchtige sah. Er hatte eine Glatze, einen Schnurrbart von der Form eines zerquetschten Käfers und eine Taille, die, gleich dem Äquator, eine rein imaginäre Linie war, in gleichem Abstand zu den zwei Polen verlaufend.

»Mein künftiger Gatte«, sagte Petunia abschließend. »Wollen wir jetzt tanzen, Gaston?«

Fast wäre ich umgefallen. Schon die Feststellung, daß Petunia bereits verlobt war, bedeutete einen erheblichen Schock für mich. Doch dieses prächtige Mädel lebenslänglich an solch eine Ausgeburt mangelnden Stoffwechsels gefesselt zu wissen, schien mir nicht nur tragisch, sondern niederträchtige Vergeudung. »Herzlichste Glückwünsche«, sagte ich.

»Glückwünsche? Wozu?«

»Zu deiner Verlobung.«

»Ach ja. Danke. Soll eigentlich geheimgehalten werden. Die Studio-Publicity möchte mich gerne mit Quinny Finn verkuppeln.«

»Hoffentlich wirst du recht glücklich.«

»Danke.«

»Werde eine Garnitur Kaffeelöffel als Hochzeitsgeschenk senden.«

»Danke.«

Wir wichen Lord Nutbeam aus, der mit einem Quietscher hinter einer italienischen Schauspielerin einherjagte.

»Gaston –«, begann Petunia.

»Ja?«

»Das ist's, worüber ich gestern mit dir reden wollte. Jimmy Hosegood. Ich möchte ihn nicht heiraten, aber schon gar nicht.«

»Nein?« sagte ich erleichtert. »Dann ist die Sache doch ganz einfach. Sag's ihm halt.«

»Aber Sir Theodore und Mama wollen es.«

»Na, dann sag's ihnen halt.«

»Versuch's bloß, denen was zu sagen!«

Ich verstand, was sie meinte.

»Gaston, ich brauche deine Hilfe. Verzweifelt. Siehst du nicht, daß ich sonst niemanden auf der ganzen Welt habe, an den ich mich wenden könnte? Wie soll ich um Himmels willen Jimmy loswerden?«

Ich tanzte schweigend weiter. Wieder einmal ein Fall für den lieben alten Grimsdyke: sich mit den Sorgen anderer zu befassen, ihnen aus Verlobungen heraus- oder in das St. Swithin hineinzuhelfen.

»Ist dieser Kerl von einem Hosegood auch in der Filmbranche tätig?«

Sie schüttelte den Kopf. »Er macht in Konfektion. Hat eine Menge Fabriken in Manchester oder sonstwo. Aber er ist der Geldgeber der Filmleute. Verstehst du jetzt?«

»Aber ich kenne den Burschen ja nicht einmal«, wandte ich ein. »Und ich kann nicht einfach zu jemand Wildfremdem gehen und ihm sagen, daß seine Braut ihn nicht riechen kann.«

»Komm einmal in unser Strandzelt hinunter und setz dich zu ihm. Ich bin überzeugt, dir fällt irgendeine brillante Lösung ein, Darling. Wie immer. Versprichst du's mir?«

Bevor ich noch eine Antwort geben konnte, bahnte sich Mrs. Bancroft mit Brachialgewalt einen Weg durch die Menge.

»Petunia – Zeit, schlafen zu gehen.«

»Ja, Mama.«

»Nein sowas!« rief ich. »Hol's der Teufel! Es ist doch kaum Mitternacht!«

»Ich erfordere Ihren Rat lediglich in medizinischen Dingen, junger Mann. Hinauf mit dir, Petunia. Vergiß nicht deine Nährcreme auf dem Toilettentisch.«

»Nein, Mama.«

»Noch Sir Theodore gute Nacht zu sagen.«

»Nein, Mama.«

»Ebenso Adam Stringfellow.«

»Nein, Mama. Gute Nacht, Gaston.«

Sie ließen mich allein und erbittert mitten auf dem Tanzparkett stehen. Ich hatte mich so sehr auf die lustige kleine Party mit Englands wirksamster Sexbombe gefreut, und nun war sie zu Bett geschickt worden wie ein Schulmädel auf Ferien. Ich fragte mich, was ich mit dem Rest des Abends anfangen sollte, und hielt Umschau. Da ich niemanden kannte und Lond Nutbeam gerade begann, Charlotte Russe in die Armleuchter zu schütten, entschied ich mich dafür, ebenfalls zu Bett zu gehen.

»Verzeihung«, sagte eine Stimme hinter mir.

Ich wandte mich um und sah mich einer großen Blondine gegenüber, mit einer langen Zigarettenspitze und einem jener Bettelarmbänder bewehrt, mit denen Frauen wie vorüberfahrende Güterzüge scheppern, wenn sie die Hand ausstrecken.

»Sie sind Dr. Grimsdyke, nicht wahr?«

»Stimmt.«

»Kennen Sie Melody Madder schon lange?«

»Seit Jahren«, erwiderte ich kurz angebunden. »Eigentlich schon seit der Elementarschule.«

»Wirklich? Oh, wie interessant! Finden Sie es nicht sehr stickig hier? Sollen wir nicht draußen einen Drink nehmen?« Sie packte meinen Arm. »Sie können mir die Geschichte Ihres Lebens im Mondenschein erzählen.«

»Ich glaube nicht, daß Sie sie sehr interessant finden werden.«

»Aber bestimmt hab ich großes Interesse dafür, Doktor.« Sie

wandte sich der Terrasse zu. »Kommen Sie, setzen wir uns in die Orangerie, dort werden wir sicher nicht gestört.«

Petunia sah ich die nächsten vierundzwanzig Stunden nicht, da Lord Nutbeam nach der Party in einem solchen Zustand war, daß wir einen Ruhetag in den Bergen einschalten mußten. Am Ende hatte ich doch einen ganz netten Abend mit der Blondine verbracht, deren Vorname so ähnlich wie Dawn lautete und die eine jener teilnahmsvollen Zuhörerinnen war, wie man sie unter Spitalsbesucherinnen und Barmädchen findet. Nach ein paar Gläsern Champagner brachte sie mich so weit, daß ich ihr alle meine Nöte anvertraute, Miles und meine Versuche, ein Buch zu schreiben, nicht ausgenommen; nur über Petunia und Jimmy Hosegood wußte ich den Mund zu halten. Ich hatte bereits erkannt, daß es nicht minder gefährlich war, in anderer Leute Liebesaffären herumzuwühlen als in ihren Unterleibern, und hielt es für besser, daß die arme Pet selber mit ihrem verliebten Dickwanst fertig werde. Ich hätte ihm vielleicht sagen können, daß sie bereits mit ein paar Waisenknaben verheiratet gewesen war. Oder daß sie die ganze Nacht im Bett mit den Zähnen knirschte. Ich hätte ihn auch zum Duell fordern können, wo ich die besten Chancen gehabt hätte, ins volle Menschenleben hineinzugreifen. Aber alle diese Pläne konnten, bedachte ich, zu unerwünschten Komplikationen führen.

Als ich einige Tage später vormittags an den Strand hinunterwanderte, um nach Petunia auszuschauen, entdeckte ich Hosegood allein im Zelt, in einem Liegestuhl sitzend, der mir ebenso unstabil und gefährdet schien wie ein Vogelkäfig unter einer Dampfwalze.

»Schöner Tag«, begrüßte er mich, als ich auftauchte. »So ein bißchen Sonnenschein ist ein famoses Tonikum für den ganzen Organismus.«

Da er voll bekleidet war und nur Schuhe und Socken abgelegt hatte, vermutete ich, daß er die wohltuenden ultravioletten Strahlen durch die Füße aufnahm.

»Darf ich mich zu Ihnen setzen? Ich suche Miss Madder.«

»Machen Sie sich's bequem, Junge. Sie wurde vor kurzem zu irgendeiner blödsinnigen Aufnahme abberufen.«

Da er sehr umgänglich schien, ließ ich mich auf dem nächsten Stuhl nieder.

»Macht Ihnen das Festival-Getümmel Spaß?« fragte ich.

Hosegood seufzte.

»Würde mich auf dem Strand von Morecambe weitaus wohler fühlen, meiner Seel. Halte persönlich gar nichts von diesem Flimmerladen, und wenn die Leute noch soviel Aufhebens davon machen. Aber ich will ja niemandem sein Vergnügen nehmen, solang sich's in anständigen Grenzen hält.«

»Sie verstehen wohl ziemlich viel von der Filmerei?« fuhr ich fort, im Bestreben, eine Art Konversation aufrechtzuerhalten.

»Ich? Machen Sie sich nicht lächerlich, Junge. Gehe nur dann ins Kino, wenn ich schon gar nicht anders kann.«

Er starrte eine Zeitlang selbstvergessen seine eingewachsenen Zehennägel an. Viel mehr wußte er offenbar nicht zu sagen.

»Was treiben Sie eigentlich?« fragte er mich schließlich.

»Ich bin Arzt.«

»Das ist doch nicht die Möglichkeit?!« Fast wäre er aus dem Liegestuhl gerollt. »Genau der Kerl, den ich suche!«

»Ich wäre hocherfreut, Ihnen zu Diensten stehen zu können«, erwiderte ich höflich.

»Sagen Sie mir, Doktor – wie kann ich mein verdammtes Gewicht herunterbringen?«

»Gewicht verlieren ist eine höchst einfache Sache«, antwortete ich.

»Wirklich?« Er heiterte sich etwas auf. »Was soll ich also tun, Doktor?«

»Weniger essen.«

»Aber ich eß kaum soviel wie ein Spatz! Und vor allem keine fetthaltige Nahrung. Nichts als – na, Austern zum Beispiel.«

»Ein Dutzend Austern«, desillusionierte ich ihn, »haben nur den Nährwert eines weichgekochten Eis.«

»Was Sie nicht sagen! Aber ich dachte – ich kann doch wohl frei von der Leber weg reden, Doktor? Ich dachte, jetzt, wo wir beide heiraten – Melody und ich, wissen Sie – und keiner von uns jünger wird, würden vielleicht ein paar Austern ...«

Auch diesbezüglich mußte ich ihn desillusionieren.

»Und wie wär's mit Massage?« fragte er hoffnungsfroh. »Ist die nicht gut zum Gewicht-Abnehmen?«

»Ausgezeichnet«, sagte ich. »Für die Masseuse.«

Hosegood starrte trübsinnig auf die angenehme Kombination: blaue See und Mädchen in Bikinis, die im Sonnenschein tollten. Ich rief mir eine diätetische Vorlesung im St. Swithin ins Gedächtnis, wo ein Professor von ausgesprochen knackwurstähnlicher Gestalt des langen und breiten auseinandersetzte, wie er sich mit einer Diät von Sojabohnenbrei ernähre, während Sir Lancelot Spratt, der die Meinung vertrat, kein Gentleman könne unter vier Gängen speisen, von heftigen Zitteranfällen befallen wurde und schließlich hinausgeschafft werden mußte.

»Die Zeitungen schreiben, daß es gefährlich ist, dick zu sein«, fügte Hosegood düster hinzu.

»Man hat tatsächlich mit vollem Recht«, stimmte ich bei, »Messer und Gabel als die gebräuchlichsten Selbstmordinstrumente bezeichnet.«

»Aber ich hab doch ein gutes, sauberes Leben geführt! Hab manche Burschen im Klub wie Dampfschaufeln essen und doch niemals eine Unze zunehmen gesehen. Ich brauch nur zweimal die Speisenkarte anzuschauen und muß schon sämtliche Hosen herauslassen.«

»Wahrlich ein roher Spaß der Natur«, sagte ich mitfühlend. »Das Ganze kommt vom appetitregulierenden Zentrum im Schädel, das sich zwischen dem Hirnanhang und Ihren unterbewußten Fixierungen an die Mutter eingenistet hat.«

»Dann können Sie mir vielleicht eine Diät vorschreiben, Doktor?«

»Das kann ich allerdings.«

Für gewöhnlich ziehe ich es vor, in Gesellschaftskreisen mein ärztliches Inkognito zu wahren, sonst kommen alle Leute daher und wollen mir von ihrem ekligen Nierenvorfall erzählen, aber der gute Hosegood machte einen recht anständigen Eindruck auf mich und erschien mir sogar als ein annehmbarer Bräutigam für ein Mädel, das sich darauf gefaßt gemacht hat, in der Kirchentüre steckenzubleiben.

»Die Diät des St.-Swithin-Spitals«, erklärte ich, eine Tabelle aus meiner Brieftasche ziehend, »ist das Einfachste von der Welt, solange Sie sich vor Augen halten, Kartoffel und Puddings wie Tollkirschen zu meiden.«

»Kein Fisch mit Pommes frites?«

»Und kein Alkohol.«

»Hab ein Tröpfchen Bier ganz gerne.«

»Ich auch. Da heißt's eben in den sauren Apfel beißen.«

Aber er schien für Späße nicht aufgelegt zu sein und steckte die Tabelle schweigend ein.

»Danke, Doktor. Will's beim Lunch damit probieren. Treffe mich mit Stringfellow im Café de Paris. Der will mir wohl für Melodys Film weiteres Geld herausziehen.«

»Apropos Miss Madder«, fuhr ich fort. »Ich würde an Ihrer Stelle eine Heirat erst in Erwägung ziehen, bis Sie etliche Kilos verloren haben.«

»Meinen Sie wirklich?« fragte er verschreckt.

»Ohne jeden Zweifel. Überaus gefährlich.«

Das war ja vom ärztlichen Standpunkt aus nicht ganz korrekt, wenngleich ich mich eines dicken Kerls entsinne, der während seiner Flitterwochen in die orthopädische Abteilung des St. Swithin eingeliefert worden war: als das Bett zusammenbrach, hatte er sich die Schulter verrenkt.

»Außerdem«, fuhr ich fort, »besteht immer das Risiko –«

Mein Blick fiel auf Lady Nutbeam, die sichtlich erregt vor uns aufgetaucht war.

»Da sind Sie endlich, Doktor! Ich habe mir schon die Augen nach Ihnen ausgeschaut. Wir müssen unverzüglich nach England zurück. Noch heute nachmittag.«

»Großer Gott, wirklich? Es ist doch hoffentlich nichts Ernstes eingetreten?«

»Mein Mann –«

»– hat sich doch nicht die andere Hüfte gebrochen?«

»Nein, nein! Es ist wegen der Hoteldirektion. Die weißen Mäuse, die er beim Frühstück losgelassen hat.«

»Oh, ich verstehe.«

»Ich möchte, daß Sie in unserem Wagen zurückfahren, Doktor. Aubrey ist leider manchmal – ein wenig mühsam, selbst für mich.«

»Selbstverständlich«, sagte ich, obgleich ich noch mit weiteren vierzehn Tagen freier Drinks im Sonnenschein gerechnet hatte. »Wenn Mr. Hosegood mich entschuldigt, werde ich sofort packen gehen.«

»Und dieses Telegramm ist eben für Sie eingetroffen.«

»Für mich? Ich wußte gar nicht, daß jemand meine Adresse kennt.«

Ich öffnete es. Es lautete:

KEHRE SOFORT ZURUECK GANZ ENGLAND EMPOERT UEBER DEIN VERHALTEN

MILES

## 17

»Und wie, bitte«, begann Miles, »kannst du *das* verantworten?«

Es war einige Tage später, und ich war frühzeitig zu ihm gegangen, um zu erkunden, wovon er soviel Aufhebens machte.

»Was verantworten? Das sieht ja wie die Morgenzeitung aus. Und nicht einmal die heutige.«

»Du Narr! Lies, was mitten auf der Seite steht.«

»Großer Gott!« rief ich aus. »Das ist ja ein Photo von mir!«

Unter der fettgedruckten Schlagzeile MELODYS MÄNNER waren Bilder zu sehen; eines davon stellte Quintin Finn als Kommandeur eines Schlachtschiffs dar, ein anderes Jimmy Hosegood, der wie ein über Bord geworfenes Bierfaß am Strand lag.

Ich lachte auf. »Hier steht: ›Dr. Gaston Grimsdyke, der elegante junge Londoner Arzt; auch auf ihn tippen die Festivalteilnehmer als den künftigen Mr. Madder.‹ Wie kamen die Leute nur darauf? Und da steht ja noch weiter eine ganze Menge über mich.«

»Du lieber Himmel! Du scheinst noch stolz darauf zu sein!«

»Na, es ist ja auch bisher noch nie ein Photo von mir in der Zeitung erschienen.«

Miles wurde immer erregter.

»So eine Schande, so ein Skandal, in einem Atem genannt zu werden mit dieser – mit dieser –«

»Melody Madder ist ein sehr anständiges Mädel, und ich dulde nicht, daß jemand – wer immer – etwas Schlechtes über sie sagt.« Ich goß mir eine Tasse Kaffee ein. »Und überdies hast du mir selbst geraten, zu heiraten und mich häuslich niederzulassen.«

»Aber doch nicht die Frau mit dem am häufigsten abgebildeten Oberkörper Großbritanniens.«

»Aber, Miles«, unterbrach Connie, die irgendwo im Hintergrund Staub wischte, »kein Mensch glaubt doch das, was in den Zeitungen steht.«

»Misch dich gefälligst nicht in unsere Auseinandersetzung. Abgesehen davon, daß die Leute weit davon entfernt sind, so etwas zu vergessen, war ich gestern abend im Klub die Zielscheibe äußerst peinlicher und unzüchtiger Witze. Da du meinen Namen mit voller Absicht in den weitesten Kreisen ausposaunt hast –«

»Ich? Ich hab nirgendwo jemandes Namen ausposaunt.« Ich warf abermals einen Blick in die Zeitung und bemerkte eine Notiz über meinen Cousin, den brillanten Chirurgen der Harley Street. »Na, du weißt ja, wie die Reporter darauf aus sind, eine Story auszuschmücken. Das ist wahrscheinlich dieser Blondine im Hotel zu verdanken. Ich hätte ja draufkommen können, daß sie Journalistin war, aber ich dachte bloß, daß sie sich ihre Neugier ein paar Drinks kosten ließ. Kann ich vielleicht dieses Stück Toast haben?«

»Das ist zufälligerweise mein Frühstück.«

»Oh, entschuldige.«

»Und was soll dieser Unsinn, daß du ein Buch schreibst?« führte Miles das Gespräch weiter.

»Was, das steht auch drin? Nun ja, ich hab das Manuskript eben an Carboy und Plover abgeschickt. Eine verdammt gute Vorpropaganda ist das, möchte ich meinen.«

»Darf ich dich daran erinnern, daß du nicht dazu ausgebildet wurdest, abstoßende Groschenromane zusammenschmieren? Höchste Zeit, daß du endlich einmal dein Scherflein zum Fortschritt der Medizin beiträgst.«

»Mein bester Beitrag zum Fortschritt der Medizin bestünde darin, sie aufzugeben, alter Junge.«

»Von deiner Verpflichtung der leidenden Menschheit gegenüber ganz zu schweigen.«

»Die leidende Menschheit ist dermaßen mit Ärzten gesegnet, daß stets einige von den armen Kerlen die Arbeitslosenunterstützung beziehen müssen«, erwiderte ich. »Und die meisten davon sind wahrscheinlich besser als ich. Hör mal zu.« Langsam erbitterte mich mein vertrottelter Cousin. »Mag ja sein, daß ich nicht ›Krieg und Frieden‹ geschrieben habe, aber ich bin trotzdem recht stolz auf meine bescheidenen literarischen Anstrengungen. Und ich werd's nicht zulassen, daß Leute, die nie im Leben andres geschrieben haben als die Rechnungsberichte für die Schulzeitung – und die waren, sofern mein Gedächtnis mich nicht trügt, miserabel –, drüber die Nase rümpfen.«

»Du hast natürlich meine Chancen im St. Swithin vollends zunichte gemacht«, fuhr Miles fort, mich mit einem eisigen Blick messend. »Das Unglück will es, daß das Komitee sich augenblicklich in einer äußerst heiklen Lage befindet. Barefoot hat von der Kerrow-Stiftung eine große Zuwendung erhalten, die er der chirurgischen Forschung widmen will, wenn er den Posten erhält. Wie du weißt, kämmt Sir Lancelot ganz London durch, um einen Fonds für denselben Zweck aufzutreiben. Nun bietet die Möglichkeit, daß ich mit einer Frau verschwägert werde, deren Busen von jeder freien Wandfläche des Landes ins Auge springt, Sir Lancelot und jedem anderen meiner Opponenten eine Handhabe, meine Chancen zu vereiteln.«

Ich langte nach einer seiner Zigaretten, die er mir reichte.

»Miles«, sagte ich, »ich kriege langsam deine ekligen Hintertreppengeplänkel im St. Swithin satt. Du bist ein selbstsüchtiger und eingebildeter Klotz, der von jedermann ringsum erwartet, daß er seine Arbeit aufgibt, um dir zu dem zu verhelfen, was du dir wünschst. In der Schule hast du's vorm Marmeladeschrank nicht anders gehalten.«

»Wie kannst du es wagen!« rief Miles. »Verdammt!« fügte er hinzu, als das Telephon im Vorraum klingelte.

»Tut mir leid, Mädchen«, sagte ich zu Connie, als er hinausging. »Fürchte, ich bin deinem Alten gegenüber etwas ausfallend gewesen.«

»Aber ich finde, du hast recht.« Sie legte den Staubwedel nieder. »Vollkommen recht. Mir ist der Gedanke verhaßt, daß Miles durch etwas anderes als durch seine eigenen Verdienste weiterkommen sollte.«

»Und das sind recht ansehnliche Verdienste – ich bin der erste, der das zugibt.« Ich warf nochmals einen Blick in die Zeitung. »Ich glaub, seine Bemerkung über den Roman war's, die mein Blut so zum Kochen brachte«, entschuldigte ich mich. »Aber er hat ja wahrscheinlich recht. Es ist eine Dummheit von mir, einen so netten und sicheren Beruf wie die Medizin aufzugeben. Jedenfalls für die Ärzte sicher, meine ich.«

»Weißt du, was ich denke?« Connie ließ sich auf dem Stuhl neben mir nieder. »Hör zu, Gaston – ich kannte eine Menge Schriftsteller und Künstler, besonders in der Zeit, bevor ich Miles kennenlernte. Ich bin wohl den meisten von denen über den Weg gelaufen, die sich jetzt in London einen Namen gemacht haben. Ich hab ihre Socken geflickt und ihnen mehr als einmal etwas zu essen gegeben. Und ich kann dir eines versichern: wenn du ehrlich Bücher schreiben oder Bilder malen willst, dann wird dich eine solche Kleinigkeit wie ein knurrender Magen nicht davon abhalten.«

»Famos verständig von dir, Connie.«

Das war das erste wirklich ermunternde Wort, das mir – von Carboy und Plover zu schweigen – zuteil wurde.

»Jedenfalls«, schloß sie, »wenn du dich nicht zum Arzt eignest, eignest du dich eben nicht. Und es erscheint mir besser, sich das jetzt zu sagen, als es herauszufinden, nachdem man ein paar Dutzend Leute um die Ecke gebracht hat.«

Miles kehrte zurück.

»Es war Sir Lancelot Spratt«, verkündete er. »Er möchte dich so bald als möglich in seinem Operationssaal im St. Swithin sprechen.«

Ich war froh, wegzukommen, denn sowohl Miles wie ich waren

von unserem Gespräch etwas hergenommen. Aber ich schlängelte mich einigermaßen beunruhigt ob Sir Lancelots Aufforderung durch den Londoner Verkehr. Ich vermutete, daß er Miles' Standpunkt teilte und mich verstoßen würde, weil ich in derselben Zeitungsspalte wie die arme Petunia genannt war und dadurch Schande über das Spital gebracht hatte. Es hatte mir großen Spaß bereitet, meinem Cousin ins Gesicht zu sagen, was für eine aufgeblasene Eiterbeule er in Wahrheit war – seit er mir in den Schultagen meine eigenen Pfannkuchen konfisziert hatte, wollt ich es ihm an den Kopf werfen –, aber es wäre ja wirklich niederträchtig, wenn die guten Alten im St. Swithin meine Kameradschaft mit Petunia zum Vorwand nähmen, seine Hoffnungen auf eine Beförderung zunichte zu machen. Ich faßte den Entschluß, den Schaden soweit als möglich zu reparieren. Seine Bemerkungen über meine literarischen Bemühungen waren ja recht verletzend gewesen, das mußte ich schon sagen, aber in unserem Lande hält man Autoren unter allen Umständen für eine eher unproduktive Klasse.

Seit Monaten war ich nicht mehr im St. Swithin gewesen, und es machte mir Vergnügen, wieder einmal durch das alte Tor zu schlendern und mit Harry, dem Portier, die Aussichten des Goodwood-Rennens abzuwägen. Ich nahm den Lift, um in Sir Lancelots Operationssaal zu gelangen, wobei mir auffiel, wie schrecklich jung die Studenten wurden, und wartete recht nervös im Ärztezimmer, während er letzte Hand an eine Magenoperation legte.

»Schön, Mr. Hatrick, flicken Sie ihn zusammen und geben Sie auf dieses zerfranste Stück Bauchfell acht«, hörte ich ihn donnern. »Schwester! Meinen Vormittagstee und zwei Stück Diätzwieback, bitte. Ah, da sind Sie ja, Grimsdyke.«

Er erschien in einem knallblauen Pyjama, den er, zwecks Betonung seiner Persönlichkeit, unter dem Operationskittel zu tragen pflegte.

»Unser Patient aus Long Wotton scheint sich zufriedenstellend, um nicht zu sagen auffallend zu erholen«, begann er.

»Scheint wirklich so, Sir.«

»Aber ich will mit Ihnen über eine andere Angelegenheit sprechen.«

»Ach ja, Sir.«

Ich bekreuzigte mich im Geiste. Zumindest konnte er mir nichts handliches Dreckiges an den Kopf werfen, wie er es seinerzeit im Operationssaal zu tun pflegte.

Sir Lancelot löste seine Gesichtsmaske.

»Sie sind doch mit dieser jungen Dame bekannt, dieser Miss Melody Madder?«

»Sie meinen die Schauspielerin Miss Melody Madder, Sir?«

»Natürlich. Ihr Cousin hat mich gestern im Parthenon angestrudelt, um irgendeine zurechtgestutzte Geschichte zu seiner Verteidigung vorzubringen. Soviel ich verstanden habe, ist irgend etwas in der Zeitung gestanden. Ich lese selbstverständlich nur die *Times*.«

»Ich – äh – kenne sie kaum, Sir. Stehe bloß auf Grüßfuß mit ihr.«

»Oh.«

»Bin ihr nur zufällig einmal in der Menge begegnet.«

»Ach so.«

»Gar nicht mein Typ, Sir. Behagt mir nicht sehr, mit solchen Personen zu verkehren. Trachte ihnen immer aus dem Weg zu gehen, Sir.«

»Soso.«

»Ich kann Ihnen faktisch und auf Ehre versichern, Sir, daß sie keine blasse Ahnung hat, wer ich bin.«

»Dies ist eine große Enttäuschung für mich. Ich habe nämlich den ganz speziellen Wunsch, dieser jungen Dame vorgestellt zu werden.«

»Großer Gott, wirklich, Sir?«

Sir Lancelot begann einen Diätzwieback zu kauen.

»Hatte gehofft, Sie würden die Freundlichkeit haben, dies in die Wege zu leiten, Grimsdyke. Aber unter diesen Umständen habe ich keinen Grund mehr, Sie länger hier aufzuhalten. Bin Ihnen für Ihren Besuch sehr verbunden. Guten Tag.«

»Einen … einen Moment, Sir. Wollte sagen, Sir, daß ich sie recht gut kenne. Das heißt, ich könnte Sie leicht mit ihr bekannt machen, Sir.«

»Was zum Teufel meinen Sie jetzt wirklich? Sie sind in geradezu beleidigender Weise ausweichend.«

»Ich glaubte nicht«, gestand ich, »daß Sie sie billigen würden, Sir.«

»Und warum nicht, bitte sehr? Ich weiß Erfolg auf der Bühne ebenso zu würdigen wie im Operationssaal. Habe genug Theaterleute betreut, um zu wissen, daß in beiden Berufen nur exzeptionelles Talent und exzeptionell harte Arbeit ausschlaggebend sind.«

Er nahm einen Schluck Tee.

»Jetzt passen Sie auf. Sie haben wohl schon gehört, daß ich mich bemühe, einen Fonds zur Förderung der chirurgischen Forschung im St. Swithin zu lancieren? Der staatliche Gesundheitsdienst will natürlich von einem solchen Luxus nichts wissen.«

»Miles erwähnte es mir gegenüber, Sir.«

»Zu Beginn des nächsten akademischen Jahrs arrangiere ich eine Versammlung in der Gründerhalle, um die Kampagne ins Leben zu rufen. Sie kennen natürlich Horazens Worte: ›*Si possis necte, si non, quocumque modo rem.*‹ Nein, Sie kennen sie natürlich nicht. Sie bedeuten: ›Geld, wenn du kannst, mit rechtlichen Mitteln, wenn nicht, so Geld mit allen Mitteln.‹ Ich möchte hiezu sehr gerne Miss Madders Anwesenheit. Sie wird letzten Endes das Publikum beträchtlich mehr interessieren, als es der Premierminister oder der Erzbischof von Canterbury allein vermöchten. Und in diesem Fall können die Bettler glücklicherweise wählerisch sein. Glauben Sie, daß Sie sie überreden können? Gut. Dann überlasse ich alles Ihnen.«

Er fegte die Krumen des Diätzwiebacks beiseite.

Vielleicht war es das einzigartige Gefühl, Sir Lancelot einen Gefallen erweisen zu können, was mir eine weitere meiner glänzenden Ideen eingab. Ich ahnte, ich könnte nun den armen alten Miles wieder in das Wettrennen um St. Swithin einschalten.

»Wieviel braucht's, Sir, um dem Fonds einen guten Start zu geben?« fragte ich.

»So an die zehntausend Pfund, möchte ich sagen. Sie werden doch nicht am Ende einen Scheck ausschreiben, Grimsdyke?«

»Nein, Sir, aber vielleicht Lord Nutbeam.«

»Wirklich?«

»Es war Miles' Idee, Sir. Er war überzeugt, Lord Nutbeam würde, im Hinblick auf seine guten klinischen Erfahrungen, etwas für chirurgische Forschung stiften.«

Sir Lancelot strich sich den Bart.

»Hm. Nun, wenn einer von euch ihn dazu bringen kann, brauche ich wohl kaum zu sagen, wie entzückt ich wäre. Halten Sie mich auf dem laufenden. Jetzt muß ich aber zum nächsten Fall. Guten Tag.«

»Guten Tag, Sir.«

»Noch was, Grimsdyke.« Sir Lancelot verhielt auf der Schwelle. »Miss Madder.«

»Ja, Sir?«

Er machte unbestimmte Bewegungen vor seinem Brustkorb.

»Das ist doch alles nur Drähte und Fischbein, da oben, was?«

»O nein, Sir! Durchwegs lebendes Gewebe.«

»Allerhand, bei St. Georg! Sie müssen doch ein unternehmenderer junger Mann sein, als ich dachte.«

»Sie war eine meiner Patientinnen, Sir«, erklärte ich schlicht.

Allerdings hielt ich es für angezeigt, dem alten Knaben zu verschweigen, daß ich nur eine leichte Magenverstimmung Petunias behandelt hatte.

## 18

»Ein Fonds für chirurgische Forschung? Ich werde mit Freuden einen Beitrag stiften«, sagte Lord Nutbeam.

»Schrecklich anständig von Ihnen. Sehen Sie, ich hab neulich mit Sir Lancelot gesprochen, und er meinte, daß – sagen wir – zehntausend Pfund ein ganz netter Beginn wären.«

»Mein lieber Doktor, ich versichere Ihnen, daß ich das Äußerste spenden werde, was in meiner Macht steht. Ich bin Ihnen ja so dankbar, daß Sie mich darauf aufmerksam machen. Und was haben Sie an diesem bezaubernden Vormittag vor? Ethel und ich setzen unsere Erkundungsfahrten durch London fort. Es macht uns solchen Spaß, wissen Sie! Wir besuchen nochmals den Zoo, ich finde das Treiben der Affen absolut faszinierend. Möchten Sie sich uns anschließen?«

»Sehr lieb von Ihnen, aber ich muß in das Union-Jack-Filmstudio hinausfahren.«

»Oh, wirklich? Ich würde auch schrecklich gerne einmal ein Studio besuchen. Könnten Sie vielleicht, wenn Sie noch einen Augenblick Zeit haben, so nett sein und mir im Laden um die Ecke einen großen Sack Aschantinüsse kaufen?«

Dieses Gespräch fand an einem jener Morgen statt, wo man von Flanellhosen in ländlichem Grün, schläfrigen kleinen Booten an der Themse, Erdbeeren mit Schlagsahne im Garten und all den anderen lieblichen englischen Sommerfreuden träumt, die einen vergessen lassen, wie unwohnlich das Land im Winter meistens ist. Ich wohnte noch immer bei den Nutbeams in ihrem Haus in Belgravia; am vergangenen Abend hatte ich Petunia telephonisch von Sir Lancelots Versammlung erzählt.

»Komm mich morgen im Studio besuchen«, hatte sie mich aufgefordert. »Und, Darling, du unternimmst doch etwas bezüglich Jimmy Hosegoods?«

Ich verschwieg, daß ich bezüglich Jimmy Hosegoods nichts unternehmen wollte, kam mir freilich dabei recht gemein vor – wie wenn Sankt Georg behauptet hätte, der böse Drache sei ausschließlich Sache des Straßendienstes.

»Er ist in letzter Zeit noch dazu so eigentümlich«, fuhr Petunia fort. »Seit du ihm diese Diät verschrieben hast.«

»Inwiefern eigentümlich?«

»Wie ein Tausendfüßler mit Hühneraugen. Ständig trübsinnig und verstimmt, jeden Menschen will er gleich auffressen, sogar Sir Theodore.«

»Plötzliche Herabsetzung des Blutzuckers bewirkt gelegentlich, daß Leute reizbar werden. Sankt Franziskus muß absolut unerträglich gewesen sein, bevor er richtig in Schwung kam.«

»Er macht sogar Faxen, mit weiterem Geld für meinen Film herauszurücken. Adam Stringfellow ist schrecklich aufgeregt. Von Mama ganz zu schweigen.«

»Vielleicht könnte ich ihm eine Gegentherapie verschreiben«, schlug ich vor. »Auf Wiedersehen beim Lunch.«

Ich war ebenso neugierig wie der alte Nutbeam, das Treiben in einem Filmstudio zu belauschen, jedoch recht enttäuscht, als ich entdeckte, daß die mitten in Sussex errichteten Bauten einem städtischen Sanatorium zum Verwechseln ähnlich sahen. Sogar drinnen erstreckten sich die gleichen langen Betonkorridore, in denen man förmlich die Antiseptika zu riechen vermeinte; der einzige Unterschied bestand nur darin, daß es hier keine Fenster gab und alle Leute entweder als römische Soldaten oder Hawaii-Mädchen verkleidet gingen. Da niemand von mir Notiz nahm und auf allen Türen »Eintritt verboten« zu lesen war, blieb ich zögernd stehen. Plötzlich erschien Petunia in einem Abendkleid, das ihre Beckenpartie zur angenehmsten Geltung brachte.

»Gaston, Darling! Wartest du schon lang? Ich bin ja in so einer Hetzjagd! Gehen wir in die Kantine hinunter, ich hab nur zwanzig Minuten Zeit bis zu meinem nächsten Auftritt.«

»Geht's in Ordnung mit dem Jux im St. Swithin?« fragte ich, nachdem ich sie auf das wärmste begrüßt hatte.

»Oh, der. Ja, die Publicity-Abteilung hat's bewilligt. Aber was ist mit Jimmy, Gaston? Ich weiß mir nicht mehr zu raten und zu helfen – wirklich.«

»Wie sieht er denn aus?« fragte ich.

»Du kannst dich gleich selber davon überzeugen. Er sitzt mit Mama in der Kantine.«

Die Kantine des Studios sah wie jede andere Werksküche aus, allerdings wie eine, in der ein Maskenball stattfindet. In einer Ecke saßen Petunias Mama und Hosegood. Bei meinem Erscheinen hellte sich seine Miene etwas auf und er rief: »Doktor! Merken Sie nicht einen Unterschied an mir?«

»Grad fragte ich mich, wer denn dieser magere Junge sei«, erwiderte ich, obwohl er unverändert war und nur aussah wie ein Hund, dem man einen Knochen weggenommen hat.

»Brötchen, Sir?« fragte die Kellnerin.

»Weg damit!«

Hosegood wich zurück, als hätte man ihm einen Korb voll

Schlangen angeboten, und bestellte mageres Fleisch – Huhn, Wild, Kaninchen –, das ohne jegliche Zutaten von Mehl, Bröseln oder dicken Saucen zubereitet war.

»Sie sehen, Doktor – ich halte mich eisern an Ihre Diät.«

»Ich habe heute den weiten Weg nicht deshalb zurückgelegt, um mir ständig von Ihrer Diät erzählen zu lassen«, unterbrach ihn Mama, indem sie mir einen eisigen Blick zuwarf. »Noch habe ich erwartet, meine Angelegenheiten vor Fremden besprechen zu müssen. Ich möchte klipp und klar wissen, warum Sie sich weigern, weiteres Geld für Melodys Film herzugeben.«

»Muß noch darüber nachdenken«, brummte Hosegood mürrisch. »Geld ist eine ernste Sache.«

»Als leitender Direktor der Melody Madder GmbH fordere ich eine bessere Erklärung.«

»Sehen Sie, Mrs. Bancroft – sobald Melody und ich ein Paar geworden sind –«

»Mama, ich bitte dich –«

»Sei ruhig. Das hat nichts mit dir zu tun. Ich kann die Änderung Ihrer Haltung absolut nicht verstehen, Mr. Hosegood.«

Es begann ein Wortwechsel, der den Lunch keineswegs zu einer angenehmen Mahlzeit machte, zumal Hosegood Kohl, Karfiol, Spinat, Wurzelgemüse, aber nicht Pastinak, verlangte, gekocht oder gedämpft, ohne Mehlzusatz. Dann erschien ein magerer Bursche mit langem Haar, um Melody mitzuteilen, daß man sie im Studio erwarte, und natürlich ging Mama mit ihr und ließ mich allein beim Bräutigam zurück.

»Mrs. Bancroft ist manchmal recht schwierig«, bemerkte er.

»Warum legen Sie sich heute nicht einmal zur Abwechslung in eine tüchtige Mahlzeit von vier Gängen hinein?« redete ich ihm zu. »Nachher wird alles viel rosiger aussehen.«

Aber er schüttelte nur den Kopf und bestellte Lattich, Radieschen, Brunnenkresse, Petersilie, als Salat zubereitet, jedoch ohne Beimischung von Pflanzen- oder Mineralöl.

»Und ich«, verkündete ich, dem die Landluft einen Wolfshunger gemacht hatte, »werde mir jetzt ein schönes Stück Gansbügel bestellen!«

Hosegood sperrte den Mund auf. »Mein Lieblingsgericht!«

Als ich in das saftige, mit knusprig gebratener Haut bedeckte Fleisch hineinschnitt, lief dem armen Kerl der Speichel so reichlich aus dem Mund, daß ich befürchten mußte, seine Krawatte würde es nicht überleben.

Gerade hatte ich einen fetten Happen auf die Gabel gespießt, als mich die Kellnerin zum Telephon rief. Es war Petunia, sie sprach aus ihrer Garderobe.

»Gaston, du *mußt* etwas tun.« Sie schien den Tränen nahe. »Stell dir vor, Mama sagte mir soeben, ich muß Jimmy nächsten Monat heiraten, und Sir Theodore soll noch heute abend die Zeitungen verständigen. Was soll ich nur tun, um Gottes willen?«

»Tut mir schrecklich leid«, heischte ich schwächlich um Verzeihung, »aber ich weiß wirklich nicht, wie ich –«

»Du *mußt* mir aber helfen, Gaston. O Gott, da kommt Mama wieder. Auf Wiedersehen im Studio.«

Ich kehrte mit dem abscheulichen Gefühl, die arme Petunia elend im Stich gelassen zu haben, an meinen Tisch zurück. Aber wie konnte das Mädel auch so dumm sein, sich einzubilden, ich vermöchte die Liebespläne eines solchen Finanzbonzen wie Hosegood zu durchkreuzen! Außerdem fiel mir kein anderes Gegenmittel ein, als selbst mit ihr durchzugehen, und dann würde uns Miles bis nach Gretna Green nachjagen. Da bemerkte ich, daß mein Teller leer war und Jimmy Hosegood aussah wie ein Kater, der aus einem Vogelhaus schleicht.

»Großer Gott!« rief ich. »Sie haben doch nicht –?«

»Zweitausend Kalorien«, murmelte Jimmy. »Was für ein Wahnsinn!«

»Kopf hoch«, redete ich ihm zu, nachdem er einige Minuten lang diese Worte wiederholt hatte. »Irren ist nicht nur menschlich, sondern macht auch Spaß. Und wir werden einiges durch einen flotten Marsch zu Petunias Studio herunterbringen.«

»Zum Studio?« Er legte eine Hand auf seinen Magen. »Weiß nicht, ob ich noch auf meine Füße kommen kann.«

Seine Magenschleimhaut mußte einen empfindlichen Schock erlitten haben, als er nach wochenlanger Fisch- und Sodawasserdiät plötzlich ein solches Gericht herunterschlang. Aber ich interessierte mich im Augenblick mehr für das, was im Inneren des Studios, als für das, was im Inneren des alten Hosegood vorging, und so drang ich in ihn, mich hinzuführen.

»Schön, Doktor«, sagte er, sich aufrappelnd. »Aber meiner Seel! Mir ist recht komisch zumut.«

Schon oft war ich neugierig gewesen, zu sehen, wie ein Film zustandekommt; der eine, der über die Diagnose von Hautkrankheiten im Ambulatorium des St. Swithin gedreht wurde, zählte ja doch nicht recht. Wir kamen zu einer Türe, die die Aufschrift »Bühne D« trug, und betraten durch sie einen düsteren Raum von der Größe einer Kathedrale, in der zahllose Männer emsig Holz zersägten. Das Studio schien mit alten Socken ausgeschlagen zu sein und war lediglich mit Merkblättern dekoriert, die den Anwesenden verboten, zu rauchen oder einander Hämmer auf den Kopf fallen zu lassen; aber niemand hielt sich daran. Der Boden war mit einem Dickicht von Kabeln und einem Gestrüpp von Bogenlampen bedeckt, auf den Tragbalken des Daches liefen Männer umher wie Käpt'n Hornblowers Matrosen im Takelwerk, andere schoben Rollwagen von einem Ende der Halle zum anderen und wieder zurück, wobei sie ständig in den munteren Ruf »Aaachtungbittäh!« ausbrachen. Alles in allem war ich eher enttäuscht. Das Ganze erinnerte mich an den Operationssaal des St. Swithin – der Gegenstand der allgemeinen Aufmerksamkeit war hell angestrahlt, dem Betrachter kam alles höchst unorganisiert vor, nirgends gab es etwas zum Sitzen und Ausruhen der Füße, und jedermann, der nicht arbeitete, trank literweise Tee.

In der entferntesten Ecke sah man einen typischen Nachtklub, nur fehlte ihm das Dach, und alle Gäste in Abendkleidung lasen die Morgenzeitung oder strickten. Mitten drin stand Petunia, im Gespräch mit Quintin Finn; sie sah toll aus, ihr rotes Haar funkelte im Schein der Lampen. Hosegood brach in Klagen aus, daß er nichts zum Sitzen finde, und ich nötigte ihn in einen Klappsessel neben der Kamera, auf dessen Rücklehne MELODY MADDER geschrieben stand.

»Also, Kinder«, sagte Adam Stringfellow, der eine Art Schiedsrichteramt auszuüben schien, »wir gehen nun weiter. Ruhe, bitte.«

»Ruhe!« heulten zwei Hilfs-Aufnahmeleiter, jüngere Burschen mit langem Haar, die als Linienrichter fungierten.

Im Hintergrund hämmerte jemand weiter, es klang wie Maschinengewehrfeuer bei einem Leichenbegängnis.

»Ruhe!« heulten alle drei Aufnahmeleiter. »Fertig, Melody?« fragte Stringfellow. »Aufnahme eins. Fertig, los.«

In diesem Augenblick mußte ich niesen.

»Ruhe!«

»Tut mir schrecklich leid«, entschuldigte ich mich. »Reine Reflexhandlung.«

»Ruhe!«

»Wird wohl ein Staubkörnchen gewesen sein.«

»Ruhe!«

»Sind recht staubige Örtlichkeiten, diese Studios.«

»Himmelherrgott!« Brüllte Stringfellow. »Können Sie sich, in Ihrem Alter, nicht zurückhalten? Wir beginnen nochmals. Jedermann Stellung einnehmen. Aufnahme zwei. Fertig, los.«

Hosegood rülpste.

»Würden Sie die Güte haben, ein bißchen leiser aufzustoßen, Mr. Hosegood?« fragte Stringfellow. »Ich fürchte, es macht sich im Ton nicht sehr gut. Noch einmal. Aufnahme drei. Fertig, los.«

Aber Quintin Finn hatte ein paar Schuppen auf dem Kragen, und ein Mann mit einem Staubwedel mußte sie entfernen.

»Aufnahme vier«, fuhr Stringfellow fort, der jetzt, mitten in einem seiner berühmten Zornanfälle, durchaus nicht mehr Thomas Carlyle ähnlich sah. »Das kostet uns ja nur lumpige hundertfünfzig Pfund pro Minute. Sind Sie bereit, Melody? Achtung! Fertig, los!«

»Eine Sekunde«, sagte Petunias Mama.

»O Gott!« sagte Stringfellow.

»Das Haar meiner Tochter ist am Hinterkopf nicht in Ordnung.«

Stringfellow begann mir leid zu tun, wenn ihm auch das Verständnis für die Physiologie der Nase abging.

»Make-up! Bitte Miss Madders Haar richten. Am Hinterkopf.«

Sie schickten sich an, nochmals zu beginnen, Erregung bemächtigte sich meiner bei der Aussicht, nun beim Drehen eines wirklichen Films anwesend zu sein – da ertönte plötzlich aus dem Hintergrund eine Stimme, die »Teepause!« verkündete, und alle stürmten davon, um sich eine Tasse und ein Stück Kuchen zu erobern.

Ich hatte keine Gelegenheit, mit Melody zu reden, da Adam Stringfellow sie in einem Winkel festhielt und auf sie einsprach. Meine Aufmerksamkeit war sowieso zwischen Hosegood geteilt, der grün geworden war, und Quintin Finn, der meine Meinung über seine sämtlichen Filme wissen wollte.

»Sie müssen sich unbedingt meinen nächsten ansehen, Liebling«, sagte Quintin. »Ich bin Kommandeur einer Truppeneinheit – ach, wie erregend! Oh, da geben sie schon wieder das Zeichen für die Aufnahmen. Ich hoffe ja so sehr, daß wir uns heute abend nicht verspäten. Mein Chauffeur Roland wird immer so böse, wenn ich ihn warten lasse, der Schlimme.«

»Falls Mrs. Madder und der Mann mit dem chronischen Heuschnupfen es gestatten«, verkündete Stringfellow nach Aufhören des Geklingels, »wollen wir nun weitergehen. Ruhe überall, um Gottes willen! Haben Sie Ihre Stellung, Melody? Schön. Aufnahme fünf. Fertig, los.«

Diesmal begannen sie wirklich, aber Melody verhaspelte sich in ihrem Text.

»Wiederholung«, sagte Stringfellow mit der Miene Sir Lancelot Spratts, wenn die Lampe des Magenspiegels ausging. »Kein Wunder, wenn die Leute lieber fernsehen. Aufnahme sechs. Fertig, los.«

Die arme Melody, möglicherweise durch den Anblick Hosegoods irritiert, der seine Weste aufknöpfte, versprach sich abermals.

»Himmelherrgott, Miss Madder! Sie haben doch nichts anderes zu sagen als: ›Danke für einen wundervollen Abend.‹ Versuchen Sie sich zu konzentrieren, Darling, ich bitte Sie inständig.«

»In welchem Ton unterstehen Sie sich zu meiner Tochter zu sprechen?« sagte Mama.

»Wenn Sie nochmals unterbrechen, Mrs. Madder, muß ich Sie auffordern, den Raum zu verlassen.«

Sie sprang auf. »So, das werden Sie, ja? Und wo wäre ein einziger von euch ohne meine Tochter, möchte ich gerne wissen?«

»Bedaure, Mrs. Madder. Bedaure aufrichtig. Aber ich leide an schlechten Nerven und einem unausgeglichenen Budget, und ich kann es einfach nicht mehr ertragen, mir von Ihnen oder sonst irgend jemandem sinnlose –«

Neben mir brach Geheul aus, und Hosegood torkelte, die Hände auf den Bauch gepreßt, auf die Beine.

»Hol's der Teufel!« keuchte er. »Schuld an allem ist nur diese verdammte geile Gans!«

»*Wie* haben Sie meine Tochter genannt, Sie Schwein?« schrie Mama. »Heiraten wollen Sie sie? Nur über meine Leiche!«

Und sie versetzte ihm mit einem Hammer, der griffbereit neben ihr lag, einen Hieb auf den Kopf.

# 19

»Was habe ich eigentlich bei diesem Affentheater zu tun?« fragte Petunia.

»Nichts, außer Sir Lancelots kleine Ansprache zu verlesen. Ich hab sie übrigens ein bißchen überarbeitet. Hielt es nicht für sehr angebracht, dich Latein zitieren zu lassen.«

»Werd ich nicht mit einer Menge Ärzten sprechen müssen?«

»Nur mit meinem Cousin Miles, und dem hat es schon seit ein paar Tagen die Rede verschlagen. Der famose Job im St. Swithin, hinter dem er so her ist, wird am Donnerstag nächster Woche vergeben.«

Petunia zündete sich eine Zigarette an.

»Das Gute ist, daß ich mich nicht mehr halb soviel vor Ärzten und Spitälern fürchte wie früher. Vor allem seit ich den armen lieben Jimmy nach seinem Unfall besucht hab.«

»Wie geht's denn unserem Patienten?«

»Oh, recht gut. Die Ärzte haben ihn bereits auf Erholung geschickt. Er ist nach Morecambe gegangen.«

Es war Mitte September, der Herbst war in London eingezogen, die Plakate der Zeitungsverkäufer trugen Aufschriften wie »Spielschluß« und »Endresultate der Sportwettkämpfe«, und die ersten scharfen Winde begannen den Bäumen die Sommerkleider abzureißen. Ich hatte eben Petunia von ihrer Wohnung in Chelsea abgeholt und fuhr mit ihr zu Sir Lancelots Versammlung im St. Swithin.

»Ich mach nur einen Sprung zu Seiner Gnaden, um ihn mitsamt seiner Spende aufzuladen«, sagte ich, als wir am Belgrave Square vorfuhren. »Sobald du dein Sprüchlein aufgesagt hast, braucht er Sir Lancelot nur seine zehntausend Pfund einzuhändigen, dann können wir alle davongehen und einen Drink einnehmen. So einfach ist das.«

Ich traf Lord Nutbeam vor dem Kamin sitzend an; er versiegelte gerade den Umschlag.

»Hallo«, begrüßte ich ihn. »Wie steht das Befinden heut früh?«

In den vergangenen Wochen war ich wegen meines Patienten leicht beunruhigt gewesen. Er schien mir merkwürdig deprimiert und melancholisch und zeigte die Neigung, wie in seinen schlimmsten Tagen in Long Wotton dazusitzen und aus dem Fenster zu starren. Aber ich vermutete, dies sei nur die verständliche Reaktion eines Menschen, der die letzten Monate damit verbracht hatte, sämtliche Nachtklubs Londons durchzukosten.

»Ich bin noch immer ein bißchen gedrückt, danke, Doktor. Ein bißchen gedrückt, ja. Ich fürchte sogar, ich bin kaum den Anstrengungen gewachsen, meine bescheidene Gabe persönlich zu überreichen.«

Ich nickte. »Ich würde Ihnen sicherlich nicht empfehlen, sich in das Gedränge einer Versammlung zu begeben, wenn Ihnen nicht danach zumute ist. Freilich werden alle Teilnehmer schrecklich enttäuscht sein.«

»Ich erwarte außerdem zu Mittag einen Besuch, den ich nicht gerne warten lassen möchte.«

»Ich werde also den Umschlag dem Lord Mayor geben«, schlug ich vor.

»Dem Lord Mayor? Ich würde es vorziehen, wenn Sie ihn mit ein paar Worten persönlich präsentierten, Doktor.«

»Ich? Ich bin doch nicht wichtig genug, zum Teufel!«

»Aber wieso denn, mein lieber Doktor! Ich versichere Ihnen, daß Sie's in meinen Augen jedenfalls sind. Ich denke, ich werde hierbleiben und ein Buch lesen. Oder vielleicht einige Stücke auf dem Klavier spielen.«

»Na dann schön«, stimmte ich zu, bestrebt, rasch wegzukommen. »Ich werde Ihnen nachher all die netten Dinge berichten, die man in der Dankadresse gesagt hat.«

Die Versammlung war, wie jede andere Spezialdarbietung Sir Lancelots inner- oder außerhalb seines Operationssaals, in großem Stil organisiert. Die alte Gründerhalle im St. Swithin konnte recht eindrucksvoll wirken mit all ihren Bildnissen toter Chirurgen, die von den Wänden herabstarrten, nicht zu vergessen die Scharlachroben, den reichen Blumenschmuck, die Kerle, die herumhopsten, um Aufnahmen zu schießen, und die Fernsehkameras. Ich hatte mir einige Sorgen gemacht, wie die leitenden Ärzte des St. Swithin auf Petunia reagieren würden, da sie in einem Kleid erschien, das bis zum Schwertfortsatz des Brustbeins ausgeschnitten war, aber sie waren alle sichtlich entzückt, sie kennenzulernen, und beugten sich tief über ihre Hand. Sir Lancelot selbst begrüßte uns äußerst leutselig und führte uns zu einem Paar vergoldeter Sessel mitten auf der Estrade, wo er den Lord Mayor und einige der kostbarsten Blutdrucke der City placiert hatte.

»Ich bedaure es in der Tat sehr, zu hören, daß Lord Nutbeam indisponiert ist«, sagte er, »aber ich brauche kaum zu betonen, daß Ihr heutiges Erscheinen, Miss Madder, unserer guten Sache beträchtliches Interesse zufuhren wird. Darf ich Ihnen einen meiner jüngeren Kollegen, Mr. Miles Grimsdyke, vorstellen? Er führt den Vorsitz.«

Sir Lancelot klopfte auf den Tisch.

»Euer Gnaden, My Lord Marquis, My Lords, My Lord Mayor, meine Damen und Herren«, begann er, » darf ich um Ruhe für unseren Vorsitzenden bitten?«

Mein Cousin hielt eine wirkungsvolle kleine Ansprache, und

wenn er ein bißchen zuviel beim lieben alten Spital verweilte und seiner unwandelbaren Treue und Loyalität ihm gegenüber, so mußte er wohl die Propagandatrommel rühren. Dann flammten mit einem Schlag, wie in der Walpurgisnacht auf dem Brocken, die Blitzlichter auf, als Petunia sich erhob. Auch sie hielt eine wirkungsvolle kleine Ansprache, obwohl dieser, wie ich glaube, niemand viel Aufmerksamkeit schenkte. Dann erfolgte mein Stichwort.

»Da Lord Nutbeam bedauerlicherweise abwesend ist«, verkündete ich, »fällt mir, als seinem Freund sowohl wie seinem Arzt, die hohe Ehre zu, diesen auf zehntausend Pfund lautenden Scheck zur Gründung eines so würdigen Fonds zu überreichen.«

Allgemeiner Applaus. Ich zögerte eine Sekunde, ob ich als Draufgabe noch die Geschichte vom Bischof und dem Papagei erzählen sollte, nahm aber dann Abstand davon.

»Dies ist ein Augenblick, der mich mit hohem Stolz erfüllt«, erklärte Sir Lancelot, den Umschlag ergreifend. »Wie viele von Ihnen wissen, ist es mehr als vierzig Jahre her, daß ich als Student dieses Spital zum erstenmal betrat. Zu dieser gar nicht so fernen Zeit war Appendicitis noch eine Operation auf Leben und Tod, die Tuberkulose war eine richtige Geißel der Zivilisation, und Lungenentzündung verbürgte mehr oder weniger einen tödlichen Ausgang. Es war auch jene Zeit, da sich jeglicher Politiker, der sich in die Angelegenheiten unseres großen Spitals einzumengen versuchte, recht tüchtig die Finger verbrannte.

In den Jahren, die seither verstrichen sind, haben diese Mauern, die wir Männer vom St. Swithin so tief zu verehren lernten, kaum ein anderes Aussehen angenommen, als sie es in den vergangenen zwei Jahrhunderten hatten. Aber innerhalb dieser Mauern hat eine Umwälzung in der Therapie stattgefunden, die in nichts jenen erregenden Zeiten nachsteht, da Lister die Asepsis einführte, Pasteur die Wissenschaft der Bakteriologie begründete und John Snow als erster mit seiner Äther-Anästhesie die Pein der Patienten und die Hemmnisse des Chirurgen milderte. Aber es bleibt uns natürlich noch immer vieles zu tun. Viele unserer veralteten Spitalsgebäude schreien zum Beispiel danach, abgebrochen zu werden, um uns das Leben in Form einer Parkmöglichkeit für unsere Autos zu erleichtern. Doch die chirurgische Forschung liegt vielen, die heute in dieser Halle versammelt sind, am meisten am Herzen. Meinem Herzen liegt sie jedenfalls am nächsten. Ich bin überzeugt, wir alle haben jene Worte des unsterblichen Martial im Sinne, die da lauten: ›*Non est vivere, sed valere vita est*‹, wenn ich dankbaren Herzens diese Spende – diese überaus großzügige Spende – Lord Nutbeams entgegennehme, die bestimmt ist, unsere Sorgen zu lindern.«

Abermals erscholl allgemeines Beifallklatschen.

Ich muß schon sagen, ich war recht mit mir zufrieden; schien's doch erst gestern gewesen zu sein, daß mich Sir Lancelot aus dem Operationssaal hinausgeworfen hatte, weil ich auf seinen linken Fuß getreten war statt auf den Diathermiehebel unter dem Operationstisch. Und mein Stolz stieg, als er fortfuhr:

»Es drängt mich, meiner – und des gesamten Spitals – Anerkennung für diese beiden jungen Männer, Dr. Gaston Grimsdyke und seinen Cousin Mr. Miles Grimsdyke, öffentlich Ausdruck zu verleihen. Ihrer Vermittlung verdanken wir es, daß wir heute nachmittag mit der Anwesenheit einer so reizenden und distinguierten Dame aus der Welt des Theaters, wie es Miss Melody Madder ist, beehrt werden.«

Nochmals ertönte Beifall, diesmal enthusiastischer als zuvor.

»Wir sind«, fuhr Sir Lancelot fort, indem er den Umschlag aufriß, »zudem den beiden Herren zu tiefem Dank verpflichtet, da sie Lord Nutbeam zu dieser überaus großzügigen –«

Plötzlich lief er rot an. Ich faßte ihn schreckensvoll ins Auge. Schon fürchtete ich, daß der Arme eine Art Schlaganfall erleiden werde.

»Grimsdyke!« zischte er. »Was soll dies, zum Teufel?«

»Was, bitte, Sir?«

»Sehen Sie sich das an, Sie Narr!«

Ein bißchen peinlich berührt, wegen der allgemeinen Aufmerksamkeit und der Fernsehkameras, nahm ich den Scheck.

»Scheint mir doch ganz in Ordnung zu sein, Sir«, sagte ich, von einem Fuß auf den anderen tretend. »Zahlbar an Sie und mit ›Nutbeam‹ unterzeichnet. Sie wollen doch nicht am Ende andeuten, daß er nicht gedeckt ist?« fügte ich, leicht in meiner Würde gekränkt, hinzu.

»Das bezweifle ich keinen Augenblick, in Anbetracht dessen, daß er auf ein Pfund vier Shilling acht Pence lautet.«

»Großer Gott, Sir, in der Tat! Aber – aber verdammt! Wollte sagen, da muß ingendein Irrtum –«

»Verlassen Sie die Halle auf der Stelle! Sie Strolch! Sie Vagabund! Sie unaussprechlicher Idiot! Unterstehen Sie sich nicht, mir je wieder mit Ihrer unerträglichen Visage –«

»Aber ich bin überzeugt, daß sich eine Erklärung –« Mir wurde bewußt, daß sich ein merkwürdiges Schweigen auf die ganze Versammlung herabgesenkt hatte.

»Hinaus!« brüllte Sir Lancelot.

»Oh – ja, Sir. Schön, Sir.«

Ich ließ die Versammlung in einiger Verwirrung zurück. Ich glaube, es war der Lord Mayor, der die Geistesgegenwart besaß, aufzuspringen und *God Save The Queen* anzustimmen.

Zwanzig Minuten später riß ich Lord Nutbeams Haustüre auf und rannte dabei jenen merkwürdigen Kauz in gestreifter Hose über den Haufen, den ich seinerzeit Nutbeam Hall verlassen gesehen hatte. Da ich jedoch nicht die Absicht hatte, den Tag mit ihm zu verbringen, raste ich in den Salon weiter, wo ich zu meiner Überraschung Lady Nutbeam in ihrer alten Schwesterntracht neben Seiner Gnaden auf dem Sofa sitzen sah.

»Hören Sie mal!« platzte ich sofort heraus. »Wenn das wieder einmal einer Ihrer blödsinnigen Scherze sein soll –«

»Mein lieber Doktor! Was ist denn los, um Himmels willen? Sie sehen ja ganz außer Fassung aus.«

»Verdammt, ich bin auch ganz außer Fassung.« Ich schmiß ihm den Scheck hin. »Sie haben mich, Sir Lancelot und die gesamte Ärzteschaft St. Swithins zu kompletten Narren gemacht, von allen möglichen City-Snobs ganz zu schweigen. Ich gehe zu dem Rummel im Glauben, die zehntausend Pfund erhalten zu haben, die Sie mir versprachen –«

»Aber, mein lieber Doktor! Ich habe eine derartige Summe nie versprochen.«

»Doch, hol's der Teufel! Ich sagte Ihnen, zehntausend Pfund würden benötigt, diesen verdammten Fonds zu gründen, und Sie sagten sie mir zu. Behaupten Sie nicht, Sie hätten es einfach vergessen. Oder ist es Ihnen vielleicht nur entfallen, die Nullen hinzuzufügen?« fragte ich mit einem leisen Hoffnungsschimmer.

»Ich erinnere mich sogar sehr gut, daß Sie diesen Betrag nannten«, sprach Lord Nutbeam gelassen weiter. »Aber ich habe doch nie gesagt, daß ich ihn Sir Lancelot geben würde.«

»Aber, zum Teufel! Warum dann, um alles in der Welt, ein Pfund vier Shilling und acht Pence?«

»Weil dies, lieber Doktor«, erwiderte Lord Nutbeam schlicht, »alles ist, was mir verblieb.«

Schweigen.

»Oh«, sagte ich. »Verstehe.«

»Wir wunderten uns noch, warum alle Leute solch ein Getue mit der Überreichung machten«, fügte Lady Nutbeam hinzu.

»Aber ich versichere Ihnen, Doktor, es bereitet mir außerordentliches Vergnügen, meinen gesamten Besitz einer so verdienstvollen Sache wie der chirurgischen Forschung zur Verfügung zu stellen.« Er ergriff die Hand seiner Frau. »Ich habe in letzter Zeit wohl etwas über meine Verhältnisse gelebt. Dafür haben aber Ethel und ich einen reizenden Sommer verbracht, nicht wahr, meine Liebe?«

»Und nun sehe ich mich nach einem Posten um, und wir beginnen wieder ganz von neuem«, sagte Lady Nutbeam.

»Noch heute nachmittag kommen die Leute die Wagen und die Einrichtung holen. Gottlob besitze ich noch ein Landhäuschen in der Nähe von Nutbeam Hall, und bei meinen Büchern und meinem Klavier werden wir zweifellos ebenso glücklich sein wie bisher. Allerdings fürchte ich, Doktor, daß ich Sie nicht länger als meinen Hausarzt behalten kann, so gern ich es möchte.«

Zu sagen gab's da nichts mehr.

»Leben Sie wohl, mein lieber Doktor. Und meinen innigsten Dank.«

Ich griff in meine Tasche.

»Ich – ich hab dafür nicht viel Verwendung«, sagte ich. »Wäre besser, Sie hätten sie. Könnte Ihnen vielleicht ein bißchen weiterhelfen.«

Und ich gab ihm die goldene Zigarettendose zurück.

Miles befand sich bereits in seiner Wohnung, als ich einlangte.

»Oh, Gaston!« rief Connie, als sie die Türe öffnete.

Er sah gar nicht auf, als ich eintrat.

»Es wäre am besten, wenn du auswandertest«, bemerkte er ruhig.

»Ja, es wäre am besten«, bestätigte ich.

## 20

Es hatte den ganzen Tag lang heftig geregnet. Es hatte den ganzen vergangenen Tag lang heftig geregnet. Und es hatte heftig geregnet, so weit ich zurückdenken konnte, und ich bekam langsam das Gefühl, unter Wasser zu leben.

Ich blickte durch die Fenster der Klinik, die zum größten Teil aus alten Petroleumkanistern erbaut war. Da gab's den Amazonenstrom zu sehen, dickschlammig und voll von Krokodilen. Drüben ein paar Bäume. Hinter der Klinik Bäume, und rundherum noch mehr Bäume. Ich fand die Lieder verdammt blöd, die diese Dinger besangen.

Wann würde ich London wiedersehen? Ich hatte eine jammervolle Woche verbracht, während mir Miles den Job in der Öl-Gesellschaft vermittelte, und war herumgeschlichen, um von Dingen Abschied zu nehmen, über die ich bisher kaum nachgedacht – wie der Nelson-Säule und den Schwänen auf dem Serpentine-Teich. Ich hatte bereits vergessen, wie lange ich mich in Brasilien befand, da die einzigen Zeitungen nur mit dem wöchentlichen Postboot eintrafen; aber es waren wohl erst ein paar Monate. Das bedeutete weitere vier Jahre oder mehr, bevor ich wieder einen Mundvoll köstlichen lieben Londoner Nebels zu verkosten bekommen würde. Ich fragte mich, ob Miles einen Posten gekriegt hatte. Ich fragte mich, ob Sir Lancelot zu seinem Geld gekommen war. Ich fragte mich, wer das November-Handicap gewonnen habe. Ich fragte mich, ob ich langsam überschnappen und meine alten Freunde nur zwischen einem Paar jener Kerle in netten blauen Uniformen wiedersehen würde, die manchmal um das St. Swithin herumstreichen.

Meine Meditationen wurden durch einen Ruf unterbrochen, der hinter mir ertönte. »Hallo, Grimbärtchen, alter Dachs! Wie wär's wieder einmal mit einem Spielchen Rummy?«

Als ich mich umwandte, stand ich Frau Dr. Janet Pebbley, meiner lieben Kollegin, gegenüber.

»Nun ja. Scheint für die nächsten fünf Jahre wohl keine andere Beschäftigung zu geben.«

»Huh, sind Sie aber witzig! Sag ich doch immer, 's gibt keinen besseren Zeitvertreib als Kartenspielen. Als meine Freundin Hilda und ich auf der Gebärklinik Femina ausgebildet wurden, pflegte ich stets zu ihr zu sagen: ›Hilda‹, sagte ich, ›laß uns noch ein Spielchen Rummy spielen, möchte wetten, daß sie rundum wie die Korken losgehn, bevor wir noch was gemerkt haben.‹«

Janet Pebbley und ich waren gemeinsam hierhergekommen, um uns in die Arbeit zu teilen, die in der Betreuung schwärender Füße und in Gelbfieberimpfungen bestand, und sie war die einzige Engländerin, mit der ich sprechen konnte. Genau genommen war sie die einzige Person in ganz Brasilien, mit der ich sprechen konnte, außer mit mir selbst, und das hatte ich bereits mehrmals getan. Im allgemeinen hab ich gar nichts gegen Ärztinnen, heutzutage tragen sie alle nette Frisuren und nette Nylonstrümpfe, aber Janet gehörte jenem Standardtyp an, dessen seelische Entwicklung irgendwann im Ballspielstadium steckengeblieben ist. Sie war ein großes Mädel mit stark rosigem Teint, hatte ein paar Jahre zuvor ihre Ausbildung an der Londoner Femina abgeschlossen und sah aus, als könnte sie mit der bloßen Hand die Stonehenge-Blöcke wieder in Ordnung bringen.

Das Fürchterliche war, ich begann mich in sie zu verlieben.

Wahrscheinlich hätte der Psychiater in der Wimpole Street dies als einen Konflikt zwischen meinem Es und meinem Über-Ich erklärt, aber soweit ich es beurteilen konnte, war's eine verdammt blöde Sache. Dadurch, daß ich Janet tagtäglich sah, blieb mir irgendwie keine andere Wahl. Es war, wie wenn man im Physiologielabor ein Rattenpärchen in den Käfig gesteckt hätte. Wenn sie allmorgendlich zum Frühstück aus ihrem Kanister-Bungalow auftauchte, um mir ein herzhaftes »Hallo, Grimbärtchen! Wie steht's heute mit der geehrten Leber?« zuzurufen, wußte ich nur zu gut, daß ich mich lieber einsperren und ihr sagen sollte, sie möge in fünf Jahren wieder vorbeischauen. Aber ich tat's nicht. Ich saß am Tisch und blickte mit hungrigen Augen um mich wie eine herrenlose Katze im Käseladen.

»Was werden Sie tun, Grimbärtchen?« fragte sie, als wir an diesem Abend unsere Mahlzeit, bestehend aus Schweinefleisch mit Bohnen, beendet hatten. »Wenn Ihr Vertrag abgelaufen ist und Sie heimfahren, meine ich.«

Ich blickte an der Petroleumlampe vorbei durch das Klinikfenster, wo sich Insekten, von denen sich noch nie jemand hatte träumen lassen, munter in der Finsternis herumtummelten. Es regnete natürlich noch immer.

»So weit kann ich noch gar nicht voraussehen.«

»Ich schon. Diese fünf Jahre werden wie ein Blitz vergehen. Wie ein geölter Blitz. Wie ich bereits meiner Freundin Hilda am ersten Tag, als wir zusammen in der Femina begannen, sagte: Die Zeit vergeht immer wie ein Blitz, wenn man's will. Wissen Sie, was ich tun werde?«

»Nein.«

»Ich werde dann ein bißchen Geld zusammengespart haben. Das werden wir beide, nicht wahr? Außer für Zigaretten gibt man ja hier nichts aus. Zuerst werd ich mal einen tüchtigen Fußmarsch quer durch ganz Schottland machen. Dann werd ich mich irgendwo in den Midlands niederlassen und praktizieren. Meine Freundin Hilda lebt dort und sie könnte, ganz *entre nous*, eine nette Praxis verschaffen.« Sie zog mit dem Finger kleine Kreise auf dem Tischtuch. »Zwei Praxen, wenn sie wollte.«

Ich ertappte mich dabei, daß ich ihre andere Hand ergriffen hatte.

»Janet –«

»Ja?«

»Sie sind verdammt nett, wissen Sie.«

»Aber gehn Sie, Grimbärtchen, Sie Schlimmer.«

»Doch, Sie sind's. Ehrlich. Das netteste Mädel, soweit ich mich erinnere. Janet, ich –«

Glücklicherweise schlug jedoch das alte Über-Ich wie ein Fallbeil dazwischen.

»Ja, Grimbärtchen?«

»Nichts«, sagte ich.

»Sie sehen heut abend nicht sehr munter aus.«

»Die Hitze, wissen Sie. Der Regen. Bißchen abgehetzt.«

»Wie wär's mit einem netten Spielchen Rummy? Wird zu Ihrer Entspannung beitragen.«

»Nun ja«, sagte ich, obwohl ich fühlte, daß mein Schwung schon lang dahin war.

Am nächsten Abend küßte ich sie.

»Grimbärtchen!« kreischte sie auf. »Das dürfen Sie nicht!«

»Aber, Janet, ich – ich liebe Sie.«

Schweigen senkte sich herab, nur der Regen trommelte weiter aufs Dach.

»Ich liebe Sie. Wirklich und wahrhaftig. Auf Ehre, Sie sind das einzige Mädel meines Lebens.«

»Oh, Grimibärtchen! Ich wußte es ja. Sobald Sie mir am Londoner Flughafen unter die Augen gekommen waren, wußte ich, daß ich's Ihnen angetan hatte. Was es wohl war? Vielleicht Ihr trauriger Blick. Ich wußte, Sie brauchten jemanden wie mich, der Sie aufheitern würde.«

Von Janet Pebbley aufgeheitert werden war etwa dem Gefühl gleichzusetzen, das man hatte, wenn einem der Rücken mit einem Pferdestriegel bearbeitet wurde, und vielleicht bewirkte diese Vorstellung, daß mein lange unterdrücktes Über-Ich wieder die Oberhand gewann.

»Haben Sie mir nicht noch anderes zu sagen?« fragte sie.

Aber ich schüttelte den Kopf, und wir spielten weiter Rummy.

Am nächsten Tag bestieg sie das Postboot, um sich für eine Woche in das Hauptquartier der Gesellschaft in Manaus zu begeben. Da ich bereits sämtliche Bücher gelesen hatte, Feuchtigkeit ins Grammophon eingedrungen war und man nicht allein Rummy spielen kann, verbrachte ich die Abende damit, mir ein Leben an der Seite Janets in einem Ort wie Porterhampton auszumalen. Natürlich würde ihre Freundin Hilda dort sein. Und der Fußmarsch durch Schottland würde mir nicht erspart bleiben. Aber ich war so verdammt einsam, wie ich da in den Regen hinausstarrte, daß ich die Tage bis zu ihrer Rückkehr ebenso beflissen zu zählen begann wie die Monate bis zu unser beider Entlassung. Schließlich war sie ja nicht die schlimmste Sorte Mädel. Ein bißchen zu aufgeräumt beim Frühstück, zugegeben, aber ich könnte mich daran gewöhnen. Vielleicht war ihre Freundin Hilda ganz witzig und unterhaltsam. Genau genommen hatte ich mir eigentlich immer schon gewünscht, Schottland mal richtig kennenzulernen. Der britische Konsul in Manaus könnte uns trauen, und dann bekämen wir einen ganzen Bungalow, um darin Rummy zu spielen. Ich begann bereits kleine Ansprachen zusammenzustellen und fragte mich, ob es möglich wäre, daß es bei der Hochzeit Schönwetter gäbe.

Janet kehrte ins Lager mit weiteren Schweinefleisch- und Bohnenkonserven zurück und einigen Päckchen neuer Spielkarten. Ich wartete, bis wir unser Abendessen beendet hatten, und nachdem der brasilianische Koch mit unserem Geschirr hinausgegangen war, sagte ich:

»Janet –«

»Ja, Grimbärtchen?«

»Ich möchte Sie was fragen.«

»Wirklich, Grimbärtchen?«

Das Über-Ich bebte auf seinen Lagern. Der Mechanismus war, wie alles andere in diesem verdammten Klima, eingerostet.

»Janet, wir sind doch während der letzten Wochen oder Monate, oder was immer es war, recht gut miteinander ausgekommen, nicht wahr?«

»Wie Pech und Schwefel, Grimbärtchen.«

»Ich meine, wir haben uns doch immer recht gut miteinander unterhalten.«

»Gewiß, Sie haben mich mit Ihren spaßigen Geschichten stets erheitert. Speziell mit der vom Bischof und dem –«

»Ich meine also, will sagen, ich dachte, an Hand unserer Erfahrungen und unter den gegebenen Umständen, sozusagen, würden Sie nichts dagegen haben, wenn ich Sie bäte –«

»Fahren Sie fort, Grimbärtchen.«

Es ertönte ein entsetzlicher Krach, wie wenn jemand auf die verrostete Eisenblechtüre hämmerte.

»Einen Moment, bitte.«

Ich schob den Riegel von der Tür. Draußen stand Mr. Carboy, mit Homburg und Regenschirm.

»Endlich!« rief er. »Endlich stehe ich Aug in Auge dem Meister gegenüber! Gestatten Sie, daß ich Ihnen die Hand schüttle.«

Er tat es, rundum Wassertropfen versprühend.

»Aber – aber was suchen Sie um Himmels willen in Brasilien?« fragte ich. »Ich dachte, Sie läsen emsig Korrekturfahnen in Bloomsbury.«

»Mein lieber Junge! Glücklicherweise war ich in Nassau, also halben Wegs von hier, als mich die Nachricht erreichte.«

»Nachricht? Was für eine Nachricht?«

»Ja, haben Sie's denn noch nicht gehört? Ihr Buch, natürlich! Ein überwältigender Erfolg, mein lieber Junge! Wir haben bereits sechs Neuauflagen gedruckt und zwei Rotationsmaschinen durchgebrannt. Prächtige Rezensionen – sehen Sie nur, ich hab einige davon mit. Union Jack kabelt mir seit Tagen wegen der Filmrechte. Melody Madder ist wie versessen auf die Rolle des Mädels. Ganz England hält sich den Bauch vor Lachen über Ihre Schilderung des aufgeblasenen und sturen kleinen Chirurgen.«

Das alles war recht verwirrend.

»Aber – aber – verdammt nochmal! Als Sie mir in London den Vertrag zum Unterzeichnen gaben. sagten Sie, der Buchhandel läge völlig darnieder, weil niemand mehr neue Romane lesen wolle.«

»Na, Sie sind doch Arzt und wissen, daß es manchmal besser ist zu sagen, der Patient werde sterben, um dann die Ehren einzuheimsen, wie? Haha! Apropos Verträge, es ist doch noch nicht ein Bursche von Potter und Webley hier aufgekreuzt, nein? Ein widerlicher kleiner Kerl mit einem Schnurrbart und einer dreckigen Brieftasche? Schön! Nun, vielleicht haben Sie die Güte, diesen Vertrag betreffs Ihrer nächsten sechs Bücher hier an Ort und Stelle zu unterzeichnen. Bei wesentlich erhöhten Honoraren, selbstverständlich. Guten Tag, Madam.« Er hatte Janet bemerkt. »Bedaure, Ihren Abend gestört zu haben. Aber wir werden Sie nicht lange aufhalten, da wir das Postboot nicht warten lassen dürfen.«

»Das Postboot wartet?« Schwindel befiel mich.

»›Wir‹, sagten Sie? Aber ich habe doch hier einen Posten. Jedenfalls für die nächsten fünf Jahre.«

»Mein lieber Junge, das hab ich rasch mit den Ölleuten geregelt. Ihr Ersatzmann trifft morgen ein. Eine Menge Empfänge, Fernseh-Interviews, Repräsentationspflichten und Unmasse Arbeit stehen Ihnen bevor. Eilen Sie sich, das Flugzeug geht um Mitternacht. In ein paar Stunden stehen Sie den Londoner Photographen gegenüber.«

Ich zweifelte noch, ob dies alles nicht Halluzinationen waren, auf den Zusammenbruch meines psychischen Mechanismus zurückzuführen.

»Ja«, sagte ich dann, »ich gehe lieber gleich packen.«

»Grimbärtchen – «

»Ja?« Ich hatte Janet ganz vergessen.

»Was wollten Sie … worum wollten Sie mich bitten?«

»Nur darum, noch weiter Rummy mit mir zu spielen.«

Zehn Minuten später war ich im Postboot. Ich stellte fest, daß selbst der Regen aufgehört hatte.

## 21

Sogar in Porterhampton war der Literarische Lunch ein großer Erfolg. Ich hatte den Vormittag damit verbracht, im Buchladen des Ortes Exemplare meines Romans mit Autogrammen zu versehen, und wenn auch die meisten Leute, die hereinkamen, fragten, ob ich Postkarten verkaufe, hatte es mir Spaß gemacht, einmal etwas anderes zu unterzeichnen als Rezepte für Hustensaft. Die alten Wattles umringten mich ständig, ja, Mama Wattle hielt sogar eine Rede.

»Wir sehen in Gaston Grimsdyke einen Sohn Porterhamptons«, erklärte sie voll Feuer. »Es wird für Dr. Wattle und mich, die wir nun unserem Lebensabend entgegensehen, ein großer Trost sein, uns an die Tage zu erinnern, die er unter unserem bescheidenen Dach verbrachte. Aber ich darf Ihnen nun nicht länger unseren geehrten Gast vorenthalten, der uns sicher mit seinem köstlichen Witz aufwarten wird – hatte Porterhampton doch bereits den Vorzug, diesen ausgiebig zu genießen. Mittlerweile aber gereicht es mir zu meinem größten Vergnügen, ihm im Namen seiner ehemaligen Patienten diese reizende Spieluhr zu überreichen.«

Nachher erzählte ich ihnen die Geschichte vom Papagei, die jedermann nun noch komischer als zuvor fand. Freilich verschlug es mir mittendrin fast die Rede, als ich die kleine Avril Atkinson am Ende der Tafel erblickte.

»Es tut mir leid, daß ich damals in der nebligen Nacht so zornig war«, stellte sie sich mir lächelnd in den Weg, als ich zu meinem Zug stürzte. »Schuld dran war nur dieser Mumps, wissen Sie. Haben Sie sich nicht auch dabei elend gefühlt?«

»Aber nun sind hoffentlich alle Wunden geheilt?«

»Alle, Gaston. Aber ich möchte Sie noch um eine einzige kleine Gefälligkeit bitten. Könnten Sie mir vielleicht Melody Madders Autogramm verschaffen? Jetzt stehen Sie ihr doch wirklich nahe, nicht wahr?«

Ich traf rechtzeitig in London ein, um mit Muße darüber schlüssig zu werden, welches West-End-Restaurant ich zur Stätte meines Dinners erwählen wollte, und bekam Lust, noch auf einen Whisky mit Soda in meinen Klub zu gehen. Die erste Person, der ich im Frühstückszimmer begegnete, war der liebe gute Miles.

»Mein lieber Junge«, begrüßte ich ihn, ihm eine Zigarre offerierend. »Wie macht sich der neue Job im St. Swithin?«

»Gratuliere.«

»Herzlichsten Dank. Aber ich glaube, du hast mich schon freundlichst beglückwünscht, kurz nachdem mein Buch herauskam.«

»Das meine ich auch nicht. Daß du Mitglied dieses Klubs geworden bist.«

Er schien nur mit Mühe sprechen zu können, so sehr knirschten seine Zähne.

»Ach so, das. Danke. Das hab ich dem alten Carboy zu verdanken. Er meint, ein Autor muß ein bißchen das Dekorum wahren. Darf ich dich auf einen Drink einladen?«

»Nein. Nein, danke. Muß zu einer Versammlung im St. Swithin.«

Er wandte sich zum Gehen.

»Gaston –«

»Ja, Miles?«

»Ich gebe zu, daß ich schließlich im Stab der Spezialisten des St. Swithin gelandet bin. Ich gebe zu, daß ich mein Leben lang darum gekämpft und danach getrachtet habe, hineinzukommen. Ich gebe zu, daß ich noch vor Erreichen der mittleren Jahre meinen Hauptehrgeiz befriedigt habe. Aber hol's der Teufel! Wenn ich an all die Arbeit, die Jahre, die Sorgen denke ... und ... und ... du, der du nichts anderes getan hast, als Papier zu beschmieren ...«

Der arme Kerl schien den Tränen nahe, und dies, war ich überzeugt, hätte sich im Parthenon alles andere als gut gemacht.

»Beruhige dich, alter Junge.«

»Schön. Ich beruhige mich. Sage kein Wort mehr. Nur das eine noch. Weißt du zufälligerweise, Gaston, daß du mich zur Zielscheibe des Spottes nicht nur des St. Swithin, sondern der gesamten Ärzteschaft gemacht hast? Wenn du's nicht weißt – ich merke es, ich merke es nur zu gut. Natürlich zeigt man's nicht offen. O nein. Nicht jetzt, wo ich leitender Arzt geworden bin. Aber die Studenten ... erst neulich hörte ich einen brüllen: ›Es lebe Clifford Standforth!‹, als ich den Hörsaal betrat. Jeder Mensch weiß genausogut wie ich, daß diese Gestalt eine schauerliche Karikatur meiner Person ist. Und noch dazu von meinem eigenen Cousin!«

»Darf ich darauf verweisen, daß laut Vermerk auf der Rückseite des Titelblattes sämtliche Personen des Buches reine Erfindung sind und jede Ähnlichkeit mit –«

»Pah!« machte Miles und wandte sich zum Gehen.

»Herzliche Grüße an Connie«, rief ich ihm nach.

Ich bestellte meinen Drink und überlegte, ob ich nicht noch einen Sprung zu Cartier machen und ein Hochzeitsgeschenk für Petunia kaufen sollte, bevor man schloß. Ich war recht verblüfft gewesen, als sie mir am Tag vorher im Studio erzählt hatte, daß sie schließlich doch Jimmy Hosegood heiraten werde.

»Irgendwie ist Mama dran schuld«, erklärte sie mir. »Sie wollte, daß ich Jimmy heirate, und so tat ich's nicht. Dann wollte sie's nicht mehr, und so tat ich's. Aber ich bin schrecklich in ihn verliebt, Darling. Sogar Mama söhnt sich mit dem Gedanken aus. Nun hat auch er einen Sitz in meinem Direktorium.«

Ich schwieg. Es sind wohl alle Frauen ein bißchen verrückt, und Schauspielerinnen ganz besonders.

»Schau ihn dir übrigens an«, fuhr sie fort, »wenn er aus Morecambe zurückkommt. Jetzt ist er magerer als Quinny Finn.«

Das Komische war, daß Hosegood nach seinem Hieb auf den Kopf soviel essen konnte, wie er wollte, ohne eine Unze zuzunehmen. Ein kolossal interessantes Objekt für die klinische Forschung, meiner Meinung nach; ich hätte einen Artikel für das *British Medical Journal* verfaßt, wäre man nicht seit Jahren hinter meiner Adresse her gewesen, wegen der Abonnement-Rückstände. Was Petunia betrifft, so war sie dieselbe geblieben, davon abgesehen, daß sie jetzt erblondet war.

Ich steckte mir noch eine Zigarre an und strebte, recht mit mir zufrieden, dem Ausgang zu, als ich hinter mir jemand brüllen hörte:

»He, Junge!«

Ich drehte mich um.

»Sie da meine ich, Grimsdyke. Möchte mit Ihnen ein Wörtchen reden.«

»Ach ja, Sir.«

»Kommen Sie her. Und machen Sie die Tür hinter sich zu. Vertrage keine Zugluft.«

»Sehr wohl, Sir.«

»Setzen Sie sich zu mir. Nicht so, Junge. Sie haben doch vom lebenslangen Lümmeln an Bierkneipentheken keine Rückgratverkrümmung davongetragen, oder doch?«

»Nein, Sir. Verzeihung, Sir.«

»Nun hören Sie mir einmal gut zu, Sie grüner Junge.«

Sir Lancelot lehnte sich zurück und legte die Fingerspitzen aneinander.

»Ich erinnere mich, daß Sie mich einst als Student zum Narren halten wollten. Mit irgend so einem Unsinn wie Einladungen zu meiner nicht stattfindenden Geburtstagsparty verschicken. Das könnte ich leicht vergessen, ist mir doch Ihr erschütternd infantiler Sinn für Humor nichts Neues. Nicht vergessen hingegen kann ich, daß Sie mich in Gegenwart eines Herzogs, eines Marquis und einiger Earls, zu schweigen von einem gemischten Haufen städtischer Würdenträger, noch weit mehr zum Narren machten. Und schmeißen Sie bitte diese Zigarre weg. Wenn Sie nicht über soviel Geschmack verfügen, eine bessere Sorte zu wählen, kann ich Ihnen nur raten, das Rauchen aufzugeben.«

»Ja, Sir. Tut mir schrecklich leid, Sir. Aber ich hab Ihnen in meinem Entschuldigungsschreiben zu erklären versucht, wie ich sozusagen ein Blankett aus der Hand gab, bevor das Pferd aus dem Stall war.«

»Eine Erklärung ist keine Entschuldigung. Zum Glück für St. Swithin hat kein Mensch ganz verstanden, was zwischen uns auf der Estrade vorging. Wahrscheinlich gafften alle zu sehr die junge Frau an, die Sie mitbrachten. Ein weiterer Glücksfall wollte es, daß Sir James McKerrow besondere Anteilnahme – um nicht zu sagen besondere Belustigung – bezeigte, als ich ihm die ganze Geschichte anvertraute, und aus dem Fonds seiner Stiftung zusätzlich zehntausend Pfund spendete. Doch diese Umstände hindern mich nicht, Ihnen zu sagen, Grimsdyke, daß Sie ein junger Mann von äußerst beschränkter Intelligenz, mittelmäßigen Fähigkeiten, schlapper Moral sind und mehr glänzende Ideen haben, als Ihnen guttut. Die Tatsache, daß Sie, ein erwachsener Mensch, sich von jedermann nach Belieben herumschubsen lassen, ist eine himmelschreiende Schande, vor allem, wenn's von seiten des eigenen Cousins geschieht. Verstanden?«

»Ja, Sir. Vollkommen, Sir.«

»Sie geben mir recht?«

»Das wohl, Sir.«

»Sie werden gefälligst dazu sehen, dies künftighin zu ändern. Bitte erinnern Sie sich, mag Ihr Name noch so oft in den Zeitungen aufscheinen, daß Sie in meinen Augen noch immer der armselige, schwachsinnige kleine Wurm sind, der Sie vom ersten Moment an waren, als Sie Ihre dreckige Pustelvisage in meinen Operationssaal steckten.«

»Ja, Sir.«

»Schön«, sagte Sir Lancelot, plötzlich sehr umgänglich. »Ich hielt diese Einleitung für notwendig, damit Ihnen nicht der Kamm schwillt. Nun wollen wir uns einen Drink genehmigen, und ich kaufe Ihnen eine anständige Zigarre.«

Es schlug Mitternacht, als Sir Lancelot und ich Seite an Seite den Klub verließen.

»Kann ich Sie mitnehmen?« fragte er. »Aber Sie haben wohl jetzt Ihren eigenen Rolls.«

»Ich bleib bei meinem alten 1930er Bentley, danke, Sir.«

»Und was gedenken Sie jetzt zu tun?«

»Wahrscheinlich ein weiteres Buch für Mr. Carboy zu schreiben.«

»Keine Medizin mehr?«

»Leider nein, Sir.«

»Das ist nichts, wessen Sie sich schämen müßten. Abtrünnige der Medizin haben genauso ihren Anteil daran, unsere Welt vorwärtszubringen, wie eine Reihe Ärzte. Und ich persönlich finde nichts so stimulierend wie den Gestank von Schiffen, die man hinter sich verbrennt. Aber glauben Sie mir – sie wird Ihnen abgehen.«

»Das wird sie wirklich, Sir.«

»Da Sie jedoch bis zu Ihrem Tode auf dem Register der Ärztekammer aufscheinen, außer Sie lassen sich streichen, steht es Ihnen völlig frei, einen Abszeß zu öffnen oder einem Baby in die Welt zu verhelfen, wenn sich die Gelegenheit ergibt oder Sie Lust dazu haben sollten. Und das werden Sie wahrscheinlich. Immer wieder kommt die Medizin, wie der Mord, ans Tageslicht.«

»Wenn ich es dann im letzten Moment nicht doch vorziehe, meine Fälle zu Miles ins St. Swithin zu senden«, sagte ich lächelnd.

»Falls Sie ihn übrigens sehen, sagen Sie ihm, es täte mir leid, daß ich ihn wegen seiner Ernennung ein bißchen habe schwitzen lassen. Sie stand natürlich von vornherein fest. Ich wollte ihn nur etwas zurechtstutzen. Und das ist eine der wertvollsten Operationen im gesamten Repertoire der Chirurgie, Grimsdyke. Gute Nacht, mein Junge.«

»Gute Nacht, Sir.«

»Und weiters können Sie Ihrem Cousin mitteilen, ich wäre vollkommen im Bild gewesen, daß er damals bei der Prüfung keinen Nervenzusammenbruch hatte. Aber ich erachte es wirklich nicht für angebracht, daß sich ein Bursche knapp vorm Schlußexamen ansäuft.«

Sir Lancelot fuhr davon und ließ mich mit reichlich Stoff zum Nachdenken zurück. Mehr denn je kam mir zu Bewußtsein, was für ein großartiger Kerl er war. Aber das Großartigste an ihm war ja doch sein famoser Sinn für Humor.